Knaur.

Knaur.

Über die Autorin:
Birgit Jaeckel, 1980 geboren, hat sich mit 15 Jahren zum ersten Mal an einen Roman gewagt. Nach ihrem Abitur hat sie Ur- und Frühgeschichte studiert. Heute arbeitet sie für den Alternativen Nobelpreis. Birgit Jaeckel lebt in Erlangen. *Die Druidin* ist ihr erster Roman.

Birgit Jaeckel

Die Druidin

Ein historischer Roman

Knaur Taschenbuch Verlag

Besuchen Sie uns im Internet:
www.knaur.de

Vollständige Taschenbuchausgabe August 2009
Knaur Taschenbuch.
Ein Unternehmen der Droemerschen Verlagsanstalt
Th. Knaur Nachf. GmbH & Co. KG, München

Umschlaggestaltung: ZERO Werbeagentur, München
Umschlagabbildung: © Heini Schneebeli / Bridgeman Giraudon
Satz: Adobe InDesign im Verlag
Druck und Bindung: CPI – Clausen & Bosse, Leck
Printed in Germany
ISBN 978-3-426-63712-8

2 4 5 3 1

Die Druidin

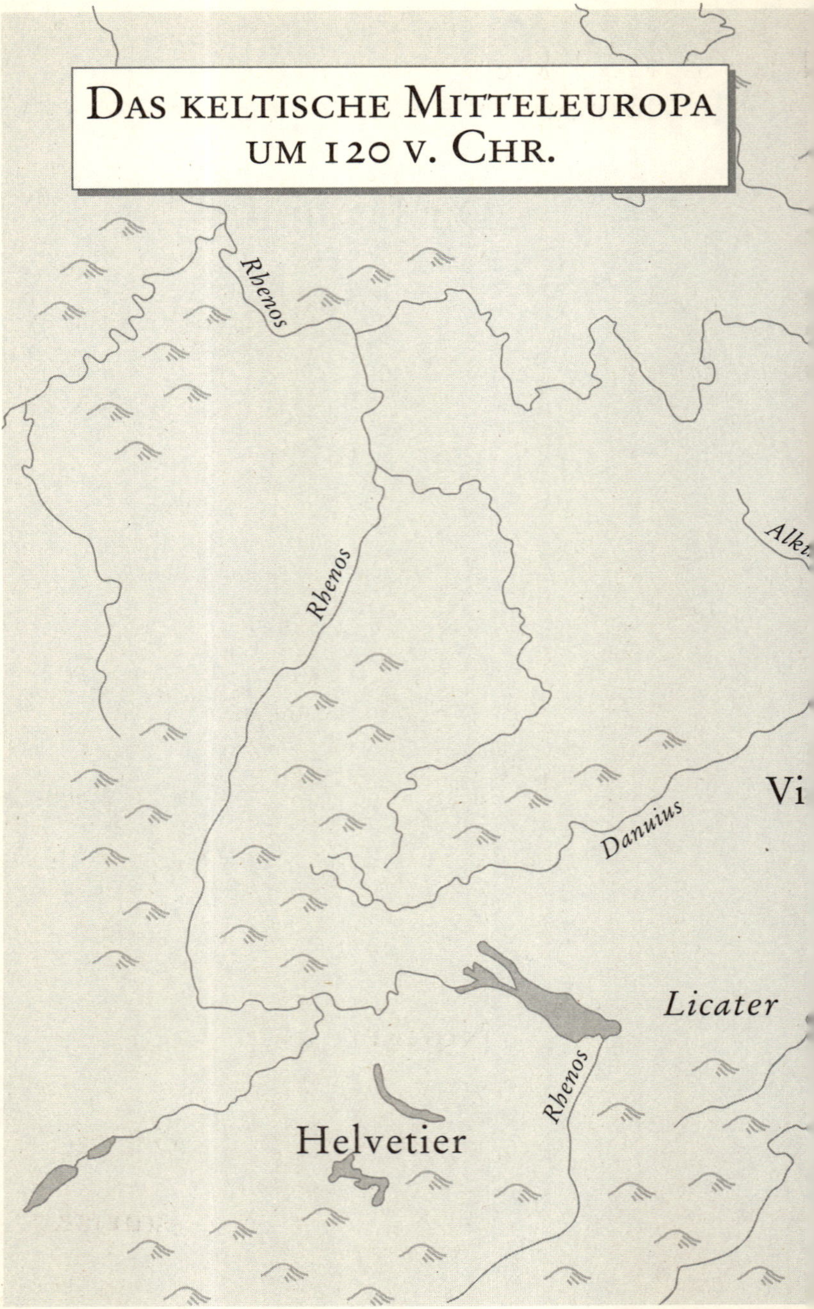
Das keltische Mitteleuropa
um 120 v. Chr.
Rhenos
Rhenos
Alk
Vi
Danuius
Licater
Rhenos
Helvetier

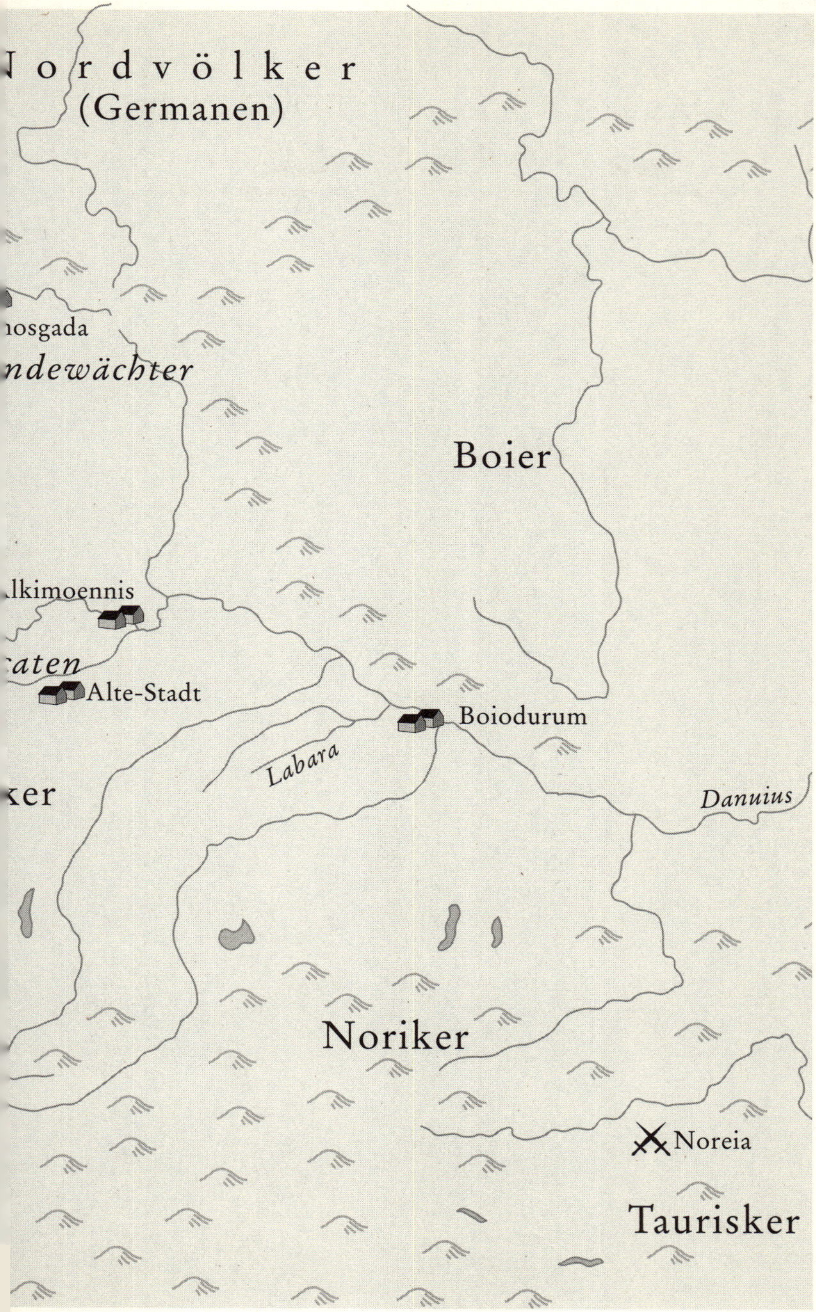

Nordvölker
(Germanen)
osgada
ndewächter
Boier
lkimoennis
aten
Alte-Stadt
Boiodurum
Labara
ker
Danuius
Noriker
Noreia
Taurisker

Prolog

Der Abendwind wehte einen Hauch von verbranntem Fleisch über den zertrampelten Platz vor der Herberge. Kleine Rauchwolken kräuselten sich über verkohltem Ried und zerfaserten knapp über dem Boden in der Luft. Unter herabgestürzten Balken schwelten noch immer Flammennester. Schreie, die aus dem Inneren des halb zerstörten Hauses drangen, übertönten das verstohlene Knistern des Feuers.

»Wir sollten nicht hier sein!« Vebromara warf Bandagen voller Blut in den Kessel über der Feuerstelle. Heißes Wasser spritzte auf und zischte, als es in die Flammen tropfte. Talia trat vorsichtshalber einen Schritt zurück.

»Luguaedon ist mein Lehrmeister. Es ist meine Aufgabe, hier zu sein!«

Vebromara sah sie aufgebracht an. »Du warst bis jetzt noch nicht einmal in diesem Haus!«, erinnerte sie Talia. »Du hast nicht gesehen, was dich da drinnen erwartet!«

Talia beobachtete, wie sich die feinen Härchen auf Vebromaras Unterarmen aufrichteten. Kurz darauf kroch die Gänsehaut auch ihr die Arme hinauf. »Kranke fühlen sich wohl in meiner Nähe«, sagte sie und ärgerte sich, wie dünn ihre Stimme klang.

Die Schreie der Sterbenden drangen noch immer durch die herausgebrochene Tür des Hauses, peitschten über die blutbefleckte Schwelle hinweg und gegen die Nerven des Mädchens.
»Sogar Luguaedon sagt das! Er sagt, Kranke würden in meiner Nähe ruhiger werden.«
»Diese hier nicht.« Vebromara wischte Talias Einwand mit einer Handbewegung weg. »Diese Männer sind nicht krank, Talia, sie sind verbrannt! Du hast ihre Wunden noch nicht gesehen, hast noch nicht den Gestank verkohlter Haare gerochen, sonst würdest du anders reden! Wenn die Haut Blasen wirft, aufplatzt und …«
Talia wandte sich ab. In der Ferne, am schmalen Saum zwischen Wald und Feldern, konnte sie die weißen und blauen Umhänge der Geweihten erkennen. Die Gestalten ihrer Schüler huschten zwischen ihnen hin und her, beladen mit Holz für das Feuer, das die Toten verschlingen sollte.
»… und wer weiß, ob die Boier nicht wiederkommen, um ihr Werk zu vollenden.« Vebromara rührte die eingeweichten Leinentücher um, als hinge ihr Leben daran. Ihre Lippen waren zusammengepresst, die Brauen unter dem von grauen Strähnen durchzogenen Haar gerunzelt.
Talia schüttelte den Kopf. »Weshalb sollten sie zurückkommen und uns angreifen? Luguaedon meint, unsere Druiden würden sich nicht an Kämpfen mit den Boiern beteiligen.«
»Und wenn es anders wäre, glaubst du, du würdest es als Erste erfahren?« Vebromara fischte eine der Bandagen aus dem Wasser und legte sie auf die hölzerne Brunneneinfassung. Sie berührte sie mit den Fingerspitzen, doch das helle Leinen war noch zu heiß, um es auszuwringen. Vebromara rieb sich die Hände am Saum ihres Hemdes ab und kramte nach ihrer Schere.
Das Schreien endete abrupt. Kurz darauf erklang Luguaedons ärgerliche Stimme. Irgendetwas fiel im Inneren des Hauses zu

Boden, dann stolperte einer der Schüler über die Schwelle nach draußen. Neben den Pfosten des Vordachs stürzte er auf die Knie und übergab sich. Der Schatten seines Lehrers fiel auf ihn.

»Talia!« Luguaedon ignorierte die Würgegeräusche zu seinen Füßen. »Komm her! Du wirst mir helfen! Vebromara, sieh zu, dass wir endlich frische Verbände bekommen!«

Ohne auf eine Reaktion zu warten, drehte er sich um und verschwand im Inneren des Gebäudes. Wenig später trugen zwei ältere Schüler die Leiche eines Mannes nach draußen. Sie gingen gebückt unter der Last und mit unsicheren Schritten. Als sie an den beiden Frauen vorbeikamen, sah Talia die kleine Stichwunde in der Brust des Toten, direkt über dem Herzen. Aufgeplatzte Haut und Blasen bedeckten die Hälfte seines Oberkörpers, das Gesicht war vom Hals bis zum rechten Ohr bis zur Unkenntlichkeit verbrannt. Talia spürte, wie ein Schweißtropfen die Innenseite ihrer Schenkel nach unten rann. Ihr Magen verkrampfte sich.

Vebromara strich ihr über den Kopf und die plötzlich kalten Wangen. »Ich kann ihm sagen, dass du zu jung bist …«

»Ich bin vierzehn Jahre alt!« Talia riss sich los. Verärgert nestelte sie an den gelben Bändern in ihrem Haar und wich dem scharfen Blick ihrer Ziehmutter aus.

Vebromara stützte die Hände in die Hüfte. »Du bist ein Kind!«, schnappte sie. Einen Herzschlag später bereute sie ihre barschen Worte. Mit einer ausholenden Armbewegung deutete sie auf den zerstörten Hof, die angrenzenden Felder und den schmalen Pfad, der von der Straße fort in den Wald führte. Sanfter murmelte sie: »Du solltest einfach nicht hier sein! Wir beide sollten nicht hier sein.«

Talia kniff die Augen zusammen. Ihre Eingeweide zogen sich schmerzhaft zusammen, und ihre Stimme war heiser, als sie plötzlich begriff. »Es war hier, nicht wahr? Damals, als ich geboren wurde? Hier bei diesem Hof! Du hast immer gesagt, es wäre an der Straße von Menosgada nach …«

»Nein, es war nicht hier!« Vebromara zupfte an den weiten, mit bunten Karos bestickten Ärmeln ihres Kleides, die sich mit Wasser vollgesogen hatten. »Es war in der Nähe, aber nicht hier. Diesen Hof gab es damals noch nicht. Sonst wären deine Eltern hier abgestiegen, und ich wäre ihnen nie begegnet.«

Mit weit aufgerissenen Augen sah Talia zu dem Pfad hinüber, der zwischen den Bäumen verschwand. Beinahe glaubte sie, ihren Vater zu sehen, wie er auf seinem hochgewachsenen Rappen über die Felder floh. Der Mantel flatterte wie eine dunkle Wolke in seinem Rücken – der Schatten eines Feiglings.

Vebromara vergewisserte sich, dass niemand sie belauschen konnte, bevor sie sich vorlehnte und flüsterte: »Pass auf, dass du nicht zu nahe an den Fluss gehst, der hinter den Bäumen fließt. Vielleicht ist die Flussgöttin immer noch wütend, dass ich …«

»Wenn die Göttin glaubt, dass ihr etwas genommen wurde, soll sie es sich von meinem Vater holen!«

Der Hass in Talias Stimme ließ Vebromara einen Schritt zurückweichen. Langsam schüttelte sie den Kopf. »Manchmal frage ich mich, ob es nicht ein Fehler war, dir die ganze Geschichte zu erzählen.«

»Hättest du mich lieber mein Leben lang belügen wollen?«

»Manchmal sind Lügen gnädiger.«

In der unangenehmen Stille, die Vebromaras Worten folgte, steckte Luguaedon erneut seinen Kopf durch den Türbogen und rief: »Seid ihr taub? Wie lange möchtest du uns denn noch warten lassen, Talia? Hier sind Verletzte, hast du das vergessen? Und bring frisches Wasser mit!«

Luguaedons Kopf verschwand abermals im düsteren Inneren des Gebäudes. Talia blickte Vebromara noch einmal aufgebracht an, dann griff sie nach einem Eimer. Sie warf ihn in den Brunnen und zog das andere Ende des Seils durch den Haken am Gestell, während sie darauf wartete, dass er volllief. Sie dachte, dass Vebromara ihr helfen würde, ihn hochzuziehen, doch nichts geschah. Mit dem Seil in der Hand drehte Talia sich um.

Vebromaras Blick ging an ihr vorbei und nach oben. Kaum merklich deutete sie mit dem Kinn in die Richtung. Talia sah zum Stall hinüber, dessen Tür ebenfalls herausgebrochen war. Das verdrehte Bein einer toten Kuh lag hinter dem Eingang, umschwirrt von einer Wolke aus Fliegen. Talia wollte Vebromara schon fragen, was sie meinte, dann bemerkte sie es.

Eine Eule saß auf der Kante des Stallgiebels. Sie war klein und zerzaust und blickte aus großen, goldfarbenen Augen zu den beiden Frauen hinunter. Die Büschel an den Ohren zuckten im leichten Wind, und die scharfen Klauen bohrten sich so fest in das Dach, dass das Holz splitterte. Talia fuhr zusammen, als eine Welle aus Schmerz durch ihren Unterleib schoss, so als würden die Klauen des Vogels sich in ihr Innerstes krallen und es zerreißen.

»Wieso zeigt sie sich uns?«, flüsterte Vebromara an Talias Ohr. »Wir sind keine Seher! Was hat das zu bedeuten?«

Talia zuckte mit den Schultern. Sie wusste nicht viel über Eulen und die Botschaften, die sie brachten, denn sie war kein Druide, und dieses Wissen war geheim. Eigentlich hätte sie sich sogar abwenden sollen, erinnerte sie sich, denn es war Uneingeweihten verboten, einer Eule in die Augen zu sehen. Aber sie konnte den Blick nicht losreißen. Der Schnabel der Eule stand leicht offen, so als würde sie lachen. Talia glaubte, ein leichtes Blitzen um ihren Kopf herum zu sehen – wie aufstiebende Funken eines hungrigen Feuers –, doch als sie blinzelte, war der Eindruck verflogen. Einen Moment später breitete die Eule die Flügel aus. Sie tauchte in einem sanften Bogen nach unten und flog dicht an den beiden Frauen vorbei. Talia meinte einen Augenblick lang, eine leichte Berührung wie von Federn an ihrer Schläfe zu spüren, aber es war nur ihr eigenes dichtes Haar. Kurz darauf verschwand die Eule in der Dunkelheit des Waldes auf der anderen Straßenseite.

»Ich lasse es besser Ientus wissen«, murmelte Vebromara nach einem weiteren Moment, in dem sie zu der Stelle gestarrt hatten, wo die Eule zwischen den Kiefern verschwunden war. »Sollen sich die Druiden darüber Gedanken machen, was dieses Omen bedeuten mag!«

Talia verwischte, ohne hinzusehen, einen weiteren Schweißtropfen zwischen den Knien. Sie erinnerte sich an das Seil in ihrer Hand und begann, den Eimer hochzuziehen. Als sie ihn schließlich zum Haus schleppte, war Vebromara bereits auf halbem Weg über die Felder.

Im Inneren des Gebäudes war es nur unmerklich dunkler, aber deutlich wärmer. Hitze strahlte von den verkohlten Balken im hinteren Teil nach vorne, wo die Verwundeten versorgt wurden. Der beißende Gestank von verbranntem Fleisch und Haaren hing noch immer in der Luft. Die Brise, die draußen wehte, schien ihn im Inneren des Hauses einschließen zu wollen. Holz knackte und bildete eine düstere Geräuschkulisse zum abgehackten Atmen der Verwundeten. Über allem erhoben sich die Intonationen der Heiler.

Elf Verwundete lagen aufgereiht an der Nordwand bis zu den herabgestürzten Balken der hinteren Haushälfte, sechs weitere ihnen gegenüber an der anderen Seite. Der Anblick brachte Talias Schläfen zum Pochen. Sie stellte den Eimer neben den Eingang und presste Zeigefinger und Daumen auf die Innenseiten ihrer Brauen, aber der Schmerz ließ nicht nach.

»Wenn dir auch schlecht wird, kannst du draußen bleiben!« Luguaedons Stimme war ungeduldig. Er schob sie beiseite, um eine Schüssel mit rot gefärbtem Wasser vor der Tür auszukippen. Mit einem Schöpfer nahm er frisches Wasser aus Talias Eimer.

»Es geht schon.« Noch immer blitzten Punkte hinter ihren Augen auf so wie tausend stumme Stimmen, die alle ihre Aufmerksamkeit verlangten. Talia bemühte sich, sie zu ignorieren. Sie wusste nicht, was mit ihr los war, und schämte sich für ihre Schwäche.

»Was soll ich tun?«

»Der Dritte in der Reihe. Er wird überleben, wenn ihn der Schmerz nicht umbringt.« Talias Blick folgte Luguaedons ausgestrecktem Finger. Sie sah einen Jungen, der mit nacktem Oberkörper und einem breiten Verband um die Taille auf einer Decke lag. Seine Lippen bewegten sich, als würde er ein lautloses Gespräch führen, der Rest seines Gesichts war verzerrt.

»Ich habe ihn genäht. Sieh zu, dass er sich nicht zu stark bewegt, sonst reißt die Wunde wieder auf.«

Talia entspannte sich etwas. Luguaedon schien ihre Erleichterung zu bemerken, denn ein knappes Lächeln huschte über sein Gesicht und er klopfte ihr auf die Schulter.

Talia griff nach einem Lappen und einer Schüssel, die sie mit Wasser füllte. Sie umrundete die Feuerstelle in der Mitte des Hauses und trat an die Seite des Jungen. Links von ihr, nur einen Schritt entfernt, lag ein älterer Mann. Blut überkrustete das eine Auge, die Brauen waren versengt, ebenso der nach unten gebogene Schnurrbart. Sein rechtes Ohr hing in Fetzen. Die Schulter war eine einzige formlose Masse, die ein rosafarbenes Sekret absonderte. Er bewegte sich nicht. Talia stellte fest, dass sie wie gebannt auf seine zerstörten Züge starrte, und musste sich zwingen, wegzusehen.

Etwas berührte ihren Fußknöchel. Der Junge mit der Schwertwunde hatte sich bewegt, und seine Hand war über ihre Sandale gefallen. Als Talia in die Hocke ging und die Schüssel abstellte, bemerkte sie Blut an der Innenseite ihrer Schenkel. Entsetzt starrte sie es an. Der Schmerz in ihrem Kopf kehrte mit aller Macht zurück, bohrte glühende Krallen in ihre Seele und zerriss sie.

Talia fiel zur Seite und stieß mit dem Kopf gegen die zerstörte Schulter des Mannes neben ihr. Ein Brüllen drang aus seiner Kehle, dann krallten sich schwarze Nägel in Talias Fleisch. Sein Körper bog sich nach oben. Blaues Feuer explodierte vor ihren Augen. Sie sah die schrillen Farben einer Seele, die das Leid nicht mehr ertragen konnte und gegen sie anbrandete, sie überschwemmte mit ihrer Pein und dem Wunsch nach einem Ende. Sie hatte das Gefühl, sich aufzulösen, ausgelöscht zu werden von noch mehr Licht in schillernden Blautönen, das blitzte und beladen war mit rotem Schmerz. Wie glühender Stahl hämmerte es von allen Seiten auf sie ein, und seine Farben waren Schreie.

In der Ferne hörte Talia Luguaedons Rufe. Der Boden bebte unter hastigen Schritten. Starke Hände lösten den Griff des Mannes von ihrem Handgelenk. Etwas Schweres prallte gegen ihren Kopf, dann ertränkte Dunkelheit das Feuer.

I.

Süddeutschland, 120 v. Chr.

1. Kapitel

Ich habe keinen Vater!«

Vebromaras Kopf sank auf die Decken, ohne den Blick von Talia zu wenden, die mit verschränkten Armen vor der Lagerstatt stand. Kalte Luft wehte an ihr vorbei ins Innere des Hauses, vorbei am Herdfeuer, das kurz aufloderte, und weiter zu Vebromara, die schaudernd die Decken bis zum Hals zog.

»Denk darüber nach!«, drängte Vebromara. »Er ist der Einzige …«

»Nein!«

»… Verwandte, den du hast!«

Talia riss ihren Mantel an sich und stürmte nach draußen. Die Tür schlug hinter ihr zu. Vebromara schloss die Augen.

Vor dreizehn Nächten hatte das neue Jahr begonnen; jetzt wartete der Winter darauf, Einzug zu halten. Auf der Hochfläche der Alb hatte es bereits zweimal geschneit. Die kalte Luft verschlimmerte Vebromaras Husten und ließ sie ununterbrochen frieren. Dauernde Erschöpfung und schmerzende Muskeln fesselten sie an ihr Lager, während sie kaum mehr Hunger verspürte und immer weniger aß. Eine Zeit lang hatte Vebromara ihren Körper gehasst, seine Schwäche und die schleichende Krankheit verflucht, aber jetzt empfand sie nur noch Müdigkeit. Sie wusste, sie führte einen Kampf, den sie nicht gewinnen konnte, und das Einzige, was ihr blieb, war, darauf zu warten, dass die Herren der Anderen Welt ihre Seele endlich zu sich riefen.

Vebromara glitt in den leichten Schlaf einer alten Frau, der keinen Frieden brachte. Gesichter geisterten vor ihren Augen: das bleiche Antlitz von Talias Mutter Netacari, die zwischen ihren Händen verblutete, Talias zerknitterte Stirn, die Male, die den Handrücken ihres Vaters zierten, als er sich selbst biss, um den Schmerz erträglicher zu machen. Regen fiel auf das Dach der Hütte, tränkte seinen Mantel binnen Augenblicken, als er davonritt. Seine jungen Augen waren tot gewesen. Vebromara erinnerte sich nicht mehr, welche Farbe sie gehabt hatten. Damals schienen sie schwarz – so dunkel wie die Löcher in der Lunge des Stiers, den Ientus zum Seelenfest geschlachtet hatte. Talias Eltern verblassten hinter den neuen, kaum einen Monat alten Bildern, die sich wie Geister aus den Schatten erhoben und an Vebromara vorbeiströmten, sie in ihrer Ohnmacht verhöhnten. Im Traum erlebte sie erneut, wie der Druide die dampfenden Organe aus dem Inneren des Stiers gezogen und in Schüsseln gefüllt hatte. Eines der Gefäße war umgefallen und hatte seinen Inhalt vor Vebromaras Füßen verschüttet. Blut war auf ihre hellen Hirschlederschuhe gespritzt, rostbraune Flecken, die sich nicht mehr auswaschen ließen. Vebromara war keine Seherin, dennoch wusste sie, was die löchrigen Lungen des Stiers und das Blut auf ihren Schuhen bedeuteten.

Laute Rufe weckten Vebromara. Sie hörte jemanden draußen am Versammlungshaus vorbeilaufen, dicht gefolgt von einem leisen Knarzen, als das große Tor der Hofanlage geschlossen wurde. Ientus überdröhnte die aufgeregten Stimmen der Schüler und befahl Stille. Vebromara wartete geduldig. Sie war allein. Die Köchin aus dem Dorf, die ihre und Talias Pflichten während Vebromaras Krankheit übernommen hatte, war bei den Getreidespeichern, und ihr Mann besserte zusammen mit seinen Söhnen den Bohlenweg aus, der das schlammige Stück Weg zum See hin überquerte. Die Druiden hatten ihre Lehre für diesen Tag schon mittags beendet und die Schüler fortgeschickt. Bis auf Vebromaras schweres Atmen war im Versammlungshaus alles still.

Vebromara verstand kein Wort von dem, was draußen gesprochen wurde. Pferde wieherten, dann schien das Tor wieder geöffnet zu werden. Die Stimmen wurden leiser, dafür liefen viele Beine an der Tür vorbei, schnell in die eine Richtung, ins Innere der Gebäudeanlage, langsamer, wie von Gewicht beladen, wenn sie zurückkamen. Sanft quietschend wurde ein Leiterwagen vorbeigeschoben. Das Herdfeuer begann, herabzubrennen.

Sonnenuntergang war bereits lange vorbei, als Talia wieder zur Tür hereinkam. Sie hängte ihren Mantel an einen Haken und trat an den großen, silbrig schimmernden Topf, der auf einem Gestell über dem Herdfeuer befestigt war. Sie hob den Deckel, und der Geruch von Fleisch und Zwiebeln erfüllte den Raum. Auf einem flachen Tisch standen Schüsseln und Brote bereit.

»Es sind Söldner gekommen – Nordvolk«, erzählte Talia, während sie sich auf einen Schemel neben Vebromaras Lagerstatt setzte. Ihr schlanker Körper beugte sich vor. »Sie haben ihre Familien und einen Teil der Männer bei Menosgada und den Hundewächtern zum Überwintern zurückgelassen. Sie wollen nach Süden, nach Alte-Stadt. Es sind etwa einhundertzwanzig Krieger, zwanzig von ihnen sind krank. Sie werden einige Nächte lang nicht weiterziehen können. Ientus und Luguaedon lassen sie neben dem Weg ein Lager aufschlagen.«

Abermals öffnete sich die Tür, und die ersten Schüler strömten in das Versammlungshaus. Sie nahmen sich Schüsseln, füllten sie mit Eintopf, rissen sich Brot ab und setzten sich auf die Felle vor dem Tisch. Ihre aufgeregten Stimmen füllten den Raum. Es kam selten vor, dass sich eine große Gruppe von Kriegern an der Schulanlage einfand. Sie lag abseits der Straße und diejenigen, die zum Heiligtum wollten, bogen vorher in den Wald ab. Aber die älteren Schüler erinnerten sich noch gut an den Sommer vor sechs Jahren. Damals hatte es schlechte Ernten gegeben, und die Hundewächter waren in Kämpfe mit den Boiern verwickelt worden. Plündernde Horden aus den Gebieten jenseits des Berglands hatten die Kämpfe zwischen Vindelikern und Boiern ausgenutzt und waren an Menosgada vorbei weit nach Süden vorgedrungen. Die Nordmänner hatten Siedlungen verwüstet und Vieh geraubt. Es hatte zwei Monate gedauert, bis die Straßen wieder sicher waren. Seitdem war es ruhig geblieben. Der Handel mit den Stämmen des Nordens blühte, und so mancher Herr bezahlte von Zeit zu Zeit nordische Söldner für ihre Dienste. Einige meinten jedoch, dies sei nur die Ruhe vor dem Sturm. Besorgniserregende Gerüchte machten die Runde, genährt von Händlern, die die Flüsse entlang nach Norden bis an das große Meer fuhren. Sie berichteten von schlechten Ernten, Stürmen und von zu vielen Menschen auf zu wenig Land. Nachbarstämme überfielen sich gegenseitig. Ganze Sippen verlegten ihre Wohnplätze, aber wo sie auch hinkamen, trafen sie auf besetzte Siedelplätze und ausgelaugte Felder. Einige Männer, hieß es, nutzten die Situation, beseitigten die größten Landherren und nannten sich Könige. Die wenigsten blieben es lange.

»Gut, dass Suadurix gestern das Mehl gebracht hat«, bemerkte Vebromara beiläufig und unterbrach damit Talias müßige Gedanken. »Dann haben wir wenigstens genug, um alle verpflegen zu können. – Hast du ihn gesehen?«

»Wen?«

»Suadurix.«
Talia schüttelte stumm den Kopf. Über ihren Köpfen setzte ein leises Prasseln ein – Tropfen, die auf das riedgedeckte Dach fielen.
»Ich verstehe immer noch nicht, warum du ihn verschmäht hast. Er hätte gut für dich gesorgt.«
»Lass es!«
»Ich will dich nur warnen, Talia! Du zählst bald neunzehn Jahre. Wenn ich tot bin und kein Verwandter Anspruch auf dich erhebt – oder wenn du nicht heiratest –, werden sie dich für sippenlos erklären!«
»Ich habe hier einen Platz! Luguaedon und die Druiden werden meine Sippe sein.«
»Und das willst du? Sie sind keine Familie! Willst du dein Leben in die Hände von Fremden legen? Deine wahre Sippe lebt …«
Vebromara verstummte. Ihre Hände krampften sich in die Decken, die ihren mageren Körper umhüllten. Einen Moment lang waren beide Frauen still. Draußen wurde der Regen stärker.
»Warum tust du das?« Talias Stimme klang gefährlich ruhig.
»Was?«
»Er wollte mich töten lassen! Wie kannst du mir vorschlagen, ihn zu suchen? Du selbst hast mir erzählt, wie …« Talia stockte kurz. »Du selbst hast mir das Gold gegeben, das er bezahlt hat!«
Vebromara holte tief Luft. Sie wollte Talia erklären, dass dies nicht die Zeit war, in der sie sich Bitterkeit erlauben konnte, aber ein Hustenanfall war alles, was folgte. Vebromara krümmte sich trotz des Stechens zwischen ihren Rippen. Dunkle Blutflecken zierten den hellen Stoff des Ärmels, den sie gegen den Mund gepresst hielt. Verstohlen krempelte sie ihn um, aber sie ahnte, dass Talia es bereits gesehen hatte – ebenso wie Luguaedon, der gerade den Raum durchquerte und neben sie trat.

»Der Regen hält an. Wir werden die Kranken hierher schaffen lassen«, sagte Talias ehemaliger Lehrer, während er neben Vebromara in die Knie ging. Sein hagerer Körper unter dem dünnen Mantel roch nach Thymian. »Vielleicht willst du lieber zu den Schülern ziehen?«

Vebromara griff dankbar nach dem Aufschub, den die Frage des Heilers ihr gewährte. Sie wollte nicht mit Talia streiten. Im Grunde hatte sie auch keine Ahnung, was sie ihr sagen sollte. Talia wusste genauso gut wie sie, was damals, kurz nach ihrer Geburt, geschehen war.

Vebromara schluckte das Blut in ihrem Mund herunter und räusperte sich. »Ich bleibe hier!«

Luguaedon verzog das Gesicht. »Die Grippe ist in die Söldner gefahren. Sie springt von einem starken Mann zum nächsten, und Amulette können sie nicht aufhalten. Sie wird auch deine Kräfte verbrennen, Vebromara, und du hast nicht mehr viel Kraft übrig!«

Vebromara erwiderte nichts, aber ihr störrisch vorgeschobenes Kinn sagte alles. Luguaedon seufzte. Talia war nicht die Einzige, die regelmäßig an der Sturheit der alten Frau scheiterte.

»Es sind etwa zwanzig Männer, die hier untergebracht werden müssen«, fuhr Luguaedon kurz darauf fort. »Talia wird dir gesagt haben, dass es sich um Nordvolk handelt, trotzdem sprechen einige von ihnen unsere Sprache. Wenn es dir zu laut wird, Vebromara, lass es mich wissen, dann bringen wir dich woandershin. Du brauchst Ruhe!«

Hinter Luguaedons Rücken beendeten die letzten Schüler ihre Mahlzeit. Sie wischten die Schüsseln mit dem restlichen Brot sauber, stellten sie in die Regale zurück und begannen, die Felle, die um den Tisch lagen, an den Längsseiten des Hauses auszulegen. Drei von ihnen hoben den Tisch an und trugen ihn an das andere Ende des Gebäudes. Die Köchin stellte einen

Topf mit heißem Wasser neben die Feuerstelle. Sie winkte Luguaedon zu sich.
»Frierst du?«, fragte Talia, nachdem der Heiler gegangen war.
Vebromara nickte.
»Sie werden das Feuer bald anschüren, und mit zwanzig Männern wird es gleich wärmer werden.«
»Einer würde auch schon reichen.«
Talia lächelte. Im Licht des Kochfeuers schimmerten ihre Augen golden. »Wirst du auf deine alten Tage genügsam?«
»Du ahnst nicht, wie es früher war …« Vebromara wusste, das stimmte nicht ganz. Talia war acht Jahre alt gewesen, als sie zum ersten Mal gesehen hatte, wie einer der Schüler unter Vebromaras Decken gekrochen war. In der Nacht war sie wach geblieben und hatte den gedämpften Geräuschen gelauscht, die von Vebromaras Lager ertönten. Am nächsten Tag hatte sie sich ein Stück Brot und einen Krug Wasser genommen und sich im Getreidespeicher versteckt. Es hatte den ganzen Tag, die ganze Nacht und weit in den nächsten Tag hinein gedauert, bis Vebromara sie endlich fand. Vebromara hatte Talia nicht fragen müssen, weshalb sie weggelaufen war. Sie wusste es. Sie wusste, dass Talia Angst hatte, ihre Ziehmutter würde schwanger werden. Bestimmt würde sie ein leibliches Kind mehr lieben als sie! Talia wollte nicht noch einmal verraten werden!
Ihre Ängste hatten sich jedoch als unbegründet erwiesen: Trotz zahlreicher Liebhaber, die Vebromara im Laufe ihres Lebens gehabt hatte, hatte sie nur zwei Kinder geboren. Beide waren kurz vor Talias Geburt gestorben.
Laute, unverständliche Stimmen und das Knarren der Tür zerrissen die lebhaften Bilder von Vebromaras Erinnerungen. Männer strömten in den Raum; sie stützten ihre Kameraden oder waren beladen mit Decken und Fellen. Nässe glänzte auf Mänteln und schlammbespritzten Stiefeln. Hemden und Ho-

sen waren einfarbig und dunkel; die Gürtel mit den zungenförmigen, eisernen Schnallen trugen die einzigen erkennbaren Verzierungen. Ihre Waffen hatten die Söldner abgelegt, wie es für Gäste üblich war.
Im Schatten der Tür stand ein Mann, den Vebromara nicht sehen konnte, denn das frisch geschürte Feuer blendete sie. Sie vernahm lediglich seine ruhige Stimme, die halblaute Anweisungen gab. Männer wurden auf mit Fellen bedecktes Stroh gelegt und ihre Schuhe zum Trocknen säuberlich neben der Herdstelle aufgereiht. Feuchte Kleidungsstücke wurden ausgezogen und an Haken an die Wand gehängt oder an Schnüre, die man rasch von einer Seite des Hauses zur anderen spannte. Der Geruch nach feuchter Wolle, Schweiß und Krankheit breitete sich in der Halle aus.
Vebromara beobachtete, wie die Köchin ihre Söhne anwies, ihre Decken die Leiter hinauf auf das schmale Podest knapp unter dem Dach zu schaffen. Stroh rieselte herab, als die Jungen oben ihre Lagerstätten einrichteten. Vebromaras und Talias Schlafplätze lagen zwischen der Seitenwand einer Vorratskammer und einer großen Truhe. Auf diese Art hatten sie einen kleinen Raum für sich geschaffen, der sie vom Hauptteil des Hauses trennte. Unter der Tür sprach Ientus mit dem Mann, der draußen in der Dunkelheit stand. Zwei Schüler Luguaedons drängten an ihm vorbei und zu den Kranken. Ein kurzer Ruf ertönte, dann verließen die gesunden Söldner das Haus. Die Tür schloss sich hinter ihnen und sperrte die klamme Feuchtigkeit der Nacht aus. Vebromara schlief ein.
Vom nächsten Morgen an herrschte geschäftiges Treiben im Versammlungshaus. Dreimal täglich schauten die Heiler mit ihren Schülern nach den Kranken, brühten Kräuter und sprachen magische Schutzformeln. Ein paar Männer verließen das Haus schon am nächsten Tag, aber so wie die einen sich bald besser

fühlten und in das eigentliche Söldnerlager außerhalb der Schulanlage zogen, erkrankten andere neu.
Vebromara unterhielt sich viel mit dem Söldner, der neben ihr lag. Walamer war schon recht alt, Ende vierzig, und graue Strähnen durchzogen seinen Bart. Er zeigte ein breites Grinsen, in dem jeder zweite Zahn fehlte, und sprach mit einem schwerfälligen Akzent. Der Söldner wusste viele Abenteuer und Geschichten zu erzählen, nordische Sagen und Lieder, berichtete Vebromara vom Meer, von Fahrten zu weit entfernten Inseln und von den großen Stämmen des Nordvolkes, den Kimbern, Ambronen und Teutonen.
Talia runzelte die Stirn, als sie sah, wie dicht Vebromara und Walamer nebeneinander saßen. Sie machte sich Sorgen, dass der fiebernde Söldner Vebromara anstecken könnte, aber Vebromara wischte ihre Einwände beiseite. »Du kannst mir kein zweites Leben verschaffen«, sagte sie.
»Nein, aber vielleicht ein paar Wochen mehr.«
»Für dich oder für mich?«
»Macht das einen Unterschied?«
»Mir ist es nicht wichtig.«
»Ich glaube dir nicht!«
»Dann finde es heraus!«
Talia presste die Lippen zusammen. Vebromara beobachtete, wie sie die Schultern in die Höhe zog und vergeblich versuchte, ihre Unruhe zu verbergen. Seit jenem Tag bei der Herberge vor knapp fünf Jahren, als Talia zur Frau geworden und ihre Gabe wie ein roter Sturm über sie hereingebrochen war und ihre Seele beinahe vernichtet hätte, hatte Talia die Macht, Seelen sehen zu können, als Fluch betrachtet, voller Argwohn und Angst. Sie wusste nicht, wie sie sich gegen den Ansturm fremder Gefühle wappnen sollte, wenn sie es zuließ, dass ihre Seele sich mit der eines anderen Menschen verband. Sie fürch-

tete die rätselhafte Macht, die in den schillernden Farben verborgen war, das Unkontrollierbare, vor dem die Druiden sie bei jeder Gelegenheit warnten. Sie sei eine Gefahr, hatte Luguaedon ihr erklärt, als er ihr einige Nächte nach jenem schicksalhaften Tag mitteilte, dass er sie nicht weiter in der Heilkunst unterrichten würde. Sie sei eine Gefahr für sich und alle, die ihr nahe kamen. Talia würde das Leid der Kranken und Sterbenden nicht ertragen können, wenn sie Heilerin würde, und wer konnte wissen, was das für ihre Seele und die Seelen der Kranken bedeuten konnte! Vielleicht würde sie selbst sterben, vielleicht würde sie die Seelen der Menschen, die sie berührte, verletzen! Selbst wenn ihre Gabe Talia zu Dingen befähigen mochte, die sonst einzig den Druiden vorbehalten waren, würde sie sie niemals beherrschen können.

Im Laufe der Jahre hatte Vebromara immer wieder versucht, Talia davon zu überzeugen, dass ihre Gabe auch ein Geschenk sein konnte, kein Fluch. »Macht ist immer zweischneidig«, pflegte sie zu sagen. »Man kann sie zum Guten wie zum Schlechten verwenden.« Macht ließ nicht zu, dass jemand vor ihr floh. Wenn Talia nicht nach ihr griff und ihr ihren Willen aufzwang, würde die Macht sie irgendwann einholen, wenn sie am wenigsten damit rechnete. Und dann würde sie Talia vernichten.

»Glaubst du, dass du mich fürchten musst?«, fragte Vebromara sanft. Einen Moment lang war es still. Talia knabberte noch immer an ihrer Unterlippe. Schließlich sah sie sich um, ob sie auch niemand beobachtete, dann streckte sie die Finger aus. Ganz sacht berührte sie Vebromaras Schläfe. »Wenn du keine Angst hast, brauche auch ich keine Angst zu haben«, murmelte Talia und schloss die Augen. Sie musste sich nicht konzentrieren, in den Tagen ihrer Blutung war die Gabe am stärksten.

Talia sah die verblassenden Farben von Vebromaras Seele: ein nebelhafter blauer Schimmer, der vor ihren Augen zu zerfasern schien. Es war, als wenn nur der Rauch von einem Feuer übrig blieb, das einst hell im Körper brannte und dessen Schein nun immer mehr verblasste. Trotz der Trauer, die der Anblick in ihr weckte, atmete Talia erleichtert auf. Da waren kein Schmerz, keine Angst und keine Verzweiflung, keine Blitze, die sie versengten. Vebromaras Seele war im Einklang mit dem Weg, der vor ihr lag.

Talia entspannte sich und unterbrach die Verbindung. Flüsternd begann sie die Intonationen, die ihr die Druiden beigebracht hatten. Sie lenkten ihre Gedanken ab und sperrten das Feuer der Seelen in ihrer Umgebung fort. Als sie die Augen schließlich wieder öffnete, stand Ientus vor ihr.

Sein Schlag traf sie auf der Wange und riss ihren Kopf zur Seite. Durch das Rauschen in ihren Ohren hindurch hörte Talia Vebromaras Fluch und das Rascheln ihrer Decken, als sie sich bemühte, aufzustehen. Ientus drückte die alte Frau unsanft auf die Decken zurück.

»Ich dachte, du wärst vernünftiger!« Seine Stimme war leise, dennoch schnitt sie tiefer als sein Schlag. »Du weißt, was passieren kann, wenn du deine Gabe benutzt! Willst du all die Schmerzen dieser Menschen« – er deutete mit einer weiten Bewegung auf die Söldner – »auf dich lenken, sie spüren? Hast du nichts gelernt? Ihre Seelen werden dich ertränken und vielleicht werden sie nicht wieder in ihre eigenen Körper zurückfinden! Willst du das tatsächlich riskieren?«

Talia presste eine Hand auf ihre Wange. »Es tut mir leid!«, murmelte sie. »Ich wollte nur …«

»Es interessiert mich nicht, was du wolltest! Du hast dich an die Regeln zu halten, die wir aufstellen! Es beschämt mich, dass du so wenig Respekt vor jenen hast, die dir nur helfen und dich beschützen wollen! Oder glaubst du wirklich, alles besser zu wissen als wir?«

»Was ist passiert?«

Talia zuckte zusammen, als Luguaedons Stimme neben ihr ertönte. Sie hatte nicht gehört, dass ihr ehemaliger Lehrmeister hinter sie getreten war. Ihr Gesicht brannte vor Scham und von Ientus' Schlag. Sie versuchte, etwas zu sagen, aber Ientus kam ihr zuvor.

»Talia glaubt, Seelen seien zum Spielen da«, höhnte er. »Vielleicht hält sie sich aber auch für einen Gott! Oder einen Druiden!«

»Nein! Ich …«

»Es gibt nichts, was dein Verhalten entschuldigen könnte, Talia! Du musst lernen, dass deine Taten Konsequenzen nach sich ziehen, und das wirst du auch! Wir können nicht zulassen, dass du dich uns weiterhin widersetzt – schon zu deinem eigenen Besten nicht!« Ientus griff nach Luguaedons Arm. Er atmete tief durch. »Wir müssen uns unterhalten – ungestört!« Er zerrte den Heiler mit sich.

Mit großen Schritten durchquerten die beiden Männer den Raum. Die neugierigen Blicke der Söldner folgten ihnen. Grabesstille lag über der Halle. Als Ientus die Kapuze seines Mantels hochschlug, spürte Talia nochmals seinen Blick auf sich ruhen. Dann verschwand sein Gesicht im Schatten, und Talia sah nur noch den scharfen Grat seiner Nase. Krachend schlug die Tür hinter ihm zu.

Vebromaras kalte Finger krochen in die Innenfläche von Talias Hand. »Versprich mir, dass du nach Alte-Stadt gehst!«, drängte sie. »Deine Mutter muss ebenfalls Familie gehabt haben! Sie werden dich bestimmt nicht verstoßen! Sie werden dich lieben, so, wie Netacari dich geliebt hätte! Sie sind bestimmt nicht wie dein Vater!«

Talia seufzte. Sie ließ sich neben Vebromara auf ihr Lager fallen und versteckte das Gesicht zwischen den Knien. »Du hast doch selber gesagt, dass all deine Nachforschungen über meine Mutter zu nichts geführt haben! Sie war eine Fremde, und womöglich hatte sie gar keine Familie in Alte-Stadt. Was also soll ich dort? Weshalb sollte ich mehr Erfolg haben, Netacaris – *meine* – Familie zu finden als du?«

»Weil du dort wärst! Selbst wenn dein Vater sich weigert, dich anzuerkennen, wird er dir vielleicht sagen, wo deine Familie lebt! Deine Sippe! Siehst du nicht, wie wichtig es ist? Willst du wirklich hier bleiben? Was erwartet dich denn hier?« Vebromara gestikulierte wild zu der geschlossenen Tür. »Geh fort! Du wirst Caran niemals v…«

»Sprich leiser!«, zischte Talia erregt und zog unwillkürlich den Kopf zwischen die Schultern. »All die Jahre hast du mir eingebläut, niemandem seinen Namen zu verraten! Du hast sogar deine Nachforschungen eingestellt, damit keiner Verdacht schöpft! Und jetzt schreist du seinen Namen durch ein Haus voll mit fremden Söldnern?«

»Vielleicht haben wir zu lange geschwiegen.« Die Falten in Vebromaras Gesicht bildeten dunkle Rillen und verwandelten ihr Gesicht in etwas Fremdes. Vorsichtig, beinahe schüchtern, berührte sie Talias Handgelenk. Ihre Haut war kalt und feucht. Sie sah Talia nicht an, sondern blickte stattdessen auf ihre fleckigen Finger, die auf Talias glattem, hellem Unterarm grau und hässlich wirkten. Sie atmete noch immer schwer. »Es tut mir leid.«

»Was tut dir leid?«

Dass ich dir beigebracht habe, deinen Vater zu hassen, anstatt eine Enttäuschung zu lieben, dachte Vebromara. »Dass ich dir beigebracht habe, den leichten Weg zu gehen«, sagte sie laut.

»Ich gehe nicht …«

»Talia?«

Sie drehte sich um. Ein Junge stand hinter ihr, blass und mit einer ausgefransten Decke um die mageren Schultern. Er schwenkte einen leeren Becher vor Talias Nase und deutete auf seinen Mund. Talia nickte zum Zeichen, dass sie verstanden hatte.

Vebromara löste ihre Finger von Talias Handgelenk und musterte den Jungen blinzelnd. »Das ist Hari, nicht wahr? Wie alt ist er? Zwölf? Ziemlich jung, um mit lauter Söldnern unterwegs zu sein.«

Talia atmete erleichtert auf. »Ja, das stimmt«, antwortete sie. »Er war sehr krank, aber es scheint ihm jetzt besser zu gehen. Sein Fieber ist gesunken, und er isst wieder etwas. Sein Bruder soll der Anführer der Söldner sein, aber ich habe ihn noch nicht kennengelernt.« Talia legte Hari eine Hand auf die Schulter. »Ich muss mich um ihn kümmern. Wir reden später weiter, ja?«

Sie folgte Hari zu seiner Lagerstatt und ließ sich den leeren Wassereimer mit der Schöpfkelle zeigen. Talia nahm ihn und ging nach draußen, um Wasser zu holen. Als sie zurückkam, kauerte Hari gerade über seinem Nachttopf. Er stand auf, bedeckte die Schüssel mit einem Stück Rinde und reichte sie ihr. Er lächelte verlegen.

Abermals durchquerte Talia die Halle. Als sie diesmal an dem niedrigen Tisch vorbeikam, an dem einige Söldner saßen und würfelten, verstellte ihr einer der Männer den Weg. Er sagte etwas, was sie nicht verstand, dann griffen seine Hände nach ihrer Taille und zogen sie an sich. Seine Finger strichen über ihren Hintern. Talia reagierte, ohne nachzudenken. Sie stieß den Söldner mit den Ellbogen von sich, holte aus und schleuderte ihm die Schüssel an den Kopf. Würgend stolperte der Mann zurück. Der Inhalt von Haris Nachttopf überzog seinen Scheitel und tropfte von dort langsam an Wangen und Nase entlang nach unten. Gelächter brandete um Talia herum auf, als

sich die anderen Männer in ihren Decken aufsetzten. Sie johlten und klopften beifällig auf den Boden.
Talia floh nach draußen. Sie hörte das Lachen der Söldner noch, als sie schon zum Tor hinauseilte. Es vermischte sich mit Vebromaras Worten, der Geschichte einer Geburt und eines Verrats, der Talia wie ein Schatten verfolgte und niemals starb, und dem Pochen in ihrer Wange, wo Ientus' Hand sie getroffen hatte. Es war nicht der Schlag, der am meisten schmerzte. Wütend wischte sich Talia eine Träne weg, dann begann sie zu rennen.

Am nächsten Morgen erwachte Talia reichlich spät mit dunklen Ringen unter den geröteten Augen. Normalerweise begann sie den Tag bei Sonnenaufgang, doch jetzt fiel warmes Licht durch die offen stehende Tür und spiegelte sich auf einer weißen Decke, die alle Geräusche dämpfte. Kalte klare Luft strömte ins Innere des Gebäudes und vertrieb den Geruch von Krankheit und zu vielen verschwitzten Leibern auf engem Raum.
Vebromaras Augen glänzten. »Bringst du mich nach draußen?«, drängte sie, als Talia begann, ihr die Haare zu kämmen. »Bitte, Talia! Es ist so schön draußen! Ich will noch einmal den Schnee sehen!«
»Du solltest nicht …«
»Ich weiß, ich weiß! Doch welchen Unterschied macht das schon? Eine Nacht, zwei?«
Talia seufzte. Sie ging zur Tür und starrte hinaus. Der Himmel war wolkenlos und die Luft so still, dass es beinahe unwirklich war. Talia atmete tief durch und stellte überrascht fest, dass sie lächelte.
»Das Wetter wird halten. Ich bringe dich mittags nach draußen. Dann ist es etwas wärmer.«
Vebromara nickte eifrig. Talia versuchte sich daran zu erinnern,

wann ihre Ziehmutter das letzte Mal so munter gewesen war. Sie holte Brot und Käse, an dem Vebromara mit mäßigem Appetit knabberte; die andere Hälfte gab sie Hari. Der Junge lächelte sie dankbar an und verschlang das Frühstück wie ein hungriger Wolf.

Talia verbrachte den Vormittag damit, ihre Winterkleidung auszubessern. Sie war froh, dass Vebromara Garn und Tuche immer von einer Frau aus dem Dorf kaufte, denn sie selbst hatte fürs Spinnen und Weben nur wenig Geduld. Aber auch so gab es genug zu tun: Die verfilzte Wolle ihres Mantels wies Brandlöcher auf, und der Saum war eingerissen. Talia schlug ihn um und machte sich daran, ihn festzunähen. Sie hätte lieber draußen gearbeitet, in der Sonne und der frischen Luft, aber sie wollte Vebromara nicht allein lassen. Die alte Frau nickte an ihrer Seite immer wieder ein, doch kaum hatte die Sonne ihren höchsten Stand erreicht und war das Tropfen des schmelzenden Schnees lauter geworden, zupfte sie an Talias Ärmel. Ergeben legte diese ihr Nähzeug beiseite und schlang sich einen karierten Schal um die Schultern. Er war so breit, dass er ihren Oberkörper bis zu den Brüsten bedeckte und hinten weit über den Rücken fiel. Sie befestigte ihn mit einer schmucklosen eisernen Fibel, dann griff sie nach den blaugrünen Bändern in ihrer Schmuckschatulle. Während sie noch damit beschäftigt war, die Haare hochzubinden, knarzte hinter ihr die Tür, und die Stimmen der Söldner erhoben sich zum Gruß. Jemand antwortete und übertönte dabei mühelos das aufbrandende Gelächter. Aus den Augenwinkeln beobachtete Talia, wie sich ein Mann durch die Reihen der Kranken schob und sich über Haris Lager beugte.

»Ist das ihr Anführer? Haris Bruder?« Vebromaras Blick ging an Talia vorbei und blieb an dem Mann hängen. Talia achtete nicht weiter darauf. Sie zog Vebromara weite Hosen, Stiefel und zwei

Hemden an, dann warf sie sich ein paar Decken über die Schulter und bückte sich, um Vebromara aufzuhelfen.
So leicht Vebromara mittlerweile geworden war, lastete ihr Gewicht doch schwer auf Talia. Sie fasste ihre Ziehmutter unter den Achseln und legte sich Vebromaras Arm um die Schultern. Mit gebeugten Knien näherten sich die beiden Frauen der nur angelehnten Tür. Talia zwängte einen Fuß in die schmale Öffnung und hebelte sie vorsichtig auf. Einen Moment lang balancierte sie auf nur einem Bein und wankte bei dem Versuch, das Gleichgewicht zu halten.
Starke Hände griffen zwischen ihre Arme und hoben Vebromara so mühelos auf, als wöge sie nichts. Talia, plötzlich von ihrer Last befreit, hob überrascht den Kopf und blickte in klare blaue Augen unter dunkelblonden Haaren. Ein Netz von feinen Lachfältchen wurde sichtbar, als der Söldner Vebromara in seinen Armen zurechtrückte und mit dem Kopf nach draußen wies. »Wohin soll's gehen?«, fragte er.
Talia trat hastig einen Schritt zurück. »Nach draußen«, sagte sie.
»Tatsächlich?« Sein Lächeln wurde breiter. »Hätte ich nicht gedacht!«
Der Anführer der nordischen Söldner war groß, mindestens einen Kopf größer als Talia, mit breiten Schultern und einem gebräunten Gesicht. Er trug rostbraune Hosen und ein sandfarbenes Hemd. Die Ärmel reichten nur bis knapp über die Ellbogen, so dass Talia deutlich die Sehnen an seinen Unterarmen erkennen konnte. Er hatte große, langfingrige Hände mit sorgfältig geschnittenen Nägeln und einer schmalen Narbe auf dem linken Handrücken. Bis auf den breiten Mund sah er Hari kaum ähnlich, stellte Talia geistesabwesend fest. Vebromara starrte den Söldnerführer verzückt an.
»Wir wollten vor die Palisade«, erklärte sie, als Talia nichts sagte. »Dort steht rechts neben dem Tor eine Bank.«

Sie traten nach draußen. Vebromara schlang einen Arm um Atharics Hals und legte ihre Hand in seinen Nacken. Seine Haarspitzen fielen locker über ihre Finger.

Hoffentlich krault sie ihn nicht!, dachte Talia peinlich berührt und kniff die Augen angesichts der blendenden Helligkeit zusammen, die von dem Schnee und den weiß getünchten Häusern reflektierte. Die Schüler hatten einen Weg zwischen den Gebäuden und zum Tor hin freigeschaufelt, und unter den warmen Sonnenstrahlen war der Boden aufgeweicht. Nach drei Schritten waren Talias Schuhe mit einer Schicht aus Matsch überzogen, der hoch aufspritzte, wenn sie versuchte, ihn abzuschütteln. Davon abgelenkt, hörte sie gerade noch, wie Vebromara ihren Träger fragte, wieso sie ihn nicht früher gesehen hatte.

»Ich dachte, hier gibt es nur alte Männer«, antwortete Atharic. Er sah zu Talia hin und lächelte sie an. »Von hübschen Frauen hat keiner was gesagt.«

Talia spürte, wie Röte ihren Hals hinaufkroch, und war dankbar für den breiten Schal. Sie senkte den Blick auf ihre Stiefelspitzen und wäre kurz darauf beinahe gegen die Kante des Tors gelaufen. Vebromara kicherte schadenfroh.

»Dort, die Bank!« Sie wies ihn mit der Hand nach rechts. Atharic setzte sie vorsichtig ab. Sein Blick wanderte hinüber zum Lager seiner Männer, dann weiter zum Waldrand und zum See. Talia machte es Vebromara unterdessen bequem und deckte sie zu.

»Das ist ein guter Platz.« Atharic fing Talias Blick ein. Er verbeugte sich leicht. »Ich muss dir noch danken. Hari meinte, du hättest dich sehr gut um ihn gekümmert, und das bedeutet schon was! Jungen in seinem Alter sind normalerweise recht geizig mit ihrem Lob.«

»Ist er nicht noch ein bisschen zu jung, um Söldner zu spielen?«

»Er ist zwölf – alt genug. Was nicht bedeutet, dass es meine Entscheidung war, ihn mitzunehmen.«
»Wessen dann?«
Atharic grinste kläglich. »Einhundertzwanzig Männer folgen meinen Befehlen. Sie alle würden jederzeit für mich in den Tod gehen. Hari ist mein Bruder. Er würde mir nicht einmal einen Schuh bringen, wenn ich ihn darum bitte!«
Talia musste lachen. »Er ist euch heimlich gefolgt?«
Atharic nickte. Seine Augen hielten ihre noch einen Moment lang fest, und sie bildete sich ein, dass sich sein Lächeln vertiefte. Fasziniert und ein bisschen aufgeregt kam Talia nicht umhin zu bemerken, dass Atharic offenbar noch alle Zähne hatte.
»Macht es euch etwas aus, wenn ich Hari herbringe? Er langweilt sich.«
»Es wird dem Jungen bestimmt guttun«, erwiderte Vebromara mit erstaunlich fester Stimme, bevor Talia etwas sagen konnte. »Und ich würde mich über etwas Gesellschaft freuen.«
Talia wollte protestieren. Sie hatte eigentlich nicht vorgehabt, Vebromara hier draußen alleine zu lassen, aber was besondere Heilkräfte betraf, hatte sie offenbar das falsche Geschlecht.
»Ich bin gleich wieder da.«
Die beiden Frauen starrten dem Söldnerführer nach.
»Wie alt, glaubst du, ist er?«
»Ende zwanzig.« Talia antwortete, ohne nachzudenken.
»Wenn ich jünger wäre …«
»Bist du aber nicht!«
»Würde ich …«
»Lass das!«
»Wieso?«
»Weil …«
Talia fiel nichts ein. Sie ließ sich neben Vebromara nieder. Es tat gut, in der Sonne zu sitzen und die Wärme zu spüren, die durch

die Kleiderschichten in ihre Knochen drang. Sie entspannte sich.

»Seine Seele ist bestimmt ein riesiger Feuerball«, fuhr Vebromara wie beiläufig fort.

»Das ist kein Spiel! Du hast doch gehört, was Ientus gesagt hat!«

»Ientus macht sich wichtig wie alle Druiden! Glaub mir, ich kenne ihn lange genug.«

Talia hatte keine Lust, mit Vebromara zu diskutieren. Um sie abzulenken, sagte sie: »Es heißt, Ientus hätte eine alte Seele – eine, die viele Male aus der Anderen Welt wiedergekehrt sei. Ich wüsste gerne, ob das stimmt.«

»Ientus wird dich nicht nahe genug an sich heranlassen, um das herauszufinden. Er fürchtet dich.«

Sie schwiegen. Talia knabberte an ihrer Unterlippe. Nachdenklich fragte sie sich, ob Vebromara womöglich recht hatte. Talia wusste, dass die Druiden glaubten, ihre Gabe sei so stark, dass sie die Seelen in ihrer Umgebung beeinflussen konnte. Aber die Geweihten kannten doch bestimmt Mittel und Wege, um sich dagegen zu schützen, oder etwa nicht? Es waren Druiden! Weshalb sollte Ientus sie also fürchten?

Wenig später kehrte Atharic mit seinem Bruder zurück. Talia rutschte zur Seite, damit Hari sich setzen konnte. Der Junge beachtete sie nicht, sondern schnatterte die ganze Zeit in seiner eigenen Sprache auf Atharic ein.

»Du musst hier nicht sitzen bleiben«, sagte Vebromara leise zu Talia. »Wenn etwas ist, kann der Junge jemanden holen.«

Es war eine deutliche Entlassung. Unschlüssig stand Talia auf. Atharic unterbrach sein Gespräch mit Hari. »Ich bringe die beiden später zurück«, versprach er. »Mach dir keine Sorgen!«

»Gut.« Talia bemerkte, dass sie ihre Hände knetete, und zwang sich, damit aufzuhören. »Dann – bis später.«

Als sie zum Tor zurückging, kamen ihr weitere Nordmänner

entgegen. Sie begrüßten Talia mit einem breiten Grinsen und winkten Hari schon von weitem zu. Kurz bevor sie durch das Tor trat, drehte sich Talia nochmals um. Vebromara war hinter einer Gruppe Männer verschwunden. Talia hörte sie lachen. Vebromara starb am nächsten Morgen.

»Vielleicht hätte ich sie früher zurückbringen sollen.« Atharic ließ sich neben Talia nieder und streckte die langen Beine aus. Geistesabwesend klopfte er die Schuhspitzen gegeneinander, um den Matsch der aufgeweichten Wege abzuschütteln. Sein Blick ruhte auf ihr und registrierte die Tränenspuren auf den bleichen Wangen. Talia wischte sie hastig fort.

Es war vier Nächte her, seit sie Vebromara verbrannt hatten. Der Scheiterhaufen war am Rande des Heiligtums errichtet worden, auf einer sumpfigen Lichtung mit einem Tümpel in der Mitte. Es hatte geschneit, und ein kalter Wind hatte die Flammen zur Seite gedrückt. Nachdem das Feuer ausgeglüht war, hatten die Druiden Vebromaras Asche zusammengekehrt und in eine Schale gefüllt. Ientus hatte das Gefäß genommen und zum Heiligtum getragen. Dort hatte er die Asche am Fuße der Eichen verstreut. Sie hatte dunkle Flecken auf der dünnen Schneedecke gebildet.

Die eigentliche Totenfeier hatte jedoch am Abend zuvor stattgefunden, nach Sonnenuntergang auf dem freien Platz in der Mitte der Schulanlage. Ein Barde hatte mit Gesängen Vebromaras Seele auf ihrem Weg in die Andere Welt begleitet. Nachdem die letzten Sonnenstrahlen hinter der Palisade verschwunden waren, hatten die Druiden einen Kreis aus Eicheln um die Versammelten gezogen, um sie vor der Anderen Welt zu schützen. Bei Totenfeiern wurden die Grenzen zwischen den Welten dünn, und es war die Aufgabe der Druiden, die Seelen der Lebenden und der Toten voreinander zu schützen.

Ientus hatte bereits nachmittags das große Tor schließen lassen, so dass kein nordischer Söldner an der Totenfeier teilnehmen konnte. Fast alle Söldner waren mittlerweile gesund, und das Versammlungshaus bildete nun wieder den Mittelpunkt des Schulbetriebs. Atharic hatte eigentlich vorgehabt, am nächsten Morgen weiterzuziehen, aber dann war das Wetter umgeschlagen, hatte Stürme und mehr Schnee gebracht und die Söldner in ihrem behelfsmäßigen Lager festgesetzt. Seit gestern taute es nun wieder. Die Männer würden bald aufbrechen.

»Nicht einmal ein Gott hätte Vebromara dazu bewegen können, vor Sonnenuntergang wieder ins Haus zu kommen«, erwiderte Talia nach einer Weile.

»Wahrscheinlich nicht. Sie schien recht stur zu sein.«

Talias Lachen klang selbst in ihren eigenen Ohren bitter. »Anscheinend war ein Nachmittag genug, um das zu bemerken.«

»Bist du ihr einziges Kind?«

»Sie war nicht meine Mutter. Nur meine Ziehmutter.«

Atharic zog eine Augenbraue in die Höhe. »Solche Dinge scheinen plötzlich wichtiger zu werden, wenn jemand stirbt, nicht wahr?«

»Nein!« Zu ihrem Ärger bemerkte Talia, dass Tränen in ihren Augenwinkeln brannten. »Nein!«, wiederholte sie und verschränkte die Arme vor der Brust.

Sie wollte Atharic nicht ansehen und blickte daher angestrengt zu den kleinwüchsigen Pferden der Söldner hinüber, die neben dem Bach in Gehegen eingesperrt waren. Ihre Köpfe wippten auf und ab, und die langen Rücken wogten scheinbar ohne Unterlass von einer Seite der Einfriedung zur anderen. Die Tiere waren unruhig, und Talia konnte es ihnen nicht verdenken. Zu lange waren sie nun schon auf engstem Raum gefangen.

Atharic war ihrem Blick gefolgt. »Sie sehen vielleicht nach

nicht viel aus, aber sie sind zäh und schnell. Sie können es mit jeder boischen Reiterei aufnehmen.«

»Ich dachte, ihr hättet für die Boier gekämpft?«

»Für den, der uns bezahlt hat. Einmal waren es Menosgadas Hundewächter, öfters dagegen die Boier. Meistens wurden wir jedoch von anderen Stämmen des Nordens angeheuert.«

»Und was treibt euch jetzt so weit nach Süden?«

Atharic verschränkte die Arme hinter dem Kopf und lehnte sich zurück, bis sein Rücken das Holz der Palisade berührte. Talia musste sich umdrehen, um ihn ansehen zu können.

»Der Norden ist in Aufruhr. Kimbrische Stämme sammeln sich, um gemeinsam nach Süden zu ziehen. Sie überfallen ihre Nachbarn und alle, die auf ihrem Weg liegen, um ihren Zug zu versorgen. Es werden viele Tausende sein – unzählbar viele mit Familien, Wagen und Vieh. Sie werden den Flüssen durch das Land der Boier flussaufwärts folgen, bis sie den Danuius erreichen. Was dann passiert …« Er zuckte mit den Achseln.

»Was hat das alles mit dir und deinen Männern zu tun?«, fragte Talia. »Wenn die Kimbern den Norden verwüsten, solltet ihr dann nicht zu Hause sein, um eure Familien zu beschützen?« Erschrocken hielt sie inne. Sie hatte Atharic nicht beleidigen wollen, aber er schien nicht darauf zu achten.

»Die Mehrzahl unserer Leute tut das auch. Uns gehört Land direkt an einem der Flüsse. Mein Bruder ist Händler. Er reist jedes Jahr nach Norden zu den Bernsteinstränden. Er hat uns erzählt, was er gesehen hat und was wir zu erwarten haben. Er sprach von Banden junger Männer, für die es kein Land gibt und die ihre Nachbarn berauben und ermorden, von Frauen, die nichts essen, damit ihre Kinder nicht hungern müssen, und von Feldern, die so ausgelaugt sind, dass kein Halm mehr auf ihnen wächst. Seine Berichte haben den Stamm gespalten. Dreihundert Männer und ihre Familien haben sich mir und meinem Schwager angeschlossen. Im Spätsommer sind wir fortgezogen.«

»Und wo sind eure Familien und der Rest eurer Krieger jetzt?«

»Sie bleiben den Winter über bei den Hundewächtern und verdingen sich dort. Meine Frau und meinen Sohn habe ich zuletzt in Menosgada gesehen.«

Talia runzelte die Stirn. »Warum seid ihr nicht zu den Boiern gezogen, wenn ihr schon häufiger von ihnen angeheuert worden seid? Weshalb wollt ihr nach Süden, nach Alte-Stadt?«

»Wir sind auf Landsuche. Meine Männer und ich werden versuchen, uns bei vindelikischen Herren zu verdingen, und dafür das Recht zu siedeln erbitten. Zumindest für einige Jahre, bis sich die Lage in unserer Heimat wieder entspannt hat.« Atharic zuckte mit den Achseln. »Bei den Boiern gibt es kein freies Land. Und selbst wenn es das gäbe: Wenn erst Tausende von Nordmännern ihr Gebiet durchqueren, werden sie wohl kaum Platz für uns finden wollen, nicht wahr?«

»Und was ist mit dem Rest eures Stammes? Der, der im Norden geblieben ist?«

Die blauen Augen blickten gedankenverloren in die Ferne. »Wir wissen nicht, ob sie noch da sein werden, wenn wir in einigen Jahren zurückkehren. Vielleicht wird es kein Land mehr geben, das wir unser Eigentum nennen können. Entweder gehst du mit der Welle mit oder sie drückt dich unter Wasser. Verstehst du, was ich meine?«

Ehe Talia antworten konnte, ertönte Walamers barsche Stimme hinter ihr: »Was erzählst du dem Mädchen für Sachen, Junge? Versuchst du wieder, anderer Leute Weisheit zu versprühen?«

Aufgeweichte Erde quakte unter seinen Stiefeln, als Walamer neben sie trat. Er hatte sich Wangen und Kinn rasiert und die Enden des Schnurrbarts zu Zöpfen geflochten. Seine schulterlangen grauen Haare waren locker zurückgebunden. Am Ende des Bandes, das die Haare im Nacken zusammenhielt, baumelte eine Rabenfeder. Ein Bogen hing über seiner Schulter, und ein paar Pfeile steckten in seinem Gürtel. Wie die meisten Söldner hatte es ihn in der langen Zeit, in der sie jetzt schon festsaßen, immer wieder in den Wald zum Jagen getrieben.

Walamer bemerkte Talias bewundernden Blick und wuschelte ihr durch die Haare. »Lass dich nicht um den Finger wickeln! Atharic ist nicht so klug, wie er tut.«

»Ach ja? Und warum sitze ich dann neben der einzigen hübschen Frau weit und breit? *Und* ich habe noch nicht einmal einen Nachttopf ins Gesicht bekommen – oder seinen Inhalt!«

Talia schoss das Blut in die Wangen. Mit auf einmal großem Interesse starrte sie auf ihre Schuhspitzen und begann mit Nachdruck den Schlamm von ihren Sohlen zu kratzen.

Walamer kicherte. »Hat sich schnell rumgesprochen.«

»Ich wäre zu gern dabei gewesen!«

»Hari hat sich deswegen eine Ohrfeige eingefangen und musste drei Abende lang Latrinen schaufeln! Ich glaube, er wäre lieber noch länger krank geblieben.«

»Dabei hat er eigentlich gar nichts dafür gekonnt. Das mit dem Durchfall war einfach Pech.«

Talia suchte nach einem Loch, in das sie kriechen konnte. Schließlich rettete sie der Wagen eines Bauern, der dicht neben ihnen zum Tor hinausfuhr. Sein Rumpeln übertönte das Gelächter der beiden Männer und lenkte ihre Aufmerksamkeit ab.

»Euer Leben hier scheint recht angenehm zu sein«, stellte Atharic fest, während der leere Karren den Weg entlangrumpelte. »Euer Volk, die Vindeliker, sorgt gut für seine Druiden.«

»Und es weiß auch, warum!«

Talia zog unwillkürlich die Schultern in die Höhe, als Ientus so plötzlich zu der kleinen Gruppe trat. Irgendwie hatte er es fertiggebracht, durch den Matsch zu gehen, ohne den Saum seines langen weißen Gewandes zu beschmutzen. Wie meistens ignorierte er Talia und wandte sich direkt an die beiden Söldner. »Wann werdet ihr aufbrechen?«

»Wir werden nicht noch mehr Zeit verlieren«, erwiderte Atharic, nachdem er ein paar Worte mit Walamer gewechselt hatte. »Morgen Vormittag.«

Ientus neigte den Kopf zur Seite. »Der Mann, über den wir gesprochen haben, ist nicht der Einzige mit einem großen Namen in unserem Volk. Es gibt andere, die ebenfalls viel Einfluss haben, trotzdem würde ich mich an Caran wenden, sobald ihr nach Alte-Stadt kommt. In den letzten Jahren hat er seine Gefolgschaft ständig vergrößert und kontrolliert jetzt große Teile der Südstraße und die wichtigsten Zollstationen. Ich bin nicht mit allem einverstanden, was er tut, aber er sorgt gut für die Sicherheit der Wege. Mit all den Überfällen, die es dieses Jahr gegeben hat, mag er durchaus Arbeit für euch haben.«

Die Männer waren aufgestanden, während Ientus sprach. Langsam schlenderten sie auf das Tor zu und verschwanden aus Talias Blickfeld. Ihre Stimmen verklangen. Talia blieb alleine und mit klopfendem Herzen auf der Bank zurück.

Caran.

Allein seinen Namen aus Ientus' Mund zu hören, trieb ihr eine Gänsehaut über den Körper und ließ sie einen Moment lang die Trauer um Vebromara vergessen. Ientus schickte Atharic und seine Söldner zu ihrem Vater. Nach Alte-Stadt. War das ein Zeichen?

Ärgerlich schüttelte sie den Kopf. Sie sah Götter, wo keine waren.

Talia presste die Hände in den Rücken und streckte ihr Kreuz. Pflichten warteten auf sie. Die Köchin war bereits am Morgen mit ihrer Familie in ihr Dorf zurückgekehrt. Jetzt war es Talias

Aufgabe, die Arbeit Vebromaras fortzusetzen und den Haushalt der Druidenschule zu führen. Vebromara hätte das von ihr erwartet. Sie hätte niemals gewollt, dass Talia sich auf eine Bank verkroch und in Trauer und Selbstmitleid schwelgte. Ihre Ziehmutter hätte erwartet, dass Talia die Ärmel hochkrempelte und ihr Leben anpackte.

Aber nicht heute.

Talia erhob sich und wandte sich von der rechteckigen Hofanlage ab. Sie folgte der Straße bis zur Abzweigung zum Heiligtum. Es war ein schmaler, im Sommer gut gepflegter Pfad, der zum heiligen Hain führte, aber jetzt war er voller Pfützen und Schlamm. Zu seinen beiden Seiten lagen brachliegende Felder und Wiesen, die erst in niedriges Buschwerk übergingen, dann in einen lockeren Fichtenwald, der kurz darauf Mischwald wich. Die kahlen Äste der Laubbäume reckten sich dunkel in den Himmel; nur an wenigen Stellen lag unter den schützenden Nadeln kleiner Tannen noch Schnee. Talia überquerte die Lichtung, auf der die Druiden vor vier Nächten den Scheiterhaufen entzündet hatten. Verkohlte Holzscheite und niedergetrampeltes braunes Gras erinnerten an den schwarzen Rauch und die Flammen, die Vebromaras Körper verschlungen hatten.

Talia folgte dem gewundenen Trampelpfad, den Ientus mit der Schale voll Asche beschritten hatte, zwischen den Eichen hindurch und den Hang hinauf. Sie sah sich aufmerksam um, aber der Schnee war geschmolzen und die verbrannten Überreste Vebromaras hatten sich mit den halb verrotteten Blättern und Zweigen des Bodens vermischt. Sogar hier schien es, als hätte es Vebromara nie gegeben, als hätte sie nichts in dieser Welt hinterlassen, was Talia dabei helfen konnte, die Erinnerung an ihr Gesicht, ihre Stimme, ihre Wärme und die leuchtenden Farben ihrer Seele zu bewahren. Talia blinzelte aufsteigende Tränen fort und stolperte weiter.

Wenig später ersetzten Buchen die Eichen, als sie sich dem Zentrum des Heiligtums auf der Kuppe der Anhöhe näherte. Hier formte ein großer Kalksteinfelsen, dessen Oberfläche von Moosen bewachsen war, eine kleine Höhle. An ihrem hinteren Ende führte ein schmaler Spalt senkrecht nach unten. Talia hatte als Kind heimlich Steine hineinfallen lassen und gelauscht, wie sie auf dem Boden aufschlugen. Ientus hatte sie geschlagen, als er sie einmal dabei ertappte. Er hatte gesagt, es sei ein heiliger Spalt, der tief in die Erde hinabreiche. Seit Urzeiten warfen die Menschen Opfer hinein: Keramik, Essen, Schmuck, sogar Menschen hatte die Tiefe verschlungen.

Talia umrundete den Felsen. Auf seiner Ostseite wuchs weniger Moos; der Stein war heller und bildete eine Art natürliches Dach, das den Boden direkt an der Felswand trocken hielt. Es war einer von Talias Lieblingsplätzen – ruhig und vom Pfad aus nicht zu sehen.

Sie ließ sich nieder und zog die Knie eng an den Körper. Ihr Blick wanderte über das Gehölz des Waldes, das sich kahl und licht vor ihr erstreckte. Die Wurzeln der Bäume und die Erde um sie herum waren getränkt mit der Asche von Toten. Bauern und Handwerker aus den umliegenden Dörfern brachten die verbrannten Überreste ihrer Familienmitglieder hierher und verstreuten sie zwischen den Eichen. Es hieß, dass die Nähe zu den heiligen Bäumen die Seelen der Toten davon abhielt, auf der Suche nach ihren Körpern in diese Welt zurückzukehren. Wenn ein Baum, an dessen Fuß die Asche eines Menschen verstreut worden war, im nächsten Jahr Misteln trug, war dies ein Zeichen dafür, dass die Seele in der Anderen Welt glücklich war.

Das Knacken von trockenem Holz störte Talias Gedanken. Sie schreckte hoch und lauschte. Stimmen kamen näher; kurz darauf erkannte sie Ientus und Luguaedon. Unschlüssig blieb sie sitzen. Sie wusste, sie sollte sich ihnen zeigen, aber ihr war nicht nach Gesellschaft zumute. Sie zog die Beine noch etwas enger an den Körper und stützte das Kinn auf die Knie. Die klare Winterluft trug die Stimmen der beiden Männer gedämpft, aber klar an ihr Ohr.

»Was ist, wenn sie sich weigert?«

»Das kann sie ruhig, aber es wird ihr nichts nützen. Wir sind jetzt ihre Sippe. Sie hat niemanden außer uns, der für ihre Rechte eintreten könnte.«

»Jeder Verwandte könnte Anspruch auf sie erheben.«

»Und wer soll das sein? Ihre Mutter starb, und ihr Vater soll verschwunden sein, noch bevor die Seele seiner Frau in die Andere Welt eintrat!«

»Sie könnte sich einen Mann suchen. Vielleicht solltest du um sie werben?«

»Werben?« Ientus' Stimme war hart und jagte Talia einen kalten Schauer über den Rücken. »Ich will sie nicht heiraten! Ich will einen Sohn von ihr!«

»Sie wird ihn nicht hergeben.«

»Wir können es uns nicht leisten, ihn lange bei seiner Mutter zu lassen.« Ientus' Stimme wurde leiser und schien sich zu entfernen. Vorsichtig kroch Talia ein paar Schritte näher an die Kante des Felsens, die sie vor den Blicken der beiden Männer schützte.

»Ich will einen Sohn mit der Gabe, die Talia hat. Talia war, als es sich damals zeigte, schon zu alt – nicht mehr lenkbar und ohne Kontrolle. Aber es ist in ihrem Blut, und das Blut wird ihr Kind haben. Kannst du dir vorstellen, welche Macht ein Druide mit dieser Gabe haben wird?«

»Die Macht des Sohnes – die Macht des Vaters.«

»Genau.«

Ein Stock flog an Talia vorbei durch die Luft und prallte mit einem scharfen Knall gegen einen Baumstamm. Talia schrak zusammen und biss sich auf die Unterlippe. Kurz darauf schmeckte sie Blut auf ihrer Zunge.

»Seelen sehen zu können …« Ientus sprach so leise, dass Talia nur Bruchstücke verstehen konnte. »… heilen helfen, wenn er die nötige Beherrschung hat … Talia gefährlich … gut für das Volk … will nur das Beste …«

»Du wirst nicht warten«, stellte Luguaedon fest und unterbrach damit das Murmeln des Druiden.

»Nein. In weniger als zwei Jahren wird in Alte-Stadt ein neuer Hohedruide gewählt. Ich werde an dieser Wahl teilnehmen – mit Talias Sohn an meiner Seite! Du weißt selbst, wie viel Uneinigkeit zwischen uns allen herrscht, Luguaedon. Wir brauchen einen starken Führer!« Ientus trat näher an den Felsen heran. Sein Ellbogen kam in Talias Blickfeld. Hastig zog sie den Kopf zurück.

»Ich gebe ihr ein, zwei Monate Zeit, bis sich die Trauer um Vebromara gelegt hat«, fuhr Ientus fort. »Talia ist jung und unerfahren, aber sie vertraut uns.«

»Sei dir da nicht zu sicher! Talia ist fast neunzehn Jahre alt, also so jung auch nicht mehr. Und vergiss nicht: Es war Vebromara, die sie großgezogen hat! Wenn Talia nur halb so stur und rebellisch ist, wird es nicht leicht sein, sie davon zu überzeugen, dass das, was du vorhast, für alle das Beste ist.«

»Ich hoffe nicht, sie zwingen zu müssen!«

»Wie würdest du sie denn zwingen wollen? Es würde Unruhe hervorrufen – da zählt nicht, dass sie sippenlos ist. Dem Volk wird es nicht gefallen, wenn Druiden Frauen vergewaltigen« – Ientus gab einen kleinen Laut von sich, wie um zu protestieren, aber Luguaedon ließ sich nicht unterbrechen – »oder ihnen die Kinder wegnehmen. Sie könnten einen Richterspruch verlangen, und dann müsstest du erklären, weshalb Talia dir ein Kind gebären soll. Was würden andere Druiden dazu sagen oder der Ältestenrat, sobald sie von Talias Fähigkeit erfahren? Deine Gegner?« Luguaedon schüttelte den Kopf. »Ich verstehe deine Gründe, Ientus, aber ich weiß nicht, ob das klug ist.«

»Ich würde Talia nicht vergewaltigen! Ich bin doch kein Tier! Ich habe einen Plan.«

»Was für einen Plan?«

»Wenn nichts anderes bleibt, werde ich zum Mittwinterfest einen Stier opfern und aus seinen Eingeweiden lesen.«

»Du willst die Zeichen so auslegen, dass Talia dir einen Sohn gebären muss?« Das überraschte Keuchen in Luguaedons Stimme mochte alles Mögliche bedeuten. »Eine von den Göttern gewollte Vereinigung?«

»Wenn es sein muss.« Ientus' Achselzucken war beinahe hörbar. »Sie wird es als Ehre empfinden.«

In der Stille, die seinen Worten folgte, breitete sich Kälte in Talias Adern aus. Sie merkte, dass sie noch immer auf ihren Lippen kaute und zwang sich, damit aufzuhören. Sie presste ihren Handrücken gegen den Mund. Als sie die Hand wieder wegnahm, waren Blutspuren auf ihrer Haut. Luguaedon sagte etwas, aber es durchdrang nicht das Rauschen in Talias Ohren. Mit plötzlich steifen Gliedern krabbelte sie zurück zu der Stelle, wo sie gesessen hatte. Das alles musste ein böser Traum sein, sagte sie sich, und gleich würde sie aufwachen, auf ihren Decken neben Vebromara und einem warmen Feuer. Sie würde den Traum Vebromara erzählen, und sie würden lachen oder vielleicht auch nicht, dachte sie zerstreut, denn Vebromara war tot, und sie hatte Ientus misstraut und Talia gesagt, sie solle gehen und ihren Vater suchen – nein, ihre Mutter …

Ein Stein bohrte sich in Talias Knie, und der Schmerz ließ sie aufkeuchen. Irgendwo am Rande ihrer Wahrnehmung hörte sie, wie sich Ientus' und Luguaedons Stimmen entfernten, leiser

wurden, bis nichts mehr zu hören war außer ihrem eigenen hämmernden Herzschlag. Frierend kringelte sich Talia zusammen und vergrub das Gesicht in den Armen.
In dieser Position verharrte Talia lange, nachdem die beiden Männer gegangen waren. Erst als die Schatten immer länger wurden und sich die Nacht durch die stillen Bäume kämpfte, kratzte sie den Rest ihres Selbst vom kalten Boden auf und stolperte den Weg durch das Heiligtum zurück.
Der Rückweg schien eine Ewigkeit zu dauern. Vielleicht war sie in eine Falle des Kleinen Volks gelaufen und hatte, ohne es zu bemerken, die Grenze zur Anderen Welt überschritten, überlegte sie zerstreut. Dann würde sie auf ewig im Reich des Kleinen Volks gefangen sein und niemals zurückkehren. Die Vorstellung war beinahe tröstlich.
Als die Feuer des Söldnerlagers vor ihr auftauchten und sie fernes Gelächter hörte, blieb Talia taumelnd stehen. Sie presste die Handflächen gegen den Unterleib und versuchte sich vorzustellen, wie ein Kind in ihr heranwuchs, Ientus' Kind. Sie sah, wie Luguaedon das Baby aus ihrem Leib riss und es dem Druiden in die Hände drückte, noch bevor sein erster Schrei erscholl.
Wie konnte Luguaedon das zulassen? Er war ihr Lehrer gewesen!
Fetzen des Gesprächs, das sie belauscht hatte, wirbelten durch Talias Kopf und verhöhnten sie. Zitternd vergrub sie die halb erfrorenen Hände unter den Achseln. Sie zwang sich, ruhig zu atmen, wie die Druiden es ihr beigebracht hatten, während sie darauf wartete, dass sich ihre Seele langsam aus dem kalten Griff, der sie umklammert hielt, löste. Ihr unsteter Blick wanderte von den dunklen Schatten der Schulanlage über das Söldnerlager mit seinen niedrigen Zelten und Feuerstellen. Ein warmer Zug strich über ihre Wangen und brachte den Duft

von gebratenem Fisch. Abermals atmete sie tief durch. Die Gerüche und das Gelächter, die von den Feuern herüberdrangen, vertrieben Stück für Stück den Schrecken und ließen sie müde und ausgelaugt zurück.

Es wird Zeit!, sagte eine Stimme in Talias Kopf. *Geh!*

»Hast du es gewusst?«, fragte Talia flüsternd, aber sie erhielt keine Antwort. Vebromaras Seele war fort.

Noch immer halb betäubt von dem, was sie erfahren hatte, begann Talia, Erde und Reisig aus ihrer Kleidung zu klopfen. Sie fuhr sich mit den Fingerspitzen durch die Haare und kniff sich in die Wangen. Wahrscheinlich sah sie wie eine Irre aus, bleich, schmutzig, mit gehetzten Augen und wild zerzaustem Haar, und einen Moment lang fragte sie sich, ob sie wirklich wusste, was sie tat. Dann trat sie in den Schein des äußersten Lagerfeuers und nannte Atharics Namen. Stumm deutete einer der Söldner zu einem niedrigen Unterstand aus dunkelblauem Tuch, der ein Stück abseits der anderen stand.

Als Talia Atharics Zelt erreichte, hörte sie leise Stimmen im Inneren. Unschlüssig verharrte sie. Sollte sie rufen? Sie wollte nicht noch mehr Aufmerksamkeit auf sich ziehen. Kurz darauf erkannte sie Walamers Stimme, und sein vertrautes Grummeln gab ihr Mut. Sie bückte sich und schlug die Lederhaut, die den Eingang verschloss, beiseite.

Atharic und Walamer starrten sie überrascht an. Die beiden Männer saßen mit gekrümmten Rücken dicht nebeneinander, denn das kleine Zelt ließ ihnen nicht genügend Platz, um aufrecht zu sitzen. Bernstein und boische Goldmünzen lagen zwischen ihnen. Anscheinend bereiteten sie gerade die Bezahlung für Ientus' Unterstützung vor.

»Komm doch herein!«, sagte Atharic schließlich, nachdem Talia einige Herzschläge lang wie erstarrt im Eingang gekauert hatte. »Wir haben genügend Platz!«

Talia errötete. Ungeschickt zog sie das Leder hinter sich wieder vor den Eingang. Sie achtete darauf, keinen der beiden Männer zu berühren, als sie sich umständlich niederließ. Sie zog die Beine an den Körper und umschlang die Knie mit den Armen, so wie sie es immer tat, wenn sie unsicher war. Da keiner der beiden Männer Anstalten machte, etwas zu sagen, räusperte sie sich und holte tief Luft.
»Bitte verzeiht, dass ich euch störe«, sagte sie und wünschte, ihre Stimme würde fester klingen. »Ich wollte nur …«
»Ja?«
»Ich wollte fragen, ob ihr mich mitnehmt? Morgen – nach Süden?«
Atharics Augenbrauen wanderten in die Höhe. Er wechselte einen raschen Blick mit Walamer. »Ientus hat davon nichts erwähnt.«
»Ientus weiß auch nichts davon.«
»Wieso nicht?«
»Das ist meine Angelegenheit.«
»Soll er es nicht wissen?«
Talia rieb sich die Stirn. »Es ist etwas Dringendes. – Bitte, ich kann euch bezahlen!«
Walamer sagte leise etwas. Atharic nickte, ohne ihn anzusehen. »Wenn es so dringend ist, nach Alte-Stadt zu gehen, warum sprichst du dann nicht mit Ientus oder einem der anderen Geweihten?«
Talia schüttelte den Kopf. Sie wusste nicht, was sie antworten sollte. Wieso sollten sie ihr glauben?
Und wieso sollte es sie überhaupt interessieren?
»Ientus hat sich uns gegenüber sehr großzügig verhalten«, fuhr Atharic fort. »Wir haben kein Interesse daran, den Druiden zu verärgern. Und es gäbe Ärger, oder? Sonst würdest du dich wohl kaum im Dunkeln herschleichen.«

»Aber ich gehöre nicht den Druiden!«, brach es aus Talia heraus. »Ich bin keine Sklavin! Ich bin frei zu gehen, wohin ich will! Genau wie ihr!«

»Wieso benutzt du deine Freiheit dann nicht zu einem anderen Zeitpunkt? Zum Beispiel bei Tageslicht?«

Talia starrte Atharic wütend an. Ihre Augen brannten. Plötzlich wusste sie nicht mehr, weshalb sie angenommen hatte, dass Atharic ihr helfen würde. Wie naiv konnte sie denn noch sein? Sie war allein!

Walamer tätschelte ihr aufmunternd das Knie. »Es ist immer schwer, seine Mutter zu verlieren. Du solltest keine …«

»Ich kann nicht hierbleiben!«

»Wieso nicht? – Talia, was auch immer vorgefallen ist, schlaf eine Nacht darüber! Manchmal sieht am nächsten Tag alles ganz anders aus.«

Das Mitleid in Walamers Stimme ärgerte sie noch mehr und trieb ihr gleichzeitig weitere Tränen in die Augen. Einen Moment lang fühlte sie sich versucht, ihm entgegenzuschleudern, was Ientus über sie gesagt hatte, aber sie hielt sich gerade noch zurück. Wenn sie heute etwas gelernt hatte, dann, dass niemand wissen sollte, welche Gabe sie besaß.

Talia senkte ihre Stimme. »Ich sagte doch, ich kann euch bezahlen. Ich habe Geld!«

»Woher sollte ein Mädchen wie du Geld haben?«

Talia zuckte mit den Achseln. »Euch braucht nur das Geschäft zu interessieren.«

Der Gleichmut, den sie in ihre Stimme legte, klang sogar in ihren eigenen Ohren falsch.

»Ientus würde das wahrscheinlich nicht nur als Geschäft betrachten, nicht wahr?«

»Habt ihr etwa Angst vor ihm?«

Einen Moment lang war es still. Talia wünschte sich, ihre letzte

Frage zurücknehmen zu können. Aber es machte keinen Unterschied.

»Es würde bedeuten, dass wir Ientus' Gastfreundschaft missbrauchen.« Atharic klang bestimmt. Das Licht einer kleinen Öllampe, die in einer Ecke des Unterstandes brannte, reflektierte in seinen Augen. »Tut mir leid, Kleines. Wir würden dir gerne helfen, aber ohne Ientus' Einverständnis sind uns hier die Hände gebunden.«

Talia nickte langsam. Wenn in ihrem Herzen noch Platz für Enttäuschung und Wut gewesen wäre, wäre sie jetzt wahrscheinlich in Tränen ausgebrochen. So jedoch war Atharics Abweisung nur ein weiterer Stein, der sich auf ihre Seele legte und sie verdunkelte. Wenn sie sich sogar in den Menschen, die sie aufgezogen hatten, so sehr irren konnte, warum dann nicht auch in einem charmanten Söldnerführer?

Ohne ein weiteres Wort kroch Talia rückwärts aus dem Zelt. Walamer rief hinter ihr her, doch sie achtete nicht darauf.

Irgendwie schaffte sie es, ungesehen in das Versammlungshaus zu gelangen. Hier war alles still: Das Feuer war niedergebrannt; lediglich von den Unterkünften der Schüler hallte von Zeit zu Zeit Gelächter herüber. Der Raum sah im Dunkeln riesig aus, kalt und leer ohne die Söldner, ohne die Köchin mit ihrer Familie und ohne Vebromara.

Talia schloss die Tür. Vorsichtig bahnte sie sich einen Weg durch die Finsternis zu ihrer Lagerstatt. Es war noch nicht spät, und normalerweise trafen sich die Schüler abends im Versammlungshaus. Den ganzen Tag über hatte sich jedoch niemand um das große Feuer gekümmert, und jetzt war das Haus eiskalt. Talia wusste, dass die Druiden die Schüler in ihre Unterkünfte gescheucht hatten, um Talia verstehen zu geben, dass es ihre Aufgabe war, das Feuer am Brennen zu halten, aber es kümmerte sie nicht mehr.

Talias Zehen prallten gegen die Kante der großen Truhe. Sie stieß einen Fluch aus und ließ sich auf die Felle ihrer Lagerstatt fallen. Mit offenen Augen lag sie in der Dunkelheit und wartete darauf, dass der Schmerz nachließ. Die Gesprächsfetzen, die sie mitbekommen hatte, jagten noch immer in ihrem Kopf umher. Talia presste die Handballen gegen die Ohren, aber Ientus' Worte ließen sich nicht aussperren.

Sie wird es als Ehre empfinden.

Talia zog sich eine Decke über den Kopf und begann, endlich, zu weinen.

In der Nacht träumte Talia davon, wie Ientus sie nahm. Sein Glied presste sich gegen ihren Bauch, hart und viel zu groß. Seine Knie zwangen ihre Beine auseinander. Das Gewicht seines Körpers legte sich schwer auf sie und drückte ihren Brustkorb zusammen. Talia konnte sich nicht rühren; ihre Arme waren gefesselt. Sie wollte schreien, doch die Schreie kamen als Stöhnen über die Lippen. Ientus nahm es als Zeichen der Lust. »Ich bin dein Vater«, sagte er, dann schlüpften seine Finger zwischen ihre Schenkel. Talia trat nach ihm und erwachte, als ihr Fuß auf den harten Boden prallte.

Es war dunkel und still. Die einzigen Geräusche kamen von dem leisen Knacken des Holzes, aus dem das Haus gebaut war und das niemals aufhörte zu arbeiten. Talia zog die Knie an und rieb sich die schmerzende Ferse. Sie glaubte nicht, dass sie lange geschlafen hatte. Wahrscheinlich war es noch nicht einmal Mitternacht. Talia setzte sich auf. Sie war noch immer angezogen, dennoch klapperten ihre Zähne vor Kälte. In der Dunkelheit tappte sie zum Feuer und rührte in der Asche, bis sie noch etwas Glut entdeckte. Sie griff nach einigen Holzspänen und ein paar Brocken Kohle und entfachte ein kleines Feuer. Dann öffnete sie entschlossen die Truhe, die ihre und Vebromaras Sachen enthielt.

Sie brauchte nicht lange zum Packen: ausreichend Essen, einen Becher, um Wasser zu schöpfen, Feuerstein und Stahl, ein paar warme Kleidungsstücke, Stiefel, Kamm, Messer, Nähzeug und alles Geld und Schmuck, was sie besaß, ein paar Decken und ein Fell für die kalten Nächte, die vor ihr lagen. Sie würde alles zurücklassen, was sie nicht dringend brauchte.

Es war eine klare Nacht mit nur wenigen Wolken und einem fast vollen Mond. Talia konnte ihren Weg gut erkennen, als sie sich durch die kleine Seitentür in der Palisade nach draußen stahl. Sie schlug einen großen Bogen um das Söldnerlager und benutzte einen schmalen Trampelpfad quer über die Wiesen, der wenig später auf die Südstraße mündete. Talias Blick wanderte die breite Fahrspur entlang, bis sie sich in der Dunkelheit verlor. Sie wusste, dass nur ein kurzes Stück entfernt eine Herberge lag, aber sie wollte die Nacht durchmarschieren. Wahrscheinlich würde es nicht lange dauern, bis Ientus oder einem anderen auffiel, dass sie nicht mehr da war. Talia war nicht sicher, ob Ientus sie suchen lassen würde, dennoch zog sie es vor, bis dahin möglichst weit weg zu sein.

Talia schritt zügig aus. Sie kam an etlichen Gehöften vorbei, die abseits der Straße lagen und von denen manchmal warmes Licht herüberschimmerte. Einmal schlug ein Hund an, aber sonst blieb alles still bis auf das leise Knirschen unter Talias Schritten, das Rascheln ihrer Kleidung und die Geräusche des Waldes jenseits der Straße. Kurz vor Sonnenaufgang begegneten ihr die ersten Reiter. Solange es dunkel war, versteckte sie sich vor ihnen, aber als der Morgen weiter fortschritt und immer wieder Wagen an ihr vorbeiratterten, blieb sie auf der Straße. Einmal nahm ein Bauer sie ein Stück auf seinem Wagen mit. Er hatte Butter und Käse geladen, die er an den nächsten Hof lieferte. Großzügig teilte er sein frisch gebackenes Brot und sein geräuchertes Fleisch mit Talia, während sie ihn über den genauen Verlauf der Straße ausfragte. Zum Abschied lud er sie ein, sie am nächsten Tag weiter nach Süden mitzunehmen, dann würde er Mehl und Getreide an eine Herberge liefern, aber sie lehnte dankend ab.

Mittags machte sich Talia wieder zu Fuß auf den Weg. Sie wusste nicht genau, wann sie die Entscheidung gefällt hatte, nach Alte-Stadt zu gehen, oder ob sie sie überhaupt gefällt hatte. Sie wollte auch nicht darüber nachdenken, was sie tun würde, sobald sie die Stadt erreichte. In diesem Moment war sie nur müde; ihre Schultern waren steif, und ihr Nacken schmerzte von den Riemen, die ihr Bündel am Rücken befestigten. Als die Straße auf schwankenden Bohlen einen kleinen Bachlauf überquerte, machte sie Halt und legte das Bündel ab.

Talia war gerade dabei, die Riemen an ihrem Gepäck zu ordnen, als sie das Geräusch vieler Hufe hörte. Das Wasser in ihrem Becher zitterte leicht. Wenig später tauchten die ersten Reiter in der Kurve auf.

Trotz spannte Talias Kiefer, als Atharic sein Pferd neben ihr zügelte. Sie ballte die Fäuste und reckte angriffslustig das Kinn. »Was habt ihr Ientus erzählt?«

Der Söldnerführer schüttelte den Kopf. »Er hat uns nicht nach dir gefragt.« Sein prüfender Blick glitt über Talias Körper und das Bündel, das neben ihr lag. Talia verschränkte die Arme vor der Brust und weigerte sich, die Augen zuerst zu senken. »Worauf wartet ihr dann? Reitet weiter!«

»Das ist ein weiter Marsch, wenn du nach Alte-Stadt willst«, bemerkte Atharic. »Mindestens vier Nächte. Wahrscheinlich fünf.«

»Und was kümmert dich das?«

Atharics Antwort bestand aus einem breiten Lächeln. Er sagte nichts, sondern rief stattdessen über die Köpfe seiner Männer hinweg nach seinem Bruder. Talia runzelte die Stirn. Sie würde nicht umkehren! Einen Moment lang erwog sie ernsthaft, wegzurennen, doch bevor sie sich zu einer Entscheidung durchringen konnte, hielt Hari vor ihr an. Seine kurz geschnittenen Haare standen in alle Richtungen, und er grinste von einem Ohr zum anderen. Atharic drängte sein Pferd ein paar Schritte nach vorne. Er bückte sich, dann schlossen sich seine Hände um Talias Hüfte. Ohne ihr entsetztes Keuchen zu beachten, hob er sie hoch und setzte sie auf Haris Wallach. Talia war so überrascht, dass sie viel zu spät die Fäuste ballte, um ihn fortzustoßen. Ihre Beine berührten sich.

»Das Pferd kann euch beide tragen«, sagte Atharic.

Talia starrte ihn aus großen Augen an. Wärme sickerte dort, wo Atharics Hände ihren Körper berührten, durch die Kleidung und in ihre Haut.

2. Kapitel

Talia berührte die Tierfiguren mit den Fingerspitzen. Die schimmernde Bronze war kalt unter ihrer Haut. Sie fuhr den sanft geschwungenen Hals eines Hirsches nach und weiter über den Rücken bis zu den Ansätzen der Beine. Die Figur begann, bedrohlich zu wanken. Hastig zog Talia die Hände zurück. Der Verkäufer blickte sie böse an. »Das ist feinstes Handwerk!«, knurrte er. »Kein Spielzeug!«

»Wenn sie so empfindlich sind, können sie nicht viel als Schutzfiguren taugen!«, gab Talia zurück.

»Aha. Und darin bist du Experte, eh?«

Talia befand sich am Rande des gepflasterten Platzes, auf dem die Händler ihre Buden errichtet hatten. Kleidung, Pelze, Schmuck, Amulette – Talia wusste gar nicht, wohin sie zuerst blicken sollte. Überall glitzerte und funkelte es. Bunte Umhänge und Mäntel leuchteten wie ein Meer aus Blumen in dem leichten Nebel, der schon seit dem Morgen über der Stadt hing. Sogar die Stände waren mit leuchtenden Stoffen überdacht. Zahllose Menschen drängten sich zwischen ihnen hindurch. Sie stritten mit den Verkäufern über Preise oder standen etwas abseits in kleinen Gruppen beisammen und tauschten Neuigkeiten aus. Ihre lauten Stimmen brandeten unaufhörlich gegen Talias Ohren. So viele Menschen an einem Ort! Und alle sprachen über ihren Vater.

»Einhundertzwanzig nordische Söldner!«, hörte Talia seit Tagen an jeder Straßenecke und jedem Brunnen. »Hast du sie schon gesehen? Sie sollen Riesen sein, deren Füße über den Boden schleifen, wenn sie reiten. Bomarus soll mehr für ihre Dienste geboten haben, aber ihr Anführer hat sich trotzdem für Caran entschieden.«

Talia hatte schon lange bevor sie vor einigen Nächten Alte-Stadt zum ersten Mal in ihrem Leben betreten hatte, gewusst, dass Caran das Oberhaupt einer der mächtigsten Familien der Stadt war. Vebromara hatte sich früher stets bei allen Reisenden, die von Alte-Stadt zur Schule kamen, nach den Geschichten und dem Klatsch aus der ältesten und größten Stadt der Vindeliker erkundigt. Sie hatte es meisterhaft verstanden, das Gespräch auf Caran zu lenken, ohne dass jemand Verdacht schöpfte, und sie hatte erst mit ihren Erkundigungen aufgehört, als Ientus nach jenem Tag bei der niedergebrannten Herberge begann, sich für Talias Herkunft zu interessieren. Vebromara hatte nicht gewollt, dass irgendwer – auch nicht die Druiden – die Wahrheit über Talias Eltern erfuhr.

Gedankenverloren fuhr sich Talia durch das Haar, während sie weiterschlenderte und sich den Ständen mit den Waren aus den südlichen Ländern näherte. Sie sah zweihenklige Weinamphoren, die ihren Weg aus Italien über die Länder und Flüsse im Westen bis nach Alte-Stadt gefunden hatten, schwarz glänzende Keramik, in allen Farben schillernde Mosaikgläser und bronzene Eimer, in denen der Wein gemischt wurde. Ein Mann pries lauthals seine Fischsaucen an, und Talia reckte neugierig den Hals, obwohl sie wusste, dass sie sich diese Saucen niemals leisten konnte. Sie stammten ebenfalls aus dem Süden und reisten

zusammen mit dem Wein zu den Reichen und Mächtigen der keltischen Stämme.
Talia machte kehrt und ging zurück zu den Ständen, die Leder und Tuche verkauften. Kies knirschte unter ihren Füßen und drückte gegen die abgewetzten Sohlen ihrer Schuhe. Sie würde sich neue kaufen müssen, überlegte sie, während sie die reich verzierten Gürtel musterte, die ein Händler vor ihren Augen hin und her schwenkte. Ein Junge rannte an ihr vorbei und streifte sie an der Hüfte. Während Talia noch um ihr Gleichgewicht kämpfte, verschwand er bereits in einer Traube von Gleichaltrigen, und zusammen stoben sie davon.
Talias Magen knurrte vernehmlich. Ihr Blick wanderte zu einer alten Frau, die Räucherfisch auf Brot verkaufte. Talia langte nach ihrer Geldbörse – und griff ins Leere. Entsetzt starrte sie den Gürtelhändler an. »Mein Geld …«, begann sie.
Der Mann schüttelte den Kopf. »Die kleinen Streuner sind schnell. Du solltest dein Geld nicht so offen mit dir herumtragen!«
»Aber …«
»Ich würde es der Stadtwache melden.« Der Händler deutete auf einen Krieger, der an einem Wagen am Rande des Marktplatzes lehnte. »Der steht schon den ganzen Tag herum und starrt Löcher in die Luft. Faules Pack!« Er spuckte aus.
Während Talia auf die Wache zuging, tastete sie verstohlen nach der geheimen Tasche auf der Innenseite ihres Rocks. Erleichtert spürte sie die Härte ihrer wenigen Goldmünzen. Auch wenn in der Börse nur Kleinsilber gewesen war, schmerzte sie der Verlust dennoch. Bald würde ihr gesamtes Vermögen aufgebraucht sein; spätestens dann würde sie sich Arbeit suchen müssen. Talia hatte nicht vor, als Bettlerin vor die Sippe ihrer Mutter zu treten, oder, schlimmer noch, vor ihren Vater, wenn sie sich denn jemals dazu durchringen konnte.

Der Krieger hörte sich ihre Geschichte gleichgültig an. Als Talia den Jungen, der sie angerempelt hatte, beschrieb, zuckte der Mann nur mit den Achseln. »Da lässt sich nichts machen, die sind bestimmt schon über alle Berge. Und Kinder sehen doch alle gleich aus!«

»Aber sie sind direkt zwischen euch hindurchgerannt!« Talia deutete zu einer zweiten Wache hin, die auf der gegenüberliegenden Straßenseite stand. »Ihr müsst sie gesehen haben!«

»Das Einzige, was ich gesehen habe, war eine dumme Frau, die ihr Geld für alle sichtbar außen am Gürtel trug!«

»Ich glaube, diese Lektion hat sie jetzt verstanden.«

Die vertraute Stimme trieb Talia das Blut in die Wangen. Sie drehte sich um. Atharics kalter Blick ging über ihren Scheitel hinweg und traf die Wache. »Aber ein bisschen mehr Wachsamkeit könnte nicht schaden«, fuhr er fort. »Auf dem Markt laufen mindestens acht Männer mit Langwaffen herum, die kein Abzeichen tragen, oder habt ihr das ebenfalls nicht bemerkt?«

Der andere Mann umfasste seine Lanze fester, bis die Knöchel weiß hervortraten. Er spuckte vor Atharics Füße. »Kümmere dich um deine eigenen Männer, nordischer Hund! Uns hast du nichts zu sagen!«

Lautes Geschrei, das von der anderen Seite des Platzes herüberhallte, unterbrach ihn. Atharic verschränkte die Arme vor der Brust. Eine Augenbraue kletterte spöttisch in die Höhe. Die Wache zögerte. Schließlich stieß sie einen Fluch aus und drängte an Atharic vorbei. Zusammen mit ihrem Partner eilte sie auf den Tumult zu.

Talia musterte Atharic neugierig von der Seite. Wie die beiden Wachen trug er über seinem rechten Ellbogen zwei Bänder. Das obere war violett, mit schwarzen Zacken darauf und kennzeichnete seine Zugehörigkeit zu einer Gefolgschaft. Das untere gelbe Band wies ihn als Stadtwache aus, eine Aufgabe, die sich die Krieger der mächtigsten Herren teilten. Sie waren die Einzigen, die innerhalb der Stadtmauer schwere Bewaffnung tragen durften, obgleich es genügend Leute gab, die dieses Gesetz nicht befolgten. Talia hatte gehört, dass das Thema ein ständiger Streitpunkt im Rat war, denn viele Händler und Handwerker verlangten ebenfalls das Recht, Waffen zu tragen, um ihre Waren zu schützen, wie sie sagten.

Talia freute sich, Atharic zu sehen, obwohl ihr die Umstände peinlich waren. Seine Haare waren feucht und erschienen daher dunkler als sonst. Er hatte sie geschnitten, so dass sie ihm gerade noch bis in den Nacken fielen. Trotz der klammen Kälte trug er lediglich ein Hemd und eine kurze Tunika aus schwerem Leder darüber. Seine Handgelenke und Unterarme waren ebenfalls mit Lederstreifen umwickelt. Anders als die meisten Krieger, die ihre Schwerter mit Riemen befestigt an einem Leibgurt trugen, hing Atharics Schwert schräg über seinen Rücken. Ein langer Dolch steckte in seinem Gürtel. Talia wusste, dass ein weiteres Messer in seinem rechten Stiefel verborgen war. Sie hatte es gesehen, als die Söldner sie vor elf Nächten am Osttor von Alte-Stadt abgesetzt hatten.

»Gibt es Schwierigkeiten zwischen deinen Söldnern und den Kriegern der Stadt?«, fragte Talia, als Atharic keine Anstalten machte, etwas zu sagen.

Atharic zuckte mit den Schultern. »Die üblichen Machtkämpfe: Platzhirsche, die sich die Köpfe einrennen. Nach ein paar Jahren als Söldner weißt du, was du zu erwarten hast, sobald du einen neuen Auftrag annimmst.«

»Ich habe gehört, ein Herr namens Caran hat euch angeheuert? Angeblich sollt ihr damit eine gute Wahl getroffen haben.« Talias Herz klopfte bis zum Hals, während sie sich bemühte, möglichst gleichgültig zu klingen.

»Ja, das stimmt, wir haben Glück gehabt. Caran ist einer der reichsten und mittlerweile wohl auch der mächtigste von allen vindelikischen Herren. Ientus hatte uns von ihm berichtet, und selbst die Herren des Nordens kennen seinen Namen. Caran kontrolliert einen Großteil der Südstraße entlang des Danuius. Viele Höfe und Dörfer dort sind ihm verpflichtet. Es sind wichtige Handelsstützpunkte, und sie profitieren von Carans Einfluss und seinen guten Verbindungen nach Westen. Diese Straßen und Siedlungen müssen geschützt werden, genau wie die Stadt hier. Caran braucht gute Kämpfer.« Atharic rieb sich über das glatt rasierte Kinn.

»Caran ist ein sehr beeindruckender Mann«, fuhr er nach einer Weile nachdenklich fort. »Er hat den Geist eines Wolfes.«

Talia runzelte die Stirn. Sie wusste nicht, was sie erwidern sollte. Ihr war nie in den Sinn gekommen, dass irgendjemand ihren Vater bewundern könnte.

Atharic berührte Talias Handrücken. »Was ist mit dir, Kleines? Hast du schon Arbeit gefunden?«

Talia schüttelte den Kopf. Sie hatte auf dem Weg nach Alte-Stadt beschlossen, sich zunächst Arbeit zu suchen und sich gleichzeitig unauffällig nach der Familie ihrer Mutter zu erkundigen. Wenn Netacari Verwandte hatte, dann gehörte Talia zu ihnen. Sie waren ihre Sippe. Wozu brauchte sie einen Vater, der sie – im besten Fall – doch nur wieder von sich stoßen würde? Sie wusste ja nicht einmal, ob er ihr, einer Fremden, überhaupt lange genug zuhören würde, damit sie ihn mit seinem feigen Verrat konfrontieren konnte!

Die Suche nach Netacaris Familie hatte sich jedoch schwieriger gestaltet, als Talia vermutet hatte. Um niemanden, der Caran oder dessen Familie näher kannte, stutzig zu machen, hatte sie sich nur ganz vorsichtig und beiläufig nach Netacari erkundigt. Vor drei Nächten hatte sie den Tempel aufgesucht und dort nach Carans erster Frau gefragt. Die Geweihten hatten nur den Kopf geschüttelt. »Caran ist zum ersten Mal verheiratet«, beschieden sie Talia, »und Catuen ist seine einzige Frau. Erstaunlich für einen Mann seines Alters und seiner Stellung, aber so ist es. Und das, obwohl Catuen bis jetzt kinderlos geblieben ist!«

Am Ende war sich Talia unsagbar dumm vorgekommen. Es schien, als hätte Caran nicht nur dafür gesorgt, seine Tochter von der Erde verschwinden zu lassen, sondern auch die Erinnerung an seine erste Frau.

Aber irgendjemand muss sich an sie erinnern!, dachte Talia rebellisch. Netacari war wunderschön gewesen, hatte Vebromara ihr erzählt. Sie hatte Talias Augen und schwarzes Haar gehabt – so dunkel wie Vebromara es noch nie zuvor gesehen hatte. Es hatte bis zu ihren Fersen gereicht. Klein und zierlich war sie gewesen, und Tätowierungen hatten sich über ihre Hände bis zu den Fingerspitzen gezogen. Ihre Fremdartigkeit war jedoch ein Rätsel geblieben, denn Netacari hatte die vindelikische Sprache perfekt beherrscht, selbst dann, als die Schmerzen der Geburt immer stärker geworden waren. Vebromara hatte einmal gesagt, Netacari hätte genauso gut eine Frau des Kleinen Volkes sein können wie ein Mensch.

Talia presste die Lippen aufeinander. Tausendfach hatte sie sich ihre Mutter in Gedanken ausgemalt. Sie hatte Vebromaras Erinnerungen genommen und zu ihren gemacht. Aber jetzt würde sich wohl niemals mehr jemand für die Bilder interessieren, die ein kleines Mädchen in viel zu langen Nächten geschaffen hatte.

Talia stellte fest, dass sie Atharic noch immer eine Antwort schuldete. »Nein«, sagte sie mit Verspätung, »ich war noch nicht erfolgreich. Morgen gehe ich ins Hafenviertel, dort sollten sie doch eigentlich immer jemanden gebrauchen können, nicht wahr?«

»Sei vorsichtig, wo du dich herumtreibst, besonders abends!

Gerade in den Straßen am Hafen kann einem mehr gestohlen werden als nur eine Börse.« Atharic legte eine Hand auf sein Schwert und schnitt eine Grimasse. »Ich hoffe, ich muss niemanden für dich töten?«, fragte er mit einem so finsteren Gesichtsausdruck, dass Talia trotz allem lachen musste.
»Nein, und selbst wenn, könnte ich dich nicht bezahlen!« Sie deutete auf die leere Stelle an ihrem Gürtel, wo der Beutel gehangen hatte. Atharic legte Daumen und Zeigefinger unter ihr Kinn und hob es an. Es war das zweite Mal innerhalb weniger Augenblicke, dass er sie berührte, stellte sie mit einem Anflug von Genugtuung fest.
»Hast du noch Geld?«, fragte er wieder ernst. »Oder haben sie dir alles gestohlen?«
Talias Wangen färbten sich rot. »Ich habe noch etwas, aber es wird nicht ewig reichen.«
»Heißt das, du brauchst dringend Arbeit?«
Sie zuckte vage mit den Schultern.
»Vielleicht kann ich dir helfen.«
Sein Finger berührte noch immer ihr Kinn. Talia blickte ihn fragend an. Sanft bewegte Atharic ihren Kopf, bis ihr Blick auf eine Frau fiel, die gerade den äußersten Stand des Marktes umrundete und auf sie zukam.
Die Frau war etwa im selben Alter wie Atharic. Sie trug ein hellgrünes Kleid aus fein gewebtem Stoff unter einem kurzen Umhang mit weiten, fransenverzierten Ärmeln. Ihre blonden Haare waren hochgesteckt und zu einer kunstvollen Frisur geflochten. Hellblaue Bänder hielten einzelne Zöpfe zusammen. Die Hand, die über ihrem gewölbten Bauch ruhte, umklammerte einen gelben Armreif. Talia hatte sie bereits gesehen – aus der Ferne, als sie während ihrer ersten Tage in der Stadt immer wieder an Carans Hof vorbeigeschlichen war und versucht hatte, einen Blick auf jenen Mann zu erhaschen, für den sie nicht

existieren durfte. Talia wusste, wen sie vor sich hatte, noch bevor Atharic die Frau vorstellte, und einen Moment lang dachte sie, der Boden unter ihren Füßen würde zu wanken beginnen.

»Das ist Catuen«, sagte Atharic, als die Frau zu ihnen trat, »Carans Frau.«

»*Noch* Carans Frau«, verbesserte Catuen lachend. »Wenn er sieht, dass ich mir schon wieder einen Glasreif gekauft habe, wird er mich hinauswerfen! Es ist der dritte in diesem Monat. Diese Schwangerschaft bringt mich völlig um den Verstand!«

Der klare Teil von Talia beobachtete, wie trotz der kalten Luft kleine Schweißtropfen auf Catuens Stirn perlten. Ihr Gesicht war bleich, mit einzelnen roten Flecken auf Wangen und Nasenspitze. Erschöpfung hatte dunkle Ringe unter ihre Augen gezeichnet.

»Talia ist mit uns nach Alte-Stadt gekommen, Herrin«, erklärte Atharic. »Sie ist in einer Druidenschule aufgewachsen. Sie sucht Arbeit.«

Catuen ließ sich ächzend auf den Wagen fallen. Sie drückte die Hände in den Rücken, aber ihre Aufmerksamkeit richtete sich auf Talia. »Welche Art Arbeit?«, fragte sie.

Talia schüttelte stumm den Kopf.

»Talia war Haushälterin«, antwortete Atharic an ihrer statt. Wahrscheinlich dachte er, die Anwesenheit einer so hohen Dame wie Catuen schüchterte Talia ein. »Habt Ihr nicht eine Hilfe gesucht?«

Catuen warf ihm einen amüsierten Blick zu. »Ah, ein Retter von Frauen in Nöten! Mir war nicht klar, dass ihr Nordmänner so zuvorkommend seid!«

Atharic verbeugte sich. »Es liegt in unserer Natur, Herrin. Wir kommen einfach nicht dagegen an.«

Catuen lachte laut, dann wurde sie wieder ernst. »Atharic, kannst du Hari sagen, dass ich nach Hause will? Ich habe ihn bei den Decken zurückgelassen, die ich gekauft habe. Er soll das Pferd holen und mich nach Hause bringen. Ich mache heute keinen Schritt mehr!«

Talia sah Atharic hinterher, als er sich in Richtung Hauptstraße und den Geschäften, die sie säumten, aufmachte. Er wirkte entspannt mit seinen locker herabhängenden Armen, dem geschmeidigen Gang und der sanft auf und ab wippenden Schwertspitze. Dennoch ließ sich Talia nicht täuschen. Alles an Atharic – von seiner Haltung bis zu den Lederbändern an seinen Handgelenken – sprach von einem Krieger, und fast erwartete sie, bei seinen Schritten den rauen Klang von Taranis' Kriegshorn zu hören, das ertönte, wann immer der Gott in die Schlacht zog.

»Schau ihn dir an!« Catuen war ihrem Blick gefolgt. Sie schien dasselbe zu denken wie Talia. »Genau dasselbe wie bei meinem Mann: Siehst du, wie die Menschen ihm Platz machen, wenn er vorübergeht? Ist das nicht ungerecht? Wenn du oder ich an seiner Stelle wären, würden wir in Grund und Boden gestampft werden, wenn wir nicht rechtzeitig zur Seite sprängen!«

»Es sind Krieger«, murmelte Talia.

»Nein, es sind Raubtiere. Sie zeigen, dass es nichts Gefährlicheres auf der Welt gibt als sie!«

»Raubtiere machen Beute. Atharic dagegen sagte, Eurem Mann ginge es um Schutz?«

»Manchmal ist das ein und dasselbe.« Catuen musterte Talia nachdenklich.

»Nicht alle haben die Kämpfe vor ein paar Jahren vergessen«, fuhr Catuen kurz darauf fort. »Der Sohn meiner ältesten Magd wurde damals von nordischen Plünderern getötet. Als Caran Atharic und seine Söldner auf unseren Hof brachte, brach sie in einen Heulkrampf aus und weigerte sich, auch nur einen Schritt in ihre Nähe zu tun. Ich dachte, ich käme alleine mit der Führung des Haushalts zurecht, aber die Schwangerschaft ist sehr anstrengend für mich. Du siehst, Atharic hat recht: Ich suche tatsächlich eine Haushälterin. Erzähle mir, was deine Aufgaben in der Druidenschule waren.«

Talia trat unruhig von einem Fuß auf den anderen. Es war ihr unangenehm, dass Atharic sie hier mit Carans zweiter Frau – ihrer Stiefmutter! – zurückgelassen hatte. Aber sie konnte nicht umhin zuzugeben, dass Catuens Freundlichkeit aufrichtig schien. Talia fragte sich, wieso sie Caran wohl geheiratet hatte.

Zögernd begann Talia, Catuen zu berichten, was Vebromara ihr beigebracht hatte und was ihre Pflichten gewesen waren. Die beiden Frauen unterhielten sich, bis Atharic endlich zurückkehrte. Hari trabte an seiner Seite; er führte ein kräftiges Pony am Zügel und war unter all den Decken, die über seiner Schulter lagen, kaum zu erkennen. Atharic spannte das Pferd vor den Wagen, dann reichte er Catuen die Hand und half ihr hinauf. Während sie sich eine Decke in den Rücken stopfte, wandte sich Catuen noch einmal an Talia. »Wenn du willst, komm morgen früh zu uns! Dann sehen wir, ob wir Arbeit für dich finden.«

»Das ist sehr großzügig von Euch.«

»Nein, eher selbstsüchtig.« Lächelnd legte Catuen die Hände auf ihren Bauch. Die dunklen Ringe unter ihren Augen warfen tiefe Schatten. »Es ist mein erstes Kind.«

»Ihr solltet ruhen, Herrin«, hörte Talia sich sagen. »Ihr strengt Euch zu sehr an.«

Catuen verdrehte die Augen. »Mein Mann wird dich mögen«, seufzte sie, »so viel ist sicher!«

Vebromara stand am Ufer des Flusses und blickte auf das in der Dunkelheit schwarz glänzende Wasser. Der starke Regen des letzten Monats hatte den Fluss anschwellen lassen, so dass die Wasseroberfläche nur noch eine Handbreit von ihren Zehen entfernt war. Erde bröckelte unter ihren Füßen und verschwand mit einem leisen Platschen in der trägen Strömung.

»Mach schon, Weib!«

Die Stimme des Mannes in ihrem Rücken war gelangweilt. Vebromaras Hände verkrampften sich um den fleckigen Leinensack, der schwer in ihren Armen lag. Es war ein rauer, grob gewebter Beutel, der die Schreie des Babys kaum dämpfte.

»Ich denke, es ist zumindest angebracht, ein Gebet zu sprechen«, sagte sie scharf, »damit die Göttin dieser armen Seele hilft, den Weg zurück in die Andere Welt zu finden.« Vebromaras Stimme klang erstaunlich fest, obwohl ihr das Herz bis zum Halse schlug. Der Mann grunzte nur.

Vebromara begann, laut die Flussgöttin anzurufen, während sie insgeheim hoffte, dass die Göttin und ihre Diener, die Wassergeister, sie für ihre falschen Gebete nicht strafen würden. Sie achtete darauf, dass der Bote nicht sah, wie sie in die Tasche an ihrer Hüfte griff und mit fliegenden Fingern ein langes Seil an dem Leinensack befestigte. Das andere Ende verknotete sie an ihrem Gürtel, bevor sie ihren Mantel enger um sich schlang, um ihre Tat vor dem Mann zu verbergen.

»Ich bin so weit.«

»Worauf wartest du dann?«

Vebromara ergriff den Sack mit beiden Händen. Fast sofort verstummten die Schreie im Inneren. Vebromara holte aus, dann schleuderte sie den Beutel mit seinem Inhalt in die Mitte des Flusses. Wasser spritzte auf. Kurz darauf breitete sich ein Ring von Wellen um die Stelle herum aus.

Vebromara wirbelte herum. »Lasst uns gehen!«

Der Mann blickte an ihr vorbei auf die Stelle, wo der Sack mit dem Baby in der Tiefe verschwunden war. Er griff in seinen Gürtel und holte einen Beutel mit Goldmünzen heraus. Er warf ihn Vebromara zu, die ihn mit zitternden Fingern auffing.

»Mein Herr ist dir dankbar, dass du sein Recht vollstreckst. Du wirst

sehen, es sind zwei Goldmünzen mehr, als abgemacht war – für deine Verschwiegenheit.« Der Mann fuhr sich mit einer Hand über den Hals und lehnte sich drohend vor. »Und ich würde dir raten, auch wirklich zu schweigen!«

Vebromara fuhr zusammen und machte ein paar eilige Schritte zur Seite. Sie spürte, wie sich das Seil an ihrem Gürtel straffte.

Der Mann wandte sich ebenfalls vom Fluss ab. Nebeneinander umrundeten sie die sumpfigen Stellen und kehrten auf den Trampelpfad zurück, der zum Hof führte. Nach zehn Schritten spürte Vebromara, wie das Seil scharf ruckte, als sich der Sack irgendwo verfing. Ihr Schritt stockte kurz. Dann gab der Widerstand nach. Der Sack musste über die Uferböschung geglitten sein. Vebromara atmete tief durch und durchschnitt mit einer schnellen Bewegung ihres kleinen Messers das Seil. Der Mann neben ihr bemerkte nichts.

»Wollt Ihr die Nacht hier verbringen?«, fragte Vebromara den Boten. Die Welle aus Erleichterung, die durch ihre Adern schwappte, ließ ihre Knie weich werden.

Der Mann schüttelte den Kopf. »Ich habe Befehl, sofort zurückzukehren. Das Kind, das nicht leben sollte, ist tot, und du hast dein Geld für deine Mühen bekommen. Mein Auftrag ist erfüllt.«

»Dein Herr ist ein Feigling!«, brach es aus Vebromara heraus, ehe sie sich besinnen konnte. »Es mag sein Recht sein, seine neugeborene Tochter zu töten, wenn er in ihr Unglück sieht, aber er hätte es selber tun können, als zuerst feige die Flucht zu ergreifen und dann einen Dienstboten mit einem Beutel Gold zu schicken, der …«

Der Schlag, der ihren Mund traf, war nicht fest, riss aber dennoch ihren Kopf herum. Vebromaras Lippe platzte auf, und sie schmeckte Blut im Mund. Der Mann hatte plötzlich einen Dolch in den Händen.

»Soll ich das Gold wieder mitnehmen und deine Zunge ebenfalls?«, fragte er drohend.

Vebromara stolperte zurück und hob abwehrend die Hände. »Nein!«, stammelte sie. »Das Kind ist tot, ertrunken! Die Göttin hat es sich

geholt. Das Opfer ist angenommen! Weshalb sollte ich jemanden davon erzählen wollen?«
Der Mann musterte Vebromara einen Moment lang aus zusammengekniffenen Augen. Schließlich nickte er. »Vergiss es nicht!«, warnte er. Wenige Augenblicke später war er verschwunden. Kaum waren die Hufschläge seines Pferdes in der Ferne verhallt, wirbelte Vebromara herum und rannte den Weg zurück zum Flussufer. Irgendwo hoch über ihr, verborgen in den Wipfeln der Bäume, schrie eine Eule.

Mit offenen Augen lag Talia in der Dunkelheit, während sie sich langsam aus dem Traum an die Oberfläche kämpfte. Der Schrei der Eule klang noch lange in ihren Ohren nach, während sie darauf wartete, dass die vertraute Woge aus Bitterkeit und Zorn verebbte, doch vergebens. Die Gefühle blieben, wälzten sich in ihrer Brust von einer Seite zur anderen und bewirkten, dass sich Talias Kiefer fest zusammenpressten. Langsam begann ein Entschluss in ihr zu reifen.
Ihr Vater hatte sie verraten, verstoßen und töten wollen. Er mochte dem Gesetz nach das Recht dazu gehabt haben, aber Talia würde es trotzdem niemals verstehen, niemals akzeptieren, es sei denn, sie fand endlich heraus, was für ein Mann Caran war.
Und dann würde sie ihn richtig hassen können.

»Du musst Talia sein.«
Talia biss sich auf die Unterlippe. Sie kauerte vornübergebeugt am Rand einer der vielen Erdkeller des Gehöfts und starrte blind auf den Inhalt des größten Vorratsgefäßes unter ihr. Sie spürte, wie ihr Herz einen Schlag lang aussetzte, nur um dann wie ein Trommelfeuer in ihrer Brust zu brüllen.
Neunzehn Jahre, dachte sie fassungslos. Und jetzt begegnete sie ihm, während sie Linsen zählte.

»Du musst Talia sein.« Lauter diesmal. Wahrscheinlich dachte er, sie hätte ihn nicht gehört.

Talia schlug die Klappe des Erdkellers zu und richtete sich auf. Der Mann, der vor ihr stand, überragte sie um mehr als Haupteslänge. Er hatte ein längliches Gesicht mit einer großen, geraden Nase über einem sorgfältig gestutzten Schnurrbart. Seine Augen waren dunkel und scharf. Anders als viele Männer seines Standes, die ihre Haare mit Kalkwasser behandelten, trug er seine in einem strengen Kriegerzopf zurückgebunden. Die Jahre hatten sie grau werden lassen, aber die Linien um seine Augen und Mundwinkel waren noch nicht tief und verrieten, dass er die vierzig noch nicht überschritten hatte. Er war eine eindrucksvolle Erscheinung, musste Talia, die ihn bis jetzt nur aus der Ferne gesehen hatte, wider Willen zugeben, kraftvoll und einschüchternd. Doch Talia war nicht bereit, ihn zu fürchten. Verachtung würde das Beste sein, was sie für ihren Vater empfinden konnte, dachte sie, und kurz flackerte eine seltsame Genugtuung in ihr darüber auf, dass Caran keine Vorstellung hatte, wen er eigentlich vor sich hatte.

Caran musterte Talia genauso abschätzend, wie sie ihn betrachtet hatte. Sein Blick wanderte von Talias Füßen über ihr mehlbestäubtes Kleid nach oben. Als er ihr Gesicht erreichte, runzelte er kurz die Stirn. Er trat einen Schritt näher.

Die tief stehende Sonne schien Talia seitlich in die Augen. Goldbraun und riesig leuchteten sie unter schwarzen, fein geschwungenen Brauen und beherrschten ein Gesicht, das ansonsten nicht besonders auffällig war. Talia kannte die Wirkung ihrer Augen und sie wusste, dass sie sie von ihrer Mutter geerbt hatte. Mit angehaltenem Atem beobachtete sie daher, wie das Stirnrunzeln auf Carans Miene Verblüffung wich, dann etwas anderem, das sie nicht deuten konnte. Schließlich schüttelte er den Kopf, wie um einen unliebsamen Gedanken loszuwerden, bevor seine Züge einen gleichgültigen Ausdruck annahmen. Talia spürte, wie ein Prickeln ihre Arme hinauf bis zu den Wangen wanderte und sich zu der aufkeimenden verräterischen Enttäuschung gesellte. Sie konnte doch nicht wirklich erwartet haben, dass er sie erkennen würde! Immerhin hielt er sie für tot! Er musste die Farbe ihrer Augen für einen Zufall halten, einen Streich der Natur, nicht mehr!

Oder ist es wirklich so leicht für ihn zu vergessen?

Der Gedanke ließ Talia innerlich zittern. Täuschte sie sich oder konnte sie wirklich die Hitze fühlen, die Carans Körper ausstrahlte, ein warmes Band, das sie zu ihm hinzuziehen schien? Wie gerne würde sie einen Blick auf seine Seele werfen! Beinahe panisch bekämpfte Talia den Drang, die Hände auszustrecken und ihren Vater zu berühren.

Caran schien Talias Unruhe nicht zu bemerken. »Ich bin Caran, Tancorix' Sohn«, begann er den Eid, den Talia dem Oberhaupt der Familie, in dessen Haus sie arbeitete, schuldete. »Ich erwarte Treue und Fleiß und gewähre Speis, Lohn und Schutz. Was hinter den Türen meines Hauses geschieht, wird deine Lippen nicht verlassen!«

Talia riss ihre Gedanken von den blauen Flammen, die irgendwo hinter Carans Stirn brannten, fort. Gehorsam kniete sie nieder und zwang sich, die Spitze seiner Schwertscheide mit den Lippen zu berühren.

Es ist eine Art Spiel, sagte sie sich. *Und ich bestimme die Regeln.*

»Ich bin Talia, eine freie Frau des Volkes. Aus freiem Willen gebe ich die Kraft meiner Arme. Gehorsam schulde ich einzig Euch.«

»Du hast keine Sippe?«, fragte Caran, während er ihr aufhalf. Nur die dicke Wolle von Talias Kleid trennte seine Hand von ihrer Haut. Ihre Knie gaben nach. Sie stolperte.

»Hättet Ihr diese Frage nicht stellen sollen, bevor Ihr mir einen Eid abnahmt?«

Caran warf ihr einen scharfen Blick zu, sagte jedoch nichts. Talia hatte schon von Atharic gehört, dass es schwer zu erraten war, was Caran dachte.

»Meine Frau hat dir sicherlich alles erklärt?«

Talia nickte. Catuen hatte sie bereits am vorangegangenen Abend den Menschen, die auf dem Hof lebten, vorgestellt. Neben dem Zimmermann, dem Schmied und ihren Familien waren im Augenblick sechzig Krieger hier untergebracht: Vindelikische Kämpfer, Carans Leibwache, bildeten die eine Hälfte, ein Teil von Atharics Söldnern die andere. Die Nordmänner hatten Talia begeistert begrüßt, dann hatten sie Carans Leibwache geraten, die Finger von Talias Hintern zu lassen oder vorsichtshalber sämtliche Nachttöpfe zu verstecken. Die derben Sprüche hatten Talia vor Catuen in Verlegenheit gebracht, aber die ältere Frau hatte nur lachend abgewinkt.

Catuen hatte Talia auch einen großen Bund mit Schlüsseln in die Hand gedrückt, der jetzt in einem Lederbeutel an ihrem Gürtel hing. Caran deutete darauf und meinte: »Schlösser dürften hier wohl der größte Unterschied zu der Druidenschule sein, wo du vorher gearbeitet hast, nicht wahr?«

»Die Geheimnisse der Druiden liegen in ihren Köpfen, nicht in irgendwelchen Truhen«, erwiderte Talia steif.

»Ja, und all das Gold, das sie besitzen, pinkeln sie.« Carans Murmeln ging in dem Donnern von Hufen auf der Straße unter. Wenige Augenblicke später preschte ein Reiter an den Langhäusern vorbei und auf sie zu.

»Sie zahlen tatsächlich nicht!« Der Mann, der nur wenige Jahre älter als Talia sein konnte, sprang zu Boden, noch bevor sein Pferd richtig stand. Er war kleiner als Caran, drahtig und gutaussehend mit kurzen dunklen Haaren, grünen Augen und ebenmäßigen Gesichtszügen. Die fast schwarzen Haare und die dunkle Haut ließen ihn fremd wirken, obwohl er ohne jeden

Akzent sprach. Ärger hatte seine Stirn gerunzelt. Caran zog ihn ein paar Schritte zur Seite. Während sich die beiden Männer mit gedämpften Stimmen unterhielten, kehrte Talia zu ihrer Arbeit zurück, den Inhalt des Erdkellers zu untersuchen. Die Tätigkeit half ihr, ihre zitternden Finger zu beschäftigen, doch sie war so abgelenkt von ihren eigenen aufgewühlten Gedanken, dass sie immer wieder von Neuem anfangen musste, die mit Pech überzogenen Vorratsgefäße zu zählen.

Talia wusste, wer der Mann war, der jetzt mit Caran sprach. Catuen hatte ihr erklärt, dass Dago der zweite Sohn eines boischen Stammesfürsten war. Jahrelang hatte sein Vater Dörfer im Osten des vindelikischen Landes geplündert, bis er schließlich mit Caran zu einer Übereinkunft gelangt war und Dago als Geisel nach Alte-Stadt geschickt hatte. Caran hatte den damals elfjährigen Jungen zu sich genommen und großgezogen. Im Laufe der Jahre hatte sich Dago zu einem hervorragenden Kämpfer und zu einem der engsten Vertrauten Carans entwickelt. Caran hatte ihn schließlich sogar zum Anführer seiner Gefolgschaft ernannt.

»Manchmal glaube ich, Caran ist mehr mit Dago verheiratet als mit mir«, hatte Catuen gesagt. »Und fall nicht auf sein hübsches Gesicht herein! Dago sammelt Frauen wie andere Armringe.«

Talia hörte dumpfe Schritte, als sich die beiden Männer dem Erdkeller näherten. Ihre Schatten fielen über die Öffnung und verdunkelten das Licht.

»Wir brechen gleich morgen früh auf«, sagte Caran zu Dago. »Sag es Atharic und den Kriegern! Wir werden auch nach Alkimoennis reiten. Segurion soll wissen, dass die nordischen Söldner, die in Zukunft zwischen den Städten patrouillieren werden, meine Männer sind.«

»Du willst ihnen die Furt und die Albstraße überlassen?«

»Segurion bewacht die Furt, aber er hat in letzter Zeit die Kon-

trolle der übrigen Wege stark vernachlässigt. Es schadet nichts, wenn wir ihm zeigen, dass wir genügend Krieger haben, um auch seinen Teil des Wegenetzes zu schützen.«
»Das wird ihm nicht gefallen.«
»Das soll es auch nicht.« Caran blickte nach unten in Talias Gesicht, das auf einer Höhe war mit seinen Knien. »Kümmere dich darum, dass alles bereit ist, wenn wir morgen losreiten, Talia!«, befahl er schroff. »Wasser und Verpflegung für zwei Nächte und einhundertfünfzig Krieger. Wir werden mindestens acht Nächte lang fort sein. Und ich will nicht, dass meine Frau sich zu sehr anstrengt – sorge dafür!«
Talia nickte.
»Wer ist das?«, fragte Dago neugierig.
»Talia, unsere neue Haushälterin. Sie soll Catuen zur Hand gehen.« Caran sprach bereits über die Schulter, während er mit großen Schritten auf das Wohnhaus zueilte. Talia und Dago blieben alleine zurück.
Erleichtert atmete Talia auf. *Immerhin habe ich ihm nicht ins Gesicht gespuckt,* dachte sie und ignorierte geflissentlich ihre zitternden Knie.
Unterdessen wanderten Dagos grüne Augen über Talias Körper. Dort, wo sich ihre Brüste unter dem schweren Stoff des Arbeitskleides wölbten, verharrten sie einen Moment lang, dann glitt sein Blick weiter hinauf bis zu ihrem Mund. Mit einem geschmeidigen Satz sprang er neben sie. Talia versuchte zurückzuweichen und stieß mit dem Rücken gegen die gestapelten Vorratsgefäße. Dagos Hand streifte über ihre Hüfte. Er lächelte.
»Willkommen!«, sagte er.

Eine Magd führte Talia durch die Halle und in einen großen Raum mit hohen Wänden. Der Anbau stieß seitlich an das

Haupthaus und überragte dessen Dach um mehrere Fuß. Sonnenlicht drang bis in die letzten Winkel, und es roch nach frischen Kräutern. Ohne ein Wort verschwand die kleine Magd durch eine Seitentür und ließ Talia alleine zurück.

Reichtum prunkte von den mit feinsten Tüchern verhangenen Wänden und den hochbeinigen Hockern, auf denen blaue Glasschalen standen. Bunte Federkränze von Vögeln, die Talia nicht kannte, baumelten von der Decke herab. Schwarze italische Töpfe standen ordentlich aufgereiht in niedrigen Regalen. Sie sahen genauso aus wie jene, die Talia auf dem Markt gesehen hatte. Die geschnitzte Figur eines Hirsches sorgte dafür, dass die Tür nicht ständig zufiel. Die Enden seines Geweihs waren mit Gold überzogen, und die Augen, die Talia anzustarren schienen, bestanden aus hellem Bernstein.

»Hast du etwas angefasst?«

Talia fuhr zusammen. Sie hatte nicht gehört, dass Roueca den Raum betreten hatte.

»Nein, Herrin«, sagte sie. »Eure Magd hat mich hier zurückgelassen.«

»Sie hätte es besser wissen sollen. Komm mit! Dienstboten empfange ich immer in der Halle. Was hast du mir auszurichten?«

In der Halle war es kalt und zugig. Talia versteckte die Hände in den Ärmeln und sagte die Botschaft auf, mit der Catuen sie zu ihrer Schwägerin geschickt hatte. Als sie fertig war, nickte Roueca bloß und entließ sie mit einer knappen Handbewegung.

»Bitte, einen Moment noch, Herrin«, sagte Talia hastig. Sie konnte sich die Gelegenheit nicht entgehen lassen, Roueca nach Netacari zu fragen. Carans Schwester war Talias letzte Hoffnung, etwas über ihre Mutter zu erfahren, ohne Caran direkt fragen zu müssen. Sie hoffte nur, dass ihre Stimme gleichgültig genug klang. »Ich habe gehört, Carans erste Frau hätte ein Kind unter ihrem Herzen getragen, als sie starb. Ich wollte Catuen nicht danach fragen, aber vielleicht gibt es noch Kleider, Spielzeug oder …«

»Von wem hast du das gehört?« Rouecca fuhr herum. Ein einziger Schritt brachte sie so nahe an Talia heran, dass ihre Nase gerade eine Handlänge von Talias Kopf entfernt war. Talia widerstand dem Drang zurückzuweichen. Zwar war sie auf die Frage vorbereitet, doch die Heftigkeit von Rouecas Reaktion traf sie völlig unvermittelt.

»Der Schmied«, stotterte sie, »ich habe gehört, wie er sich mit seiner Frau unterhalten hat. Sie wussten nicht, dass ich in der Nähe war.«

»Dann rate ich dir, das nächste Mal deine Zunge im Zaum zu halten, sonst wirst du sehr schnell aus dieser Stadt verschwinden, hast du verstanden? Niemand redet hier über Dinge, die schon lange zurückliegen! Hast du meinem Bruder nicht etwa geschworen, über alles, was du auf seinem Hof hörst, zu schweigen?«

Talia beeilte sich zu nicken. »Gewiss, Herrin, ich werde es niemandem erzählen! Verzeiht mir, Herrin.«

Rouecca verschränkte die Arme vor der Brust. Mit ihrem undurchdringlichen Gesichtsausdruck und der langen Nase über dem strengen Mund sah sie Caran erstaunlich ähnlich. »Gibt es sonst noch etwas, was du mir von meiner Schwägerin ausrichten sollst?«

Stumm schüttelte Talia den Kopf.

»Gut. Dann darfst du jetzt gehen. Bestelle Catuen meine besten Wünsche!«

Talia schnitt eine Grimasse in Rouecas Rücken, nachdem diese sich zum Gehen gewandt hatte. Kurz darauf zupfte auch schon die Magd, die Talia hereingelassen hatte, an ihrem Ellbogen und winkte. Talia folgte ihr den mit Kies gestreuten Weg entlang bis zum Tor. Während sie auf die Straße trat, musterte sie den mageren Körper des Mädchens, ihr schmales Gesicht mit der kleinen Nase und dem spitzen Kinn.

Sie sieht wie eine Maus aus, dachte Talia und fragte freundlich: »Wie lange arbeitest du schon für Roueca?«

Die Magd schüttelte den Kopf und deutete auf ihren Mund.

»Oh, es tut mir leid! Du kannst nicht sprechen.« Doch Talia redete bereits mit dem Tor, das krachend vor ihr zuschlug. Seufzend drehte sie sich um.

Hari schaute sie erwartungsvoll an. »Roueca nicht da gewesen?«, fragte er.

»Doch, sie war da.«

»Sie nett ist?«

»So nett wie ein Wildschwein«, murmelte Talia. Hari blinzelte verwirrt. Talia krümmte die Zeigefinger und hielt sie neben ihren Mund. Sie senkte den Kopf, grunzte und scharrte mit den Füßen im Dreck.

Hari lachte. »Wild-?«

»Wildschwein.«

»Wildschwein.«

Sie kehrten Rouecas Hof den Rücken und folgten der Straße nach Westen. Es war Mittag, und der Geruch von frisch gebackenen Broten drang von den Häusern zu ihren Nasen. Ein paar Hunde streunten die Fahrspur entlang und fraßen den Abfall, den vorbeiziehende Wagen verloren hatten. Als sich ein Reiter näherte, zogen sie die Schwänze ein und rannten davon. Hari winkte, und jetzt erkannte auch Talia den Schmied, der mit seiner Familie auf Carans Hof lebte. Sein Pferd zog einen kleinen, bis zum Rand mit Holzkohle beladenen Leiterwagen hinter sich her. Als Aenovales Talia und Hari erreichte, sprang er ab und begrüßte sie gut gelaunt. Sein Grinsen offenbarte gelb verfärbte Zähne unter einem ergrauten Schnurrbart, aber die Grübchen, die sich auf seinen Wangen bildeten, wenn er lächelte, gaben ihm einen schelmischen Ausdruck, den Talia hinreißend fand.

»Was dagegen, wenn ich euch begleite?«, fragte Aenovales. Seine Hände waren von der Kohle schwarz gefärbt und hatten dunkle Flecken auf der Kleidung hinterlassen. »Ihr seid doch auf dem Weg nach Hause, nicht wahr?«

»Zum Hof, ja.«

»Du siehst müde aus, Mädchen. Geht es dir gut?«

»Ich schlafe nicht gut.«

»Ich wette, du hast alle Hände voll zu tun.«

Talia hob die Schultern. Die viele Arbeit war nicht der Grund für ihre schlaflosen Nächte. Tatsächlich hatte sie in den letzten Tagen so hart arbeiten müssen, dass sie jeden Abend wie tot in ihre Decken fiel. Doch der Schlaf wollte sich nicht einstellen. Catuen hatte ihr sämtliche Aufgaben der Hausherrin übertragen und verließ selbst kaum mehr ihr Lager. Sie schlief unruhig, war matt und ohne Appetit. Eine Hebamme wich nicht von ihrer Seite, und jeden Morgen kam ein Heiler, um nach ihr zu sehen. Talia war selbst überrascht, wie besorgt sie um Catuen war und wie viel Mitleid sie für die ältere Frau und deren ungeborenes Kind empfand. Manchmal fühlte sie sich versucht, Catuen zu erzählen, was für ein Mann der Vater ihres ungeborenen Kindes war, aber sie befürchtete, dass Catuen das früher oder später selbst herausfinden würde.

»Wie geht es Catuen?«, fragte der Schmied, als ob er Talias Gedanken erraten hätte. »Ich habe sie schon lange nicht mehr gesehen, und meine Frau meinte, sie verlässt nicht einmal mehr das Haus, um auszutreten.«

»Nicht so gut. Wir sind alle sehr besorgt. Schließlich ist sie schon sehr alt für ihr erstes Kind.«

»Das erste Kind, das sie so lange unter dem Herzen getragen hat«, korrigierte Aenovales. »Sie war schon einmal schwanger, hat dir das keiner erzählt?« Er nickte zur Bekräftigung, als Talia ihn überrascht anschaute. Der Schmied gehörte zu den Männern, die mit Caran nach Westen gegangen waren, als Caran noch einer junger Mann gewesen war. Vier Jahre lang waren sie zusammen in Ländern gereist, die Talia nur aus Geschichten kannte. Aenovales machte aus seiner engen Bindung zu Caran und dessen Familie keinen Hehl.

»Das war vor sechs oder sieben Jahren; damals hat sie das Kind nach wenigen Monaten verloren. Seitdem hat sie alles versucht, was ihr Heiler, Seher und Hebammen rieten, aber vergebens. Irgendwann hat sie Caran sogar vorgeschlagen, sich eine Nebenfrau zu nehmen. Er hat abgelehnt. Stattdessen wollte er einen seiner Neffen zu sich nehmen und erziehen, Rouecas jüngsten Sohn. Dann, im letzten Sommer, ist es doch noch passiert: Catuen ist wieder schwanger geworden. Kannst du dir vorstellen, wie glücklich sie war? Sie hat monatelang nur gestrahlt.«

Talia fragte sich, ob Catuen auch noch so strahlen würde, wenn sie wüsste, was Caran seinem ersten Kind angetan hatte. Laut sagte sie jedoch: »Sie wird bestimmt eine gute Mutter.«

»Daran gibt es keinen Zweifel. Du hast ja selbst erlebt, wie sanft und freundlich sie ist. Nicht alle Herrinnen sind so!«

Sie betraten Carans Hof durch einen Nebeneingang und umrundeten die Langbauten. Talia wunderte sich, wie still es war, denn normalerweise spielten die Kinder des Schmieds und des Zimmermanns zwischen den Gebäuden, oder die Mägde wuschen Kleider und Geschirr in großen Holztrögen und Kesseln. Jetzt schien der Hof wie ausgestorben. Erst als sie sich der Stirnseite des Haupthauses näherten, sahen sie einen der übrigen Bewohner: Aenovales' Frau saß auf einer Bank neben

dem Brunnen und hatte die Hände vor das Gesicht geschlagen. Tränen liefen ihr über die Wangen und tropften auf ihren Umhang. Aenovales ließ die Zügel fahren und sank neben seiner Frau auf die Knie. Seine rußverschmierten Finger umfassten ihren Nacken und zogen ihren Kopf zu sich heran.
»Was ist passiert?«, fragte er bestürzt. Talia blieb ebenfalls stehen. Hari hob neugierig die Augenbrauen, aber Talia bedeutete ihm, still zu sein. Unschlüssig wartete sie.
»Es ist Catuen«, hörte sie die Frau endlich murmeln. »Sie wird das Kind verlieren!«

Catuens ersticktes Schluchzen füllte den Raum, der ihr und Carans Schlafgemach war. Gelbe und orangefarbene Tücher hingen an den Wänden; den Boden bedeckten Felle. Die hellen Farben und die Wärme schienen die düsteren Gesichter der versammelten Menschen zu verhöhnen. Catuen saß aufrecht auf dem niedrigen Bett, den Rücken gegen zwei Kissen gelehnt. Ihr Gesicht war totenbleich.
»Sie hat Wehen bekommen«, flüsterte die Köchin Talia zu. »Die Hebamme sagt, es sei zu früh. Wenn die Wehen nicht aufhören und das Kind schon jetzt kommt, wird es wahrscheinlich nicht überleben.«
»Wann hat es angefangen?«
»Kurz nach Sonnenaufgang. Catuen hat das Standbild der Pferdegöttin besucht, um Epona ein Opfer zu bringen. Auf dem Rückweg fing es an.«
»Habt ihr eine Nachricht an Caran geschickt?«
»Noch nicht. Sie wollte, dass wir noch warten. Die letzte Wehe liegt bereits recht lange zurück. Vielleicht hat es aufgehört.«
Die Köchin klang hoffnungsvoll, aber Talia konnte ihren Optimismus nicht teilen. Besorgt beobachtete sie, wie die Hebamme eine Hand unter Catuens Rock schob und nach dem

Muttermund tastete. Wie um Talias böse Vorahnungen zu bestätigen, keuchte Catuen auf. Ihr Rücken krümmte sich, und sie richtete die weit aufgerissenen Augen auf Talia. Ein Zischen drang durch ihre zusammengebissenen Zähne. Die Hebamme murmelte etwas, was Talia, die noch immer in der Tür stand, nicht verstehen konnte. Catuen sackte wieder in den Decken zusammen. Sie antwortete nicht. Ein erneuter Heulkrampf schüttelte ihren Körper.

»Schickt nach ihrem Mann! Und einem Druiden!« Die Hebamme sah nicht auf, während sie über Catuens Kopf streichelte. Catuens sonst so sorgfältig frisierten Haare hingen in einem wirren Schleier über ihre Augen. »Wir werden ihn brauchen.«

Talia floh nach draußen.

Stille lag über der riesigen Hofanlage, während der Nachmittag verstrich. Die Mägde schlichen auf Zehenspitzen durch das Gebäude. Einmal schrien Kinder draußen, aber sie wurden schnell zum Schweigen gebracht. Ein alter, von der Last der Jahre gebeugter Druide besuchte Catuen. Er betrat die Kammer, sprach ein kurzes Gebet und warf eine Handvoll Eicheln aus dem Fenster, um böse Geister zu vertreiben. Er wechselte ein paar Worte mit Catuen und der Hebamme, dann malte er mit blauer Farbe ein Kreisauge auf Catuens geschwollenen Bauch.

»Ruft mich, wenn die Geburt kurz bevorsteht!«, befahl er, während er nach seinem Mantel griff. »Im Moment kann ich nicht helfen.«

Sprachlos schloss Talia die Tür hinter ihm.

»Er war der oberste Druide in Alte-Stadt«, erklärte Aenovales das kurz angebundene Verhalten des Druiden, nachdem Talia ihrer Empörung Luft gemacht hatte und nach Atem ringen musste. »Alle dachten, er würde der nächste Hohedruide werden, aber das war, bevor er sich gegen Carans Pläne zum Bau der Stadtmauer stellte. Caran setzte sich durch. Das hat er ihm nie verziehen.«

Sie aßen zu Abend. Talia brachte Catuen Fleischbrühe und Brot, aber Catuen winkte ab. Sie war bleich, und ihre Haut fühlte sich kalt an. Sie weinte noch immer. Talia hatte nicht gewusst, dass ein Mensch so viele Tränen haben konnte.

Die Nacht ging vorüber, nichts änderte sich. Noch immer kamen die Wehen in großen, unregelmäßigen Abständen. Eine zweite Hebamme löste die erste ab. Sie war alt und summte ständig vor sich hin. Die Melodie beruhigte Catuen, und sie sank in einen kurzen, unruhigen Schlaf.

Am nächsten Tag erschienen Catuens drei Schwestern und ihre Mutter. Sie brachten Amulette und kleine Bronzefiguren: Eber, Pferde, Raben, Hirsche, Böcke. Die Frauen stellten die Götterbilder an das Fußende von Catuens Lagerstatt. Eines der Tiere war eine Eule mit Augen aus schwarzen Steinen. Sie schien Talia vorwurfsvoll anzustarren.

Neben den farbenprächtigen Gewändern ihrer Schwestern wirkte Catuen noch blasser, aber sie war offensichtlich froh, ihre Familie bei sich zu haben.

»Catuens Familie reicht bis an die Anfänge von Alte-Stadt zurück«, erzählte Aenovales. Er hatte einen Arm um seine Frau gelegt und lehnte mit dem Rücken an der Hauswand. »Caran war schon als junger Mann wohlhabend und mächtig, aber ohne die Heirat mit Catuen wäre er nicht das geworden, was er heute ist. Ihre Familie genießt hohes Ansehen.« Aenovales spuckte in die Feuerstelle. »Das hat sie nicht verdient!«

Der Tag schleppte sich endlos dahin. Talia sorgte dafür, dass die Köchin und die Mägde beschäftigt waren. Sie selbst wimmelte die Händler, Handwerker, Bittsteller und Boten ab, die beinahe ohne Unterlass an die Tür klopften und sich nach der Hausherrin erkundigten. Die große Anteilnahme überraschte Talia, denn sie hatte nicht geahnt, dass Catuen sich so stark am öffentlichen Leben der Stadt beteiligte.

»Die Wehen kommen jetzt häufiger.«

Es war später Nachmittag. Talia war gerade dabei, Catuens kostbare Bronzegefäße auf Hochglanz zu polieren, als der Heiler neben sie trat. Er war ein alter Mann von mehr als fünfzig Jahren, ruhig und bescheiden. Wie die Hebamme war er den ganzen Morgen über kein einziges Mal von Catuens Seite gewichen.

»Ich habe gehört, du hast in einer Druidenschule gearbeitet«, fügte er hinzu. »Hast du dort etwas Heilkunst erlernt?«

Talia schüttelte den Kopf.

Der Mann schien enttäuscht. »Wer war der oberste Druide?«

Talia überlegte, ob sie lügen sollte, aber sie war zu erschöpft. »Ientus«, antwortete sie.

»Ich kenne Ientus. Er ist ein sehr interessanter Mann.«

»Ja, so kann man ihn auch beschreiben.« Talia wollte sich abwenden, aber die drängende Frage, die ihr auf der Zunge lag, hielt sie zurück. »Manchmal überleben die Kinder, wenn sie so früh zur Welt kommen, nicht wahr?«

Der Heiler blickte sie müde an. »Nein, meistens nicht. Ihre Körper sind noch zu klein und zu schwach, um eine Seele halten zu können. Ich habe es nur einmal erlebt, dass ein Kind, das zu früh geboren wurde, überlebte.«

»Was ist geschehen?«

Der Heiler lehnte sich zurück. Er verschränkte einen Arm hinter dem Kopf und griff nach einem Becher Milch. Talia setzte sich neben ihn. Einer der großen Hunde, die neben dem Herdfeuer schliefen, tappte herbei und legte seinen Kopf auf ihre Füße. Leise begann der Heiler zu erzählen: »Es war in einem kleinen Ort jenseits von Boiodurum. Ich hatte gerade meinen Lehrmeister verlassen und war als Wanderheiler nach Osten gereist. Ein Köhler hat mich bei sich übernachten lassen als Bezahlung dafür, dass ich seinem ältesten Sohn einen Zahn zog. Die Frau des Köhlers war schwanger. Sie war jung und kräftig, aber die Wehen setzten zu früh ein. Es war eine schnelle Geburt, und sie brachte das Kind noch auf dem Acker, auf dem sie arbeitete, zur Welt. Das Baby war winzig und gab nicht einen Laut von sich. Ich sagte dem Köhler, ich könne dem Kind nicht helfen, weil sein Körper zu klein sei, um eine Seele aufnehmen zu können. Da schickte der Mann seinen Sohn los. ›Hol die Zauberin!‹, sagte er. ›Sie wird uns helfen.‹ Als die Frau, eine alte Hebamme mit Haaren so weiß wie Schnee, wenig später kam, nahm sie ohne Worte das Kind in den Arm und hielt es bis zum Morgengrauen. Sie tat nichts, sie saß nur da, mit einer Hand auf seinem Kopf. Ich dachte, sie schliefe.«

»Und dann?«

»Das Baby überlebte. Ich fragte die alte Frau, was sie getan hätte. Sie kicherte und stieß ihren knochigen Finger gegen meine Brust. ›Worte‹, meinte sie, ›Geweihte benutzen immer nur Worte.‹ Aber man müsse sehen, um führen zu können.« Der Heiler rieb sich die Stirn. »Ich weiß bis heute nicht, was sie damit gemeint hat. Später wurde mir erzählt, dass niemals ein Säugling, bei dessen Geburt sie geholfen hatte, den Kindstod gestorben war.«

Nachdenklich kaute Talia auf ihrer Unterlippe. Sie konnte sich des Gefühls nicht erwehren, dass sie wusste, was die Hebamme gemeint hatte, und dieses Wissen machte ihr Angst.

Aber sie hat Gutes mit ihrer Gabe getan. Sie hat sie beherrscht!

Laut fragte sie: »Lebt sie noch?«

»Die Hebamme? Nein, bestimmt nicht. Das war vor über zwanzig Jahren.«

Es wurde Abend. Talia schürte das Feuer und brachte Lampen an Catuens Lager. Die Wehen kamen nun regelmäßig und wurden immer stärker. Die ganze Zeit über hatte Talia Catuen nur einmal schreien gehört – ein langgezogenes Heulen, nicht vor Schmerz, sondern voller Wut, Angst und Verzweiflung. Es weckte Erinnerungen in Talia, und unbehaglich stellte sie fest, dass ihr die Geschichte des Heilers nicht aus dem Kopf gehen wollte. Um sich abzulenken, wies sie Hari an, Steine im Ofen zu erhitzen und unter Catuens Decken zu legen. Sie selbst erwärmte Wasser und holte frisches Leinen. Der alte Druide kehrte zurück, und mit ihm kam Roueca.

Ohne ein Wort stürmte Roueca an Talia vorbei in Catuens Zimmer. Talia hörte gurrende Geräusche, als Roueca Catuens Schwestern zur Seite drängte und ihrer Schwägerin einen Kuss auf die Stirn drückte. »Ich habe einen meiner besten Jungstiere für dich geopfert!«, erzählte sie, während sie eine Schüssel voll dunklen Bluts neben Catuens Kopf stellte. Sie tauchte einen Finger in die klebrige Flüssigkeit und zeichnete einen roten Kreis auf Catuens Stirn. »Möge seine Stärke in dich fließen! Du wirst sehen, es wird alles gut!«

Catuen murmelte eine Antwort. Talia verstand sie nicht, doch sie hörte die Hoffnungslosigkeit hinter den Worten. Leid streckte seine brennenden Finger nach Talia aus.

Talia wandte die Augen ab.

Es war nach Mitternacht, als der Boden endlich unter ihren Füßen vibrierte. Talia sprang zur Tür. Es hatte zu schneien begonnen, und sie musste blinzeln, um durch die schweren Flocken hindurch etwas erkennen zu können. Im Schein der Fackeln konnte sie einen Moment lang nur wogende Schatten ausmachen, das Schnauben von Pferden und lautes Hundegebell. Dann stürzte Caran an ihr vorbei. Schnee schimmerte auf dem bronzenen Helm und dem silbrigen Pelz seines Mantels. Talia schloss die Tür hinter ihm. Sie hörte, wie Caran etwas zu seiner Frau sagte, dann begann Catuen wieder zu weinen.

Das Kind kam am frühen Morgen zur Welt.

Talia saß in der kleinen Kammer, die sie mit der Köchin und zwei Mägden teilte, und lauschte, wie der Druide alle bis auf Caran, die Hebamme und den Heiler aus Catuens Raum scheuchte. Roueca protestierte gegen die rüde Behandlung, aber kurz darauf wurde ihre Stimme leiser. Flüsternd begann sie, sich mit Catuens Schwestern zu unterhalten. Talia starrte auf die weiß getünchte Hauswand. Ein Eber war unter das kleine Regal geritzt, in dem Talias wenige Habseligkeiten lagen. Er stand auf den Hinterbeinen, so als wolle er das Regal mit seinen Hauern nach oben stemmen, und sein aufgerichtetes Glied zeigte wie ein Pfeil nach vorne.

Stärke, dachte sie. Der Eber war ein Zeichen für Stärke und Wildheit im Kampf. *Keine Eigenschaften, die ich besitze.* Vielleicht sollte sie eine Maus daneben ritzen – oder ein Schaf.

Eine Zeit lang schwelgte sie in Selbstmitleid, bis der schwere Vorhang, der die Kammer begrenzte, zur Seite glitt und Atharic sich geräuschlos neben ihr niederließ. Normalerweise wurde sie in seiner Nähe aufgeregt und befangen, doch dieses Mal war sie zu erschöpft, um ihrem Körper oder ihrer Seele noch eine Reaktion auf seine Gegenwart abzuringen.

»Das Langhaus, in dem meine Männer und ich wohnen, besitzt einen kleinen Raum am Ende«, sagte Atharic leise. »Vielleicht willst du dort schlafen?«

Talia schüttelte den Kopf. »Ich will nicht schlafen.«

Sie wusste, sie sah schrecklich aus. Ihre Augen waren rot und gereizt; ihre Haut war fahl, und ihre Haare fielen strähnig herab. Sie warf einen kurzen Blick auf Atharic. Obwohl er einen Gewaltritt hinter sich hatte und ebenfalls die ganze Nacht auf den Beinen gewesen war, waren das einzige Zeichen von Müdigkeit die tieferen Linien in seinen Augenwinkeln. Er saß so nah, dass sie den Geruch seiner Kleidung riechen konnte: das Leder seines Harnischs und einen Hauch von Pferd. »Stimmt es, dass das Kind nur eine geringe Chance hat zu überleben?«

»So sieht es aus.«

»Wie viel zu früh ist es?«

»Einen Monat?« Talia zuckte mit den Achseln. »Vielleicht mehr.«

Am anderen Ende des Gebäudes begann der Druide, Intonationen herunterzuleiern.

»Was macht er?« Atharic verzog das Gesicht. Der unmelodische Gesang wurde lauter.

»Er bittet bei den Fürsten der Anderen Welt für die Seele des Kindes.«

»Klingt mehr nach dem Jammern einer Ziege.«

Talia konnte ihm nicht widersprechen. Früher wäre sie über Atharics respektlose Worte schockiert gewesen, aber das war, bevor sie erfahren hatte, dass Druiden aus einem heiligen Opfer das herauslasen, was ihren Zwecken am besten diente.

»Sie wird es als Ehre empfinden«, hatte Ientus gesagt. Sie fragte sich, warum er ihr niemals erzählt hatte, dass es andere Menschen wie sie gab. Er musste es doch gewusst haben, oder etwa nicht?

Talia zog die Beine an den Körper und umklammerte die Knie mit den Armen. Abrupt erstarben alle Geräusche. Talia hielt den Atem an. Sie neigte den Kopf, um besser hören zu können; Atharic tat dasselbe. Sie warteten. Schließlich stand Atharic auf und trat nach draußen. Talia hörte, wie er den Raum durchquerte, dann redeten plötzlich alle durcheinander: Roueca verkündete, das Haus nicht zu verlassen, bis sie wisse, dass mit Catuen alles in Ordnung sei; die Köchin rief, dass sie eine Amme holen würde; der Druide nahm seine Intonationen wieder auf.

»Das Kind lebt«, sagte Atharic, als er wenig später zu Talia zurückkehrte.

»Aber ich habe keinen Schrei gehört!«
»Es hat nicht geschrien. Es atmet – flach, und es bewegt sich kaum. Es ist sehr klein.«
»Was ist es?«
»Ein Mädchen. Catuen ist ohnmächtig, aber ansonsten scheint es ihr gut zu gehen.« Atharic ging in die Hocke. »Der Heiler hat nach dir gefragt, Talia. Er will wissen, ob du bei Catuen bleiben kannst, bis sie aufwacht.«
Talia schüttelte so heftig den Kopf, dass ihre Haarsträhnen gegen Atharics Schulter flogen. »Das ist keine gute Idee«, brachte sie hervor.
»Warum nicht? Warum versteckst du dich hier? Das tust du doch, nicht wahr? Dich verstecken?«
Talia schwieg. Sie sehnte sich danach, sich ihm anzuvertrauen, selbst wenn sie bezweifelte, dass er sie verstehen würde. Er war kein Mann ihres Volkes; für ihn bedeuteten Seelen nicht das, was sie für sie bedeuteten. Dennoch war Atharic im Augenblick der einzige Mensch auf der Welt, dem sie meinte, vertrauen zu können.
»Warum?«, fragte Atharic noch einmal.
»Weil sich Catuens Leid in ihrer Seele spiegeln wird«, flüsterte Talia, »und ich kann es sehen.«
»Wir alle können ihr Leid sehen. Ein Blinder könnte das.«
»Nicht so, wie ich es kann. Es ist stark und rot. Es brennt sich in mich hinein. Es ist so nahe, dass es in mir lebendig wird!«
Atharic lehnte sich zurück. Er pfiff leise durch die Zähne. »Also ist es wahr, was man sich bei uns im Norden erzählt: Eure Druiden können den Geist eines Menschen berühren – oder seine Seele, wie ihr sagt.«
»Nein, das können sie nicht. Druiden können Seelen nicht einmal sehen, aber ich kann es.«
Sie wartete darauf, dass Atharic Zweifel äußerte, doch er sagte

lediglich: »Dann bist du mehr als eine Druidin, Talia, du bist eine Seelenwächterin. Wie kommt das?«
Talia knabberte auf ihren Fingernägeln. *Seelenwächterin*. Es war das erste Mal, dass jemand sie so nannte. Es war ein guter Name. Es klang nicht nach Leid, Angst, rotem Feuer und verletzten Seelen, sondern nach Heilung und Schutz. Talia zweifelte allerdings daran, dass sie die Bezeichnung verdiente. Vielleicht war es ein nordischer Begriff für einen Druiden oder Heiler, überlegte sie. Dennoch, der Name gefiel ihr, selbst wenn es wohl am ehesten ihre eigene Seele war, die einen Wächter benötigte.
»Ich weiß es nicht«, gab sie zu. Dann berichtete sie in knappen Worten, wie es begonnen hatte: mit dem Blut, das sie zur Frau gemacht hatte an jenem Tag in der niedergebrannten Herberge, als die Seelen der Sterbenden auf sie einbrandeten und um Erlösung flehten. Sie erzählte Atharic, dass sie ihre Ausbildung zur Heilerin hatte abbrechen müssen und dass ihr die Druiden beigebracht hatten, wie sie sich gegen die Seelen in ihrer Umgebung abschirmen konnte, um zu verhindern, dass sie sich nochmals in ihnen verlor.
»Aber warum?«, fragte Atharic. »Weshalb solltest du dich davor verstecken? Es ist eine Gabe! Wenn die Götter gewollt hätten, dass sie verkommt, warum hätten sie sie dir dann geben sollen?«
»Ientus ist wohl der Meinung, dass ich nur das Gefäß bin, das diese Gabe weitergeben soll.«
Atharic starrte sie an. Abermals pfiff er durch die Zähne. »Jetzt begreife ich allmählich so einiges. Hattest du es deshalb so eilig, von Ientus fortzukommen?«
Talia rieb sich die Schläfen. Sie nickte kaum merklich.
»Ich habe Angst davor«, gab sie kurz darauf zu ihrer eigenen Überraschung zu. »Oder zumindest glaube ich das. Was damals in der Herberge geschah, ich meine, es hat wehgetan! Es hätte mich töten können – oder Schlimmeres.«

»Und jetzt glaubst du, es würde wieder wehtun?«
»Ja. Nein. Vielleicht. Ich weiß es nicht. Es wird immer verwirrender!«
Atharic sah sie aufmunternd an. Talia holte tief Luft. Dann sagte sie ihm, was der Heiler ihr am Abend erzählt hatte.
Atharics Reaktion traf sie völlig unvorbereitet. Er sprang auf die Füße, und sein rechter Arm schoss nach vorne. Einen Moment lang glaubte Talia, er wolle sie schlagen, aber er griff lediglich nach ihrer Hand und zog sie mit einem so starken Ruck auf die Füße, dass sie gegen seine Brust prallte.
»Komm mit!« Er schob sie durch den Vorhang. Der Griff seiner Finger um ihren Ellbogen war fest und unerbittlich. Selbst wenn Talia es versucht hätte, hätte sie sich nicht losreißen können.
Als sie die Halle betraten, war diese fast leer. Nur Roueca hob den Kopf und starrte ihnen entgegen. Die Tür zu Catuens Zimmer war verschlossen.
In der Mitte der Halle, auf einem großen, mit einem Bärenfell gepolsterten Stuhl, saß Caran und hielt seine Tochter in den Armen. Er sah nicht auf, als sie hereinkamen. Sein Blick war auf das kleine Bündel in seinen Händen gerichtet, als könne er es durch pure Willenskraft dazu zwingen, seinen ersten Schrei auszustoßen und zu kämpfen.
Atharic zerrte Talia hinter sich her. Er zog einen Hocker herbei und drückte sie darauf nieder. Ohne zu fragen, nahm er Caran das Kind aus den Armen und legte es in Talias Schoß.
»Was fällt dir ein!« Roueca reagierte noch vor ihrem Bruder. Sie versuchte, das Mädchen fortzunehmen, aber Atharic trat einen Schritt nach vorne und stellte sich ihr in den Weg. Rouecas Schlag prallte an seiner Schulter ab. Er blinzelte nicht einmal.
»Hört auf!« Carans Gesicht nahm den gewohnt verschlossenen Ausdruck an. »Was soll das?«

»Wo ist der Druide?«, fragte Atharic.

»Zum Tempel gegangen. Was hat das alles zu bedeuten, Atharic?«

»Ich weiß nicht, was ich tun soll!« Talia versuchte, Caran das Kind zurückzugeben, aber Atharic drückte ihre Arme herunter.

»Tu, was diese Frau in der Geschichte getan hat!«

»Aber ich weiß nicht wie!«

»Dann finde es heraus!«

Verzweifelt starrte Talia auf das zerknitterte Gesicht in ihren Händen. Blut klebte noch auf dem Hals des Babys und unter seinen Ohren. Talia konnte nicht erkennen, ob es atmete.

»Berühr sie!« Atharics Tonfall hätte eine Armee zum Stehen gebracht.

Talia streckte die Finger aus und ließ sie unter die hellen Leinentücher gleiten, in die das Mädchen gewickelt war. Erstaunt, wie weich sich seine Haut anfühlte, begann sie zögernd, über den kleinen Bauch zu reiben, an dem noch der Rest der Nabelschnur hing. Das Baby reagierte nicht.

»Da ist nichts!«

Atharic packte Talias andere Hand und presste die Handfläche gegen seine Wange. »Was siehst du?«, fragte er. Sein Gesicht war so dicht vor ihrem, dass sie seinen Atem warm auf ihrer Stirn fühlte.

»Was siehst du?«, wiederholte er.

Talia schloss die Augen. Atharics Seele explodierte vor ihr.

Ein Glühen von der Farbe des Himmels. Ein beständiges Blau, das alle anderen Farben verdrängte. Flammen, die weder warm waren noch kalt. Eine Seele, in Ruhe gebettet. Schützend wie ein Dach, das alles hinter sich verbarg, wovor Talia sich fürchten mochte. Atharics Seele blieb in den Grenzen, die sein Körper ihr steckte, und bewahrte ihre düsteren Geheimnisse für sich.

Ich kann das, dachte Talia. Sie konnte Atharics Seele berühren, ohne sich selbst zu verlieren, ohne hinweggeschwemmt zu werden von fremden Gefühlen, die stärker waren als sie. Atharics Seele schimmerte hinter durchsichtigen Wänden, die sie von Talia trennten, solange sie nicht die Hände ausstreckte und sie zerriss. *Ich kann es beherrschen!*

Atharic löste seinen Griff und zog sich aus ihrer Berührung zurück. Er sagte etwas zu Caran, aber Talia hörte nicht mehr zu. Sie konzentrierte sich ganz auf das kleine Wesen in ihrem Schoß und vergaß die Menschen um sich herum. Fast konnte sie es knistern hören. Eine Seele flackerte um den Kopf des Mädchens wie ein flacher Stein, der über die glatte Oberfläche eines Sees hüpft, ohne einzutauchen. Jedes Mal, wenn der kleine Feuerball abprallte, schien er ein bisschen blasser zu werden.

Talia drohte in Panik auszubrechen. Nur von Ferne hörte sie, wie Caran befahl, den Druiden zurückzuholen. Niemand störte sie.

Talia bewegte eine Hand über dem Kopf des Kindes, doch es nützte nichts. Sie konnte die kleine Kugel nicht fassen. Es war, als würde sie versuchen, Nebelschwaden einzufangen; ihre Finger tauchten einfach durch die schimmernden Farben hindurch. Talia hielt inne.

Sie würde deine Schwester sein, sagte eine Stimme in ihr. *Carans Tochter, von der er will, dass sie lebt. Welche Ironie …*

Wütend verdrängte Talia die Stimme. *Denk nach!*

Sie konzentrierte ihre eigene Seele auf die Größe eines Haselnusskerns, bis das von goldenen Fäden durchzogene Blau so dunkel wurde, dass es fast schwarz wirkte. Sie versuchte, Zuversicht auszustrahlen, Vertrauen in die schwachen Lebenszeichen, die unter ihren Händen pulsierten.

Es ist genug Platz da. – Hab keine Angst! Ich zeige dir den Weg.

Das verzweifelte Springen beruhigte sich. Ein zarter, fast durchsichtiger Faden streckte sich fragend nach dem kahlen Kopf zwischen ihren Händen aus. Zögernd tastete er sich vor.

Talia hatte keine Vorstellung davon, wie viel Zeit verging. Ihre Brust hob und senkte sich, und sie fühlte kühle Luft, die in ihre Lungen strich, um warm wieder nach draußen zu dringen. Schemen bewegten sich um sie herum; sie sah sie als vage Farben und hörte Stimmen, die abrupt verklangen, wann immer sie die kleinste Bewegung machte. Währenddessen tauchte das Glühen langsam in den Körper ein, der sein Zuhause werden sollte. Zögernde Bande knüpften sich, als die Seele den Körper in Besitz nahm und für dieses Leben als Heimat beanspruchte. Irgendwann stieß das Mädchen einen protestierenden Laut aus, aber Talia ließ es nicht los. Helles Licht drang durch ihre Augenlider.

Schrei mich an! Sonst lass ich dich nicht in Ruhe!

Die Drohung schien zu wirken. Die letzten Fäden verknüpften sich. Talia spürte, wie das Kind tief Luft holte. Wie zur Antwort flammte der kleine Ball seiner Seele auf. Dann brüllte es los.

Talia öffnete die Augen und blinzelte in das Sonnenlicht, das ins Innere des Gebäudes fiel. Funken irrlichterten vor ihr – oder in ihr; sie war sich nicht sicher. Sie hatte das Gefühl, als würde ihr Schädel jeden Moment zerspringen.

»Gib sie mir!«

Caran streckte die Hände aus. Talia war so steif, dass sie kaum die Arme heben konnte. Ungeschickt reichte sie ihm das Baby. Als sie ihre Hände zurückzog, strichen ihre Finger über Carans Handgelenk. Für den Bruchteil eines Herzschlags berührte sich ihre Haut.

Sie kannte ihn! Die Tochter in seinen Händen – das war sie!

Sie spürte ihre eigene Sehnsucht wie die einer Fremden.

Aber Vebromara hatte gesagt, dass er sie kein einziges Mal in den Armen gehalten hatte! Regungslos hatte er auf das Blut gestarrt, das aus dem Körper seiner Frau geflossen war, ein dunkler warmer Strom, der nicht endete. Netacari war gestorben, während Talias erste Schreie durch die Nacht und an die Ohren ihres Vaters drangen. Er hatte zu ihr hinübergesehen, dann hatte er sich umgedreht und war gegangen. Er war nicht mehr zurückgekommen. Er hatte sie nicht einmal berührt.

Wie sie ihn dafür gehasst hatte!

Caran erhob sich. Seine Tochter brüllte ihm in sein lächelndes Gesicht. Stumm beobachtete Talia Carans Hände, die mit den Fingern des Babys spielten. Ihr Kopf war wie leergefegt, während Caran mit großen Schritten die Halle durchquerte.

Wie konnte er sie einfach verlassen?

Benommen stierte sie auf die Tür zum Schlafgemach, hinter der ihr Vater verschwunden war. Erleichtertes Lachen machte sich unterdessen in der Halle breit. Atharic blickte Talia besorgt an. Er machte den Mund auf, um etwas zu sagen, dann ging sein Blick an ihr vorbei.

Talia spürte eine Bewegung hinter sich und hörte das leise, vertraute Rascheln eines langen Gewands. Ein feiner Hauch von Kräutern und Schweiß drang an ihre Nase. Sie musste sich nicht umdrehen, um zu wissen, wer hinter ihr stand.

Ientus' Stimme war so leise, dass nur sie seine Worte verstehen konnte. »Warum enttäuschst du mich so?«

3. Kapitel

Rouecas Brustwarzen wurden unter Dagos Fingerspitzen hart. Er umkreiste sie mit den Daumen, während er sich nach vorne beugte und in die helle Haut ihres Nackens biss. Roueca krallte die Hände in die Kissen. Ihr Gesäß presste sich gegen seine Lenden. Dago stieß schneller zu und lauschte dem leisen Stöhnen, das aus ihrer Kehle drang. Einen Moment später rollte Roueca unter ihm hervor. Dagos Glied glitt aus ihrer Scheide und hinterließ eine feuchte Spur auf ihrem Schenkel. Sie stand auf.

Dago stützte sich auf einen Ellbogen und sah zu, wie Roueca sich anzog. Versonnen musterte er ihre weichen, schweren Brüste über der überraschend schmalen Taille. Ein Feuermal zog sich quer über ihren Bauch bis zur Leiste und verschwand zwischen den Schamhaaren. Rouecas Körper hatte begonnen, die Straffheit der Jugend zu verlieren, doch ihre Bewegungen waren schnell und präzise. Ihre sorgfältig gezügelte Energie faszinierte Dago. Roueca wäre ein hervorragender Krieger geworden, überlegte er und fuhr über seine Schulterblätter, wo sich ihre Nägel in seine Haut gebohrt hatten. Einen Moment später landete sein Hemd in seinem Schoß.

»Zieh dich an!« Roueca warf ihm den Rest seiner Kleidungsstücke zu. »Ich habe wenig Zeit!«
Dago konnte sich ein Grinsen nicht verkneifen.
»Immer noch so schlecht gelaunt?«, fragte er spöttisch. »Es ist mehr als zehn Nächte her, seit sie geboren wurde!«
»Zehn Nächte! Was sind zehn Nächte gegen all die Jahre, die ich gewartet habe? – So nah!« Sie schnipste mit den Fingern vor seinem Gesicht. »So nahe, und Caran hätte einen meiner Söhne zu sich genommen!«
»Vielleicht tut er das immer noch? Seine Gefolgschaft braucht einen Mann an der Spitze, kein kleines Mädchen. Das wird auch er wissen.«
»Vielleicht einen Mann wie dich?« Roueca setzte sich neben ihn. Ihre Finger strichen über die dunklen Härchen auf seiner Brust. Dago packte ihre Handgelenke.
»Wieso sollte sie etwas für mich ändern?«, fragte er und beobachtete zufrieden, wie seine Finger Rouecas Unterarme vollkommen umschlossen. »Sie ist ein Kind, mehr nicht, und ich bin bereits Carans Kriegsführer.«
Roueca entzog sich seinem Griff. »Du bist nicht ehrgeizig genug, Dago! Carans Macht beruht nicht nur auf seiner Gefolgschaft! Wann wirst du das verstehen?«
»Sobald du verstehst, dass Carans Macht nur dir gehören wird, wenn dir seine Gefolgschaft gehört. Und dazu brauchst du mich!«
Roueca lächelte. Sie erwiderte nichts. Ihre Hand schob den Riegel der Tür beiseite. »Wenn ich nichts von dir wollte, wärst du nicht hier«, sagte sie, ohne sich zu ihm umzudrehen. »Deine Fähigkeiten sind wirklich – *beeindruckend!«*
Die Tür schloss sich hinter ihr. Dago setzte sich auf die Kante des Podestes, auf dem das Lager errichtet war, und lockerte die Schultern. Seine Mundwinkel zogen sich kaum sichtbar nach

oben. Dago genoss Rouecas Intrigen und ehrgeizigen Pläne. Sie spielte die Herren der Stadt in einem komplizierten Netzwerk aus Täuschungen und Versprechungen gegeneinander aus, kannte all ihre Schwächen, Pläne und Ängste. Carans Schwester war wie eine Spinne, in deren klebrigen Fäden sich jeder verfing – alle, bis auf Dago. Roueca glaubte, dass ihre und Dagos Ziele dieselben waren und dass sie ihn dort hatte, wo sie ihn haben wollte, aber sie irrte sich.

Dago zog sich Hemd und Weste über den Kopf und schlüpfte in seine Hose.

Er wusste, dass Roueca nicht vorhatte, ihn zu verraten. Wenn sie Caran erst einmal beseitigt hatte, brauchte sie jemanden, dem Carans Krieger vertrauten und dem sie folgen würden. Aber die Handelsverbindungen, die zahllosen Höfe und Dörfer, deren Bewohner einen Eid auf Caran und seine Familie geschworen hatten, der Kern von Carans Macht – das alles würde Roueca an sich reißen. Wer sollte sich ihr auch in den Weg stellen? Die sanftmütige Catuen mit ihrer kleinen Tochter? Bei der Vorstellung hätte Dago beinahe laut gelacht. Nein, sobald Caran starb, würde Roueca die mächtigste Frau des gesamten vindelikischen Volkes werden, und Dago würde nicht mehr sein als ein Kriegsführer, ein Hund, der die Meute nach dem Willen seiner Herrin führte.

Das war nicht das, was sein Vater geplant hatte.

»Bring mir die Stadt, Sohn!«, hatte er gesagt. »Die *ganze* Stadt!« Dago hatte immer gewusst, weshalb sein Vater ihn damals nach Alte-Stadt geschickt hatte. Seine gesamte Jugend über hatte er sich ausgemalt, wie sie zusammen, Seite an Seite, über den Handel entlang des Danuius herrschen würden. Die Stimme seines Vaters, als er ihm auf die Schulter geklopft und sich ein letztes Mal zu ihm herabgebeugt hatte, klang noch immer in seinen Ohren. »Du bist klüger als dein Bruder! Enttäusch mich nicht!«

Dreizehn Jahre waren seither vergangen. Dago hatte alles getan, was sein Vater von ihm verlangt hatte. Dieses Jahr würde er ernten.

Dago befestigte seine Waffen am Gürtel und trat durch eine schmale Seitentür ins Freie. Dunkelheit umfing ihn. Ungesehen überquerte er den kleinen Platz vor den Speicherbauten und näherte sich gerade dem überdachten Umgang, der Rouecas Hof einfasste, als eine Hand aus der Finsternis nach seinem Arm griff.

Dago seufzte. Eine ferne Fackel schimmerte auf dem rötlichen Haar der kleinen Magd und in ihren flehenden Augen. Ungeduldig wollte er sich befreien, dann überlegte er es sich jedoch anders und gab nach. Seine Schritte passten sich dem Mädchen an, als sie ihn zu einem Werkzeugschuppen führte und durch die Tür ins Innere drängte. Eine Lampe warf verzerrte Schatten auf Venas spitzes Gesicht.

»Ich sagte doch, dass …«, begann Dago, bevor sein Blick auf ihre Wange fiel. Er hielt inne. Seine Finger berührten die blaue Stelle knapp neben ihrem Augenwinkel.

»Sie ist wirklich wütend, nicht wahr?«

Venas Hände vollführten rasche Bewegungen vor seinem Gesicht, Zeichen, wie sie die Händler auf ihren Reisen benutzten.

»Ein Mann aus dem Tempel war da?«, vergewisserte sich Dago.

Vena nickte eifrig. Schlanke Finger tanzten durch die Luft und ballten sich schließlich zur Faust. Sie imitierte den Schlag, mit dem Roueca sie getroffen hatte.

»Die Druiden haben die Nachgeburt gedeutet und verbrannt? Das heißt, die Zeichen können nicht schlecht gewesen sein. Das Mädchen wird leben.« Dago überlegte. Das alles war keine Überraschung. Niemand hatte erwartet, dass die Seher Unglück für Carans Tochter vorhersagen würden. Was also konnte Roueca so geärgert haben?

Venas Hände griffen nach ihren Haaren und formten sie zu einem strengen Zopf.

»Caran war ebenfalls hier? Hat er ihr gesagt, dass er nicht mehr daran denkt, einen ihrer Söhne zu sich zu nehmen und zu erziehen, obwohl das Kind nur ein Mädchen ist?« Dago musste unwillkürlich grinsen. Es wunderte ihn keineswegs, dass Roueca ihm Carans Besuch verschwiegen hatte. Roueca war keine Frau, die andere ihre Niederlagen wissen ließ.

»Es war richtig, dass du es mir erzählt hast«, sagte er. »Hast du noch mehr herausgefunden?«

Vena schüttelte den Kopf. Sie griff nach seiner Hand und legte sie auf ihre Brüste. Ihre leicht schräg stehenden Augen formten eine Frage.

Dago küsste ihre Lippen. »Wir werden zusammen sein«, versprach er. »Ich werde mich um dich kümmern.«

Sie schmiegte sich an ihn und drückte ihn mit dem Rücken gegen die Wand. Ihre Finger glitten nach unten. Sie öffneten seinen Gürtel und die Schnüre, die seine Hose vorne zusammenhielten.

»Das hast du gut gemacht«, murmelte Dago, während Vena vor ihm in die Knie ging. Sein Glied pulsierte vor ihrem Gesicht. Er drängte ihre Lippen auseinander und stöhnte auf, als ihre Zunge begann, mit seiner Eichel zu spielen. Venas Finger massierten seinen Hintern. Ihr feuchter Mund schloss sich um ihn. Dago legte seine Finger in ihren Nacken und zog ihren Kopf näher an sich heran.

»Ich brauche dich«, sagte er.

Ungeduldig trommelte Talia mit den Fingern auf der großen, mit Bronzeblech beschlagenen Kiste. Die kleine Magd – Vena, erinnerte sie sich – zuckte zusammen und warf ihr einen furchtsamen Blick zu. Talia bemühte sich um ein Lächeln. »Ich dachte, deine Herrin hätte die Sachen schon bereitgestellt?«, fragte sie.

Vena zuckte nur mit den Achseln. Sie trat an die nächste Truhe und kramte weiter nach den alten Kinderkleidern und Spielsachen, die Roueca Catuen versprochen hatte.

Talia seufzte. Augenblicklich kehrten ihre Gedanken zu Ientus zurück. Ein kaltes Band legte sich um ihre Kehle und drückte sie zusammen. Was machte der Druide hier? Normalerweise reiste er niemals vor dem Frühling nach Alte-Stadt. War er gekommen, um Talia zurückzuholen? Aber worauf wartete er dann? Talia hatte ihn seit der Geburt von Catuens Tochter nicht mehr gesehen. Bedeutete das womöglich, er hatte sie aufgegeben?

Talia wagte kaum, es zu hoffen. Schließlich kannte sie Ientus lange genug, um zu wissen, dass es bei ihm keine Zufälle gab.

Unruhig wippte sie auf den Fußballen vor und zurück. Durch die Luke im Zwischengeschoss konnte sie direkt auf den Herd und einen von Rouecas Ellbogen blicken. Roueca unterhielt sich mit jemandem, der ihr gegenüberstand und den Talia nicht sehen konnte. Ihre Stimmen drangen als gedämpftes Murmeln nach oben.

Ein Haufen Kleider landete triumphierend vor Talias Füßen. Sie bückte sich und begann, die winzigen Hemden und Röcke zu sortieren. Als sie fertig war, wickelte sie einen der Stapel in eine Decke und klemmte sich das Bündel unter die Arme. »Danke!«, sagte sie. »Das sollte vorerst reichen.«

Sie kletterte die schmale Leiter nach unten ins Erdgeschoss. Der Duft von frisch gebrautem Bier schlug Talia entgegen, als sie ihr Bündel ablegte und in die Halle trat. Roueca verstummte sofort. Ihr Gast, der vor dem Herd stand und gerade nach einem Fladen Brot gegriffen hatte, drehte sich um.

»Talia!« Ientus lächelte breit. »Es freut mich, dich hier zu sehen!«

Es war, als hätten Talias Gedanken zuvor ihren schlimmsten Albtraum heraufbeschworen. Gänsehaut straffte die Haut in ihrem Nacken. Ientus stand so nahe vor ihr, dass sie den dunkelblauen Stoff seines Gewandes hätte berühren können. Er entblößte die Zähne zu etwas, das wohl ein Lächeln sein sollte.

»Ich hatte eigentlich gehofft, du würdest mich von dir aus aufsuchen, oder sollte ich dir tatsächlich so schlechte Manieren beigebracht haben?«

»Ihr kennt dieses Mädchen?« Roueca war mindestens genauso überrascht wie Talia.

»Aber ja! Ich habe sie praktisch großgezogen, nicht wahr, Talia?«

»Ich habe nichts mit Euch zu schaffen!«, fauchte Talia. Ihr Blick huschte von Ientus zu Roueca und wieder zurück. Verunsicherung und Zorn spannten ihre Muskeln. An der Wand saß Dago auf einem Hocker und nippte an einem Krug Bier. Seine Augen wanderten träge über Talias plötzlich stocksteifen Körper, ansonsten schien er von der Situation eher gelangweilt zu sein.

»Was tut Ihr hier?«

»Die Frage ist doch wohl eher: Was tust *du* hier?« Ientus verschränkte die Arme vor der Brust. »Ich habe vor einigen Nächten interessante Dinge gesehen, Talia. Du hast uns alle sehr beeindruckt.«

Talia wurde noch eine Spur blasser. »Vielleicht wären alle genauso beeindruckt von Euch, wenn sie erfahren würden, wie Ihr die heiligen Opferriten manipuliert?«, schnappte sie.

Ientus' Kopf ruckte hoch. Talia hätte sich am liebsten auf die Zunge gebissen. Jetzt wusste er, dass sie sein Gespräch mit Luguaedon belauscht hatte.

Ientus wandte sich an Roueca. »Verzeiht mir, meine Liebe. Ich wollte Euch nicht mit einer Familienangelegenheit belästigen.«

»Dieses Mädchen arbeitet für meinen Bruder«, erwiderte Roueca. »Es ist also auch für mich eine Familienangelegenheit – vor allem dann, wenn sie meine Gäste beleidigt!«
»Talia hatte schon immer eine spitze Zunge und eine lebhafte Fantasie. Es wundert mich, dass sich Euer Bruder noch nicht darüber beklagt hat. Ich werde noch heute mit ihm reden und Talia zu mir holen, bevor Talia sein Vertrauen noch mehr enttäuscht. Könntet Ihr das Mädchen so lange bei Euch behalten?«
Roueca gab Vena einen Wink. Die kleine Magd huschte hinaus. Talia trat unwillkürlich einen Schritt zurück. Sie wusste nicht, wovor sie mehr Angst hatte: vor Ientus oder vor dem, was Caran tun würde.
»Weshalb interessiert sie Euch so sehr?«, wollte Roueca wissen. Sie betrachtete Talia, als wäre sie ein besonders interessantes Insekt.
Ientus zuckte mit den Achseln. »Ich trage die Verantwortung für sie. Schließlich ist sie bei uns aufgewachsen. Ihr seid Carans Schwester und eine gute Freundin, Roueca, deshalb muss ich Euch warnen: Talia ist gefährlich – für sich selbst und für andere. Sie sollte stets unter der Obhut von Geweihten leben.«
»Das ist nicht wahr!«
»Nein?« Ientus' Stimme wurde kälter. Er schien zu vergessen, dass sie nicht alleine im Raum waren, denn er beugte sich vor und zischte drohend: »Du glaubst, nur weil du einem Kind das Leben gerettet hast, würdest du deine Gabe beherrschen? Du hast kein Recht auf sie! Deine Fähigkeit gehört den Druiden!«
»Euch meint Ihr wohl! Euch und Eurem kranken Ehrgeiz!« Wut gewann die Oberhand und ließ Talia alle Vorsicht vergessen. Sie schnaubte höhnisch: »Für wen ist meine Gabe denn gefährlich? Ihr behauptet, dass Ihr eine alte Seele habt? Eine,

die aus der Anderen Welt wiedergekehrt ist mit all den Erinnerungen an ihre früheren Leben?« Sie streckte die Hände nach ihm aus. »Berührt mich«, forderte sie, »und wir werden sehen, ob das nicht alles eine Lüge ist!«

Ientus schlug ihre Arme beiseite. Talia verlor das Gleichgewicht und stieß gegen die Brust eines Knechts, der hinter ihr zur Tür hereingekommen war.

»Sperrt sie in den Geräteschuppen!« Ientus' heftige Reaktion schien auch Roueca zu erstaunen, denn ihre Stimme klang eher nachdenklich als ärgerlich. Sie musterte Talia aus zusammengekniffenen Augen. Roueca gab dem Knecht einen Wink. Sehnige Arme schlossen sich um Talias Oberkörper. Sie wehrte sich mit aller Kraft, aber der Griff des Mannes fesselte sie. Wirkungslos prallte ihre Ferse gegen sein Schienbein. Sie sah noch, wie Ientus leise etwas zu Roueca sagte, dann zerrte der Knecht sie hinaus.

Dago saß noch immer auf seinem Hocker, ein Bein lässig über das andere geschlagen, so als wäre nichts geschehen. Er überlegte, weshalb Roueca ihn eigentlich hatte kommen lassen. Die Szene mit der unglücklichen Haushälterin war ganz amüsant gewesen, aber im Grunde konnte er mit seiner Zeit Besseres anfangen. Auch wenn er zugeben musste, dass es diesem Mädchen aus welchen Gründen auch immer gelungen war, Ientus' eisige Maske zu zerstören. Dago verstand nicht, worüber die beiden gesprochen hatten, aber er roch Schwäche, wenn er sie sah. Er wusste, dass der Ehrgeiz des Druiden weiter reichte als bei den meisten Geweihten und dass dieser Besuch wichtiger und bedeutsamer war als seine letzten in Alte-Stadt. Roueca und Ientus hatten sich schon häufiger getroffen, doch dies war das erste Mal, dass Roueca Dago aufgefordert hatte, bei einem dieser Treffen dabei zu sein. Anscheinend hielt sie die Zeit für gekommen, Ientus zu zeigen, dass ihr Einfluss weit in den

Haushalt und die Gefolgschaft ihres Bruders hineinreichte. Dago fragte sich nur, weshalb sie plötzlich so viel Wert auf die Meinung des Druiden legte. Auf die Antwort musste er nicht lange warten.

»Ich werde in Alte-Stadt bleiben«, erklärte Ientus unumwunden, nachdem Talia verschwunden war und er sich wieder beruhigt hatte. »Der Rat der ältesten Druiden wird mich als Kandidat für die nächste Wahl zum Hohedruiden aufstellen. Wir meinen, meine Chancen sind sehr gut und dass ich in dieser Stadt viel erreichen kann.«

Darauf möchte ich wetten. Dago pfiff leise durch die Zähne. Die Macht eines Hohedruiden übertraf selbst die der höchsten Fürsten. Die Druiden sprachen Recht, vollzogen die Opfer und bestimmten, wer daran teilnehmen durfte. Sie deuteten die Zeichen der Götter, lasen aus dem Flug der Vögel und den Eingeweiden von Tieren; sie entschieden über Krieg und Frieden und bestimmten den Zeitpunkt von Ernte und Aussaat. Kein Wunder, dass Roueca sich schwertat, das triumphierende Glitzern in ihren Augen zu verbergen. Schließlich wusste sie genauso gut wie Ientus, dass der Druide ohne die Unterstützung herrschender Familien kaum eine Chance haben würde, die nötigen Stimmen bei der Wahl des Hohedruiden zu erhalten – oder zu erkaufen. Doch selbst wenn Ientus nicht gewählt werden würde, würde ihn allein schon die Aufstellung als Kandidaten zu einem der mächtigsten Geweihten aller Vindeliker machen. Er war niemand, den Dago zum Feind haben wollte.

Dago hatte einen Teil des Gesprächs verpasst, während er über die Möglichkeiten, die sich aus einer Verbindung mit Ientus ergaben, nachdachte. Nun stellte er überrascht fest, dass Roueca nochmals auf Talia zurückgekommen war.

»Welche Fähigkeiten besitzt dieses Mädchen eigentlich, dass Ihr so an ihr interessiert seid?«, wollte sie wissen.

Ientus runzelte die Stirn. Dago vermutete, dass er sich ärgerte, weil er sich zu der Auseinandersetzung mit dem Mädchen hatte hinreißen lassen. Doch so schnell die Falten auf seiner Stirn erschienen waren, glätteten sie sich auch wieder. »Darüber braucht Ihr Euch keine Gedanken zu machen, Herrin. Talia ist ein ungeübtes Mädchen mit einer Gabe, die manchmal zum Heilen verwendet werden kann, aber sie ist unkontrolliert und daher eine Gefahr für alle in ihrer Umgebung.«

Roueca gab vor, nicht zu bemerken, dass der Druide ihrer Frage auswich. »Woher kommt diese Fähigkeit?«

»Das weiß niemand genau.«

»Aber wenn das Mädchen bei Euch aufgewachsen ist, müsst Ihr doch wissen, woher sie sie hat!«

Ientus erkannte, dass Roueca nicht bereit war, das Thema fallen zu lassen. Zögernd fügte er sich ihrer Neugierde. »Talia war die Ziehtochter unserer Haushälterin. Anfangs wussten wir gar nicht, dass sie nicht Vebromaras richtige Tochter ist. Erst später, als Talia schon vierzehn Jahre alt war und sich ihre Gabe offenbart hatte, erzählte Vebromara uns, dass Talia die Tochter einer Fremden ist und nicht ihre eigene.« Ientus zuckte mit den Achseln. »Vebromara selbst stammte aus einer kleinen Siedlung in der Nähe von Menosgada. Eines Tages wurde sie als Amme zu einer Geburt in eine Herberge gerufen, dort traf sie auf einen Mann und eine fremde, geheimnisvolle Frau mit seltsamen Tätowierungen. Vebromara half bei der Geburt, aber sie konnte die Frau nicht retten. Sie starb, während sie eine kleine Tochter gebar: Talia. Der Mann schwang sich, kaum dass die Seele seiner Frau ihren Körper verlassen hatte, auf sein Pferd und ritt davon. Er kehrte nie wieder zurück. Es dauerte jedoch nicht lange, dann schickte er einen Boten mit einem Beutel voll Geld, den er Vebromara in die Hand drückte. Talias Vater hatte beschlossen, dass das Kind nicht leben dürfe und der Flussgöttin geopfert werden solle. Vebromara nahm das Geld, aber führte den Auftrag nicht aus. Sie versteckte das Baby und erzählte allen, dass es kurz nach seiner Geburt gestorben sei. Einen Monat später floh sie aus der Gegend und nahm das Kind mit.«

Dago gähnte. Aus den Augenwinkeln sah er, wie Roueca sich mit kerzengeradem Rücken vorlehnte. Dunkle Flecken zierten ihre Wangen. Sie räusperte sich. »Wie hießen die Eltern des Mädchens?«

Ientus zuckte mit den Achseln. »Vebromara behauptete stets, ihre Namen nicht zu kennen. Talia hasst und verachtet ihren Vater. Sollte sie den Namen wissen, dann hat sie ihn jedenfalls schweigend verflucht.«

»Wann ist das alles geschehen?«

»Vor etwa neunzehn Jahren. Weshalb interessiert Euch das?«

Roueca drehte Ientus den Rücken zu und hantierte mit einigen Schüsseln. Sie schwieg eine Zeit lang. Ihre Schultern waren hochgezogen und angespannt. Schließlich drehte sie sich wieder zu den beiden Männern um. Dago sah, wie sie die Hände vor dem Kinn zusammenpresste und die Augen gedankenverloren zu Schlitzen verengte.

»Was würdet Ihr sagen, wenn ich Euch bitten würde, Talia noch etwas länger auf Carans Hof zu lassen?«, fragte sie langsam.

Ientus runzelte die Stirn. »Was bezweckt Ihr damit?«

Eine gute Frage, dachte Dago. Er hatte keine Ahnung, was Roueca vorhatte, aber das Glitzern in ihren Augen reichte aus, um ihn misstrauisch zu stimmen.

»Ich denke, es hat sich gerade deutlich gezeigt, dass Talia nicht zu Euch zurückkehren will« – Roueca hob eine Hand, um Ientus' Einwand zuvorzukommen – »und dass sie Euch fürchtet. Wenn ich ihr nun anbiete, sie vor Euch zu beschützen, könnte ich sie vielleicht überreden, mir dafür einen Gefallen zu tun.«

»Du willst sie Caran ausspionieren lassen?« Dago lachte. »Was sollte sie dir denn erzählen, was du nicht von mir erfahren kannst?«
»Sei nicht dumm, Dago!« Roueca fuhr ihm über den Mund, als wäre er ein kleiner Junge. »Eine Haushälterin erfährt ganz andere Dinge als du – Dinge, von denen du nicht einmal ahnen würdest, dass sie wichtig sein könnten.«
Ientus' Mund war ein dünner Strich. »Es ist sehr wichtig für mich, dass Talia mir gehört. Ich will nicht …«
»Oh, Talia wird Euch gehören, glaubt mir – bald.« Roueca legte beschwichtigend eine Hand auf Ientus' Arm. »Aber gebt mir noch etwas Zeit, und ich verspreche Euch, wenn erst Eure Wahl zum Hohedruiden ansteht, werdet Ihr diese paar Monate nicht bereuen!«

Knirschend schob sich der Riegel vor die Tür des Schuppens und sperrte das Tageslicht aus. Lediglich durch kleine Ritzen und den Türspalt drangen vereinzelte Sonnenstrahlen. Es roch nach feuchter Wolle und Schimmel. Talia trat mit aller Kraft gegen die Tür. Die Holzplanken wackelten ein wenig, gaben jedoch nicht nach. Die Schritte des Knechts entfernten sich. Talia wartete, bis sich ihre Augen an die Düsternis gewöhnt hatten, dann tastete sie die Geräte ab, die an der Wand hingen. Ihre Finger fuhren über das rostige Blatt einer Sense und den Stiel einer Axt, der sich so morsch anfühlte, dass sie gar nicht erst versuchte, ihn in die Hand zu nehmen. Ihre Zehen stießen gegen die Reste eines Pflugs.
Es half nichts. Selbst wenn sie eine brauchbare Axt fände – bis sie sich herausgeschlagen hätte, wäre Rouecas halbe Gefolgschaft zur Stelle. Talia sank auf den Boden und streckte ihre zitternden Beine aus. Sie überlegte, was sie nun tun sollte und ob es einen Unterschied machen würde, wenn sie Caran die

Wahrheit über sich sagte. Sie bezweifelte es. Wahrscheinlich würde er sie am Ende nur mit Freuden Ientus überlassen. Eine bequemere Lösung gab es für ihn nicht.

Vielleicht war es ein Fehler gewesen, so lange zu warten, flüsterte eine höhnische Stimme in ihrem Kopf. *Was sollten all die Spielchen?*

In einer Ecke raschelte es. Kurz darauf huschte ein kleiner Schatten an Talias Füßen vorbei. Sie zog die Beine an den Körper und vergrub das Gesicht zwischen den Knien.

Vielleicht würde sie ja auch in diesem Schuppen bleiben, bis Ientus sie endlich unter seine Decken holte und fortsperrte. Dann würde Caran niemals daran erinnert werden, dass ihm einst noch eine Tochter geboren worden war.

Der Nachmittag war fast vorbei, als sich die Tür wieder öffnete. Talia blinzelte in die tief stehende Sonne.

»Ich glaube, ich muss mich bei dir entschuldigen«, sagte eine ruhige Stimme, die Talia im ersten Moment nicht erkannte. »Komm!«

Roueca stand in der Tür und bedeutete Talia, nach draußen zu treten. Sie hatte den strengen Zopf, der ihre Haare sonst immer zusammenhielt, geöffnet, und nun fielen die Haare in leichten Wellen bis zu ihrer Taille herab. »Hab keine Angst, du bist frei und kannst gehen, wohin du willst. Ich würde mich nur gerne mit dir unterhalten.« Rouecas Miene war freundlich, und sie drückte Talia einen Becher mit warmer Milch und Honig in die Hand. Ientus war nirgendwo zu sehen. Verwirrt stolperte Talia ins Freie.

Roueca griff nach Talias Ellbogen und führte sie unter das überhängende Dach des Haupthauses. Hier, im Schatten der Wand, lagen noch ein paar vereinzelte Schneereste, und es war feucht und kalt. Jemand hatte auf der Bank ein Ziegenfell ausgebreitet und einen Korb mit Brot und Käse bereitgestellt. Weit und breit war niemand zu sehen. Roueca und Talia waren allein.

»Ientus hat erst sehr spät erwähnt, dass du zwar sippenlos, aber keine Sklavin bist. Es tut mir leid, wenn wir dich grob behandelt haben, aber Ientus ist ein Druide und du hast ihn unter meinem Dach beleidigt. Das kann ich nicht durchgehen lassen, das verstehst du doch sicherlich? Ich habe eine Verpflichtung gegenüber meinen Gästen.«

Immer noch verwirrt, nickte Talia. Die Milch in ihren Händen kühlte langsam aus.

»Ich möchte dir zudem danken. Ientus hat mich wieder daran erinnert, dass du meiner Nichte das Leben gerettet hast. Selbst wenn ich nicht ganz verstehe, wie du es getan hast«, fuhr Roueca fort. Ihr forschender Blick machte Talia nervös. »Du hast unserer Familie viel Leid erspart. Hat sich Caran schon bei dir bedankt?«

Rouecas Frage brannte sich wie Salz in eine offene Wunde. Natürlich hatte er es nicht getan. Nicht ein einziges freundliches Wort hatte er für Talia übrig gehabt, seit sie ihm seine Tochter in die Arme gelegt hatte.

Roueca deutete Talias Schweigen richtig. Sie stieß ein leises Schnauben aus, das alles Mögliche heißen konnte. »Nun, vielleicht wird er dir ja ein paar Münzen in die Hand drücken, das wäre das Mindeste, nicht wahr?«

»Ich habe gehört, dass er sich gerne freikauft«, murmelte Talia. Unruhig rutschte sie auf der Bank herum. Sie hatte Hunger, dennoch griff sie nicht nach dem Brot, das vor ihr bereitstand.

»Du scheinst nicht viel von meinem Bruder zu halten.«

»Er hat noch nichts getan, wofür ich ihn respektieren müsste.« Die Worte waren heraus, bevor Talia sich zurückhalten konnte. Ein rascher Seitenblick zeigte ihr jedoch, dass Rouecas Mundwinkel amüsiert zuckten. Die ältere Frau lehnte sich vertraulich vor. »Caran ist auch nicht so gut, wie er tut. Er hatte schon einmal eine Tochter – wusstest du das?« Roueca unterbrach sich. »Ja, natürlich. Du hattest ja den Schmied davon sprechen hören, dass seine erste Frau ein Kind trug, als sie starb. Nun, Netacari starb bei der Geburt einer Tochter. Caran verkündete, dass das Kind kein Recht hätte zu leben und nur Unglück bringen würde. Seine Frau stammte von weit her, und sie war nach der Hochzeit alleine mit ihrem Mann auf dem Weg nach Alte-Stadt, als das Kind kam. Von ihrer Familie konnte niemand Einspruch erheben, als Caran entschied, seine Tochter zu töten. ›Wenn ich sie jemals wieder zu Gesicht bekommen würde, müsste ich mich übergeben‹, sagte er damals zu mir.«

Ein dunkler Vorhang senkte sich vor Talias Augen, und sie hörte Rouecas nächsten Worte nicht mehr. Ein Klumpen bildete sich in ihrem Hals, und einen Moment lang meinte sie, keine Luft mehr zu bekommen. Sie ahnte, dass sich all ihre Gefühle auf ihrem Gesicht abzeichnen mussten und drehte sich hastig fort. »Warum erzählt Ihr mir das?«, krächzte sie.

»Weil ich glaube, dass Caran die Loyalität seiner Gefolgsleute nicht immer verdient – auch wenn es mich natürlich schmerzt, das über meinen eigenen Bruder sagen zu müssen.« Roueca faltete die Hände zusammen und legte sie in ihren Schoß. »Mein Bruder benutzt Menschen, wie es ihm passt, und wenn sie nicht das halten, was er sich von ihnen versprochen hat, lässt er sie fallen. Vielleicht denke ich, dass diese Information es dir womöglich leichter machen könnte, den Eid, den du Caran geschworen hast, sagen wir, etwas großzügiger auszulegen.«

Talia rang noch immer um Fassung. Dunkelheit schien sich über sie gelegt zu haben und betäubte alle Gedanken. Beinahe gierig griff sie daher nach der Ablenkung, die Rouecas Worte ihr boten. »Wie meint Ihr das?«

»Was ich meine, ist, dass ich gerne manche Dinge wissen würde, die in Carans Haushalt vor sich gehen und von denen mein Bruder mir nicht immer erzählt.«

»Ihr meint, ich soll für Euch spionieren?«

Roueca ließ sich Zeit mit einer Antwort. Ein zotteliger, brauner Hund mit schwarzen Pfoten bog in der Stille um die Hausecke rechts von ihnen und trottete auf sie zu. Er steckte seine Schnauze in den Brotkorb und sprang schnell zurück, als Roueca nach ihm trat.

»Ich könnte dich vor Ientus beschützen«, sagte Roueca schließlich sanft. »Wenn er Hohedruide werden will, braucht er die Gunst der Stadtherren. Er braucht mich. Er wird auf mich hören.« Roueca legte eine Hand auf Talias Oberschenkel. »Caran wird dich nicht vor Ientus schützen. Für ihn bist du nur eine weitere kleine Haushälterin, jemand, den er benutzen kann. Aber *ich* würde dir helfen. Also überleg es dir!«

Der Wein glitt überraschend sanft Talias Kehle hinab. Er hinterließ einen leichten Nachgeschmack im Mund, fruchtig und kaum süß. Schnell trank sie den Becher leer und gab ihn zurück. Wärme breitete sich in ihrem Magen aus und rötete ihre Wangen.

Catuen lächelte. »Ungewohnt, nicht wahr?«

Talia nickte. »Er muss ein Vermögen kosten.«

»Ja, aber heute ist ein Tag der Freude, und es sind wichtige Gäste zu Besuch. Wenn die Braten fertig sind, bring sie herein! Du kannst ruhig mit uns zusammen essen.«

Talia versteifte sich. »Ich gehöre da nicht hin – zu all den Stadtherren und reichen Händlern!«

»Wenn es deine Gebete waren, die meiner Tochter das Leben schenkten, dann kannst du auch an der Feier zu ihrer Namensgebung teilnehmen. Keine Widerrede!«

Catuen kehrte zu ihren Gästen zurück. Talia blieb alleine neben den drei Schweinen stehen, die an Spießen über offenem Feuer brieten. Heiße Luft strich über ihre Wangen und ließ einzelne Haarsträhnen nach oben wehen. Talia langte nach einem kleinen Topf und strich die Krusten der Braten ein letztes Mal mit Honig ein.
Sie wollte nicht feiern! Sie wollte nicht zusehen, wie Caran seine Tochter in die Höhe hob und den Stadtherren präsentierte! Welches Recht hatte er, sich über ein Kind zu freuen? Talia drehte so heftig an einem der Spieße, dass das Holzgestell zu wackeln begann. Fett zischte, als es in die Flammen tropfte. Wenn er sich wirklich so sehr ein Kind gewünscht hatte, was war dann mit ihr?
Wenn ich sie jemals wieder zu Gesicht bekommen würde, müsste ich mich übergeben. Talia hatte keinen Grund, an Rouecas Worten zu zweifeln. Es deckte sich alles viel zu gut mit Vebromaras Erzählung.
Ihr Vater würde sie niemals anerkennen.
Frierend schlang Talia die Arme um sich. Gelächter drang durch die Fenster des Hauses. Carans Stimme erhob sich und übertönte die anderen.
Wie anstrengend es war, ihm täglich aus dem Weg zu gehen! So groß der Hof auch war, war er doch zu klein für sie beide. Manchmal glaubte sie, er würde ihr bewusst folgen, sich ihr in den Weg stellen, damit sie ihm ausweichen musste, um ihn nicht zu berühren. Wenn er sie etwas fragte oder ihr eine Anweisung gab, antwortete Talia gerade so viel, dass sie nicht unhöflich erschien. Oft spürte sie seinen Blick auf ihr ruhen, nachdenklich, aber er hatte nie gefragt, was in jener Nacht passiert war, als sie die Seele seiner Tochter – ihrer Halbschwester! – an einen winzigen und schwachen Körper band.
Vermutlich interessierte es ihn einfach nicht.

Talia biss sich auf die Lippen. Sie schuldete Caran nichts, im Gegenteil: Welcher Gott würde sie bestrafen, wenn sie ihren Eid brach und Roueca ein paar Dinge erzählte? Talia zweifelte nicht daran, dass Roueca wirklich über genügend Einfluss verfügte, um sie vor Ientus zu beschützen. Sie hatte es sogar schon bewiesen, denn als Talia an jenem Nachmittag zum Hof zurückgekehrt war, hatte kein Druide auf sie gewartet. Alles war so gewesen wie immer. Vielleicht würde ihr Roueca auch noch mehr über ihre Mutter erzählen können; es sollte nicht schwer sein, das Gespräch unauffällig auf Netacari zu lenken, wenn sich die Gelegenheit ergab.

Erst als Walamer ihr zuwinkte, bemerkte Talia, dass sie die ganze Zeit auf den Turm oberhalb des Tors gestarrt hatte. Die kräftige Gestalt des Nordmannes wurde von zwei Seiten von Fackeln beleuchtet. In ihrem Licht konnte Talia die Zacken der Palisade erkennen und die Wächter, die auf dem Wehrgang patrouillierten. Sie winkte zurück.

Caran und Catuen hatten sich entschieden, die Namensgebung ihrer Tochter in Carans Herrenhaus zu feiern. Die von einem Wassergraben umgebene Hofanlage lag südlich von Alte-Stadt inmitten eines Mosaiks aus Feldern und satten Weiden. Das zweistöckige Hauptgebäude besaß eine riesige Halle und kleine, abgetrennte Schlafräume unter dem Dach. Der Türrahmen des vorderen Eingangs wurde von einem hölzernen Hirsch und einem Bock eingerahmt. Jeder, der das Haus betrat, legte seine Waffen zu ihren Füßen ab. Talia hatte achtzehn Schwerter gezählt, die links und rechts neben der Tür lagen. Sie gehörten den Häuptern der mächtigsten und reichsten Familien der Stadt.

Ich hätte zu ihnen gehören sollen, dachte Talia und lauschte der klaren Stimme einer Frau, die ein Lied anstimmte. Irgendwo auf dem Wehrgang packte ein Krieger eine Flöte aus und begann zu spielen. Die klagenden Töne drangen leise und dünn an Talias Ohr. Sie erinnerte sich nicht, wann sie jemals so einsam gewesen war.

»Sind die Schweine noch nicht durch?«

Talia fuhr zusammen. Auf dem schmalen Stück Rasen neben dem Haupthaus hatte sie Carans Schritte nicht hören können.

»Nein. Ich meine – doch!« Hektisch sah sie sich um. Weit und breit war keiner der Bediensteten zu sehen. Sie waren allein.

Caran trat näher. Die Flammen brachten seine orangefarbene Tunika zum Glühen und beleuchteten das bunte Muster der Schärpe um seine Hüfte. Eine schwere Kette hing um seinen Hals; in ihrer Mitte baumelte ein goldener Radanhänger. Lederbänder mit Eberzähnen an den Enden waren in seinen Zopf geflochten und fielen ihm über die Schultern nach vorne. Selbst Talia musste zugeben, dass Caran beeindruckend aussah.

»Catuen und ich haben uns unterhalten«, begann er. »Eigentlich dachten wir, nur eine Haushälterin zu brauchen, solange Catuen schwanger war, aber sie ist sehr zufrieden mit dir und dankbar, dass du ihr so viel abnimmst. Außerdem müssen die Götter dir wohlgesinnt sein, wenn du sie überzeugen konntest, meinem Kind eine Seele und damit das Leben zu schenken. Alle auf dem Hof sind sicher, du würdest Glück bringen. Ein Grund mehr, weshalb wir dich gerne länger bei uns arbeiten lassen würden.«

Talia schluckte schwer. Sie war dankbar für die Dunkelheit, die das Zittern ihrer Hände verbarg. »Ist das Catuens Idee?«

Caran verzog das Gesicht. »Natürlich. Freundlichkeit und Dankbarkeit sind ihre Aufgabe. Ich würde damit nur meinen Ruf ruinieren.«

Talia schwieg.

»Dir ist sicherlich klar, dass du auch etliche Heiler und Druiden beeindruckt hast. Sie alle hatten geglaubt, Samis würde nicht leben können. Atharic nannte dich eine *Seelenwächterin*, eine Art Schutzgeist in Menschengestalt, wenn ich ihn richtig verstehe. Er sagte, du könntest die Seelen anderer Menschen sehen und auf sie Einfluss nehmen. Ist das wahr?«

»Ich, ich weiß nicht. Es ist ... Es war das erste Mal, dass ...«

»Ich würde gerne mehr darüber erfahren.«

»Mehr über mich?«

»Mehr über deine Gabe.«

Er benutzt Menschen, erinnerte sich Talia an Rouecas Worte. *Er interessiert sich für die Macht, die er in mir ahnt, nicht für mich!*

Ein Pfiff ertönte vom Tor, kurz darauf gefolgt von einem zweiten. Sie ließen Caran aufhorchen und ersparten Talia eine bittere Antwort. Caran konzentrierte sich auf etwas in Talias Rücken. Sie drehte sich um und beobachtete, wie sich das Tor einen Spalt breit öffnete und ein Schatten hindurchhuschte. Caran winkte, um ihn auf sich aufmerksam zu machen.

Atharics Gesicht war mit Ruß geschwärzt, und eine Kapuze verbarg seine Haare. Weiße Zähne blitzten auf, als er Talia anlächelte. Er nahm einen Sack von den Schultern und warf ihn vor Carans Füße.

»Wie viele sind es?« Caran berührte den Sack mit den Zehenspitzen.

»Alle vier. Wie Ihr es gewünscht habt.«

»Hat euch jemand gesehen?«

»Nein.«

Talia beugte sich nach vorne. Die untere Hälfte des Sacks war voller dunkler Flecken. »Was ist da drin?«, fragte sie.

»Köpfe.«

Talia fuhr zusammen. »Köpfe?«

»Von Männern, die es verdient haben: Verrätern, Saboteuren, Halsabschneidern. Und der Mann, in dessen Auftrag sie gehandelt haben, sitzt in meiner Halle und trinkt soeben meinen

Wein.« Caran deutete über die Schulter und auf das hell erleuchtete Haupthaus. Seine Miene war völlig unbewegt. »Nicht, dass ich es ihm nachweisen könnte.«

»Bomarus wird es bald erfahren.« Atharic griff nach dem Honigtopf. »Darf ich?«

Talia nickte. Atharic steckte den flachen Löffel in den Mund und leckte ihn ab. »Wir haben den Rest der Leichen in Abfallgruben geworfen«, berichtete er. »Sie werden bald gefunden werden.«

»Oh, Bomarus wird es schon morgen erfahren.« Caran wies auf den Sack und seinen grausigen Inhalt. »Von ihnen selbst.«

Obwohl sie Atharics geschwärzte Gesichtszüge nur erahnen konnte, wusste Talia, dass eine seiner Augenbrauen in die Höhe wanderte.

»Ich möchte, dass du noch heute nach Alte-Stadt reitest, Atharic«, fuhr Caran fort. »Nimm nicht die Südstraße, sondern Feld- und kleine Waldwege, denn es braucht niemand zu wissen, dass du hier warst. Bomarus wird morgen früh mit mir zurück in die Stadt reiten. Wenn er nach Hause kommt, werden ihn die Köpfe dieser Männer über seiner Tür erwarten.«

»Ich kenne sein Haus nicht. Es wäre ziemlich dumm, wenn ich die falsche Tür erwischen würde, nicht wahr?«

»Talia wird dich begleiten. Sie weiß, wo Bomarus wohnt.«

Atharic zögerte. Talia beeilte sich, eifrig zu nicken. Sie würde die Köpfe eigenhändig auf Pfähle spießen, wenn sie damit von der Feier und Caran fortkam.

»Der Rest deiner Männer soll ein Lager aufschlagen. Sie werden morgen mit uns zurückkehren.«

Atharic griff nach dem Sack und schulterte ihn. »Mein Pferd steht auf der Rückseite«, sagte er an Talia gewandt. »Wir treffen uns dort. Besorg uns einen Schlauch mit Wasser und etwas zu essen!«

Sein Körper verschmolz mit den Schatten. Caran wartete, bis sich Talias Aufmerksamkeit wieder auf ihn richtete.

»Du weißt, dass du dies niemandem erzählen darfst?«

Talia zuckte mit keiner Wimper. »Ja, Herr.«

»In Ordnung. Dann beeil dich jetzt!«

Talia hastete davon. Als sie wenig später lautlos an Atharics Seite schlüpfte, rieb er sich gerade mit einem Lappen den Ruß aus dem Gesicht.

»Ich wusste nicht, dass du so abenteuerlustig bist«, meinte er.

»Ich auch nicht.«

»Gut, ich hatte schon befürchtet, du reitest ständig mit fremden Männern durch die Nacht und nagelst abgeschlagene Köpfe an Türen.«

»Als wir nach Alte-Stadt kamen, standen auch zwei Pfähle mit Köpfen neben dem Osttor«, erinnerte sie ihn.

»Ja, und diese beiden Köpfe hatten vorher für Caran spioniert.« Atharics Worte klangen in Talias Ohren fast wie eine Drohung.

Sie brachen auf. Das erste Stück Weg liefen sie hintereinander und führten das Pferd am Zügel. Sie folgten einem alten Fuhrweg, der sich über Äcker und kleine Waldstücke schlängelte. Tief hängende Zweige zupften an ihren Haaren und ihrer Kleidung. Der Mond spendete gerade genügend Licht, dass sie den großen Schlaglöchern und mit Schmelzwasser gefüllten Rinnen ausweichen konnten. Ein warmer Wind wehte von Süden und bewegte die kahlen Äste über ihnen. Später, als der Weg wieder breiter wurde, schloss Talia zu Atharic auf. Seite an Seite schritten sie zügig aus.

Talia legte eine Hand auf den Hals des Pferdes und vergrub die Finger in seiner Mähne. Die Stute wandte den Kopf und schnupperte neugierig an ihrem Mantel. Ihr weiches Maul strich über Talias Handgelenk.

An einer Weggabelung wandte sich Atharic nach rechts. Es war ein Umweg, den er einschlug, aber er würde sie von einer völlig anderen Richtung nach Alte-Stadt bringen. Talia war es nur recht. Die Nacht war ruhig und erstaunlich mild. Die Vorboten des Frühlings waren nicht mehr allzu fern, und das Licht, das von Zeit zu Zeit von einzelnen kleinen Höfen über die Weiden schimmerte, erweckte den Eindruck von Frieden und Gelassenheit. Die Straßen, denen sie folgten, wurden breiter und waren besser gepflegt. Schlaglöcher wichen ausgehöhlten Fahrrinnen; Bohlenbretter überbrückten sumpfige Stellen und Wasserlöcher. Ein Wagen stand mit einer gebrochenen Achse am Seitenrand. Von einem nahen Hof bellte sie ein Hund an.

»Steig auf! Von hier aus können wir reiten.« Atharic formte seine Hände zu einer Steighilfe und half Talia, auf das Pferd zu klettern. Dann sprang er hinter ihr auf. Seine Brust presste sich fest und warm gegen ihren Rücken. Talia rutschte nach vorne, um ihm Platz zu machen; dabei berührten ihre Knie den Sack mit den Köpfen. Unbehaglich verlagerte sie ihr Gewicht.

»Geht es«, fragte Atharic, »oder soll ich den Sack nach hinten nehmen?«

»Ist schon gut.«

Atharic nahm die Zügel in eine Hand und zog Talia mit der anderen näher an sich heran. Talias Haare streiften über sein Kinn. Ein warmes Gefühl breitete sich in ihrem Körper und zwischen ihren Beinen aus.

»Besser?«

Talia nickte stumm.

Wenig später näherten sie sich dem Osttor, das jetzt, in der Nacht, geschlossen war. Links und rechts ragten die Kalksteine der gewaltigen Mauern auf, als sie unterhalb des Torhauses stehen blieben. Eine Wache rief von oben herab und fragte nach ihrem Begehr.

»Ich glaube, das ist einer von Carans Männern«, flüsterte Talia.
»Umso besser. Antworte du ihm!«
Talia nannte ihren Namen. Der Mann erkannte sie sofort. Die Geschichte von Talias Rolle bei Samis' Geburt hatte sich schnell herumgesprochen und ihr das Vertrauen und die Ehrerbietung von Carans Kriegern eingetragen. Seit jener Nacht schienen die Männer zu glauben, Talia stünde in der Gunst der Götter. Und obwohl sie eigentlich nicht wollte, dass jemand von ihrer Gabe erfuhr, hatte Talia die Aufmerksamkeit zunächst genossen. Bis zu ihrer unendlich großen Verlegenheit wenige Nächte nach der Geburt einer der Männer zu ihr gekommen war und sie gefragt hatte, ob sie für seine kranke Mutter beten könne. Ein anderer hatte sie sein Schwert küssen lassen und geschworen, es würde ihm Glück bringen. Alle Versuche Talias, sie an die Druiden und das Heiligtum zu verweisen, waren fehlgeschlagen. Talia konnte nur hoffen, dass diese Geschichten nicht bis zu Ientus drangen.
»Wer ist das bei dir?« Die Wache gab Befehl, das Tor zu öffnen, um sie hereinzulassen.
»Einer von Carans Söldnern.«
Sie drängten das Pferd in die Düsternis der inneren Torgasse. Die Schritte der Stute hallten laut von den Wänden wider. Eine einzelne Fackel beleuchtete die zwei Fuß breiten Eichenstämme, die das Torhaus trugen. Eine Wache erwartete sie auf der anderen Seite.
»Na, Spaß gehabt?«, fragte der Mann. Sein breites Grinsen offenbarte geschwärzte Zähne. »Das Nordvolk treibt es wohl gerne im Freien? Wie die Tiere!«
»Warum fragst du nicht deine Frau?«, gab Talia scharf zurück. »Sie muss sich mit Tieren ja auskennen!«
Sie ließen das Tor hinter sich.
Es war nach Mitternacht, als sie Carans Hof erreichten. Atharic

hielt vor dem Haupthaus an und sprang ab. Er steckte Daumen und Zeigefinger in den Mund und stieß einen ohrenbetäubenden Pfiff aus. Wenig später rannte Hari nur mit einer Hose bekleidet um die Ecke. Talia saß ebenfalls ab. Sie streckte sich und bedauerte dabei den Verlust von Atharics Körper an ihrem Rücken. Die Hitze, die sich zwischen ihren Schenkeln eingenistet hatte, versickerte langsam in der kühlen Nachtluft. Versonnen beobachtete sie, wie Hari nach den Zügeln der Stute griff und sie zu den Ställen führte. Sie versuchte sich vorzustellen, wie Atharic früher ausgesehen hatte – ebenso sehnig und dünn?

Atharic hatte ihren Blick bemerkt. »Er bekommt langsam Muskeln, nicht wahr? Womöglich wird er doch noch irgendwann erwachsen! Letztens habe ich ihn sogar dabei ertappt, wie er einem Mädchen hinterherschaute. Walamer behauptet, er wird mir immer ähnlicher.« Atharic seufzte theatralisch. »Armer Kerl!«

Talia fühlte sich ertappt. Sie schwieg und hoffte, dass Atharic nicht alle ihre Gedanken erraten hatte.

»Bist du so weit?«

Sie machten sich zu Fuß auf den Weg. Je näher sie der Hauptstraße und ihren Schenken kamen, desto mehr Menschen begegneten ihnen. Allein oder in kleinen Gruppen schlenderten sie an ihnen vorbei, und ihre fröhlichen Stimmen machten die Nacht zum Fest. Als Talia und Atharic eine Seitenstraße kreuzten, lösten sich drei Frauen aus der Dunkelheit und näherten sich zielstrebig Atharic, bevor sie Talia bemerkten und wieder umkehrten. Eine öffnete dennoch ihren Mantel und zeigte ihren nackten Oberkörper. Der Hof um ihre Brustwarzen war mit dunkler Farbe bemalt. Talia sah schnell weg und bemühte sich, nicht zu bemerken, wie Atharics Schritt stockte.

In den Schenken ging es noch laut zu. Musik spielte, und

irgendwo krachten Krüge gegen eine Wand. Ein Betrunkener torkelte aus einer Tür und rempelte Talia an. Atharic stieß ihn zur Seite. Sie hörten, wie er sich hinter ihnen übergab.
Talia führte Atharic am Heiligtum und der Statue der Pferdegöttin vorbei. Hinter den Gräben, die den heiligen Bezirk eingrenzten, bogen sie nach Norden ab. Stille umgab sie hier; die einzigen Lebewesen auf der Straße waren Ratten. Talia blieb im Schatten eines Eingangs stehen und deutete nach vorne. »Dort!«, flüsterte sie. »Das große zweistöckige Haus mit den Apfelbäumen davor. Das ist es.«
Atharic sah sich um. Das Haus stand ein Stück abseits der kleineren Gebäude entlang der Straße. Zwei Fackeln beleuchteten einen Torbogen, von dem aus ein mit Kalksteinen gepflasterter Weg zu einem ausladenden Vordach führte. Das Licht warf zuckende Schatten bis zu den Bäumen.
Atharic zog sich die Kapuze über. Er langte in den Sack und zerrte einen Kopf hervor. Weit aufgerissene Augen über einem offenen Mund starrten Talia an. Der abgetrennte Hals endete in blutverkrusteten Fransen. Das fahle Gesicht wies vereinzelte dunkle Flecken auf. Atharic befestigte ein dünnes Seil in den Haaren des Toten, dann verfuhr er mit den übrigen Köpfen ebenso.
»Geh zum Heiligtum und warte dort auf mich! Wenn dir jemand entgegenkommt, achte darauf, dein Gesicht zu verbergen!«
»Aber die Fackeln – jeder wird dich sehen können!«
»Ich komme schon zurecht.«
»Ich könnte aufpassen, dass niemand k…«
»Nein! Es ist besser, wenn ich das hier alleine mache.« Er zwinkerte ihr zu. »Ich werde dich am Heiligtum abholen, noch bevor du Zeit hast, mich zu vermissen, versprochen! Jetzt geh!«
Atharic schob sie auf die Straße. Nur mühsam widerstand Talia

dem Drang, sich immer wieder umzublicken, während sie alleine zurückging.
Auf der Rückseite des Heiligtums war es still und menschenleer. Büsche folgten dem Verlauf des Grabens und behinderten den Blick auf den zentralen Tempel im Inneren. Die Pforte des Hintereingangs war verschlossen, aber das Feuer, das auf dem höchsten Punkt des Tempeldachs brannte, spendete genügend Licht, um den gesamten Platz zu erhellen. Talia wartete am Rande des Scheins und behielt den Weg im Auge, damit sie Atharic nicht verpasste. Trotzdem bemerkte sie ihn erst, als er plötzlich aus dem Boden neben ihr wuchs.
»Die Köpfe?«, fragte sie.
»Baumeln in Reih und Glied am Torbogen. Bomarus wird seine Freude haben.«
»Wie, glaubst du, wird er reagieren?«
Atharic zuckte mit den Achseln. »Gar nicht, würde ich vermuten.«
»Und was soll dann das Ganze?«
»Vielleicht möchte Caran die besonderen Fähigkeiten seiner Haushälterin erproben?« Er lachte.
Sie schlenderten den Weg entlang bis zur Hauptstraße, den Tempelbezirk immer zu ihrer Rechten. Obwohl Talia jetzt, da die Aufregung nachließ, langsam müde wurde, fühlte sie sich so unbeschwert wie schon lange nicht mehr. Vergessen waren Caran und seine Worte, die Bitterkeit und der Abscheu. Fast wünschte sie, immer solche Nächte zu haben, und der Gedanke ließ sie unwillkürlich lächeln.
Talia und Atharic bogen um eine Ecke und wären fast mit einem Mann zusammengeprallt, der aus einem Seiteneingang des Heiligtums nach draußen trat. Talia erkannte den geschorenen Haarkranz und das scharf geschnittene Profil mit den dünnen Lippen, noch bevor Ientus den Kopf hob, um sie anzu-

sehen. Talia reagierte, ohne nachzudenken. Sie warf die Arme um Atharics Hals und zog seinen Kopf zu ihrem Gesicht herab. Atharic stolperte nach hinten und riss sie mit sich. Seine Hände schlossen sich um ihre Taille. Talia presste die Lippen auf seinen Mund. Atharics Augen weiteten sich erstaunt. Der Schatten eines Hausdaches fiel über ihre verschlungenen Gestalten und verbarg sie vor Ientus' ärgerlichem Blick.

»Die Hurenhäuser sind woanders!«, hörte Talia seine vertraute, scharfe Stimme. Atharics Muskeln spannten sich bei ihrem Klang. Er beugte sich tiefer hinab und drehte Talia so, dass seine Schultern und der Schatten seiner Kapuze sie vollkommen verdeckten. Seine Lippen lösten sich von ihren.

»Hau ab, alter Mann!«, knurrte er so tief in der Kehle, dass nicht einmal Talia seine Stimme wiedererkannt hätte. »Oder soll ich deinen kleinen Druidenschwanz den Göttern opfern?«

Ientus stieß ein wütendes Schnauben aus. Talia wartete atemlos. Kurz darauf hörte sie, wie sich seine Schritte entfernten. Talia löste sich aus Atharics Armen und sprang zurück.

»Danke!«, begann sie. »Ich …«

Atharic unterbrach sie rüde. »Wir verschwinden besser, bevor er die Tempelwächter schickt! Bedank dich danach!«

Er zerrte sie fort.

4. Kapitel

Vor Talia fiel der Hang fast dreihundert Fuß tief ab. Dichte Nebelschwaden waberten am Grund über dem Danuius und entzogen den Fluss den Blicken der Menschen über ihm. Die Morgensonne besaß noch nicht genügend Kraft, um den Nebel zu durchdringen, aber sie zauberte einen sanften Schimmer auf das träge Weiß und Ientus' Druidengewand, als er die Schale mit der Asche in die Tiefe schleuderte.

Talia trat zitternd von einem Fuß auf den anderen. Die Feuchtigkeit des frühen Morgens schlich sich klamm in ihre Kleidung und unter ihre Haut. Die Nacht war kurz gewesen: Sie waren spät schlafen gegangen und früh aufgestanden, um von Segurion noch vor Sonnenaufgang auf die Südkante des Bergsporns geführt zu werden. Schweigend hatten sie Wacht gehalten, bis sich endlich ein roter Streifen am östlichen Himmel zeigte. Ientus hatte ein langes Gebet begonnen, doch Talia hörte nicht zu. Stattdessen wanderte ihr Blick langsam über die runden Kuppen der Berge auf der anderen Talseite. Seit dem letzten Frost vor dreizehn Nächten hielt der Frühling mit Macht Einzug in das Land und breitete eine blühende Decke über Wälder und Wiesen aus. Sogar hier oben, hoch über den beiden

Flüssen, die Alkimoennis von drei Seiten begrenzten, zwitscherten die Vögel, als wetteiferten sie darum, die Totenehrung zu einem Fest zu machen.
Talia wandte sich nach links und musterte den halb fertiggestellten Wall auf der anderen Seite des Bergsporns. Das Zangentor entzog sich ihrem Blick, aber zwischen den fehlenden Stücken der Befestigung erhaschte sie die Aussicht auf die unbewaldeten, mit hellen Felsbrocken gesprenkelten Hänge des zweiten Tals, in dem die von Nordwesten kommende Alkimona floss. Keine Bäume verstellten die Sicht, denn Segurion hatte einen Großteil des Waldes um die werdende Stadt herum roden lassen. Kahle Hänge, Schürfgruben, Abraumhalden und die Überreste von Verhüttungsöfen füllten nun überall in und um Alkimoennis herum die Lücken zwischen Feldern und Weiden.
Innerhalb der Stadt zogen sich Blockhäuser in Reihen den Hang hinauf. Sie waren erst vor wenigen Jahren von den in die Siedlung drängenden Arbeitern, Handwerkern und Händlern errichtet worden, als Segurion beschlossen hatte, Alkimoennis eine Befestigung zu geben, und sich die Bevölkerung innerhalb kürzester Zeit fast verdoppelte. Nun wurden von Norden nach Süden gewaltige Wälle aufgeschüttet; Schmiede stellten in unvorstellbarer Zahl Nägel und Werkzeuge her, während riesige Ladungen Holz und Steine über die Flüsse herbeitransportiert wurden. Den ganzen Tag über erklang das Hämmern der Zimmermänner und das Rattern der von Ochsen gezogenen Wagen, die sich die Hänge hinaufquälten. Segurion plante, eine Stadt zu schaffen, neben der alle anderen verblassen würden.
Ientus verstummte und überließ seinen Platz an der Spitze der Trauernden einem Barden. Der lange, klagende Laut einer Trompete hallte viermal über die Höhe, dann begann der Bar-

de zu singen. Seine volltönende Stimme glitt den Steilhang hinab und trug klar und weit über den Nebel.

Neugierig musterte Talia Segurions Gesichtsausdruck, während er der Totenklage für seine Frau lauschte. Der Herr von Alkimoennis war nur wenige Jahre älter als Caran und einen Kopf kleiner. Sein stämmiger Körper zeigte die ersten Ansätze eines Bauchs, der sich unter der engen, grünblau karierten Tunika nach vorne wölbte. Ein gewaltiger Schnurrbart verlief an seinen Mundwinkeln nach unten, um sich neben dem Kinn wieder nach außen zu biegen. Kalkwasser hielt ihn ebenso in Form wie Segurions rötliche Haare.

»Jetzt kommt's gleich!« Dagos Atem an ihrem Ohr ließ Talia zusammenzucken. Sie hatte nicht bemerkt, dass er so dicht hinter ihr stand.

»Was kommt?«, flüsterte sie zurück.

»Die Tragödie. Der Barde wird Segurion als trauernden Witwer hinstellen; dabei wissen im Grunde alle, dass er seine Frau verabscheut hat. Hat dir niemand erzählt, was für ein hervorragender Schauspieler Segurion ist?«

Talia zuckte mit den Achseln und verschluckte die Frage, wer ihr das denn hätte erzählen sollen. Caran? Sie wusste ja nicht einmal, weshalb er sie überhaupt nach Alkimoennis mitgenommen hatte. Sie hatte Catuen danach gefragt, die mit Samis zu Hause geblieben war, aber Catuen hatte lediglich abgewinkt. »Caran hat seine Gründe«, hatte sie gesagt. »Vertrau ihm!«

Dago stand noch immer so dicht neben Talia, dass er sie beinahe berührte. In letzter Zeit hatte er das häufig getan, und Talia war hin- und hergerissen, wie sie darauf reagieren sollte. Einerseits wäre sie ihm am liebsten aus dem Weg gegangen, doch der Boier war immer freundlich zu ihr, mehr noch, er war ein Schlüssel zu Caran. Dago war derjenige, der Talia erzählte, wie Caran damals den Stadtrat überredet hatte, eine gewaltige

Befestigung zu bauen, und wie er im Laufe der Zeit seinen Einfluss weit nach Osten und Westen bis an die Grenzen des Landes ausgedehnt hatte. Caran war der mächtigste Herr der Runicaten, des einflussreichsten Teilstamms der Vindeliker, und kein anderer vindelikischer Herr unterhielt ein so dichtes Netz an Verbündeten, Spionen und Handelspartnern, berichtete Dago. Seine grünen Augen leuchteten, während er sprach. Der spöttische Zug um seine Mundwinkel verschwand in diesen Augenblicken und ließ sein Gesicht sanfter und offener wirken.

Überrascht hatte Talia festgestellt, dass sie Dagos Geschichten gerne lauschte. Er war ein guter Redner und spannender Erzähler, aber der eigentliche Grund lag in Talia selbst: Sosehr sie sich deswegen auch verachten mochte – irgendwo in ihrem Inneren gab es noch immer ein kleines Mädchen, das auf einem Holzsteg saß, die Füße in den Bach baumeln ließ und von einem Vater träumte, den es bewundern konnte.

Der Barde beendete sein Lied und zog Talias Aufmerksamkeit zurück in die Gegenwart. Die Sonne stand nun höher am Himmel, und der Nebel löste sich langsam auf. Aus dem Tal klang das scharfe Bellen eines Hundes zu ihnen herauf. Segurion bückte sich und griff nach dem rot-schwarz karierten Stoff, in den der Oberschenkelknochen seiner Frau gehüllt war. Er gab das Zeichen, dass die Zeremonie beendet war und sie jetzt zurückgehen würden, um den Knochen vor der Schwelle von Segurions Haus zu vergraben. Dort würde er bleiben, bis am Ende des Jahres die Grenzen zwischen den Welten dünn wurden und die Seele seiner Frau ein letztes Mal zu ihrer Familie zurückkehrte und nach dem Rechten sah. Nur wenn die Seele zufrieden war mit dem, was sich ihr zeigte, würde sie endgültig in die Andere Welt weiterziehen.

Talia zog ihr Kopftuch tiefer in die Stirn. Sie wollte Dago

folgen, als plötzlich Caran ihren Weg verstellte. Er bedeutete ihr, langsamer zu gehen und sich mit ihm an das Ende des Trauerzugs zurückfallen zu lassen.

»Roueca wird mit Ientus zurück nach Alte-Stadt reiten«, begann er ohne Umschweife, sobald die anderen außer Hörweite waren. »Ich werde mit Dago und Atharics Söldnern noch heute nach Osten aufbrechen. Ich muss in Bezug auf ein paar Sachen nach dem Rechten sehen und Dagos Bruder treffen. Wir werden womöglich einen ganzen Monat lang unterwegs sein. Jedenfalls möchte ich, dass du uns begleitest. Ich will mehr über diese Gabe erfahren, die du hast.«

»Ihr wollt, dass ich mitkomme?« Talia konnte ihre Überraschung nicht ganz verbergen.

»Ja. Ich möchte, dass die Menschen, die für mich arbeiten, das Beste aus ihren Fähigkeiten machen, Talia. Du wirst noch lernen, dass die besten Schmiede, die besten Handwerker, die besten Kämpfer unseres Volkes für mich arbeiten oder mir verpflichtet sind. Dasselbe gilt für dich. Du bist eine Heilerin« – er achtete nicht auf ihren Protest –, »egal wie ungeübt. Wer weiß, wozu dich diese Gabe, Seelen sehen zu können, noch alles befähigt? Du solltest mehr darüber lernen, und ich will dir dabei helfen.«

»Was ist, wenn ich selber nichts darüber lernen will?«

»Atharic hat mir erzählt, dass du Angst hast und dass die Druiden nicht wollen, dass du dich in deiner Gabe übst. Sie haben bestimmt ihre Gründe dafür, aber ich bin kein ängstlicher Mensch, Talia. Was auch immer die Druiden befürchten, dass du tun könntest, macht mich nur mehr neugierig, als dass es mich abschreckt.«

Talias Brauen zogen sich ärgerlich zusammen. Es gefiel ihr nicht, dass Atharic hinter ihrem Rücken mit Caran über sie sprach. »Nur weil Ihr Euch nicht fürchtet, Herr, heißt das noch lange nicht, dass ich jede Seele berühre, die mir über den Weg läuft«, wies sie Caran zurück.

Beschwichtigend hob er die Hände. »Natürlich werde ich nichts von dir verlangen, was dich gefährden könnte. Ich habe dir Schutz geschworen, und dazu stehe ich! Es tut mir leid, wenn ich mich missverständlich ausgedrückt habe. Ich will nur, dass du weißt, was deine Gabe bewirken könnte!«

Talia musste an Rouecas Behauptung, ihr Bruder werde sie nicht vor Ientus schützen, denken. Anscheinend hatte Roueca jedoch das Interesse unterschätzt, das Caran an Talias Gabe entwickeln würde.

Im Grunde unterscheidet er sich nicht von Ientus, dachte sie bitter. *Sie wollen sogar beide dasselbe.*

Und dennoch: Seit dem Tag, an dem Talia Samis' Seele an ihren Körper gebunden hatte, hatte sich etwas an ihrer Einstellung zu der geheimnisvollen Macht, die in ihr ruhte, verändert. *Seelenwächterin, Heilerin* – die Namen hatten etwas in ihr zum Klingen gebracht, auch wenn sie nicht sicher war, ob sie sie verdiente. Manchmal ertappte sie sich sogar bei dem Gedanken, wie es wohl wäre, wenn sie das geheime Wissen der Druiden besäße. Welche Kräfte hätte sie dann? Was würde sie alles tun können, wenn sie ihre Gabe vollkommen beherrschte? Konnte sie eine Heilerin werden, wie Atharic und Caran zu glauben schienen? Die Antworten würde sie wohl niemals erfahren, aber das bedeutete nicht, dass Talia nicht trotzdem lernen konnte.

Wenn Caran mich benutzt, kann ich ihn benutzen, dachte sie störrisch. Irgendwann würde sie auf sich alleine gestellt sein, und dann mochte ihre Gabe das Einzige sein, was ihr blieb.

»Was meint Ihr, wenn Ihr sagt, Ihr könntet mir helfen?«

Caran blieb stehen. Sie befanden sich unterhalb des Bergsporns auf einer von Schlaglöchern übersäten Straße. Ein Stück entfernt bauten Atharics Söldner ihre Zelte ab und zäumten die

Pferde. Trotz des Gewühls gelang es Talia, Atharic auszumachen. Er gab gerade seiner Stute zu trinken und drehte Talia den Rücken zu. Seine Hände streichelten gedankenverloren über den Hals des Pferdes. Die Bewegung erinnerte sie daran, wie sich seine Umarmung angefühlt hatte, als sie ihn geküsst hatte, und der Geschmack seines Mundes. Atharic hatte nach dieser Nacht, in der er ihr geholfen hatte, sich vor Ientus zu verbergen, kein Wort mehr über ihren Kuss verloren, und obwohl Talia einerseits froh darüber war, war sie auf der anderen Seite auch ein wenig enttäuscht.

»Dort, wohin wir reiten, nahe an der boischen Grenze, soll ein alter Mann leben.« Caran beobachtete Talias Gesichtsausdruck ganz genau, während er sprach. »Seltsame Geschichten kursieren über ihn. Es heißt, wenn er jagt, trifft sein Pfeil immer das Ziel. Er jagt nicht die Tiere, sondern ihre Seelen. Wie ein Leuchtfeuer weisen sie ihm den Weg zu ihrem Blut.«

Talias Mund blieb offen stehen. »Ich wusste nicht, dass …«, begann sie und unterbrach sich. Plötzlich schämte sie sich für ihre Unwissenheit. »Wie habt Ihr das erfahren?«

»Wie ich dir schon sagte, ich habe Möglichkeiten, Kontakte. Ein paar Tage nach Samis' Geburt habe ich ein paar meiner Männer beauftragt, sich etwas umzuhören.« Caran breitete die Hände aus. »Ich bin gerne vorbereitet, Talia. Auf alles. Ich mag keine Überraschungen.«

Talia presste die Lippen aufeinander. Kurz darauf kam die Frage, die sie gefürchtet hatte.

»Haben noch andere Menschen in deiner Familie diese Fähigkeit?«

Talia starrte zu Atharic und den Söldnern hinüber. Ein paar Kinder rannten lachend an ihr vorbei, doch sie beachtete sie nicht. Dumpfe Hammerschläge drangen aus einer nahen Werkstatt an ihr Ohr.

»Meine Mutter war Haushälterin in Ientus' Druidenschule«, antwortete sie ausweichend. »Über meinen Vater weiß ich nicht viel.«

»Also bist du eine Waise. Was ist mit Ientus?«

»Ientus und ich verstehen uns nicht sehr gut.«

»Tatsächlich?« Caran rieb sich das Kinn. »Kaum vorstellbar! Das muss an seiner liebenswerten Art liegen!«

Talia hätte beinahe gelacht.

»Weshalb hast du Angst davor, die Seelen anderer Menschen zu sehen?«, fragte Caran neugierig. »Atharic sagte, du hättest schlechte Erfahrungen gemacht.«

Mit einem Mal schlugen die Mauern um Talia herum wieder nach oben. Wie eine dunkle Wolke erhob sich die vertraute Bitterkeit in ihrem Inneren und hüllte sie ein. Talias Angst war etwas Persönliches, und Persönliches würde sie niemals mit ihrem Vater teilen.

»Atharic hatte kein Recht, darüber zu sprechen!«, zischte sie.

Caran machte den Mund auf und schloss ihn wieder. Er warf ihr einen langen, forschenden Blick zu, dann schüttelte er schließlich den Kopf. »Wie auch immer. Wir treffen uns bei den Pferden. Sieh zu, dass dein Bündel gepackt ist!«

Damit ließ Caran sie stehen. Talia blickte ihm nach, wie er zwischen den frisch getünchten Häusern der werdenden Stadt verschwand. Sie ballte die Fäuste und befahl ihren Fingern, mit dem Zittern aufzuhören.

»Dein Herr scheint ja großes Interesse an dir zu haben!«

Talia fuhr zusammen. Sie fragte sich, wie Ientus es immer wieder schaffte, sich so dicht an sie heranzuschleichen, dass sie ihn erst dann bemerkte, wenn sein Atem bereits ihre Haare bewegte.

»Was will Caran von dir? Fragt er dich nach deiner Gabe?« Mit zusammengekniffenen Augen schob sich Ientus um Talia herum, bis er direkt vor ihr stand. Er sprach leise, damit keiner der anderen Menschen auf der Straße ihn verstehen konnte. »Ich hoffe, du hast ihm gesagt, wie gefährlich es ist, wenn du dich anderen Seelen öffnest – für dich und für uns alle. Muss ich dir das etwa noch einmal erklären?«

Stumm schüttelte Talia den Kopf.

»Gut.« Ientus warf einen Blick auf die Zimmermänner auf der anderen Straßenseite, die schlanke Buchenstämme entrindeten. Er war so nah, dass der Saum seines langen Gewandes über Talias Schuhspitzen strich und sie den Geruch von Zwiebeln in seinem Atem riechen konnte.

»Vergiss nicht, Talia: Irgendwann werde ich nicht mehr so geduldig sein. Irgendwann werde ich wieder mehr Zeit haben, mich um dich zu kümmern, und dann wirst du zu mir zurückkehren. Ich würde dir raten, bis dahin etwas vernünftiger zu sein!«

Dago beobachtete Caran und Talia, während sie die Furt überquerten. Ihre Pferde gingen langsam und setzten vorsichtig einen Fuß vor den anderen, denn der Untergrund war sandig und uneben. Das Wasser bildete kleine Wirbel an ihren Beinen und spritzte auf die Hosen der Reiter.

Caran und Talia ritten knapp außer Hörweite; nur ab und zu wehte der Wind ein paar Wortfetzen an Dagos Ohr. Sie genügten, um ihn wissen zu lassen, dass Caran nach Ientus fragte und sich von Talia alles berichten ließ, was diese über den ehrgeizigen Druiden erzählen konnte.

Talias Rücken war so steif, dass ein Blinder gesehen hätte, wie unwohl sie sich fühlte, und Dago musste bewundernd zugeben, dass Roueca offenbar wieder einmal den richtigen Instinkt bewiesen hatte.

Vater und Tochter, dachte er kopfschüttelnd. *Wenn man weiß, wo-*

nach man Ausschau halten muss, sieht man sogar eine gewisse Ähnlichkeit.

Dago war sprachlos gewesen, als Roueca ihm berichtet hatte, dass Talia Carans Tochter war. Seine erste Reaktion war Gelächter gewesen, aber das Lachen war ihm im Halse stecken geblieben, als er Rouecas Gesichtsausdruck gesehen hatte. Roueca hatte ihm einen Becher mit ihrem stärksten Met in die Hand gedrückt, dann hatte sie sich neben ihn gesetzt und mit leiser Stimme wiederholt, dass Talia tatsächlich das Kind Carans und seiner ersten Frau war.

Netacari. Dago hatte den Namen vorher lediglich zweimal gehört und immer nur durch Zufall. Aenovales hatte ihn einmal Roueca gegenüber erwähnt, als Dago noch ein Junge gewesen und gerne in den Brunnen neben der Schmiede geklettert war, um den Gesprächen zu lauschen, die die Erwachsenen auf dem Platz zwischen den Gebäuden führten, wo sie dachten, niemand könne sie hören. Das zweite Mal hatte er ihn Caran im Fieberwahn flüstern hören; das lag acht Jahre zurück, während eines Feldzugs gegen die Boier, als Caran beinahe an einer Lungenentzündung gestorben wäre. Dago selbst hatte Caran nie danach gefragt.

Im Laufe des letzten Monats hatte der Name durch Rouecas Worte dann plötzlich Gestalt angenommen. Dabei hatte Roueca Netacari nicht einmal gekannt. Netacari war eine Fremde geblieben, gestorben im Norden, auf dem Weg nach Alte-Stadt. Einzig Carans wenige Erzählungen, als er voller Trauer und Zorn alleine zurückgekehrt war, hatten ein nebelhaftes Bild von der Frau beschworen, die Rouecas Schwägerin hätte werden sollen. Dieses Bild war damals jedoch bereits nach wenigen Tagen wieder verblasst, als Caran eines Morgens aufgestanden war und seiner Familie und seinem Haushalt verboten hatte, von Netacari zu sprechen. Wenig später war er nach Westen aufgebrochen, um jahrelang nicht zurückzukehren. Seitdem hatte Caran niemals mehr ein Wort über Netacari und ihr gemeinsames Kind verloren.

»Weiß Caran, wer Talia ist? Nein? Wo war sie dann die ganze Zeit? Woher weißt du, wer sie ist? Was will sie? Und warum hat sie Caran nicht die Wahrheit gesagt?«

Roueca hatte sich Dagos Sturzflut an Fragen eine Zeit lang angehört, bevor sie ihn schließlich unterbrochen hatte. Sie hatte ihm erzählt, dass Caran Talia nach ihrer Geburt hatte töten lassen wollen und dass Talia das wusste. »Sie hasst Caran, dessen bin ich sicher, sonst hätte sie ihm schon längst gesagt, wer sie ist. Talia verabscheut ihren Vater für das, was er ihr angetan hat, und ich denke, sie würde ihn gerne leiden sehen.« Roueca hatte leise gelacht. »Was meinst du, Dago, sollen wir Talia dabei helfen, Caran zu bestrafen? Nur Rache ist süßer als Hass …«

Dago hätte gerne noch mehr erfahren wollen, aber Roueca war zu dem Schluss gekommen, dass er keine weiteren Einzelheiten wissen musste. Auf seine neugierigen Fragen hin hatte sie nur ungeduldig die Hände in die Hüften gestemmt und mit eisiger Stimme gesagt: »Das ist alles, was du von mir erfahren wirst, Dago! Sei dankbar, dass ich dir überhaupt davon erzähle. Das sollte dir zeigen, wie sehr ich dir vertraue und wie viel es noch gibt, von dem du nichts ahnst. Deine Aufgabe ist lediglich dafür zu sorgen, dass Talia nicht vergisst, weshalb sie ihren Vater ausspioniert. Erzähl ihr, dass Caran schlecht über sie spricht, gib ihr einen Grund, ihn immer wieder zu verraten! Lass dir etwas einfallen, aber achte darauf, dass sie keinen Verdacht schöpft!«

Dago schluckte seinen Ärger hinunter und fragte stattdessen: »Glaubst du wirklich, dass Talia eine so wertvolle Spionin ist?«

»Caran vertraut ihr. Immerhin hat sie Samis das Leben gerettet. Außerdem hat mir Talia bereits einiges erzählt, das interessant ist – von Dingen zwischen Caran und Bomarus, von denen du offensichtlich nichts ahntest, mein Lieber! Oder hast du gewusst, dass die Köpfe, die am Tag nach Samis' Namensgebung über Bomarus' Stadthaus auftauchten, ein Gruß von Caran waren?«

Dago zuckte mit den Achseln, aber innerlich kochte er. Er wusste nicht, was ihn mehr ärgerte: dass Caran seinen Kriegsführer von so vielen Dingen ausschloss oder dass Roueca das auch noch wusste.

»Hast du keine Angst, dass Talia sich Caran offenbart und ihm verrät, dass sie für dich spioniert?«, fragte Dago. »Wenn Caran dir misstraut, könnte das all deine Pläne zunichtemachen.«

Roueca hatte ihn unter gesenkten Lidern angesehen. Ein träges Lächeln hatte ihre Lippen gekräuselt. »Das zu verhindern, wird deine Aufgabe sein, Dago. Sollte Talia Anstalten machen, mich zu verraten, dann töte sie! So wie ich Talia jedoch einschätze, wird das die nächsten Monate nicht nötig sein. Schau sie dir an, sobald sie in Carans Nähe kommt! Sie bringt kaum ein Wort heraus. Sie ist wie ein Schwert, das Caran ständig die Schneide zuwendet. Wir werden sie eine Weile für unsere Zwecke benutzen, und dann wird sie verschwinden. Sie ist dieses Risiko wert, immerhin weiß ich jetzt, dass Bomarus und Caran bereits seit Monaten einen verborgenen Krieg führen. Bomarus wird leicht zu überzeugen sein, sich auf meine Seite zu stellen, wenn die Zeit kommt. Noch ein paar Informationen mehr von dieser Art, und Talia hat ihren Zweck erfüllt.«

»Was immer du sagst.«

Roueca legte den Kopf schief. Dagos Zweifel schienen sie zu ärgern. »Hast du eigentlich eine Vorstellung davon, wie lange ich schon versuche, einen Spion in Carans Haushalt einzuschleusen?«

Dago schluckte auch diesen Seitenhieb. Er hatte selber seine Gründe, Roueca nicht alles zu erzählen, was er über Carans

Gefolgschaft wusste. Kein Wunder also, dass sie nichts anderes in ihm sah als einen einfachen Kriegsführer, der ohne ihre Anleitung verloren war.

»Wer weiß noch, wer Talia wirklich ist?«

»Niemand, nur du und ich. Du siehst, Dago, ich vertraue dir. Sogar Talia weiß nicht, dass ich es weiß. Und so soll es bleiben!«

Kalte Wassertropfen spritzten Dago ins Gesicht und rissen seine Gedanken zurück in die Gegenwart. Der letzte Reiter von Carans Gefolge erreichte die andere Seite des Flusses und trieb sein Pferd die flache Böschung hinauf. Dago ritt noch immer dicht hinter Caran und Talia und trommelte geistesabwesend mit den Fingern auf den Schild, der vor seinem linken Knie befestigt war.

Zwei Töchter, dachte er, *zwei Erbinnen, und eine davon ist eine erwachsene Frau.* Roueca riskierte viel mit ihrem Spiel. Sie musste sich wirklich sicher sein, was Talias Gefühle ihrem Vater gegenüber betraf.

Wie Caran wohl reagieren würde, wenn er es wüsste? Dago konnte sich nur schwer vorstellen, dass Caran seine Tochter tatsächlich hatte töten wollen, aber wenn er das Kind für den Tod seiner Frau verantwortlich gemacht hatte, passte es womöglich doch zu ihm. Caran würde immer den Tod jener, die ihm am nächsten standen, rächen – egal was es kostete.

Dagos Blick wanderte über Talias Beine, die in weichem Leder steckten. Es war ein kühler, aber sonniger Tag, und Talia hatte ihren Umhang abgelegt, so dass sie nur eine schmal geschnittene Weste über ihrer Bluse trug. Die Rundungen ihres Hinterns zeichneten sich deutlich durch das helle Leder der Hose ab; der schmale Spalt zwischen ihnen war nicht mehr als ein dunkler Schatten. Dago stellte sich vor, wie es sein würde, sie auszuziehen, auf die Decken zu werfen und ihre festen Brüste in seinen

Handflächen zu spüren. Er würde ihre Beine auseinanderdrängen und sie nehmen. Carans Tochter. Seine Frau.

Die Möglichkeiten waren atemberaubend: Roueca hatte keine Vorstellung davon, welche Waffe sie Dago mit dem Wissen über Talia an die Hand gegeben hatte. Roueca ahnte nicht, dass ihre Pläne schon diesen Sommer ein jähes Ende finden würden, und das nicht durch Carans Hand, sondern durch Dagos. Caran würde sterben, und Dago würde mit seinem Vater die Herrschaft über Alte-Stadt an sich reißen. Roueca würde sich ihm unterwerfen müssen oder ebenfalls aus dem Weg geschafft werden. Wenn es so weit war, würde Dago dafür sorgen, dass das gesamte Volk der Runicaten erfuhr, dass Talia Carans Tochter war, und dann würde Dago sie heiraten und so seine Sippe mit der Carans verbinden. Carans Gefolgschaft, die Bauern, Kaufleute und Handwerker, die von ihm abhängig waren, würden einen Eid auf Dago schwören. Sie kannten ihn, sie vertrauten ihm. Sie würden ihm wieder vertrauen. Welche andere Wahl hatten sie schon? Er war der Ehemann von Carans Tochter, an deren Familie sie gebunden waren. Er war der Herr.

Dago lächelte.

Am späten Nachmittag näherten sie sich endlich ihrem Ziel. Sie bogen von der Straße ab und ritten zwischen ein paar verstreut stehenden Häusern hindurch, die sich in der Talaue zwischen den Hang und einen kleinen Bach schmiegten. Oberhalb, auf einer alten Flussterrasse, überragte der Handelsposten, den Caran besuchen wollte, die kleine Siedlung. Dago sah sich neugierig um.

Es war mehr als fünfzehn Jahre her, seit er das letzte Mal hier gewesen war, damals mit seiner Mutter. Sie hatten seinen Onkel besucht, einen einfachen Bauern, und Dago und sein Bruder hatten zusammen Enten gejagt. Es sah alles noch genauso aus wie damals: die kleinen Häuser, die Felder und die wenigen

Kühe, die auf einer Weide neben der Straße grasten und gleichgültig die Köpfe hoben, als die Krieger vorbeiritten.
»Es sieht hier ja alles recht friedlich aus!« Atharic lenkte seine Stute neben Dago. Wie immer trug er seinen Lederharnisch und ein Hemd, dessen Ärmel knapp über den Ellbogen endeten. Eine kleine Scheibe aus schimmerndem Perlmutt hing an einem Lederriemen um seinen Hals. Er war der einzige Krieger, der keinen Schild mit sich führte. Als Talia Atharics Stimme hörte, drehte sie sich auf dem Rücken ihres Pferdes um und winkte ihm zu. Er lächelte zurück.
»Was, glaubst du, treiben unsere Männer in Keiler-Wacht jetzt?« Atharic hatte die Stimme gesenkt, so dass nur Dago ihn verstehen konnte. Caran hatte einen Großteil von Atharics Söldnern zusammen mit seiner Leibgarde in Keiler-Wacht gelassen, einer befestigten Stadt an der Grenze des vindelikischen Gebiets zu den Norikern. Jetzt zählten sie weniger als dreißig Krieger, die sich den zerstörten Überresten eines alten Handelspostens näherten. »Glaubst du, es wird Ärger geben?«
»Das Nordvolk ist nicht gerade für seine Geduld bekannt.« Trotz seines Spottes war Dago nicht weniger ernst. »Irgendwann müssen sie mit unseren Kriegern aneinandergeraten.«
»Ich wäre aber lieber dort, wenn es so weit ist!«
»Machst du dir keine Sorgen um uns?«
»Sollte ich das denn?«
Dago zuckte mit den Achseln. »Wir sind nahe am boischen Gebiet, sogar nahe am Land meines Vaters. Seit Jahren leben wir in Frieden, aber es gibt immer Männer, junge Banden, die hier auf Beutezüge gehen. Dieser Handelsposten« – Dago deutete auf den acht Fuß hohen Wall, an dem sie vorbeiritten – »ist erst letztes Jahr von einer solchen Gruppe geplündert worden.«
»Dann hoffen wir, dass deine Leute ihre Söhne im Zaum halten können. Wann wollte sich dein Bruder mit Caran treffen?«

Dagos Augen hatten sich zu Schlitzen verengt. »Erstens, es sind nicht *meine* Leute, und zweitens, das Treffen soll in vier Nächten stattfinden.«

»Warum kommt dein Vater nicht selbst? Er ist der Fürst eures Stammes. Wenn Caran sich so nahe an seinem Gebiet befindet, würde ich annehmen, dass er selbst kommt, um ihn zu treffen.«

»Vielleicht hat er andere Dinge zu tun? Oder er denkt, dass mein Bruder genügen wird?«

»Und du bist schließlich auch noch da.« Atharic ließ Dago nicht aus den Augen. Dago starrte ungerührt zurück.

»Du sagst es.«

Sie hielten an. Zu ihrer Linken ragte ein zweistöckiges Haus empor. Überdachte Umgänge zogen sich entlang der Seiten bis zur Rückwand. Die Wände waren noch hell, beinahe weiß, mit dunkelbraunen Balken, die ein regelmäßiges Rechteckmuster bildeten. Zwei kleinere Wohngebäude und mehrere Speicher flankierten das Hauptgebäude. In der Ostecke des Hofes fand sich ein halb offener Stall mit einer winzigen Koppel davor. Alles war neu errichtet worden, gerade rechtzeitig für Carans Besuch. Einzig das Tor und ein Teil des Walls an der Südseite waren noch ein Stapel Balken und Bretter. Ein paar junge Männer lehnten an ihnen und musterten die Krieger neugierig. Einer von ihnen fing Dagos Blick ein. Seine Hand wanderte unauffällig zur Schulter und vollführte eine kreisende Bewegung mit dem Zeigefinger. Dago neigte den Kopf.

Ein stämmiger Mann mit viel zu kurzen Beinen unter einem riesigen Bauch trat aus dem Haupthaus und begrüßte Caran förmlich. Während die beiden Männer Höflichkeiten austauschten, gab Dago den Kriegern den Befehl abzusitzen. Als er sich wieder umdrehte, war der Mann, der ihm das Zeichen gegeben hatte, verschwunden.

Voller Ungeduld fieberte Dago dem Abend entgegen. Er wusste, wo sein Bruder ihn treffen wollte: nahe der alten Hügel, die das Kleine Volk errichtet hatte. Von Gras und niedrigen Sträuchern bewachsen, waren sie Friedhöfe und Pforten, an denen die Grenzen zur Anderen Welt dünn wurden. Seltsame Dinge geschahen in ihrem Umkreis: Menschen verschwanden, die Pfeile eines Jägers verloren sich im Nichts, und einsame Wanderer erzählten von Nebelschwaden, die sie umgeben hatten, von Jahren, die in Augenblicken dahinzogen und dem Kleinen Volk, das sie zu sich gerufen hatte. Niemand wagte es, sich dort nach Einbruch der Dunkelheit aufzuhalten, wollte er nicht seinen Verstand und seine Seele riskieren. Dago und sein Bruder würden ungestört bleiben.

Dago aß mit Caran, Atharic und Talia zu Abend und lauschte, wie Caran dem Söldner und Talia den Weg beschrieb, der sie zur Hütte des Einsiedlers bringen würde. Talia gelang es nur schlecht, ihre Aufregung zu verbergen. Sie schien sich tatsächlich darauf zu freuen, den alten Jäger mit seinen geheimnisvollen Fähigkeiten zu treffen.

Dago hatte ebenfalls von ihm gehört, aber er hielt kein Wort der Geschichten, die über ihn kursierten, für wahr. Und selbst wenn – was nützte es? Was sollte ein alter Einsiedler und Fallensteller Talia schon beibringen? Dago verstand nicht, was sich Caran von Talias Gabe eigentlich versprach. Sicher, sie mochte eine Begabung zum Heilen haben, aber welchen Nutzen hatte ein Krieger davon? Talia konnte keine Schwertwunden schließen, keine Knochen wieder zusammenfügen; sie verfügte weder über das geheime Wissen der Ärzte noch der Druiden. Talia sprach lediglich von Farben und Gefühlen, von Flammen, Verzweiflung und Angst. Die einzige Angst, die Dago kannte, war die, die sein Schwert brachte.

Nichtsdestotrotz würde Atharic am nächsten Morgen Kindermädchen spielen und Talia zu dem alten Mann bringen. Sie würden noch vor Sonnenaufgang aufbrechen und erst spät in der Nacht zurückkehren. Dago war es nur recht. Atharic hatte ein Talent, dort aufzutauchen, wo man ihn am wenigsten erwartete, und er schien Dago nicht zu trauen. Je früher der Söldner an diesem Abend schlafen ging, desto sicherer war es für Dago.

Das Mahl dauerte bis spät in die Nacht, doch nach und nach zogen sich alle zurück. Dago hatte eine kleine Kammer neben der Carans zugeteilt bekommen. Mit offenen Augen lag er in der Finsternis und wartete, bis die Bewohner des Hauses langsam zur Ruhe kamen. Erst als die letzten Geräusche erstarben, stand er auf, warf sich einen Mantel über und schlich aus dem Gebäude.

Der Himmel war bewölkt, und von Zeit zu Zeit fielen vereinzelte Tropfen herab. Dago kletterte über ein paar Bretter, die darauf warteten, zu einem Wehrgang zusammengebaut zu werden, dann folgte er dem Weg hinunter ins Dorf. Kurz bevor er die Häuser erreichte, bog er auf einen Trampelpfad ab, der ihn über eine Brücke, den Hang auf der anderen Talseite hinauf und durch den Wald führte. Wenig später tauchten die finsteren Schatten der Grabhügel vor ihm auf.

»Du kommst spät.« Dagos Bruder trat hinter einem Baum hervor und verstellte ihm den Weg. Wie Dago trug er einen dunklen Umhang und hatte die Kapuze tief in die Stirn gezogen. Die Enden seines schwarzen Barts waren das Einzige, was von seinem Gesicht zu erkennen war.

»Es freut mich ebenfalls, dich zu sehen, Moridic.« Dago verbeugte sich spöttisch. »Wie geht es unserem Vater?«

»Seine Haare sind weiß geworden, aber sein Verstand ist schärfer als je zuvor. Er sendet dir Grüße.«

»Nur Grüße?«

»Für alles andere bin ich hier.«
Dagos Gesicht verlor den ironischen Zug, der seine Mundwinkel nach oben gezogen hatte. »Wie meinst du das?«, fragte er misstrauisch.
Sein Bruder winkte ihm, ihm zu folgen. Er führte ihn an den Rand des Gräberfelds, wo der Wald sich daranmachte, die heilige Stätte des Kleinen Volkes zurückzuerobern. Sie setzten sich auf einen umgestürzten Baumstamm und streckten die Füße nach vorne. Trotzdem konnte sich Dago nicht entspannen. »Wie hast du das gemeint?«, beharrte er. Moridics langes Schweigen ärgerte ihn.
»Vater und ich sind der Meinung, dass in Alte-Stadt etwas geschehen muss. Wir sind noch genauso weit von unseren Zielen entfernt wie vor zehn Jahren, wenn nicht sogar weiter.«
»Das stimmt nicht! Ich bin so nahe d…«
»Unser Vater will Ergebnisse, keine Worte!« Moridic fuhr Dago ebenso beiläufig über den Mund, wie er es in ihrer Kindheit getan hatte. Dago atmete tief durch. Er zwang sich zur Ruhe. »Was bedeutet das?«, fragte er. »Was sollst du tun?«
»Caran töten, wenn möglich.«
»Nein! Das geht nicht! Noch nicht!«
Moridic achtete nicht auf seinen Aufschrei. »Eine Bande von Kriegern lagert nicht weit von hier entfernt. Achtzig Jungen auf der Suche nach Beute und Ruhm. Sie sind gierig auf ihren ersten Kampf und darauf, als Männer zu ihren Sippen zurückzukehren. Ich werde sie zu diesem Handelsposten führen, und sie werden ihn plündern. Sollte Caran dabei sterben, ist mein Ziel erfüllt.«
»Du kannst ihn jetzt nicht töten!«
»Nein? *Du* könntest es jeden Tag.«
Dago versteifte sich. »Unser Vater weiß, weshalb ich das nicht kann.«

»Tatsächlich?« Moridic musterte ihn kalt. »In letzter Zeit zweifelt er an dir, Dago. Seit Jahren versprichst du ihm, den Handel am Danuius in seine Hände zu legen. Und was ist geschehen? – Nichts!«

»Wenn wir Caran jetzt töten, würde es die Stadt zwar schwächen, aber wir würden niemals die Befestigungen überwinden! Mit oder ohne Caran, Alte-Stadt ist von außen uneinnehmbar! Sollte Caran morgen von boischen Kriegern getötet werden, wird das die Herren alarmieren! Sie werden aufhören, mir zu vertrauen! Alles, was ich die letzten Jahre getan habe, würde umsonst sein!« Schnell, bevor Moridic ihn abermals unterbrechen konnte, fuhr Dago fort: »Denk daran, sobald Caran stirbt, droht der Handel mit dem Westen zusammenzubrechen! Die Händler, die Verbindungsmänner brauchen jemanden, den sie kennen, der für ihre Sicherheit garantiert, ebenso wie wir Bündnisse mit vindelikischen Herren brauchen! Geiseln alleine werden nicht reichen! Noch zwei Monate, damit ich alles fertig vorbereiten kann …«

»Ich wüsste nicht, welche Vorbereitungen du bis jetzt getroffen hast!«

Dago ließ sich nicht beirren. »Ich kenne alle Händler, mit denen Caran Geschäfte macht. Sie vertrauen mir. Carans Gefolgschaft, seine Krieger und seine Familie vertrauen mir. Sogar seine Feinde vertrauen mir. Wenn Alte-Stadt in unsere Hände fällt, wird die Führung nicht an einen Fremden gehen. Ich kenne die Stadt und ihre Verbündeten – niemand kennt sie besser! Du und Vater – ihr braucht mich!«

Moridic zuckte mit den Achseln. »Unser Vater hat beschlossen, dass *ich* über Alte-Stadt herrschen werde«, sagte er, »nicht du.«

Dago fuhr zusammen, als hätte ihn ein Schlag getroffen. Die Kapuze rutschte herunter und offenbarte seine entsetzten Gesichtszüge.

Sein Bruder – Herrscher über Alte-Stadt? Aber ihr Vater hatte gesagt, er vertraue Dago! Dass Dago den Platz an seiner Seite einnehmen würde, und nicht sein Bruder! Sollten tatsächlich all die Jahre, in denen Dago alles getan hatte, um die Gunst ihres Vaters zu gewinnen, umsonst gewesen sein?
Die Nacht schien auf einmal kälter zu werden. Dago wollte Moridic bei den Schultern packen und ihn schütteln, bis er die Worte zurücknahm, stattdessen kämpfte er um seine Beherrschung. Unterdessen huschte ein kleiner dunkler Schatten vor seinen Füßen durch das Unterholz und verschwand zwischen zwei Steinen. Ein leises Quieken erscholl, dann war alles still.
»Vater würde mich nicht verraten«, brachte Dago endlich hervor.
»Nein? Vielleicht glaubt er, *du* hättest ihn verraten?«
In der Stille, die folgte, lehnte sich Moridic zurück. Er verschränkte die Arme hinter dem Kopf und streckte sich. Ein selbstgefälliges Grinsen zog über sein Gesicht. »Und jetzt, Dago, erzähl mir von Carans Tochter, von der dein Bote gesprochen hat! Was für eine seltsame Geschichte! Aber Vater und ich stimmen dir zu, dass wir sie benutzen können, wenn die Zeit kommt, und bis dahin werden wir darüber schweigen. Wir werden Talia und Carans andere Tochter am Leben lassen. Vielleicht werde ich Talia sogar zu meiner Zweitfrau machen. Ist sie hübsch? Ich hoffe, du hast sie nicht angerührt! Ich mag keine gebrauchten Frauen.«
Dago hasste ihn. Er hasste ihn für all die Jahre, die Moridic mit ihrem Vater hatte verbringen dürfen und für die Gleichgültigkeit, mit der sein Bruder alles zerstören würde, was Dago so sorgfältig geplant und vorbereitet hatte.
»Aber es ist dumm!«, machte er einen letzten, verzweifelten Versuch, Moridic noch umzustimmen. »Du wirst nichts gewinnen, wenn du Caran jetzt tötest! Warte bis zum Sommer! Der

Neumond vor der Sonnenwende – wie abgemacht war! Das sind nur noch zwei Monate! Hör auf mich! Lass Alte-Stadt sich weiter in Sicherheit wiegen!«

Moridic stand auf. »Ich werde die Bande morgen Nacht vor der Dämmerung zum Handelsposten führen. Wenn es ihnen gelingt, Caran zu töten, gut! Wenn nicht, werde ich mich wie verabredet mit ihm treffen. Dann werden wir weitersehen.«

Moridic beugte sich vor und brachte sein Gesicht nahe an das Dagos. »Bis dahin, kleiner Bruder, wirst du gar nichts tun! Sollte Caran morgen sterben, wird keinerlei Schuld auf dich oder deine Familie fallen. Es ist der Angriff einer Bande junger Plünderer, kein Angriff eines boischen Fürsten. Du kannst deinen Plänen weiterhin nachgehen wie bisher.« Seine Stimme senkte sich, bis sie nur noch ein Knurren war. »Bis ich komme und mir Alte-Stadt nehme!«

Der Pfad endete auf einer versteckten Lichtung inmitten der Sümpfe. Ein schmaler Weg aus halb verrotteten Brettern führte über Moose und scharfkantige Gräser zu einer kleinen Blockhütte, die auf einer Anhöhe errichtet worden war. Ein Beet mit Heilkräutern zog sich an der Längsseite der Hütte entlang, doch ein Wildschwein hatte darin gegraben und alle Pflanzen zerstört. Die aufgeworfene Erde war nass und klebte unter Talias Schuhen, als sie sich der Tür näherte.

»Bleib hinter mir!« Atharic drängte mit gezogenem Schwert an ihr vorbei. Die lange Klinge schimmerte in den wenigen Sonnenstrahlen, die sich ihren Weg durch die Wolkendecke kämpften. Das Heft war mit Leder umwickelt, das der Schweiß von Atharics Händen im Laufe der Zeit dunkel gefärbt hatte. Zeichnungen, deren leuchtendes Weiß verblasst war, zogen sich unter seinen Fingern hinauf bis zum Knauf. Talia nahm sich vor, Atharic zu fragen, was sie einst dargestellt hatten.

Atharic sprang auf die Veranda und klopfte gegen die Klappe, die einen schmalen Fensterschlitz verschloss, während er laut nach dem Herrn des Hauses rief. Nichts rührte sich.

»Vielleicht ist er fortgezogen?«

»Die Leute sagen, er würde niemals lange seine Hütte verlassen.« Atharic deutete auf das Brennholz, das sich unter der Veranda stapelte. »Schau dir die Scheite an! Es ist noch nicht lange her, dass sie geschlagen wurden. Und es wurde auch erst vor kurzem eine neue Abfallgrube angelegt. Vielleicht ist er auf der Jagd oder Wasser holen, aber er ist bestimmt nicht weit weg.«

»Und was machen wir jetzt?«

»Wir warten.«

Sie versorgten die Pferde und schafften ihre Habseligkeiten unter das überhängende Dach des Hauses. Talia packte Brot, Käse und Wurst aus und reichte Atharic einen Schlauch mit verdünntem Met.

»Es ist friedlich hier«, sagte sie, während sie aßen. »Bei der Schule war es auch immer so, vor allem unten am See. Die Überreste eines alten Stegs führten mitten in das Schilf hinein. Enten, Schwäne und unzählige Libellen gab es dort, und es war niemals zu laut oder zu still. Ich hätte nicht gedacht, dass ich einmal das Quaken von Fröschen vermissen würde.«

»Es gibt auch in Alte-Stadt genügend Tümpel und Sumpflöcher, an denen du ihr Quaken hören kannst.«

»Dort quaken sie anders«, behauptete Talia. »Dort ist alles anders.«

»Das klingt fast so, als würdest du die Zeit zurückdrehen wollen. Vermisst du Ientus so sehr?« Er lachte über ihren wütenden Blick.

»Vielleicht möchte ich einfach nur woanders hin«, sagte sie leise.

»Wieso bleibst du dann? Du würdest bestimmt auch anderswo Arbeit finden, und wenn du sowieso keine Familie hast …«

Während er noch sprach, lehnte sich Atharic entspannt zurück und mit dem Rücken gegen die Haustür. Kaum berührte seine Schulter jedoch das rissige Holz, gab die Tür nach. Sie kippte nach hinten und prallte mit einem lauten Krachen auf den Fußboden im Inneren. Atharic rollte sich ab und sprang bereits auf die Füße, noch bevor das Holz den Boden berührte. Zwei Dolche zauberten sich aus dem Nichts in seine Handflächen. Er warf eine der Klingen vor Talias Füße, dann trat er über die Schwelle und verschwand im Inneren der Hütte.

Talia krampfte die Finger um den Griff des Dolches und wünschte sich, besser damit umgehen zu können. Atemlos lauschte sie, aber Atharics leise Schritte im Inneren waren das Einzige, was sie hörte. Wenige Augenblicke später kam er wieder zum Vorschein. Seine Hände waren leer; das Gesicht war zu einer Grimasse verzogen. Talia streckte neugierig den Kopf nach vorne. Ein süßlicher Gestank drang aus dem Inneren des Hauses und ließ sie würgen.

»Was ist das?«, keuchte sie.

Atharic riss die Klappen, die die Fenster verschlossen, weit auf. »Wir sind zu spät gekommen. Der Mann ist tot. Schon seit etlichen Nächten.«

»Aber wie …?«

Atharic zuckte mit den Achseln. »Alte Männer sterben nun einmal. Schau ihn dir an! Er ist mindestens sechzig! Du wirst dir jemand anderen suchen müssen, bei dem du Rat und Antworten findest.«

Talia machte keine Anstalten, die Hütte zu betreten. Enttäuschung musste sich in ihrer Miene spiegeln, denn Atharic trat auf sie zu und legte zwei Finger unter ihr Kinn. Seine blauen Augen waren mitfühlend. »Mach dir keine Gedanken, Kleines! Das ist einfach nur Pech. Es wird Caran zwar nicht gefallen, aber so etwas liegt einzig in der Macht der Götter.«

»Und was machen wir jetzt? Wir können ihn doch nicht einfach hier verrotten lassen!«

»Wenn wir das nicht tun, haben wir eine lange Nacht vor uns. Wir sollten uns auf den Rückweg machen, dann sind wir vor Mitternacht zurück.«

»Nein!« Talia schüttelte entschieden den Kopf. »Seine Gabe hat ihn ein einsames Leben führen lassen. Lassen wir seinen Körper nicht auch noch so enden!«

Atharic seufzte. Sein Blick richtete sich auf die Wolkendecke über ihnen. Ein leichter Wind war aufgekommen und bewegte seine Haarsträhnen. »Nun gut. Immerhin haben wir genügend Brennholz. Binde dir ein Tuch um Nase und Mund, dann hilf mir, ihn nach draußen zu schaffen!«

Sie trugen den alten Mann zu einer trockenen Stelle unter einer schief gewachsenen Weide. Atharic schnürte Reisig und Holz zu drei Bündeln zusammen und baute ein behelfsmäßiges Gestell. Talia suchte unterdessen in der Hütte nach einer Decke, um den Toten darin einzuwickeln.

»Es muss jemand hier gewesen sein, nachdem er bereits tot war«, berichtete sie, als sie zurückkehrte. »Ich habe fast keine persönlichen Gegenstände gefunden, nicht einmal Werkzeug. Die Tür wurde ausgehebelt. Außerdem ist das Dach an etlichen Stellen undicht. Wahrscheinlich war er schon lange krank, bevor er starb.«

Atharic streckte sich. In der einsetzenden Dämmerung war es schwer, in seinen Zügen zu lesen. »Kein erstrebenswertes Ende, alleine zu sterben und von Menschen, die man kannte, zum Verfaulen liegen gelassen zu werden.«

»Er hatte keine Familie.«

Ihre Worte ließen ihn innehalten. Er wusste sofort, dass sie im Grunde über sich sprach und dass mit Vebromara der einzige Mensch, der ihr nahe gewesen war, gestorben war.

»Die Weisen Frauen im Norden sagen, die Sehnsüchte der Menschen wären das Garn dreier alter Göttinnen. Es sind unsere Sehnsucht und unsere Hoffnung, die bestimmen, wie sich die Fäden des Schicksals verweben, auch wenn wir es meistens nicht merken.«

»Was bist du?«, schnappte Talia. »Söldner oder Druide?« Sie biss sich auf die Lippen. Es war nicht Atharics Fehler, wenn er den Finger auf etwas legte, worüber sie lieber nicht nachdenken wollte. »Verzeih mir.«

Atharic winkte gutmütig ab. Eine Weile arbeiteten sie stumm nebeneinander. Atharic schichtete die letzten Holzscheite, während Talia in ihrem Beutel kramte. Sie fand ihren Feuerstahl und zwei kleine Pyritknollen, dann nahm sie ein Stück Zunder aus dem weichen Lederbeutel, in den es gewickelt war, und legte alles neben den Scheiterhaufen.

»Was ist mit dir?«, fragte sie, als sie fertig war. »Ist das Leben als Söldner nicht auch einsam? Wie lange hast du deine Frau und deinen Sohn nicht mehr gesehen? Fünf Monate?«

»Glaubst du, ich bin freiwillig Söldner geworden? Manche Dinge tut man aus Notwendigkeit und weil man eine Verantwortung hat, nicht, weil man es will.«

»Und was genau willst du?«

»Was wir alle wollen: alles.« Er lachte und zog sie neckend an den Haaren. Doch es war klar, dass er nicht weiter darüber reden wollte.

Sie wickelten den Toten in eine Decke und hoben ihn auf den Scheiterhaufen. Talia kreuzte seine Arme über der Brust und legte ihm eine Eichel in den Mund. Als sie zurücktrat, entzündete Atharic das Feuer.

Talia überlegte, ob sie ein Gebet sprechen sollte, aber ihr fiel nichts Passendes ein. Sie kannte ja nicht einmal seinen Namen! Sie hörte, wie Atharic etwas in seiner eigenen Sprache mur-

melte. Die Laute schienen tief aus seiner Kehle zu kommen. Fremd und düster flossen sie in die Nacht und in die Sümpfe hinaus und jagten einen Schauer über Talias Rücken.
Sie mussten nicht lange warten, bis die ersten Flammen an der Decke leckten. Einzelne Fäden lösten sich aus den bunten Mustern und verschmorten. Der Wind war stärker geworden, fachte das Feuer zu ungewollter Höhe an und schickte glühende Funken in das Unterholz. In der Ferne grollte und blitzte es.
Atharic berührte Talias Arm. »Machen wir uns auf den Weg! Der Donnergott fährt über den Himmel und schleudert seinen Hammer. Das wird ein ungemütlicher Ritt!«
Hastig packten sie ihre Sachen zusammen und zäumten die Pferde. Talia ritt voraus. Die Flammen verblassten hinter ihr, während sie den Wallach über die Bohlenwege lenkte. Es war dunkel, und Talia beugte sich nach vorne, um besser sehen zu können. Das Rauschen des Windes übertönte das Schnauben von Atharics Stute in ihrem Rücken.
Sie hatten den Rand der Lichtung gerade erreicht, als der erste Donner über ihnen zusammenschlug. Talias Pferd riss angsterfüllt den Kopf hoch und machte einen Satz zur Seite. Talia war auf den scharfen Ruck nicht gefasst. Sie versuchte noch, ihre Hände in die Mähne zu krallen, aber es war bereits zu spät. Mit den Zügeln in der Hand rutschte sie vom Pferderücken und stürzte in das schlammige Wasser neben dem Steg.
»Hast du dich verletzt?« Atharic beugte sich über sie, während sie sich fluchend und schimpfend aus dem Morast kämpfte. Er zog sie zu sich nach oben und berührte ihren Kopf. »Du bist völlig durchnässt! So können wir auf keinen Fall weiterreiten, du würdest dir nur den Tod holen. Wir kehren um und verbringen die Nacht in der Hütte!«
»Aber Caran sagte …«

»Caran sagte, ich solle dich zu dem alten Mann bringen. Von Umbringen hat er nichts gesagt!«

Er griff nach den Zügeln ihres Wallachs und lenkte das Pferd zurück in die Richtung, aus der sie gekommen waren. Talia spürte, wie bei jedem Schritt Wasser in ihren Schuhen quakte. Angeekelt zupfte sie sich einen Grashalm aus den Haaren. Trotz der Kälte, die in ihre Knochen kroch, brannten ihre Wangen vor Scham.

In der Hütte schälte sie sich aus den Kleidern und hüllte sich in eine Decke. Regen begann, auf das Dach zu prasseln, und Talia zog sich in die Hälfte der Hütte zurück, über der das Dach noch intakt schien. Atharic lehnte unterdessen die Tür gegen den Eingang und befestigte sie mit mehreren Schnüren. Es war besser als gar kein Schutz, doch durch die Spalten drang ein eisiger Wind herein. Mit klappernden Zähnen beobachtete Talia, wie Atharic ein Feuer entzündete und ihre nasse Kleidung zum Trocknen über eine Werkbank hängte. Dann richtete er ein Lager für sie her.

Talia ließ sich auf die Felle fallen und zog so viele Decken über sich, wie sie greifen konnte. Überrascht hielt sie inne, als Atharic sich neben ihr ausstreckte. Sein Züge nahmen einen nachdenklichen Ausdruck an, während er nach ihren klammen Finger griff und begann, Wärme in sie zurückzureiben.

»Du solltest es einfach selbst ausprobieren«, sagte er unvermittelt.

Talia stellte fest, dass sie wie gebannt auf Atharics Hände starrte. Ihre Haut kribbelte. Sie wusste, wenn er sie jetzt loslassen würde, würden ihre Finger stärker zittern als zuvor.

»Was?«, krächzte sie.

»Seelen zu sehen. Es hat sich einmal gegen dich gerichtet. Wie bei einer Waffe musst du lernen, deine Gabe zu meistern, und dann wirst du auch sicher sein. Wer weiß, welche Möglichkeiten sich dir eröffnen? Vielleicht ist es mehr als nur eine heilende Kraft?«

»Glaubst du, ich hätte nicht selber schon daran gedacht?«

»Und warum hast du es nicht versucht?«

Talia verzog die Mundwinkel. »Mit wem denn? Alle haben Angst davor, was ich ihren Seelen antun könnte – mich eingeschlossen.«

Atharic ließ sie los. Er stützte sich auf einen Ellbogen und strich sich eine dunkelblonde Strähne aus der Stirn. »Du könntest es mit mir versuchen!«, schlug er vor. »Wir haben es schon einmal getan, erinnerst du dich?«

»Hast du keine Angst?«

»Mein Volk kennt eure Vorstellung von einer Seele, die ewig weiterwandert, nicht. Wir sterben, und wenn wir tapfere Krieger waren, wird uns Tyr, der Gott des Krieges, zu sich holen.« Er zupfte einen weiteren braunen Grashalm aus ihren Haaren und grinste, als er sah, wie peinlich es ihr war. »Im Übrigen, denke ich, ist mein Geist mehr, als was du sehen kannst.«

»Wie meinst du das?«

»Manchmal, wenn ein Junge zum Mann wird, zieht er sich in den Wald zurück, an einen kleinen See oder einen Fluss. Hier wartet er und trinkt jeden Morgen bei Sonnenaufgang Wasser, das er mit seinen Händen schöpft. Jeden Abend fügt er sich einen Schnitt am Handgelenk zu und lässt sein Blut in das Schilf am Ufer tropfen. Am Morgen des fünften Tages verwandelt sich ein Gott in ein Tier und kommt, um zu trinken. Mit dem Wasser nimmt er den Geist des Jungen in sich auf. So verbindet sich der Mann mit der Erde, den Tieren und den Göttern.«

Talia war fasziniert. »Also befindet sich etwas von dir in der Seele eines Tieres?«, fragte sie.

»So kann man es sagen.«

»Und?« Talias Augen wurden vor Neugierde noch ein bisschen größer. »Welches Tier war es bei dir?« Es musste ein mächtiges Tier gewesen sein, überlegte sie, gefährlich und stark. Vielleicht ein Bär oder ein Wolf.

»Ein Schwarm Raben.«

»Raben?«

Sein Grinsen war ansteckend. »Oh, bei meinem Volk sind Raben ein mächtiges Zeichen. Sie sind die Augen und Ohren der Götter. Mein Stamm wird sogar ›das Rabenvolk‹ genannt. Eine unserer Legenden erzählt von dem Urahn unseres Stammes, der in einem Rabennest geboren wurde. Er paarte sich mit einer Priesterin, und daraus entstand mein Volk.«

Talia gab einen unbestimmten Laut von sich. Sie war keine Kriegerin, daher würde sie wahrscheinlich niemals die großen schwarzen Vögel, die das Heer in die Schlacht begleiteten, verehren. Der Vogel, dem Talia huldigte, war die Eule.

»Also ist der Rabe dein – wie nennt ihr das? – Geistwächter?«

Atharic legte den Kopf schräg. »Nun, um genau zu sein, waren es damals nicht nur Raben. Mitten unter ihnen badete seelenruhig ein Rotkehlchen. Ich erinnere mich noch genau, wie es das Wasser hat aufspritzen lassen. Einzelne Tropfen haben die Raben getroffen, sie haben die Köpfe geschüttelt, und einer hat nach dem Rotkehlchen gehackt, aber es hat nicht aufgehört, sich zu baden. Kannst du dir das vorstellen? Was glaubst du, wie sehr mich meine Brüder damit aufgezogen haben? Raben und Rotkehlchen! Woher sollte ich wissen, welches Tier den Gott in sich trug? Unsere Seherin war nicht imstande, damit Voraussagen über meine Zukunft zu treffen, obwohl sie drei Nächte lang heilige Pilze aß. Sie hat nur Kopfschmerzen bekommen und schließlich verkündet, dass mein Leben Dunkles und Helles vereinen würde.« Er lachte bei der Erinnerung.

Eine Weile lagen sie schweigend nebeneinander. Draußen wurde der Sturm stärker. Regen prasselte gegen das Dach und die Wände.

Talia konnte hören, wie Tropfen nur ein paar Schritte entfernt auf den Boden der Hütte fielen, doch dort, wo sie lagen, war es trocken. Talia schloss die Augen, aber der Anblick Atharics, wie er ihre Finger wärmte, schien sich auf die Innenseite ihrer Lider gebrannt zu haben.

»Ist dir noch kalt?«

Sie hörte Atharics Stimme ganz leise dicht neben sich. Sein Atem strich sanft über ihre Wange. Talia schüttelte den Kopf. »Nur die Füße«, murmelte sie.

Atharic legte einen Arm um ihre Taille und zog sie an sich. Seine Beine schoben sich über ihre.

Talias Herz machte einen Satz und begann, wild in ihren Ohren zu hämmern. Sie war nicht ganz sicher, ob sie noch wach war.

»Du hast eine Gänsehaut«, stellte Atharic leise fest und fuhr mit der Hand ihren Nacken entlang. »Vor Kälte oder vor Aufregung?«

»Beides«, hauchte Talia. Atharic löste das Band in ihren Haaren. Talia hörte, wie sein Atem schneller ging. Sein Daumen strich über ihre Lippen, und sie dachte, er müsse ihren Herzschlag hören, so laut klopfte er in ihrer Brust. Warme Feuchtigkeit breitete sich zwischen ihren Schenkeln aus. Atharic hob ihr Kinn an.

Sein Kuss überzeugte Talia endlich, dass sie nicht träumte. Atharics Mund war weich, und ihre Lippen öffneten sich wie von selbst, um seine Küsse zu erwidern. Seine Hände in ihrem Rücken übten einen sanften Druck aus und vertrieben die Anspannung aus ihrem Körper. Talia begann, Atharics Mund zu erforschen, der süß schmeckte nach dem Met, den er getrunken hatte. Ein kleiner Laut drang aus seiner Kehle, als ihre

Zungenspitze seine langsam umkreiste, und er zog sie auf sich. Seine Finger streichelten ihre Brüste.
Atharics schwerer Atem an ihrem Ohr erregte Talia. Sie presste ihre Hüfte gegen seine Lenden und nestelte an der Verschnürung seiner Hose. Dann küsste sie sich ihren Weg nach unten, zwischen seine Beine und zu seinem aufgerichteten Glied. Atharic stöhnte und grub die Finger in die wilde Fülle ihrer Haare. Flackernder Lichtschein fiel über sein Gesicht und enthüllte die geschlossenen Augen und leicht geöffneten Lippen. Talias Zunge glitt den Schaft hinauf und über Atharics Eichel. Sie spürte, wie er zusammenzuckte, aber bevor sich ihr Mund um sein Glied schließen konnte, hielt er sie zurück. Stattdessen zog er ihren Kopf zu sich heran und rollte sie auf den Rücken. Sein Gewicht drückte sie in die Decken, und Talia sah nichts mehr außer seinen breiten Schultern und der glatten Brust. Die Spitze seines Glieds drängte gegen ihren Kitzler. Keuchend bäumte sie sich auf. Atharic küsste ihren Hals. Er flüsterte etwas, was Talia nicht verstand, aber sie achtete nicht darauf. Das Pochen in ihrem Unterleib sandte Wellen der Lust durch ihren ganzen Körper und ließ sie alles andere vergessen außer Atharics Mund, seiner warmen Haut und seinem steifen Glied zwischen ihren Schenkeln.
Talia schlang die Beine um Atharics Hüften, dann zog sie ihn tief in sich hinein.

Dago war wach, noch bevor Carans Fingerspitzen seine Schulter berührten.
»Du hattest recht«, klang Carans Stimme durch die Finsternis der Kammer. »Jemand kommt. Krieger.«
Mit einem Satz war Dago auf den Beinen. Er brauchte sich nicht anzuziehen; er hatte in seinen Kleidern geschlafen. »Wie viele?«

»Mehr als sechzig. Der Wachposten hatte keine Zeit, sie genau zu zählen.«

Dago folgte Caran die Treppe hinab ins Erdgeschoss. Dunkle Schatten huschten über den Hof: nordische Söldner, die sich zur Verteidigung bereit machten. Sie wussten, was sie zu tun hatten. Nachdem Dago Caran erzählt hatte, dass die Bauern von plündernden Banden berichteten, hatte Caran seine Männer auf einen Angriff vorbereiten lassen und zusätzliche Wachen aufgestellt.

Sie kletterten auf den Wall und eilten zu der Stelle, wo sich der Wehrgang im Nichts neben dem Tor verlor. Eine zwölf Fuß breite Lücke klaffte hier, nur provisorisch mit einem Gatter verschlossen. Auf der gegenüberliegenden Seite reichte der Wall auf weitere fünfzehn Fuß nur bis Hüfthöhe. Caran und Dago bewegten sich geduckt, damit ihre Schatten gegen den Nachthimmel nicht zu erkennen waren. Der Sturm, der am Abend über das Land hereingebrochen war, war längst weitergezogen und hatte eine tief hängende Wolkendecke zurückgelassen. Im Osten schimmerte ein Streifen hellen Graus über die Hügel.

»Sie werden einen Späher schicken«, sagte Dago. »Sobald dieser merkt, wie gut der Hof bewacht wird, werden sie sich zurückziehen.«

Caran schüttelte grimmig den Kopf. »Wir werden sie ganz nah herankommen lassen. Sollen sie bluten! Ich will, dass sie es sich das nächste Mal gut überlegen, bevor sie versuchen, einen unserer Handelsposten zu plündern!«

Der Ruf eines Kauzes klang zu ihnen nach oben, dann legte sich Stille über das Innere der Hofanlage. Dago ließ sich auf alle viere sinken und robbte nach vorne, bis er über die Kante des Wehrganges nach unten blicken konnte. Der Späher war gut, stellte er fest. Hätte Dago nicht gewusst, wonach er suchen musste, hätte er ihn übersehen. Es musste einer der Männer seines Bruders sein, erfahren und hervorragend getarnt. Er bewegte sich dicht an der Mauer entlang, schlängelte sich unter dem Gatter hindurch und warf einen Blick ins Innere. Wenig später zog er sich wieder zurück.

»Denkst du noch immer, dass es sich nur um einen Haufen Jungen handelt?«

Caran hatte sich lautlos neben Dago geschoben.

»Ja, aber sie werden ein paar alte Krieger dabeihaben, die sie anführen und später Zeugnis von ihren Taten ablegen sollen.«

»Wenn du diese Anführer wärst, wo würdest du sein?«

Dago trommelte mit den Fingern auf seinem Oberschenkel. Sein Pulsschlag beschleunigte sich. »Im Hintergrund.« Dagos Stimme klang heiser. »Es ist nicht mein Kampf, aber ich will ihn sehen können. Und dabei sein, sollten sie Erfolg haben.« Sein Blick wanderte zu ein paar einzeln stehenden Birken am Hang. Täuschte er sich oder konnte er in der einsetzenden Dämmerung tatsächlich mehrere Schatten zwischen den schlanken Stämmen ausmachen?

Caran war seinem Blick gefolgt. Er nickte stumm. Dagos Lippen pressten sich zusammen. Kalter Schweiß lief über seinen Nacken und sein Rückgrat hinab.

»Ich brauche meinen Langbogen«, hörte er sich sagen. Er war selbst überrascht, wie gelassen seine Stimme klang. »Und ich muss näher heran.«

Caran nickte ein zweites Mal. »Eine Strickleiter liegt hinter dem Haupthaus. Dort ist auch ein Haken an der Brustwehr. Sieh zu, dass du in ihren Rücken gelangst!« Er drückte Dagos Schulter. Ein grimmiges Lächeln verzerrte das Gesicht des jüngeren Mannes, als er die Berührung spürte, aber er sorgte dafür, dass Caran es nicht sah.

Dago rutschte die Rampe des Walls hinunter und rannte über den Hof zurück zum Haupthaus. Das Lachen seines Bruders klang in seinen Ohren, als er nach seinem Bogen griff und die Sehne spannte. Seine Hände brauchten kein Licht; sie wussten, welche Griffe nötig waren. Sein Vater hatte sie ihm beigebracht, noch bevor er sechs Jahre alt gewesen war. Immer wieder hatte Dago üben müssen, bis seine Finger wund waren und seine Schultern schmerzten. Seine Mutter hatte ihn mit einer Salbe eingerieben, doch es hatte nichts geholfen. Der Bogen war zu groß gewesen für ein Kind, aber seinen Vater hatte das nicht interessiert. Für ihn konnten seine Söhne nicht schnell genug erwachsen werden. Also hatten sie es getan. Sie hatten dafür gesorgt, dass er stolz auf sie war.

Die Sehne schien sich fast von selbst zu spannen, ein gierig vibrierendes Band zwischen seinen Fingerspitzen. Dago streichelte sie zärtlich. Das leise Surren, das auf seine Berührung antwortete, klang wie die Begrüßung einer Geliebten.

Dago kletterte gerade über die Mauer an der Nordseite des Hofes, als die ersten Angreifer durch das Gatter ins Innere schlichen. Sie starben lautlos, noch bevor sie die Gebäude erreichten. Kurz darauf erklang das dumpfe Trommeln von Hunderten von Pferdehufen, die sich rasend schnell näherten. Als Antwort flammten kleine Feuer auf der Brustwehr und im Innenhof auf. Sie setzten die Strohballen vor dem Tor und auf dem niedrigen Abschnitt des Walles in Brand. Pferde wieherten in panischer Angst und scheuten vor den Flammen zurück. Überraschtes Gebrüll erhob sich aus den Reihen der Plünderer. Die erste Angriffslinie brach zusammen und verwandelte sich in ein Chaos aus sich aufbäumenden und um sich tretenden Pferden.

Dago rannte über die Äcker. Er musste nicht befürchten, gesehen zu werden, denn alle Augen würden auf das Tor gerichtet sein und die Feuer, die neben ihm brannten. Fünf Pfeile lagen in Dagos einer Hand; die andere umklammerte das Holz des

Bogens. Glatt und warm schien es sich in seine Finger zu schmiegen.
Eine Reihe von Obstbäumen zog sich bis auf sechzig Schritt an das Birkenwäldchen heran. Der Hang stieg von hier aus leicht an, und die Wiese bot offenes Schussfeld. Dago ging hinter einem Stamm in Deckung und steckte vier Pfeile vor sich in die Erde. Den fünften legte er auf die Sehne.
Drei Reiter standen zwischen den Birken. Sie bewegten sich kaum, und ihre Umrisse verschwammen mit den Schatten um sie herum. Dago versuchte, die Dunkelheit durch schiere Willenskraft zu durchdringen; er strengte seine Augen an, bis sie tränten, aber er konnte nicht erkennen, welcher von ihnen sein Bruder war.
Dago nahm nur am Rande wahr, was auf dem Platz vor dem Tor geschah. Ein Angreifer nach dem anderen stürzte zu Boden und blieb liegen. Einige schafften es, sich ins Innere vorzukämpfen und wurden dort niedergemacht. Brennende Pfeile schossen vom Wall hinab und unter die Angreifer und versetzten die Pferde in Panik. Schrilles Wiehern und die Schreie von Verletzten hallten durch die frühe Morgenluft. Es dauerte nicht lange, dann rissen die Angreifer ihre Pferde herum und wandten sich zur Flucht.
Dago spannte sich. Die Geräusche um ihn herum schienen mit einem Mal lauter zu werden, intensiver. Er roch die nasse Erde und seinen eigenen Schweiß. Ein Insekt krabbelte seine Wade hinauf bis zur Kniekehle. Irgendwo knackte ein Zweig.
Der erste Reiter trabte zwischen den Birken hervor, dicht gefolgt von den zwei anderen. Sie ritten schräg von Dago fort, zur Straße hin. Sie hielten Schilde hoch, zum Schutz ihrer linken, der Hofanlage zugewandten Seite, doch Dagos Versteck lag rechts von ihnen.
Welcher von ihnen war Moridic?

Das mittlere Pferd war ein Schimmel. Hell leuchtete eine Hinterhand durch die Dämmerung; der Rest des Fells blieb unter einer langen Decke verborgen. Eisige Ruhe legte sich über Dago. Sein Bruder hatte in seinem ganzen Leben niemals ein anderes Pferd als einen weißen Hengst geritten. Schimmel waren die Liebe und der Reichtum ihres Vaters.

Moridic würde niemals über Alte-Stadt herrschen.

Surrend schoss der Pfeil von der Sehne und in den Morgen hinein.

5. Kapitel

»Was ist?«

Atharic stützte sich auf den Ellbogen und fing ihren Blick ein. Seine Hand auf Talias Hüfte übte einen leichten Druck aus und zog sie näher an ihn heran. Talia folgte der stummen Aufforderung und kroch in die Kuhle, die sein Körper für sie geschaffen hatte. Er begann, ihr den Rücken zu massieren, stetig von unten nach oben.

Mehr als ein Monat war vergangen seit jener Nacht in der heruntergekommenen Hütte des toten Einsiedlers, und für Talia war es die glücklichste Zeit seit langem gewesen. Alle paar Nächte trafen sie sich, mal hier, in einer einsamen Scheune im Norden der Stadt, mal in einer kleinen Kammer auf Carans Hof, wenn alle anderen schon schliefen. Sie wussten nicht, ob jemand von ihrem Verhältnis etwas ahnte, und sprachen auch nicht darüber. Manchmal überlegte Talia, ob sie Atharic fragen sollte, was ihre Treffen für ihn bedeuteten, aber sie brachte nie den Mut auf.

»Habe ich mich eigentlich schon dafür bedankt, dass du mit mir übst?«, fragte Talia. Sie drehte den Kopf und sah gerade noch das breite Grinsen auf seinen Zügen.

»Übung? So habe ich es noch gar nicht betrachtet …«
Sie knuffte ihn in die Rippen. »Das meine ich nicht! Ich meine, danke, dass du mich deine Seele sehen lässt. Deine Hilfe bedeutet mir wirklich viel.« Sie verzog das Gesicht. Die Worte klangen ungeschickt in ihren Ohren und drückten längst nicht das aus, was sie eigentlich sagen wollte, aber Atharic winkte bloß ab. Sie betrachtete sein Profil, die gerade Nase und die glatt rasierten Wangen. Seine Mundwinkel zeigten noch immer das entspannte Lächeln, das ihn so viel sanfter und jungenhafter wirken ließ.
»Ich merke ja nicht einmal, wenn du es tust«, erwiderte er. »Machst du wenigstens Fortschritte?«
»Ich denke schon.« Sie verriet ihm nicht, dass sie erst wenige Momente zuvor, als sie miteinander geschlafen hatten, einen Blick auf seine Seele geworfen hatte. Es war das erste Mal, dass sie es gewagt hatte, ihre Mauern zu senken, obwohl sie wusste, dass sie auf Gefühle treffen würde, unkontrolliert und wild, eine Woge aus Farben und Lust. Aber sie hatte sich geirrt. Sie hatte das strahlende Blau seiner Seele gesehen, doch seine Gefühle waren wie durch einen Schleier zu ihr gedrungen, gedämpft und kaum zu erahnen. Sie hatte gedacht, sie hätte ihre Mauern völlig gesenkt, aber das stimmte nicht. Etwas blieb zwischen ihnen, eine Wand, die Atharics Seele und seine Gefühle von ihr trennte. Der Rest war – Farben.
Talia fragte sich, woher dieser Schutz gekommen war. Wie lange existierte er schon? Hatten all die Jahre, in denen sie krampfhaft ihre inneren Mauern hochgehalten hatte, diese Grenze geschaffen? Oder war sie schon immer da gewesen, und jener Tag in der Herberge bedeutete nicht mehr als eine Erinnerung, ein Beginn, auf den ihre Seele nicht vorbereitet gewesen war und gegen den sie sich deshalb nicht hatte schützen können?
Fünf Jahre Ungewissheit und Angst, dachte Talia, *und jetzt endlich*

weiß ich, dass ich es beherrschen kann! Sie überlegte, ob sie diese schützende Wand umgehen konnte, ob sie Atharics Seele mit ihrer verbinden und seine Gefühle zu ihren machen konnte, wenn sie es wirklich wollte. Die Frage war nur: Was würde es sie kosten?

Talia dachte daran, wie sich Atharics Glied tief in ihrem Inneren bewegte, wie sein leises Stöhnen klang und wie das blaue Feuer aufflammte, wenn er in sie eindrang. »Ich habe es jetzt unter Kontrolle«, fügte sie hinzu und versteckte ihr Grinsen an seiner Brust.

»Du könntest es auch an anderen Leuten ausprobieren – ohne ihr Wissen, meine ich.«

»Das möchte ich aber nicht. Es wäre nicht richtig.« Talia setzte sich auf. Ihre Haare fielen in einer dunklen Wolke über ihren Rücken, zerzaust und voller Stroh. Im Halbdunkel der Scheune schimmerte ihre Haut noch heller als sonst und ließ ihren Körper zart und zerbrechlich wirken.

»Hast du Caran mal danach gefragt, ob er dich seine Seele sehen lässt?«

»Nein.«

»Weshalb nicht? So interessiert er an deiner Fähigkeit ist, wundert es mich, dass er sich noch nicht selbst angeboten hat.«

Talia wollte nicht darüber nachdenken, was Carans Motive für sein Interesse an ihr waren, denn sie hatte keine Lust, sich die wenigen Augenblicke, die sie mit Atharic verbringen konnte, von Bitterkeit zerstören zu lassen. Doch sie wusste auch, dass sich Atharic nicht mit einer ausweichenden Antwort zufriedengeben würde.

»Du weißt nicht, worüber du sprichst, Atharic«, sagte sie daher. »Die Seele eines anderen Menschen zu sehen, bedeutet für uns mehr als nur ein Blick in dessen Innerstes. Für mein Volk ist die Seele das Wichtigste in dieser und der Anderen Welt; sie wird weiterleben, wenn unsere Körper längst zu Asche geworden sind. Unsere Seelen sind der Kern all dessen, was wir sind. Ich weiß nicht, ob Caran mir so weit vertrauen würde.«

»Warum fragst du ihn nicht einfach? Vielleicht erlebst du eine Überraschung?«

Talia strich mit den Fingern über Atharics Oberschenkel. Seine Muskeln zuckten unter ihrer Berührung. Sie schwieg. Sie wünschte sich, Atharic sagen zu können, weshalb sie Carans Seele nicht sehen wollte, aber er hätte es nicht verstanden. Manchmal, in langen Nächten, wenn sie wach lag und über das nachdachte, was ihr Leben war, verstand sie es ja selbst nicht einmal.

»Du weißt, dass Caran noch immer nach jemandem sucht, der dir helfen könnte, deine Gabe besser zu beherrschen?«

»Ja, ich weiß.« Talia stand auf und suchte ihre Kleider zusammen, die quer über den Dachboden der Scheune verstreut lagen. Atharics Blick ruhte auf ihr, während sie sich nach ihrem Rock und den Schuhen bückte. Mit einem Satz sprang er auf sie zu. Er hob sie hoch und warf sie zurück auf das zerwühlte Lager, das sie sich auf den Strohballen geschaffen hatten. Seine Augen zeigten den abwesenden Ausdruck, den Talia in den vergangenen eineinhalb Monaten genau kennengelernt hatte. Lachend zog sie ihn auf sich.

Es dämmerte bereits, als sie die Tür der Scheune hinter sich schlossen und über die Weiden und Felder zurück zur Stadt gingen. Sie befanden sich zwar innerhalb der Stadtmauer, aber hier standen nur wenige verstreute Gebäude. Die einzigen Lebewesen, die ihr Kommen und Gehen bemerkten, waren ein paar Schafe und Kühe, die gleichgültig die Köpfe hoben, als sie vorbeigingen.

Talia lief dicht neben Atharic, so dass sie ihn beim Laufen immer wieder berührte. Sobald sie sich jedoch den Häusern näherten, schaffte Atharic ein paar Fuß Abstand zwischen sich und Talia. Der warme Abendwind wehte den Gestank der Gerbereien zu ihnen, und der Anblick der Abwasserrinnen trug seinen Teil dazu bei, dass Atharic seinen Schritt beschleunigte. Talia musste beinahe rennen, um mit ihm mithalten zu können.

»Ich muss noch etwas erledigen.« Atharic blieb an der Kreuzung zweier Wege stehen. Eine Gruppe Reiter trabte an ihnen vorbei und bespritzte sie mit Wasser aus den Pfützen.

»Ich dachte, die Händler, die ihr eskortieren sollt, würden für eure Verpflegung sorgen?«

»Darum geht es nicht. Ich muss jemanden treffen. Mein Schwager ist hier. Er bringt mir Nachrichten von meinem Stamm und meiner Familie.« Atharic blickte sie ruhig an, während er sprach. Talia kämpfte darum, ihr Lächeln nicht zu verlieren.

»Ach so«, sagte sie, »natürlich.«

Sie sah ihm nach, während er die Straße hinunterging. Sie hätte seinen Gang überall wiedererkannt, stellte sie fest, genau wie sie seine Stimme aus jeder Menschenmenge heraushörte. Er hatte sich die Haare geschnitten, gerade so weit, dass sie den Ansatz seines Nackens sehen konnte. Manchmal, wenn er lief, schloss sich seine rechte Hand langsam zur Faust – nur ganz kurz, dann öffnete sie sich wieder. Talia erinnerte sich daran, dass Catuen Atharic einmal als Raubtier bezeichnet hatte. Wenn das stimmte – was war *sie* dann? Lediglich die Beute oder doch mehr?

Er ist ein Söldner!, wies sie sich selbst zurecht. *In jedem Dorf ein Mädchen, nicht wahr?*

Deprimiert stellte Talia fest, dass sie noch keine Lust hatte, nach Hause zu gehen und bog stattdessen in die Hauptstraße ein. Langsam schlenderte sie von einer Bude zur nächsten. Ihre Gedanken kreisten noch immer um Atharic. Es verunsicherte sie, dass er sie dermaßen verwirren konnte, und noch mehr verunsicherte sie, dass sie eine Hoffnung hegte, zu der sie kein Recht hatte.

Talia schlenderte an einer Frau vorbei, die auf einem Hocker vor einer Drehscheibe saß und mit nassen Händen den Rand eines Topfes formte. Die Töpferin hatte sich weit nach vorne gebeugt und die Augen zusammengekniffen, um in dem schwächer werdenden Licht besser sehen zu können. Ein Stempel aus Hirschgeweih, mit dem sie ihre Gefäße verzierte, hing an einem Lederband um ihren Hals. Talia blieb stehen und sah geistesabwesend zu, wie die Frau den fertigen Topf von der Drehscheibe löste und vorsichtig auf ein Tablett neben ihren Füßen stellte.

»Bist du nicht Carans Haushälterin?«, fragte die Frau unvermittelt.

Talia nickte überrascht.

»Richte deinem Herrn bitte aus, dass wir in drei Nächten die letzte Lieferung Graphitton an die Töpfer verteilen werden. Wenn das geschehen ist, wird er seinen Anteil bekommen.«

Talia versprach, es Caran auszurichten.

Man könnte meinen, in dieser Stadt geschieht nichts ohne ihn, dachte sie, während sie ziellos weiterschlenderte. *Wie schafft er es nur, den Überblick zu bewahren?*

Vor dem nächsten Stand lief sie Dago über den Weg. Zunächst dachte Talia, er habe sie nicht bemerkt, und wollte schon weitergehen, als er neben sie sprang und nach ihrem Arm griff.

»Dich schicken die Götter!«, begrüßte er sie mit einem breiten Lächeln. »Ich bin dabei, mich zu Tode zu langweilen! Man sollte meinen, es könne nicht allzu lange dauern, einen kaputten Riemen am Zaumzeug auszubessern, aber ich warte schon seit Ewigkeiten! Hast du Hunger? Ich wollte mir gerade etwas zu essen besorgen.« Er deutete zu einer Schenke auf der anderen Straßenseite. Talia stellte fest, dass ihr Magen ein einziges Loch war. Mittlerweile war es beinahe dunkel, und kurz nagte schlechtes Gewissen an ihr. Eigentlich hatte sie Catuen versprochen, das Kräuterbeet zu jäten, aber dafür war es jetzt wirklich zu spät.

»Gerne!«, sagte sie.

In der Schenke stellte sie fest, dass das Mädchen, das ihnen das Essen brachte, Dago gut zu kennen schien. Es war hübsch, mit vollen Brüsten, die aus ihrer von einer eng gebundenen Schärpe zusammengehaltenen Bluse hervorzuquellen schienen. Die Augen, die Dago unverhohlen anhimmelten, waren mit Kohle geschwärzt. Talia seufzte leise, dennoch musste sogar sie zugeben, dass Dago gut aussah. Er hatte sich einen kurzen Bart wachsen lassen, der sein Gesicht noch dunkler wirken ließ. Seine grünen Augen leuchteten unter langen, dichten Wimpern, auf die jede Frau neidisch werden musste, und sein Lächeln enthüllte eine Reihe ebenmäßiger weißer Zähne; lediglich aus einem Eckzahn war ein kleines Stück herausgebrochen. Es gab seinem Lächeln einen verwegenen Ausdruck.

Obwohl sie auf der Bank viel Platz hatten, saß Dago so dicht neben ihr, dass seine Schultern Talia berührten. Unbehaglich rutschte sie ein Stück zur Seite. Sie aß schweigend, während Dago von Carans neuestem Erfolg erzählte. Caran hatte den Stadtrat davon überzeugt, die Abgaben zu senken, die Händler dafür zahlten, um im Hafen von Alte-Stadt anlegen zu dürfen. Da Caran selbst einen Großteil des Handels kontrollierte, waren es seine Partner, die am meisten davon profitierten, und ein Teil des Geldes und der Waren, die sie nun sparten, floss direkt in Carans Hände.

Talia bemerkte, dass sie sich nicht auf Dagos Erzählung konzentrieren konnte. Sie war unruhig und abgelenkt; ihre Gedanken kreisten noch immer um Atharic. Sie fragte sich, wie seine Frau wohl aussah. Hatte sie ebenfalls andere Bettpartner, wenn Atharic monatelang unterwegs war? Es hieß, die nordischen

Frauen heirateten nur einmal im Leben und dann nie wieder. Wenn ihre Männer starben, nahmen sich die älteren unter ihnen, die keine Kinder mehr großzuziehen hatten, das Leben. Die jüngeren schnitten sich die Haare ab und ritzten mit Messern die Haut ihrer Arme und Beine auf. Talia wusste nicht, ob das alles nur Gerüchte waren, aber sie hatte von etlichen Männern gehört, die sich in den Norden aufmachten, um dort eine Frau zu finden.

»… oder was meinst du?«

Talia fuhr schuldbewusst zusammen. Hektisch kramte sie in ihrem Gehirn nach dem, was Dago zuletzt gesagt hatte. »Hm«, erwiderte sie versuchshalber. Es war die falsche Antwort, stellte sie kurz darauf fest.

Dagos Hand legte sich auf ihren Oberschenkel. »Hast du Lust, woanders hinzugehen? Ich kenne einen Platz auf der Stadtmauer, von wo man fast über die ganze Stadt sehen kann. Dort ist es ruhig und ungestört.«

Dagos Gesicht war so nahe an ihrem eigenen, dass sie den Geruch des Biers in seinem Atem riechen konnte. Die Geräusche der Schenke rückten in den Hintergrund, während Talia fieberhaft nach einer Antwort suchte. Das Gewicht von Dagos Hand lastete schwer auf ihrem Schenkel. Sie zog das Bein fort und stand auf. »Wir sollten nach Hause gehen!«

Dago erhob sich geschmeidig.

Noch ein Raubtier!, dachte Talia kläglich.

Talia hatte es so eilig, nach Hause zu kommen, dass sie beinahe rannte. Die ganze Zeit über blieb Dago neben ihr – viel zu nahe, wie sie fand –, aber jedes Mal, wenn sie versuchte, Abstand zwischen ihn und sich zu bringen, war er kurz danach wieder an ihrer Seite. Talia war müde und deprimiert, und langsam war sie auch verärgert. Als Dago wenig später eine Hand um ihre Taille legte, blieb Talia stehen.

»Dago, ich …«

Weiter kam sie nicht. Dago zog sie an sich heran und presste seine Lippen auf ihre. Seine Finger schlossen sich um ihren Hintern und drückten zu. Talia stemmte die Hände gegen seine Brust und versuchte, ihn fortzuschieben. Sie drehte den Kopf zur Seite.

»Was ist?«, fragte er. Seine Überraschung schien echt zu sein.

»Ich will das nicht!«

»Wieso nicht? Niemand wird etwas dagegen haben.«

Talias Geduld war für den Abend erschöpft. »Es tut mir leid, Dago!«, sagte sie, und es war ihr gleichgültig, ob sie ungehalten klang. »Ich habe nicht vor, mich in die lange Schlange deiner Huren einzureihen! Du bist Carans Ziehsohn und der Anführer seiner Krieger, ich bin seine Haushälterin. Belassen wir es dabei!«

»Und wenn nicht?«

»Dann wird kein Platz für uns beide in ein und demselben Haus sein!«

Dago schüttelte den Kopf und strich ihr über die Wange, als wäre Talia nicht mehr als ein störrisches Pferd. »Vielleicht schätzt du mich falsch ein«, meinte er. »Womöglich sind meine Absichten ehrbarer, als du denkst – vielleicht nicht im Moment, aber bald«, fügte er nach einer kurzen Pause hinzu.

Talia stieß ein raues Lachen aus. »Ich würde dich nicht einmal dann nehmen, wenn du mich auf der Stelle heiraten wolltest!«

Er ließ sie los. Aufatmend trat Talia einen Schritt zurück. Die Lichter des Hofes schimmerten vor ihr. Sie wartete, dass Dago noch etwas sagen würde, aber als das nicht der Fall war, drehte sie sich um und eilte davon. Dago blieb alleine in der Dunkelheit zurück.

»Du kommst spät!«
»Ich war beschäftigt.« Dago verbeugte sich vor Roueca und übersah geflissentlich ihre ungeduldig wippenden Füße. Er nickte Ientus höflich zu und tauschte einen Handschlag mit Bomarus. Der Stadtherr klopfte ihm auf die Schulter. »Ich habe dich lange nicht mehr gesehen, Dago. Hält dich Caran so sehr auf Trab?«
»Nicht mehr als Ihr Eure Männer auf Trab haltet, was man so hört.«
»Wenn du mein Kriegsführer wärst, würde ich mich in aller Ruhe zurücklehnen und nur noch mit meinen Hunden beschäftigen. Weiß Caran eigentlich, was er an dir hat?«
»Diese Frage müsst Ihr ihm schon selber stellen, Herr.« Dago warf einen argwöhnischen Blick auf den riesigen, rotbraunen Hund, der zu Füßen seines Herrn lag und Dago misstrauisch fixierte. Bomarus setzte jeden freien Augenblick und seinen ganzen Stolz in die Zucht dieser Tiere. Ihr Ruf als Wachhunde war legendär, und jedes Jahr tauschte Menosgada eine Börse voll Gold gegen ein Dutzend Welpen. Eigentlich hatte Bomarus sie immer nur auf seinem Landgut gehalten, aber seit Caran die Köpfe seiner Männer über Bomarus' Tor hatte aufhängen lassen, bewachten zwei der großen Hunde auch sein Stadthaus.
Eine Sklavin brachte Dago einen Krug Bier und eine mit Wasser gefüllte Bronzepfanne, um sich die Hände zu waschen. Die eiserne Kette, die um ihren Hals lag und ihren Rücken hinab bis zu den Kniekehlen fiel, blinkte im Licht der tiefstehenden Sonne. Es war ein milder Abend, und sie saßen draußen, auf der Rückseite von Bomarus' Haus inmitten von Obstbäumen. Ein hoher Zaun umgab den Grund und schützte sie vor den Blicken Neugieriger.
Roueca wartete, bis die Sklavin verschwunden war, dann

wandte sie sich an Dago. »Ientus und Bomarus würden es beide begrüßen, wenn sich die Machtverhältnisse in Alte-Stadt etwas verschieben würden«, sagte sie. »Das war es, worüber wir gerade gesprochen haben.«

»Eigentlich ging es gerade darum, wann ich mir Talia zurückholen kann«, mischte sich Ientus ein. »Ich weiß, dass Ihr dringendere Dinge zu besprechen habt, aber dieses Mädchen ist mir sehr wichtig.« Während er sprach, beugte sich der Druide vor und stützte die Ellbogen auf die Knie. Blutkrusten zierten die geschorene Stelle in der Mitte seines Schädels.

Man sollte meinen, Druiden könnten sich wenigstens scharfe Rasiermesser leisten, dachte Dago. *Immerhin leben sie ganz gut von den Abgaben, die wir ihnen bezahlen.*

»Ich habe euch erlaubt, Talia eine Zeit lang für Eure Interessen zu nutzen, aber meine Geduld ist bald zu Ende. Ich habe Euch bereits einmal gesagt, dass Talias Fähigkeit eine Gefahr darstellt. Sie sollte stets unter der Kontrolle von uns Druiden stehen.«

»Eigentlich habt Ihr damals sehr wenig über diese Fähigkeit erzählt«, wies Roueca den Druiden zurück. »Jedoch gebe ich zu, dass ich kein Druide bin und mit dieser offensichtlich heilerischen Fähigkeit wenig anzufangen weiß. Andererseits: Wenn Talia und die Informationen, die sie uns bringt, nicht wären, würden Bomarus und ich heute nicht zusammensitzen. Das ist das, was mich interessiert. Und ich erwarte, dass sie mir bald weitere wichtige Informationen liefert. Die Zeit der Händlerbesuche naht; ich bin sicher, dass Talia dann viel von dem erfahren wird, was Caran mit den Händlern bespricht. Was diese seltsame Gabe betrifft, glaube ich Euch natürlich, Ientus, wenn Ihr sagt, sie könne zerstörerisch sein. Aber wir sollten ebenfalls bedenken, dass es nicht unbedingt schlecht für uns wäre, sollte Talia in irgendeiner Weise Carans Seele Schaden zufügen.«

Einen Moment lang starrten alle drei Männer Roueca scho-

ckiert an. Es war eine Sache, Carans Fall zu betreiben, eine andere, seine Seele der Verdammnis zu empfehlen. Mit ihren Worten verfluchte Roueca ihren Bruder für alle Zeit. Ihn einfach zu töten wäre barmherziger. Roueca erwiderte die entsetzten Blicke ungerührt.
Ientus räusperte sich. »Ich fordere dieses Mädchen für mich!« Diesmal wandte er sich an Dago. »Ich habe gehört, Caran unterstützt Talia in der Ausübung ihrer Gabe. Ihr Treffen mit dem alten Einsiedler letzten Monat mag ergebnislos verlaufen sein, aber ich kann nicht riskieren, dass Talia weiterhin mit ihrer Macht herumspielt. Ich habe eine Verantwortung unserem Volk gegenüber und kann nicht zulassen, dass Menschen in der Stadt herumlaufen, die mit Kräften spielen, die einzig von Druiden beherrscht werden können.«
Bomarus räusperte sich. »Dago, weißt du, was Talia hinter Carans Mauern tut? Wenn sie irgendetwas macht, was Ientus beunruhigen könnte, würdest du es doch erfahren, nicht wahr?«
Dagos Muskeln spannten sich unmerklich. Er hatte keine Lust, über Talia zu sprechen, denn der Abend in der Schenke und die Worte, die sie auf dem Nachhauseweg zu ihm gesagt hatte, waren noch frisch in sein Gedächtnis gebrannt. Talia mochte sich gegenüber Caran nicht offenbaren wollen, aber tief in ihrem Inneren besaß sie trotzdem die Arroganz einer hochgeborenen Tochter.
Talia behauptete also, sie würde ihn niemals nehmen. Dago zuckte im Stillen mit den Achseln. Sollte sie. Er brauchte nur noch ein wenig Geduld zu haben. Der Anblick seines Vaters und des boischen Heers würde Talias Arroganz schon bald ersticken – ebenso wie die Arroganz aller anderen in dieser Runde.
»Caran hat sich heimlich während des Kampfes davongeschlichen.« Das waren die sorgfältig überlegten Worte, die Dago

seinem Vater hatte ausrichten lassen. »Ich wusste nicht, was er vorhatte, sonst hätte ich ihn aufgehalten. Es war Carans eigene Hand, die meinen Bruder tötete, und wenn Moridics Gefährten nicht seinen Körper geborgen hätten, würde sein Kopf jetzt auf einem Pfahl vor Carans Hof verfaulen. Bis jetzt ahnt Caran nicht, wen er in jener Nacht erschossen hat – das ist der Grund, weshalb ich nicht zu dir kommen konnte, Vater! Ich dachte, es sei besser, Caran in Sicherheit zu wiegen, bis es zu spät ist!«
Dagos Vater würde über Moridics totem Körper Rache schwören. Er würde ihn aufbahren und auf den letzten Neumond vor der Sommersonnenwende warten. Dann würde er mit Dagos Hilfe Alte-Stadt erobern, sich Carans Kopf holen und ihn einbalsamieren, damit er auf ewig seine Halle schmückte. Erst wenn das geschehen war, würde sein Vater Moridic verbrennen und seine Seele endgültig von den Banden dieser Welt befreien.
Der Gedanke an seinen Vater und die geplante Eroberung brachten Dago auf eine ganz andere Idee. Ientus' an Besessenheit grenzendes Interesse an Talia eröffnete Dago ungeahnte Möglichkeiten: Sobald er Talia erst einmal besaß, würde er sie als Druckmittel gegen den Druiden einsetzen können. Wenn Ientus sie wirklich so sehr wollte, würde das ein Grund mehr für ihn sein, im Gegenzug Dagos Herrschaft über Alte-Stadt zu akzeptieren. Dago wusste, er durfte nicht den Fehler begehen, sich die Geweihten zu unversöhnlichen Feinden zu machen. Dago mochte Stadtherren als Geiseln nehmen können, aber bei den Druiden musste er anders vorgehen. Wenn sie ihn als Feind betrachteten, würde seine Herrschaft über Alte-Stadt von kurzer Dauer bleiben; wenn er jedoch einen Handel mit ihnen abschloss, würden die Druiden leichter davon zu überzeugen sein, dass auch sie von der Machtübernahme durch die Boier profitieren konnten.

Dago stellte fest, dass die anderen noch immer auf seine Antwort warteten. »Ihr habt natürlich recht, Ientus«, sagte er langsam. Seine Gedanken rasten, und er musste sich konzentrieren, um die richtigen Worte zu finden. »Verzeiht uns, aber für uns Unwissende ist es natürlich schwer, die wahre Bedeutung der Dinge, über die Ihr hier sprecht, zu verstehen. Trotzdem kann ich Euch versichern, dass ich Talia noch niemals bei etwas beobachtet habe, was irgendwie nach Zauberei aussieht, es sei denn, Ihr rechnet Waschen und Nähen dazu.«
Bomarus lachte laut auf. Dago fuhr fort: »Allerdings bin ich davon überzeugt, dass Roueca ebenfalls recht hat und Talia noch etwas länger in Carans Haushalt bleiben und für uns spionieren sollte, denn das kommt uns allen zugute. Sollte sie irgendetwas tun, was meinen Verdacht erregt, würde ich Euch sofort informieren, Ientus. Ich kann außerdem versprechen, dass Ihr auf jeden Fall bekommen werdet, was Ihr wollt – das und noch viel mehr.«
Ientus' helle Augen musterten Dago nachdenklich. Kurz darauf verzogen sich seine Mundwinkel zu einem knappen Lächeln, und er nickte. Dago entspannte sich und verschränkte zufrieden die Arme hinter dem Kopf. Er zweifelte nicht daran, dass Ientus und er, wenn es so weit war, zu einer Abmachung gelangen würden. Dago gönnte sich ein träges Lächeln, während sein Blick Roueca suchte. Rouecas Gesicht zeigte einen steinernen Ausdruck und verriet damit, dass es ihr nicht gefiel, von Dago an die Wand gespielt worden zu sein. Dagos Lächeln wurde breiter. Roueca wandte sich ab.
»Wenn Caran merkt, wie wichtig diese kleine Haushälterin für Euch ist, wird sie umso interessanter für ihn werden«, warnte sie Ientus. »Ich würde ihm daher lieber nichts über Talia erzählen!«
»Haltet Ihr mich für einen Narren, Roueca? Ich mag mich im Moment Euren Argumenten beugen, aber das ist auch alles. Ich

werde selbst Sorge dafür tragen, dass Talia in der Zwischenzeit nichts Unüberlegtes tut!«
Diesmal wagte es keiner mehr, ihm zu widersprechen.

»Atharic hat mich wissen lassen, dass du lernst, deine Gabe zu beherrschen. Er meinte, du würdest mit ihm üben.«
Talia entglitt vor Schreck der schwere Mahlstein. Er rutschte aus ihren Händen und fiel mit einem dumpfen Laut neben ihren Füßen zu Boden. Halb zermahlene Dinkelkörner rieselten auf Talias Sandalen und zwischen ihre Zehen. Einen Moment lang wünschte sich Talia, der Stein hätte ihren Fuß getroffen, dann hätte sie jetzt schreien und fluchen können, und ein oder zwei gebrochene Zehen hätten Caran sicherlich von seiner Frage abgelenkt.
»Und«, hakte Caran nach, als sie nicht antwortete, »wie ist es, Seelen zu sehen?«
Talia hob die Schultern. Es war nicht das erste Mal, dass Caran sie mit Fragen über ihre Gabe bedrängte. Vielleicht sollte sie Atharic sagen, dass er mit Caran nicht über sie sprechen sollte. Aber Atharic würde wissen wollen, wieso, und ihr fiel nichts ein, was sie darauf erwidern könnte. Atharic glaubte, dass Caran ihr nur helfen wollte und dass er als ihr Herr ein Recht auf Talias Gabe hatte. Der Gedanke machte sie wütend, dennoch gab sie widerwillig zu: »Es wird leichter. Ich brauche mich nicht mehr so zu konzentrieren. Es fängt an, sich natürlich anzufühlen.«
»Das heißt, wenn du mich jetzt berühren würdest, würdest du wissen, was ich empfinde?«
»Nein!« Talias Antwort kam eine Spur zu hastig. »Ich würde lediglich sehen, dass Ihr gerade nicht besonders traurig, wütend oder glücklich seid. Nur starke Gefühle schlagen sich in Farben nieder, die das Blau einer Seele verändern.«

»Sind denn alle Seelen blau?«
»Grünblau, himmelblau, dunkelblau, violett, eisblau, beinahe schwarz – alle Schattierungen, die Ihr Euch vorstellen könnt, Herr. Vielleicht solltet Ihr diese Fragen aber lieber einem Druiden stellen?«
»Wüssten sie die Antwort?«
Talia zuckte mit den Achseln.
»Was wäre, wenn ich krank wäre. Würdest du das spüren?«
»Ich weiß nicht, vielleicht. Das kommt darauf an.« Verlegen zuckte Talia mit den Achseln. »Es funktioniert besser, wenn man einen Menschen gut kennt.«
»So, wie du Atharic gut kennst?«
Es war unmöglich zu entscheiden, ob Carans Worte sie verspotten wollten, trotzdem spürte Talia abermals Ärger in sich aufsteigen. Nicht zum ersten Mal fragte sie sich, ob Caran wusste, dass sie mit Atharic schlief. Aber weshalb sollte es ihn kümmern? Was zwischen einem Söldner und einer Haushälterin geschah, würde den mächtigsten Mann der Stadt wohl kaum interessieren.
»So, wie ich Vebromara gut kannte«, stellte sie klar.
»Deine Mutter.« Caran nickte verständnisvoll. »Ich erinnere mich, dass du von ihr erzählt hast.«
Talia biss sich auf die Lippen. Sie wusste, wenn sie jetzt etwas sagte, würde sie sich entweder in Lügen verstricken oder, schlimmer noch, der Wahrheit zu nahe kommen. Inbrünstig wünschte sie, Caran würde sie in Ruhe lassen, und diesmal schienen die Götter sie tatsächlich zu erhören: Lautes Geschrei von draußen unterbrach sie, bevor Caran weitere Fragen stellen konnte. Die Tür flog auf, und Hari stürzte in die Halle.
»Kommt!«, schrie er und zerrte an Carans Arm. »Beeilt Euch! Sie kämpfen!«
Caran und Talia eilten hinter dem Jungen nach draußen. Sie

umrundeten die Schmalseite des Hauses und rannten am Brunnen vorbei auf den freien Platz zwischen den Langhäusern. Eine Handvoll vindelikischer Krieger stand mit den Rücken zu ihnen und verdeckte den Blick auf zwei Männer, die sich mit gezückten Messern umkreisten. Einer von ihnen war ein junger Söldner, auf dessen Oberlippe gerade der erste Bart spross. Er hatte die Lippen zurückgezogen und bleckte die Zähne wie ein gefangener Wolf.

»Was geht hier vor?«, donnerte Caran, während er sich grob an den Kriegern vorbei nach vorne drängte. Talia blieb dicht hinter ihm. Sie drehte sich nach Hari um, doch der Junge war bereits auf und davon.

»Dieser verdammte nordische Hund versucht, uns die Mädchen auszuspannen!« Einer von Carans Kriegern spuckte den Söldner an, der sein Messer noch immer schützend vor die Brust hielt. Andere taten es ihm gleich, aber sie schienen es eher halbherzig zu tun. Die ersten zogen sich bereits zurück, um Carans Zorn zu entgehen. Ein Mädchen, das ein Stück abseits stand, war dagegen nicht so klug. Es hatte den Rücken gegen einen Pfosten gelehnt und beobachtete das Geschehen mit gierigen Augen. Talia seufzte. Sie kannte die Magd, die zwei Höfe weiter lebte. Es war nicht das erste Mal, dass ihretwegen Streit unter Carans Kriegern ausgebrochen war. Sie schien Gefallen daran zu finden, wenn Männer um sie stritten, und ein Kampf zwischen Nordmännern und Vindelikern war ein Versprechen voller Blut.

Caran entriss den beiden Kämpfern ihre Waffen. Der junge Söldner spuckte aus und knurrte etwas in seiner eigenen Sprache. Caran achtete nicht auf ihn, stattdessen winkte er schroff das Mädchen herbei, das endlich zu kapieren schien, dass es diesmal zu weit gegangen war. Mit bleichen Wangen und niedergeschlagenen Augen schlich es auf Caran zu.

Talia wandte sich ab. Es interessierte sie nicht, was Caran mit der Magd tun würde. Stattdessen erinnerte sie sich, dass Atharic gesagt hatte, er wolle am Nachmittag zu den Koppeln gehen und seiner Stute etwas Bewegung verschaffen. Die Sonne ging bereits unter; wenn sie jetzt losginge, würde sie ihm vielleicht noch begegnen.

Talia schlüpfte durch einen Seiteneingang nach draußen auf die Straße. Sie kämmte mit den Fingern ihre Haare und strich, in dem vergeblichen Versuch es zu glätten, über ihr Kleid. Sie pflückte einen Löwenzahn und steckte die gelbe Blüte hinter ihr Ohr, während sie versuchte, ihr Spiegelbild in einer Pfütze zu erkennen. Dann lief sie an der Einzäunung entlang in Richtung Wiesen.

Als sie die Koppeln erreichte, standen dort ein Dutzend nordische Söldner ebenso vielen vindelikischen Kriegern gegenüber. Einen Mann in den Reihen der Nordmänner kannte Talia nicht: Er war groß, mit aschblonden Haaren, die beinahe vollständig unter einem gewaltigen Helm verschwanden. Er hatte einen kurz geschnittenen Bart und breite Schultern, die sein Hemd jeden Augenblick zu sprengen drohten. Eine Kette aus Wolfszähnen lag eng um seinen Hals. Talia hörte gerade noch die letzten Sätze eines wütenden Wortwechsels zwischen ihm und einem von Carans Kriegern, bevor die Männer ihre Waffen zogen. Begleitet von lautem Brüllen schnitten die Klingen drohend durch die milde Abendluft. Ein Stein flog über den Boden und prallte gegen den Stiefel eines Söldners.

Talias Herz begann, bis zum Hals hinauf zu schlagen. Sie konnte die Verachtung auf den Gesichtern der Vindeliker sehen und hörte die Wut in den Stimmen der Nordmänner. Unschlüssig, was sie nun tun sollte, ging sie langsam weiter.

Dago fluchte kräftig, während er beobachtete, wie Talia immer näher kam. Es hatte ihn drei Nachmittage gekostet, diesen Zusammenstoß einzufädeln, und jetzt konnte Talias Anwesenheit alles zunichtemachen. Es musste Blut fließen zwischen Atharics Söldnern und den vindelikischen Kriegern, damit Caran die Söldner aus seinem Dienst entließ und die Nordmänner die Stadt verließen. Lediglich eine kleine Prügelei nutzte Dago nichts.

»Geh nach Hause und hol Caran!«, rief er Talia zu, als er sah, wie sie zögerte. Talia schien erleichtert, ihn zu sehen. Sie nickte und machte Anstalten, sich umzudrehen und zurückzurennen.

»Müsst ihr Schwächlinge schon Frauen nach ihren Vätern schicken, damit sie euch retten?«, höhnte der Riese mit der Wolfszahnkette. Seine raue Stimme brachte die fremde Sprache nur stolpernd über die Lippen. »Vielleicht kann sie auch eure Mütter holen? Wir würden ihnen tapferere Söhne schenken!«

Dago hörte das wütende Murmeln seiner Krieger. Er selbst stand ein Stück abseits, so als hätte er mit dem drohenden Kampf nichts zu tun. Sein Pulsschlag beschleunigte sich, als seine Männer die Griffe ihrer Schwerter mit beiden Händen umfassten und sich bereitmachten. Dago wusste, noch ein falsches Wort, dann wäre alles nur noch eine Frage von Augenblicken. Er fuhr sich mit der Zungenspitze über die trockenen Lippen und meinte fast, Blut in der Luft zu schmecken. Der Gedanke erregte ihn.

Talia war stehen geblieben. Sie schien immer noch unschlüssig. Schlank und verloren stand sie auf der umgepflügten Erde, und Lehmbrocken klebten an den Sohlen ihrer Schuhe. Sie schien darauf zu warten, dass Dago endlich etwas tat.

»Steckt eure Waffen ein!«, herrschte Dago seine Männer und die Söldner gleichermaßen an. Er musste die Ungeduld in seiner Stimme nicht einmal spielen. »Macht schon!«

»Du hast uns gar nichts zu sagen!« Der Söldner, der schon zuvor gesprochen hatte, trat einen Schritt vor. Er war offensichtlich der Anführer, und die übrigen Nordmänner knurrten zustimmend in seinem Rücken. »Immerhin waren es deine Männer, die …« Der Riese unterbrach sich. Seine zusammengekniffenen Augen richteten sich auf einen Punkt schräg hinter Dago. Wenn überhaupt noch möglich, spannten sich seine Schultern noch ein wenig mehr. Ein Reiter näherte sich ihnen. Im Galopp folgte er dem Fuhrweg an der Koppel vorbei und sprengte mitten zwischen die beiden Gruppen. Vor Dago zügelte er sein Pferd und sprang zu Boden. Die Stute lief ein paar Schritte weiter und blieb leise schnaubend vor Talia stehen. Ihre Nüstern gruben sich in ihre Handflächen und suchten nach etwas zu fressen. Atharic verschränkte die Arme vor der Brust und nickte Dago knapp zu. »Du hast ihnen bestimmt schon gesagt, dass sie ihre Waffen wegstecken sollen, nicht wahr?«

Dago breitete die Hände aus. »Deine Männer wollen nicht hören.«

Leise sagte Atharic etwas in seiner eigenen Sprache. Einen Moment später senkten die Söldner ihre Waffen und traten ein paar Schritte zurück. Lediglich der blonde Riese gab sich unbeeindruckt. Rote Flecken erschienen an seinem Hals, und er spuckte aus. Atharic wartete ungerührt.

»Verzeih meinem Schwager!«, sagte er über die Schulter hinweg zu Dago. »Er ist erst vor wenigen Nächten angekommen und hat Caran noch nicht getroffen. Daher konnte Caran ihm auch noch keine Gastfreundschaft gewähren.«

»Ich habe diesen Mann gestern in einer Schenke getroffen«, bemerkte Dago. »Er sagte mir, *er* sei euer Anführer.«

In Atharics Gesicht zuckte kein einziger Muskel. »Vargas ist ein großer Kriegsführer meines Stammes, Dago. Er hat unzählige Feinde im Kampf getötet, und sein Ruhm wird an vielen Herden im Norden besungen. Dennoch sind die Söldner, die jetzt in Carans Dienst stehen, *meine* Leute!« Atharics Blick ruhte nach wie vor auf seinem Schwager. Schließlich senkte Vargas das Schwert. Er knurrte etwas, dann stieß er die Waffe in ihre hölzerne Scheide, machte auf dem Absatz kehrt und ging über das Feld in Richtung Stadtmitte zurück. Er drehte sich nicht mehr um.

Dago atmete tief durch.

»Geht nach Hause!«

»Aber …«

»Ich sagte, geht nach Hause! Wir reden später darüber!« Dago spuckte die Worte aus. Seine grünen Augen bohrten sich in den Mann, der ihm widersprochen hatte. Zögernd steckte dieser ebenfalls sein Schwert ein und drehte sich um. Die anderen folgten ihm. Dago zwang sich ein Lächeln auf die Lippen.

»Zur rechten Zeit am rechten Ort«, sagte er und versuchte, Atharics Hand zu drücken. »Du musst mir zeigen, wie du das machst!«

Atharic machte keine Anstalten, den Händedruck zu erwidern. Plötzlich hatte Dago es eilig, seinen Männern zu folgen. Ohne ein weiteres Wort, rannte er an Talia vorbei und zurück zum Hof. Sein Verhalten war so eigenartig, dass Talia sich unwillkürlich fragte, was hier eigentlich vorgefallen war.

»Alles in Ordnung?« Atharics Finger strichen zärtlich über Talias Wange und berührten die Blume in ihrem Haar.

»Natürlich.« Sie bemühte sich um ein schiefes Lächeln. »Ich hatte alles unter Kontrolle, bis du gekommen bist.«

Seine Mundwinkel zuckten. »Zumindest besser als Dago.«

»Was hatte das alles zu bedeuten?«

»Nichts, was nicht früher oder später zu erwarten war: seit Monaten aufgestaute Wut, Rivalität und zu wenig Ablenkung.«

»Man könnte meinen, sie hätten diesen Zusammenstoß geplant«, bemerkte Talia. »Sie hatten Caran fortgelockt. Hari kam und führte ihn zu einem anderen Kampf.«

»Tatsächlich?« Atharics Augen verengten sich nachdenklich, aber Talias Finger, die über seine Hüfte strichen, lenkten ihn ab. Sie scherte sich nicht um das breite Grinsen auf den Gesichtern der wenigen Söldner, die sich noch nicht zum Gehen gewandt hatten.
»Das war dein Schwager?«
Atharic nickte.
»Ihr versteht euch nicht sonderlich gut.«
»Er war dagegen, dass ich seine Schwester heiratete.«
Talias Finger erstarrten in der Luft. »Weshalb?«
»Weil es noch einen reicheren und mächtigeren Anwärter gab. Einen Fürsten.« Atharic zuckte mit den Achseln. »Vargas ist ehrgeiziger als ich.«

Talia beobachtete, wie Carans große Hände mit den winzigen Fingern seiner Tochter spielten. Samis starrte ihren Vater aus runden blauen Augen an und blubberte etwas. Caran lächelte.
»Du siehst aus, als wäre dir schlecht!« Dago griff an Talia vorbei nach einem Stück Fladen. Er betrachtete ihn kritisch. »Sind deine Kochkünste tatsächlich so miserabel?«
Talia seufzte. Sie sah Dago nur noch selten, denn er war meistens unterwegs, aber leider nicht selten genug. Sie konnte spüren, dass irgendwo unter der lässigen Oberfläche des jungen Boiers geballter Zorn brodelte, aber Talia wusste nicht, ob er sich nur gegen sie richtete oder auch gegen alle anderen.
Ohne hinzuschauen, nahm Talia Dago den Fladen aus der Hand und legte ihn zurück in den Korb, während sie sich um einen gelassenen Gesichtsausdruck bemühte. Dago wischte sich die Hände an der Hose ab, dann folgte er Talias Blick.
»Ich glaube, Caran hat begriffen, dass ihn alle für einen liebenden Vater halten, wenn er das einmal am Tag macht. Und das hilft ihm irgendwie dabei, seine Händler und Geschäfts-

partner zu Dingen zu überreden, die sie sonst niemals tun würden.« Dago wartete, bis Talia sich ganz auf ihn konzentrierte. Dann fügte er hinzu: »Es ist schon erstaunlich, wie wichtig so ein kleines Kindergesicht sein kann, nicht wahr? Caran hätte sich das selbst bestimmt niemals träumen lassen.«

Talia beschloss, Dago einfach zu ignorieren. Sie griff erneut nach den Fladen und einem scharfen Messer und begann, die flachen Brote zu halbieren. Dago zuckte mit den Achseln, dann verließ er die Halle durch eine Seitentür. Talia hörte, wie er einem der jüngeren Söhne des Schmieds befahl, ihm sein Pferd zu bringen. Kurz darauf erklang Hufgetrappel, das sich rasch entfernte. Aus dem hinteren Teil des Langhauses drang unterdessen leiser Gesang.

»Das ist deine Mutter«, teilte Caran Samis am anderen Ende der Halle ernsthaft mit.

Talia stand abrupt auf. Sie legte das Messer auf die Kante des Brotkorbs und nahm die Schürze ab. Bevor sie jedoch der drückenden Nähe in der Halle entkommen konnte, hielt Carans Stimme sie zurück. »Ich glaube, sie hat sich schon wieder vollgemacht. Kannst du bitte frisches Leinen holen und sie wickeln?«

Caran drückte Talia das mittlerweile schreiende Kind in die Arme. Talia rümpfte die Nase, als sie den Geruch wahrnahm, und legte Samis vorsichtig auf den frisch gekehrten Boden.

»Ich bin gleich zurück.« Sie tat einen Schritt nach vorne, an Caran vorbei. Dabei verfing sich der Saum ihres Kleides im Griff des Messers, das noch immer auf dem Korb lag. Wie in Trance beobachtete Talia, wie das Messer zur Seite rutschte, vom Rand des hohen Korbes fiel, tiefer, wie sich die Schneide auf Samis' Bauch senkte und …

Caran stieß Talia so heftig zur Seite, dass sie gegen die Wand taumelte und sich den Kopf anschlug. Benommen krallte sie sich an einem Regal fest, um nicht zu fallen. Samis begann zu schreien. Helles Blut floss aus einem Schnitt an ihrer Seite. Caran erbleichte. Er hob das kreischende Mädchen hoch und drückte es an seine Brust, während er gleichzeitig nach seiner Frau brüllte.

Talia drückte die Finger gegen ihre Schläfe und blinzelte, um die Schlieren vor ihren Augen zu vertreiben. »Es ist nicht schlimm«, stammelte sie, während sie auf Caran zustolperte. Sie streckte die Hände nach Samis aus. »Seht, es …«

Caran stieß Talia abermals zurück. Einzelne Haarsträhnen hatten sich aus seinem Kriegerzopf gelöst und fielen nach vorne. Seine Gesichtszüge waren so angespannt, dass die Kiefer scharf unter der Haut hervortraten. Der Holzboden bebte unter Catuens eiligen Schritten. Sie nahm ihrem Mann das schreiende Kind aus den Armen und drückte es schreckensbleich an sich.

»Hol einen Heiler!« Talia hatte Caran noch nie so wütend gesehen. Seine dunklen Augen durchbohrten sie wie Dolche. »Was stehst du noch herum? Geh, verdammt noch mal!«

Talia stürzte nach draußen.

Sie rannte den ganzen Weg zum Heiligtum, bis sie meinte, ihr Herz müsse zerspringen. Sie hätte ein Pferd nehmen sollen, dachte sie flüchtig, während sie sich durch die Menge kämpfte, die sich auf dem offenen Platz neben dem Standbild der Pferdegöttin um einen Barden drängte. Mit einem Pferd wäre sie schneller gewesen, und dann wäre ihr Vater vielleicht nicht mehr ganz so wütend, wenn sie zurückkehrte …

Talia stieß ihre Botschaft am Tor des Heiligtums hervor, dann machte sie auf dem Absatz kehrt und eilte davon. Ientus in die Arme zu laufen wäre das Letzte, was sie heute noch gebrauchen konnte.

Es war nur ein Schnitt, sagte sie sich, während sie versuchte, wieder zu Atem zu kommen. Ihre rechte Seite schmerzte, und sie hatte bunte Flecken vor den Augen. *Die Wunde ist nicht einmal tief.*

Aber was war, wenn sie böse Geister anzog und sich entzündete? Wenn Samis Fieber bekommen würde und starb? Talia weigerte sich, darüber nachzudenken. Langsam gesellten sich Kopfschmerzen zu ihrer Erschöpfung. Sie langte an ihren Hinterkopf und spürte eine dicke Beule dort, wo ihr Kopf gegen die Wand geschlagen war.

Er war aufgeregt, sagte eine Stimme in ihrem Inneren. *Es war keine böse Absicht …*

Wenn er deinen Schädel eingeschlagen hätte, hätte er sein Ziel doch noch erreicht!, entgegnete eine andere.

Talia presste die Handflächen gegen die Schläfen und wünschte sich, niemals geboren zu sein.

Unbewusst hatte Talias Weg sie in die Straße geführt, in der Rouecas Hof stand. Jetzt stand sie vor dem großen Tor und starrte auf ihre Faust, die gegen das Holz schlug. Kurz darauf hörte sie leise Schritte auf der anderen Seite. Das Tor öffnete sich, und Vena, Rouecas stumme Magd, winkte sie herein.

Roueca empfing sie wie immer in der großen, menschenleeren Halle des Wohnhauses. Ein bunter Strauß Wiesenblumen stand in einer rot-weiß bemalten Flasche auf dem Boden neben der Tür und verströmte einen frischen Duft. Talia hätte die Flasche beinahe umgestoßen, als sie zur Tür hereinstolperte.

»Was gibt es?«

Talia sprudelte mit dem heraus, was passiert war. Sie sah, wie Rouecas Mundwinkel zuckten und glaubte, dass sogar Carans Schwester von ihrer Dummheit angewidert war. Roueca schüttelte langsam den Kopf.

»Wenn du damals bei Samis' Geburt nicht das getan hättest, was auch immer du getan hast, Caran würde dich jetzt hinauswerfen«, bemerkte sie ruhig, nachdem Talia geendet hatte. »… im besten Fall.« Sie wedelte mit einer Hand, als wolle sie den Gedanken verscheuchen. »Aber beruhige dich wieder, es war ja nur ein kleiner Schnitt. Es wäre ein zu grausamer Schlag, wenn Carans einzige Erbin an einer solchen Kleinigkeit sterben würde, nicht wahr?« Roueca drückte Talia auf einen wackeligen Hocker neben der Feuerstelle. Wolle und mehrere scheibenförmige Spinnwirtel aus Graphitton lagen neben einer Schale mit Wasser und zeigten, dass hier vor kurzem noch eine Magd gesponnen hatte. Roueca sorgte immer dafür, dass niemand anwesend war, wenn sie mit Talia sprach.

»Nun, was hast du mir ansonsten mitzuteilen?«

Talia runzelte die Stirn. Sie wünschte, das Stechen in ihrem Schädel würde endlich aufhören, damit sie wieder klar denken konnte. Es war einen Monat her, seit Talia Roueca das letzte Mal Bericht erstattet und ihr erzählt hatte, welche Händler Caran auf seiner Reise nach Osten aufgesucht und was sie selbst von den Gesprächen mitbekommen hatte. Ein Teil von ihr verachtete sich für das, was sie tat, denn immerhin hatte Talia Caran einen Eid geschworen. Jedoch, Roueca hatte nicht gelogen, als sie sagte, sie würde sie vor Ientus schützen: Talia hatte Ientus seit der Beerdigung von Segurions Frau nicht mehr gesehen.

Die Schmerzen in Talias Kopf wurden stärker.

»Caran und Catuen haben sich vor einigen Nächten unterhalten. Ich habe ihre Stimmen gehört, weil ich vor ihrer Kammer die Talglampe in der Halterung ausgetauscht habe. Caran sagte, er hätte niemals im Ernst daran gedacht, einen von Euren Söhnen zu sich zu nehmen, Herrin. Er hätte schon aus Dago einen Mann gemacht, und Dago sei jetzt sein Kriegsführer. Er sagte, Dago sei ein guter Kriegsführer und er bräuchte keinen anderen, aber Dago hätte auch gezeigt, dass ein Kriegsführer oft nicht mehr sein kann, als was er ist. Außerdem meinte Caran, er würde Samis so erziehen, dass sie seine würdige Erbin werden

könne, seine einzige Erbin, und er würde sie auch nicht zu Euch schicken, wenn sie sieben Jahre alt ist, wie es sonst üblich ist. Caran will nicht, dass Samis bei Euch aufwächst.«
Talia holte tief Luft. Wenn sie das schon tat, wollte sie es möglichst schnell hinter sich bringen. Hastig fuhr sie fort: »Caran sagte auch, er würde versuchen, Eure Hochzeit mit Segurion zu verhindern, Herrin.« Sie warf einen raschen, neugierigen Blick auf Rouecas steinernes Gesicht. Talia hatte, bevor sie das Gespräch zwischen Caran und seiner Frau belauschte, nicht gewusst, dass Roueca den Herrn von Alkimoennis als Ehemann überhaupt nur in Betracht zog – oder umgekehrt.
»Hat Caran auch gesagt, wie er das zu verhindern gedenkt?«, fragte Roueca ausdruckslos.
Talia verneinte. Die Schmerzen in ihrem Kopf lösten sich langsam auf. Ihre Gedanken klärten sich. Sie dachte daran, dass der Heiler wahrscheinlich mittlerweile in Carans Haus eingetroffen und Samis bestimmt schon vor Erschöpfung eingeschlafen war. Talia hoffte, dass sich Caran ebenfalls wieder beruhigt hatte.
»Ich gehe jetzt besser nach Hause«, sagte sie und stand auf. Roueca nickte stumm und entließ sie mit einem geistesabwesenden Winken. Als Talia sich an der Tür noch einmal umdrehte, starrte Roueca regungslos die Wand an.

Talia schürte das Feuer und vergewisserte sich, dass das Windloch im Dach geöffnet war. Ihre Hände verrichteten die vertrauten Griffe, ohne dass sie darüber nachdenken musste, während sie auf Schritte vor der Tür lauschte. Vergeblich. Caran ließ weiterhin auf sich warten.
Talia ließ sich neben der Feuerstelle nieder und streckte die erschöpften Glieder. Obwohl es schon seit Tagen sehr warm, beinahe heiß, war, genoss sie die Hitze der Flammen in ihrem

Rücken. Langsam begannen sich ihre verspannten Nackenmuskeln zu lockern. Sie seufzte. Wenige Herzschläge später ließ sich Catuen neben ihr nieder, Samis in ihrem Schoß. Talia beobachtete, wie Catuen den lockeren Verband, der um Samis' Bauch gewickelt war, zur Seite schlug und vorsichtig die Wunde untersuchte. Drei Nächte war es nun her, seit Talia ihr Missgeschick widerfahren war, und der Schnitt schien sauber zu verheilen.

Talia hätte Catuen gerne gefragt, ob ihr Mann noch immer wütend auf sie war, aber sie biss sich auf die Zunge. In den letzten Tagen hatte Talia einen großen Bogen um Caran gemacht und sich Arbeiten außerhalb des Langhauses gesucht. Sie hatte die restlichen Saatvorräte in den Speichern kontrolliert, hatte die Einkäufe auf dem Markt erledigt und den Bau der neuen Münzprägestätte hinter Carans Hof beaufsichtigt. Heute jedoch hatte Catuen Talia befohlen, ihr im Haushalt zu helfen – die Köchin und eine Magd hatten sich die Mägen verdorben –, und jetzt wartete Talia angespannt darauf, dass Caran von seinem Besuch bei Bomarus zurückkehrte und ihr endlich die wohlverdiente Rüge erteilte.

Sie war jedoch nicht die Einzige, die ungeduldig auf die ersten Anzeichen von Carans Rückkehr lauschte: »Er müsste schon längst da sein«, murmelte Catuen bereits zum dritten Mal. »Er meinte, er sei vor Sonnenuntergang zurück!«

»Euer Mann wird bestimmt gleich hier sein. Wenn etwas passiert wäre, hätte er sicher einen Boten geschickt.«

»Er wird Hunger haben, wenn er kommt. Ich kenne den Fraß, den Bomarus seinen Gästen vorsetzt.« Catuen reichte Samis an Talia weiter und eilte zur Vorratskammer. Kurz darauf begann sie, Elchfleisch zu braten und frische Fladen zu backen. Die Köchin stolperte in die Halle, bleich und die Hände auf den Unterleib gepresst, doch Catuen schickte sie wieder fort. Sie knetete den Teig mit großen, ungeduldigen Bewegungen, und es dauerte nicht lange, bis eine Schüssel Mehl mit einem dumpfen Schlag zu Boden fiel und zerbrach. Samis, die in Talias Schoß geschlafen hatte, wachte auf und begann zu schreien. Fluchend trat Catuen aus den Scherben und der weißen Wolke, die über den Boden waberte und ihn mit einer mehligen Decke überzog. Keramik knirschte unter ihren Füßen, aber sie achtete nicht darauf. Ihre Arme verschränkten sich angewidert vor der Brust. »Mir gefällt es nicht, dass er alleine bei Bomarus ist!«, stieß sie hervor.

»Was soll ihm bei Bomarus denn passieren? Das Essen mag schlecht sein, aber Bomarus wird ihn bestimmt nicht vergiften!«

Catuen sah Talia mit hochgezogenen Brauen an, dann schüttelte sie den Kopf. »Wahrscheinlich nicht«, gab sie zu und lächelte schief. »Zu viele Zeugen.«

Talia drückte dem Kindermädchen die noch immer schreiende Samis in die Arme und berührte Catuens Hand. »Ich könnte Dago sagen, dass er Caran entgegenreiten soll«, schlug sie vor.

»Weißt du denn überhaupt, wo Dago ist?«

»Nein, aber wenn ich in allen Betten, in denen er sein könnte, nachschaue, finde ich ihn vielleicht noch innerhalb dieses Monats.«

Trotz allem musste Catuen lachen. Sie setzte sich und beobachtete, wie Talia die Unordnung auf dem Boden zusammenkehrte.

»Sieht so aus, als wüssten wir bei keinem unserer Männer, wo sie sich gerade aufhalten. Oder weißt du, wo Atharic ist?«

Talia hielt inne. Sie warf Catuen einen Blick zu und sah schnell wieder zur Seite. »Irgendwo auf der Südstraße«, murmelte sie und hoffte, dass sie nicht rot wurde. »Ich weiß nicht genau, wo Caran sie hingeschickt hat und weshalb.«

Talia vermisste Atharic. In den Tagen, in denen sich sein Schwager auf dem Hof aufgehalten hatte, hatte sie ihn kaum gesehen. Atharic hatte viel mit Vargas zusammengesessen, und die beiden Männer hatten sich mit leisen – manchmal auch heftigeren – Stimmen in ihrer rauen Sprache unterhalten. Selbst Hari hatte nicht gewusst, worüber sie redeten, als Talia ihn danach fragte. Jetzt war Vargas wieder fortgeritten, wohin wusste niemand von Carans Haushalt, und Atharic war mit seinen Söldnern nach Süden aufgebrochen, bevor Talia noch einmal mit ihm hatte alleine sein können.

»Ich hätte nicht gedacht, dass die Söldner so lange hierbleiben würden«, fuhr Catuen fort, »aber ich bin froh, dass es so ist. Gerade jetzt kann Caran sie gut brauchen. Bomarus macht ihm zurzeit viel Ärger, wusstest du das? Caran befürchtet, dass er irgendetwas plant.«

»Ich habe nur gehört, dass Bomarus und die anderen Stadtherren über einen von Carans Männern gerichtet haben.«

»Ja, das stimmt. Es ist ein Glashändler, dessen Familie schon seit zwei Generationen an Carans Familie gebunden ist. Er hat der Stadt zu wenig Abgaben gezahlt; dafür wollten sie ihm die Erlaubnis entziehen, seine Waren im Hafen zu verschiffen. Es hätte seinen Untergang bedeutet. Caran hat hart verhandeln müssen, damit die Richter eine weniger schwere Strafe ansetzen, und Bomarus hat den Beschluss bis zuletzt angefochten.«

»Weshalb riskiert Euer Mann, sich mit dem Rat zu überwerfen, wenn es nur um einen einzelnen kleinen Händler geht?« Überrascht stellte Talia fest, dass zum ersten Mal nichts als reine Neugierde in ihrer Frage lag. »Hätte es ihn denn so viel gekostet, den Glashändler fallen zu lassen?«

Catuen runzelte die Stirn. »Caran hält die Eide, die er geschworen hat«, stellte sie klar. »Dieser Händler ist ein Teil seiner Sippe, ein Gefolgsmann, der Caran Treue geschworen und dem Caran seinerseits Schutz versprochen hat. Es war Carans Pflicht, so zu handeln, wie er es getan hat.«

Talia spürte, wie sie rot wurde. »Kümmert sich Euer Mann immer so um seine Leute?«

»Für die er die Verantwortung trägt? – Ja.«

Talia bemerkte, dass sie ihre Hände so fest zu Fäusten geballt hatte, dass die Fingernägel in das weiche Fleisch ihrer Handflächen schnitten. Dankbar konzentrierte sie sich auf den Schmerz und verbarg die Fäuste in ihrem weiten Rock. Sie musste nicht hinsehen, um zu wissen, dass Catuen sie seltsam ansah.

Die Dämmerung schritt stetig fort. Kurz bevor es jedoch richtig dunkel wurde, öffnete sich die Tür und Dago trat in die Halle. Er war allein; Caran war nicht bei ihm.

»Ich habe ihn zu Bomarus begleitet«, erklärte Dago auf Catuens Nachfrage. »Die Unterredung mit Bomarus hat länger gedauert als erwartet. Auf dem Rückweg wurde Caran am Heiligtum von einem Novizen aufgehalten: Ientus wolle dringend mit Caran sprechen. Es schien, als habe Ientus bereits mehrmals erfolglos nach Caran gefragt.«

Catuen atmete erleichtert auf, als sie hörte, dass ihr Mann im Heiligtum war, aber Talia lief es eiskalt über den Rücken. Es konnte nichts Gutes bedeuten, wenn Ientus mit Caran sprach.

»Hast du erfahren, worum es geht?«, fragte Catuen.

Dago hob die Schultern. Er rief nach einer Magd und etwas zu essen, dann ließ er sich auf die Bank entlang der Südseite des Gebäudes fallen. »Ich glaube, Ientus wollte mit ihm über Talia sprechen.«

Belustigt beobachtete Dago, wie sich Talias Rücken unwillkürlich versteifte. Ihre weißen Zähne bissen auf ihre Unterlippe. Catuen schien verwirrt, aber sie war abgelenkt von der Magd, die Dago sein Essen brachte, um kurz darauf Hals über Kopf aus dem Gebäude nach draußen zu stürzen. Catuen verzog das Gesicht, als sie hörte, wie sich das Mädchen draußen übergab.

»Ich möchte nur wissen, was sie und die Köchin gegessen haben.«

»Wahrscheinlich etwas, was noch nicht reif war.«

»Vermutlich, aber ich möchte trotzdem, dass du morgen die Vorratsgefäße kontrollierst, Talia. Wenn etwas schlecht ist, schaff es weg! Übermorgen kommt ein wichtiger Handelspartner und guter Freund von Caran. Ich will ihm kein schlechtes Essen vorsetzen!«

Dagos Gedanken drifteten ab, während die beiden Frauen die Arbeit der nächsten Tage planten und er selbst seine Schüssel Linseneintopf leerte und die Reste mit Brot aufwischte. Es war ein guter Nachmittag für ihn gewesen: Caran und Bomarus hatten sich bei ihrem Gespräch auf kaum eine einzige Sache einigen können, während Dago den Eindruck gehabt hatte, dass Bomarus ihm gegenüber durchaus wohlwollend war. Womöglich würde er Bomarus am Leben lassen können, überlegte er, während er die Schüssel beiseite stellte und sich die Finger ableckte. Vielleicht würde Bomarus die Möglichkeiten erkennen, die eine Herrschaft der Boier über Alte-Stadt bedeutete, und sich willig Dago und dessen Vater unterwerfen.

Vater könnte ihm eine seiner Nichten zur Frau geben, überlegte Dago. *Das würde es Bomarus erleichtern, seine Waren nach Osten zu schicken und dort zu guten Preisen zu verkaufen. Ich könnte ihm versprechen, dass er der Einzige sein wird, der direkt bei den Boiern verkaufen darf, ohne Zölle zu entrichten.*

Eine Zeit lang schwelgte Dago in Plänen. Natürlich würden Bomarus' Töchter und einige seiner Enkel als Geiseln nach Osten gebracht werden, genauso wie zwei von Rouecas Söhnen. Was er mit Roueca tun würde, hing ganz von ihr ab. Sie war die letzten Jahre über nützlich gewesen, hatte Dago in ihr Netz gewoben und ihm mehr über die herrschenden Familien, ihre Intrigen und gegenseitigen Abhängigkeiten, die sie aneinander banden, beigebracht, als irgendjemand sich vorstellen konnte. Aus demselben Grund jedoch war es auch zu gefährlich, sie am Leben zu lassen, sollte sie sich nicht bedingungslos hinter Dago stellen. Darüber hinaus war sie Carans Schwester und damit nach seinen Töchtern seine dritte – und mächtigste – Erbin, sobald Caran tot war.

Der Gedanke an Carans Tod weckte eine grimmige Befriedigung in Dago. Vom ersten Tag an, da sein Vater ihn Caran als Geisel der Runicaten überlassen hatte, hatte er gewusst, dass der Tag kommen würde, an dem er Caran töten würde. Sein Vater hatte niemals einen Zweifel gelassen, dass er das von Dago erwartete. Wie oft schon hatte Dago sich vorgestellt, wie Carans Gesichtsausdruck wohl aussehen würde, wenn der Mann, den er erzogen und ausgebildet hatte, ihm den Dolch auf die Brust setzte. Dago hatte immer gespürt, dass Caran ihn nicht wirklich als Familienmitglied betrachtete. Sicher, er vertraute ihm, er hatte ihn in seine Sippe aufgenommen, aber Dago war nicht sein Fleisch und Blut. Er war und blieb der Sohn eines feindlichen Fürsten, der zunächst als Geisel zu ihm gekommen und mit den Jahren zu einem Freund und Vertrauten geworden war. Obwohl Dago das alles wusste, hatte ihn dennoch die Wut überrascht, die er empfunden hatte, als er von Roueca erfuhr, was Caran über ihn gesagt hatte. Die Geringschätzung, mit der Caran ihn als simplen Kriegsführer abgetan hatte, der zu nichts anderem taugte, als Männer in den Kampf zu führen, und niemals etwas anderes lernen würde.

Dago presste die Kiefer aufeinander, bis seine Backenzähne knirschten. Caran würde schon sehen, wie sehr er sich in Dago irrte. Bald. Der Neumond vor der Sonnenwende war nicht mehr fern. Wenn die Krieger seines Vaters die Stadt erst einge-

nommen hätten, würde Caran endlich erkennen, dass Dago ihm stets überlegen gewesen war.
Catuens hastige Bewegungen, als sie aufsprang und zur Tür eilte, lenkten Dago ab. Caran begrüßte seine Frau mit leiser Stimme, und Dago verstand nicht, was er sagte. Der junge Boier lehnte sich zurück und verschränkte die Arme hinter dem Kopf. Talia war nicht aufgesprungen, als Caran eintrat, aber ihre Schultern hatten sich gestrafft. Ihre Gesichtszüge spannten sich, und sie reckte das Kinn vor. Für Dago sah es so aus, als würde sie auf einen Schlag warten, aber er war nicht sicher, ob es die Angst vor Ientus war oder einzig Carans Anwesenheit.
Caran berichtete Catuen, was sich bei Bomarus zugetragen hatte, ohne sich darum zu kümmern, dass Talia in Hörweite stand. Widerwillig musste Dago zugeben, dass Roueca wohl recht gehabt hatte, als sie meinte, eine Haushälterin würde mehr Dinge erfahren, als Dago sich vorstellen konnte. Diesmal bezweifelte Dago jedoch, dass Talia den beiden überhaupt zuhörte. Ihre goldfarbenen Augen hatten einen gehetzten Ausdruck bekommen, den Dago gut kannte: Es war der Ausdruck eines Tieres, das feststellte, dass es in der Falle saß.
»Was wollte Ientus eigentlich von dir?« Es war Catuen, die schließlich die Frage stellte. »Dago meinte, Ientus wollte mit dir über Talia sprechen. Wieso interessiert er sich für sie?«
Erst jetzt schien Caran zu bemerken, dass Talia bereits die ganze Zeit neben der Feuerstelle saß. Er nickte ihr zur Begrüßung zu, dann ließ er sich auf seinen großen Stuhl mit dem Bärenfell sinken. Er bat Catuen, ihm etwas Bier zu bringen, bevor er Talia zu sich winkte. Talia kam mit zitternden Knien auf die Beine. Sie ging dicht an Dago vorbei, als sie auf ihren Vater zutrat, und Dago erhob sich ebenfalls, um ihr zu folgen. Auch er war neugierig zu erfahren, was Ientus zu Caran gesagt hatte.
»Ientus hat mir heute sehr eindringlich nahegelegt, dich von

jeglicher Ausübung deiner Gabe abzuhalten«, begann Caran ohne Umschweife, als Talia vor ihm stand. Dago war hinter Carans Stuhl getreten, so dass er Talias Gesicht beobachten konnte. »Er hat mir sogar gedroht, sollte ich seinem Wunsch nicht nachkommen. Genau genommen sagte er, dass auch ein so mächtiger Fürst und Stadtherr wie ich mich in manchen Dingen dem Willen der Druiden beugen müsse, ohne ihre Entscheidungen in Zweifel zu ziehen. Womit er natürlich vollkommen recht hat.«

Caran machte eine Pause und wartete, dass Talia etwas sagte. Als dies nicht der Fall war, fügte er hinzu: »Eine gewaltige Drohung, vor allem, da es sich ja nur um eine kleine Haushälterin handelt, nicht wahr?«

Dago beobachtete, wie Talia erbleichte. Einen Moment lang glaubte er, sie würde zur Tür hinausstürzen. Carans Worte schienen eindeutig zu sein. Talia zog die Schultern noch etwas weiter nach oben. »Was habt Ihr ihm gesagt?«, brachte sie heraus.

Caran schnaubte verächtlich. »Was soll ich ihm schon gesagt haben? Ich habe ihm erklärt, dass er gerne in mein Haus kommen und dich unterrichten kann, wenn er solche Angst davor hat, du würdest deine Gabe missbrauchen. Ich habe ihm gesagt, ich wäre ihm sogar dankbar, sollte er das tun; schließlich war es – und ist es immer noch – in meinem eigenen Interesse, dass du lernst, deine Fähigkeit zu beherrschen. Aber selbst wenn dem nicht so wäre und du nur eine einfache Haushälterin wärst, Talia, stündest du immer noch unter meinem Schutz. Du bist ein Teil dieses Haushalts. Ich bin gerne bereit, die Verantwortung für dich zu übernehmen und für dich zu sorgen, wie deine Familie für dich sorgen würde. – Wenn du willst, für immer.«

Dago betrachtete sich selbst nicht als übermäßig einfühlsamen Menschen, doch sogar er konnte den Moment erkennen, in dem Talia zerbrach. Er sah, wie die Spannung aus ihrem Körper wich, wie ihre Schultern herabsanken und wie ein neuer, staunender Ausdruck in ihre so bemerkenswerten Augen trat. Einen Moment lang dachte er, sie würde ohnmächtig werden, denn sie schwankte kurz, doch einen Herzschlag später fing sie sich wieder und verschränkte zitternd die Arme vor der Brust. Auch Dago war überrascht, dass Caran es wagte, sich offen Ientus' Wünschen zu widersetzen. Immerhin wusste Caran, dass Ientus für das Amt des Hohedruiden kandidierte. Allerdings hatte Caran schon immer ein angespanntes Verhältnis zu den Geweihten gehabt, und manchmal glaubte Dago gar, Caran lege es mit Absicht darauf an, die dunklen Kräfte der Druiden herauszufordern.

»Ientus erwiderte, ich solle nochmals darüber nachdenken, andernfalls würde ich es früher oder später bereuen«, fuhr Caran währenddessen ungerührt fort. »Er wies nachdrücklich darauf hin, dass du eine Gefahr für die Menschen in deiner Umgebung bist, Talia, allerdings wurde er da nicht sonderlich konkret.« Caran lehnte sich vor und stützte die Ellbogen auf die Knie. Er faltete die Hände unter dem Kinn und blickte Talia dabei unverwandt an. Dago fragte sich, ob er die Veränderung, die über Talias Körper und Miene gezogen war, wahrgenommen hatte.

»Sag mir, Talia«, befahl er, »haben meine Familie oder ich irgendetwas von dir zu befürchten? Würdest du meiner Familie oder mir Schaden zufügen, indem du unsere Seelen zerstörst?«

Talia starrte ihn an. Ihre Brust hob und senkte sich, als wäre sie gerannt. Eine kleine Stelle an ihrem Hals pulsierte wild, und sie legte eine Hand auf die dünne Haut, als könne sie damit etwas in ihrem Körper halten, das darum kämpfte, sich endlich zu befreien.

Talia schüttelte den Kopf, erst langsam, dann immer schneller, bis einzelne Strähnen ihrer langen dunklen Haare vor ihr Gesicht fielen und es verbargen. Und Dago wusste, dass er eigentlich zu Roueca eilen sollte, um ihr zu sagen, dass ihre Intrige zum Scheitern verurteilt war und dass ihre Spionin keine mehr war. Aber weshalb sollte ihn das jetzt noch kümmern? Die Sommersonnenwende war zum Greifen nahe; schon bald würde sein Vater vor den Toren der Stadt stehen, um sie einzunehmen. Dago brauchte Roueca nicht mehr, und so war es ihm nun gleichgültig, dass vor wenigen Herzschlägen und nach neunzehn Jahren Talia endlich aufgehört hatte, ihren Vater zu hassen.

6. Kapitel

»Hier ist Euer Wein.« Talia stellte den bronzenen Eimer neben ihren Knien ab. Sie griff nach dem Schöpflöffel und füllte den mit Wasser gemischten Wein in den Becher, den der Händler ihr hinhielt. Catuen hatte für diesen Anlass ihr kostbarstes, aus dem Süden stammendes Geschirr hervorgeholt, und deshalb war der Becher aus buntem, gebändertem Glas.

Während sie vorsichtig nachfüllte, musterte Talia neugierig den Mann vor ihr. Er hatte lockige dunkle Haare und schwarze Augen in einem wettergegerbten Gesicht. Er war nicht größer als sie selbst, und die gelbe, mit Muscheln verzierte Tunika, die er trug, sah so fremdartig aus wie die beiden silbernen Fibeln, die den Stoff an seiner Schulter rafften. An seinem rechten Mittelfinger trug er einen goldenen Ring mit einem Bernstein in der Mitte, der die Form eines Wesens mit dichter Mähne und Flügeln hatte. Talia wusste, dass sowohl Caran wie auch Catuen einen ganz ähnlichen Ring besaßen, nur zeigten ihre Ringe Pferde mit einem gewundenen Schwanz.

»Danke«, sagte der Händler und deutete einladend auf das einfache Trinkhorn, das an Talias Seite hing. »Wieso schenkst du dir nicht auch etwas ein und trinkst mit mir? Dein Herr und ich kennen uns schon viele Jahre. Er hat mir von deinen besonderen Fähigkeiten erzählt und wollte wissen, ob ich schon einmal eine ähnliche Geschichte gehört habe.« Der Mann sprach mit einem schweren Akzent. Talia riet mehr, als dass sie verstand, was er sagte.

»Es ist mir eine Ehre«, erwiderte sie höflich. Vorsichtig schöpfte sie Wein in ihr Horn, bis die dunkle Flüssigkeit das Gefäß bis zur Hälfte füllte. »Konntet Ihr Carans Frage denn beantworten?«

»Leider nicht zu seiner Zufriedenheit. Einmal, vor vielen Jahren bei den Helvetiern, habe ich von einem Dorfbewohner gehört, der angeblich die Seelen von Menschen zu sehen vermochte, aber ich dachte, es wäre nur ein weiterer Aberglaube, und hörte deshalb nicht genau hin. Euer Volk – alle Kelten – erzählt gerne Geschichten, und es ist oft schwer zu entscheiden, welche ein Mann wie ich glauben soll und welche nicht.«

»Woher kommt Ihr, wenn Ihr kein Kelte seid?«, fragte Talia neugierig, während sie an ihrem Wein nippte. »Ihr seid doch auch kein Nordmann, nicht wahr? Kommt Ihr von weit her?«

Der Händler lachte. »Ich komme immer von weit her. Meine Mutter war eine Keltin, mein Vater stammt aus Athen. Weißt du, wo Athen liegt?«

Talia schüttelte den Kopf.

»Durch meine Handelsreisen komme ich viel herum«, sprach der Händler weiter. Es schien ihm nichts auszumachen, dass er sich lediglich mit Carans Haushälterin unterhielt und nicht mit einem gebildeten Stadtherrn oder Geweihten. »Leider kann ich nirgends lange verweilen. Ich bedaure sehr, dass ich morgen bereits wieder abreisen muss. Du solltest wissen, dass mir die Römer die Mäntel, die dein Volk herstellt, aus den Händen reißen, und daher will ich so schnell wie möglich mit den schönsten Exemplaren nach Narbonensis zurückkehren. Außerdem lieben sie es, meine Geschichten über den barbarischen Osten zu hören, und die deine wäre bestimmt wundervoll zu erzählen.«

»Über mich gibt es keine Geschichte zu erzählen«, widersprach Talia verlegen.

»Wieso nicht? Glaubst du nicht, dass du eine Zauberin bist, eine Weise und Heilerin in deinem Volk?«

»Nein, Herr. Ich kann nicht zaubern und ganz bestimmt bin ich nicht weise.«

»Manche sehen das anders. Nach dem, was ich gehört habe, scheinst du ein ganz besonderer Mensch zu sein. Eine Frau mit einer Macht, um die die Druiden ihres Volkes sie beneiden: Seelen sehen zu können, sie berühren und beeinflussen zu können! Talia, du hast immerhin einem Menschen mit deiner Gabe das Leben gerettet!« Der Händler schien sich für das Thema zu begeistern, und Talia konnte nicht verhindern, dass ein Teil seiner Erregung auf sie übergriff. Es war seltsam zu hören, wie dieser Mann, der doch ein Fremder in ihrem Volk war, ihre Gabe bewunderte. Sie nahm einen kräftigen Schluck Wein und spürte, wie Röte in ihre Wangen kroch.

»Ich habe nur getan, was ich tun musste«, murmelte sie. Zu ihrer eigenen Überraschung hörte sie sich selbst kurz darauf zugeben: »Es war gar nicht so schwer, wie ich dachte.«

»Deine Bescheidenheit ehrt dich, Mädchen, aber ich reise viel in der keltischen Welt. Ich habe viel gesehen und gehört, aber ich glaube, du bist die einzige Druidin, der ich jemals begegnet bin!«

Talia schrak zusammen. Sie sah sich um, ob auch niemand in ihrer Nähe stand. Nicht auszudenken, was passieren würde, wenn Ientus hörte, was der Händler sagte. Doch der Druide war glücklicherweise nirgends zu sehen. Stattdessen fiel Talias Blick auf Atharic, der gerade die Halle betrat. Sie beobachtete, wie er Catuen gut gelaunt begrüßte und ein paar Worte mit Caran wechselte. Sein Blick streifte suchend über die Menge, bis er sie entdeckte. Das Lächeln auf seinen Zügen vertiefte sich.

»Wenn Ihr mich entschuldigen mögt!« Talia war froh, eine Ausrede zu haben und den Händler stehen zu lassen. Sie fürchtete, dass er noch mehr sagen würde und dass seine Worte sie in Schwierigkeiten bringen würden. Und mindestens genauso sehr fürchtete sie, dass seine Worte eine Neugierde und einen Hunger in ihr wecken würden, den zu stillen sie noch nicht bereit war.

Talia hängte das leere Horn zurück an ihren Gürtel und durchquerte den Raum. Vor Atharic blieb sie stehen. Er hatte die Arme vor der Brust verschränkt und musterte sie mit einem nachdenklichen Gesichtsausdruck. »Interessante Gesprächspartner suchst du dir aus«, bemerkte er. »Ich sehe, sogar die Römer wissen die Schönheit der vindelikischen Frauen zu schätzen.«

Talia errötete noch etwas mehr. »Er ist kein Römer«, murmelte sie, während sie abermals nach ihrem Horn griff und es mit Wein füllte. Sie bot es Atharic an, aber er lehnte ab. »Ich hol mir lieber etwas Met oder Bier. Was wollte der Händler von dir? Du bist ganz blass!«

»Caran hat ihm von meiner Gabe erzählt. Er hält mich für eine Druidin. Er meint …« Sie brach ab.

Atharic verstand sofort. Suchend sah er sich in der Halle um. »Ich habe schon gehört, dass Ientus versucht hat, dich in die Hände zu bekommen.«

»Ja, aber Caran hat ihn abgewiesen.« Talia konnte noch immer kaum glauben, was Caran getan hatte: Er hatte sich gegen die Druiden gestellt, um Talia zu schützen. Er hatte betont, dass sie zu seinem Haushalt gehörte und dass er sie auch dann beschützen würde, wenn sie nur eine normale junge Frau wäre ohne

eine besondere Gabe! Er hatte gesagt, dass er um ihrer selbst willen für sie sorgen würde!
Aber warum hatte er das getan? Bedeutete sie ihm etwas? Spürte er, dass es ein Band zwischen ihnen gab?
Talia ließ die Hoffnung, die wild durch ihre Seele brandete, nicht zu. Zu groß war ihre Angst, abermals enttäuscht zu werden.
Sie hob das Horn und trank ein paar Schlucke, darauf bedacht, ihr Gesicht zu verbergen. Sie wollte nicht, dass jemand merkte, wie verwirrt sie war.
»Caran hat ihn abgewiesen«, wiederholte sie kurz darauf, nur um die Worte noch einmal sagen zu können.
»Dass Ientus nicht einmal hier ist, zeigt wohl, dass er darüber nicht allzu erfreut ist.«
Überrascht stellte Talia fest, dass Atharic recht hatte: Mindestens ein Dutzend Stadtherren war anwesend, des Weiteren etliche einheimische Händler und zwei Geweihte. Ientus dagegen war nirgends zu sehen. Dabei wusste Talia genau, dass Caran ihn eingeladen hatte.
»Es war bestimmt eine sehr herzliche Einladung«, vermutete Atharic spöttisch.
»Caran hatte Ientus sogar gefragt, ob mich die Druiden nicht alles lehren könnten, was ich wissen darf, ohne dass sie ihre geheimen Lehren preisgeben müssen.«
»Dann würden sie dir nicht viel beibringen, Kleines. Soweit ich weiß, ist bei euren Druiden sogar die Farbe ihrer Pisse geheim.«
Talia lachte. Aus den Augenwinkeln sah sie, dass Catuen versuchte, ihre Aufmerksamkeit zu erhaschen. Atharic bemerkte ihr Zögern.
»Ich besorge mir erst einmal etwas zu essen«, entschied er und deutete auf den niedrigen Tisch, der sich unter den Speisen und

Getränken zu biegen schien. »Ich bin froh, endlich was anderes zwischen die Zähne zu bekommen als gedörrtes Fleisch und trockenes Brot!«

Er setzte sich Dago gegenüber auf einige Felle und griff hungrig nach den Schüsseln. Talia verharrte noch einen Moment lang unschlüssig. Während der letzten Tage hatte sie ständig gehofft, dass die Söldner endlich zurückkommen würden, und jetzt konnte sie nicht einmal ein paar Worte mit Atharic wechseln, ohne dass sie sofort unterbrochen wurden.

Wenn du ihn weiterhin wie ein verliebter Welpe anstarrst, nützt das auch nichts, sagte eine spöttische Stimme in ihrem Kopf. *Es wird sowieso schon über euch geredet!*

Enttäuscht nahm Talia einen weiteren Schluck Wein, dann trat sie zu Catuen und der Gruppe von Stadtherren, die einen lockeren Kreis um Caran gebildet hatten. Talia schenkte Catuen Wein nach und flüsterte ihr zu, dass es der Händler gewesen war, der sie aufgefordert hatte, sich selbst ebenfalls Wein einzuschenken. Catuen winkte ab.

»Ist schon recht«, sagte sie. »Nimm dir etwas, wenn du magst.«

Caran war dem kurzen Wortwechsel gefolgt. Er warf Talia einen raschen Blick zu. »Du siehst sehr hübsch aus heute Abend«, sagte er beiläufig. »Das Kleid steht dir gut.«

Zu ihrem großen Entsetzen ertappte Talia sich dabei, wie sie Caran anstrahlte, aber er hatte sich bereits wieder abgewandt, und Talias Lächeln verlor sich in seinem Rücken. Ihre Hände strichen über den feinen, dunkelroten Stoff und die farbigen Bänder, die in ihn hineingewebt waren. Sie hatte das Kleid von Catuen bekommen und es umgenäht. Jetzt wurde es vorne und hinten geschnürt und lag eng um ihre Taille. Ein kleiner bronzener Anhänger hing an einem Band um Talias Hals und fiel locker zwischen ihre Brüste. Ihre widerspenstigen Haare hatte sie zu einer kunstvollen Frisur geflochten. Sie musste nicht zu

ihm hinsehen, um zu wissen, dass Atharic sie ebenfalls beobachtete.
Talia machte sich wieder an die Arbeit und sorgte dafür, dass immer genügend Speisen und Getränke bereitstanden und dass die Hörner und Becher der Gäste stets gefüllt waren. Nebenbei nippte sie an ihrem eigenen Wein. Schließlich, als sich die ersten Gäste verabschiedet oder auf den bereitliegenden Fellen ausgestreckt hatten, um ihren Rausch auszuschlafen, nahm sie einer Magd einen Krug Met aus der Hand, dann kämpfte sie sich zum Tisch vor und zwängte sich neben Atharic. Dago prostete ihr zu.
»Auf unsere kleine Druidin!«, sagte er. Talia verzog das Gesicht, aber sie stieß mit ihm an. Ihre Schultern und Beine berührten Atharic und sandten Hitzewogen durch ihren Körper. Sie lauschte den Gesprächen der Männer, aber Atharics Anwesenheit überlagerte alles andere. Sie hörte sein Lachen und die tiefe Stimme, roch den Geruch seines Körpers und seines Atems, wenn er den Kopf wandte und etwas zu ihr sagte. Ihre Wangen brannten, und ihr war schwindlig. Irgendwann erhob sich Dago, und Talia und Atharic waren plötzlich alleine am Tisch.
»Lass uns nach draußen gehen!«, sagte Talia und presste ihren Oberschenkel gegen seinen. Atharic zog sein Bein fort.
»Nicht zusammen!«, murmelte er. »Warte hier einen Moment, bevor du mir nachkommst! Wir treffen uns in der Kammer.«
Als Talia sich wenige Augenblicke später leicht schwankend erhob und durch den Seiteneingang nach draußen schlüpfte, dämmerte schon fast der Morgen. Sie folgte der Längsseite des Lagerhauses, bis sie den kleinen Anbau an seinem Ostende erreichte. Die Tür stand einen Spaltbreit offen. Sie schlüpfte hinein. Atharic schlug die Tür hinter Talia zu und presste sie gegen die Wand. Seine Zunge drängte zwischen ihre Lippen. Talia

riss an der Verschnürung seiner Hose und umfasste sein steifes Glied. Sie fühlte seine Hände in ihren Haaren und seine Lippen auf ihren Brustwarzen, kurz bevor er in sie eindrang.

Es sollte das letzte Mal sein.

Mit gesenktem Kopf eilte Talia durch die schmutzigen Straßen des Hafens im Norden der Stadt. Es stank nach Fäkalien und modrigem Wasser, und viele der Speicher, an denen sie vorbeikam, waren alt und standen schief auf ihren Pfosten. Sie schlug einen Bogen um die Herbergen am Rande des Altwasserarms und ließ auch die Befestigungsanlagen hinter sich. Stattdessen suchte sie sich eine ruhige Stelle am schilfbewachsenen Ufer des Altarms, von wo aus sie die Arbeiter beobachten konnte, die eine neue Anlegestelle ein Stück abseits der alten errichteten. Hier, weitab von allen, von Caran, Ientus, Roueca, Atharic und Dago, ließ sie sich nieder, um endlich in Ruhe über all die zerbrochenen Gefühle in ihrem Inneren nachzudenken.

Die meisten Menschen in der Stadt suchten eines der Heiligtümer auf, wenn sie die Götter um Anleitung bitten wollten, dachte Talia missmutig, aber dank Ientus war ihr der Trost der mit Stierhörnern bekrönten Götterbildnisse, der mit Efeu bewachsenen Eichensäulen und der kleinen Opfergaben, die die Menschen unter der bronzenen Scheibe der Mondgöttin niederlegten, verwehrt. Daher saß sie nun am Ufer des Danuius und brachte der Flussgöttin ein Opfer aus Blumenkränzen, Samen und dem kleinen bronzenen Amulett, das sie vor drei Nächten bei der Feier zu Ehren des Händlers getragen hatte, dar.

Talia legte ihre Opfergaben auf ein Stück Rinde und stieß es vom Ufer ab. Während sie zusah, wie das kleine Schiffchen auf die trübe Wasseroberfläche glitt, überlegte sie, ob sich die Flussgöttin und ihre Diener, die Wassergeister, wohl noch an das

Baby erinnerten, das vor neunzehn Jahren in einen Fluss im Norden geworfen worden war, nur um gleich darauf von Vebromara wieder zurückgerissen zu werden. Talia wusste nicht, ob die Göttin und die Wassergeister damals beleidigt worden waren, weil ihnen das Opfer vorenthalten wurde. Um sicherzugehen, schnitt sie sich mit ihrem kleinen Messer noch eine Haarsträhne ab und warf sie ebenfalls ins Wasser.

Früher habe ich mir vorgestellt, wie die Flussgöttin zur Strafe Caran zu sich ruft, wie ihre Diener das Boot kentern lassen, in dem er sitzt, und wie sie nach seinen Knöcheln greifen, um ihn unter Wasser zu ziehen, zu ertränken und seine Seele für immer in ihrem nassen Reich einzusperren.

Es schien eine Ewigkeit her zu sein, seit Talia in dieser Vorstellung Genugtuung gefunden hatte. Vielleicht war es sogar in einem anderen Leben gewesen, in einer anderen Welt parallel zu dieser, in der es eine Talia gab, die ihren Vater noch immer hasste. Die Frage war nur, ob diese andere Talia dadurch ärmer oder reicher war als sie selbst. Hatte sie etwas verloren oder etwas gewonnen?

Vebromara würde sagen, sie hätte etwas gewonnen.

Aber selbst wenn das stimmte – was sollte sie jetzt tun?

Gedankenverloren knabberte Talia an ihrer Unterlippe. Sie wusste, sie war noch nicht bereit, vor Caran zu treten und ihm die Wahrheit zu sagen, aber sie konnte nicht länger für Roueca spionieren. Doch sobald sie das Roueca mitteilen würde, würde sie sie nicht länger vor Ientus beschützen. Und wenn Caran erst erfuhr, wie sehr Talia ihn die letzten Monate hintergangen hatte, dann …

Talia wollte nicht weiter darüber nachdenken. Sie war eine Eidbrecherin, eine Verräterin, und sie wusste, wie Caran mit diesen verfuhr.

Aber ich bin seine Tochter! Der stumme Schrei verhallte ungehört.

Caran hatte sie einmal in den Fluss werfen lassen, und nichts, was Talia in den letzten Monaten erfahren hatte, ließ darauf schließen, dass er es jemals bereut hatte.

Ihr Vater hatte sie verabscheut.

Eine Zeit lang schwelgte Talia in Selbstmitleid, während die breiten, flachen Boote der Händler und Fährmänner an ihr vorbeitrieben. Ein paar Ruderer winkten ihr zu, aber Talia achtete nicht darauf. Das Rindenschiffchen mit ihren Opfergaben schaukelte wild auf den Wellen, die die vorbeifahrenden Boote verursachten, bis es schließlich kenterte und seine Gaben dem Wasser überließ. Die Sonnenstrahlen ließen das bronzene Amulett noch einmal aufleuchten, bevor es in der Tiefe verschwand. Die Göttin hatte Talias Opfer angenommen, aber sie sagte ihr nicht, was sie nun tun sollte.

Talia zog die Beine an und legte das Kinn auf die Knie. Wenn sie ehrlich war, vermisste sie die alte Bitterkeit nicht einmal, auch wenn sie ein Loch in ihrem Inneren hinterlassen hatte, das gefüllt werden wollte. Ihr Vater mochte das Baby von damals verabscheuen, aber das waren seine Gefühle. Talia konnte ihn nicht länger hassen.

Ein Schwarm Mücken näherte sich Talia über die ruhige Wasseroberfläche hinweg und begann, ihren Kopf zu umschwirren. Sie zerschlug ein paar, bevor sie es aufgab und die Flucht ergriff. Erschöpfter als sie nach dem Tag hätte sein dürfen, schleppte sie sich nach Hause.

Es war ein langer Weg quer durch die ganze Stadt, und wieder einmal quälten sie stechende Kopfschmerzen. Aber vielleicht wartete Atharic auf sie, wenn sie nach Hause kam, und sie würden sich für Mitternacht in der kleinen Kammer am Ende des Langhauses verabreden! Fast sofort hob sich ihre Stimmung, und Talia beschleunigte ihre Schritte. Als sie jedoch wenig später in die Straße zum Hof einbog, sah sie gerade noch den letzten nordischen Söldner aus dem Tor traben und sein Pferd nach Westen wenden. Eine Staubwolke stieg in die Luft, als einhundertzwanzig Reiter den Weg entlangpreschten und bald außer Sicht gerieten.

»Was ist passiert?«, fragte Talia schriller als beabsichtigt, als sie das Herrenhaus betrat. Caran saß vor dem Herd und kaute nachdenklich auf einem Hühnerschenkel. Er trank sein Bier leer, bevor er antwortete.

»Atharic und seine Söldner sind fort.«

»Das weiß ich. Ich habe gesehen, wie sie fortgeritten sind. Was tun sie?«

»Das, was Atharic eigentlich niemals tun wollte.«

»Und was ist das?«

»Er schließt sich den Kimbern an.«

Talia ließ sich auf die schmale Bank an der Wand fallen. »Was soll das heißen?«, fragte sie. Einen Moment lang hatte sie vollkommen vergessen, mit wem sie sprach. Ihre Stimme war leise. »Heißt das, sie sind für immer fort?«

Caran schien es nichts auszumachen, von seiner Haushälterin ausgefragt zu werden. Er legte lediglich den abgenagten Knochen beiseite und streckte sich. Geistesabwesend kratzte er an einem Mückenstich am Ellbogen.

»Heute früh kam ein Bote. Die zweite Hälfte von Atharics Leuten – jene, die in Menosgada überwintert hat – ist im Frühling nach Südwesten gezogen, in das Land, das die Helvetier verlassen haben. Hat Atharic dir das nicht erzählt?«

»Doch.« Talia knetete ihre Hände. Sie bemühte sich, still zu sitzen, aber es gelang ihr nicht. Sie rutschte auf der Bank herum, als bestünde sie aus glühenden Kohlen. »Atharic meinte, mit der Billigung der Vindeliker und Helvetier könnten sie sich dort vielleicht niederlassen.«

»Stimmt, das war der Plan, aber jetzt haben sie sich anders entschieden. Der Hauptstamm, jener, der im Norden hatte bleiben wollen, hat sich doch noch den Kimbern angeschlossen. Das war der Grund, weshalb Vargas Atharic aufgesucht hat. Das Rabenvolk zieht zusammen mit den Kimbern nach Süden. Gerade jetzt verhandeln sie wahrscheinlich mit den Boiern darum, durch ihr Gebiet ziehen zu dürfen.« Nachdenklich rieb sich Caran das Kinn. »Es hat wohl viel Streit innerhalb des Rabenvolks gegeben, aber schließlich haben Atharic, Vargas und die anderen Anführer beschlossen, dass sie den Stamm nicht für immer auseinanderreißen wollen. Vargas befindet sich mit seinen Leuten auf dem Weg hierher, und Atharic und seine Söldner reiten ihnen entgegen. Sobald sie sich treffen, werden sie zusammen nach Osten ziehen. Irgendwo bei den Boiern werden sie sich mit den Kimbern und dem Hauptteil ihres Stammes vereinen.«

»Aber was erhoffen sie sich davon?«

»Fruchtbares Land, Platz für ihre Familien, Gold, Raub, Sicherheit.« Caran zuckte mit den Achseln.

Talia spürte, wie es ihr die Kehle zuschnürte, obwohl sie versuchte, dagegen anzukämpfen. Schließlich hatte sie gewusst, dass es früher oder später so kommen würde. Atharic hatte niemals einen Zweifel daran gelassen, dass er mit seinen Männern noch vor dem Herbst weiterziehen würde. Worauf hatte sie also gehofft?

Sie war eine Närrin.

»Heißt das, sie kommen überhaupt nicht wieder?«

»Atharic und seine Söldner werden Vargas und ihre Familien den Danuius aufwärts treffen. Dort werden sie umkehren und wieder nach Osten ziehen, was bedeutet, dass sie auf dem Weg nochmals hier vorbeikommen werden. Der Großteil ihrer Leute wird außerhalb von Alte-Stadt lagern, aber ich denke, Atharic, Walamer und ein paar ihrer Anführer werden uns dann noch einmal besuchen. Immerhin benötigen sie meine Hilfe, um ungehindert unser Gebiet durchqueren zu können. Ich schätze, sie werden in sechs Nächten hier sein, bei Neumond.« Caran schwieg einen Moment lang.

»Atharic hatte Hari zum Tempel geschickt, um dich zu holen, aber du warst nicht da. Sie wollten noch vor der Dämmerung aufbrechen und nicht länger warten. Hari lässt dir viele Grüße ausrichten.« Caran zögerte. Er verzog das Gesicht, während seine Finger mit dem leeren Krug in seinen Händen spielten. Erstaunt stellte Talia fest, dass er nach Worten suchte.

»Wenn Atharic jetzt nicht mehr hier ist, dachte ich, dass du vielleicht versuchen möchtest, meine Seele zu sehen«, fuhr er schließlich fort. »Bis jetzt war ich nicht erfolgreich darin, jemanden zu finden, der dir mit deiner Gabe helfen kann. Das tut mir leid. Ich würde es gerne tun, und ich habe auch keine Angst davor. Ich vertraue dir, Talia.«

Langsam ließ sich Talia neben ihrem Vater nieder und widerstand dem plötzlichen Drang, ihn zu berühren. Sie wusste, wie viel Vertrauen er ihr mit diesem Angebot entgegenbrachte. Caran legte sein Leben, seine Seele in ihre Hände. Talia war viel zu sprachlos, um auch nur ein einziges Wort herauszubekommen. Als Caran sie einen Augenblick später schief angrinste, hätte sie beinahe die Flucht ergriffen.

»Weißt du, Mädchen, du bist wie ein halb gezähmter Wolf: Manchmal denke ich, du willst ein Hund werden, dann denke ich wieder, du würdest mir am liebsten die Kehle zerreißen.«

Talias Herz machte einen Satz, und sie spürte, wie sie errötete. Ärgerlich rutschte sie ein Stück von Caran fort. Was sollte das? Sie führte sich auf, als wäre er ein Mann, in den sie verliebt war!

Sie beschloss, Carans Worte zu ignorieren und stattdessen zu ihrem ursprünglichen Thema zurückzukehren. »Was ist mit den Söldnern? Werdet Ihr es schwerer haben ohne sie?«

Caran wurde wieder ernst. »Es sind Söldner, Talia.« Sie war sich nicht sicher, ob sie sich das Mitleid in seiner Stimme nur einbildete. »Das Gute an Söldnern ist, dass sie einfach zu ersetzen sind, wenn man genügend zahlt. Es ist ein Geschäft, das man abschließt, kein Gefolgschaftsschwur. Wir schulden ihnen nichts, sie schulden uns nichts. Man bindet sich nicht an sie und macht sich niemals von ihnen abhängig.«

»Und wenn sie kommen, weiß man, dass sie bald wieder gehen.«

»So ist es.«

Talia wusch sich die Hände mit Wasser aus dem hölzernen Fass, das direkt neben dem Abtritt stand. Die Sonne brannte vom Himmel, und sie wünschte, sie hätte einen kurzen Rock aus leichtem Stoff und Sandalen angezogen statt des schweren Arbeitskleides und knöchelhohen Schuhen. Fliegen umschwirrten ihre Nase und Augen, und sie verscheuchte sie mit einer ärgerlichen Handbewegung.

In Gedanken versunken lief Talia an den Brombeersträuchern vorbei, die die Latrinen auf der Rückseite von Rouecas Hof verbargen, und näherte sich den Speichern. Hätte die Sonne sie nicht so geblendet und sie nicht den Kopf gedreht, hätte sie Dago vermutlich übersehen, der an der Einzäunung lehnte und mit jemandem sprach, der auf der anderen Seite stand. Neugierig reckte Talia den Hals und erhaschte einen Blick auf Rouecas stumme Magd. Das Mädchen gestikulierte leidenschaftlich vor Dagos Gesicht.

Die ist doch noch ein halbes Kind!, dachte Talia empört. *Kann er eigentlich von keiner die Finger lassen? Man sollte meinen, es gäbe genügend Huren in der Stadt!*

Wenigstens hatte Dago kein zweites Mal mehr versucht, Talia zu küssen. Allerdings hatte sie ihn in letzter Zeit auch nur selten gesehen, da er ständig unterwegs gewesen war, und wenn er einmal einen Tag auf dem Hof verbracht hatte, war er stets abgelenkt und in Gedanken gewesen.

Sein Liebesleben muss sehr leiden, wenn er so viel zu tun hat, dachte sie ohne eine Spur von Mitleid, während sie sich an den Männern vorbeischob, die schwer beladen aus der Tür eines Speichers stolperten. *Aber vielleicht ist es ja auch gerade das, was ihn so beschäftigt.*

Sie betrat den Speicher und war überrascht, ihn beinahe leer vorzufinden. Um Platz für die Söldner zu schaffen, hatte Caran damals einen seiner Speicher räumen und die Waren solange auf Rouecas Hof lagern lassen. Nun, da Atharic und seine Männer wieder abzogen, hatte er befohlen, die Sachen wieder zurückzuschaffen. Der Aufseher über die Träger trat auf Talia zu; er hielt eine Zählschnur in den Händen und sah zufrieden aus.

»Wir haben jetzt sämtliche Tuche zurückgeschafft«, meldete er. »Es fehlen noch die Felle, aber die sollten alle auf den Wagen passen. Das restliche Eisen kann noch ein paar Nächte hierbleiben, soll ich dir von Herrin Roueca ausrichten.«

Talia nickte. Mit sinkendem Herzen stellte sie sich vor, wie sich das Langhaus, in dem die Söldner und Atharic geschlafen hatten, langsam wieder mit Waren füllte. Schon bald würde überhaupt nichts mehr an die Nordmänner erinnern, die ein halbes Jahr lang hier gelebt hatten. Es war ruhig geworden auf dem Hof – trotz Carans Leibwache, der Knechte, Mägde und Handwerker, trotz des Hämmerns des Schmiedes und des Lachens der Kinder.

»Roueca sagte außerdem, sie würde gerne mit dir reden, bevor du gehst.«

Das glaube ich gerne.

»Richte ihr bitte aus, dass ich vor der Abschiedsfeier für die Söldner noch viel zu erledigen habe.«

Dem Mann blieb der Mund offen stehen. »Das wird ihr nicht gefallen!«

»Es würde Catuen ebenfalls nicht gefallen, wenn ich meine Arbeit vernachlässigte.«

Catuen hatte ihr den Nachmittag freigegeben, aber Talia würde verdammt sein, wenn sie das sagte.

Schweiß lief ihr über den Rücken, als Talia wieder nach draußen in die Sonne trat. Er klebte auf ihren Händen und in ihrem Nacken. Spontan entschied sie, dass sie sich wenigstens sauber von Atharic verabschieden sollte, wenn er heute Abend ein letztes Mal zum Hof kam.

»Ich gehe jetzt«, verkündete sie. »Sollte noch etwas fehlen, werde ich mich morgen darum kümmern.«

Der Mann, der die Träger beaufsichtigte, nickte schweigend. Als Talia kurz darauf Rouecas Hof verließ, war von Dago und der kleinen Magd nichts mehr zu sehen.

Talia wandte sich nach Westen und spazierte langsam auf die Stadtmauer zu. Ein Strom von Arbeitern kam ihr vor dem Tor entgegen; sie trugen Schaufeln, Bretter, Nägel und Hämmer. Etliche der Bohlenwege, die über die Sümpfe führten, waren alt und morsch und mussten ausgebessert werden, ebenso die Brücke, die den kleinen Fluss überspannte, der ein Stück weiter nördlich in den Danuius mündete. Talia bog vor der Brücke ab und folgte dem Trampelpfad zur Badestelle. Schon von Weitem hörte sie das Gelächter von Frauen und das Kreischen von Kindern. Sie zog sich aus, dann rutschte sie die Böschung hinunter und ließ sich in das kühle Wasser gleiten. Der Boden unter ihren Füßen war weich, und Talia wirbelte genug Schlamm auf, um das Wasser braun zu färben.

Eine Weile ließ sie sich treiben und legte den Kopf zurück, bis sie direkt in den blauen Himmel blickte, der sich am Horizont langsam violett färbte. Sie vermutete, dass Atharic und die

Nordmänner, die ihn begleiteten, die Nacht auf dem Hof verbringen würden, und fragte sich, ob Atharic wohl versuchen würde, sie noch einmal alleine zu treffen. Oder war es ihm gleichgültig?

Von ihrem Platz im Fluss aus konnte Talia sehen, wie sich eine Handvoll Wächter auf der Mauer versammelten und von dort zu den badenden Frauen hinunterblickten. Sie waren zu weit entfernt, um viel erkennen zu können, aber Talia verging auf einmal die Lust am Baden. Sie kehrte zu ihren Kleidern zurück, kämmte sich die Haare und ließ sie zum Trocknen offen über die Schultern fallen.

»Soll ich für dich in die Zukunft sehen, Schätzchen?« Eine alte Frau hielt Talia auf, als sie wieder auf die Straße trat. »Wenn du mir eine frische Ente kaufst, werde ich aus ihren Eingeweiden lesen. Vögel lügen nie!«

Das Grinsen der Frau entblößte geschwärzte Zähne. Sie roch nach den Abfallgruben der Stadt. Talia schüttelte ihre Hand ab. »Danke«, sagte sie, »aber ich habe es eilig.« Sie hastete weiter.

Das meckernde Lachen der Alten hallte hinter ihr her. »Wenn er dich liebt, wird er ein paar Augenblicke auf dich warten können, Schätzchen, und wenn nicht, wird er sich sowieso nicht viel Zeit nehmen!«

Talia gab vor, sie nicht zu hören.

Auf dem Heimweg lief sie zum zweiten Mal an diesem Tag Dago über den Weg. Er führte ein Pony am Zügel, das drei kleine Fässer an einem Holzgestell auf dem Rücken trug.

»Met«, erklärte er, als er ihren neugierigen Blick sah. »Rouecas Magd hat ihn mir für heute Abend gegeben. Sie hat ein nordisches Rezept verwendet.«

Talia stellte fest, dass Dago angespannt aussah. Schatten lagen um seine Augen, und er wirkte geistesabwesend.

»Geht es dir nicht gut?«, fragte sie, ohne sich jedoch die Mühe zu machen, allzu viel Gefühl in ihre Stimme zu legen. »Du siehst müde aus.«

»Das muss am Mond liegen; kurz vor Neumond schlafe ich immer schlecht.«

Talia hatte das Gefühl, dass er sich über sie lustig machte. Wahrscheinlich war die Dunkelheit bei Neumond einfach die beste Zeit, um sich ungesehen in die Betten von anderer Männer Frauen zu schleichen, dachte sie.

Vor dem Herrenhaus blieben sie stehen. »Soll ich die der Köchin geben?« Talia deutete auf die Fässer.

Dago schüttelte nachdrücklich den Kopf. »Nein, lass nur! Ich kümmere mich schon darum. Wir sehen uns später!« Er eilte davon. Verwundert blickte Talia ihm nach, dann zuckte sie mit den Achseln. Was auch immer Dago beschäftigen mochte, interessierte sie eigentlich nicht.

Talia betrat das Herrenhaus durch den Seiteneingang. Sie stellte fest, dass die Vorbereitungen für die Abschiedsfeier reibungslos verliefen, und stahl sich eilig davon. Der Duft von gekochtem Fleisch, Suppe und frischem Brot begleitete sie bis in ihre Kammer, und ihr Magen knurrte vernehmlich. Talia brauchte eine Zeit lang, bis sie sich entschieden hatte, was sie am Abend tragen würde. Dann bat sie die Frau des Schmieds, ihr die Haare hochzustecken. Als sie schließlich die Halle betrat, dämmerte es draußen bereits, und die Gäste waren eingetroffen. Es waren weitaus mehr, als Talia vermutet hatte, denn Caran hatte ebenfalls die Anführer seiner Gefolgschaft eingeladen.

»Ich wusste nicht, dass das eine reine Männerversammlung werden würde!«, flüsterte sie der Köchin ins Ohr, während sie eine kleine Schüssel mit Salz auf den Tisch stellte. »Hat denn keiner seine Frau mitgebracht?«

»Von unseren Kriegern niemand. Sie scheinen zu befürchten, ihre Frauen würden mit den Nordmännern durchbrennen, sobald sie sie sehen. Frag mich nicht, wieso!« Die Köchin deutete über Talias Schulter. »Aber zwei der Söldner haben ihre Frauen dabei, siehst du?«

Talia wandte sich um. Ein kräftiges, rothaariges Mädchen saß neben einer großen blonden Frau, die ein paar Jahre älter als Talia sein musste. Ihre hellen Haare fielen ihr glatt über die Schultern; das scharf geschnittene, gebräunte Gesicht zeigte einen gelassenen Ausdruck. Sie hatte die Arme über dem hochschwangeren Bauch verschränkt und musterte die Gegenstände in der Halle, das Geschirr, die Felle und Kleider der Gäste, als überlege sie, welches Stück es wohl wert war, es zu kaufen.

»Sie ist bestimmt schon im achten Monat!«, sagte Talia mit gesenkter Stimme. »Wie schrecklich das sein muss! Ich hätte keine Lust, mein Kind auf einem Wagen auf dem Weg ins Irgendwo zur Welt zu bringen. Zu wem gehört sie?«

Die Köchin zuckte mit den Achseln. »Sie ist mit einem ihrer Anführer gekommen – der große Mann mit dem Wolfsschädel auf dem Kopf, der Atharic vor kurzem aufgesucht hat. Sein Name war Vargas, nicht wahr?«

»Talia!« Walamers begeisterter Ruf unterbrach die beiden Frauen, bevor Talia nicken konnte. Der alte Krieger winkte mit vom Essen fettigen Händen und klopfte auf den freien Platz neben sich. »Komm her und setz dich zu uns! Ich stelle dich allen vor!«

»Wo ist Atharic?«, fragte Talia, als sie sich kurz darauf zu ihm gesellte. »Ist er nicht hier?«

»Er kommt später.«

Talia hätte gerne gewusst, was Atharic aufhielt, aber sie fand nicht den Mut, danach zu fragen. Stattdessen lauschte sie Walamer, der ihr erzählte, wie die Söldner auf ihre Familien getroffen waren und von dem Wiedersehen nach über einem halben Jahr. Er berichtete von seinen erwachsenen Söhnen und von seinem fünften Enkel, der im Herbst geboren worden war und den Winter nicht überlebt hatte. Es war gut, dass sie jetzt wieder vereint waren, meinte Walamer. Die hundert Krieger, mit denen Atharics Schwager nach Süden gezogen war, waren kaum genug gewesen, um die Frauen und Kinder, die Wagen und das Vieh ausreichend zu beschützen und zu versorgen.

»Das Land, das die Helvetier verlassen haben, hätte uns leicht ernähren können, aber was sollen wir hier, wenn alle anderen nach Süden ziehen? Soweit wir wissen, hat unser Stamm das Gebiet der Boier mittlerweile erreicht. Eigentlich wollten sie im Norden bleiben; ich erinnere mich noch gut an all die Streitereien im vergangenen Jahr, als Atharic, Vargas und wir mit unseren Familien loszogen. Aber jetzt haben sie es sich anders überlegt. Sie haben sich den Kimbern angeschlossen und sie sind nicht allein! Die Teutonen und Ambronen wollen ebenfalls den Norden verlassen, heißt es, und es den Kimbern gleichtun. Von dreißigtausend und noch mehr Kriegern ist die Rede, dazu ihre Familien, die Wagen, das Vieh! Kannst du dir das vorstellen?«

Talia schüttelte den Kopf und unterdrückte ein Lächeln. Walamer war schon immer ein großer Geschichtenerzähler gewesen. Zwar hatte auch Talia Gerüchte gehört, nach denen zahllose Menschen mit ihrem gesamten Hab und Gut gen Süden zogen, aber die Zahl, die Walamer beschrieb, schien unvorstellbar. Talia schwieg und behielt ihre Zweifel für sich. Stattdessen wanderte ihr Blick zum wiederholten Male zur Tür, aber es war nur Dago, der unter dem Türstock stand und die Männer im Inneren beobachtete. Er war ganz in Dunkelblau gekleidet und hatte sich die Lider bis zu den Augenbrauen schwarz gefärbt. Er sah düster und kriegerisch aus, und der grimmige Zug um seinen Mund verstärkte den Eindruck noch. Er wirkte nicht so, als wolle er an der Feier teilnehmen.

Ein Trinkhorn kreiste in der Runde, und obwohl der starke Met verlockend würzig roch, reichte Talia das Horn weiter und kaute stattdessen lustlos an einem Stück Honigkuchen. Um sich abzulenken, musterte sie die beiden nordischen Frauen, ihre Ohrringe aus gebogenem, mit Rillen verziertem Bronzeblech und die mit Korallenperlen bestückten Fibeln. Bunte Federn waren in das rötliche Haar des Mädchens gewoben, während die größere Frau Schmetterlinge auf die Oberarme ihres Kleides genäht hatte. Die zarten Flügel schillerten bei jeder Bewegung, und Talia konnte nicht umhin, den Aufwand zu bewundern, der in diesem Kleid steckte. Die Frau bemerkte ihren neugierigen Blick und lächelte. Talia war es peinlich, die Frau angegafft zu haben, und sah hastig zur Seite. Stattdessen konzentrierte sie ihre Aufmerksamkeit auf die Männer. Jetzt entdeckte sie auch Vargas. Atharics Schwager trug tatsächlich, trotz des warmen Sommerabends, einen Wolfspelz um die Schultern, dessen Schädel seinen Helm schmückte. Die toten Augen über den gebleckten Zähnen schienen Talia direkt anzustarren.

»Er putzt sich immer so raus«, erklärte Walamer. Seine Stimme klang schwer, und Talia wunderte sich, dass er schon so viel getrunken hatte, denn die Methörner machten noch nicht lange die Runde. »Er kommt aus einer reichen Familie, die bei uns im Norden viel Land besaß.« Walamer rülpste, dann fuhr er fort: »Er hat vor, wieder viel Land zu besitzen.«

Talia beobachtete, wie sich Dago unauffällig von seinem Platz am Rande der Halle löste und nach draußen schlüpfte. Kurz wünschte sie sich, es ihm gleichtun zu können, dem Fest zu entfliehen und sich anderweitig Ablenkung zu suchen, doch stattdessen saß sie wie angefroren neben Walamer auf der Bank, winkte ein weiteres Mal ab, als ihr das Trinkhorn angeboten wurde, und behielt die Tür im Auge.

Es erschien ihr wie eine Ewigkeit, bis Atharic endlich die Halle betrat. Die Nordmänner begrüßten ihn mit lauten Rufen und prosteten ihm zu. Talia setzte sich aufrecht hin und wartete darauf, dass sein Blick sie suchte, aber er ging an ihr vorbei auf Caran zu. Die beiden Männer begrüßten sich und tauschten ein paar Worte. Atharic stand mit dem Rücken zu Talia. Gebannt starrte sie auf seine breiten Schultern und die Hände, die sich um einen Krug Met schlossen. Sein Lachen drang mühelos durch das Stimmengewirr an ihr Ohr.

Aus den Augenwinkeln sah Talia, wie die blonde Frau aufstand und sich langsam Caran und Atharic näherte. Caran bemerkte sie zuerst und verstummte. Atharic drehte den Kopf. Sein Lächeln blitzte auf. Er sagte etwas zu Caran, dann griff er nach der Frau und zog sie an sich. Seine Finger streichelten ihren Bauch.

Alle Geräusche schienen in den Hintergrund zu rücken, als Talia beobachtete, wie Atharic den Kopf neigte und seine Frau küsste. Sie wollte wegschauen, sich abwenden, aber sie konnte es nicht. Walamer sprach mit ihr, doch sie verstand kein einziges Wort. Ungeschickt kam sie auf die Füße. Die Tür schien ewig weit entfernt zu sein und der Weg zu ihr war voller Hindernisse: Menschen, die ihr im Weg standen, Krüge, über die sie stolperte, und Stimmen, die sie nach mehr Met schicken wollten. Talia wusste nicht, was sie antwortete, nur dass sie hinausmusste.

Sie stolperte durch die Tür und unter die Pferde, die draußen angepflockt waren. Sie spürte weiche Nüstern auf ihren Kleidern und hörte leises Schnauben. Große Augen schimmerten sanft im Licht der Fackeln. Talia begann zu rennen. Nach wenigen Schritten verschluckte die Dunkelheit die Tränen, die über ihre Wangen liefen.

Dago versuchte, gelassen zu wirken und sich seine Anspannung nicht anmerken zu lassen. Dabei hatte er überhaupt keinen Grund, nervös zu sein. Schließlich lief alles nach Plan: Die Söldner und die Anführer der Gefolgschaft tranken von Venas Met, ohne die betäubenden Kräuter zu erahnen, die in das Getränk gemischt waren. Der starke Alkohol würde den Rest erledigen. Schon bald würden die Ersten schläfrig werden, und keinem würde auffallen, wenn Dago plötzlich verschwand. Er brauchte nur zu warten.

Er blickte an seiner Kleidung hinab und bemerkte vereinzelte Pferdehaare auf dem dunklen Stoff. Unauffällig strich er sie fort. Er hatte keine Lust, Fragen zu beantworten, wo er gewesen und weshalb er soeben erst zurückgekommen war, gerade rechtzeitig, so dass seine Abwesenheit zu Beginn des kleinen Fests nicht aufgefallen war. Tatsächlich war er zu den Wachposten geritten, die dem Nordosttor vorgelagert waren. Er hatte gewartet, bis der Wachwechsel für die Nacht stattgefunden hatte, dann hatte er eines von Venas Fässchen geöffnet und den Kriegern den Inhalt angeboten. Es waren Rouecas und Bomarus' Männer, die heute Nacht Wache hielten, und sie kannten ihn gut. Es war ihm nicht schwergefallen, sie zu überreden, dass ein paar Becher nichts schaden würden.

Dagos Mundwinkel verzogen sich leicht, als der erste Gast zu gähnen begann. Schon bald würden alle hier schlafen, nicht ahnend, was an den Toren der Stadt geschah. Wenn sie aufwachten …

Das Bellen eines Hundes drang von der Straße an Dagos Ohr, hell und fünfmal hintereinander. Es war so weit.

Dago stahl sich wieder nach draußen. Er griff nach seinen Waffen, die unter einem Stapel Bretter bereitlagen, und rannte den Weg entlang bis zur Straße. Elf Männer erwarteten ihn dort, dunkle Schatten, die neben den Büschen kaum zu erkennen waren. Sie waren Boier wie er, Handwerker und Händler, die bereits seit Jahren in Alte-Stadt arbeiteten. Jeder von ihnen war mit einem Schwert in der Hand aufgewachsen, und Dago wusste, er konnte ihnen bedingungslos vertrauen. Sie würden nur gewinnen, wenn er und sein Vater Alte-Stadt übernahmen.

»Wo ist Vena?«, fragte Dago.

»Sie wartet mit den Waffen beim Tor. Hast du dafür gesorgt, dass es kein Warnfeuer von den Posten an der Straße geben wird?«

Dago nickte, obwohl es so dunkel war, dass die Männer die Bewegung nur erahnen konnten.

»Wir treffen uns an der Rückseite des Wachhäuschens«, befahl er, »bei dem alten Schuppen. Sorgt dafür, dass man euch nicht sieht!«

In Zweiergruppen schlichen die Männer davon. Dago vergewisserte sich, dass sein Schwert locker in der Scheide saß, und prüfte die Dolche in seinem Gürtel. Vom Hof her drang lautes Gelächter und eine trunkene Stimme, die ein Lied grölte, zu ihm herüber. Es musste jetzt kurz vor Mitternacht sein.

Dago hörte, wie sich ein Reiter näherte, und drückte sich tiefer in die Büsche neben dem Zaun. Er hielt den Atem an, als Atharic an ihm vorbei und auf den Hof ritt, doch der Söldner bemerkte ihn nicht. Die Nacht war noch immer so warm, dass Dago unter seinem langärmligen Hemd zu schwitzen begann. Er folgte der Straße an Rouecas Gehöft vorbei und stellte zufrieden fest, dass dort alle schon zu schlafen schienen. Wie ein Sturm würden die dreitausend Krieger seines Vaters auch über sie hereinbrechen. Vielleicht würde er Roueca sogar persönlich wecken, überlegte er – mit der Spitze seines Schwerts an der Kehle ihrer Söhne.

Dago schlug den Weg über die Felder ein. Hier ging ein leichter Wind, und die Luft war frei von den Gerüchen der Stadt, dem Gestank der Abfallgruben und Latrinen. Der Himmel war übersät mit Sternen, und von Zeit zu Zeit löste sich eine Sternschnuppe und schoss in die Nacht davon.

Die Götter jagen, dachte Dago, während ein weiterer Lichtblitz über den Himmel schnellte, *aber heute Nacht werden nicht nur* ihre *Pfeile fliegen!*

Er verließ den Feldweg und trat auf die Straße, die hier nur von wenigen leer stehenden Scheunen flankiert wurde. In der Nähe des Nordosttors wohnten kaum Menschen, und die Befestigungen des Hafens waren weit genug entfernt, dass ein gedämpfter Schrei kaum jemanden alarmieren würde. Wiesen schlossen sich hundert Schritte entfernt an, mit verfallenen Scheunen, Büschen und Obstbäumen, zwischen denen sich die boischen Krieger unbemerkt würden sammeln können, bevor sie die Stadtmauer, den Hafen und die übrigen Tore besetzten.

Dagos elf Männer warteten bereits, als er sich dem Tor näherte. Sie hielten Schwerter, kurze Lanzen und Messer in den Händen und hatten sich die Gesichter schwarz gefärbt. Vena stand unter ihnen. Sie trug einen kurzen Rock, der nicht einmal bis zu ihren Knien reichte, und eine knappe Bluse, die mehr von ihren Brüsten offenbarte als verbarg. Sie hatte sich die Augen mit Kohle geschminkt, und die Lippen leuchteten rot. Sie lächelte, als Dago zu ihnen trat.

»Weiß jeder, was er zu tun hat?«

Die Männer murmelten ihre Zustimmung.

Die schlafenden Krieger im Wachhaus waren die Ersten, die starben. Dago tötete sie auf ihren Decken liegend, rasch und lautlos. Er verließ das Gebäude wieder, noch bevor der erste Tropfen Blut zu Boden fiel. Dago wischte den Dolch sauber und steckte ihn fort. Sorgfältig schloss er die Tür hinter sich, dann trat er in den Schein des Feuers, das unterhalb des Turms brannte. Die vier Wächter, die gelangweilt auf ihren Lanzen gelehnt und müßig in die Flammen gestarrt hatten, schraken zusammen, als sie ihn kommen sahen, und nahmen Haltung an.

Dago winkte ab. »Ich bin nicht hier, um euch zu kontrollieren, sondern die auf dem Turm, also entspannt euch!« Er ging an ihnen vorbei und kletterte die Leiter empor, die auf den Turm führte. Er kündigte den drei Kriegern, die oben auf ihren Posten standen, sein Kommen mit einem kurzen Ruf an und vergewisserte sich, dass die beiden Dolche gut versteckt unter den weiten Ärmeln seines Hemdes ruhten.

»Ein ruhiger Abend«, bemerkte Dago, als er oben war. Er lehnte sich gegen die Brustwehr und spreizte leicht die Beine. Sein Blick wanderte kurz über die dunkle Straße auf der anderen Seite der Mauer, obwohl er wusste, dass es noch zu früh war. *Geduld!*, ermahnte er sich.

»Man könnte es glatt für Zeitverschwendung halten, hier Wache zu schieben, während eure Frauen sicherlich Besseres mit euch anzufangen wüssten.«

Die Wächter lachten und kamen näher. »Euer Lager scheint auch nicht allzu einladend zu sein, Herr, wenn Ihr Euch so spät noch hier herumtreibt!«

Dago grinste. Er wartete, bis die Männer direkt neben ihm standen und den Schein der Fackeln verlassen hatten. Seine Finger schlossen sich fest um die Dolchgriffe in seinen Ärmeln.

»Mein Vergnügen befindet sich hier!«, sagte er, dann schnellte seine Hand vor. Die Klinge bohrte sich bis zum Heft in die Brust des Kriegers rechts von Dago; die andere Hand beschrieb einen Bogen, und der zweite Wächter brach zusammen. Blut spritzte aus dem klaffenden Schnitt in seiner Kehle. Der dritte Mann stolperte zurück, die Augen weit aufgerissen. Er öffnete den Mund, um zu schreien, doch Dago war schneller. Er sprang auf ihn zu und presste ihm eine Hand auf den Mund. Die

Dolchspitze schabte über den Kettenpanzer, glitt ab und schnitt tief in die Sehnen, die das Knie hielten. Speichel nässte Dagos Handfläche, als der Wächter zu Boden ging.
Dago stieß mit der Spitze der Klinge ein weiteres Mal zu, diesmal höher. Ein Zucken lief durch den Körper des Wächters, dann lag er still.
Dago richtete sich auf. Von unten drang das begeisterte Pfeifen der Wachposten vor dem Tor zu ihm hinauf, was ihm sagte, dass Vena mit ihrem Ablenkungsmanöver begonnen hatte. Es folgten Gelächter und anfeuernde Rufe, die kurz darauf abrupt erstarben. Dago wartete. Wenig später erklang das Bellen von Hunden, zunächst von links, kurz darauf von rechts auf der Stadtmauer. Ansonsten war alles still. Dago atmete tief durch. Er rutschte die Rampe des Walls hinunter und eilte zum Tor.
Drei Wächter lagen bewegungslos zu Venas Füßen; in ihren Rücken steckten noch die Messer, die sie getötet hatten. Dagos Männer zogen die Klingen heraus, griffen nach den Beinen der Toten und zerrten sie hinter den Schuppen.
»Wo ist der vierte?«, fragte Dago.
»Gegangen, kurz nachdem du an ihnen vorbei warst. Er hat wohl noch zur vorigen Wachschicht gehört. Er hat jedenfalls keinen von uns bemerkt.«
Dago zuckte mit den Achseln. »Egal – solange er nur mich gesehen hat und sonst nichts, wird er sich nichts weiter denken. Öffnen wir das Tor!«
Er trat an das dunkle Eichenholz und stemmte die zwei schweren Riegel nach oben. Es knarzte laut, als sich das Tor einen Spaltbreit öffnete. Dago warf einen Blick hinaus. Alles war still, nichts rührte sich.
»Und jetzt?«
»Wir warten.«
Dago teilte die Männer zum Wachehalten ein und befahl ihnen,

den Toten die Binden abzunehmen, die sie als Stadtwächter auswiesen, und an ihren eigenen Oberarmen zu befestigen. Er selbst setzte sich neben den schmalen Spalt und blickte nach draußen. Von Zeit zu Zeit presste er ein Ohr auf den Boden, in Erwartung, das Trommeln Abertausender Hufe zu hören, aber nichts geschah.

»In der Dunkelheit nach Mitternacht«, hatte es geheißen, »vor der Morgendämmerung.«

Ohne den Mond war schwer zu schätzen, wie spät es war, aber Dago vermutete, dass mindestens die Hälfte der Zeit zwischen Mitternacht und Morgendämmerung verstrichen war. Er begann, unruhig auf und ab zu laufen. Nach einiger Zeit setzte er sich, prüfte die Schärfe seines Schwerts, um kurz darauf wieder aufzuspringen, auf die Mauer zu klettern und von dort nach Norden über die Straße zu blicken. Das Einzige, was er sah, war Dunkelheit.

Vena versuchte, ihn abzulenken, indem sie die Arme um seine Hüften legte, aber er stieß sie grob weg. Er fragte sich, was seinen Vater aufgehalten haben konnte. Waren er und seine Männer von den Vindelikern entdeckt worden? Das schien ihm unwahrscheinlich, denn in dem Fall wäre ein Bote nach Alte-Stadt geschickt worden. Außerdem wusste Dago, wenn jemand dreitausend Krieger unbemerkt auf vindelikisches Land führen konnte, dann sein Vater. Sie würden des Nachts reiten, auf unterschiedlichen Wegen in Gruppen zu fünfhundert Mann, und sie würden schnell sein, so dass es jeder Bote schwer haben würde, mit ihnen Schritt zu halten. Die boischen Reiterkrieger waren nicht umsonst gefürchtet, dachte Dago stolz. Er zweifelte nicht daran, dass sein Vater es schaffen würde.

Ein leiser Pfiff von der Mauer riss Dago aus seinen Gedanken. Er griff nach einer Lanze, die einem der toten Wächter gehört hatte, und bedeutete seinen Männern, in Deckung zu gehen.

Gedämpfte Huftritte näherten sich dem Tor und erstarben. Kurz darauf schob sich ein Schatten durch den Spalt und erstarrte, als er die Spitze der Lanze auf seiner Brust spürte. Vorsichtig streckte er die Hände aus und schob den Ärmel an seinem rechten Unterarm zurück. Eine Tätowierung prangte dort: ein Pferdekopf mit aufgestellter Mähne, das Zeichen von Dagos Vater.

Dago ließ die Lanze sinken. »Was soll das?«, zischte er. »Wo sind die anderen? Wo ist mein Vater?«

»Sie werden nicht kommen, Herr.«

Einen Moment lang glaubte Dago, nicht richtig verstanden zu haben. »Was soll das heißen, sie kommen nicht? Natürlich kommen sie! Es ist alles bereit!«

»Euer Vater hat mich geschickt, um Euch auszurichten, dass er mit seinen Kriegern nach Norden geritten ist, zur Grenze. Die Kimbern drohen, durch unser Land zu ziehen – mehr als dreißigtausend Krieger und ihre Familien, und täglich werden es mehr! Zunächst dachten wir, wir könnten mit ihnen verhandeln, sie dafür bezahlen lassen, dass sie unser Gebiet durchqueren, aber da waren es noch nicht so viele!«

Dago hatte Mühe, den hastigen Worten des Boten zu folgen. Er wollte nicht wahrhaben, was er hörte. Sollte sein Vater ihn tatsächlich verraten haben?

»Als wir den Kimbern sagten, dass wir ihnen den Durchzug verweigern, ließen sie keinen Zweifel daran, dass sie ihn notfalls mit Gewalt erzwingen würden. Die Siedlungen entlang der Nordgrenze haben die Fürsten zu Hilfe gerufen, und Euer Vater ist vor drei Nächten dem Ruf mit all seinen Kriegern gefolgt. Wir müssen unser Land beschützen!«

Dagos Männer versammelten sich schweigend um den Boten. Ungläubigkeit spiegelte sich auf ihren Mienen.

»Aber das Tor ist offen, die Wächter sind tot und, und …« Dago merkte, dass er stammelte. Wütend schleuderte er die Lanze von sich. Mit einem hellen Klirren prallte sie gegen das Tor. Die Sehnen an Dagos Hals spannten sich und traten unter der dunklen Haut deutlich hervor. Der Bote machte vorsichtshalber einen Schritt zurück.

»Das heißt, niemand wird kommen?«, vergewisserte sich Dago. »Alles, was ich getan und geplant habe, war umsonst? Weiß mein Vater eigentlich, was ich alles für ihn riskiert habe? Ich kann jetzt nicht mehr zurück!«

Der Bote schien nach einer Antwort zu suchen. »Vielleicht nächstes Jahr, Herr. Wenn niemand weiß, wer die Wächter getötet hat …«

»Sie werden es wissen! Jemand hat mich gesehen, als ich den Turm bestieg!« Dagos Finger krallten sich um den Griff des Schwertes.

»Dann müsst Ihr fliehen, Herr! Ihr könnt nicht hierbleiben und darauf warten, dass sie Euch fassen! Kommt mit mir!«

»Was ist mit uns?« Einer der elf Männer, die Dago geholfen hatten, trat vor. »Was wird aus uns?«

Dago starrte durch ihn hindurch. »Euch wird nichts geschehen. Niemand hat euch hier gesehen, geht einfach nach Hause und tut, als sei nichts passiert!«

»Aber das Mädchen!« Der Mann deutete auf Vena. »Sie hat den Met hergestellt, das dürften alle wissen! Wer sagt denn, dass sie uns nicht verraten wird, wenn sie sie fassen?«

Vena schüttelte hektisch den Kopf. Ihre Finger teilten die Luft, formten Zeichen und deuteten auf ihren Mund.

»Ihr habt recht«, sagte Dago nach einem Augenblick. »Wenn sie hierbleibt, gefährdet sie euch alle.«

Venas Augen leuchteten auf. Sie trat auf ihn zu und griff nach seiner Hand. »Ich fliehe gerne mit dir!«, signalisierte sie und lächelte. Kurz darauf verschwamm ihr Lächeln und machte einem verwunderten Ausdruck Platz. Blut strömte aus dem Schnitt in ihrer Kehle, rann über die helle Haut und zwischen ihre Brüste. Sie sank in die Knie, aber ihr fragender Blick blieb auf Dago geheftet, der sein Messer wieder einsteckte und Venas Blut von seinen Händen wischte.

»Verschwindet!«, herrschte er die Männer an, die auf das sterbende Mädchen zu seinen Füßen starrten. Sie zögerten nur kurz, bevor sie sich umdrehten und eilig in der Finsternis verschwanden. Dago achtete nicht auf ihre gedämpften Schritte, die sich rasch entfernten.

»Warte an der Furt auf mich!«, befahl er dem Boten. »Ich hole nur mein Pferd und ein paar Habseligkeiten.«

Dago bückte sich und zerrte Venas Körper hinter eine Pferdetränke. Während er sie über den Boden schleifte, rutschte ihr Rock nach oben und entblößte ihre Schenkel. Glatt und weiß leuchteten sie vor der dunklen Erde. Nur mühsam widerstand Dago dem Drang, Vena noch einmal zu nehmen. Er rannte los. Dago hörte weder das Hämmern seines Herzens noch die eigenen heftigen Atemzüge, während er die Straßen entlangrannte. Er kümmerte sich nicht darum, wer ihn sehen und sich verwundert fragen mochte, warum er es so eilig hatte. Warum sollte er auch? Es war plötzlich nicht mehr wichtig.

»Enttäusch mich nicht!«, hatte sein Vater ihn gewarnt. Ein Laut, der fast ein Lachen sein mochte, drang aus Dagos Kehle, als er sich an die Worte erinnerte. Verhöhnte sein Vater ihn womöglich gerade? Saß er in diesem Augenblick mit den anderen Fürsten der Boier zusammen und lachte über den Sohn, der vergebens auf ihn wartete? Wahrscheinlich wünschte er sich, Dago wäre tot und Moridic noch am Leben! Moridic war immer der Bessere von ihnen gewesen; ihn hätte er niemals verraten.

Dagos Lungen brannten, und er wurde etwas langsamer. Er

spürte, wie Schweiß von seiner Stirn über sein Gesicht lief. Die Tropfen vermischten sich mit der schwarzen Farbe um seine Augen, bis seine Wangen aussahen, als hätte er dunkle Tränen geweint. Aber Dago weinte niemals. Sein Vater hatte seine Söhne geschlagen, wenn sie geweint hatten.

Die Häuser, an denen er vorbeikam, wirkten friedlich und einladend. Bald schon würden ihre Bewohner aufstehen und einen weiteren Tag beginnen, arbeiten, essen, ohne zu ahnen, was Dago für sie geplant hatte. Vielleicht würden sie es sogar bald erfahren; er zweifelte nicht daran, dass seine Geschichte schnell die Runde machen würde. Sowohl Roueca wie auch Caran würden bestimmt nicht lange brauchen, um zu durchschauen, was Dago im Begriff gewesen war zu tun.

Er stellte fest, dass er nicht einmal sicher war, ob er tatsächlich gesehen hatte, wie Caran von dem behandelten Met trank. Womöglich schlief Caran gar nicht tief und fest wie die anderen und vielleicht würde er die Verfolgung aufnehmen, noch bevor der Morgentau getrocknet war. Aber wie weit würde Caran ihn jagen?

Ich könnte ihn töten.

Vor Carans Hof blieb Dago stehen. Er atmete tief durch und zwang sich zur Ruhe. Alles war dunkel; die Fackeln vor dem Eingang waren niedergebrannt, und im Inneren des Hauses glimmte nur noch Glut. Er hörte lautes Schnarchen und das Schnauben von Pferden, als er näher schlich. Dago zog sein Schwert.

Ein Schaben vor der Tür ließ ihn innehalten. Dago strengte die Augen an, aber er konnte nichts erkennen. Vorsichtig bückte er sich und tastete nach einem kleinen Stein. Er warf ihn und wartete auf das helle Klacken, das erklang, wenn der Kiesel auf die Holzbalken vor der Tür traf. Stattdessen hörte er einen lauten Fluch. Ein breiter Schatten schob sich vor die helle Hauswand. Dago ballte die Fäuste. Aenovales hätte er beinahe vergessen. Der alte Schmied würde seinen Herrn niemals unbewacht mit einem Haufen Fremder im Haus schlafen lassen, und wenn Aenovales Wache gehalten hatte, hatte er bestimmt nichts von dem Met getrunken.

Dago überlegte, ob er sich durch den Seiteneingang ins Innere schleichen sollte, aber er wusste, er hatte keine Zeit. Die Morgendämmerung war nicht mehr fern, und sobald der erste Bauer zum Nordosttor kam, würden kurz darauf die Signalfeuer die Wächter alarmieren. Danach wäre es lediglich eine Frage von Augenblicken, bis die Tore der Stadt geschlossen werden würden.

Leise trat Dago den Rückzug an. Er machte einen großen Bogen um das Haupthaus und näherte sich dem Stall. Als er durch die Tür schlüpfte, stellte er überrascht fest, dass eine Lampe in der hintersten Ecke brannte. Er zögerte, dann zuckte er mit den Achseln. Es war eine leere Box, und wenn ein Knecht dort schlief, würde er es nicht wagen, sich Dago in den Weg zu stellen. Dago griff nach dem Geschirr und näherte sich seinem Pferd. Der Hengst wachte auf und scheute überrascht zurück. Er griff in die kurz geschnittene Mähne und zog den Kopf zu sich heran. Das Pferd spürte Dagos Wut: Sein Schweif begann, unruhig hin und her zu peitschen, und die Ohren legten sich leicht nach hinten. Dago musterte den Hengst einen Augenblick lang, dann schlug er eine Faust über das empfindliche Maul. Der Hengst warf den Kopf zurück und stieß ein helles Wiehern aus, bevor er mit zitternden Flanken zum Stehen kam. Dago zäumte ihn und befestigte den Gurt, der die Reitdecke hielt, an seinem Bauch. Als er nach den Zügeln griff, stand Talia vor ihm.

Stroh steckte in ihren Haaren und Kleidern, und Tränenspuren zogen sich von ihren geröteten Augen hinunter über das bleiche Gesicht. Sie war barfuß und trat unbehaglich von einem Fuß auf den anderen.

»Was machst du hier, Dago?«, fragte sie. Ihre Stimme war rau. »Ist irgendetwas passiert?«

Der Anblick ihrer nackten Knöchel und zerzausten Haare zerstörte den Rest von Beherrschung, den Dago aufgebracht hatte. Eine dunkle Wolke erhob sich in seinem Inneren und drängte nach oben. Er ließ die Zügel fahren. Seine Lippen zogen sich zurück und entblößten die Zähne in einem wilden Grinsen, dann sprang er auf Talia zu.

Talias Augen weiteten sich überrascht. Sie stolperte zurück und über die eigenen Füße. Rücklings fiel sie zu Boden. Der Träger ihres Kleides rutschte zur Seite und enthüllte die glatte Haut ihrer Schulter. Dago setzte sich auf sie und hörte befriedigt, wie die Luft aus ihren Lungen wich. Seine Knie pressten Talias Arme auf den Boden, während er begann, die Schnüre ihres Mieders aufzureißen.

Talia trat wild mit den Beinen um sich. Sie öffnete den Mund, um zu schreien, doch Dago drückte ihr die Kehle zu. Ihr angsterfülltes Keuchen erregte ihn; sein Glied wurde hart und drängte gegen Talias Bauch. Seine Finger krallten sich in ihre Brüste, und sie bäumte sich auf. Talia bekam eine Hand frei und begann, auf ihn einzuschlagen. Verzweifelt trommelte sie mit den Fäusten gegen seine Brust, seine Schultern, seine Schläfe. Dago verstärkte den Druck um ihre Kehle. Er konnte sehen, wie sich ihr Gesicht bläulich färbte, dennoch hörte sie nicht auf, ihn zu schlagen. Ihre Finger zielten nach seinen Augen. Dago versetzte Talia einen Schlag, der ihren Kopf zurückwarf und hart auf den Boden prallen ließ. Ihre Glieder erschlafften. Schwer atmend blieb Dago noch einen Moment über ihr knien, dann öffnete er die Verschnürung seiner Hose.

Talia war eng und trocken, als er in sie eindrang. Ihr Körper bebte unter seinen heftigen Stößen. Dagos Nägel kratzten über ihre Schultern, während er seinen Samen in sie ergoss, aber Talia wachte nicht auf. Blutend und bewusstlos lag sie zu seinen Füßen, als er sich schließlich erhob und hastig ankleidete.

Wenig später donnerte ein Pferd durch die leeren Straßen von Alte-Stadt. Es trug seinen Reiter durch die Tore hinaus nach Osten. Über ihm dämmerte der Morgen.

Talia wollte nicht aufwachen. Wenn sie aufwachte, würde der Schmerz wiederkehren, und das wollte sie nicht. Aber die Hand an ihrer Schulter war sanft und unerbittlich. Talia öffnete die Augen und blinzelte in das besorgte Gesicht der Köchin.

»Atharic ist hier, Talia«, sagte die Frau. »Er will mit seinen Leuten aufbrechen. Er fragt nach dir. Was soll ich ihm sagen?«

Talia zog die Decke bis zum Kinn. Sogar diese kleine Bewegung tat weh. Sie räusperte sich, dennoch schmerzten die Worte in ihrer zugeschwollenen Kehle, als sie antwortete: »Sag ihm, dass es mir nicht gut geht! Und dass ich ihn nicht sehen will! Mehr braucht er nicht zu wissen.«

Die Köchin nickte. Sorge hatte ihre Schultern gebeugt, und sie kaute auf der Unterlippe, wie Talia es sonst zu tun pflegte. »Caran ist noch nicht zurück«, berichtete sie. »Er ist aufgebrochen, kurz nachdem Aenovales dich gefunden hat. Sie sagen, Dago hätte auch die Wachen am Nordosttor getötet. Angeblich soll er versucht haben, die Stadt zu übernehmen. Caran hat die schnellsten Pferde, die besten Hunde und sechs seiner Krieger mitgenommen, aber wir haben noch keine Nachricht von ihm.«

»Wie spät ist es?«

»Mittag.« Die Köchin wartete. Ihr rundes Gesicht war abgehärmt und grau. Als Talia nichts hinzufügte, seufzte sie und stand auf. Leise schloss sie hinter sich die Tür.

Talia hörte ihre Stimme draußen in der Halle, und dann eine

tiefere – Atharic, der ihr antwortete. Talia drehte den Kopf zur Seite und richtete den Blick auf die Wand. Es dauerte nicht lange, dann hörte sie, wie sich Atharics Schritte entfernten. Es wurde still.

Talia schloss die Augen.

Als sie das nächste Mal aufwachte, war es durch ihren eigenen unterdrückten Schrei. Es war dunkel in der Kammer, und sie war alleine. Schritte ertönten vor dem schweren Vorhang, der die Kammer abgrenzte, dann wurde der Stoff zur Seite geschoben. Talia blinzelte in eine kleine Flamme. Das flackernde Licht vertrieb die Bilder der letzten Nacht, Dagos Gesichtszüge, die Schemen, die seine Hände waren, als sie nach ihr griffen, vertrieb das pulsierende Rot, von dem Talia wusste, dass es ihre eigene Seele durchzog. Der Schmerz zwischen ihren Beinen kehrte mit aller Macht zurück, bis sie meinte, ihr Innerstes würde zerreißen.

Talia spürte große raue Hände auf ihrem Haar und hörte Aenovales' tiefe Stimme, die besänftigende Töne von sich gab. Ein Becher mit warmer Flüssigkeit wurde an ihre Lippen gesetzt, und sie schluckte krampfhaft. Ein Tropfen rann über ihr Kinn und den Hals hinab. Talia hustete, aber der bittere Geschmack in ihrem Mund blieb.

Talia ließ es zu, dass Aenovales seine Arme um ihre Schultern schlang und sie aufsetzte. Er stopfte etwas Weiches in ihren Rücken, eines von Catuens bestickten Kissen, dann reichte er ihr eine Schale.

Im Licht der Lampe konnte Talia gerade noch erkennen, dass sie mit Hirsebrei gefüllt war, bevor sie das Gefäß beiseite stellte und mit heiserer Stimme um Wasser bat. Während der Schmied ihr das Gewünschte holte, hörte Talia weitere Stimmen aus der Halle. Ein Baby schrie, dann begann eine Frau aufgeregt zu

sprechen. Eine andere antwortete leiser und beherrschter, und Talia glaubte, Rouecas Stimme zu erkennen.
Talia stützte sich an der Wand ab, während sie sich bemühte, auf die Beine zu kommen. Jede Bewegung schmerzte, aber sie begrüßte den Schmerz beinahe, denn er hielt die Erinnerungen auf Abstand, die aus ihrem Inneren nach oben trieben: der Stall, Dagos Gewicht auf ihrem Körper, sein Griff um ihre Handgelenke, sein verzerrtes Grinsen.
Jemand hatte Talia ausgezogen, während sie bewusstlos gewesen war, um ihr ein weiches, helles Hemd überzuziehen, das bis weit über ihre Oberschenkel reichte. Sie hatten sie auch gewaschen, denn sie sah kein Blut mehr auf ihrem Oberschenkel. Die geronnenen Rinnsale waren fort; sauber und weiß lag das Hemd auf ihrer Haut. Der Anblick befremdete sie.
Regen prasselte auf das Dach über Talia und platschte in die Pfützen vor dem Haus. Es war ein beruhigendes Geräusch, und Talias Hände strichen im Takt des tropfenden Wassers über ihre Hüften, immer und immer wieder, als müsse sie sich daran erinnern, dass dies ihr Körper war. Aenovales kehrte zurück. Als er sah, dass Talia stand, stellte er den Krug mit Wasser ab und drängte sie, sich wieder hinzulegen. Talia schüttelte den Kopf.
»Was ist los?«, krächzte sie. »Wer ist das in der Halle?«
Das Schreien des Babys war verstummt. Außer einem unterdrückten Murmeln, das mit jeder Silbe schwächer wurde, war nichts zu hören. Leise schloss sich eine Tür.
»Es ist Catuen. Sie hat alle anderen fortgeschickt. Sie wartet auf Caran. Er hatte gesagt, er würde Dago nur bis zu den Drei Alten Schwestern verfolgen, danach würde er umkehren und seine Männer alleine hinter Dago herschicken. Dago hat ein gutes Pferd und kennt das Land. Caran meinte, wenn sie ihn bis zu den Drei Schwestern nicht einholen, würden sie ihn kaum mehr erwischen. Dago würde dafür sorgen, dass die Hunde

seine Spur verlieren, und sie würden nicht wissen, welchen Weg er eingeschlagen hat.«

Talia kannte die Drei Alten Schwestern. Es waren gebeugte Weiden, die dort standen, wo der Danuius im Frühling die Südstraße oft unpassierbar machte. Die Legende erzählte, dass die Weiden drei Schwestern waren, Seherinnen, die einem König einen Sohn versprochen hatten, aber die Königin hatte ihrem Mann stattdessen einen Schwan geboren, und der König hatte die drei Alten in seiner Enttäuschung verflucht und sie in Bäume verwandeln lassen. Es hieß, wenn jemals ein Reisender unter den Bäumen einen Schwan brüten sah, würde er ein Kind zeugen, das die Stämme der Vindeliker auf ewig vereinen würde.

»Die Drei Schwestern sind nur einen Halbtagesritt entfernt, wenn man schnell reitet«, bemerkte Talia, »und jetzt ist es bereits wieder dunkel.«

Aenovales ließ den Kopf hängen. »Caran müsste schon längst zurück sein. Es sei denn, er hat Dago gefunden.«

»Aber dann hätte er einen Boten geschickt«, beendete Talia seinen Satz. Aenovales nickte.

Talia drängte sich an Aenovales vorbei und verließ die Kammer. Jeder Schritt, den sie auf dem harten Boden machte, hallte dumpf durch ihren ganzen Körper und brannte sich in ihren Unterleib, aber Talia biss die Zähne zusammen und schleppte sich weiter.

Catuens Gesicht war bleich, ihre Augen rot gerändert, als Talia die Halle betrat. Sie saß neben dem nur noch glimmenden Herdfeuer und nähte an einem schweren, hellgrünen Stoff, der zu neuen Wandvorhängen werden sollte. Ihre Augen mussten von dem schlechten Licht schmerzen, und Talia sah Blut auf Catuens Fingern, aber sie wagte nicht, etwas zu sagen. Stattdessen nahm sie ihr die Nadel fort und legte den Stoff sorgfältig gefaltet zurück in seine Truhe. Catuen hob den Kopf. Ihr müder Blick glitt über Talias Gesicht, über ihren Körper, die langen Beine, die sich unter dem Hemd verloren, die Hände, die sie in einer engen Umarmung um den eigenen Oberkörper geschlungen hatte. Catuen öffnete den Mund, um etwas zu sagen, aber sie schien keine Worte zu finden.

»Caran sagte, er würde ihn töten«, brachte sie schließlich hervor. Talia nickte bloß.

Talia und Catuen setzten sich vor das niedergebrannte Herdfeuer in der Halle. Talia streckte die Beine aus und lehnte sich zurück, aber auch diese Haltung brachte nur wenig Linderung. Sie bemühte sich, ihren Atem zu kontrollieren. Ihre Gedanken schienen aus ihr herauszufließen, um sich in der Stille der Halle zu verlieren. Der Raum schien größer als sonst, leerer und kälter, sogar das Bärenfell über Carans Stuhl sah plötzlich weniger einladend aus. Draußen hatte der Regen nachgelassen; stattdessen war ein leichter Wind aufgekommen, der die Schwüle vertrieb und die Luft abkühlte. Leiser Donner grollte, aber das Gewitter zog in der Ferne vorbei.

Talia und Catuen warteten schweigend. Irgendwann griff Catuen nach Talias Hand und hielt sie fest. Furcht hatte tiefe Linien um ihre Mundwinkel gegraben. »Warum kommt er nicht?«, flüsterte sie.

Talia wusste keine Antwort.

Mitternacht war lange vorbei, als der Bote kam.

Carans Leibwache bildete einen lockeren Kreis um Talia und Catuen, als sie durch die leeren Straßen der schlafenden Stadt jagten. Ratten huschten vor den Hufen der Pferde davon, und ein paar Hunde bellten hinter ihnen her. In einigen Häusern brannte noch Licht, das sich in den dunklen Pfützen auf den Wegen spiegelte. Matsch spritzte auf und beschmutzte ihre Beine.

Talia wusste nicht, woher die plötzliche Ruhe in ihr kam. Die Bewegungen des Pferdes unter ihr hätten sie schreien lassen müssen vor Schmerz, aber ihre Hände, die die Zügel umklammerten, zitterten kaum und ihre Gedanken waren so klar und kalt wie die wenigen Regentropfen, die über ihr Gesicht rannen. Sie warf einen Blick auf Catuen, die neben ihr ritt, die Lippen fest zusammengepresst und die Züge ein flackerndes Mosaik aus Schatten im Licht der Fackeln.

Eine Menschenmenge hatte sich rund um das Standbild der Pferdegöttin eingefunden. Feuerschein beleuchtete die Beine, den Bauch und die Nüstern Eponas und hüllte die Statue in flammendes Rot. Eine Spur aus Blut zog sich die Seite des Sockels hinab, dunkle Flecken auf hellem Kalk, die langsam trockneten.

Caran lag zu Füßen der Göttin. Jemand hatte ihn auf eine dünne Decke gelegt und ein bronzenes Amulett um seinen Hals gehängt. Sie hatten ihm das Hemd ausgezogen und das rechte Hosenbein bis zur Hüfte hinauf aufgeschnitten. Zwei Bandagen bildeten feste Verbände um seinen Oberschenkel und die Schulter. Er hatte die Augen geschlossen und bewegte sich nicht. Sein großer Körper lag ausgestreckt auf dem Boden, ohne Schutz vor der Kühle der Nacht und dem Regen. Dunkle Streifen zogen sich über sein wächsernes Gesicht. Talia wusste nicht, ob es Blut war oder Schmutz. Er erschien ihr wie ein Fremder.

Betretene Stille legte sich über die Menge, als Catuen neben ihrem Mann auf die Knie fiel. Ihre Finger berührten seine Stirn, seine Wangen und zuckten zurück, als hätten sie sich verbrannt.

»Wieso ist er noch hier?« Catuens Stimme überschlug sich. »Warum habt ihr ihn nicht ins Heiligtum gebracht?«

Ein Mann trat hinter sie und legte eine blutüberströmte Hand auf ihre Schulter, die andere umklammerte eine flache Tasche.

Talia konnte fein gearbeitetes Bronzebesteck erkennen, das in mit Schutzzeichen bestickte Tücher gewickelt war. Der Arzt war barfuß und trug nur einen groben Überwurf. Wer immer ihn geweckt hatte, hatte ihm keine Zeit zum Ankleiden gelassen.

»Carans Männer haben ihn nach Alte-Stadt gebracht«, sagte er leise, so dass sich Talia anstrengen musste, um seine Worte zu verstehen, »aber bevor sie die Pforte des Heiligtums erreichen konnten, ist Euer Mann zusammengebrochen, hier, an diesem geweihten Ort, zu Füßen Eponas. Wir dachten, es wäre ein Zeichen, der angemessene Ort für seine Seele, um weiterzuwandern. Wir dachten, es wäre sein Wunsch, hier zu sterben, unter den Augen der Schutzgöttin der Stadt.«

Einen Moment lang schien Catuen nicht zu verstehen, was er gesagt hatte. Ihr Blick war starr auf einen Punkt hinter seiner Brust geheftet. »Was heißt das?«, fragte sie schrill. Sie sprang auf und stieß den Arzt zurück. »Was soll das bedeuten? Er lebt noch!«

»Er hat zu viel Blut verloren.« Ientus' Stimme klang überraschend sanft. Talia hatte ihn zunächst nicht gesehen, denn er hatte auf der anderen Seite der Statue gestanden. Jetzt schob er sich an den Schaulustigen vorbei und trat neben sie. Auch er trug nur einen dünnen Mantel und ungeschnürte Sandalen. »Caran wurde von zwei Pfeilen getroffen, Catuen. Es hat zu lange gedauert, bis seine Männer ihn zu uns bringen konnten. Dago hatte sie in einen Hinterhalt bei den Drei Alten Schwestern gelockt; ein weiterer Mann wurde getötet, ein dritter verletzt. Carans Krieger haben ihn so schnell wie möglich zurückgebracht. Es hat trotzdem zu lange gedauert. Euer Mann stirbt, Catuen.«

»Was ist mit Dago?«, fragte Aenovales.

»Dago ist entkommen.«

Catuen starrte durch Ientus hindurch, als wäre der Druide überhaupt nicht vorhanden. Ihre Lippen bewegten sich lautlos. Sie kniete sich neben Caran und nahm seine schlaffen Hände in ihre.

»So kalt«, hörte Talia sie flüstern. Sie rieb Carans Finger und presste ihr Gesicht an seine Wange. »Wo ist deine Wärme geblieben?«

Der Satz blieb in der Luft hängen wie ein sich endlos wiederholendes Echo. Er peitschte durch Talias Schläfen und zerrte an ihrer Seele. Sie musste Caran nicht berühren, um zu wissen, dass die Farben, die ihr Vater waren, verblassten. Und Talia hatte seine Wärme nie gespürt.

»Lasst mich durch!«, befahl sie. Sie war erstaunt, wie klar ihre Stimme klang. Ihre Füße setzten sich wie von selbst in Bewegung. Noch immer verfingen sich einzelne Regentropfen in ihren Wimpern und ließen sie blinzeln. Sie spürte kaum die Hand auf ihrem Arm, die versuchte, sie zurückzuhalten. Die grauen Züge ihres Vaters schienen sie zu rufen.

»Nicht, Talia! Er stirbt bereits!«, drängte Ientus. »Wenn du dich jetzt mit seiner Seele verbindest, wird sie deine mit sich reißen auf ihrem Weg in die Andere Welt! Du wirst Schlimmeres erleiden als den Tod!«

Talia zweifelte nicht daran, dass Ientus recht hatte. Das war es gewesen, was damals in der Herberge geschehen war – oder geschehen wäre, hätte Luguaedon sie nicht zurückgerissen. Sie schüttelte Ientus' Hand ab.

»Lasst ihn los!«

Catuen starrte sie durch einen Schleier aus Tränen hindurch an. Einen Moment lang wusste Talia nicht, ob Catuen sie überhaupt erkannte. Dann lehnte sie sich zurück und machte ihr Platz.

»Talia!«

Talia achtete nicht darauf, was Ientus in ihrem Rücken rief. Sie spürte die Wärme einer Fackel auf ihrer Wange und roch den Geruch von brennender Birkenrinde. Irgendwo gab es ein Mädchen, das vor Angst laut schrie, und seine Schreie galten dem Mann vor Talias Füßen.

Talia ging in die Knie und legte sich vorsichtig auf den Körper ihres Vaters. Niemals zuvor war sie ihm so nahe gewesen. Wie Liebende presste sie ihre Stirn gegen Carans und verschränkte ihre Finger mit seinen. Seine Haut war kühl, genau wie Catuen gesagt hatte, und sie spürte getrocknetes Blut auf seinen Händen. Ein leichter Hauch strich über ihre Lippen, aber sie war sich nicht sicher, ob es nicht der Wind war.

Talia schloss die Augen und richtete ihren Blick nach innen. Sie griff nach einem Faden aus gold-blauem Feuer und wickelte ihn um ihren Finger. Nackt und wehrlos sickerte ihre Seele aus ihr heraus wie Wasser aus einem undichten Beutel. Sie floss durch die Ritzen ihrer Schutzmauern und schoss als Welle davon, jenseits der Grenzen ihres Körpers.

Talia wusste, irgendwo hob und senkte sich ihre Brust, presste Luft in ihre Lungen, während Blut durch ihre Adern rauschte. Sie erinnerte sich an das Gefühl ihres Körpers, eine Hülle, warm, zerbrechlich und stark, die Bewegungen ihrer Muskeln, wenn sie rannte, das Lachen, das ihre Brust schüttelte und das Prickeln auf ihren Lippen, wenn sie Atharic küsste. Sie spürte auch den Schmerz, den Dago in ihren Körper gerissen hatte, und sie wusste, sie durfte diese Erinnerungen nicht verlieren, denn dieser winzige Faden war alles, was sie mit ihrem Körper verband.

Auch Carans Seele vermisste das Fleisch und die Haut, die sie im Begriff war, für immer zu verlassen. Unschlüssig schwebte sie zwischen den Leben und flammte erschrocken auf, als sie plötzlich Talias festen Griff um sich spürte.

Dunkelblau. Die Farbe des Abendhimmels, auf dem die ersten Sterne erscheinen. Das Wasser in der Mitte eines tiefen Sees. Und so vertraut, so überraschend vertraut …
Er war ihr Vater.
Sie konnte ihn nicht gehen lassen.

Schmerzen. Schmerzen in ihrem Unterleib, Schmerzen in ihrem Kopf. Sie dachte, ihr Schädel würde zerspringen. Sie hätte sich gerne übergeben, aber dafür würde sie aufwachen müssen, ganz wach werden müssen, und das wollte sie nicht. Es war besser, in diesem Dämmerzustand zu bleiben, irgendwo zwischen Träumen und Wachsein. Hier war sie sicher, hier lauerten keine Bilder, die sie nicht sehen wollte, hier mussten keine Entscheidungen getroffen werden, hier konnte sie so weitermachen wie bisher, so als wäre nichts geschehen.
Ihre Augen fühlten sich an, als würde jemand versuchen, sie nach innen zu drücken, und manchmal dachte sie, sie würde einen Blick auf ihr eigenes Gesicht erhaschen, von außen, so als betrachtete sie sich in Catuens Spiegel aus silbrig glänzender Zinnbronze: bleich, mit blutunterlaufenen Augen, verzerrten Zügen und Händen, die sich über ihrem Bauch verkrampften.
Sie wusste, sie war im Heiligtum. Man hatte sie dorthin gebracht, in eine Kammer neben der Carans. Einmal war Roueca zu ihr gekommen und hatte sich über sie gebeugt, aber sie hatte getan, als würde sie schlafen.
Ich muss es ihr sagen, *dachte sie.* Ich muss es ihnen allen sagen. Ich kann nicht mehr …
Carans Schwester hatte einen Becher mit stark riechenden Kräutern neben ihr Lager gestellt, so dass sie ihn, wenn sie erwachte, leicht erreichen konnte, aber bis jetzt hatte sie ihn nicht angerührt. Sie hatte keinen Durst. Außer dem Stechen in ihrem Kopf fühlte sie kaum etwas. Es war der Preis, den sie bezahlte, weil sie das Schicksal herausgefordert hatte.

Caran lebte. Sie hatte es aus den Stimmen herausgehört, die von der anderen Kammer durch die dünnen Wände drangen: Catuens, Rouecas und jene der Heiler. Sie hatte seine Seele aus dem Raum zwischen den Welten geholt, sie hatte sie berührt, gehalten, ihre dunkelblauen Flammen neben ihren gesehen. War sie froh, dass er lebte?
Sie vermutete es.
Dazu also bin ich fähig. *Sie hätte beinahe gekichert. Sie wusste selbst nicht, was sie meinte: ihre Fähigkeit, Seelen zu sehen, sie zu sich zu rufen und zu binden, oder ihre Bereitschaft, ihr Leben für ihren Vater zu riskieren.*
Die Decke, unter der sie lag, bewegte sich. Jemand hatte sich neben sie gesetzt. Sie blinzelte unter gesenkten Lidern hindurch und sah, dass es Ientus war.
»Du konntest der Versuchung nicht widerstehen, nicht wahr?«, fragte er und schüttelte den Kopf. »Auch wenn es dich beinahe umgebracht hat. Sieh dich an, du siehst aus wie der Tod! Es war zu viel, nicht wahr? Sag, was hast du gesehen? Was hast du dort draußen erlebt?«
Sie antwortete nicht. Ientus seufzte. Ruhiger fuhr er fort: »Du musst keine Angst haben, ich bin nicht wütend auf dich. Womöglich bin ich sogar dankbar. Du hast es mir leicht gemacht, Talia. Roueca und Catuen haben bereits eingesehen, wie wichtig es ist, dass du richtige Anleitung erhältst – meine *Anleitung.« Er beugte sich dichter über sie. »Caran wird dir natürlich dankbar sein, dass du ihm das Leben gerettet hast, aber nicht einmal er kann jetzt noch glauben, dass du bei ihm richtig aufgehoben bist. Und wer weiß? Sobald Roueca ihm sagt, dass du für sie spioniert hast, wird er sich vielleicht doch fragen, wieweit er dir überhaupt vertrauen kann. Hattest du ihm nicht einen Eid geschworen?«*
Sie musste eine Bewegung gemacht haben, denn sie hörte ihn leise lachen. »O ja, Roueca wird es ihm sagen. Zu viele Leute sind gestern Nacht von Dago verraten worden. Hat dir schon jemand erzählt, dass Rouecas stumme Magd seine Komplizin war? Nein? Nun, sie hat

dafür mit dem Leben bezahlt. Jetzt beginnen gerade alle Herren, die Loyalität ihrer Sippenmitglieder zu hinterfragen, und wir wissen ja, wie sprunghaft die deine ist. Wer weiß schon, ob nicht sogar du Dago geholfen hast?«

Seine Hände strichen über ihren Kopf. Einen Moment lang glaubte sie, er würde sie küssen. »Nicht einmal ich ahnte, wie weit deine Fähigkeiten reichen«, murmelte er, »aber jetzt weiß ich es. Und ich werde es niemals vergessen.« Seine Hand ruhte noch einen Augenblick lang auf ihrem Scheitel, dann erhob er sich. Seine Schritte verklangen. Es wurde still.

Roueca würde es Caran erzählen.

Ich muss fort.

Sie setzte sich auf. Ihr Ellbogen stieß gegen den Becher neben ihr, der heftig zu schwanken begann und einen Teil seiner Flüssigkeit auf den Fußboden vergoss. Sie achtete nicht darauf. Mit zitternden Fingern öffnete sie die Truhe am Ende der Lagerstatt und tastete nach den Kleidern, die sich in ihr befanden. Sie fand einen Umhang wie ihn die jungen Novizen trugen, braun und mit einer weiten Kapuze, die ihr Gesicht verbergen würde, und warf ihn über. Er musste genügen.

Schwankend kam sie auf die Füße. Ihre Gedanken bewegten sich wie in einem Nebel, und ihr war schwindelig, doch ein Gedanke stach hell und scharf hervor: Ich muss fort.

Sie bemerkte nicht die tote Spinne, die in der verschütteten Wasserlache neben dem Becher lag, als sie leise in den Gang hinaustrat. Gedämpftes Lachen drang aus der Kammer nebenan, in der ihr Vater lag. Sie wandte sich ab. Wenig später schritt ein Novize mit gesenktem Kopf durch die Pforte des Heiligtums und verschwand in den Straßen der Stadt. Niemand hielt ihn auf.

II.

Süddeutschland, 111 v. Chr.

7. Kapitel

»Schau, Mama! Siehst du, wie er fliegt?«

Talia lachte. Sumelis rannte den sanft abfallenden Hang hinab so schnell ihre Beine sie trugen. Der Schal, den Talia bei ihrem letzten Besuch auf dem Markt im Tal gegen eine junge Ziege getauscht hatte, flatterte in einer scharlachroten Wolke hinter dem Mädchen her. Das fein gesponnene Tuch war so dünn, dass die Sonnenstrahlen hindurchschienen und den Stoff in eine wogende Fackel verwandelten.

»Er sieht aus wie ein Drache!«

Immer noch lächelnd ließ sich Talia auf das saftige Gras fallen und verschränkte die Arme hinter dem Kopf. Eine gesunde junge Ziege gegen einen einzigen Schal einzutauschen erschien vermessen, aber sie hatten sowieso zu viele Ziegen und Schafe, als dass sie sich um alle hätten gut kümmern können. Seit die Zwillinge gestorben waren, hatte Talia kaum mehr Zeit für etwas anderes gehabt als ihre eigene Arbeit und den Versuch, das Leben auf dem Hof einigermaßen in Gang zu halten. Sie wusste, sie musste sich keine Sorgen um sich und Sumelis machen, denn die Menschen, die in ihrem schmalen Tal lebten, zahlten gut für Talias Dienste. Kein Monat verging, in dem Talia nicht zu Geburten, an Kranken- oder Sterbebetten gerufen oder von jungen Frauen aufgesucht wurde, die krank vor Liebeskummer waren, oder von Jungen, die sie verschämt um einen Zauber baten, damit sie tapferere Männer wurden. Letzten Monat hatte ein Kesselflicker Talia gebeten, in sein Haus zu kommen, weil er glaubte, die Seele seiner Frau sei noch immer in ihrer Kammer gefangen. Ein anderer hatte ihre Hilfe gesucht, weil sein schon seit zehn Jahren abgetrennter rechter Zeigefinger noch immer pochte, als sei er noch vorhanden. Manchen dieser Menschen konnte Talia helfen, vielen jedoch nicht. Trotzdem verehrten die Bewohner des Tals sie mit derselben Ehrfurcht, die sie einem Geweihten entgegengebracht hätten. Sie nannten sie *Heilerin*, manchmal, wenn zu viel Met oder Bier geflossen war, sogar *Druidin. Seelenwächterin,* nannte Talia sich selbst – aber niemals laut, sondern immer nur im Stillen. Es war Atharic gewesen, der ihr diesen Namen gegeben hatte, und von Atharic sprach sie niemals, denn er war Vergangenheit. Und Talia hatte gelernt, ihre Vergangenheit für sich zu behalten.

»Es ist ein einsames Leben, wenn man seine Erinnerungen nicht teilen kann«, hatten die Zwillinge ihr gesagt, als sie zu ihnen gekommen war, damals vor fast sieben Jahren mit einem Kleinkind im Arm und einer verzweifelten Hoffnung in den Augen. »Wir können dich lehren, was du wissen musst, aber nur wenn deine eigene Seele in Frieden mit sich ist, wird sie auch anderen Frieden geben können.«

Als Talia den Hof der Zwillinge damals zum ersten Mal sah, war sie zunächst nur froh gewesen, ein neues Leben anfangen zu können. Sie hatte Alte-Stadt hinter sich gelassen und sich auf die Suche nach Menschen gemacht, die ihre Gabe teilten. Ihre Suche hatte eineinhalb Jahre gedauert. Eineinhalb Jahre, in denen sie oft nicht gewusst hatte, wie sie sich und das heranwachsende Leben in ihrem Leib künftig ernähren sollte. Sie war Magd gewesen, Erntehelferin, hatte sich Händlern als Köchin angeschlossen und war mit ihnen nach Süden und Westen gereist, ein willkürlicher Zickzackkurs, ohne Plan und Ziel. Einmal, als ihre Schwangerschaft schon fortgeschritten war, hatte einer der Händler ihr Geld geboten, damit sie mit ihm schlief. »Wenn es ein Mädchen ist, schlafe ich mit zwei Frauen!«, hatte der Mann mit einem widerlichen Grinsen festgestellt und seine Hände in ihren gewölbten Bauch gekrallt. Talia hatte sein Geld genommen, dann hatte sie gewartet, bis er völlig betrunken war und im Sitzen einschlief. Sie hatte seine Geldbörse von seinem Gürtel geschnitten und war geflohen, bevor er wach wurde und den Diebstahl bemerkte. Das Gold, das sie in der Börse fand, war mehr gewesen, als sie zu hoffen gewagt hatte, und hatte sie den Winter über bis weit in den Frühling hinein ernährt. Sie hatte sich in einer der Städte der Helvetier ein kleines Zimmer in einer billigen, aber sauberen Herberge gemietet und abends in der Schenke geholfen. Die Stadt, obwohl ebenfalls befestigt, war längst nicht so groß wie Alte-Stadt, dennoch war sie ein Ort, in dem viele Wege zusammenliefen und wo viel getratscht wurde. Eines Abends, zwei Monate nach Sumelis' Geburt, hatte Talia schließlich von wandernden Barden zum ersten Mal von den Zwillingen gehört. Wenig später war sie mit ihrem kleinen Kind vor die Brust geschnallt und einen Rucksack mit ihren wenigen Habseligkeiten auf dem Rücken aufgebrochen, um das Geschwisterpaar zu finden, das, so hatten die Barden erzählt, die Macht besaß, Seelen zu sehen. Und hier, in den Bergen, wo das Land der vindelikischen Stämme an das der Helvetier grenzte, hatte Talia sie schließlich gefunden.

Die Zwillinge, die sie bei sich aufgenommen und unterrichtet hatten, besaßen zwar nur einen winzigen Hauch ihrer Fähigkeit, ein vages Empfinden von Farben und fremden Gefühlen, doch sie waren dankbar gewesen, alles, was sie wussten, an Talia weitergeben zu können. Auf ihrem kleinen Berghof hatten sie Talia gelehrt, Kontrolle über ihre Seele zu erlangen, Gefühle zu beherrschen und sich nur noch auf ihren Atem zu konzentrieren. Talia hatte gelernt, sich zu schützen, aber auch wie sie ihre Gabe nutzen konnte, um Menschen dabei zu helfen, sich selbst zu heilen, um ihnen Mut und Vertrauen zu geben. Sie hatte bei Geburten geholfen und bei Todesfällen. Sie hatte gelernt, wie Körper und Seele miteinander verbunden waren, und zu erkennen, ob eine Seele glücklich oder traurig war. Sie kannte die winzigen Fäden, die durchschnitten werden mussten, wenn jemand starb, damit die Seele in Frieden weiterwandern konnte, und sie wusste um die Schatten, die sich über eine Seele legen und sie vergiften konnten.

Bei dem Gedanken daran verzog Talia den Mund. *Immerhin habe ich lange genug unter diesen Schatten gelebt,* dachte sie und spürte einen Stich in ihrer Brust.

Ein breites rotes Band schob sich vor Talias Gesichtsfeld und verdeckte den Blick auf den blauen Himmel mit seinen träge dahinziehenden Wolkenbergen. Talia blinzelte, dann schnappte sie Sumelis den Schal aus den Händen und sprang auf die Füße. Sie rannte den Hang hinab, ihre kreischende Tochter dicht auf ihren Fersen. Erst als sie die Bäume oberhalb des Hofs erreichte, wurde Talia langsamer und ließ Sumelis zu sich aufschließen. Sie legte ihr den Schal um die Schultern und drückte sie kurz an sich.

»Die Farbe steht dir gut«, sagte sie und fuhr mit den Fingern durch Sumelis' wirre Locken. »Aber das Tuch ist sehr zart und empfindlich, also trag ihn lieber nur zu besonderen Anlässen!«

»Wann ist denn wieder ein besonderer Anlass?«

»Wenn das Wintergetreide ausgesät wird.«

Sumelis verzog das Gesicht. »Das dauert ja noch ewig!«

Die Bäume schlossen sich um sie und verdeckten den Blick auf die schroffen Berge. Auf einigen Gipfeln schimmerte trotz des Hochsommers Schnee; dort lag die Heimat der Eisgeister, die sich im Sommer unter dem Himmel versteckten und Kraft sammelten, um im Winter ihren kalten Atem über das ganze Land zu blasen. Die Zwillinge hatten ihnen in jedem Herbst einen Bock geopfert, aber dieses Mal war ihr Opfer nicht angenommen worden. Der Bock hatte sich losgerissen, bevor das Messer seine Kehle durchtrennen konnte, und war davongerannt, den Berg hinauf, immer höher und höher, bis er ihren Blicken entschwand. Die Zwillinge und Talia hatten gewusst, dass es ein böses Omen war, und hatten das Wohnhaus mit schützenden Kreisen aus Eicheln und Getreidekörnern umgeben, aber es hatte nichts genutzt. Die Wut der Eisgeister hatte nicht auf dem Hof zugeschlagen, sondern bei dem aufgegebenen Brunnen neben der alten Rodungsfläche am Hang: Die Lawine hatte die Zwillinge überrollt, während Talia und Sumelis im Wohnhaus gesessen und an neuen Handschuhen genäht hatten. Sie hatten das Rumpeln und Donnern in der Ferne gehört, doch bis sie zu der Unglücksstelle kamen, war von den Zwillingen, Talias Lehrern und Beschützern, nichts mehr zu sehen außer ihren Fußspuren, die sich unter dem Schnee verloren.

Es war ein einsamer Winter geworden.

»Wie lange wirst du weg sein?«, fragte Sumelis, während sie an den zwei kleinen Wirtschaftsgebäuden vorbei auf das Wohnhaus zugingen. »Kommst du heute Abend wieder?«

Talia schüttelte den Kopf. »Wahrscheinlich werde ich über Nacht bleiben. Der Köhler wohnt zu weit entfernt, und ich wäre vor Einbruch der Dunkelheit nicht zurück.«

Sie erreichten den freien Platz vor dem Wohnhaus. Der Knecht, der mit seiner jungen Frau ebenfalls auf dem Hof lebte, hatte Talias alte Stute bereits aufgezäumt und gab ihr einen Eimer

Wasser zu trinken. Das Pferd wieherte leise, als es sie sah, und Sumelis rannte zu ihm und streichelte seinen Hals, während Talia kurz ins Haus ging und ihre Sachen holte.

»Wie lange ist sie denn schon so?«

Talia brauchte einen Moment, bevor sie verstand, dass Sumelis von der Tochter des Köhlers sprach. Sie schlug den schweren Lederdeckel über ihre Tasche und hängte sie sich über die Schulter. »Seit dem Unfall. Sie ist vor drei Nächten von der Leiter gefallen, und seitdem liegt sie nur da und rührt sich nicht mehr. Sie ist mit dem Hinterkopf auf einen Stein geschlagen.«

Sumelis nickte weise. »Ich könnte dir helfen!«, schlug sie vor. »Ich kann genauso gut sehen wie du, ob …«

»Wenn du älter bist«, unterbrach Talia ihre Tochter ruhig. Sie kannte die Diskussionen mit Sumelis. »Wenn ich glaube, dass du dafür bereit bist.«

»Aber ich bin bereit!«

»Bist du bereit, bei dem Mädchen zu sein, wenn es stirbt?«

Ihre Tochter zögerte. Talia hielt ihren Blick fest. Schließlich senkte Sumelis den Kopf und reichte ihr die Zügel. Talia küsste sie auf die Stirn. »Wir sehen uns morgen!«

Sumelis winkte ihr nach, als Talia vom Hof ritt und das Pony den Pfad entlang nach Westen lenkte. Ein milder Wind wehte Talia die Haare in die Augen, und sie tastete in ihrer Tasche nach einem Band, um sie zurückzubinden. Der Pfad wand sich langsam den Hang hinab. Es war nicht der direkte Weg ins Tal, aber der bequemere und er würde sie tiefer in das Tal hineinführen, bevor er auf die Straße, die den schmalen Fluss begleitete, mündete. Es war ein schöner Tag, die Wolken trieben hoch am Himmel und ließen den Blick frei auf die Berggipfel mit ihren schroffen Graten. Es war warm, aber nicht zu heiß, als dass Talia in ihrem Leinenkleid geschwitzt hätte. Sogar die alte Stute schien den Ausflug zu genießen, denn sie schritt zügig aus. Talia musste sie kein einziges Mal antreiben. Mittags kam sie an einem kleinen Gehöft vorbei, das auf einer Flussterrasse knapp über dem Talgrund errichtet war, und die Kinder des Hofes umringten sie lachend und berührten ihre Beine, während sie munter auf sie einschwatzten. Wenig später erreichte Talia den Talgrund und folgte der Straße flussaufwärts. Jetzt säumten immer wieder vereinzelte Gehöfte die Wiesen und Felder zwischen Straße und Bergfuß, bis die Häuser sich schließlich zu einem kleinen Dorf verdichteten, an dessen Rand der Köhler mit seiner Familie lebte.

Der Mann trat aus dem Haus, noch bevor Talia ihre Stute gezügelt hatte. Er nickte ihr zur Begrüßung zu, aber das Nicken ging fast sofort in ein Kopfschütteln über, und Talia wusste, dass sie zu spät gekommen war.

»Sie ist kurz nach Sonnenaufgang gestorben«, berichtete der Mann mit ausdrucksloser Stimme. »Ich hätte meinen Ältesten geschickt, um es Euch wissen zu lassen, aber meine Frau wollte ihn nicht gehen lassen. Es tut mir leid, dass Ihr umsonst gekommen seid.«

Talia legte ihm mitfühlend eine Hand auf den Arm. Sie spürte die Anspannung seiner Muskeln, aber ansonsten war er gefasst. Seine Seele schimmerte in einem gedämpften Blaugrau unter ihren Fingern, und sie zog ihre Hand eilig wieder fort. Sie wusste, dass es die meisten Menschen unruhig machte, von ihr berührt zu werden, denn obwohl sie ihr vertrauten, gab es einen Teil in ihnen, der sie fürchtete. Die Zwillinge hatten Talia gelehrt, auch damit umzugehen, aber sie hatten ihr nicht beibringen können, der Einsamkeit zu entkommen, die in solchen Augenblicken nach ihr griff.

»Es tut mir leid, wegen Eurer Tochter. Wie geht es Eurer Frau?«

»Ihre Schwester hat sie vor wenigen Augenblicken abgeholt. Ich weiß nicht, wohin sie gegangen sind, vielleicht zum Wasserfall.«

Talia nickte. Der Wasserfall am Ende des Tals war ein heiliger Ort, den nur Frauen betreten durften. Er war nicht hoch, zwei Manneslängen, und jedes Mal im Sommer trocknete er so stark aus, dass nichts mehr von ihm übrig blieb als ein dünnes Rinnsal. Im Winter jedoch formten die Eiszapfen, die an seinen Seiten hingen, seltsame Figuren, die Fratzen der Wassergeister, die dafür sorgten, dass kein Mann diesen heiligen, der Göttin des Tals geweihten Boden betrat. Es war ein guter Ort, um Ruhe und Frieden zu finden, und auch Talia suchte ihn gerne auf.

»Kann ich dennoch die Nacht bei Euch verbringen, oder ist es Euch lieber, wenn ich heute woanders schlafe?«

»Nein, bitte bleibt, es wäre uns eine Ehre! Ein Gast wird meine Söhne etwas ablenken. Sie hingen sehr an ihrer Schwester.«

Talia betrat die einfache Stube des Köhlers und legte ihre Tasche ab. Seine Söhne begrüßten sie mit rotgeränderten Augen und boten ihr etwas altbackenes Brot, getrocknetes Fleisch und Wasser an. Talia ließ sich auf einen abgeschliffenen Baumstumpf, der als Hocker diente, nieder und aß ohne großen Appetit. Der Köhler setzte sich zu ihr und begann, mit der Nadel einer verbogenen Fibel die Holzkohle unter seinen Fingernägeln herauszukratzen.

»Gestern Abend kamen ein paar Männer ins Dorf«, berichtete er, während er die Nadel an seiner mit schwarzen Flecken übersäten Hose abwischte. »Fremde. Sie haben die Nacht im Stall des Schmieds geschlafen und sind heute früh aufgebrochen. Sie haben nach dem Weg zu Euch gefragt, Herrin. Seid Ihr ihnen unterwegs begegnet?«

Talia schüttelte den Kopf. »Ich habe den Höhenweg genommen, nicht die Straße. Was wollten sie?«

»Sie wollten zu Euch. Sie fragten nach der Frau, die Seelen sehen kann, und nach ihrer Tochter. Sie fragten, ob es wahr sei, dass auch Eure Tochter diese … diese Gabe besitzt.«

Talia runzelte die Stirn. Als Sumelis noch kleiner gewesen war, hatte sie jedem Händler, jedem fahrenden Handwerker und Sänger, den sie traf, eine Hand aufgelegt und mit ernsthafter Stimme verkündet, wie seine Seele aussah. Einige hatten sie ausgelacht, manche hatten ihr eine Münze geschenkt, aber viele hatten sie verärgert davongejagt. Es war Talia schwergefallen, Sumelis zu erklären, dass es nicht gut war, wenn sie über ihre Fähigkeit sprach. Immerhin lebte das Mädchen mit drei Menschen zusammen, die alle diese Gabe besaßen, und Sumelis erschien es daher ganz natürlich, auch darüber zu sprechen.

»Was habt Ihr ihnen geantwortet?«, fragte Talia und verschränkte die Finger in ihrem Schoß.

»Ich habe nicht selbst mit ihnen gesprochen, nur der Schmied hat sich mit ihnen unterhalten. Ich glaube, er hat ihnen die Geschichte erzählt, als Sumelis seiner damaligen Frau beim Marktfest verkündete, dass sie doch nicht immer so ärgerlich sein solle, das würde ihr nicht guttun und Sumelis könne sehen, welchen Schaden die Wut in ihrer Seele und in ihrem Körper anrichtete.«

Talia erinnerte sich nur zu gut an diese Geschichte. Zwei Monate später hatte der Schmied seine Frau verstoßen und sich eine neue genommen. Seine erste Frau hatte Sumelis beschimpft und behauptet, das Mädchen hätte sie verflucht, aber alle hatten sie nur ausgelacht, weil sie die Frau und ihre endlosen Lügen kannten. Dennoch hatten die bösartigen Behauptungen Talia nervös gemacht.

Sie erhob sich ruckartig. »Ich glaube, ich mache mich doch noch auf den Nachhauseweg«, verkündete sie. »Ist es Euch recht, wenn ich mir Euer Pferd leihe und Euch dafür die Stute dalasse, bis ich wiederkomme?«

»Das könnt Ihr gerne tun, aber Ihr werdet es kaum vor Einbruch der Dunkelheit nach Hause schaffen, Herrin.«

»Es ist lange hell, es wird schon gehen.« Talia griff nach ihrer Tasche.

Der Köhler begleitete sie hinaus und schickte seinen ältesten Sohn los, um sein Pferd zu holen. Talia versuchte, sich ihre Ungeduld nicht anmerken zu lassen. Sie wusste selbst nicht genau, weshalb sie eigentlich so besorgt war. Es war nicht das erste Mal, dass Fremde nach ihr fragten. Die Zwillinge waren weit über das Tal hinaus bekannt gewesen, und auch zu Talia kamen häufig Menschen aus den umliegenden Tälern, mit der Bitte um Hilfe.

»Eines noch, Herrin«, sagte der Köhler, als sie bereits aufgesessen war und das zottelige Pony wendete. »Der Schmied sagte, einer der Fremden sei ein Druide gewesen.«

Diesmal nahm Talia nicht den Höhenweg. Sie galoppierte die Straße entlang, so schnell die kurzen Beine ihres Pferdes sie trugen. Bald schon war das Tier erschöpft, und sie musste ihr Tempo verlangsamen, während ihre Finger ungeduldig auf die Tasche trommelten, die vor ihr auf dem Pferderücken befestigt war. Nach der Hälfte des Wegs machte sie eine Pause, um etwas Wasser zu trinken, aber ihre Hände zitterten so sehr, dass sie mehr verschüttete als sie trank. Talia ritt weiter und ihr schneller Galopp scheuchte einen Fuchs auf, der auf der Straße saß und sich an einem verendeten Lamm gütlich tat. Mit eingezogenem Schwanz rannte er davon, und sein rotes Fell leuchtete im warmen Abendlicht wie eine Fackel.

Bei Einbruch der Dämmerung erreichte Talia schließlich den schmalen, gewundenen Pfad, der vom Tal den Hang hinauf bis zu ihrem Hof führte. Sie sprang ab und zerrte ihren erschöpften Wallach hinter sich her. Frische Pferdeäpfel lagen auf dem Weg, und von Zeit zu Zeit konnte sie den Abdruck eines großen Hufs auf dem festgetrampelten Boden erkennen. Sie war sich nicht sicher, aber einmal glaubte sie, auch Hufspuren zu sehen, die den Pfad hinab nach unten führten, und eine kalte Hand griff nach ihrer Kehle und presste sie zu.

Einer von ihnen war ein Druide.

Der Knecht und seine Frau erwarteten Talia bereits auf der Bank vor dem Haupthaus. Sie standen auf, als Talia die Zügel fahren ließ und auf sie zurannte, doch sie stierten, ohne ihre Herrin anzusehen, zu Boden und kneteten betreten ihre Hände.

»Wo ist Sumelis?« Atemlos presste Talia eine Hand auf ihre stechende Seite. Rote Flecken brannten auf ihren Wangen. »Nun sagt schon! Wo ist sie?«

»Sie haben sie mitgenommen.« Der Knecht senkte den Kopf noch etwas tiefer; er konnte Talia nicht in die Augen sehen. »Es waren vier Männer – Fremde. Ich habe sie nie zuvor gesehen. Ein Druide war bei ihnen. Er hat sich lange mit Sumelis unterhalten, dann hat er ihr gesagt, sie gehöre nicht hierher, sondern in eine richtige Druidenschule. Er hat sie mitgenommen. Sumelis wollte nicht. Sie hat sich gewehrt, aber sie ist ja nur ein kleines Mädchen! Es war ein Druide, ich meine, ich ...« Hilflos breitete der Mann die Arme aus. »Was hätte ich denn tun sollen?«

Sie mit deinem verdammten feigen Leben verteidigen! Talia biss sich auf die Lippen. Eisige Kälte breitete sich in ihren Adern aus. Das Pferd trottete von hinten an sie heran und drückte seinen Kopf in ihren Rücken. Talia krallte eine Hand in seine Mähne und lehnte sich schwer gegen seinen Hals.

»Wer waren sie?«

»Ich kannte sie nicht, es waren Fremde! Ich habe nicht ...«

Talia ließ ihn nicht ausreden. Sie griff nach seinem Arm und achtete nicht darauf, dass sich seine Gesichtszüge schmerzhaft verzogen, als sie ihre Nägel in sein Fleisch krallte. »Woher kamen sie?«, zischte sie. »Wie sahen sie aus? Wie sprachen sie?«

Der Mann versuchte gar nicht erst, sich aus ihrem Griff zu befreien. Er wich noch immer ihrem Blick aus. »Sie sprachen wie Ihr, als Ihr damals herkamt, Herrin. Ich konnte sie kaum verstehen. Sie waren gut gekleidet und sie sagten, sie sagten …«

»Was sagten sie?«

»Sie sagten einen Namen. Sie sagten, er wäre auch mit der Tochter zufrieden und dass sie genügen würde.«

Talia hätte ihm am liebsten ins Gesicht geschlagen. »Wie hieß er?«, drängte sie ungehalten. »Welcher Name war es?«

Der Knecht schüttelte den Kopf und hob verlegen die Schultern. Seine nackten Füße scharrten auf dem Boden. Am Ende war es seine Frau, die Talia antwortete.

»Ientus. Sie nannten ihn Ientus.«

Die Schreie seiner Männer füllten seine Gedanken, laut und so scharf wie die kargen Grashalme, die sich in der Senke zwischen die Felsbrocken und Kiefern schoben. Er hörte, wie das Triumphgebrüll Schmerzensschreien wich, Warnrufen aus heiseren Kehlen und dem schrillen Wiehern der Pferde. Er sah, wie Walamer abgeworfen wurde und unter den wogenden Leibern verschwand, während er selbst Befehle brüllte, die ungehört verhallten, ertränkt von der Lawine aus Eisen und Fleisch, die sich über den Rand der Senke schob und auf ihn zuwälzte. Ein Warnruf ließ Atharic seinen Schild hochreißen. Ein leises Summen ertönte wie von Wespen, dann traf ein Schlag den Arm, der den Schild hielt. Als Atharic den Kopf hob, sah er ein Geschoss neben seinem Unterarm durch das Holz ragen. Die eiserne Spitze grinste ihn gierig an.

Obwohl ein kühler Wind aufgekommen war und schwarze Wolken über seinem Kopf heraufzogen, rann Schweiß von Atharics Stirn und verklebte die Haare in seinem Nacken. Wo er auch hinsah, erblickte er die glänzenden Panzer der römischen Legionäre. In engen Reihen marschierten sie den

Hang hinunter, und ihre Lanzen ragten wie die Stacheln eines Igels aus der starren Formation.

Atharic ließ den Schild sinken. Er warf einen Blick zurück über die Schulter, in der Hoffnung, die fratzenhaften Helme der Kimbern über der Kante des Nordhangs auftauchen zu sehen, doch vergebens: Die Verstärkung ließ weiter auf sich warten. Atharic war mit seinen Männern allein – fünfhundertdreißig nordische Krieger gegen die Legionen des römischen Konsuls.

Atharics Fluch ließ die Männer an seiner Seite alarmiert zu ihm hinüberblicken. Als sie sahen, dass er sein Pferd zurückdrängte, fort vom Hang und den feindlichen Reihen, taten sie es ihm gleich.

Der wilde Vorstoß von Atharics Männern hatte die vordersten Reihen der Römer zunächst zurückgeworfen, aber die Legionäre hatten sich schnell neu geordnet. Jetzt drängten immer mehr Römer nach, fluteten in engen Reihen über den Rand der Senke und gegen Atharics Krieger. Sie hielten ihre Schilde vor sich, Kante an Kante, eine Wand, an der die doppelspitzigen Speere der Nordmänner wirkungslos abprallten. Ihr Ziel war das unbefestigte Lager der Kimbern auf der anderen Seite der Senke, und das Einzige, was zwischen ihnen und dem Zug stand, waren Atharics verzweifelt kämpfende Männer.

In einer Wolke aus Staub und aufgewirbelter Erde zügelte Hari sein Pferd neben Atharic. Ein böiger Wind bewegte die Äste der wenigen Kiefern, die sich in das Geröll entlang der Hänge krallten. Er zerrte an Haris Locken und der Mähne seines Pferdes.

»Wo bleiben unsere Leute?«, brüllte Hari. »Wieso dauert das so lange? Wir sind zu wenige, verdammt!«

Atharic hatte keine Zeit zu antworten. Ein Zittern lief durch den Pferderücken zwischen seinen Beinen, dann brach die Stute unter ihm zusammen. Atharic wurde nach vorne geschleudert. Er ließ die Zügel fahren, zog den Kopf an und rollte sich über die Schulter ab. Dornen rissen an seiner Kleidung, und Staub drang in seine Augen, so dass er einen Moment lang nichts sehen konnte. Halb blind robbte er zurück zu der Stelle, wo die Stute lag. Blut lief aus einer tiefen Schürfwunde seinen Arm hinab und über die Hand, mit der er über die abgebrochene Lanze tastete, die aus der Brust seines Pferdes ragte. Er spürte das Zittern der Stute und wie sie versuchte, aufzustehen. Ihre weichen Nüstern berührten seine Schulter.

»Wir müssen aus dieser Senke raus!« Hari war abgesprungen und zerrte hektisch an Atharics Ellbogen. Atharic rieb sich mit dem Handrücken den Sand aus den Augen. Die Bewegung hinterließ eine rote Spur auf Lidern und Augenbrauen. Er schüttelte Haris Hand ab und kam stolpernd auf die Füße. Sein Schwert beschrieb einen Bogen in der Luft. Die Klinge durchtrennte die Kehle der Stute, fuhr weiter an Haris Brust vorbei und bohrte sich in einen römischen Legionär, dessen Lanze auf Hari zielte.

»Wo ist dein Schild?«, herrschte Atharic seinen Bruder an. Hari taumelte zurück. Schrecken verzerrte sein Gesicht und trieb das Blut aus seinen Wangen.

Die römischen Legionäre hatten den Boden der Senke erreicht. Unter ihrem Ansturm wurden Atharics Männer zurückgedrängt. Einer nach dem anderen stürzte zu Boden und verschwand unter den Schwertern der Römer. Atharic schleuderte seinen Schild einem Angreifer ins Gesicht, dann holte er tief Luft, um sich über den Lärm der Schlacht hinweg Gehör zu verschaffen.

»Zurück!«, brüllte er. »Zurück zum Lager!«

Der Junge, der das Feldzeichen trug, hörte seinen Ruf und begann, den geschnitzten Wolfskopf wild zu schwenken. Um sie herum rissen Männer ihre Pferde herum und lenkten sie nach

Osten, wo die Senke flacher wurde und in einem Bogen hinauf auf die Ebene führte. Jene, die ihre Reittiere verloren hatten, folgten. Sie krallten die Hände in die Mähnen der Pferde oder sprangen hinter ihren Kameraden auf.

Atharic zerrte Hari und auf den nördlichen Hang zu. In seinem Rücken hörte er die Schritte der Legionäre und die heiseren Befehle ihrer Offiziere. Ein Wurfspieß prallte von einem Felsen neben Atharic ab; der Schaft schlug schmerzhaft gegen seinen Knöchel. Atharic strauchelte, doch eine kräftige Hand griff nach seiner Schulter und richtete ihn wieder auf. Der feste Druck von Walamers Fingern war beruhigend, auch wenn Blut über seinen Handrücken rann und auf Atharics Brust tropfte.

»Wo bleibt Boiorix?«, rief Walamer. »Wieso dauert es so lange, das Heer zu sammeln? Will er, dass wir alle sterben?«

Atharics Gesicht war verzerrt. Steine rollten unter seinen Füßen davon und den Hang hinab. »Boiorix weiß genau, was er tut«, knurrte er zwischen abgehackten Atemstößen. »Je länger wir die Römer hier unten aufhalten, desto besser! Er benutzt uns als Köder!«

Walamer stolperte und fiel zurück. Seine entsetzten Züge verschwanden aus Atharics Blickfeld. Atharic kletterte weiter. Aus den Augenwinkeln konnte er sehen, wie seine Männer die Senke entlangjagten. Er beobachtete, wie sie plötzlich langsamer wurden und kurz darauf zum Stehen kamen. Römische Reiter versperrten ihnen den Weg, eine undurchdringliche Wand aus Schilden, Wurfspießen und Schwertern.

Das, was danach kam, raste an Atharics Augen vorbei wie ein Fluss, in dem er jedes einzelne Blatt, das mitgerissen wurde, klar erkennen konnte. Er sah, wie die Römer einen Halbkreis formten und die Nordmänner von den rettenden Hängen abschnitten. Andere Legionäre tauchten am südlichen Rand der Ebene auf. Ihre Geschosse blitzten in der Luft, und Atharic hörte die

Schläge, mit denen sie Ketten- und Lederpanzer durchdrangen. Die ersten Regentropfen liefen über sein Gesicht – vereinzelt, so als wäre der Himmel noch nicht sicher, was er tun sollte und ob er das, was in der Senke geschah, hinter Regenschleiern verbergen sollte. Aber es spielte keine Rolle mehr, denn Atharic musste nicht hinschauen, um zu wissen, dass seine Männer zermalmt wurden.

Atharics Finger krallten sich so fest um sein Schwert, dass seine Handgelenke zu zittern begannen. Er zwang sich, den Blick von dem Anblick unter ihm abzuwenden, und richtete ihn nach oben, zum Beginn der Ebene und dem satten Gras, das zum Greifen nahe war. Vor ihm verschwand Haris Rücken über der Kante und aus seinem Blickfeld. Ein Stein rollte herab und über Atharics Fuß. Der langgezogene Ruf einer Trompete ertönte, dann begann das lockere Erdreich unter seinen Füßen zu vibrieren. Das Kriegsgeschrei der Kimbern zerschnitt die Luft. Wie eine Umarmung schlug es über Atharic zusammen und verhöhnte ihn mit seinem Triumph.

Genau zum richtigen Zeitpunkt, dachte Atharic bitter, *aber für uns zu spät*.

Ein Stoß schleuderte ihn zu Boden. Das Schwert flog aus seiner Hand, und der Aufprall trieb ihm die Luft aus den Lungen. Keuchend rollte Atharic herum. Flecken tanzten vor seinen Augen, und er blinzelte, um sie zu vertreiben. Als sich die Umrisse endlich zu einem festen Bild fügten, sah er eine bärtige Gestalt über sich aufragen, mit grauen Haaren und einem wilden Grinsen. Die Spitze einer Lanze ragte vorne aus der Brust heraus.

Walamer sank in die Knie und auf die wenigen Grasbüschel, die sich ihren Weg durch die trockene Erde gekämpft hatten. Hinter ihm brandete eine Woge aus Römern den Hang hinauf, aber Atharic konnte den Blick nicht von Walamer wenden. Auf einmal war er wieder ein kleiner Junge, und Walamer kniete vor ihm und zeigte ihm, wie er ein Messer schärfen musste, dass es widerstandslos durch Fleisch und Sehnen schnitt. Seine geduldige Stimme erklärte Atharic, dass die Klinge nicht zu dünn werden durfte, weil sie sonst brechen würde, doch noch während er sprach, verschwammen seine Konturen und seine Gestalt löste sich auf. Stattdessen begannen andere Bilder durch Atharics Kopf zu jagen. Die Erinnerungen an die Schlacht vermischten sich mit dem endlosen Zug der Kimbern, der sich durch heiße und karge Landschaften zog. Staub schimmerte in der Luft. Eine unbarmherzige Sonne hatte Risse in die gelbe Erde gemalt. Ein bleicher Unterkiefer lag auf einem Felsen und grinste Atharic höhnisch an. Atharic drehte sich fort und sah sich selbst, wie er zwischen hohen Bäumen rannte, Pfeil und Bogen in den Händen. Das Rauschen des Kampfes und die Schreie seiner Männer verklangen. Sie verloren sich in den Gerüchen des Waldes, dem Rascheln der Blätter und einem kühlen Hauch, der über seine Stirn strich. Leises Plätschern drang in sein Bewusstsein, dann das Gurren einer Taube und das Knacken eines Zweigs.

Atharic riss die Augen auf und blinzelte in das dunkelgrüne Blätterdach über ihm. Ein Dolch war in seiner Hand, noch bevor er gänzlich wach war.

Haris amüsierte Stimme erklang hinter ihm. »Ich bin es! Schlag mir nicht den Kopf ab, nur weil ich dich wecken wollte!«

»Dafür verdienst du eher einen Sack Gold!«, murmelte Atharic. Er setzte sich auf.

»Schlecht geträumt?«

»Von alten Zeiten.«

»Ich dachte, die alten Zeiten waren die guten Zeiten?«

»Das war ganz früher, als du noch ein Kind warst und voller Respekt deinem älteren Bruder gegenüber.«

Atharic verzog das Gesicht, noch während er die Worte sprach. Die Schlacht bei Noreia war erst zwei Jahre her, aber ihm erschien es wie ein anderes Leben. Zu viel war in der Zwischenzeit geschehen.

Hari hatte den Schatten, der über Atharics Züge geglitten war, nicht bemerkt. Er lachte. »Damals warst du größer als ich.«

Atharic musterte ihn aus zusammengekniffenen Augen. Hari war jetzt Anfang zwanzig, und sein schlanker Körper überragte Atharic um eine Handbreit. Er hatte übermütig funkelnde, blaugraue Augen und hellbraune, gelockte Haare, mit deren Pflege er viel Zeit verbrachte. Ein kurzer Bart zog sich von der Oberlippe an den Mundwinkeln vorbei bis zum Kinn. Die Kleidung, die er trug, war nach Art der Noriker: bunt karierte Hemden über dezent gestreiften Hosen, die an den Unterschenkeln geschlitzt waren. Sie waren so sauber, dass Atharic unwillkürlich grinsen musste.

»Hat dich deine kleine Verlobte heute schon in den Fluss getaucht?«

Hari warf ihm eine Eichel an den Kopf. »Du weißt, dass Haeva das niemals tun würde!«

»Bedauerlich! Wenn sie erst einmal nass sind, die Kleider an ihren Brüsten kleben und man ihre …«

»Musst du jetzt auch noch damit anfangen?«

»Das ist die Bewunderung, Bruderherz! Ich kenne keinen anderen Mann in deinem Alter, der noch Jungfrau ist.«

Die Röte, die über Haris Gesicht kroch, sagte Atharic, dass er richtig geraten hatte. Hari ignorierte sein breites Grinsen mit steifer Würde. »Wir wollen keine Kinder, bevor wir nicht eine Heimat haben, um sie in Sicherheit aufwachsen zu sehen!«

»Klingt wie auswendig gelernt.«

Hari machte den Mund auf, um zu widersprechen, dann sanken seine Schultern herab. »Es ist ja nicht mehr lange«, murmelte er. »Vielleicht bauen wir schon nächsten Frühling Getreide auf unseren eigenen Feldern an. Sobald Haeva und ich unsere erste Ernte eingefahren haben, werden wir heiraten.«

»Sehr beschaulich.«

»Willst du das nicht haben? Einen Hof, Felder, Weiden und Vieh, ein festes Dach über dem Kopf?«

Atharic erinnerte sich an das Gesicht seiner Frau, als er sie das letzte Mal gesehen hatte – auf der Schwelle eines Hauses, das einem anderen Mann gehörte –, und schwieg. Sie hatte ihre jüngste Tochter auf den Armen gehalten wie einen Schild, damit er nicht näher an sie herankommen konnte. Müdigkeit hatte ihre Züge überzogen und eine stumme Schuld. Sie hatte die Kinder genommen und war in das Haus eines tauriskischen Fürsten gezogen. Sie hatte das Herumwandern satt gehabt, hatte sie gesagt. Sie hasste es, nicht zu wissen, wo sie im nächsten Jahr sein würde, und dass die Frauen der anderen Kriegsführer auf sie herabsahen. Sie war nicht mehr jung, und sie wollte nicht auch noch ihre Enkel im Staub der Wagen heranwachsen sehen. Ihre Entscheidung hatte Atharic nicht überrascht. Er hatte gewusst, dass der tauriskische Fürst ihr ein Angebot gemacht hatte, das schwer abzulehnen gewesen war.

»Du verbringst immer weniger Zeit beim Zug«, warf Hari wie beiläufig ein, als sich das Schweigen zwischen ihnen in die Länge zog. »Man redet über dich.«

Atharic griff nach einem Fichtenzapfen und schleuderte ihn in das Wasser des träge dahinfließenden Danuius'. Die Bäume reichten hier bis an den Fluss und boten ein natürliches Dach vor den Strahlen der Morgensonne. Es versprach, ein heißer Tag zu werden.

Atharic ließ sich Zeit mit einer Antwort. Er wusste, was die Kimbern über ihn redeten. Nach der Schlacht hatten sie ihn und seine Krieger Helden genannt, denn es waren Atharics

Männer gewesen, die ihnen die nötige Zeit erkauft hatten, um das Heer des römischen Konsuls in die Flucht zu schlagen. Später hatten sie jedoch begonnen, sich zu fragen, ob Atharic nicht sein Glück verloren hatte, denn ein Kriegsführer, der mit mehr als fünfhundert Mann in den Kampf zog und mit einundsiebzig zurückkehrte, konnte nicht in der Gunst der Götter stehen.

»Wann immer die Kimbern mich sehen«, begann Atharic schließlich, »werden sie daran erinnert, dass die Götter ihnen damals den Sieg genommen haben: Donar und Tyr haben den Donner geschickt, die Blitze und den Regen, um das Blut meiner Männer aus der Erde zu waschen. Unser Heer ist vor ihrem Zorn geflohen. Es hat den Kampf abgebrochen, und die Römer konnten in den Wäldern entkommen. Danach hat es Stimmen gegeben, Priesterinnen, die sagten, die Götter hätten das Gewitter geschickt, um die Kimbern zu bestrafen, weil sie meine Männer für ihren Sieg geopfert haben. Sie sagten, Donar hätte seinen Hammer geschleudert und den Donner gemacht, denn das Weinen unserer Familien war eine gerechte Klage und hätte jeden Siegesruf übertönt.«

Atharic stützte sich auf die Ellbogen und ließ den Kopf in den Nacken fallen. Das Blätterdach über ihm raschelte leise im Wind und schien ihm etwas zuzuflüstern. »Ich weiß nicht, ob die Weisen Frauen recht haben«, fuhr er fort. »Ich bilde mir nicht ein, den Willen der Götter zu kennen – wer tut das schon? Aber die Worte der Priesterinnen waren Pfeile gegen Boiorix' Brust. Sie sagten, die Götter würden es nicht zulassen, dass ein Mann, der die Schuld am Tod der Tapfersten trägt, als König über die Kimbern herrscht.«

»Hasst er dich deshalb? Weil du ihn ständig an seine Schuld erinnerst?«

»Boiorix hasst mich nicht und würde sich nicht einmal dann schuldig fühlen, wenn Tyr ihn eigenhändig in den Hintern treten würde. Er sieht nur keinen Platz mehr für mich bei diesem Zug.« Ein paar Ameisen liefen über Atharics Finger, und er schüttelte sie geistesabwesend ab. »Meine Anwesenheit erinnert alle daran, dass Boiorix selbst kein Kimber ist, sondern einst nur ein kleiner Kriegsführer eines noch kleineren Stammes war, dessen Land die Kimbern auf ihrem Zug geplündert haben. Boiorix hat keinen Anspruch auf den Titel des Kimbernkönigs.«

Während er sprach, wanderte Atharics Blick abermals über das leuchtend grüne Blätterdach über ihm. Er sog den Geruch des Waldes ein, der Moose, Hölzer und feuchten Erde. Er hatte gehört, die Angst vor den Kimbern hätte sich nach jener Schlacht vor zwei Jahren über ganz Italien wie eine dunkle Wolke gelegt. Römische Mütter erzählten ihren Söhnen von der Wildheit der nordischen Krieger, von Menschenfressern und den Schrecken, die in den Ländern jenseits des großen Gebirges lauerten. Sie sprachen von Wäldern, die so riesig und dunkel waren, dass sie von der Sonne kaum beschienen wurden und deren Ränder noch kein Mensch je erreicht hatte. Atharic war froh, nach all den Jahren im Süden endlich wieder in die kühlen Schatten jener Wälder zurückzukehren.

»Was die Kimbern über mich denken, ist mir gleichgültig«, sagte Atharic nach einer Weile. »Sollen sie denken, ich sei feige geworden, weil ich meine Leute zurück in den Norden führen will, anstatt mit ihnen weiter nach Westen zu ziehen! Für mich ist wichtig, dass wir endlich wieder nach Hause kommen und dass wir auf unserem alten Land einen Flecken finden, der uns gehören kann. Es sind ja nicht mehr viele von uns übrig.«

»Die Vindeliker werden uns nicht einfach durch ihr Land ziehen lassen.«

»Kann man es ihnen verdenken? Was würdest du an ihrer Stelle tun? Vierzigtausend Krieger und ihre Familien willkommen heißen und zum Essen einladen?«

»Glaubst du, dass Caran uns helfen wird?«
Atharic unterdrückte ein Gähnen. Er erhob sich und klopfte Blätter und kleine Zweige aus seiner Kleidung. »Wenn wir das noch irgendwann herausfinden wollen, sollten wir langsam aufbrechen!«, brummte er. Die Feuchtigkeit der Erde war ihm in die Knochen gekrochen, und er fühlte sich steif und alt. »Wir werden nicht nach Alte-Stadt kommen, wenn wir den ganzen Tag hier herumsitzen!«
»Willst du nicht doch noch einmal mit Boiorix und den anderen reden?«
»Um mir das Geprahle dieses Bastards anzuhören, wie viel Gold sie bei den Helvetiern erwartet? Welche Schätze sie im Westen machen werden?« Atharic zuckte mit den Achseln. »Boiorix mag sich noch so viele klangvolle keltische Namen geben, für mich wird er immer derselbe Hund sein, der er schon in unserer Kindheit war, als er sich noch Vargas nannte.«
»Er ist dein Schwager!«
»Ich habe keine Frau mehr, also habe ich auch keinen Schwager.«
»Dann ist er eben der Onkel deiner Kinder! Wenn wir zu Hause wären, würde er deine Söhne erziehen!«
»Meine Kinder sind jetzt die Kinder eines anderen. Und wir beide wissen, dass sie es dort, wo sie sind, besser haben als hier.«
Hari war nicht bereit, sich von Atharics düsterer Stimmung anstecken zu lassen. »Aber nächstes Jahr …«
Atharic ließ ihn nicht ausreden. »Wir wissen doch gar nicht, was uns im Norden erwartet, Hari! Mach dir nichts vor: Niemand weiß, wie lange es dauern wird, bis wir Land gefunden haben, auf dem wir unsere Häuser und Dörfer bauen können, Land, das wir bestellen können. Das, was uns an Nachrichten aus der Heimat erreicht, verspricht unruhige Zeiten! Die Teu-

tonen wollen den Kimbern auf ihrem Weg folgen, und wenn sie aufbrechen, wird der gesamte Norden abermals in Chaos gestürzt werden! Auch die Ambronen sind durch die Geschichten, die sie von den Kimbern gehört haben, gierig geworden. Gold und fruchtbares Land locken sie nach Süden.«
Atharic legte eine Hand auf die Schulter seines Bruders und drückte sie. »Es wird nicht so einfach werden, wie du dir das vorstellst, Hari! Was ist denn übrig von unserer Heimat? Ein paar Sippen, unsere Alten und kaum Land, das nicht von anderen Stämmen besetzt wurde!«
»Wenn du alles so schwarzsiehst, warum führst du uns dann überhaupt zurück?«
»Weil unsere Leute zurückwollen! Sieh in ihre Gesichter! Bei den Kimbern ist kein Platz mehr für uns, seit die meisten unserer Krieger tot sind. Unsere Frauen werden Huren und laufen fort zu reichen Kimbern, die mit Beuteln voll Gold wedeln. Wenn wir jetzt nicht zurückkehren, werden am Ende nur noch ein paar Krieger übrig sein, die ihre Ehre noch nicht verkauft haben, und die Alten, die damals in der Heimat geblieben sind.«
Sie traten aus dem Wäldchen und näherten sich der Wiese, auf der die Pferde grasten. Hinter der Weide erstreckte sich das Lager der Kimbern in einem langgezogenen Streifen entlang des Flussufers. Der Boden war braun und aufgewühlt durch Hunderttausende Füße von Menschen, Pferden, Hunden, Rindern und Ziegen. Dunkle Rauchwolken stiegen von der endlosen Kette an Kochfeuern in den Himmel, die sich zwischen den Wagen und dem Fluss erstreckten. Getreide wurde gemahlen, Kühe gemolken und Kleider im Fluss gewaschen. Wie ein Ameisenhaufen begann der gesamte Zug zu erwachen.
Am Westrand des Lagers konnte Atharic das Feldzeichen von Boiorix erkennen. Sechs Reiter hatten sich darum versammelt:

kleine, farbenprächtig gekleidete Gestalten auf reich geschmückten Pferden – eine weitere Abordnung, um mit den Norikern, deren Gebiet der Zug gerade durchquerte, zu verhandeln. Atharic unterdrückte ein freudloses Lächeln. Er wusste, die Verhandlungen dienten nur einem einzigen Zweck: dass Boiorix sich als Führer des gesamten Zuges präsentieren konnte. Die norischen Fürsten hatten jeden Widerstand schon lange aufgegeben. Sie fügten sich in das Unvermeidliche und gaben den Kimbern, was sie verlangten. Atharic hatte sogar gehört, dass sie Boiorix tatsächlich König nannten.

»Warum teilst du nicht die Verantwortung für unsere Leute mit anderen?«, fragte Hari, während er seine Waffen am Gürtel befestigte. »Es gibt ein paar hier, die dir helfen können, unsere Leute nach Norden zu führen. Du musst nicht diese Aufgabe alleine auf dich nehmen!«

Atharic warf ihm einen schrägen Blick zu. »Bin ich schon so alt, dass mein kleiner Bruder mir nicht mehr zutraut, dreihundertfünfzig Menschen zu führen?«

»Darum geht es doch gar nicht! Es sind immerhin noch achtzig unserer Männer übrig! Sie sind nicht Boiorix' Beispiel gefolgt und Kimbern geworden. Nicht alle von uns haben vergessen, dass wir einst ein eigener Stamm waren – das Rabenvolk!«

Atharic schüttelte den Kopf. »Dennoch bin ich der Einzige, der das vindelikische Land kennt. Alle anderen von damals sind entweder tot oder interessieren sich nicht mehr für das, was aus uns wird.«

»Ich war damals auch dabei!«, erinnerte ihn Hari.

»Du warst ein Kind! An was erinnerst du dich überhaupt noch?«

»An alles! Ich erinnere mich an Caran, an den Hof, Catuen, Roueca und Ientus. Und an Talia natürlich!«

»Talia.« Atharic griff in die Mähne des Schecken, den er seit dem Tod seiner Stute ritt. Er führte ihn an den Rand der Weide, wo sein Bündel bereitlag, und zäumte ihn auf.

»Ihr wart euch damals nahe.« Hari konnte die Neugierde in seiner Stimme nicht ganz verbergen. Er kannte die Geschichten, die sich die Männer über Atharic und Carans Haushälterin erzählten. Laut überlegte er: »Was wohl aus ihr geworden ist? Erinnerst du dich an den Unterhändler, der damals zu den Skordiskern kam? Das war vor fünf Jahren, nicht wahr?«

Atharic nickte. Munter fuhr Hari fort: »Er erzählte, der Herr von Alte-Stadt wäre beinahe durch einen Anschlag gestorben, aber eine Zauberin, die in seinem Haus lebte, soll ihn gerettet haben. Hast du den Mann damals befragt?«

»Nein.«

Hari schwieg einen Moment lang. Atharics mangelnde Neugierde schien ihn zu irritieren. Atharic bemerkte sein Stirnrunzeln und musste unwillkürlich grinsen. »Wir müssen los!«, erinnerte er seinen Bruder. »Deine Redseligkeit kostet uns sonst noch den ganzen Tag!«

»Haeva sagt, ein gesprächiger Mann sei …«

»Haeva weiß nicht, wozu eine Zunge sonst noch gut ist!«

Hari warf ihm einen wütenden Blick zu. Lachend schwang sich Atharic auf sein Pferd. Er wartete, bis sein Bruder ebenfalls aufgesessen war, dann lenkte er den Schecken nach Westen. Bald darauf verstummten die Geräusche des Lagers in seinem Rücken, und die Bäume des Waldes schlossen sich um ihn. Atharic spürte, wie seine Schultern entspannt herabsanken.

Es war Zeit, nach Hause zu kommen.

8. Kapitel

Die Mauer ragte vor Talia in den Himmel wie die bleiche Haut einer riesigen Schlange, die sich um Alte-Stadt wand. Talia musste den Kopf in den Nacken legen, um die Gestalten der Torwächter zu erkennen, deren Helme und Lanzenspitzen im rötlichen Abendlicht funkelten. Die Kalksteine, die der Mauer vorgeblendet waren, schimmerten noch feucht von dem kurzen Gewitter, das am späten Nachmittag über sie hinweggezogen war und die Straße mit Pfützen, Schlamm und Hagelkörnern übersät hatte. Die Spielleute, denen Talia sich angeschlossen hatte, waren zügig nach Alte-Stadt hineingeritten. Talia dagegen war abgestiegen und das letzte Stück des Wegs zu Fuß gegangen. Sie hatte sich eingereiht in das breite Band aus Handwerkern, Arbeitern, Händlern und Bauern, die nach Alte-Stadt zurückströmten, bevor die Tore für die Nacht geschlossen werden würden. Sie hatte die festgetrampelte Erde unter den Sohlen ihrer Schuhe gespürt und den Gesprächen gelauscht, die sich um die Ernte drehten, das Wetter, Freunde und Familien. Verwundert hatte Talia festgestellt, wie anders die Menschen hier aussahen als im Grenzgebiet zwischen den südwestlichen Teilstämmen der Vindeliker und den Helvetiern, wo sie die letzten sechs Jahre gelebt hatte. Ihre Kleidung, Frisuren, Waffen und ihr Schmuck – alles war ein wenig bunter, ausgefallener und exotischer als in dem kleinen Tal in den Bergen, in dem Talia gelernt hatte, ihre Gabe zu meistern.

Das hier sollte meine Heimat sein. Immer wieder hatte sie daran gedacht zurückzukommen. Sie war nicht mehr die Talia von früher, voller Angst vor Ientus und der Zurückweisung ihres Vaters. Die Jahre bei den Zwillingen und Sumelis' Geburt hatten ihr ihre Macht gezeigt und ihre eigene Stärke. Seither kannte sie ihren Platz in der Welt. Es hatte keinen Grund gegeben, nach Alte-Stadt zurückzukehren und eine Vergangenheit, die sie nicht wollte, von Neuem heraufzubeschwören. Talia war glücklich gewesen in ihrem Tal mit einer Aufgabe und der Achtung der Menschen um sich herum. Ihre Tochter war in Frieden aufgewachsen, fern von Ientus' gierigen Händen und den Intrigen der runicatischen Herren. Sumelis war frei gewesen, ihre eigenen Fähigkeiten zu entdecken. Talia hatte geglaubt, in dem Tal vor allem sicher zu sein.

Sieben Jahre waren eine lange Zeit, um sich zu irren.

Talia ließ ihr Pferd in einem Stall beim Südtor zurück und machte sich zu Fuß auf den Weg. Es war Mittag, und sie wollte nicht noch mehr Zeit verlieren. Allein schon der Gedanke an Sumelis, die irgendwo von Ientus gefangen gehalten wurde, machte sie krank. Talia kramte in ihrer Tasche nach dem roten Schal, mit dem Sumelis an dem Vormittag, an dem sie sie das letzte Mal gesehen hatte, gespielt hatte, und band ihn sich als Tuch um den Kopf. Sie versteckte die kastanienbraune Flut ihrer Haare unter ihm und achtete darauf, mit gesenktem Kopf zu gehen, damit niemand ihr Gesicht sehen konnte. Die langen Tage und noch längeren Nächte auf der Straße nach Alte-Stadt hatten ihr genügend Zeit gegeben, sich zu überlegen, wie sie Sumelis zurückholen würde. Sie glaubte nicht, dass Ientus oder die Männer, die sie entführt hatten, ihre Tochter schlecht behandeln würden, denn schließlich wusste Ientus genau, dass er sowohl einen gesunden Körper wie auch eine gesunde Seele brauchte, wollte er Sumelis und die Macht, die in ihr ruhte, zu seinem Werkzeug machen.

Sumelis ist stark, beruhigte Talia sich, *und sie hat vor kaum etwas Angst. Es wird ihr gut gehen, sonst würde ich das doch bestimmt spüren …*

Das Heiligtum sah von außen noch genauso aus wie vor acht Jahren, als Talia es das letzte Mal gesehen hatte, mit seinem Grabengeviert, dem Laubengang am Haupteingang, dem abgeflachten Tempeldach und den mit Efeu bewachsenen Eichensäulen. Talia bewegte sich am Rande des freien Platzes vor dem Heiligtum und zog sich das Tuch noch etwas tiefer in die Stirn. Ein Stück entfernt konnte sie das Standbild Eponas erkennen, die leuchtende Bronze von vereinzelten grünen Flecken übersät. Der Anblick brachte die Erinnerung an jenen Abend zurück, als ihr Vater leblos zu Füßen der Pferdegöttin gelegen hatte und sie ihn nicht hatte sterben lassen können. Noch heute, acht Jahre später, erinnerte sie sich so klar, als wäre es gestern gewesen, an das Gefühl, als sie Carans Seele berührt und sie zurückgezogen hatte in seinen sterblichen Körper. Das tiefe Blau des Nachthimmels, das Carans Seele war, hatte sich für einen kurzen Augenblick mit ihrer eigenen verbunden, und Talia hatte gespürt, wie sie ihren Vater willkommen hieß. Einen kurzen Augenblick lang war sie ein Teil von ihm gewesen.

Es war richtig gewesen, dass ich damals gegangen bin.

Sie war sich auf einmal nicht mehr so sicher.

Eine Gruppe in braune und blaue Gewänder gehüllte Novizen stand neben der heiligen Statue und steckte die Köpfe zusammen. Talia hörte das nervöse Lachen der Jungen und bemerkte die schnellen Seitenblicke, die sie auf eine Gruppe von Mädchen warfen, die unter einem überhängenden Hausdach im Schatten saßen und sich leise unterhielten, die Novizen jedoch vollkommen ignorierten. Talia sah sich um. Eine junge Frau kam die Straße entlang auf sie zu, mit wiegenden Schritten und langen Beinen unter dem kurzen Rock aus gebundenen Stoffstreifen, zwischen denen immer wieder ihre hellen Schenkel aufleuchteten. Sie hatte die Augen mit Kohle geschwärzt. Talia winkte sie zu sich.

»Bei Frauen nehme ich einen Büschelquinar«, sagte die Frau, als sie vor ihr stehen blieb. Fordernd streckte sie eine Hand aus. »Mein Zimmer ist nicht weit von hier, aber ich will, dass Ihr Euch vorher wascht. Wenn Ihr gerade blutet, kostet es das Doppelte.«

Talia schüttelte den Kopf. Sie griff in ihre Tasche und zog ein Silberstück heraus. Sie zeigte es der Frau, dann deutete sie auf die Gruppe neben dem Standbild der Pferdegöttin. »Ich will, dass du zu den Novizen dort gehst und sie fragst, ob sie ein siebenjähriges Mädchen mit dunklen Locken im Heiligtum gesehen haben. Sag, sie sei deine Schwester, und du würdest sie gerne besuchen.«

Die Frau runzelte die Stirn. »Druiden nehmen keine Mädchen als Novizen auf.«

»Das weiß ich selber, aber frag sie trotzdem!«

»Wieso sollten sie mir was sagen? Es sind Novizen, sie haben ein Keuschheitsgelübde abgelegt! Wahrscheinlich dürfen sie mich nicht einmal anschauen! Die Gesetze der Druiden verbieten es!«

»Umso empfänglicher werden sie für deine Reize sein.« Talia warf die Münze in die Luft und fing sie mit einer Lässigkeit, die sie nicht empfand, wieder auf. »Wenn du mir ihre Antwort bringst, bekommst du diese hier. Ein guter Preis für eine kleine Auskunft, oder nicht?«

Die Augen der Frau hefteten sich auf das Silberstück. Sie benetzte sich mit der Zungenspitze die Lippen, dann nickte sie. »Bin sofort wieder da.«

Talia sah ihr zu, wie sie einen weiteren Knopf ihrer Bluse öffnete und sich dann mit wiegenden Schritten den Novizen näherte. Talia spürte, dass sie selbst ungeduldig auf ihrer Unterlippe kaute und zwang sich, damit aufzuhören. Es war eine alte Angewohnheit, und eigentlich hatte sie sie schon lange abgelegt. Aber die Stadt mit ihren intensiven Gerüchen, dem vertrauten Lärm und den vielen Menschen schien das Mädchen von früher wieder heraufzubeschwören, und Talia erinnerte sich daran, wie sehr sie gestaunt hatte, als sie damals zum ersten Mal nach Alte-Stadt gekommen war.

Es erschien ihr wie eine Ewigkeit, bis die junge Frau endlich zurückkehrte. Talia bedeutete ihr, ihr in eine Seitenstraße zu folgen, wo die Novizen sie nicht beobachten konnten.

»Was haben sie gesagt? Hast du etwas erfahren?«

»Oh, das war einfach.« Die Frau lachte herzhaft. »Ihr hattet recht: Ich musste mich nur ein wenig vorbeugen, und schon schienen die armen Jungs alle Gelübde zu vergessen!«

»Das Mädchen?«

»Sie sagen, es sei keines im Heiligtum, aber vor acht Nächten hat einer von ihnen gehört, wie ein Mädchen jemanden anschrie. Am nächsten Morgen ist der Hohedruide zu seinem Landhaus aufgebrochen. Er kam erst vor drei Nächten wieder.«

»Der Hohedruide? Ientus ist Hohedruide?«

»Ja, schon seit ein paar Jahren. Woher kommt Ihr, dass Ihr das nicht wisst?«

Talia drückte ihr den Büschelquinar in die Hand und zwei kleine Bronzemünzen. »Weißt du, wo Ientus' Landhaus liegt?«

»Irgendwo im Südosten. Jedenfalls soll es besser bewacht sein als jeder Herrensitz. Da kommt Ihr niemals rein!«

»Das ist nicht deine Sorge.« Talia versuchte, mit einem Lächeln die Schärfe aus ihrer Stimme zu nehmen. »Weißt du, wo Ientus jetzt ist? Hast du was gehört? Eine so schöne Frau wie du wird doch bestimmt auch von den Herren gerne gesehen und erfährt so einiges, was andere nicht wissen, nicht wahr?«

Die Frau richtete sich auf. Ein selbstgefälliger Gesichtsausdruck huschte über ihr Gesicht. »Der ein oder andere zahlt sehr großzügig«, gab sie ungerührt zu, »und sie sind immer froh über ein geduldiges Ohr. Aber die Frage hätte ich auch so beantworten können. Ihr seid von Süden nach Alte-Stadt gekommen, nicht wahr?«

Talia nickte überrascht. »Ja, wieso?«

»Geht zum Osttor, dann werdet Ihr schon sehen, was ich meine! Die Kimbern kommen, und unser Heer sammelt sich. So etwas habt Ihr noch nicht gesehen! Abertausende von Kriegern, und täglich werden es mehr!«

Talia zuckte gleichgültig mit den Achseln. »Danke, aber es sind genügend Krieger auf dem Weg hierher an mir vorbeigezogen, dass ich mir unser Heer gut vorstellen kann. Doch das interessiert mich nicht. Ich habe dich nach Ientus gefragt …«

»Darüber spreche ich ja! Geht zum Heer und Ihr werdet alle Herren und den Hohedruiden dort finden. Sie haben einen Rat einberufen – den größten, seit sich das Heer vor den Toren der Stadt versammelt! Ganz Alte-Stadt redet über nichts anderes! Angeblich wollen sie darüber beraten, wer den Oberbefehl bekommen soll. Ientus wird das letzte Wort haben.« Die Frau kreiste mit den Hüften. »Zehntausend Krieger sollen es jetzt angeblich sein. Das sind zehntausend Kunden!« Lachend ging sie davon.

Eine Zeit lang stand Talia nur da und dachte nach. Sie ging ihre Möglichkeiten durch und stellte fest, dass ihr keine einzige gefiel. Allerdings hatte sie auch nicht ernsthaft geglaubt, dass sie lediglich ins Heiligtum gehen, Sumelis herausholen und dann ungesehen wieder verschwinden könnte.

Wie leicht plötzlich alles fällt, wenn man keine andere Wahl mehr hat, dachte sie verwundert.

»Was stehst du hier rum, Frau?« Eine grobe Hand griff nach Talias Schulter und drehte sie unsanft zu sich herum. Ein Tempelwächter ragte über ihr auf; ein großer sehniger Mann in einer langen braunen Kutte. Tempelwächter waren Novizen, die die Ausbildung zum Geweihten aufgegeben hatten, ihr Leben aber dennoch in den Dienst der Druiden stellten. Sie trugen keine Schwerter, denn es hieß, dass der Kriegsgott Taranis einst eine Jungfrau mit einem Schwert in einem der dreigesichtigen Göttin geweihten Hain geschändet hatte, und seitdem waren sämtliche Schwerter in Heiligtümern verboten. Stattdessen trugen die Tempelwächter Messer, Äxte und Knüppel aus verziertem Eichenholz.

»Ich habe Anweisung, alle Frauen zu kontrollieren, die sich in der Nähe des Heiligtums herumtreiben! Befehl des Hohedruiden!« Bevor Talia reagieren konnte, hatte der Tempelwächter sie unter ihrem Kinn gefasst und ihren Kopf zu sich gedreht. Talia blinzelte in die Sonne und senkte eilig die Lider, doch zu spät.

»Verdammt!« Der Mann ließ ihr Kinn los und trat einen überraschten Schritt zurück. »Bernstein! Du kommst mit mir! Ientus hat befohlen …«

Weiter kam er nicht. Talia riss den kurzen Stock heraus, den sie in ihrem Gürtel trug, und stach dem Mann die Spitze zwischen die Beine, noch bevor er reagieren konnte. Mit einem schrillen Wimmern brach er zusammen und presste die Hände auf seine Genitalien. Talia hob den Stock und ließ ihn zweimal auf seinen Kopf herabsausen, bis der Wächter zur Seite fiel und sich nicht mehr rührte.

Schwer atmend sah sie sich um. Außer einem kleinen Jungen,

der auf der anderen Seite mit einem Hund gespielt hatte und Talia nun aus riesigen Augen anstarrte, hatte niemand den kurzen Kampf bemerkt. Trotzdem zweifelte sie nicht daran, dass binnen kürzester Zeit die halbe Stadt nach ihr suchen würde. Talia starrte auf den stöhnenden Mann zu ihren Füßen und warf angewidert den Stock von sich.

Wenn Sumelis das gesehen hätte, würde sie ab jetzt bestimmt gehorsamer sein, dachte sie geistesabwesend. Dann rannte sie los.

Sogar Caran musste zugeben, dass der Anblick der mittlerweile zwölftausend Krieger, die auf einer Wiese zwischen dem Osttor und dem Danuius lagerten, beeindruckend war. Das Volk der Runicaten sah nicht oft eine so große Menschenmenge; lediglich an den Markttagen vor den heiligen Festen, wenn die Bewohner des Umlandes durch die Tore nach Alte-Stadt strömten, drängten sich ähnlich viele Menschen auf den Wiesen und Feldern nördlich der Hauptstraße. Aber dies hier waren keine Bauern und Handwerker, keine Frauen und Kinder, sondern Männer, die gekommen waren, um ihr Land und ihre Familien zu verteidigen. Zwölftausend Kämpfer, weit über ein Drittel von ihnen beritten, und Segurion hatte versprochen, dass sich weitere sechstausend Männer bei Alkimoennis sammelten. Die übrigen Städte der Runicaten zogen ebenfalls Verteidiger herbei, und die Bewohner von Höfen und Dörfern bereiteten sich darauf vor, ihr Vieh und Getreide in den über das Land verstreuten Befestigungsanlagen in Sicherheit zu bringen. Carans Mittelsmänner hatten ihm berichtet, dass ganze Wälder gelichtet wurden, um die ungeschützten Siedlungen entlang dem Danuius mit Palisaden zu umgeben, aber er bezweifelte, dass ihre Anstrengungen sie im Ernstfall retten würden, denn egal wie viele Bäume sie jetzt noch in aller Eile fällten, es würde kaum genügen. Es dauerte Jahre, Verteidigungsanlagen wie die von Alte-Stadt zu bauen, und Monate, um einen Herrenhof mit Palisade, Wall und Graben zu umgeben. Eine einfache Palisade aus dünnen Baumstämmen würde die Kimbern nicht lange aufhalten können.

»Hast du Neues über die Größe des Kimbernheeres erfahren?«, erkundigte sich Aenovales, der an Carans Seite ritt, mit leiser Stimme.

Sein Mund war unter dem Bart kaum zu erkennen, aber der Blick unter den buschigen Augenbrauen glitt misstrauisch wie eh und je über die versammelten Krieger der Runicaten. Seit Dagos Verrat und seinem Anschlag auf Caran konnte Caran froh sein, wenn der alte Schmied ihn auch nur einen Moment aus den Augen ließ. »Ich habe erst gestern Divico sagen hören, es handle sich bei dem Zug vor allem um Frauen und Kinder und nicht um ein geschlossenes Heer.«

Caran seufzte. Es stimmte, dass die Kimbern mit einem riesigen Tross aus Frauen und Kindern, Wagen und Vieh zogen. Der Zug war so groß, dass man tagelang an ihm entlangreiten konnte, bis man das Ende erreichte.

»Von einem geschlossenen Heer kann keine Rede sein«, gab er zu, »aber die Frauen haben Männer, und jedes Kind hat einen Vater. Die anderen Herren mögen die Zahlen, die ich ihnen nenne, nicht glauben und behaupten, die Kimbern seien nichts als Räuber und leicht zu vernichten, wenn wir zuerst zuschlagen, aber sie irren sich. Es ist ein Heer, egal wie viele Frauen und Kinder sie mit sich führen.«

Aenovales deutete auf die lange Reihe von Feldzeichen, die die Zelte und Lagerfeuer ihres eigenen Heeres überragten. Bunte Bänder schmückten ihre Stangen und flatterten im Wind. »Schon bald werden es zwanzigtausend unserer Männer allein hier und bei Alkimoennis sein, dazu all die anderen, die sich entlang der Grenze und bei Keiler-Wacht versammeln! Ich

kann durchaus verstehen, dass sich niemand vorstellen kann, wie irgendetwas unserem Heer standhalten könnte!«
»Du hast selbst die Berichte der Römer gehört von jener Schlacht jenseits des Gebirges bei Noreia. Ganz Italien zittert seitdem aus Angst vor den Nordmännern! Wir sollten aus den Fehlern der Römer lernen und die Kimbern nicht unterschätzen. Wir haben es hier nicht mit unerfahrenen Banden zu tun, sondern mit einem wohlorganisierten Heer, das jahrelange Kampferfahrung hat!«
Aenovales kratzte sich unter der Achsel. »Hast du die Geschichten gehört, dass ihre Frauen genauso geschickt im Umgang mit Waffen wie die Männer sein sollen und noch grausamer in ihrer Raserei?«, fragte er. »Wenn wir den Zug überfallen, würden auch sie sich bewaffnen, oder nicht? Kannst du dir vorstellen, gegen ein Weib zu kämpfen?«
Caran grinste. »Klingt fast so, als würdest du dir wünschen, dass wir die Kimbern überfallen!«
Sie lenkten ihre Pferde an dem offenen Feuer einer Schmiede vorbei, und das laute Hämmern von Stahl auf Stahl übertönte ihre Worte. Überall auf der Wiese herrschte ein Kommen und Gehen wie in einem Bienenstock: Wagen fuhren herbei, beladen mit Getreide, Mehl, Heu und Trinkwasser. Ihre Ladungen wurden in Scheunen gestapelt, die von Kriegern bewacht wurden. Die Huren der Stadt hatten am Rande der Straße eine eigene kleine Siedlung mit Zelten und Verschlägen errichtet. Ihre farbenfrohen Kleider und die knielangen geschlitzten Röcke leuchteten aus dem braunen, niedergetrampelten Gras wie Frühlingsblumen. Die meisten Zeltklappen waren verschlossen, und Schlangen an Männern warteten geduldig vor ihnen. Den Kämpfern mochte es verboten sein, Alte-Stadt zu betreten, aber das bedeutete nicht, dass die Stadt nicht zu ihnen kam.
Caran und der Schmied umrundeten Gruppen von Kriegern,

die um Kochstellen saßen und müßig ihre Waffen pflegten. Ein paar von ihnen blickten auf, als Caran an ihnen vorbeiritt, und grüßten respektvoll. Zufrieden stellte Caran fest, dass er, wo er auch hinblickte, überall das Schwarz und Violett seiner Sippenfarben an den Bändern, die die Männer um ihre Handgelenke trugen, entdecken konnte. Caran selbst ließ seine Finger gedankenverloren über das Heft seines mit Schlagmarken verzierten Schwertes gleiten, das an einer eisernen Kette an seiner Seite hing. Es war ein Erbstück seines Großvaters, alt und stumpf, aber Caran trug es immer zu offiziellen Anlässen, weil es die anderen Herren daran erinnerte, dass schon Carans Vorfahren mächtige Krieger und Anführer gewesen waren. Catuen hatte leuchtend gelbe Bänder mit grünen Kreisaugen um das abgegriffene Heft geflochten; sie wanden sich um Carans Finger wie Schlangen, sobald er den Schwertgriff umfasste. Es waren magische Muster, Schutzzeichen, die Klinge und Seele eines Mannes im Kampf eins werden lassen sollten.

Ein Junge nahm ihnen die Pferde ab, als sie endlich vor einer großen Scheune in der Mitte des Lagers zum Stehen kamen und absaßen. Zwei Dutzend Feldzeichen waren neben dem Eingang in die Erde gerammt, ein jedes bewacht von einem Krieger in voller Rüstung mit einer langen Lanze an der Seite. Die Feldzeichen und Wachen waren von außen der einzige Hinweis darauf, dass sich in dieser alten Scheune die mächtigsten Männer und berühmtesten Kriegsführer der Runicaten zum Rat versammelten.

»Es sieht so aus, als wären alle anderen bereits eingetroffen.«

Caran nickte. »Wir sind zu spät. Sie werden bereits auf uns warten.«

Carans Augen brauchten einen Moment, um sich an das Halbdunkel im Inneren der Scheune zu gewöhnen. Zunächst nahm er nur die farbenprächtigen Gewänder der Herren wahr, die

vor dem dunklen, modrigen Holz des alten Gebäudes seltsam fehl am Platze wirkten. Als Caran endlich etwas besser sehen konnte, fiel sein Blick sofort auf Ientus. Der Druide stand nicht weit entfernt am Rande einer Gruppe von Stadtherren. Sein langes, fließendes Gewand wurde von einer goldenen Gürtelkette um die Hüfte zusammengehalten; es war vollkommen weiß und strahlte aus dem Halbdunkel heraus wie Schnee unter dunklen Bäumen. Blaue Zeichen zierten die kahle Stelle auf Ientus' Schädel. Neben ihm stand ein Mann, dessen Anblick bei den Ratsversammlungen Caran mindestens genauso viele Bauchschmerzen verursachte wie der Anblick des Hohedruiden: Segurion. Der Herr von Alkimoennis war viel schlanker geworden, seit Caran ihn das letzte Mal gesehen hatte, aber die von vereinzelten grauen Strähnen durchzogenen rötlichen Haare und der gewaltige Schnurrbart stachen leuchtend aus der Menge heraus wie eh und je.
Caran rang sich ein halbes Lächeln ab und gab Segurion die Hand. »Es freut mich, Euch zu sehen, Schwager! Ich hoffe, Euch und Roueca geht es gut?«
Segurion brummte etwas, was Zustimmung ausdrücken mochte. Carans Blick ging über seine Schulter hinweg und richtete sich auf die versammelten Männer. »Wo ist denn Roueca? Es sieht nicht so aus, als würden sie noch länger warten wollen.« Caran deutete auf die Herren und Kriegsführer, die sich auf den Bänken und Strohballen niedergelassen hatten. Die meisten trugen kaum weniger prächtige Kleider als Caran; einige wenige hatten sich jedoch für Kettenpanzer entschieden und drehten ihre kalottenförmigen, eisernen Helme mit den ausgeschnittenen Wangenklappen ungeduldig in den Händen. Die Luft roch nach Schweiß und Leder.
»Roueca ist nicht hier, sondern beaufsichtigt die Versorgung unserer Krieger bei Alkimoennis.« Segurions Tonfall war ge-

reizt. Die Heirat mit Carans Schwester hatte die Spannungen, die seit jeher zwischen ihm und Caran bestanden hatten, nicht beseitigt – im Gegenteil: Wenn es nach Caran gegangen wäre, hätte er Segurion niemals erlaubt, Fuß in Alte-Stadt zu fassen. Aus Rouecas Sicht war es jedoch ein genialer Zug gewesen. Zusammen verfügten sie und Segurion über so viel Einfluss wie kaum ein anderer der runicatischen Herren.

»Wieso ist Roueca in Alkimoennis und Ihr nicht?«, fragte Caran im Plauderton. »Ich hätte gedacht, dass Roueca die Führung ihrer Gefolgschaft hier in Alte-Stadt ihren Söhnen überlassen würde!«

Segurion machte sich gar nicht erst die Mühe zu antworten. Der Herr von Alkimoennis hatte in den letzten zwei Jahren mehr und mehr Zeit in Alte-Stadt verbracht, während sich Roueca und Caran immer stärker entfremdet hatten. Segurion hatte sich Verbündete gesucht, reiche Handelspartner niederer Geburt und verarmte Herren, deren Sippen schon lange an Einfluss und Macht verloren hatten, deren Ahnennamen jedoch vielen noch immer ehrfürchtig über die Lippen kamen. Mit Hilfe seiner Frau und deren Verbindungen hatte Segurion diese Männer umschmeichelt und von sich abhängig gemacht, bis er und Roueca schließlich eine Gefolgschaft um sich versammelt hatten, die der Carans gleichkam.

Es gab eine Zeit, da waren wir wirklich Bruder und Schwester, dachte Caran mit einem Hauch von Wehmut, während er über seine ehrgeizige Schwester nachdachte. *Jetzt sind wir Gegner im gleichen Spiel.*

Der Mann, der kurz darauf in die Mitte der Scheune trat und um Ruhe bat, war nur noch ein Schatten seines früheren Selbst. Vor drei Jahren war Bomarus an einem Fieber erkrankt. Zwei Monate lang hatte er mit dem Tod gerungen, und jeder hatte geglaubt, er würde sterben. Nichtsdestotrotz hatte Bomarus sich erholt, wenn er auch einen hohen Preis bezahlt hatte: Er war so alt wie Caran, aber seine Haare waren schlohweiß, sein Gesicht grau und eingefallen. Die Augen lagen in tiefen Höhlen, und er musste sich von seinem ältesten Sohn stützen lassen. Seine mühsamen Begrüßungsworte waren kaum zu verstehen.

»Sieht so aus, als hättest du zumindest aus dieser Richtung nichts mehr zu befürchten«, murmelte Aenovales an Carans Seite. »Oder macht dir sein Sohn jetzt an Bomarus' statt Schwierigkeiten?«

Carans Antwort war ebenso leise. »Divico ist ein guter Kriegsführer, aber er ist auch ehrgeizig und aufbrausend und längst nicht der Klügste. Sobald sein Vater tot ist, wird er es schwer haben, die Macht der Familie zu bewahren. Trotzdem wäre es falsch, sie zu unterschätzen, solange Bomarus noch lebt. Bomarus' Verstand ist immer noch scharf, auch wenn sein Körper ihm enge Grenzen setzt.«

»Ich habe gehört, Segurion hat ebenfalls einen neuen Kriegsführer. Weißt du, wer es ist?«

Caran nickte. »Der kleine drahtige Mann mit den hellblonden Haaren in der Ecke. Er nennt sich Scota.«

»Und du, was ist mit dir? Willst du immer noch selbst die Männer in den Kampf führen?«

»Es geht nicht nur darum, wer an der Spitze in den Kampf reitet«, erklärte Caran geduldig. »Es geht darum, wer den Oberbefehl bekommt: Segurion oder ich. Du weißt, Bomarus unterstützt Segurion, und im Zweifelsfall wird sich auch Ientus auf seine Seite stellen. Trete ich dagegen nicht nur als Fürst und Stadtherr auf, sondern auch als Kriegsführer, gibt mir das einen enormen Vorteil. Die Männer werden mir mehr vertrauen als Segurion, denn ich werde nicht nur derjenige sein, der die Entscheidungen trifft, sondern ich werde auch in der ersten Reihe für sie geradestehen!«

»Genau das macht mir ja Sorgen! Du hättest auf uns alle hören und dir schon längst einen neuen Kriegsführer suchen sollen!«

»Klingt fast so, als hätte Catuen dir aufgetragen, mir ins Gewissen zu reden?«

»Und wenn? Sie ist eine kluge Frau, sie –«

»Caran!« Ientus' scharfe Stimme unterbrach Aenovales. »Bevor wir nun versuchen, eine Einigung zu erzielen, wäre es gut, wenn Ihr uns an Euren Überlegungen teilhaben lasst, oder ist das, was Ihr mit Eurem Leibwächter zu besprechen habt, wichtiger? Fürchtet Ihr womöglich einen Angriff aus unseren Reihen?«

Caran achtete nicht auf das leichte Gelächter, das Ientus' Spott belohnte. Er drückte kurz Aenovales' Schulter, dann trat er in die Mitte der Scheune. Er wartete, bis es ruhig geworden war, bevor er zu sprechen begann. Das Licht, das durch die offen stehende Tür fiel, schimmerte auf den Mustern seines Mantels und tauchte die eine Hälfte seines Gesichts in Licht, während die andere im Schatten blieb. Das Wechselspiel ließ ihn trotz der farbenfrohen Bänder und prachtvollen Kleider düster wirken.

»Ich weiß, etliche unter Euch zweifeln daran, ob mein Rat, die Kimbern durch unser Land ziehen zu lassen und ihrem Zug Getreide und Mehl zu überlassen, weise ist. Sie befürchten, dass man so einen Wolf nährt, bevor er die Schafe reißt.« Caran zuckte langsam mit den Achseln. »Vielleicht habt ihr recht. Vielleicht werden sich die Kimbern nicht damit zufriedengeben, unser Land nur zu durchqueren. Vielleicht werden sie über unsere Höfe und Dörfer herfallen und unser Vieh und unsere Frauen stehlen. Und vielleicht irre ich mich, wenn ich sage, dass ein Heer auf uns zuzieht, wie es kein Mann seit den Tagen unserer Ahnen, die die Städte der Griechen plünderten, gesehen hat.

»Von über vierzigtausend Kriegern habe ich gehört, und noch größer soll die Zahl der Frauen und Kinder sein, die dem Zug folgen. Die Kimbern wollen zu den Helvetiern und zu den keltischen Stämmen jenseits des Rhenos'. Der Westen lockt sie mit dem Versprechen von noch mehr Gold, fruchtbaren Äckern und Reichtum. Es ist also nicht *unser* Land, das sie begehren!«

»Mit den Norikern haben die Kimbern auch um einen friedlichen Durchzug verhandelt«, warf eine Stimme ein, »und trotzdem plündern sie ihr Land. Sie ziehen eine Spur der Verwüstung hinter sich her!«

Caran sah den Mann an, der gesprochen hatte. »Ihr habt recht, Divico, dasselbe habe auch ich gehört. Ich sage es noch einmal: Ich weiß nicht, ob die Kimbern nicht auch unsere Höfe plündern werden, aber was passiert, wenn wir sie angreifen, wie Segurion es vorschlägt? Selbst wenn wir alle Krieger der Runicaten zusammenziehen, würden wir dennoch keine Übermacht stellen. Glaubt ihr wirklich, unser Heer könnte vierzigtausend nordische Krieger niedermachen? Unsere Gefolgschaften haben niemals vereint unter einem Anführer gekämpft! Anders dagegen die Kimbern! Seit neun Jahren ziehen sie durch die Welt und schlagen ihre Feinde – Kelten wie Römer. Keine Verteidigung soll dem Ansturm ihrer Krieger standhalten, denn sie achten nicht auf eigene Verluste. Sie sind wie ein Sturm, der alles niedermäht. Deshalb frage ich: Was wird uns mehr kosten – ein Angriff oder ein paar überfallene Höfe und Dörfer?«

»Sollten die Zahlen, die Ihr nennt, stimmen, Caran, mögt Ihr recht haben.« Der drahtige blonde Mann, den Caran als Segurions Kriegsführer beschrieben hatte, löste sich aus der Ecke, in der er gestanden hatte und trat nach vorne. Seine raue Stimme drang mühelos bis in den letzten Winkel der Scheune. »Aber tatsächlich kursieren so viele Gerüchte über die Kimbern und ihre Stärke, dass niemand die Wahrheit kennt. Es sind die besiegten Völker und solche, die es nicht wagten, sich zur Wehr zu setzen, von denen diese Gerüchte stammen. Die Noriker berichten von hunderttausend Kriegern, und welchen Grund hätten sie, nicht zu übertreiben? Die Kimbern haben sie überrannt und plündern ihr Land! An ihrer Stelle würde ich ebenfalls nicht zugeben wollen, dass es vielleicht nur zwanzigtausend Kimbern sind, vor denen sie die Schwänze einziehen und sich verstecken.«

Zustimmendes Brummen folgte auf Scotas Worte. Scota wartete auf Carans Widerspruch, aber als dieser schwieg, fuhr er fort: »Die Noriker sind feige und kein Volk von Kriegern. Wir dagegen sind durch die jahrelangen Kämpfe gegen die Boier stark geworden. Die Kimbern sind, wie Ihr selbst erinnert habt, Caran, seit vielen Jahren auf Wanderschaft. Sie sind müde und ausgelaugt, und die Verluste, die sie während dieser Jahre haben hinnehmen müssen, können nicht ausgeglichen werden. Vor acht Jahren haben die Boier von dreißigtausend Kimbern berichtet; seitdem muss ihre Zahl stetig abgenommen haben. Sie haben wie alle Nordmänner sicherlich auch nur wenige Reiterkrieger, und ihre Fußsoldaten müssen müde sein, wenn sie den ganzen Tag im Staub der Wagen dem Zug folgen. Die Bewaffnung der Kimbern ist schlechter als unsere, und es ist weithin bekannt, dass die Angriffe des Nordvolks von blinder Wut geleitet werden, die sie in jede Falle rennen lassen würde, die wir ihnen stellen.«

Caran rieb sich mit einer Hand über das Kinn. Er musterte Scota nachdenklich. Unmerklich verlagerte er sein Gewicht, um das rechte Bein nicht zu sehr zu belasten, das seit Dagos Anschlag niemals vollkommen verheilt war.

»Die Kimbern kennen unsere Nachbarvölker, uns, unsere Waffen und unsere Reiterei«, sagte Caran schließlich, »und sie geben sich sogar keltische Namen. Die Römer können zwischen uns und ihnen nicht unterscheiden. Deutet das auf erschöpfte, mit Steinen bewaffnete Wanderer hin? Außerdem wissen wir doch gar nicht, wie viele Nordmänner den Kimbern nachgefolgt sind! Wer sagt uns, dass in den letzten Jahren nicht mehr Gruppen nach Süden gezogen sind? Sie hätten die boischen Länder durchqueren können, ohne dass wir davon wüssten! Ich kann mir kaum vorstellen, dass ein so erfahrener Kriegsführer wie Ihr, Scota, einen Gegner dermaßen unterschätzen möchte.«

»Einen Gegner zu überschätzen, mag ebenso gefährlich sein.«

»Was meint Ihr, Hohedruide?«, mischte sich Segurion ein. Er stand so dicht neben Ientus, dass er ihn beinahe berührte. »Früher waren es oft die Druiden, die an der Spitze eines Heers in den Krieg zogen. Wollen sich die Geweihten aus diesem heraushalten?«

»Nein!« Ientus erhob sich ebenfalls. »Die Druiden sind sich ihrer Verantwortung sehr bewusst. Wir sehen mit Sorge, dass die Herren, die unser Volk beschützen sollen, sich nicht einigen können. Es ist niemals gut, wenn Männer, die Seite an Seite kämpfen sollen, miteinander streiten!«

»Was schlagt Ihr also vor, Ientus?« Caran verschränkte die Arme vor der Brust. »Kann ich meinen Männern sagen, dass *Ihr* sie anführen werdet?«

Carans Hohn prallte an Ientus ab. »Viele Druiden und Seher ziehen in die Schlacht«, bemerkte er würdevoll, »oft sogar als Anführer, denn schließlich sind wir es, die die Zeichen der Götter zu lesen vermögen. Wir sagen den Ausgang eines Kampfes voraus und machen den Kriegern Mut mit unserem Wissen über die Andere Welt, in die ihre Seelen weiterwandern werden, wenn sie sterben. Aber habt keine Angst, Caran, mich gelüstet es nicht nach dem Ruhm in der Schlacht. Ich bin nur ein Gefäß, nicht das Schwert.«

Wie um seine Worte zu bestätigen, richtete Ientus sich auf. Drei

Dutzend Augenpaare ruhten auf dem Hohedruiden, als er die Arme ausbreitete und sich die Falten seines weißen Gewands wie Flügel entfalteten.

»Sechs Schwäne sind heute bei Sonnenaufgang über Alte-Stadt geflogen! Ihr alle wisst, Schwäne sind die Träger alter Druidenseelen. Sie verbinden Wasser mit Luft, die Erde mit dem Licht. Ihr Flug sind die Wegzeichen der Götter.« Ientus' Finger öffneten sich wie schlanke Blüten, deren Spitzen nach unten zeigten. Seine Arme bewegten sich sachte auf und ab.

»Heute Morgen«, fuhr er leiser fort, »flogen die Schwäne so dicht nebeneinander, dass sich ihre Köpfe fast berührten. In ihrem Flug formten sie ein Bild – eine Zeichnung, hinter der die Sonne verschwand: Es war das Abbild eines heiligen Stiers!«

Ehrfürchtige Stille machte sich breit. Die Blicke der versammelten Männer klebten an Ientus, als wäre er selbst ein Gott, der zu ihnen sprach. Caran konnte nicht umhin, sich zu fragen, wie sechs Schwäne einen Stier zu formen vermochten. Auch Scota schien wenig beeindruckt.

»Und das heißt?«, wollte er wissen.

Ientus' Arme sanken wieder herab. »Es bedeutet«, sagte er, »dass die Zukunft im Inneren eines weißen Stiers geschrieben steht. Beim nächsten Vollmond werden wir das Große Opfer vollziehen, dann werden wir wissen, was geschehen soll!«

Caran wollte seinen Ohren nicht trauen. »Beim nächsten Vollmond?«, wiederholte er. »Das sind noch fünfzehn Nächte! Was sollen wir denn bis dahin tun?«

»Recht sprechen!«

Die Stimme war hell, eine klare Frauenstimme und überraschend vertraut. Caran drehte sich wie alle anderen um und starrte ungläubig auf die schlanke Frau, die sich durch die versammelten Männer kämpfte und es wagte, den Rat zu stören. Sie trug braune Hosen aus weichem Leder, eine dunkle Tunika und einen flammend roten Schal um die Schultern. Ihre langen Haare flossen in einer wilden Kaskade über ihre Schultern hinab bis zu ihrer Taille. Caran erkannte sie sofort, trotz der Jahre, die vergangen waren, seit er sie das letzte Mal gesehen hatte. Sie sah noch genauso aus wie früher, nur ihre Haltung war eine andere, höher und selbstbewusster, und ihre Züge waren schärfer. Ihre goldbraunen Augen waren auf Ientus gerichtet und schienen niemand anderen wahrzunehmen.

»Verdammt soll ich sein! Das ist doch …« Caran bedeutete Aenovales zu schweigen. Ein Blick auf Ientus zeigte ihm, dass der Hohedruide alles andere als überrascht schien, höchstens leicht verärgert über die Unterbrechung. Er verschränkte die Arme vor der Brust und wartete gelassen, bis Talia bis zu ihm vorgedrungen war.

Talia spürte die Anwesenheit ihres Vaters wie ein Leuchtfeuer, das am Rande ihrer Wahrnehmung brannte. Sie weigerte sich, zu ihm hinüberzusehen, obwohl sie genau wusste, wo er stand. Acht Jahre waren vergangen, aber sie brauchte ihn nicht zu berühren, um das Blau seiner Seele zu sehen, die ihr damals in einem einzigen Augenblick so vertraut geworden war wie ihre eigene. Doch diesmal ging es nicht um sie und Caran und den alten Verrat, der zwischen ihnen schwelte, diesmal ging es um Talia und ihre Tochter und um das Ungeheuer, das vor ihr stand und sich Hohedruide nannte.

Talia konnte nicht umhin, Ientus zuzugestehen, dass er eindrucksvoll aussah in seinem langen weißen Gewand, aber die Zeiten, in denen sie sich von ihm hatte einschüchtern lassen, waren lange vorbei. Ientus mochte das Oberhaupt aller vindelikischen Druiden sein, doch die wahre Macht – das Geschenk, Seelen sehen zu können – gehörte Talia.

»Talia.« Ientus neigte den Kopf. »Willkommen zurück in Alte-Stadt. Ich habe dich bereits erwartet.«

»Gebt mir meine Tochter wieder!«

Ientus ignorierte sie. »Du siehst gut aus, Talia. Ich habe gehört, die Helvetier waren sehr offen im Umgang mit dem Geheimen Wissen. Haben ihre Unterweisungen dir geholfen?«

»Ihr habt gehört, was ich gesagt habe, Ientus! Spielt nicht mit mir! Ich stehe vor dem Rat und fordere meine Tochter zurück!«

»Die Helvetier waren schon immer verschwenderisch veranlagt«, fuhr Ientus nachdenklich fort, als hätte sie überhaupt nichts gesagt. »Meistens macht es nichts, denn sie kennen sich mit dem Geheimen Wissen längst nicht so gut aus wie wir. Bei ihnen finden sich nur wenige, die bereit sind, ihr ganzes Leben dem Lernen der alten Überlieferungen zu widmen. Stimmst du mir zu, Talia?«

»Frau, das hier ist eine Kriegsversammlung!«, mischte Divico sich ein. »Wenn du eine Beschwerde hast, trag sie Ientus oder dem Stadtrat ein anderes Mal vor! Wir haben Wichtigeres zu besprechen!«

Talia ließ sich nicht beirren. »Ientus hat meine Tochter entführt, und er hat gerade eben erst versucht, mich ebenfalls gefangen zu setzen. Wenn Ihr mich heute fortschickt, wird diese Sache niemals vor den Rat kommen, denn Ientus wird dafür sorgen, dass ich nicht vorsprechen kann!«

»Weißt du überhaupt, wen du anklagst?« Ientus lachte beinahe. Er breitete die Arme aus. »Ich bin der Hohedruide! Kein Mensch aus dem gemeinen Volk kann Rechenschaft von meinem Handeln verlangen, schon gar nicht eine sippenlose Frau! Nur Geweihte können das.«

»Oder ein Fürst.« Talia verschränkte die Arme vor der Brust. »O ja, ich kenne die Gesetze unseres Volkes. Deshalb bin ich hier.«

»Versuchst du etwa, Zwietracht unter uns zu säen?« Segurion spuckte aus. Sein roter Bart zitterte vor Wut. »Wir ziehen in einen Krieg, Weib! Wir können uns nicht um hysterische Frauenzimmer kümmern oder erlauben, dass ein Keil zwischen unsere Herren und Druiden getrieben wird! Niemand hier interessiert sich für dein Balg! Sollte Ientus tatsächlich deine Tochter zu sich geholt haben, solltest du dankbar sein!« Ungeduldig gestikulierte Segurion zu einigen Kriegern am Rande der Gruppe. »Packt sie und sperrt sie fort!«

Talia wartete nicht auf die Männer, die sich durch die Umstehenden schoben und auf sie zueilten. Mit drei raschen Schritten ging sie an Ientus vorbei und stand plötzlich vor Caran. Zum ersten Mal sah sie ihn direkt an.

Caran hatte sich kaum verändert, obwohl seine Haare kürzer waren und nur noch bis knapp an die Ohrläppchen reichten. Sein sorgfältig gestutzter Bart war grauer geworden und die Linien um die Augen tiefer. Um den Hals trug er eine Kette aus Eberzähnen. Die Spitzen der Hauer waren goldgelb bemalt und glänzten auf seinem violetten Hemd. Carans Arme waren vor der Brust verschränkt, seine Züge ausdruckslos, aber Talia konnte die Neugierde in seinen dunklen Augen entdecken. Sie atmete tief durch.

»Ientus hat Eure Enkelin entführt.«

Das Haupthaus lag groß und still im Licht der untergehenden Sonne, als Aenovales Talia in die große Halle führte. Kein Rauch kräuselte sich über dem Dach, und es waren nicht einmal die Geräusche kreischender Kinder aus dem Nebenhaus zu hören. Die Fensterklappen waren unten; wie Augen hoben sie sich dunkel vor den hell getünchten Wänden ab. Caran wartete allein neben dem brennenden Herdfeuer im Inneren.

Talias Vater saß auf seinem Stuhl, der Schädel des Bärenfells lag zu seinen Füßen. Ein voller Krug mit Met stand vor ihm. Er hatte die weiten Ärmel seines Hemds hochgekrempelt; seine

Stirn war gerunzelt, während seine Finger mit zwei kleinen Bleigewichten spielten. Als Talia eintrat, legte er sie fort und bedeutete ihr, näher zu treten. Aenovales schloss hinter ihr die Tür und stellte sich mit verschränkten Armen davor.

Talia drehte sich zu ihm um. »Bitte geh!«, sagte sie.

»Aenovales bleibt!« Carans Stimme klang fest. Talia wusste, dass er verärgert war. Er musste sie für eine Lügnerin halten, und seine nächsten Worte bestätigten das: »Es hätte gereicht, wenn du mich um meinen Schutz gebeten hättest, Talia. Dein Auftritt vor dem Rat, vor allen Herren, Fürsten und Kriegsführern unseres Volkes, war unnötig! Was machst du hier? Und was hast du dir dabei gedacht, solche Gerüchte zu streuen?«

Talia ging nicht auf seine Frage ein. »Ich habe Euch damals verraten«, erklärte sie ohne Umschweife. »Ich habe für Roueca spioniert. Hat sie Euch das je erzählt?«

Caran starrte sie an. Langsam schüttelte er den Kopf.

»Ich dachte, das hätte sie getan. Sie sagte damals, sie würde es tun, als … nach jener Nacht.« Talia strengte sich an, ihre Gedanken, so wie sie es gelernt hatte, von ihren Gefühlen zu trennen, aber es fiel ihr schwer. Carans Nähe erinnerte sie zu sehr an all das, von dem sie geglaubt hatte, es weit hinter sich gelassen zu haben.

»Ich habe meinen Eid gebrochen und Euch ausspioniert«, wiederholte Talia, fester diesmal, »und es tut mir sehr leid.«

»Bist du deshalb damals verschwunden, ohne etwas zu sagen?« Für einen Moment schien Caran den eigentlichen Grund, weshalb sie hier waren, vergessen zu haben. Er beugte sich vor und stützte die Hände auf die Oberschenkel. In seiner Stimme klang nichts als Neugierde mit. Es schien ihn nicht einmal zu überraschen, dass seine Schwester ihn hatte ausspionieren lassen.

»Ja. – Und aus anderen Gründen.«

»Du hast mir damals das Leben gerettet!«

Talia neigte den Kopf. »Ich hätte Euch nicht sterben lassen können.«
»Wieso nicht? Auf der einen Seite spionierst du mich aus, brichst deinen Eid und verrätst mich, wie du gerade sagst, und auf der anderen Seite riskierst du deine eigene Seele, um meine zu retten! Wie soll ich das verstehen?«
»Es …« Talia drehte sich um. »Bitte, Aenovales, lass uns allein!«
»Warum willst du unbedingt, dass er geht? Warum soll er nicht dabei sein, wenn du uns erklärst, weshalb du mir vor allen Fürsten und Kriegsführern unseres Volkes einen Bastard unterstellst?«
Talia verschränkte die Arme vor der Brust. Plötzlich fühlte sie sich wieder wie damals, als sie ihm das erste Mal gegenübergestanden hatte. Sie hatte Angst verspürt und eine seltsame Erregung, Zorn und eine verzweifelte Sehnsucht. Damals hatte sie geschwiegen, damals hatte es nur sie beide gegeben. Jetzt gab es Sumelis, und Caran war ihre einzige Hoffnung.
»Habt Ihr niemals gedacht, ich könnte Eure Tochter sein?«, fragte sie nur eine kleine Spur zu schrill. »Was war damals, als Ihr mich das erste Mal gesehen habt? Welche Frau habt Ihr damals in meinen Augen gesehen?«
Caran sah aus, als hätte sie ihm ins Gesicht geschlagen. Die Adern auf seinen Unterarmen traten mit einem Mal blau hervor, als sich die Sehnen bis zum Zerreißen spannten. Sein Kehlkopf bewegte sich, doch er brachte keinen Laut hervor.
Ungläubig beobachtete Aenovales die Veränderung, die über Carans Züge glitt. »Was meint sie damit?«, fragte er verstört.
»Geh hinaus!«
»Was?«
Caran sah ihn nicht an. Sein Blick bohrte sich in Talia. »Warte draußen, bis ich dich rufe!« Caran war aufgestanden. Seine Stimme zitterte kaum merklich. Mit ein paar Schritten über-

brückte er den Raum zwischen sich und Talia, bis er direkt vor ihr stand.

»Und jetzt«, befahl er gefährlich leise, als sich die Tür schloss und sie allein waren, »sag mir, was du mit all dem bezweckst!«

Er war so nah, dass sie seinen Geruch riechen und seinen Atem auf ihrer Stirn fühlen konnte. Panik flatterte in ihr auf, und sie begann, unruhig ihre Hände zu kneten. Vergessen waren auf einmal all die Übungen, all die mühsam aufgebaute Kontrolle und das Selbstbewusstsein, das sie die letzten Jahre über begleitet hatte. Die Worte schienen sich in ihrer Kehle zu stauen – wie Steine, die zu groß waren, als dass man sie bewegen könnte. Nichtsdestotrotz zwang Talia sie hinaus.

»Ich wurde in einer Herberge geboren, auf der Straße nach Menosgada. Meine Eltern waren auf dem Weg nach Alte-Stadt, als bei meiner Mutter die Wehen einsetzten. Sie starb bei meiner Geburt.« Talia sah Caran direkt an. »Mein Vater ist davongeritten«, fuhr sie fort. Es gelang ihr nicht ganz, die Bitterkeit und Enttäuschung aus ihrer Stimme herauszuhalten. »Wie ein Feigling hat er sich davongemacht und mich zurückgelassen!«

Caran war so blass wie die Wand hinter ihm. Er taumelte zurück. »Deine Mutter …«, krächzte er.

Talia ballte die Fäuste, doch es war zu spät, um die Wut und Enttäuschung zurückzuhalten, die wie eine Flut aus ihr herausbrachen. »Netacari!«, schleuderte sie ihm entgegen. »Der Name meiner Mutter lautet Netacari, und Ihr seid es nicht wert, ihn in den Mund zu nehmen!«

Carans Hände griffen nach ihr. Es tat weh, als sich seine Finger um ihre Handgelenke schlossen. »Das Kind, das damals geboren wurde, ist tot!«, sagte er heiser.

Talia ließ ihn nicht weiterreden. »O ja, das wolltet Ihr so, nicht wahr?«, schrie sie. Tränen liefen über ihr Gesicht und tropften auf den Boden. »Warum hast du mich nicht wenigstens selbst getötet?« Sie versuchte sich aus seinem Griff zu befreien. »Aber das wäre schon zu viel gewesen, nicht wahr? Wo du doch nur Abscheu empfunden hast!«

Er ließ sie los. Fassungslosigkeit verzerrte seine sonst so beherrschten Züge.

»Das Mädchen ist gestorben«, wiederholte er. »Ich habe jemanden geschickt. Vier Jahre später. Die Leute sagten« – Caran stockte –, »sie sagten, die Amme wäre fortgezogen, kurz nachdem das Kind gestorben war!« Er starrte sie an. Seine Finger berührten ihre Schläfen. »Aber deine Augen …« Ungläubig fuhr er die Linie ihrer Brauen nach. Er strich über Talias Wimpern und den Ansatz ihrer Wangenknochen. Eine lange Haarsträhne fiel nach vorne über seinen Handrücken. »Gold und Feuer und Erde. Wie Netacaris Augen.«

Talia zitterte unter seiner Berührung. Ein Teil von ihr wollte sich in seine Handflächen schmiegen und ihm die Arme um den Hals werfen, der andere wollte ihm ins Gesicht schlagen.

»Was hast du gerade gesagt?«, brachte sie hervor. Sie schämte sich dafür, dass sie so die Beherrschung verloren hatte. Damit half sie weder sich noch Sumelis. »Was hast du gemeint, du hättest vier Jahre später einen Boten geschickt? Der Bote kam bereits nach zehn Nächten mit einem Beutel voll Gold und, und …«

»Was meinst du mit einem Beutel voll Gold?«

»Weshalb wolltest du mich töten lassen?«

Sie stellten fest, dass sie gleichzeitig sprachen. Carans Hand lag noch immer an ihrer Wange. Er ließ sie fallen. »Was heißt das, ich wollte dich töten lassen?«

»Ich …«

Die Tür öffnete sich.

»Ientus ist hier!« Aenovales unterbrach sich erstaunt, als er sie beide so eng nebeneinanderstehen sah. »Was ist hier los?«

Caran richtete sich langsam zu voller Höhe auf. Er blinzelte, als wenn er aus einem Traum erwachen würde. Seine Schultern strafften sich.

»Schick ihn fort!«

»Ich soll Ientus fortschicken? Das halte ich für keine gute Idee. Er spuckt bereits Gift und Galle!« Aenovales kam rasch ein paar Schritte näher. Leiser fuhr er fort: »Du weißt, es wird alles an seiner Stimme hängen, wer Oberbefehlshaber wird, Caran! Du darfst ihn dir nicht zum Feind machen! – Zumindest nicht noch mehr, als ihr bereits Feinde seid!«, korrigierte er sich selbst.

»Schick ihn einfach fort! Mir ist es egal, was du ihm erzählst. Er soll gehen!«

»Das könnte sich als Fehler erweisen.«

Caran drehte ihm den Rücken zu. »Es wäre nicht mein größter.«

Aenovales zögerte. Unschlüssig rieb er sich mit den Fingern über das Kinn. Schließlich zuckte er mit den Schultern. »Wie du willst.«

Er verschwand wieder.

Caran atmete tief durch. »Setz dich!« Er ließ sich schwer auf die gepolsterte Bank entlang der Hauskante fallen. Einladend klopfte er mit der Hand neben sich. Talia zögerte.

»Bitte!«

Sie setzte sich. Weniger als zwei Fuß trennten Talia von ihrem Vater, doch es schien ihr, als ob eine Steinmauer zwischen ihnen emporragte. Verlegenes Schweigen breitete seine Schwingen aus und hüllte sie ein. Talia starrte konzentriert auf ihre Zehen. Der alte Zorn, der sie noch wenige Augenblicke zuvor erfüllt und von dem sie nicht gewusst hatte, dass er noch irgendwo in ihr lauerte, war verebbt und hatte nichts als Leere zurückgelassen. Aus den Augenwinkeln bemerkte sie, dass Caran ihr Profil musterte.

»Deine Ziehmutter sagte dir, ich hätte dich töten wollen?«
Talia nickte.
»Das stimmt nicht. Es ist allerdings wahr, dass ich dich damals nicht wollte!« Caran lehnte sich zurück, bis sein Rücken die Hauswand berührte. »Ich wusste damals nicht, was ich tun sollte. Ich habe Netacari sehr geliebt. – Sie sterben zu sehen, im Nirgendwo, nachdem ich sie von ihrer Familie fortgerissen hatte …« Er verstummte. Als er schließlich weitersprach, klang seine Stimme fester. »Ich habe alles verlassen. Ich ging aus Alte-Stadt fort und nach Westen. Vier Jahre lang war ich unterwegs, aber der Gedanke, dass etwas von Netacari – von uns – noch lebte, ließ mich nicht mehr los. Als ich zurückkam, schickte ich einen meiner Männer zu der Herberge, in der sie gestorben war. Aber die Frau, die Amme, die damals da gewesen war, war schon lange fort. Die Leute in der Gegend sagten, das Kind hätte nur ein paar Nächte überlebt und wäre dann gestorben. Wieso hätten sie lügen sollen?«
»Du hast also niemals einen Boten geschickt mit dem Auftrag, mich zu töten?«
»Nein!«
»Roueca sagte, du hättest einmal gesagt, wenn du mich noch einmal sehen würdest, müsstest du dich übergeben!«
Schweigend saß Caran neben ihr. Seine Fußspitzen spielten mit einem der Tischbeine. Talia wusste nicht, was er dachte.
»Vielleicht habe ich das tatsächlich einmal gesagt«, gab er zu. »In den ersten Nächten nach Netacaris Tod. Aber ich hätte niemals unser Kind töten lassen! Ich war nur … Was glaubst du, wie oft ich es damals bereut habe, einfach fortgeritten zu sein? Ich dachte, wenn ich geblieben wäre, hätte das Kind vielleicht überlebt und …« Caran unterbrach sich.
»Roueca sagte das zu dir?«, vergewisserte er sich.
Talia nickte.

Caran kniff die Brauen zusammen. »Erzähl mir die ganze Geschichte!«, forderte er. »So, wie du sie von deiner Ziehmutter gehört hast.«

Und Talia erzählte die Geschichte. Sie erzählte sie schonungslos. Sie sprach von ihrem Hass, von ihrer Bitterkeit, die sie dazu getrieben hatte, Caran für Roueca auszuspionieren. Zu ihrer eigenen Überraschung sprach sie auch von ihrer Sehnsucht, die sie immer begleitet hatte, obwohl sie sie sich selbst niemals eingestanden hatte. Während sie erzählte, begann sich langsam ein Bild in ihr zu formen, ein Verrat, der ungeheuerlicher war, als alles, was sie sich jemals hatte vorstellen können.

Caran schien zu demselben Schluss gekommen zu sein. »Roueca«, murmelte er fassungslos, »es war Roueca! Meine eigene Schwester! Sie muss den Boten geschickt haben. Sie muss es als gute Gelegenheit angesehen haben, meine erste Erbin auszuschalten! O Götter, wie gierig muss sie damals schon gewesen sein!«

»Sie muss gewusst haben, wer ich war, als ich damals nach Alte-Stadt kam«, fügte Talia heiser hinzu. »Wahrscheinlich hat Ientus irgendetwas gesagt, dass sie mich erkannt hat. Sie wusste, dass ich dich hasste und dass sie mich dazu überreden konnte, dich zu verraten.«

Caran erhob sich. Er machte zwei Schritte nach vorne, bis er einen der Trägerpfosten des Hauses erreichte. Mit gesenktem Kopf blieb er stehen. Dann hob er eine Hand und schlug sie so hart gegen den Balken, dass Talia glaubte, das Dach wackeln zu sehen. Als Antwort erklangen draußen besorgte Stimmen: Catuen und Aenovales.

»Was wirst du jetzt tun?«

Caran rieb sich geistesabwesend den Handballen. Er antwortete nicht. Talia spürte, wie ihr Herz begann, schneller zu schlagen. Es klopfte an der Tür.

»Was wirst du jetzt tun?«, drängte sie.
»Ich muss darüber nachdenken.« Caran fuhr sich müde durch die Haare. »Ich muss mit meiner Frau reden. Es ist wohl besser, wenn wir morgen weitersprechen.«
»Caran, es geht hier nicht um mich oder um dich, sondern um meine Tochter! Warum, glaubst du, erzähle ich dir das jetzt alles? Wie kann ich schlafen, wenn ich nicht weiß, dass du mir helfen wirst, Sumelis zurückzuholen? Ich will nicht, dass sie noch eine einzige Nacht länger bei Ientus bleibt!«
Caran sah sie mit einem Ausdruck an, den Talia noch niemals zuvor bei ihm gesehen hatte. »Natürlich werde ich dir helfen!« Er schüttelte den Kopf. »Wenn das alles wahr ist, wenn du wirklich … – Ich meine, du bist meine Tochter!« Er stockte kurz, während er dem Klang seiner Worte lauschte. Auf seinem Gesicht machte sich Erstaunen breit. »Heißt das, ich bin Großvater?«

Talia schreckte hoch. Catuen stand über ihr, eine Hand auf ihrer Schulter. Dunkle Ringe lagen unter ihren Augen. Sie sah sie seltsam an.
»Steh auf!«, sagte sie. »Mein Mann will dich sehen.«
Mit einem Satz war Talia auf den Beinen. »Catuen, ich …«
»Nicht jetzt!«, winkte Catuen ab. Sie brachte ein freudloses Lächeln zustande. »Zieh dich an!«
Talia wollte nach ihrer Hose greifen, die sie auf der Reise getragen hatte, aber Catuen hielt sie zurück. Stattdessen reichte sie ihr einen Rock und eine lange Bluse, die Talia mit einem Kettengürtel um die Taille zusammenband. Sie kämmte ihre Haare, bis sie in Wellen weit über ihre Schultern fielen, und spritzte sich kaltes Wasser aus einer flachen Schale ins Gesicht. Schweigend beobachtete Catuen Talias Vorbereitungen. Sie half ihr, die Bluse im Rücken zu schnüren, bis sich der leichte Stoff

sanft um ihre Brüste legte. Dann reichte sie ihr ein Paar ihrer eigenen Schuhe.

»Ich habe deine weggeworfen«, murmelte sie. »Die Sohlen waren fast durchgelaufen, und sie waren voller Dreck.«

Talia bückte sich hastig, um ihre brennenden Wangen zu verbergen.

Gedankenverloren sprach Catuen weiter: »Er hat mir nie von Netacari erzählt. Ich wusste, dass er bereits einmal versprochen gewesen war und dass sie starb. Ich wusste auch, dass er diese Frau sehr geliebt hat.« Sie wartete, bis Talia sie anblickte. »So, wie er mich jetzt liebt. Und unsere Tochter.«

Talia sagte nichts. Stumm folgte sie Catuen in die große Halle. Caran erwartete sie nicht allein. Ientus stand neben ihm und starrte Talia mit einem Ausdruck an, der ihr das Blut in den Adern gefrieren ließ. Der Hohedruide hatte rote Flecken auf den Wangen, seine Lippen waren ein dünner Strich. Schweißflecken zeigten sich trotz der frühen Stunde unter seinen Armen. Offenbar hatte er schon länger mit Caran gesprochen, denn der Becher mit Wasser, den er in seinen verkrampften Händen hielt, war leer. Caran wechselte einen Blick mit seiner Frau, und Catuen neigte unmerklich den Kopf.

»Ich hoffe, Ihr wisst es zu schätzen, Ientus, dass ich diese Runde klein und privat halte«, begann Caran ohne Umschweife. »Ich will Euch die öffentliche Schande ersparen, wenn Ihr zugeben müsst, ein Mädchen entführt zu haben, um es für Zwecke zu missbrauchen, die ich mir gar nicht vorstellen will!« Caran hob eine Hand, bevor Ientus ihn unterbrechen konnte. »Daher werden wir diese Angelegenheit unter uns regeln, rasch und verschwiegen.« Er holte tief Luft. »Bevor ich Talia morgen offiziell als meine Tochter anerkenne und Ihr zugeben müsst, ein Mitglied meiner Familie gefangen zu halten. Meine Enkelin.«

Talia merkte, wie ihr schwindlig wurde. Auf einmal wurde ihr bewusst, wie dicht sie neben Caran stand, so nah, dass sich ihre Ellbogen berührten.

Sie hatte nicht geglaubt, dass er es tun würde.

Ientus schien dasselbe zu denken. »Das ist doch Unsinn!«, brauste er auf. »Ihr könnt nicht einfach ein fremdes Mädchen als Tochter anerkennen! Ihr macht Euch lächerlich! Ihr habt keine zweite Tochter und schon gar keine Enkelin!«

»Woher wollt Ihr das wissen?«

Ientus' Brustkorb zitterte vor Wut. »Jeder weiß das! Oder wer will beweisen, dass sie wirklich Eure Tochter ist?«

Caran machte sich nicht die Mühe, seinen Zorn zu unterdrücken. »Wieso stellt Ihr diese Frage nicht meiner Schwester, Ientus? Ich glaube nicht, dass sie es wagen würde, einen Hohedruiden anzulügen!«

»Weshalb sollte …« Ientus verstummte kurz, doch er fing sich sofort wieder.

»Die Druiden werden das nicht akzeptieren!«

»Es ist, wenn ich Euch daran erinnern darf, nicht die Angelegenheit der Druiden, welche Kinder ein Mann anerkennt!«

»Wenn es die Angelegenheiten der Druiden berührt, ist es das! Wir müssen unser Volk schützen, und Talia ist gefährlich! Sie war es schon immer! Sie hat …«

»… mir das Leben gerettet, erinnert Ihr Euch? Als Ihr mich bereits tot geglaubt habt, Hohedruide! Die Geschichte hat sich damals in Windeseile in der ganzen Stadt verbreitet, und wenn Talia nicht verschwunden gewesen wäre, wäre sie als Heldin gefeiert worden! Sie hat den Leuten gezeigt, dass eine einzige junge Frau über mehr Macht verfügen kann als Heiler und Druiden!«

Ientus' rote Flecken breiteten sich über sein ganzes Gesicht aus, aber zum ersten Mal in ihrem Leben erlebte Talia ihn sprachlos.

Caran beugte sich vor. »Ihr werdet meine Enkelin sofort freigeben, Ientus, andernfalls werdet Ihr Euch vor dem Rat dafür verantworten müssen! Und Ihr wollt doch bestimmt nicht, dass unser Volk von Streitigkeiten zerrissen wird, während die Kimbern auf uns zumarschieren, nicht wahr? Ein Streit zwischen Euch und mir ist das Letzte, was wir jetzt gebrauchen können!«

»Das ist doch alles Unsinn! Ihr könnt nicht …«

»Ich kann und ich werde! Talia ist meine Tochter, Sumelis meine Enkelin. Gewöhnt Euch daran!«

Als wenige Augenblicke später die Tür hinter Ientus zuschlug, war es, als ob jemand alle Kraft aus den drei Menschen, die in der Halle standen, gesaugt hätte. Talias Schultern fielen herab, und Catuen ließ sich mit einem völlig untypischen Ächzen auf Carans großen Stuhl fallen.

»Wie geht es jetzt weiter?«, fragte sie so atemlos, als wäre sie gerannt. »Das geht alles so rasch …«

»Zuerst werden wir Sumelis in mein Landhaus bringen.« Caran rieb sich den Nacken. Seine Züge waren eingefallen, und er sah älter aus, als er an Jahren zählte. »Dann werde ich meine Gefolgschaft informieren, morgen die Stadtherren. Wir haben keine Zeit zu verlieren. Wer weiß, was für Gerüchte bereits in der Stadt kursieren!«

»Talia braucht neue Kleider.« Catuen sah Talia nicht an, während sie sprach, sondern blickte auf ihre Hände, die sie im Schoß gefaltet hatte. »Und wir müssen die Kammer frei räumen, damit sie einen Platz zum Schlafen hat. Sumelis kann bei Samis schlafen. Ich, ich schätze, das wäre nur angemessen.«

»Was ist mit Roueca?«, unterbrach Talia. »Was wirst du mit ihr tun?«

»Nichts.« Carans Miene verdüsterte sich. »Die einzige Zeugin – die Frau, die damals bei der Geburt zugegen war, deine Ziehmutter – ist tot und Roueca in Alkimoennis. Sollte ich Roueca trotzdem anklagen, würde sich die gesamte Macht von Alkimoennis gegen mich richten, samt der Herren hier, die ihr und Segurion verbunden sind. Es würde unser Volk entzweien, und das können wir uns nicht leisten. Die Kimbern werden uns vernichten, wenn wir uns ihnen nicht geeint entgegenstellen. Nein, meine Schwester muss warten, bis das alles hier vorbei ist.« Carans Hände zuckten. »Und glaub mir: Du hast keine Ahnung, wie sehr ich das bedauere.«

9. Kapitel

Eine kleine Hand schob sich in die von Talia und forderte ihre Aufmerksamkeit. »Es ist laut hier!«, klagte Sumelis. Das schmale Gesicht mit den leicht schräg stehenden Augen war angeekelt verzogen. »Und es stinkt!«

»Eine so große Stadt stinkt immer ein wenig.« Talia deutete auf das braune Wasser, das hüfthoch im Graben vor den Mauern Alte-Stadts stand. Abfälle schwammen darin und verbreiteten einen üblen Geruch. »Daran wirst du dich gewöhnen müssen, Sumelis.«

»Werden wir nicht mehr nach Hause zurückkehren – ins Tal?«

Talia zog die Schultern in die Höhe. »Nicht so bald, vermute ich. Es wird vielleicht Krieg geben, weißt du?«

»Und wenn es mir hier nicht gefällt?«

»Weshalb sollte es dir hier nicht gefallen? Caran ist hier, Catuen, Samis …«

»Ich kenne Samis ja noch gar nicht!« Sumelis runzelte die Stirn, während sie über all das nachdachte, was sie in den letzten Tagen und Nächten in Carans Landhaus erfahren hatte. »Muss ich Samis denn Tante nennen? Auch wenn sie nur ein Jahr älter ist?«

Talia lachte. »Nein, das musst du nicht«, sagte sie, doch dann verblasste ihr Lachen, als sie daran dachte, wie seltsam es wohl sein würde, Caran mit *Vater* anzusprechen.

Talia musterte ihre Tochter von der Seite. Mit dem ernsten Gesichtsausdruck und den fast geraden Augenbrauen sah Sumelis Caran so ähnlich, wie es für ein siebenjähriges Mädchen überhaupt nur möglich war. Als Caran sie das erste Mal gesehen hatte, war er wie erstarrt stehen geblieben, und Talia hatte beinahe erleichtert festgestellt, dass Caran doch mehr mit dem Schock zu kämpfen hatte, als er erahnen ließ. Bis dahin war Talia sich nicht sicher gewesen, ob ihr Vater tatsächlich begriffen hatte, dass er nun noch eine Tochter hatte – und eine Enkelin.

Talia fuhr mit den Fingern durch Sumelis' widerspenstige braune Locken und flocht sie rasch zu einem Zopf. »Du wirst hier deine Haare nicht offen tragen dürfen«, murmelte sie. »Bei den Runicaten ist das nur Frauen gestattet, nicht den Kindern.«

Sumelis' Stirnrunzeln vertiefte sich. »Aber wenn Caran so wichtig ist, wie du sagst, müssen alle tun, was er will! Wenn er es mir erlaubt, dann darf niemand etwas dagegen sagen!«

»Dein Großvater beugt sich wie alle anderen den Gesetzen unseres Volkes.« – *Zumindest nehme ich das an.* Was wusste sie denn im Grunde über ihn?

»Talia?« Aenovales trat neben sie und deutete nach vorne. »Caran erwartet euch.«

»Wir kommen sofort.«

Talia vergewisserte sich, dass Carans Männer, die sie den Weg von Carans Landhaus bis nach Alte-Stadt begleitet hatten, noch immer geduldig warteten. Der Staub der Straßen hing in ihren Kleidern und auf den bartlosen Gesichtern, die so jung waren, dass sie erst seit kurzem zu Carans Leibwache zählen konnten. Talia kannte keinen von ihnen.

»Dort ist Caran! – Ich meine *Großvater!«*

Talia beschattete die Augen gegen die tief stehende Sonne, trotzdem konnte sie nicht mehr erkennen als die Silhouetten der Menschen, die ihr aus der Stadt entgegenkamen. Sumelis begann, aufgeregt auf und ab zu hüpfen. Ungeduldig zerrte sie an Talias Arm.

Caran hatte Talia begleitet, als sie Sumelis von Ientus' Landhaus zu Carans gebracht hatten, und war die Nacht und den darauffolgenden Vormittag über geblieben. Es war erschreckend gewesen zu beobachten, wie schnell Sumelis und ihr Großvater Freundschaft schlossen, während Talia und Caran kaum zu wissen schienen, was sie zueinander sagen sollten. Beschämt hatte Talia festgestellt, dass sie neidisch auf ihre Tochter war.

Am zweiten Tag war Catuen dann gekommen. Als Caran ihr Sumelis vorgestellt hatte, hatte Talia einen Moment lang befürchtet, Catuen würde in Ohnmacht fallen, so blass war die ältere Frau geworden. Talia gegenüber war Catuen zunächst reserviert gewesen, beinahe abweisend, aber als sie am nächsten Morgen begann, neue Stoffe, Schuhe und Kleidung für Talia zu ordern, kehrten ihre alte Freundlichkeit und Offenheit langsam zurück.

»Es war ein Schock, als ich von Caran deine Geschichte erfuhr«, gab sie nach einiger Zeit zu. Ihre Stimme klang undeutlich, denn sie hatte das eine Ende einer Maßschnur zwischen die Zähne geklemmt. »Und ich bin es immer noch. Stell dir vor, du heiratest einen Mann, und dann taucht plötzlich eine erwachsene Tochter von ihm auf! Von einer Frau, von der ich zwar wusste, dass sie Carans erste Frau gewesen war, über die er jedoch niemals ein Wort verloren hat – zumindest nicht mir gegenüber!«

Catuen nahm die Schnur aus dem Mund und maß die Länge von Talias Arm. »Ich war auch wütend, dass du damals nichts gesagt hast. Dass du dich in unser Haus geschlichen hast, ohne zu erklären, wer du wirklich bist.«

»Was hat Caran dir erzählt?«

»Alles, hoffe ich. Oder meinst du, ich sollte lieber abwarten, wie viele Kinder noch zum Vorschein kommen?« Catuen wollte sich bücken, um nach Talias Stiefeln zu greifen, doch die jüngere Frau hielt sie zurück.

»Verzeih mir«, sagte Talia.

Catuen war einige Augenblicke lang still.

»Vielleicht bin ich sogar froh«, sagte sie schließlich. Die Bitterkeit war aus ihrer Stimme verschwunden. »Es macht viele Dinge einfacher – für Samis, meine ich. Es ist eine schwere Last, das einzige Kind eines so mächtigen Mannes zu sein, und ich bin froh, dass er mir endlich von Netacari erzählt hat.«

»Mir nicht.« Die Worte waren heraus, bevor Talia sie zurückhalten konnte. Sie biss sich auf die Lippe. Catuen berührte ihren Handrücken. »Das wird er. Irgendwann. Er – du weißt, wie schwierig die Situation gerade ist. Dieser neue Streit mit Ientus wird es für Caran noch schwerer machen, den Oberbefehl über das Heer zu erhalten, wenn nicht gar unmöglich. Und wer weiß, was das für uns alle bedeuten mag?«

Talia wusste, in Catuens Worten lag kein Vorwurf, dennoch schämte sie sich. Sie hatte niemals einen Gedanken daran verschwendet, dass es nicht nur ihr Leben verändern würde, wenn Caran erfuhr, dass er ihr Vater war. Jetzt deutete Catuen an, dass womöglich das Schicksal ihres ganzen Volkes daran hängen konnte.

Dennoch hat er es getan. Talia hätte sich am liebsten eine Wand gesucht und ihren Kopf dagegen geschlagen. *Was für ein Narr bin ich doch gewesen – siebenundzwanzig Jahre lang.*

Wie ihr Leben wohl verlaufen wäre, wenn sie Caran früher die Wahrheit gesagt hätte? Wie wäre es gewesen, wenn sie hier gelebt hätte, als Tochter eines der mächtigsten Herren aller Vindeliker? Sie hätte keinen Hunger kennengelernt, hätte Sumelis nicht durch den Staub der Straßen tragen müssen, auf der Suche nach Menschen, die ihre Gabe teilten. Sie wäre behütet gewesen, umsorgt und geschützt. Sie hätte eine Familie gehabt.

Und sie hätte niemals gelernt, ihre Macht zu meistern. Ientus hätte es nicht zugelassen.

Gehöre ich wirklich hierher? Ist das die Vergangenheit, wie sie hätte sein sollen?

In den Tagen in Carans Landhaus hatte Catuen damit begonnen, Talia von der Welt der Herrschenden zu erzählen. Sie berichtete ihr von den führenden Familien der Stadt, was in den letzten Jahren geschehen war, und erklärte ihr, wer Carans Verbündete waren, wem sie trauen konnte und wer sie für einen Apfel verraten würde. Während sie sprach, spürte Talia manchmal, wie Catuens Blick forschend über ihren Körper strich und nach der Frau suchte, die ihre Mutter gewesen war. Talia begriff, dass sie nicht die Einzige war, die um die Vergangenheit betrogen worden war.

»Er hat uns gesehen!« Sumelis' aufgeregte Stimme riss Talia in die Gegenwart zurück.

Das Mädchen begann, wild zu winken.

Talia konnte noch immer nicht mehr als die Umrisse eines großen Mannes ausmachen, der auf sie zueilte. Dann bemerkte sie das leichte Hinken, mit dem Caran seit Dagos Anschlag das rechte Bein etwas nachzog. Die Sonne verschwand hinter einer Wolke, und Carans Umrisse verdichteten sich zu klaren Konturen und Einzelheiten, die die vertrauten Züge ihres Vaters ausmachten.

Talia ging neben Sumelis in die Knie. Sie zupfte an ihrer Weste und brachte ihr Gesicht nahe an das ihrer Tochter. »Das ist jetzt

alles neu für dich, Sumelis, ich weiß«, sagte sie leise, »und es kam alles furchtbar schnell. Aber dafür wird dich Ientus auch niemals wieder fortschleppen können, das verspreche ich dir!«
Sumelis nickte abwesend. Sie hatte Talia erzählt, wie die Männer sie entführt hatten und wie sie mit ihr nach Norden geritten waren. Sie waren gut zu ihr gewesen, und auch Ientus hatte sie freundlich behandelt, so dass Sumelis keinen Grund gehabt hatte, sich zu fürchten.
»Ich wusste ja, dass du kommen und mich holen würdest«, hatte sie vertrauensvoll ihrer Mutter erklärt, bevor sie mit stolzer Stimme hinzugefügt hatte: »Und ich habe auch nichts getan, was ich nicht hätte tun sollen! Ientus hat mich ausgefragt; er wollte wissen, was ich alles mit meiner Gabe tun kann, aber ich habe ihm nichts gezeigt!«
»Denkst du, Ientus hat aufgegeben?«, hatte Talia später Caran gefragt, als Sumelis schon lange schlief. Caran hatte den Kopf geschüttelt. »Aufgeben liegt nicht in seiner Natur. Aber es gibt nichts, was er im Moment tun könnte. Ihr seid jetzt sicher.«
Talia konnte nur hoffen, dass er recht behielt.
Talia beobachtete, wie Caran Sumelis zur Begrüßung durch die Haare wuschelte und sie ihn auf die Wange küsste. Ein Augenblick der Verlegenheit entstand, als Talia ihrem Vater die Hand reichte und sie sich schief angrinsten, dann sagte Caran hastig: »Catuen und Samis warten bereits. Wir sollten uns beeilen!«
Während sie die Straße zu Carans Hof entlangritten, stellte Talia fest, dass sich einiges verändert hatte: Der Stall eines Nachbarn war vollkommen abgebrannt und wieder neu errichtet worden; Caran hatte den Zaun, der seinen Hof umgab, ausgebessert und mit einem überdachten Umgang versehen. Das Haupthaus war frisch getüncht und ein neuer Brunnen neben dem Eingang zum Hof angelegt worden. Hühner, die früher immer am anderen Ende des Hofs hinter einem niedrigen

Gatter gehalten worden waren, liefen gackernd vor ihren Füßen vorbei und verschwanden in einem Band hoher Gräser neben dem Zaun.

»Samis dachte, jetzt, wo der Zaun keine Löcher mehr aufweist, könnten wir sie frei laufen lassen«, erklärte Caran, als er Talias Blick bemerkte. »Ich hasse es, sie ständig vor meiner Nase zu haben, aber Samis kann erstaunlich stur sein.«

»Wenn du glaubst, Samis wäre stur, dann wird Sumelis dich überraschen!« Talia musste unwillkürlich grinsen. »Sie wird dem so strengen und gefürchteten Herrn Caran auf der Nase herumtanzen, bis du dir wünscht, wir wären niemals zurückgekommen.«

Caran lachte, und mit seinem Lachen zerbrach ein Stück der Anspannung zwischen ihnen. Talias Griff um die Zügel lockerte sich etwas.

Caran wurde wieder ernst. »Das mit dem Auf-der-Nase-Herumtanzen ist im Moment nicht schwer«, meinte er. »Sogar Samis tut, was sie will. Ich war in letzter Zeit nicht viel zu Hause. Es scheint keinen Abend mehr zu geben, an dem nicht irgendjemand an meine Tür klopft und mich zu einer Versammlung holt. Die Unsicherheit ist groß, aber noch größer sind die Mäuler jener, die zu wissen glauben, wie man die Angst beseitigen kann. Niemand weiß, welchen Weg die Kimbern einschlagen werden. Wenn sie nicht entlang des Danuius zu den Helvetiern ziehen, sondern am Fuß des Gebirges direkt nach Westen, werden sie die Gebiete der Noriker und der anderen vindelikischen Stämme ins Chaos stürzen. Dann ist es möglich, dass der Krieg sogar bis in das Tal dringt, in dem ihr gelebt habt.«

»Glaubst du, dass wir hier sicherer sind?«

»Hattest du vor, wieder zurückzugehen?«

Talia sah zur Seite. »Ich weiß nicht. Vielleicht.«

»Talia, du gehörst jetzt hierher!« Carans Stimme war nachdrücklich. »Du bist meine Tochter – Samis' Schwester! Du hast jetzt eine Verantwortung deiner Familie gegenüber! Du kannst nicht einfach kommen und gehen, wie es dir passt!«
»Das klingt so, als würdest du mich nicht mehr gehen lassen wollen. Dabei kennst du mich doch eigentlich gar nicht!«
»Dazu hast du mir bis jetzt auch keine Möglichkeit gegeben.«
Das brachte sie zum Schweigen. Sie erreichten den freien Platz vor dem Haupthaus und saßen ab. Catuen stand vor dem Eingang, ein schmales Mädchen an ihrer Seite. Samis hatte die Hände in Catuens Rock gekrallt und starrte Talia mit großen Augen an. Talia hatte Samis das letzte Mal vor acht Jahren gesehen und suchte sofort nach einer Ähnlichkeit zwischen sich und dem Mädchen, aber sie fand keine. Samis kam völlig nach ihrer Mutter mit glatten blonden Haaren, einer kleinen Nase und langen, gebogenen Wimpern. Sie begrüßte Talia schüchtern und warf Sumelis misstrauische Blicke zu. Sumelis streckte ihr würdevoll die Zunge heraus.
»Nun, zumindest haben sich jetzt alle freudig kennengelernt«, bemerkte Caran trocken. »Samis, du und Sumelis werdet zusammen mit dem Kindermädchen in deiner Kammer schlafen. Warum zeigst du Sumelis nicht ihr Lager und die Truhe, in der sie ihre Sachen verstauen kann?«
Samis nickte gehorsam und bat Sumelis, ihr zu folgen.
»Man merkt, dass sie deine Tochter ist«, sagte Talia zu Catuen, kaum dass die beiden Mädchen im Inneren des Haupthauses verschwunden waren. »Ich hoffe, Sumelis schaut sich etwas von ihr ab. Sie ist, fürchte ich, etwas zu wild aufgewachsen.«
»Die Mädchen scheinen sich überhaupt nicht ähnlich zu sein«, erwiderte Catuen diplomatisch.
»Bis auf ihre Namen«, beschwerte sich Caran. »So ähnliche Namen machen es für einen Mann schwer …«

»Ich denke, du solltest es schaffen, deine Tochter von deiner frisch gebackenen Enkelin zu unterscheiden!« Catuens Stimme klang scharf.

»Sumelis wäre dir sicherlich dankbar, wenn du sie anders nennen würdest«, warf Talia eilig ein, »Magus, zum Beispiel.«

»Wieso Magus?«

»Magus war der Name ihres Hundes. Sie hat sehr an ihm gehangen.«

»Aber Magus ist ein Männername! Sumelis ist doch kein Junge!«

»Schön wär's!«, murmelte Caran. »Mir fehlt langsam die männliche Unterstützung in dieser Familie!«

In der Stille, die seinen Worten folgte, trat Catuen ihrem Mann auf den Fuß. Talias Gesichtszüge hatten sich verhärtet, und ihr Blick wanderte an Caran und Catuen vorbei ins Leere. Beide konnten ahnen, wann Sumelis gezeugt worden war und was das bedeuten mochte.

Caran hatte Talia erzählt, dass niemand genau wusste, was aus Dago geworden war. Carans Spione hatten lediglich Gerüchte gehört, dass ein Mann, auf den die Beschreibung zutraf, in Stammeskämpfe bei den Boiern verwickelt und wenige Monate später getötet worden sei. Seine Leiche war geköpft und der Schädel einbalsamiert zu seinem Vater geschickt worden. Talia war sich nicht sicher, ob sie die Gerüchte glauben sollte, aber nichtsdestotrotz ertappte sie sich bei der Vorstellung, Dagos Leiche würde zu ihren Füßen liegen, das gutaussehende Gesicht eingefallen, blass und von blauen Striemen überzogen. Doch sie wusste selbst nicht genau, was das ändern würde. Dago war Vergangenheit, und wenn sein Gesicht sie auch noch manchmal in ihren Träumen verfolgte, zog sie es vor, ihre Erinnerungen für sich zu behalten – genauso, wie sie ihre Erinnerungen an Atharic für sich behielt.

Catuen durchbrach schließlich das unangenehme Schweigen, indem sie einer Magd befahl, Bier und Met nach draußen zu bringen. Sie selbst holte Schüsseln mit getrocknetem Fleisch, Erbsen, Nüssen und Früchten, die sie vor der niedrigen Bank an der Hauswand aufreihte. Der Anblick ließ Talias Magen laut knurren. Hungrig griff sie zu.

»Ientus hat Sumelis entführt, weil sie dieselbe Gabe hat wie du«, begann Caran, nachdem die Magd gegangen war. »Heißt das, sie ist bei Sumelis so stark ausgeprägt wie bei dir?«

»Nein.« Talia wusch sich die Hände in einer flachen Bronzepfanne und streckte die Beine nach vorne. »Sumelis ist stärker als ich.«

Caran pfiff durch die Zähne. »Ist es genauso wie bei dir damals? Weiß sie, was sie tun muss? Du sagtest, du hättest gelernt, deine Fähigkeit zu beherrschen, aber was ist mit Sumelis?«

Carans Neugierde entlockte Talia ein müdes Lächeln. »Es gibt keinen Grund sich zu sorgen! Sumelis hat gelernt, ihre Gabe zu kontrollieren. Sie kann die Seelen anderer Menschen und deren Gefühle mit einem Fingerschnippen aus ihrem Bewusstsein verbannen. Das, was ich die letzten Jahre getan habe – das Lernen, die Unterweisung, das Üben –, hat Sumelis nicht nötig. Sie ist damit aufgewachsen, Seelen sehen zu können, und es fällt ihr so leicht wie jede Fähigkeit, die wir als Kinder lernen. Sie geht völlig natürlich damit um und benutzt es, wie andere Leute ihre Augen benutzen. Wenn sie nichts sehen will, schaut sie einfach nicht hin.«

»Ientus behauptet immer noch, du wärst gefährlich. Kannst du, kann Sumelis, ich meine, würde sie …« Catuen gestikulierte hilflos, doch Talia wusste, was sie dachte.

»Keine Angst!«, beruhigte sie die ältere Frau. »Samis hat von Sumelis nichts zu befürchten. Sumelis weiß, dass sie Seelen nur ansehen darf, nichts weiter. Sie hat es versprochen, und ich weiß, sie hält sich daran. Sie hat auch Ientus nichts gesagt oder ihm irgendetwas von ihren Fähigkeiten gezeigt.«

»Sie ist ein sehr tapferes Mädchen.«

»Ja, das ist sie. Aber manchmal würde ihr ein bisschen Angst nicht schaden.« Talia wandte sich ihrem Vater zu und wechselte das Thema.

»Wann ist Ientus zum Hohedruiden gewählt worden?«, fragte sie kauend. »Das zu erfahren war ein Schock für mich, als ich herkam.«

»Er ist es bereits seit zwei Jahren.« Caran verzog das Gesicht und nahm einen großen Schluck Met. »Die Druiden haben sich an einem geheimen Ort getroffen, irgendwo im Westen, am Ufer des Rhenos. Vier Tage lang haben die Barden von der Weisheit der früheren Hohedruiden gesungen, während sich der Rest gegenseitig bestochen und bedroht hat. Am Ende haben sie einen aus ihren Reihen zu ihrem Oberhaupt gewählt: Ientus. Das war nicht gerade der glücklichste Tag meines Lebens!«

»Ientus hat also gewartet, bis er Hohedruide war, bevor er versucht hat, mich zu finden?«

»Das ist möglich, aber vielleicht konnte er dich vorher einfach nicht finden. Meine Spione hatten schließlich ebenfalls keinen Erfolg.«

Talia hatte nach einer Handvoll Blaubeeren greifen wollen, aber Carans Worte ließen sie innehalten. »Du hast nach mir Ausschau halten lassen?«

Caran nickte. »Eine Zeit lang, ja. Ich wollte verstehen, was in jener Nacht, als du mir das Leben gerettet hast, geschehen ist. Ich erinnere mich nur noch vage daran. Es ist wie ein Traum, den mein Verstand nicht in Worte fassen kann und dessen Einzelheiten verblasst sind und nichts zurückgelassen haben als eine dunkle Ahnung. Je verzweifelter ich versuche, mich an den

Traum zu erinnern, desto weiter scheint er sich von mir zu entfernen.«

Talia sah zu Boden. Unruhig rieben ihre Finger über die Innenseiten ihrer Handgelenke. »Dann verstehst du es jetzt, oder?«, fragte sie leise.

Caran berührte ihren Arm. »Du konntest mich retten, weil ich dein Vater bin, nicht wahr? Weil unsere Seelen irgendwie aneinander gebunden sind?« Er griff nach ihrer Hand. Staunend beobachtete Talia, wie selbstverständlich sich ihre Finger ineinander verschlangen. Catuen stand auf und ging ins Haus.

Talia wusste, sie musste nicht antworten.

Caran entrollte das kostbare Pergament und beschwerte es mit seinem und Talias Schlüsselbund. Ehrfürchtig strich Talia über die fremdartigen Zeichen und fühlte die raue Oberfläche unter ihren Fingern.

»Kommt es aus Rom?«, fragte sie.

Caran schüttelte den Kopf. »Ich habe es von einem griechischen Händler gekauft. In einem Land weit im Westen, das jetzt römisch besetzt ist. Die Römer nennen es Gallia Narbonensis.«

»Ich habe davon gehört.«

Caran deutete auf die Skizzen, die sich unter den Zeichen an den Rand des Pergaments schmiegten. »Das sind die Tätowierungen, die deine Mutter auf den Händen getragen hat.Verzeih, dass sie so schlecht sind, aber ich bin kein Künstler und ich hatte nur meine Erinnerungen.«

Talia beugte sich vor. Ranken und Spiralen verbanden sich mit Kreisaugen, Efeublättern und Dreiwirbeln. Dunkel und verschlungen narrten sie ihre Augen. Es war unmöglich, einen Anfang und ein Ende zu entdecken. Wie Schlangen flossen die Muster ineinander und spiegelten die Geheimnisse einer fremden Welt hinter dieser. Talia legte ihre rechte Hand neben die

Skizzen und versuchte sich vorzustellen, wie die Zeichnungen auf ihrem Handrücken aussehen würden.

»Weißt du, was es bedeutet?«

Caran riss seinen Blick von ihren Fingern fort.

»Nein«, sagte er. »Netacari meinte, es wäre geheim. Ihre Mutter war eine Seherin in ihrem Volk, habe ich dir das erzählt?«

»Nein.« Talia war überrascht. Normalerweise erinnerte sich Caran sehr gut daran, was er gesagt hatte und was nicht. Es war der einzige Hinweis darauf, dass es ihm naheging, über Netacari zu sprechen.

»Aber das war sie. Ihr Rang war, wenn ich Netacari richtig verstanden habe, so hoch wie der eines Hohedruiden bei uns. Sie war eine beeindruckende Frau, auch wenn ich selbst niemals ihre Macht erfahren habe. Ich habe sie nur wenige Male getroffen, und Netacari hat nie viel über sie erzählt. Ihre Mutter hieß nicht gut, dass Netacari mich wählte und ihre Heimat und ihr Volk verließ, um mit mir zu gehen. Manchmal glaube ich, sie hatte gewollt, dass Netacari ihre Nachfolgerin wird.«

»Dann hatte Netacari dieselben Fähigkeiten wie ihre Mutter? Meine Großmutter?« Talias Herzschlag beschleunigte sich, als ihr klar wurde, was das bedeuten mochte. *Von Mutter zu Tochter weitergegeben,* überlegte sie atemlos. *Und das seit womöglich mehr als vier Generationen!*

»Ich weiß es nicht. Netacari sagte nur, der Weg ihrer Mutter wäre nicht ihr Weg. Und dass sie weder eine Heilerin noch eine Seherin sei.«

Es klopfte an der Tür. Caran rollte das Pergament wieder zusammen und verstaute es in einer Truhe, die er sorgfältig verschloss. »Der Bote wartet«, meinte er kurz darauf. »Ich wollte dir das zeigen, bevor wir in den Krieg ziehen. Falls ich sterbe und nicht mehr genügend Zeit haben sollte, dir mehr von deiner Mutter zu erzählen.« Carans Mundwinkel zuckten, als er ihren Gesichtsausdruck sah. »Was nicht bedeutet, dass ich vorhabe zu sterben, keine Angst!«

Talia hob die Schultern. »Sumelis und ich werden mit dir gehen«, sagte sie ruhig.

»Was?« Caran traute seinen Ohren kaum. »Mit dem Heer? Wieso? Ihr seid hier viel sicherer und …«

»Es wäre gut, wenn wir mehr Zeit miteinander verbringen und die Herren sehen, dass du mich tatsächlich als Tochter anerkennst. Du selbst hast gesagt, ich müsse so schnell wie möglich alles über deine Gefolgschaft lernen, die Herren, die Händler, alle, die von dir abhängig sind, dir etwas schulden oder gegen dich sind. Wie soll ich das, wenn ich hierbleibe und neue Kleider nähe?«

Caran holte tief Luft. »Darüber reden wir später«, sagte er, als es zum wiederholten Mal an die Tür klopfte, aber er klang mehr nachdenklich als verärgert.

Talia ließ den Boten herein. Der Mann schien nicht überrascht, dass eine Frau bei der Besprechung dabei sein würde. Wahrscheinlich hatte er bereits an den Toren der Stadt die Gerüchte gehört, über die die ganze Stadt und das halbe Heer sich das Maul zerrissen, seit Caran Talia offiziell als Tochter anerkannt hatte. Das letzte Gerücht, das Talia gehört hatte, besagte, dass es Ientus gewesen war, der Carans Tochter und Enkelin gefunden und in den Schoß ihrer Familie zurückgebracht hatte, und dass Caran ihm dafür ewig dankbar sein würde und die Gerüchte von Entführung lediglich auf einen unerfreulichen Irrtum zurückgingen. Talia konnte nicht umhin zu bewundern, wie Ientus sich diesmal wieder aus der Affäre gezogen hatte.

»Die Kimbern werden dem Danuius folgen«, begann der Bote ohne Umschweife, kaum dass sie sich gesetzt hatten. »Sie sammeln sich an der Nordgrenze der Noriker. Es heißt, sie hätten alle Höfe entlang des Flusses geplündert, und einzelne Gruppen wären bis in die Täler vorgedrungen. Die Bewohner sind geflohen. Sie haben ihr Vieh mitgenommen, aber das Getreide mussten sie zurücklassen. Die Kimbern hatten keine Wagen dabei, um es fortzuschaffen, also haben sie die Speicher in Brand gesetzt.«

Caran lehnte sich zurück. Er hatte die Fingerspitzen vor dem Kinn verschränkt und starrte den Boten durchdringend an, der unter dem forschenden Blick seines Herrn sichtlich nervös wurde.

»Weshalb sollten sie so etwas tun?«

Der Bote streckte die Hand aus und kratzte sich hingebungsvoll im Schritt. Als er Talias Blick bemerkte, hielt er inne. Er brummte etwas, dann gab er zu: »Ihr habt recht; es scheint keinen Sinn zu ergeben. Vielleicht waren es auch die Noriker selbst, die die Vorräte angezündet haben, damit sie den Kimbern nicht in die Hände fallen. Keiner weiß, was wahr ist und was nicht. Noch dazu ist es sehr schwierig, brauchbare Informationen aus dem kimbrischen Lager selbst zu bekommen. Wir haben einige Spione unter ihnen, doch es scheint, als ob niemand dort den Überblick hat. Gruppen kommen und gehen, wie es ihnen gefällt; sie rauben und plündern nach eigenem Gutdünken. Niemand scheint Ordnung schaffen zu wollen.«

»Was ist mit den Durchzugsverhandlungen mit den Norikern? War irgendetwas davon ernst gemeint?«

»Die norischen Fürsten schweigen sich aus und wenn, sind ihre Antworten vage. Aber sie haben deutlich gemacht, dass sie ihre Krieger nicht als Söldner zu uns schicken werden, egal, was wir ihnen versprechen.«

»Damit hat auch keiner ernsthaft gerechnet.« Caran beugte sich vor und goss dem Boten einen weiteren Becher Bier ein. »Was tun die Kimbern jetzt? Sie haben unser Land noch nicht betreten, nicht wahr?«

»Sie warten auf mehrere tausend Krieger und einen Teil des Zugs, der einige Tagereisen hinter ihnen ist. Angeblich sollen weitere Gruppen aus dem Norden ebenfalls zu ihnen gestoßen sein, Ambronen und Teutonen, aber das sind nur Gerüchte.«
»Krieger oder Sippen?«
»Ich weiß es nicht.«
»Wenn sie Verstärkung aus dem Norden erhalten haben, ist sie jedenfalls nicht durch unser Land gezogen.« Caran strich nachdenklich über den Rand seines Bechers. »Damit bleiben nur die Boier, deren Gebiet sie hätten durchqueren müssen. Was hast du von dort gehört?«
»Nichts. Es dringen kaum Nachrichten nach draußen. Der neue König ist feindselig und misstrauisch gegenüber allen Fremden. Wir wissen nicht, ob er Kontakt mit den Kimbern aufgenommen hat. Der letzte Bote, den Ihr zu ihm gesandt habt, kam ohne seinen Kopf zurück. Das war vor sechs Nächten. Aber es scheint so, als würden sich die Boier nicht weiter um die Kimbern kümmern. Warum sollten sie auch? Diesmal sind nicht sie es, die bedroht sind.«
»Seit wann haben die Boier einen König?«, mischte sich Talia in die Unterredung ein. »Ihre Fürsten waren immer zerstritten. Wie konnten sich die boischen Teilstämme unter einem Herrscher vereinen lassen?«
Caran zuckte mit den Achseln. »Darauf weiß niemand eine Antwort. Jedenfalls haben sie es getan, wenn wohl auch nicht ganz freiwillig. Zwei Jahre lang hat fast ununterbrochen Krieg geherrscht, bis vor sechs Monaten der letzte boische Fürst sein Haupt vor dem neuen König gebeugt hat. Nur wenig dringt über die Grenzen zu den Nachbarstämmen und zu uns, denn in letzter Zeit wagten es nur wenige Händler, das boische Gebiet zu durchqueren. Gesetzlosigkeit hat entlang der Straßen und Flüsse geherrscht, niemand ist sicher gewesen.«

»Und wer ist dieser König?«
»Auch das weiß niemand wirklich. Manche erzählen, er sei gar kein Boier, nicht einmal ein Kelte, sondern stamme aus dem Norden. Jene, die behaupten, ihn gesehen zu haben, beschreiben ihn als einen Riesen mit einem Bart, der sein ganzes Gesicht bedeckt. Er reitet einen Hengst, schwarz wie die Nacht, in dessen Mähne er die Haare seiner toten Feinde flicht. Einige Händler berichten, er hätte seinen eigenen Vater in dessen Bett ermordet, andere sagen, es wäre seine Mutter gewesen. Er soll einen Bruder haben, der sich nachts in die Häuser seiner Feinde schleicht, um sie im Schlaf zu töten, und weiße Geisterhunde, die zu ihm sprechen und ihm die Namen von Verrätern nennen.«
»Das klingt kaum nach einem Menschen.«
»Das macht ihn so gefährlich.« Caran massierte sich erschöpft den Nacken. »Ich halte es durchaus für möglich, dass dieser König die Schöpfung einer Gruppe von Fürsten ist«, fuhr er fort, »eine Spielfigur, die sie dazu benutzen, um die Krieger unter einem Anführer zu einen und sie in abergläubische Furcht vor ihrem Herrscher zu versetzen.«
»Aber warum setzt sich dann nicht einfach einer der alten Fürsten an die Spitze?«
»Weil sie nur mit einem Fremden die Stammesfehden überwinden können. Einer der alten Fürsten als König würde Neid und Unmut hervorrufen sowie die Frage, warum dieser Fürst König geworden ist und nicht ein anderer. Ein Fremder gehört zu keinem Stamm. Ihm kann jeder folgen, ohne sein Gesicht zu verlieren. Sobald er zu unbequem wird, können sie ihn leicht beseitigen, denn niemand würde nach Vergeltung schreien.« Caran machte eine Pause und wartete, ob Talia noch eine Frage hatte, bevor er sich wieder an den Boten wandte. »Wie lange glaubst du, werden die Kimbern warten, bis sie unser Land betreten?«

Der Mann kratzte sich lange und nachdrücklich am Kopf. Talia war sich sicher, dass er Läuse hatte, und rutschte vorsichtshalber ein Stück von ihm ab.

»Schwer zu sagen«, brummte der Bote schließlich. »Das Ende des Zugs wird in etwa fünf Nächten bei ihnen ankommen, und dann werden sie bestimmt noch ein paar Nächte ruhen. Aber das sind lediglich meine Schätzungen.«

»Wie schnell ziehen sie?«

»Langsam und nicht stetig. Wenn es jedoch nicht regnet und die Straße in gutem Zustand ist, könnten sie Alte-Stadt bis Ende des Monats erreichen.«

»Wie steht es mit ihren Vorräten? Haben sie Mehl und Getreide? Wie steht es mit dem Vieh?« Carans Hände spielten weiterhin mit dem Rand seines Bechers, während er den Boten über alle Einzelheiten des Kimbernzugs aushorchte. Er fragte nach den Wagen, den Pferden und der Ausrüstung und wiederholte alles, was der Bote berichtete, um sicherzugehen, dass er alles richtig verstanden hatte.

Talia hörte noch eine Zeit lang aufmerksam zu, doch dann drifteten ihre Gedanken ab. Draußen hatte es zu regnen begonnen, und das gleichmäßige Prasseln der Tropfen übte eine einschläfernde Wirkung auf sie aus. In der Ferne donnerte es leise. Das Geräusch erinnerte Talia an einen anderen Abend, in einem anderen Leben, als es ebenfalls geblitzt und gedonnert und ein kalter Wind ihren Körper ausgekühlt hatte. Sie spürte wieder, wie sie fror, trotz all der Decken, die sie um sich geschlungen hatte. Ihre Lippen waren blau gewesen, und das Klappern ihrer Zähne hatte laut in ihren Ohren geklungen. Dann die Wärme von Atharics Körper, seine Hände, die sich um ihre schlossen, die Hitze …

Talia biss sich ärgerlich auf die Lippen. Sie drängte die Erinnerungen, die so beiläufig an die Oberfläche ihrer Gedanken trieben, zurück und schlug die Beine übereinander. Sie hatte nicht vor, sich noch einmal all den naiven Träumen von damals zu stellen und die Bilder zurückzurufen, die sie vor Jahren fortgeschlossen hatte. Talia hatte lange gebraucht, um Hoffnung in Gleichgültigkeit zu verwandeln, und sie wollte sich diesen Gleichmut nicht wieder nehmen lassen, nur weil die Kimbern ihr Land durchquerten und Atharic für die Dauer eines Lidschlags zurückbrachten.

Wenn er überhaupt mit ihnen zurückkommt!, wies Talia sich selbst zurecht. *Vielleicht ist er ja auch schon lange tot.* Ihr nachdenklicher Blick wanderte zu Sumelis, die auf der anderen Seite der Halle mit einer alten Waage und bunten Kieseln spielte.

Genauso tot wie Dago.

Die Fackel weit in den Himmel gestreckt, umkreiste der Novize den Stier. Der Junge war mindestens genauso unruhig wie das Tier, das zu ahnen schien, was es erwartete, und unruhig den breiten Kopf schüttelte. Die plötzliche Bewegung der vor Fett glänzenden Hörner ließ den Novizen erschrocken beiseite springen. Er stolperte, und die Fackel senkte sich bedrohlich nahe auf den Boden, bevor er sich wieder fing und die Runde vollendete. Talia unterdrückte ein Lächeln, aber als sie sich in der Menge, die hinter ihr stand, umsah, blieb sie die Einzige, die der Situation etwas Komisches abgewinnen konnte. Alle anderen Gesichter um sie herum zeigten einen Ausdruck tiefsten Ernstes. Wie gebannt hingen die Augen von vierzehntausend Kriegern an dem Novizen, als er die Fackel an den Holzstapel hielt. Das Reisig glimmte zunächst nur schwach, bevor die ersten Flammen übersprangen und sich langsam auf die größeren Äste ausbreiteten. Graue Rauchwolken stiegen in den dunkler werdenden Himmel und zerfaserten. Es dauerte lange, bis das Feuer endlich die großen Scheite erreichte, und Talia musste

sich zusammenreißen, um die von der Hitze trockenen Augen nicht von dem lodernden Schauspiel abzuwenden.
Ientus und die Stadtherren waren übereingekommen, dass die Opferzeremonie außerhalb der Stadtmauern, in der Nähe des Heeres stattfinden sollte. Sie hatten sich für eine kleine Senke an der Ostseite des Lagers entschieden, wo sich zwei Straßen kreuzten und in ihrer Mitte einen alten Grabhügel einschlossen. Zwanzig Schritte von diesem entfernt hatte Ientus einen mannshohen Stapel Holzscheite, Äste und Reisig errichten lassen. Es durften nur bestimmte Hölzer sein, die an diesem Abend brannten: Eiche und Esche, vermischt mit langen Streifen von Birkenrinde. Novizen waren den ganzen Tag damit beschäftigt gewesen, die Hölzer nach dem überlieferten Muster anzuordnen: Esche außen, Eiche innen, die Birkenrinde wie Schlangen zwischen den einzelnen Ästen und Scheiten. Es war fast schon ein Kunstwerk, das jetzt in Flammen aufging.
Talia rieb sich die schmerzenden Augen und verlagerte ihr Gewicht ein wenig.
Sumelis, die auf ihrer Schulter saß, beugte sich nach vorne. Ihr schmales Gesicht schob sich umgekehrt in Talias Blickfeld.
»Wann geht es denn endlich los? Wir stehen schon eine Ewigkeit hier!«
»*Du* wolltest doch so früh da sein, um zu sehen, wie das Feuer entzündet wird! Wir hätten auch erst mit Caran herkommen können!«
»Aber dann wären wir zu Hause geblieben, und dort ist es langweilig!«
»Wieso ist es dort langweilig? Samis hat viele Freunde und sie hätte bestimmt nichts dagegen, wenn du dich ihnen anschließen würdest.«
Sumelis setzte sich wieder auf, doch nicht schnell genug, dass Talia die mürrisch vorgeschobene Unterlippe entgangen wäre.

»Samis ist langweilig, und die anderen wollen nicht mit mir spielen.«

»Wieso sollten sie nicht mit dir spielen wollen?«

»Sie sagen, wenn irgendetwas passiert, würdest du sie verhexen und ihre Seelen in die Körper von Schweinen zaubern.«

»Das sagen sie?«

Sumelis nickte so nachdrücklich, dass ihre Waden gegen Talias Brust schlugen. »Ja, aber ich habe ihnen gesagt, dass du gar nicht zaubern kannst.«

»Du weißt doch, dass du nicht darüber sprechen sollst!«

»Habe ich ja auch nicht! Ich habe nur gesagt, dass du es nicht kannst, mehr nicht!«

Talia seufzte. »Weißt du, weshalb die Kinder so etwas sagen?«

»Eines der Mädchen hat einen Bruder, und der ist Novize im Heiligtum. Er meinte, alle Novizen würden davon sprechen, aber so, dass es die Druiden nicht hören. Sie sagen auch, du hättest Großvater das Leben gerettet.«

»Sagen sie also gute oder böse Dinge über mich?«

Sumelis zupfte an ihren Haaren. Sie runzelte die Stirn. »Weiß nicht«, gab sie zu, »beides. Ich glaube, sie sind sich nicht sicher.«

Ein Aufatmen, das durch die Menge ging, lenkte ihre Aufmerksamkeit auf das Feuer. Die Flammen hatten sich mittlerweile über den gesamten Holzstapel ausgebreitet. Funken stoben und erloschen auf ihrem Weg nach oben. Das Brüllen des Stiers vermischte sich mit dem Knacken und Prasseln des Feuers. Es klang ängstlich und zornig zugleich.

Neben dem Feuer war ein Stück Wiese gemäht worden. Die abgeknickten Gräser bildeten einen Kreis, dessen Rand mit Fackeln nachgezogen worden war. Ein schmales Stück verbrannter Wiese zog direkt vor Talias Zehen vorbei. Uneingeweihten war es verboten, diese Grenze zu überschreiten und das Innere des Kreises zu betreten, wo der weiße Stier angepflockt war. Er hatte den Kopf gesenkt und starrte aus winzigen, blutunterlaufenen Augen in die Menge. Die Ansätze seiner Hörner waren mit kleinen Eichenkränzen geschmückt, in die Mistelzweige geknotet waren. Mehrere leere Schüsseln standen gerade außer Reichweite der unruhig stampfenden Hufe. Talia erhaschte Sumelis' Aufmerksamkeit und deutete auf die Gefäße.

»In diesen Schüsseln werden die Druiden das Blut und die Innereien des Stiers auffangen«, erklärte sie. »Einer von ihnen wird die Götter um Führung bitten, dann wird er die Kehle des Stiers durchschneiden, den Bauch öffnen und Herz, Lungen und Leber entnehmen.«

Sumelis nickte eifrig. Sie war schon häufiger dabei gewesen, wenn Tiere geschlachtet wurden, und kannte sich aus. Talia fuhr fort: »Die Seher lesen danach aus dem, was sie in den Organen sehen, die Zukunft, aber die Worte von Sehern sind immer rätselhaft. Daher wird Ientus das, was die Seher prophezeien, für uns deuten und erklären.«

»Und was wird das sein?«

»Das müssen wir abwarten.« *Aber ich wette, ich weiß, wessen Vorstellungen sich in den Innereien des Stiers spiegeln werden. Ich will nicht wissen, wie lange Ientus dieses Schauspiel schon geplant hat!*

Wie um ihre ketzerischen Gedanken zu bestätigen, teilte sich in diesem Moment die Menge, um Ientus an der Spitze einer langen Reihe von Geweihten durchzulassen. Ientus war wieder ganz in Weiß gekleidet. Er trug einen Eichenkranz auf dem Kopf und in den Händen einen schmalen Dolch. Er ging langsam, mit gemessenen Schritten und hoch erhobenem Kopf. Die Männer, die ihm folgten, hatten blaue Umhänge über die nackten Schultern geworfen. Sie waren Seher und hielten die Köpfe gesenkt, als fürchteten sie die Ablenkung durch die Menge. Talia wusste, dass sie den ganzen Tag über weder gegessen noch getrunken hatten. Ihre Hände in den weiten Ärmeln der

Umhänge zitterten von der Wirkung der heiligen Kräuter, die sie zu sich genommen hatten, und ihre Schritte waren unstet. Sumelis' Finger krallten sich aufgeregt in Talias Haare. Talia verzog das Gesicht und griff nach oben, um die kleinen Hände aus ihrer hochgesteckten Frisur zu lösen. Kurz darauf spürte sie, wie Sumelis' Gewicht von ihren Schultern genommen wurde. Caran trat neben sie und setzte sich seine Enkelin locker auf die Hüfte.

»Habe ich was verpasst?«

»Nein. Der entscheidende Teil fängt gerade erst an.«

Ientus hob die Arme. Stille senkte sich über die Menge. Ein paar Herren und Kriegsführer drängten nach vorne, um besser hören zu können, doch Ientus sagte nichts. Er stand nur einige Augenblicke lang mit ausgebreiteten Armen da und wartete darauf, dass das Schweigen sich ausdehnte. Sein Kopf war in den Nacken gelegt, der Blick gen Himmel gerichtet. Erst als die Stille so laut war, dass Talia das Schlagen ihres Herzens hören konnte, begann Ientus, rhythmisch in die Hände zu klatschen. Es dauerte nicht lange, dann nahmen die versammelten Krieger den Takt auf, und die Luft vibrierte unter dem Klatschen von fast dreißigtausend Händen. Am Rande der Senke ertönte eine Trompete. Es war ein langgezogener, rau klagender Klang, der in den Ohren schmerzte und nicht enden wollte. Der Stier antwortete mit einem weiteren dumpfen Brüllen. Er warf den Kopf zur Seite und versuchte, sich loszureißen.

Sumelis' Arme schlangen sich fest um Carans Hals. Ihre aufgerissenen Augen huschten über die wild klatschende Menge und zurück zu Ientus und dem Stier. Talia wusste, Sumelis sog die Erregung der Krieger auf wie trockenes Moos den Regen. Einen Moment lang fühlte sie sich versucht, ihre Tochter von den Tausenden Seelen um sie herum abzuschirmen, aber sie verwarf den Gedanken rasch wieder. Sumelis konnte sich selber schützen. Alles, was Talia tun konnte, war darauf vertrauen, dass sie es auch wirklich tat.

Die Seher verteilten sich entlang des Kreises. Ientus bückte sich und hob eine flache Schale auf. Er schöpfte Wasser und besprengte damit die bronzene Klinge seines Dolchs, bevor er neben den Hals des Stiers trat, der ihn kommen sah und blitzschnell den Kopf drehte. Die glänzenden Hörner stießen nach dem Druiden. Ientus' Hand schoss vor, so schnell, dass Talia der Bewegung kaum folgen konnte, Blut spritzte, dann brach der Stier in den Vorderbeinen ein.

Das Klatschen der Männer steigerte sich und mit ihm Talias Atem. Ihr Herz schlug im Takt mit der Menge, und ihre Knie zuckten, als würden sie tanzen wollen, wild und ungehemmt im donnernden Rhythmus des Opfers. Kurz darauf begannen die Krieger, auch mit den Füßen auf das niedergetrampelte Gras zu stampfen. Die Bewegung setzte sich wie eine Welle durch die Reihen fort und ergriff selbst die am weitesten entfernt stehenden Männer.

»Aber Ientus hat doch gar nicht gebetet, wie du gesagt hast!«, klagte Sumelis ihre Mutter an. Sie schien unbeeindruckt von der Erregung, die alle um sie herum ergriffen hatte. »Er hat auch nicht die Götter angerufen. Er hat den Stier einfach getötet!«

Talia blinzelte und bemühte sich, das Rauschen in ihren Adern zu ignorieren. »Vielleicht hat er schweigend gebetet?«, schlug sie vor. Ihre Worte kamen abgehackt.

»Vielleicht hält er sich aber auch selbst für einen Gott?« Carans Spott verlor sich in dem Getöse um sie herum.

Ientus hob eine Hand. Die Menge verstummte abrupt. Der Stier war auf die Seite gefallen. Mit der blutigen Klinge in der Hand trat Ientus an ihn heran. Beinahe zärtlich setzte er die Spitze auf die weiche Haut des Bauchs. Der Dolch schnitt tief, aber nicht zu tief, um die wertvollen Organe nicht zu verletzen. Die Wunde, die zurückblieb, war lang und schmal – ein klaffender roter Mund, der sich von der Brust bis zu den Hinterbeinen erstreckte.

Verstört stellte Talia fest, dass Ientus' Gewand noch immer vollkommen weiß war. Der Dolch und seine Hände waren blutüberströmt, aber auf seinem Gewand zeigte sich kein einziger roter Fleck.

Irgendein Gott muss auf seiner Seite sein, dachte Talia und merkte, dass die Erregung, die sie zuvor verspürt hatte, einem flauen Gefühl im Magen gewichen war. Das Pochen in ihren Schläfen ließ nach, dennoch entspannte sie sich nur zögernd. Unauffällig berührte sie den Krieger, der neben ihr stand, um zu sehen, ob sie sich die Veränderung nur einbildete oder ob die Erregung der Kämpfer tatsächlich nachgelassen hatte. Die Seele, die sie sah, war ein kleiner, grünblauer Kern, der flach pulsierte – nicht das röhrende Feuer, das sie noch wenige Momente zuvor erahnt hatte. Ruhe hatte sich über die Menge gelegt; das Einzige, was Talia wahrnahm, war eine leichte Spannung, während die Krieger aufmerksam jeden Handgriff des Hohedruiden verfolgten.

Ientus legte den Dolch beiseite. Einer der Seher näherte sich und krempelte Ientus' Ärmel hoch. Er befestigte sie mit goldenen Fibeln, dann griff er nach einer der Schüsseln. Drei weitere Seher taten es ihm gleich. Ientus bückte sich und griff in das warme Innere des Stiers. Talia konnte nicht sehen, was er tat, aber sie hörte das schmatzende Geräusch, mit dem das Herz in Ientus' Hände glitt. Er legte es in eine der Schüsseln, dann wiederholte er dasselbe mit den Lungen und der Leber. Schließlich standen die vier Seher in einer Reihe vor ihm, die Schalen mit dem dampfenden Inhalt in den Händen. Ientus trat zurück. Mit tragender Stimme befahl er den Sehern zu beginnen.

Der erste Seher, in dessen Schale das Herz lag, kniete sich auf den Boden und stellte das Gefäß vor sich. Beinahe gierig strichen seine zitternden Finger über die glatte Haut des Herzens.
»Schlägt es noch?«, fragte Sumelis besorgt. Caran bedeutete ihr, still zu sein.
Der Seher murmelte etwas. Talia verstand nicht viel; es klang nach den halb gesungenen Worten einer alten Überlieferung. Sie beugte sich vor, um besser hören zu können, dabei fiel ihr Blick auf Segurion, der auf der anderen Seite des Kreises stand. Er hatte die Stirn gerunzelt und die Arme vor der Brust verschränkt. Seine Gesichtszüge waren angespannt.
Talia zupfte an Carans Schulter und deutete auf Segurion. »Es sieht nicht so aus, als seien Segurion und Ientus Verbündete«, sagte sie leise. »Segurion sieht aus, als hätte er keine Ahnung, was Ientus plant.«
»Ich bin mir sogar sicher, dass sie keine Verbündeten sind. Ientus ist viel zu mächtig und stolz geworden, um irgendeinem Herrn Gehilfe zu sein. Seine Freundschaft mit Segurion beruht lediglich auf ihrer gemeinsamen Feindschaft mir gegenüber und dem guten Verhältnis, das Roueca und Ientus immer hatten.«
»Dann wird Ientus auch kein Interesse daran haben, Segurion zu viel Macht zu geben, nicht wahr?«
»Genau. Ientus will mich schwächen, aber Segurion nicht zu sehr stärken. Ientus wird alles versuchen, dass Segurion und ich weiterhin keine Entscheidung ohne ihn fällen können.«
Der Seher legte das Herz zurück in die Schale und stand auf. Er schwankte leicht und presste die Handballen gegen die Augen. Ientus legte einen Arm um seine Schulter, und die beiden Geweihten wechselten ein paar Worte. Dann gab Ientus dem zweiten Seher das Zeichen zu beginnen.
Diesmal war die Prophezeiung gut zu verstehen. Talia fragte

sich, was der Seher in der Leber des Stiers wohl erkennen mochte, denn sie sah nicht mehr als einen dunklen Klumpen, der die Finger des Mannes mit dunkler Flüssigkeit überzog. Dennoch hielt sie wie alle anderen den Atem an, als sich die heisere Stimme des Geweihten in den Himmel erhob.

»Dunkle Flüsse ziehen durch das Land. Seht, wie ruhig sie fließen, seicht und langsam! Seht einen der Bögen, so vertraut …« Er keuchte auf. »Nein, da ist mehr! Versteckt euch! Das Blut braust heran, verborgen und – was will es?« Abermals veränderte sich die Stimme. Der Seher murmelte nur noch, eine endlose Wiederholung derselben Sätze: »Vertraute Schatten stürmen herbei! Sie stürzen in einem zusammen! Vertraute Schatten stürmen herbei! Sie stürzen in einem zusammen! Vertraute …«

»In einem?«, unterbrach ihn Ientus. »Was ist dieses Eine? Ein Mann?«

»Ein Netz.« Die schmutzigen Finger streichelten die Leber. Nägel bohrten sich hinein und zerrissen sie. »Ein Netz, das alles verbindet: die Kinder, die Alten, die Führer, die Verlierer. Geboren aus Schwärze, zerstört in Flammen!« Der Seher sprang auf die Füße. In einem hohen Bogen schleuderte er die Leber über Ientus hinweg ins Feuer. Gierig schlugen die Flammen über ihr zusammen und verschlangen sie. Die Menge antwortete mit einem beunruhigten Raunen.

Talia spürte, wie abermals eine Gänsehaut über ihre Arme kroch. Sumelis hatte die Hände vor die Augen geschlagen, aber Talia konnte sehen, dass ihre Finger nicht geschlossen waren und sie durch die Ritzen hindurchblinzelte. Caran streichelte geistesabwesend ihren Rücken.

In der zunehmenden Dunkelheit verschwammen Ientus' Gesichtszüge. Während sie ihn beobachtete, überlegte Talia, was der Hohedruide aus den wirren Worten des Sehers wohl machen würde. Jedenfalls schien er keinen Moment unsicher zu sein, als er den beiden letzten Sehern bedeutete, sich über die Lungen zu beugen und in ihnen nach der Zukunft zu suchen. Eine Zeit lang war es völlig still. Nichts geschah, während die zwei Seher in die Schalen starrten. Der Novize, der das Feuer entzündet hatte, brachte Fackeln und steckte sie neben den Geweihten in die Erde. Das zuckende Licht der Flammen fiel auf die Lungen und gaukelte vor, sie würden noch atmen.

»Der Stiergott ist hier!«, hörte Talia einen Mann hinter sich murmeln. »Seht nur, er bringt den Atem zurück! Er wird uns in den Krieg führen!«

Andere Krieger hörten seine Worte und gaben sie flüsternd weiter. Ein Raunen pflanzte sich durch die Reihen fort, und Talia beobachtete, wie Ientus kaum merklich den Kopf neigte, um zu hören, was in der Menge gesprochen wurde.

»Was sollen wir tun?« Die Frage des Hohedruiden riss die beiden Seher aus ihrer Trance. »Sagt uns, was ihr seht! Sollen wir die Kimbern angreifen? Unter wessen Zeichen werden wir siegreich sein?«

»Dünne Adern begleiten die großen.« Die Stimme des einen Sehers klang schläfrig. »Alles sieht gleich aus. Die Götter verbergen sich. Sie sind nicht allein. Sie versuchen, dem Kampf zu entgehen, dennoch wird er kommen, oh, er wird kommen und sie verschlingen, und die Schlange wird einen neuen Namen tragen ...«

Der andere fiel ein. »Am Ende des Tages sind Fallen. Dort gerinnt das Blut in einem See. Seine Adern wurzeln in der Dunkelheit.«

»Welche Absichten haben die Kimbern?«

»Sie wollen dem Stier an den Rand folgen.«

»An den Rand und darüber hinaus.« Der erste Seher wiegte sich vor und zurück. »Es wird nicht bei einem Stier bleiben.

Andere werden folgen. Doch die Hörner werden zersplittern. In Stahl und Tränen werden sie vergehen.«

»Von welchem Stier sprecht ihr?«

»Es ist ein starker Stier, gesund, voller Kraft. Unbesiegbar. Würdig.«

»Wie kann er unbesiegbar sein, wenn seine Hörner zersplittern?«

»Ein anderes Schwert wird ihn fällen.«

Ientus verschränkte die Arme vor der Brust und wartete. Als die Seher nicht fortfuhren, hakte er nach: »Was sonst könnt ihr uns sagen?«

»Nichts. Das ist alles, was wir sehen.«

Talia hätte gerne Ientus' Miene gesehen, um zu wissen, ob der Druide zufrieden war. Die Menge schien es jedenfalls zu sein, denn Talia hörte das eine oder andere ehrfürchtige Gebet, gefolgt von zögerlichem Lachen. Nur Sumelis runzelte sichtbar die Stirn. »Ich habe kein Wort verstanden!«, beschwerte sie sich. »Was will der Stier?«

»Das wird uns Ientus gleich sagen.«

Caran schüttelte den Kopf und setzte seine Enkelin ab. »Nein, wird er nicht. Ientus hat verlangt, dass die Herren und Kriegsführer sich sofort nach dem Opfer versammeln, dann erst wird er die Worte der Seher deuten. Es wird unsere Aufgabe sein, sie an die Männer weiterzugeben.«

»Darf ich zu der Versammlung mitkommen? Ich will auch hören, was der Stier von uns will!« Sumelis' große Augen richteten sich auf Caran. Talia bemerkte, wie die Züge Carans weicher wurden, und mischte sich rasch ein, bevor sie fassungslos erleben würde, wie ihr Vater seiner Enkelin nachgab.

»O nein, meine Kleine! Du wirst nach Hause gehen! Zeit zu schlafen, und bei lauter Kriegsführern hat ein Mädchen sowieso nichts verloren!«

»Ich hätte gerne, dass du dabei bist, Talia«, sagte Caran leise, während Sumelis beleidigt das Gesicht verzog. »Ein bisschen Ehrfurcht und Aberglaube auf meiner Seite würden nicht schaden, außerdem werden dich auf diese Art alle Herren sehen. Es wird Zeit, dass du deinen Platz an meiner Seite einnimmst.«

Deinen Platz an meiner Seite. Als Kind hätte sie alles dafür gegeben, diese Worte eines Tages von ihrem Vater zu hören, aber jetzt war Talia nicht mehr sicher, ob ihr das gefiel. Sie wollte sich nicht in die Intrigen und Machtspiele der vindelikischen Herrscher hineinziehen lassen, und schon gar nicht wegen ihrer Gabe. Alles, was sie gewollt hatte, war Sicherheit für ihre Tochter – und nicht diese Stellung als Carans einzige erwachsene Erbin. Erst jetzt wurde Talia langsam die Tragweite all dessen bewusst, was Caran ausgelöst hatte, als er sie offiziell als Tochter anerkannt hatte.

Aber nun ist es zu spät, dachte sie. *Ich bin bereits mittendrin.*

»Wo trefft ihr euch?«

»Im Versammlungshaus des Rats in der Stadt.«

»Gut. Ich bringe Sumelis nach Hause und komme dann nach.«

Sumelis protestierte den ganzen Weg zurück in die Stadt. Als sie den Hof schließlich erreichten, war Talias Geduld erschöpft. Fast schon freute sie sich darauf, Ientus und seine verkniffene Miene gegen die Beschwerden ihrer Tochter einzutauschen.

»Ich weiß, wie schwer es ist, plötzlich eine Familie zu haben, die Fremde für dich sind«, erklärte sie, während sie sich hastig umzog. »Für mich ist das auch nicht einfach, aber wir haben keine andere Wahl! Es hat sich vieles verändert, und du kannst jetzt nicht mehr überall dabei sein. Das verstehst du doch, oder?«

»Nein!«

Talia beschloss, das zu ignorieren. »Sumelis, wir beide gehören nun zu den herrschenden Familien unseres Volkes. Genau wie ich musst du lernen, wie sich die Enkelin eines Herrn, eines Fürsten, verhält! Es wird vieles anders sein als früher, und wenn du dich all dem verweigerst, wird es nicht besser. Versuche, von Samis zu lernen! Sie kann dir helfen.«

Sumelis' Unterlippe schob sich nur noch ein Stück weiter nach vorne. Trotzig verschränkte sie die Arme vor der Brust.

»Ich will wieder einen Hund!« Sie hatte zornig klingen wollen, doch ihre Stimme war dünn und kläglich. Talia hielt inne. Sie seufzte und kniete neben Sumelis nieder.

»Darüber reden wir ein andermal«, sagte sie sanft. Sie umfasste Sumelis' Handgelenke und zog das Mädchen an sich heran. »Ich weiß, wie schwer es für dich war, Magus gehen zu lassen. Aber erinnerst du dich noch, wie krank du damals geworden bist? Du konntest sein Sterben nicht ertragen! Ich will nicht, dass das noch einmal passiert!«

»Das wird es nicht! Ich habe versprochen, dass ich es nie wieder tun werde!«

»Ich weiß, dass du es nicht noch einmal tun wirst, aber lass uns trotzdem noch ein bisschen warten, ja? Wenigstens bis die Kimbern fort sind und alles wieder normal wird.«

»Was ist denn normal?«

Talia seufzte. »Normal ist, wenn deine Mutter nicht spätabends zu irgendwelchen Versammlungen von Stadtherren und Kriegsführern gehen und sich anstarren lassen muss, als wäre sie ein dreiköpfiger Drache!«

Erstaunlicherweise sagte Sumelis nichts darauf, sondern nickte zögernd und schlang die dünnen Arme um Talias Hals. Talia küsste ihren Scheitel, bevor sie sich vorsichtig löste und aufstand.

»Geh schlafen, Sumelis!«, sagte sie. »Wir reden morgen weiter.«

Als Talia das Versammlungshaus endlich erreichte, führte man bereits einen hitzigen Streit um die Deutung der Prophezeiungen. Segurion und Caran standen sich gegenüber; ein Kreis von Herren hatte sich um sie versammelt und folgte dem Schlagabtausch der beiden Männer mit gespannten Mienen. Ientus dagegen war nirgends zu sehen.

Talia suchte sich einen Platz in einer Ecke und setzte sich auf einen Stapel Ziegenfelle. Sie lehnte sich mit dem Rücken an die Wand und ließ den Blick über die versammelten Männer schweifen. Die Stimmen in der Halle waren kurz verstummt, als sie eingetreten war, und sechzig Augenpaare hatten sich auf sie gerichtet, um dann hastig von ihr zu Caran zu blicken. Talia hätte beinahe gelacht.

»Was wolltet Ihr gerade sagen, Segurion?« Carans scharfe Stimme durchschnitt die Stille und lenkte die Aufmerksamkeit der Männer wieder auf sich. »Ihr wart gerade dabei, Eure eigene Version der Prophezeiungen darzulegen.«

»Der Seher hat gesagt, dass die Kimbern auf Krieg aus sind. Das hat er gemeint, als er sagte, sie würden dem Stier folgen.« Segurions Worte fanden bei etlichen Männern Zustimmung. Sie nickten und klopften mit den Händen auf die Holzbalken.

»Erstens«, sagte Caran und hob einen Finger, »könnte das auch bedeuten, dass die Kimbern auf der Suche nach fruchtbarem Land für sich und ihr Vieh sind, denn der Stier steht nicht nur für Stärke und Kampf, sondern auch für Fruchtbarkeit, wie ihr alle wisst. Zweitens – und das ist viel wichtiger – bezeichnete der Seher den Stier als unbesiegbar! Was ist, wenn er damit tatsächlich die Kimbern meinte? Wollt Ihr sie dann immer noch angreifen, Segurion? Einen unbesiegbaren Gegner?«

»Was ist mit dem einen, in dem die Schatten zusammenstürzen sollen?« Scota stellte sich neben Segurion. Er trug ein beiges Hemd und gleichfarbene Hosen, was ihn zusammen mit den hellen Haaren und der hellen Haut noch farbloser wirken ließ als sonst. »Heißt das nicht, wir brauchen einen gemeinsamen Anführer, unter dem wir die Kimbern vernichten werden?«

»Ich bin voller Bewunderung, sollte Eure Deutung stimmen, Scota«, Caran wies mit einem Kopfnicken auf Ientus, der gerade den Saal betrat, »aber ich fürchte, es fällt sogar dem Hohedruiden schwer, die wahre Bedeutung der Worte der Sehers zu enträtseln.«

»Ihr unterschätzt mich, Caran«, sagte Ientus, der die letzten Worte gehört hatte. »Ihr tut das so oft, dass es schon fast eine Beleidigung ist.«

»Das scheint nur so, Hohedruide! Ich bin nur immer wieder überrascht, wie Ihr an Euer uferloses Wissen gelangt!«

Carans Erwiderung ließ Talia verstohlen grinsen, doch den beiden Männern blieb keine Zeit für weitere Streitereien, denn die übrigen Herren nahmen bereits ihre Plätze ein. Das Stimmengewirr verstummte. Ientus wandte sich von Caran ab und trat in die Mitte des Kreises.

Der Hohedruide hatte sich umgezogen und trug nun, wie zuvor die Seher, einen dunkelblauen Mantel. Der Dolch, mit dem er den Stier getötet hatte, steckte in seinem Gürtel. Ientus' Finger spielten mit dem mit magischen Zeichen versehenen Griff, während er zu wiederholen begann, was die Seher gesagt hatten. Er schmückte die Prophezeiungen mit langen Bitten an die Götter, so dass sich seine Ausführungen in die Länge zogen.

Irgendwann hörte Talia, wie die Tür geöffnet wurde. Sie achtete nicht weiter darauf, bis ein Mann zu Caran trat, ihm auf die Schulter tippte und ihm leise etwas ins Ohr flüsterte. Talia konnte nicht verstehen, was er sagte, aber Caran nickte und erhob sich.

»Ich bin gleich wieder zurück!«, bedeutete er Talia und verschwand nach draußen. Talia blieb alleine zurück. Sie bemerkte, dass einige Männer zu ihr hinüberblickten, und setzte sich aufrecht hin. Sie war froh, dass der Platz, wo sie saß, etwas im Dunkeln lag und die Männer nicht mehr als ihre Umrisse erkennen konnten. Frauen im Rat waren zwar nicht grundsätzlich verboten, wenn sie das Oberhaupt einer Sippe waren oder wenn es keinen männlichen Erben in der Familie gab, aber ungewöhnlich. Talia hätte auf diese Ehre gerne verzichtet.

»Mächtige Zauberin«, hörte sie eine Stimme in ihrer Nähe murmeln, »hat Caran damals das Leben gerettet … Heilerin. Kann Seelen sehen, gut, sie bei uns zu haben …«

Talia lächelte.

Ientus beendete seine Gebete. Erst jetzt schien ihm aufzufallen, dass Caran hinausgegangen war, denn er stutzte kurz. Auch andere Männer drehten sich nach Carans leerem Platz um. Schließlich zuckte Ientus mit den Achseln und fuhr fort: »Ich weiß, ihr habt euch alle gefragt, was die Worte der Seher zu bedeuten haben. Vieles in den Prophezeiungen ist unklar und wird sich immer unseren sterblichen Blicken entziehen, trotzdem liegen andere Dinge klar und deutlich vor uns. Wie die Blätter von Seerosen treiben sie an der Oberfläche und lassen erahnen, was in der Tiefe verborgen liegt. Sie weisen uns den Weg, den wir einschlagen sollen.« Ientus griff in seinen Gürtel und zog den noch immer blutverschmierten Dolch hervor. Er drehte die Klinge so, dass die Spitze in seiner Handfläche ruhte.

»Die Kimbern bringen den Krieg zu uns!« Ientus' Ruf peitschte durch den Saal wie das Geräusch eines reißenden Seils. Kaum war der Schrei verhallt, sprangen die ersten Kriegsführer auf und stießen ihre Fäuste in die Luft. Vereinzelte Schlachtrufe drangen durch den Saal, und Scota begann zu lachen. Es gab jedoch auch Gesichter, in denen Talia Verwirrung und Unsicherheit las. Carans Bedenken schienen von vielen geteilt zu werden, auch wenn die meisten es vorzogen zu schweigen.

»Die Kimbern bringen den Krieg zu uns«, wiederholte Ientus, diesmal leiser, »doch erinnert euch daran, was die Seher sagten: Es wird einen Mann geben, der die Bedrohung für unser Volk beenden wird, einen starken Mann an der Spitze eines geeinten Heeres!«

»Welchen Mann?« Segurion wippte ungeduldig auf den Fußballen. »Ihr seid der Hohedruide, nun sagt uns endlich, wer uns anführen soll! Sollen wir die Kimbern vernichten oder uns wie Maulwürfe verstecken?«

Talia wusste nur zu gut, wie sehr Ientus es hasste, gedrängt zu werden, aber anstatt Segurion zurechtzuweisen, sagte er lediglich: »Die Götter haben uns eine Möglichkeit gezeigt, wie wir die Kimbern vernichten können. Wenn wir unser Heer aufteilen und die Kimbern in eine Falle locken, können wir den Zug einschließen und sie vernichten.«

Talia versuchte sich daran zu erinnern, aus welchem Teil der Prophezeiung Ientus das wohl herauslas, doch Segurion teilte ihre Skepsis nicht. Mit seinen letzten, beinahe beiläufigen Worten hatte Ientus ihm das gegeben, was er sich erhofft hatte.

Triumphierend klatschte Segurion in die Hände. »So sei es denn!«, rief er. »Lasst uns zuschlagen, bevor die Kimbern es tun!«

Die Hälfte der Kriegsführer reckte abermals die Fäuste in die Luft, begleitet von triumphierendem Kriegsgeheul, während der Rest es vorzog zu schweigen. Talia fragte sich, wo Caran blieb. Jetzt wegzubleiben, bedeutete, kampflos aufzugeben.

Segurion schien dasselbe zu denken. »Selbst Caran scheint mir jetzt beizupflichten!«, höhnte er. »Ein Jammer, dass er uns verlassen hat, bevor er seinen Irrtum zugeben konnte! Ist ihm womöglich die Schande zu groß, mich zum Heerführer wählen zu müssen?«

Ientus bat um Ruhe. Es schien ihm nicht zu gefallen, dass Segurion die Aufmerksamkeit aller auf sich gezogen hatte, aber bevor er etwas sagen konnte, flog die Tür auf und Caran trat ein. Ihm folgten zwei Männer. Sie hatten die Kapuzen ihrer dunklen, einfarbigen Mäntel hochgeschlagen und verbargen ihre Gesichter.

Etwas in Talia flammte auf wie eine Kerze, die plötzlich Luft bekam. Ihre Nägel bohrten sich in das weiche Fleisch ihrer Handflächen, bevor sie die schützenden Mauern in ihrem Inneren nach oben rammte. Das bläuliche Flattern am Rande ihrer Wahrnehmung, mit dem sie sich stets der Seelen, die sie umgaben, bewusst war, erstarb. Es war, als wäre sie plötzlich eines Sinnes beraubt, dessen Vorhandensein sie erst dann bemerkte, wenn er fort war.

»Ich habe Eure Worte gehört, Ientus – und auch die Euren, Segurion«, hörte sie Caran sagen. »Bevor Ihr jedoch übereilte Entscheidungen trefft, schlage ich vor, dass wir uns ausführlich über die Stärke der Kimbern, ihre Kampfkraft und Zugtaktik informieren.«

Segurion verlor die Geduld. »Das haben wir doch alles schon mehrfach durchgesprochen, Caran! Jeder von uns kennt die Berichte der Kundschafter, so widersprüchlich sie auch sein mögen. Welche Neuigkeiten erwartet Ihr? Oder wollt Ihr nur, dass noch mehr Zeit verschwendet wird?«

»Die Kundschafter, von denen Ihr sprecht, Segurion, waren unsere eigenen Beobachter, Männer, die wir ausgeschickt haben, um Informationen zu sammeln. Sie hatten, wenn überhaupt, immer nur kurze Zeit Kontakt mit den Kimbern. Darüber hinaus stammen die wenigen Berichte, die wir von den Kimbern selbst erhalten haben, von bestochenen Kriegern, Handwerkern und Glücksspielern. Kein Wunder also, dass bisher kaum etwas verlässlich erschien! Diesmal, jedoch, sind die Quellen glaubwürdig.«

»Das klingt fast so, als würde dieser Kimbernkönig – wie heißt er noch gleich? Boiorix? – selbst unter einer dieser Kapuzen stecken! Wollt Ihr wirklich vorschlagen, wir sollen den Worten eines Räubers vertrauen?«

»Nein.«

»Wovon, verdammt, sprecht Ihr dann?«

Caran legte den Kopf schief. Ein selbstgefälliges Lächeln umspielte seine Mundwinkel, als er sagte: »Ich spreche davon, dass diese beiden Männer hier keine Kimbern sind. Sie sind Angehörige eines kleinen Stammes, der die Kimbern verlassen möchte und dafür unsere Hilfe braucht. Es ist ein Geschäft: Informationen gegen unsere Hilfe. Abgesehen davon« – Caran machte eine Pause, in der er die Hand auf die Schulter des vermummten Mannes neben ihm legte – »sind es alte Bekannte.«

Atharics Gesicht stand vor Talias Augen, noch bevor er die Kapuze zurückstreifte. Mit einem Mal wurde die Luft schwer und schien nur träge in ihre Lungen zu fließen. Atemlos beobachtete sie, wie Atharic sich vor den versammelten Herren verbeugte. Bei der Bewegung fielen ein paar dunkelblonde Strähnen nach vorne in seine Stirn. Beiläufig strich er sie zurück. Die lange Narbe auf seinem Handrücken blitzte kurz auf, dann verschwanden seine Hände wieder in den Falten des Umhangs. Talia wusste, obwohl sie es nicht sehen konnte, dass er die Arme vor der Brust verschränkt hatte: Die rechte Hand lag auf dem linken Oberarm und die Finger strichen geistesabwesend über den Ellbogen. Wie oft hatte sie ihn so stehen sehen?

Atharics Stimme hallte durch den Raum. Talia zog die Knie an den Körper und umschlang die Beine mit den Armen. Ihre verräterische Seele erhob sich wie ein Sturm und drängte gegen die Mauern, die sie einschlossen.

Wieso hatte er sich nicht verändert?, fragte sie sich. – Gut, seine Schultern waren runder geworden, sein Gesicht kantiger und von der Sonne der südlichen Länder gebräunt. Das Netz aus Fältchen um seine Augen war tiefer geworden, aber ansonsten stand er vor ihr wie ein Bild, das seinen Weg aus alten Träumen in die Wirklichkeit gefunden hatte, ohne sich darum zu kümmern, ob sie es noch wollte.

Es ist ungerecht!, dachte sie wild. Sie hätte das Gefühl von Vertrautheit nicht empfinden dürfen – oder? Sie war eine andere geworden!

Auch er muss sich verändert haben.

Talia lehnte sich zurück und rutschte tiefer in die Dunkelheit der Ecke, die sie vor neugierigen Blicken verbarg. Sie atmete tief durch und riss ihren Blick von Atharic los, der gerade begann, von den Kimbern zu berichten. Er erzählte von ihrem Lager, wie weit es sich erstreckte, wo sie nachts die Pferde ließen und wie sie die Wagen zu Wagenburgen stellten. Talia wusste, sie sollte zuhören, denn was er erzählte, mochte über das Schicksal ihres Volkes entscheiden, stattdessen wandte sie sich ab. Unkonzentriert musterte sie den zweiten Nordmann, der nun ebenfalls seine Kapuze abstreifte, und es dauerte eine Zeit lang, bis sich das Gefühl vager Vertrautheit einstellte und Talia begriff, dass es Hari war, der neben seinem Bruder stand.

Aus dem ruhigen Jungen von damals war ein schlanker, hochgewachsener Mann geworden. Er sah Atharic durchaus ähnlich, doch seine Züge waren noch weich und jungenhaft. Die Grübchen neben seinen Mundwinkeln ließen erkennen, dass er gerne lachte, obwohl sein Gesicht jetzt einen ernsten Ausdruck trug und die Kiefer angespannt waren. Ein Kranz dichter Wimpern umgab seine Augen, die unter halb gesenkten Lidern über die versammelten Männer glitten und die Ecke, in deren Schatten Talia verborgen saß. Haris Anspannung war so offensichtlich, dass Atharic neben ihm wie ein Fels wirkte, ungeachtet dessen, wie eindringlich sein Tonfall war.

Talia achtete noch immer nicht darauf, was Atharic erzählte, aber seine Worte schienen großen Eindruck zu hinterlassen. Segurions Gesichtsausdruck wurde immer grimmiger, und Ientus kniff die Augen zusammen, bis sie nur noch zwei Schlitze waren. Scotas und Bomarus' Mienen verrieten nichts, dagegen wurden die Züge der übrigen Männer zunehmend nachdenklicher. Talia ahnte, dass die Stimmung womöglich doch noch zu Carans Gunsten kippen würde, aber sie brachte nicht die Kraft auf, sich darüber zu freuen. Sie wartete, bis Ientus etwas sagte und sich die Aufmerksamkeit aller auf den Druiden richtete, dann erhob sie sich. Leise glitt sie an der Wand entlang bis zur Tür und schlüpfte unbemerkt hinaus.

Atharic streckte die Beine aus und atmete tief durch. Er genoss die klare Morgenluft und die Sonnenstrahlen, die auf sein Gesicht fielen. Sie saßen draußen auf der Rückseite des Langhauses, in dem Atharic mit seinen Männern vor acht Jahren gewohnt hatte. Seitdem schien eine Ewigkeit vergangen zu sein, doch der Mann, der ihm jetzt gegenübersaß, war noch derselbe wie damals.
»Ich kann nicht sagen, ob Ientus gestern richtig gehandelt hat, als er die Entscheidung aufgeschoben hat«, sagte Caran in diesem Moment. Seine Finger spielten mit einem Krug Milch. Ein paar Tropfen schwappten über und spritzten auf die Reste ihres Frühstücks. »Aus seiner Sicht könnte es nicht besser sein, denn so sind Segurion, ich und alle anderen Herren noch immer auf ihn angewiesen. Ientus' Stimme wird entscheiden, wer den Oberbefehl bekommen wird. Aber was ist, wenn es zu Kampfhandlungen kommt und wir keinen Anführer haben, sondern uns erst zusammensetzen und beratschlagen müssen? Ein Mann allein sollte die Entscheidungen treffen können, alles andere erzeugt nur Chaos!«

Atharic schluckte den Honigkuchen, an dem er gekaut hatte, hinunter. Er konnte sich nicht daran erinnern, wann er das letzte Mal so gut gegessen hatte.
»Ich glaube, es wird nur kleine Scharmützel geben, keinen geballten Angriff«, meinte er. »Die Kimbern werden einzelne Gruppen zu Plünderungen ausschicken, aber sie haben keinen Vernichtungsschlag geplant. Das hat es auch bei den Norikern nicht gegeben.«
»Trotzdem möchten wir nicht erleben, was die Noriker durchgemacht haben.«
»Das werdet ihr auch nicht! Begleitet die Kimbern auf der vollen Länge ihres Zugs und lasst gar nicht erst zu, dass sie anfangen zu plündern! Kleine bewegliche Reitereinheiten neben einem starken Hauptheer – das ist es, was ihr braucht!«
»Wir müssen abwarten. Noch ist nichts entschieden. Etliche der Herren misstrauen dir und deinen Berichten, Atharic. Sie möchten den Zug der Kimbern erst mit eigenen Augen sehen, bevor sie sich ein Urteil erlauben.«
»Das ist nur weise.« Atharic beugte sich vor. »Was ist mich Euch?«, fragte er. »Vertraut *Ihr* mir?«
»Ich habe noch nie Grund gehabt, das nicht zu tun.«
Die beiden Männer musterten sich eine Zeit lang schweigend. Schließlich nickte Atharic. »Ich will, dass mein Stamm so bald wie möglich die Kimbern verlässt. Lasst das Rabenvolk auf die Nordseite des Danuius übersetzen und gewährt ihnen dort Sicherheit und Verpflegung, bis die Kimbern euer Land verlassen. Sobald das geschehen ist, werde ich meine Leute nach Norden führen. Ich möchte, dass Ihr mir dafür eine Eskorte gewährt, zumindest bis wir Menosgada hinter uns gelassen haben.«
»Abgemacht! Gibt es noch etwas, was du brauchst?«
»Hari wird noch heute Mittag aufbrechen. Er wird zurück-

reiten, unsere Leute holen und über den Danuius führen. Seht Ihr eine Chance, dass ich ihn begleiten kann?«

»Nein. Segurion hat verlangt, dass du als Geisel bleibst, bis deine Berichte sich bestätigt haben. Wenn du willst, dass wir deinem Stamm auf unserem Land Zuflucht gewähren, werden sie dich als Geisel behalten wollen, bis ihr schließlich in den Norden aufbrecht. Sie werden ebenfalls verlangen, dass du uns berätst, was die Kampftaktik der Kimbern anbelangt.«

»Dazu bin ich bereit. Aber wer garantiert für unsere Sicherheit?«

»Ich. Du bist offiziell mein Gast. Du darfst dich frei bewegen und auch deine Waffen behalten. Ich werde den anderen gegenüber für dich bürgen.« Caran stand auf. »Ich werde Hari ein paar meiner Männer mitgeben«, fuhr er fort, »dann sollte es keine Probleme geben, wenn dein Stamm unser Land betritt. Aber macht euch keine Illusionen: Deine Leute werden von unseren nicht freundlich empfangen werden.«

»Wird uns jemand angreifen?«

»Niemand, der nicht mich zum Feind haben will. Ihr steht unter meinem Schutz. Trotzdem wäre es besser, wenn sich deine Leute unauffällig verhalten und das Lager, das man ihnen zuweisen wird, nicht verlassen. Die Menschen hier sind den Nordvölkern gegenüber misstrauisch geworden.«

»Das kann man ihnen nicht verdenken.«

»Hattet ihr beide – du und Hari – Probleme auf dem Weg nach Alte-Stadt?«

Atharic grinste nur.

Caran erwiderte das Lächeln. »Das hätte mich auch gewundert.« Er streckte sich und verlagerte das Gewicht auf sein linkes Bein. »Werden deine Leute Schwierigkeiten haben, die Kimbern zu verlassen?«

»Hari weiß, was er zu tun hat. Abgesehen davon hat keiner ein

Interesse daran, uns aufzuhalten, im Gegenteil: Wir sind zu viele Frauen und Kinder und zu wenige Krieger.«

»Werden sie euch nicht als Verräter jagen?«

Atharic zuckte mit den Achseln. »Meine Leute und ich kennen keine Geheimnisse, die Boiorix und seine Speichellecker für sich behalten wollten. Sie mögen uns für Verräter halten, aber wir stellen keine Gefahr für sie dar.«

»Du verrätst uns immerhin ihre wahre Stärke und Kampfkraft«, entgegnete Caran.

»Das ist kein Geheimnis. Dass ihr so wenig über uns wusstet, lag nicht daran, dass alle Kimbern so verschwiegen sind, sondern dass einzelne große Gruppen laufend gekommen und gegangen sind und der Zug ständig in Bewegung war. Es ist jetzt das erste Mal seit über einem Jahr, dass sich der gesamte Zug versammelt, um gemeinsam weiterzuziehen. Nicht einmal wir kannten bis dahin unsere ganze Stärke.«

»Soll mich das beruhigen?«, fragte Caran.

»Es ist ein Zeichen, dass die Kimbern wissen, wie stark ihr seid.«

»Trotzdem fürchten sie uns nicht. Sie meinen es mit uns aufnehmen zu können, nicht wahr?«

»Boiorix meint es mit *jedem* aufnehmen zu können, seien es Kelten oder Römer.«

Caran wandte sich zum Gehen. »Ich werde alles veranlassen, dann kann Hari sofort aufbrechen. Fühl dich wie zu Hause, Atharic!«

Caran ließ seinen Gast alleine vor dem Langhaus zurück. Atharic blickte ihm nach, wie er um die Stirnseite des Hauptgebäudes verschwand, und bemerkte das kaum wahrnehmbare Hinken. Nachdenklich griff er nach einem Apfel und warf ihn spielerisch in die Luft. Zum ersten Mal seit langer Zeit spürte er, wie die Last auf seinen Schultern leichter wurde und wie sich seine Muskeln lockerten. Entspannt lehnte er sich zurück mit dem Rücken gegen die Hauswand. Seine Finger strichen über die glatte Schale des Apfels.

»Dein Bruder ist groß geworden.«

Atharic blinzelte und drehte sich um. Talia stand drei Schritte entfernt neben einem Holzstapel. Sie hatte die Arme vor der Brust verschränkt und den Kopf leicht zur Seite geneigt. Ihre kastanienbraunen Haare glänzten feucht. Einzelne kürzere Strähnen drehten sich an den Enden nach innen und berührten die helle Haut ihres Halses. Atharic konnte den Duft von Seifenkraut riechen.

Er war nicht überrascht, dass er Talias Kommen nicht gehört hatte. Ihre Bewegungen waren schon immer leise gewesen, und ihr Körper schien – soweit er das unter dem langen, fließenden Kleid beurteilen konnte – noch genauso schlank zu sein wie damals. Lediglich ihr Gesicht hatte sich verändert: Die Kanten und Linien traten jetzt deutlicher hervor, waren nicht mehr so sanft wie früher, und der Zug um ihre Lippen war strenger geworden. Auch der Ausdruck ihrer Augen hatte sich verändert, aber es dauerte eine Zeit lang, bis Atharic draufkam, was es war.

»Dasselbe könnte ich von dir sagen«, erwiderte er etwas verspätet. Behutsam legte er den Apfel zurück in die Schale. »Du bist ebenfalls – *groß* geworden.«

Talia neigte den Kopf ein Stück weiter zur Seite. »Das heißt wohl, ich war damals ebenso ein Kind wie Hari?«

Atharic wusste nicht, ob sie ihn verspottete. »Du warst jünger.«

»Was für eine Überraschung!«

»Ja, solche Überraschungen kommen mit dem Alter.«

»Dass du gekommen bist, ist Überraschung genug.«

Atharic stellte fest, dass Talia das Glitzern in den Augen nicht verloren hatte, auch wenn er sich nicht daran erinnern konnte, dass ihre Zunge früher so scharf gewesen war – zumindest nicht ihm gegenüber. Atharic lachte und klopfte mit der Hand neben sich auf die Bank. Erstaunt stellte er fest, dass sein Herzschlag sich beschleunigt hatte. Es war ein Gefühl, das er genoss, denn es war lange her, seit er es das letzte Mal empfunden hatte. »Setz dich, Talia! Es ist schön, dich wiederzusehen!«
Sie schien einen Moment lang zu zögern. Dann zuckte sie mit den Achseln und ließ sich neben ihm nieder. Der Duft von Seifenkraut verstärkte sich. Atharic musterte ihr Profil. »Catuen sagte mir, du wärst jetzt Carans Tochter.«
Talia verzog das Gesicht. »Ich war es schon immer.«
»Die Geschichte möchte ich irgendwann gerne hören.«
»Das möchten viele.«
»Ich habe auch gehört, dass du eine Druidin geworden bist.«
»Die Leute haben zu viel Fantasie.«
»Sie sind abergläubisch.«
»Meistens reden sie auch zu viel.«
»Heißt das, du hast deine Gabe gemeistert?«
»Ja.«
»Das freut mich für dich.«
Talia warf ihm einen raschen Blick zu. Sie griff in den kleinen Leinenbeutel, den sie am Gürtel trug, und holte ein schmales Band aus dunkelrotem Stoff hervor. Mit geschickten Händen flocht sie ihre Haare zu einem Zopf und band ihn am Ende zusammen. Ein paar Strähnen wanden sich wie Schlangen heraus und fielen über ihre Wangen. Atharic unterdrückte ein Grinsen. Talia war auch früher nie imstande gewesen, all ihre Haare zu bändigen.
»Ich hätte Hari fast nicht wiedererkannt«, sagte sie nach einer Weile. Sie hatte sich an der Kante der Bank niedergelassen –

weit genug entfernt, um ihn nicht zu berühren. »Ich hätte ihn mir als Mann anders vorgestellt.«

»Niemand hatte geglaubt, dass er so groß werden würde – und so eitel. Hast du seine Haare gesehen? Er verbringt eine Ewigkeit damit, sie herzurichten!«

»Er sieht gut aus.«

»Tut mir leid, das sagen zu müssen, aber er ist vergeben. Verlobt, um genau zu sein.«

Atharic hatte es im Scherz gesagt, aber Talia lächelte nicht einmal. Obwohl die Sonne an Kraft gewonnen hatte, schien die Temperatur plötzlich zu fallen.

»Weshalb seid ihr hier?«, fragte Talia. Ihre Stimme klang kühl und geschäftsmäßig, und Atharic stellte fest, dass es ihm plötzlich nicht mehr allzu abwegig erschien, dass sie wirklich Carans Tochter sein sollte.

Atharic erzählte Talia, was er auch ihrem Vater berichtet hatte. Er sprach von den Kämpfen, bei denen sein Stamm viele Männer verloren hatte, und von ihrer Sehnsucht nach der alten Heimat. Sie hatten bereits zu viel verloren, sagte er, und wenn sie bei den Kimbern blieben, würden sie nicht nur ihre Identität verlieren, sondern auch ihren Stolz.

Talia lauschte geduldig, bis er geendet hatte. Sie war schon immer eine gute Zuhörerin gewesen, erinnerte sich Atharic, während er ihr zu seiner eigenen Überraschung ebenfalls schilderte, welche Schwierigkeiten sein Volk im Norden erwarten mochte.

Und obwohl er Talia vieles verschwieg, war ihm klar, dass sie ahnen konnte, wie verzweifelt die Lage seines Rabenvolks wirklich war. Am Ende sagte sie jedoch lediglich: »Das klingt so, als wäre es mutig, in den Norden zurückzugehen.«

»Verzweifelte Menschen sind niemals mutig, nur verzweifelt.«

»Du machst keinen verzweifelten Eindruck.«

»Ich habe eine Aufgabe und bin meinem Ziel näher, als ich lange zu hoffen gewagt habe. Das hilft.«
»Dein Stamm wird dieses Jahr nicht mehr weit kommen, fürchte ich. Die Herren werden sich nicht umstimmen lassen und euch erlauben, ungehindert unser Gebiet zu durchqueren, solange die Kimbern uns bedrohen. Sie werden darauf bestehen, euch auf einem Flecken Land einzusperren, bis von den Kimbern nicht mehr zu sehen ist als die Spuren ihrer Wagen. Caran meinte, sie denken, ein Wolf im Käfig ist besser als ein Wolf auf der Straße.«
»Wenn sie meine Leute sehen, werden sie wissen, dass wir keine Wölfe sind. Eher Schafe.«
»Du und Hari seht kaum wie Schafe aus.«
»Wir tragen unsere Wolle woanders.«
Das brachte sie schließlich doch zum Lachen. »Trotzdem. Wenn ihr warten müsst, werdet ihr es niemals vor Einbruch des Winters in den Norden schaffen. Was dann?«
»Das hängt davon ab, wie schnell die Kimbern euer Gebiet durchqueren und wie viel Ärger es gibt. Andernfalls hoffe ich, mit deinem Vater eine Einigung zu erzielen.«
»Ihr braucht Caran, nicht wahr?«
Atharic antwortete nicht. Seine Worte wären ohnehin untergegangen in dem lauten Gekreische, das auf der anderen Seite des Hauses erklang. Irgendetwas prallte gegen die Hauswand, gefolgt von schrillem Gelächter. Talia erhob sich im selben Augenblick, in dem Samis um die Ecke bog. Das Mädchen rannte so schnell seine Beine es trugen, und der blonde Pferdeschwanz wippte beim Laufen auf und ab. Samis lachte und winkte Talia und Atharic zu. Atharic winkte zurück. Er hatte Samis getroffen, als sie der Köchin dabei half, das Frühstück für die Männer herzurichten. Samis hatte Atharic ernsthaft erklärt, dass er als Gast sogar kalten Braten und Honigkuchen haben konnte,

wenn er wollte, und sie würde dafür sorgen, dass er alles bekam, was er begehrte. Sie hatte die Rolle der Gastgeberin mit so großem Ernst gespielt, dass Atharic sich genötigt sah, ein Essen zu verlangen, wie es einem König gebührte.

Ein Geheul wie von einem ganzen Wolfsrudel ertönte, dann raste ein zweites Mädchen an ihnen vorbei und hinter Samis her. Es trug die Haare offen, und die dunklen Strähnen wehten in einer dichten Wolke hinter ihm her. Das Mädchen ruderte mit den Armen in dem verzweifelten Versuch, Samis einzuholen.

»Wessen Tochter ist das?«, fragte Atharic neugierig. »Catuen und Caran haben doch bestimmt kein zweites Kind mehr bekommen, nicht wahr?«

»Sumelis ist meine Tochter.«

»Ah, natürlich.« Atharic nickte. »Wie alt ist sie?«

»Sieben.«

Atharic wollte abermals nicken, hielt jedoch mitten in der Bewegung inne. »Sieben? Bist du sicher?«

Talias Augenbrauen wanderten in die Höhe.

»Aber ...« Atharics Gedanken rasten, während er zurückrechnete. Sein Mund war auf einmal trocken. Talia wartete nicht ab, was er als Nächstes fragen würde. Sie schlang die Arme um ihren Oberkörper, und es klang fast wie eine Warnung, als sie sagte: »Sumelis ist *meine* Tochter!«

Dann drehte sie sich um und ließ Atharic alleine zurück.

10. Kapitel

Talia bückte sich und kontrollierte die Riemen, die den Gurt am Bauch des Pferdes befestigten. Der Knecht, der das Pony aufgezäumt und mit Sumelis' Bündel beladen hatte, warf ihr einen vorwurfsvollen Blick zu, den Talia ignorierte. Sie wusste, in Carans Haushalt arbeiteten nur gewissenhafte Menschen, aber lieber verletzte sie das Ehrgefühl eines Knechts als zuzusehen, wie sich unterwegs der Gurt lockerte und ihre Tochter zu Boden riss.

»Sumelis sollte hierbleiben!« Catuen wusste genau, was Talia dachte. »Ein Mädchen gehört nicht zu einem Heer, das dem Feind entgegenzieht! Hinter den Mauern von Alte-Stadt wäre sie sicher!«

»Wenn Caran recht hat, dann droht Sumelis keine Gefahr. Die Kimbern wollen uns nicht angreifen.«

»Caran kann sich irren! Er hätte das niemals erlauben dürfen!« Talia schüttelte den Kopf. »Sumelis war noch nie länger als ein paar Nächte von mir getrennt«, sagte sie, »und die Situation ist alles andere als leicht für sie! Sumelis fühlt sich nicht wohl in Alte-Stadt. Sie hierzulassen wäre eine Qual für uns alle!«

»Wenn du sie hierlassen würdest, würde sie sich bestimmt

schneller einfügen – in unsere Familie, in unseren Haushalt! Immerhin ist sie Samis' Halbschwester! Die beiden Mädchen sollten Zeit miteinander verbringen und ich auch. Es ist nicht gut, wenn sich Sumelis zu sehr an ihre Mutter hängt.«

»Ich wünschte, es wäre so!« Talia musste unwillkürlich lachen. Sie legte dem Pferd einen Arm über den Hals und lehnte sich locker gegen seine Schulter. »Tatsächlich ist eher das Gegenteil der Fall: Letztes Jahr kam ein Barde zu uns auf den Hof. Er hat Sumelis Lieder beigebracht und ihr eine Flöte geschnitzt. Sumelis war wirklich beeindruckt. Am nächsten Morgen hatte sie ein Bündel gepackt und verkündet, sie würde jetzt gehen. Sie würde zusammen mit dem Barden durch die Welt ziehen und eine berühmte Wandersängerin werden. An ihre Mutter hat sie keinen Gedanken verschwendet!«

Catuen war nicht beeindruckt. »Wenn sie sonst so offen ist, warum geht sie dann Samis und mir aus dem Weg? Sumelis scheint nicht einmal zu wollen, dass wir sie als Familienmitglied behandeln! Man könnte meinen, sie will nichts mit uns zu tun haben, nur mit dir und Caran!«

Talia antwortete nicht sofort. Mit zusammengekniffenen Augen blickte sie hoch in die Wolken, die Alte-Stadt am Morgen mit einem dünnen Nieselregen überzogen hatten und jetzt nach Osten weiterzogen. Sie überlegte, wie viel sie Catuen erzählen sollte. Schließlich sagte sie: »Sumelis mag euch, das weiß ich. Im Grunde gefällt es ihr auch, eine Familie zu haben, eine Schwester, eine Großmutter, Menschen, die sich um sie kümmern. Aber sie braucht Zeit. Und seit Magus' Tod ist sie sehr vorsichtig darin geworden, wem sie ihre Liebe schenkt.«

»Was hat der Hund damit zu tun?«

»Er hat Sumelis gelehrt, dass man jene, die man lieben lernt, manchmal auch wieder ziehen lassen muss.«

Catuens misstrauisches Stirnrunzeln vertiefte sich. »Das ist doch bestimmt nicht alles, nicht wahr? Alle Kinder in Sumelis' Alter haben erfahren, was es bedeutet, wenn jemand stirbt – das ist nichts Besonderes! Was ist damals wirklich geschehen? Weshalb machst du so ein Geheimnis daraus?«

Ein müdes Lächeln verzog Talias Mundwinkel. »Das erzähle ich dir, wenn wir alle wieder zurück sind und du etwas Neues brauchst, worüber du dir Sorgen machen kannst!«

Talia wusste, ihr sanfter Spott konnte Catuen nicht darüber hinwegtäuschen, dass sie ihr etwas verschwieg, aber Catuen war zu sanftmütig, um die jüngere Frau weiter zu bedrängen.

»Danke«, sagte die ältere Frau trocken und gab sich geschlagen. »Das ist sehr umsichtig von dir.«

Talia lachte und reichte ihrer Stiefmutter die Hand. »Pass auf dich auf!«

Catuen ignorierte Talias ausgestreckte Hand und umarmte sie stattdessen kurz. Sie roch nach Salbei und den Blumen, die sie sich in die Haare geflochten hatte. Vereinzelte Blüten strichen über Talias Wange. Plötzlich verlegen befreite sich Talia aus Catuens Armen. Seit dem Tod der Zwillinge hatte sie niemanden mehr umarmt außer Sumelis.

»Seid vorsichtig!«, mahnte Catuen und blinzelte. »Halte dich fern von den Kimbern, und sag Caran, er soll nicht den ganzen Tag reiten! Das tut seinem Bein nicht gut.«

»O Götter, noch mehr mütterliche Ermahnungen!« Mit einem theatralischen Stöhnen schob sich Caran an Talia vorbei. »Ich hatte eigentlich gehofft, die guten Ratschläge würden sich auf Sumelis konzentrieren, wenn sie mitkommt!« Er schlang einen Arm um Catuens Taille und zog sie an sich. »Mach dir keine Sorgen!«, flüsterte er in das blonde Haar seiner Frau. »Es wird nichts passieren.«

Talia wandte sich ab, während sich die beiden verabschiedeten. Versonnen betrachtete sie das Chaos vor dem Haupthaus, die herumliegenden Bündel mit Zelten, Decken und Kleidung, die Pferdegeschirre, Schilde und Bögen. Zwei Wagen standen zur Abfahrt bereit, beladen mit Nahrungsmitteln, Leinentüchern, Werkzeug und Waffen. Eine Magd schleppte einen Sack mit frisch gebackenen Broten herbei. Sie hielt eine Hand auf ihren gewölbten Bauch gepresst und wischte sich mit der anderen eine Tränenspur von der Wange. Aenovales' jüngster Sohn winkte ihr zu, dann griff er nach den Zügeln seines Pferdes und führte es nach draußen. Als er durch das Tor verschwand, blieb die Magd einen Moment lang stehen. Unschlüssig starrte sie auf den Boden und scharrte mit den Schuhspitzen im Dreck. Dann rannte sie hinter ihm her.

Talia stellte auf einmal fest, dass sie die Einzige war, die einsam auf dem Hof stand, während sich alle anderen von jemandem verabschiedeten. Dass sie nur die Hände ausstrecken müsste, um an ihren Gefühlen teilzuhaben, machte es nur noch schlimmer. Sie war beinahe froh, als Caran endlich einen Befehl bellte und es Zeit zum Aufbruch war.

Talia drehte sich um und wollte sich auf die Suche nach ihrer Tochter machen, als ein Pferd, erschreckt von einem Schild, der scheppernd zu Boden fiel, zur Seite sprang und den Krieger, der es führte, gegen Talia warf. Talia taumelte nach hinten und hob schützend die Arme vor den Körper. Der Mann fing sich wieder und richtete sich auf. Dann fiel sein Blick auf Talias Hände, deren offene Handflächen auf ihn zeigten, bereit, ihn abzuwehren, und Blässe zog über sein braun gebranntes Gesicht. Er machte einen Satz zur Seite und hob seinerseits die Arme.

»Es tut mir leid, Herrin!«, stieß er hastig hervor. »Es war keine Absicht! Ich, ich ...« Er blickte zu Boden, und unwillkürlich wanderte seine linke Hand an seine Brust und umklammerte das magische Schutzamulett, das dort an einem Lederband baumelte.

Talias Schultern sanken müde herab. »Ist schon gut«, sagte sie. »Ich weiß, dass es keine Absicht war. Du brauchst keine Angst vor mir zu haben.«
Die Erleichterung des Kriegers war so deutlich, dass sie fast greifbar war. Er verbeugte sich vor ihr, stammelte eine weitere Entschuldigung, dann griff er hastig nach den Zügeln seines noch immer nervös tänzelnden Pferdes und verschwand eilig zwischen seinen Kameraden. Talia sah ihm stirnrunzelnd nach. Sie hatte sich bereits gefragt, was für Geschichten in der Stadt über sie kursieren mochten, und jetzt hatte sie die Antwort. Es war keine, die ihr gefiel.
Die Krieger griffen nach den letzten herumliegenden Bündeln und trugen sie zu ihren Pferden. Die Sonne, die sich ihren Weg durch die dünne Wolkendecke kämpfte, reflektierte von frisch polierten Waffen und weiß bemalten Schilden. Neben all den schwer bewaffneten Reiterkriegern in Kettenhemden, Helmen und Lederrüstungen kam sich Talia mit ihrer dünnen Tunika lächerlich nackt vor. Einzig der lange Dolch an ihrem Gürtel ließ ahnen, dass sie nicht nur zu einem Streifzug über den Markt aufbrach. Aenovales hatte ihn ihr am Morgen in die Hände gedrückt und das Versprechen abgenommen, dass sie ihn immer bei sich tragen würde.
»Eine Frauenwaffe«, hatte er gegrinst, »leicht, lang und schmal. Falls einer der Kimbern dich stehlen will!« Es war das erste Mal, dass er Talia wie die junge Haushälterin von früher behandelte.
Wenigstens einer, der nicht glaubt, dass ich meine Feinde in die Körper von Schweinen zaubern kann, dachte Talia und rieb sich die Stirn.
Endlich entdeckte sie Sumelis. Ihre Tochter stand am Tor und beobachtete die unruhige Menge aus Reitern, die darauf wartete, dass Caran endlich das Zeichen zum Aufbruch gab. Staub hing in einer dünnen Wolke in der Luft und senkte sich auf die in den Himmel ragenden Lanzenspitzen. Sumelis' Schal

leuchtete heraus wie eine Mohnblume. Talia bemerkte, dass sie nicht die Einzige war, die Sumelis beobachtete. Atharic saß auf einem gescheckten Pferd am Rande der wartenden Krieger. Er hatte sich nach vorne gebeugt und ließ Sumelis nicht aus den Augen. Er sah nicht einmal auf, als das Pferd eines anderen Mannes nach seinem Schecken schnappte und dieser erschreckt zur Seite tänzelte.

Talia raffte ihr Kleid. Schlamm und kleine Kiesel spritzten unter ihren eiligen Schritten. Irritiert bemerkte sie, dass Sumelis Atharics Blick erwiderte. Sumelis lächelte ihn an.

»Wir müssen los!« Talia zupfte an der bunt karierten Bluse ihrer Tochter. »Sieh doch, dein Großvater ist bereits aufgesessen!«

Caran trabte an ihnen vorbei, und für einen kurzen Augenblick spiegelte sich Talias bleiches Gesicht in dem bronzenen Brustpanzer, den er trug. Dann ritt er auch schon durch das Tor auf die Straße, wo seine Leibwache ihn mit kehligen Schlachtrufen begrüßte. Entlang der umliegenden Häuser traten Menschen nach draußen, Frauen, Alte und Kinder, die Tücher schwenkten und den Kriegern alles Gute wünschten. Hunde rasten die Zäune entlang und sprangen aufgeregt zwischen den Reittieren umher. Es herrschte beinahe Festtagsstimmung. Talia und Sumelis gingen zu ihren Pferden. Der Hof, der gerade noch übersät gewesen war mit herumliegenden Waffen und Ausrüstung, war plötzlich wie leergefegt. Catuen und Samis standen vor dem Haupthaus und winkten.

»Du weißt, was du versprochen hast!«, ermahnte Talia ihre Tochter noch einmal.

Sumelis nickte. »Nie so weit weggehen, dass ich keinen von Großvaters Kriegern mehr sehe.«

»Von Großvaters Leibwache. Die anderen wissen nicht, wer du bist.«

»Was ist, wenn ich pinkeln muss?«

Talia verdrehte die Augen. »Das ist ein Heer, Sumelis! Da ist kein Platz für Scham. Ich verspreche dir, du wirst schon heute Abend die Schuhspitzen voll mit Männerpisse haben!«
»Und du wirst genau wie sie klingen, noch bevor du zu diesem Tor hinaus bist!«, erklang Catuens spöttische Stimme hinter ihnen. Talia lachte, drehte sich aber nicht um.
»Steig auf!«, befahl sie und band die Pferde los. Sumelis' schmale Finger griffen gehorsam in die drahtige Mähne ihres Ponys, doch bevor sie aufspringen konnte, schob sich ein größeres Pferd an Talia vorbei. Atharics Hände griffen unter Sumelis' Achseln und hoben sie hoch. In hohem Bogen sauste sie an Talias Gesicht vorbei durch die Luft, bevor sie rittlings auf ihrem Pony zu sitzen kam. Sie strahlte über das ganze Gesicht. Atharic lächelte zurück.
»Das war schön!« Sumelis hopste auf ihrem Pony auf und ab. »Das solltest du auch machen, Mama!«
Talia schüttelte den Kopf. »Das kenne ich schon«, murmelte sie. Nach all den Jahren erinnerte sie sich noch genau daran, wie sich Atharics Hände um ihre Taille angefühlt hatten, als er sie hochgehoben und aufs Pferd gesetzt hatte.
Wahrscheinlich weiß er, dass er auf die Art alle herumkriegt, dachte sie verärgert – *egal in welchem Alter.*
Während Sumelis neben Atharic zum Tor ritt und ihre neugierigen Fragen über den Hof hallten, berührte Catuen Talias Hand. Leise fragte sie: »Glaubst du, er …?«
Talia ließ nicht zu, dass sie die Frage zu Ende stellte. »Wir müssen los! Caran wartet bereits!« Sie sprang auf ihr Pferd und weigerte sich, Catuen noch einmal anzuschauen.
Sie hätte ihren mitleidigen Blick nicht ertragen.

Wie eine riesige Schlange schob sich das runicatische Heer die Straße entlang. An seiner Spitze ritten die Herren mit ihren bunten Mänteln, Sporen und mit feinen Punzen verzierten Schwertscheiden. Zehntausend berittene Krieger folgten ihnen, eine lange Reihe aus Menschen, Tieren, Eisen und Leder. Lanzen und Feldzeichen überragten ihre Köpfe; die meisten zeigten Eber, einige jedoch auch Pferde, Vögel oder Gesichter mit langen Schnauzbärten, dichten Augenbrauen und kunstvollen Frisuren. Die Kleidung der Gefolgsleute war einfacher als die ihrer Herren und Kriegsführer, weniger farbenprächtig, und es fehlten ihnen die Kettenpanzer, Sporen und Helme. Dafür schmückten die farbigen Bänder der jeweiligen Herren ihre Oberarme und Handgelenke. Talia wusste, die Anordnung der Gruppen innerhalb des Zuges spiegelte die Bedeutung ihrer Herren wider, doch mit den meisten Farben und Mustern konnte sie wenig anfangen.

Die Huftritte der Pferde, ihr Schnauben und das leise Knarzen von Leder hüllten das Heer in eine Wolke sanfter Geräusche, die auf Talia dieselbe beruhigende Wirkung hatten wie fließendes Wasser. Trotz des kriegerischen Zwecks der Reise erweckten sie den Eindruck von Frieden. Wenn Talia sich umblickte, sah sie Männer, die Münzen in die Luft warfen, sie auffingen und verdeckt hielten; andere taten dasselbe mit Würfeln und wetteten, welche Seite oben lag. Die Spiele nahmen etwas von der schweigenden Spannung, die sich mit der Nachricht, dass die Kimbern das vindelikische Gebiet schon vor drei Nächten betreten hatten, über das Heer gelegt hatte.

Segurion war mit seinen Kriegern bereits am dritten Tag, nachdem sie Alte-Stadt verlassen hatten, zum Heer gestoßen. Weitere fünfhundert Reiter hatten sich weiter östlich angeschlossen. Bis dahin waren sie gemächlich geritten, um die Fußsoldaten nicht weit hinter sich zu lassen, aber dann hatten sie erfahren, dass die Spitze des Kimbernzuges bereits vier Tagesmärsche hinter Boiodurum lagerte und sich der Mündung der

Labara näherte. Kundschafter berichteten von geplünderten Höfen, einzelnen kimbrischen Banden, die dem Zug vorausritten und kaum auf Widerstand trafen.

»Viertausend unserer Krieger folgen den Kimbern im Abstand eines halben Tagesmarschs, seit sie unser Land betreten haben, aber sie halten sie nicht vom Plündern ab.« Caran schüttelte den Kopf. »Warten sie darauf, dass wir sie an der Hand nehmen und ihnen zeigen, wie man ein Schwert führt?«

Die Herren hatten daraufhin beschlossen, mit der Reiterei vorauszueilen und die plündernde Vorhut der Kimbern zu zwingen, zum Zug zurückzukehren. Gleichzeitig hatten sie enttäuscht erfahren, dass die im Süden lebenden Teilstämme der Vindeliker keine Unterstützung schicken würden. Die gesamte Streitmacht umfasste damit jetzt nur wenig mehr als fünfundzwanzigtausend Krieger und damit deutlich weniger als die Kimbern. Selbst Segurion sprach nur noch selten davon, die Nordmänner in einem einzigen Schlag vernichten zu wollen.

Die Reiter drängten ihre Pferde in flotten Trab. Kurz darauf blieb der Rest des Heers hinter ihnen zurück. Als sie eine Anhöhe erreichten und Talia sich umdrehte und die Straße zurückblickte, konnte sie gerade noch die erste Reihe der Leichtbewaffneten erkennen, die den Reitern zu Fuß folgten. Sie dienten ihren Herren normalerweise nicht als Krieger, sondern als Handwerker und Bauern, und ihre Waffen waren Steinschleudern, Pfeil und Bogen. Ein Teil trug außerdem Äxte oder große Schlachtmesser. Am Anfang, als sich das Heer gesammelt hatte, waren es jeden Tag mehr geworden, die dem Ruf der Herren folgten und ihre Höfe und Werkstätten verließen. Je weiter das Heer jedoch nach Osten kam, desto weniger Leute schlossen sich noch an. Jetzt standen keine Kinder mehr am Straßenrand und rannten neben den Kriegern her, bis der Atem sie verließ. Stattdessen fanden sich verlassene Gehöfte in der halboffenen Landschaft jenseits der Straße. Ihre Bewohner waren geflohen und hatten Zuflucht hinter den Schanzen der Landherren und den wenigen großen Befestigungsanlagen gesucht. Sie hatten das Vieh mitgenommen und ihre wertvollen Habseligkeiten vergraben. Vereinzelt herumliegende Werkzeuge ließen vermuten, dass die Weiden und Felder erst seit kurzem brachlagen und hastig verlassen worden waren. Sie schlossen sich an abgeholzte junge Wälder an, deren noch helle Stümpfe aus dem Unterholz ragten. Die Stämme waren gefällt und abtransportiert worden, um Palisaden und Befestigungen zu bauen. Der Duft von Harz hing schwer in der Luft, und es war das erste Mal, dass Talia den intensiven Geruch nicht genoss, sondern als Bedrohung empfand.

Gelegentlich sah Talia einen Herrenhof, neben dem Rinder und Schafe weideten. Männer kletterten wie Ameisen auf den Palisaden herum und besserten sie aus. Im Inneren organisierten Frauen die Verteilung und Lagerung von Vorräten, Werkzeugen und Tieren. Niemand schien sich weit von den schützenden Befestigungen entfernen zu wollen, obwohl die Kimbern noch mehrere Tagereisen entfernt waren. Das Ungewöhnlichste jedoch war, dass das Heer keinen Reisenden auf der Straße begegnete. Normalerweise herrschte ein reger Handelsverkehr auf der Südstraße entlang des Danuius': Schwer beladene Wagen rollten die ausgefahrenen Fahrspuren entlang, gezogen von Ochsen oder Pferden; galoppierende Hufe dröhnten auf der festgefahrenen Erde. Jetzt jedoch lag die Straße offen und leer vor ihnen. Talia wusste, dass die Herren auch die Schifffahrt auf dem Danuius eingestellt und die Händler und Fuhrleute ihre Boote versteckt hatten. Es war, als wenn das gesamte Land den Atem anhielt und ihn erst wieder entweichen lassen würde, wenn die Kimbern vorbeigezogen waren.

Es ist wie ein Gewitter kurz vor der Erntezeit, dachte Talia. *Das Leben beginnt von neuem, sobald es vorüber ist – oder es hungert.*
Talia wandte ihren Blick von der Landschaft ab und richtete ihn auf die Reiter vor sich. Sumelis' schmaler Körper wippte auf und ab, während ihr Pony zwischen Trab und Galopp wechselte, um mit den langen Beinen der größeren Pferde mitzuhalten. Das Mädchen achtete nicht auf die Straße, sondern hatte den Kopf zur Seite gedreht und sah zu Atharic empor, die Augen groß vor Bewunderung. Talia schnalzte mit der Zunge, und die Stute schloss zu den beiden auf. Atharic lächelte Talia an, ohne jedoch seine Erzählung zu unterbrechen.
»... Dann sagten wir, wenn sie vergessen haben, wo sie ihr Gold versteckt haben, würden wir eben den ganzen Winter bis in den Frühling bleiben. Wir würden uns in ihrem Tal ausbreiten und die Erde mit ihren eigenen Pflügen aufreißen, bis wir die Schätze gefunden hätten. Wir drohten, wir würden ihre Männer zu Sklaven machen und ihre Frauen würden unsere Kinder gebären. Nach zwei Nächten gab der norische Fürst endlich auf. Er erklärte uns, wo wir das Gold finden würden, und zeigte uns den Weg in ein schmales Tal. Felswände ragten an beiden Seiten empor, und vereiste Wasserfälle glitzerten in tiefen Spalten. Wir mussten unsere Pferde zurücklassen und zu Fuß weitergehen. Als wir höher stiegen, stellten wir Masken her, die wir über den Gesichtern trugen, mit schmalen Schlitzen für die Augen, weil die Helligkeit kaum zu ertragen war. Schließlich kamen wir zu einem Pass. Über uns ragte ein schroffer Berg empor, der aus Eis bestand, aus blauem Eis und Fels.«
Talia blickte über die sanften Hänge, die lichten Wälder und Wiesen und spürte schwüle Luft über ihre Wangen streifen. Die Berge, die Atharic beschrieb, schienen so weit entfernt wie die Andere Welt.
»Ich weiß, du musst uns für ziemlich dumm halten, Sumelis. Du

hast in den Bergen gelebt und weißt, wie gefährlich sie sind. Aber es war das erste Jahr, das wir dort verbrachten, und obwohl uns die Noriker vor Lawinen gewarnt hatten, vergaßen wir die Gefahr. Bei uns im Norden ist das Land flach. Bevor wir herkamen, wussten wir nicht einmal, was eine Lawine ist.«

Sumelis kicherte.

»Der norische Fürst hatte uns gesagt, der Pass sei ein heiliger Ort und wir müssten die dortigen Geister mit Gesängen gnädig stimmen, sonst würden sie den Zorn der Berge auf uns herabbeschwören. Also begannen wir, mit den Schwertern gegen unsere Schilde zu schlagen, wir tanzten und sangen so laut wir konnten, um dem Geist, der auf dem Pass hauste, zu gefallen. Plötzlich hörten wir lautes Donnern, wie wenn Donar selbst über die Berge hinweg- und auf uns zurasen würde. Dann spürten wir, wie die Erde bebte und sahen, wie sich eine weiße Wolke auf uns zuwälzte. Der Geist des Berges war zornig! Wir drehten um und rannten den Weg, den wir gekommen waren, zurück, aber der Schnee behinderte uns und die Lawine war schneller. Sie begrub uns unter sich. Mehr als die Hälfte von uns starb.«

»Wie hast du überlebt?«

Atharic zuckte mit den Achseln. »Ich hatte meinen Schild über den Kopf gehalten, als die Schneemassen über mich hereinbrachen, und kniete hinter einem Felsen. Ich hatte Glück, oder Schutzgeister wachten über mich, jedenfalls habe ich mich herausgraben können.«

»Was habt ihr mit dem Fürsten gemacht, der euch dorthin geschickt hat?«

»Er hat sein Gold später doch noch verloren – das und ein bisschen mehr.«

»Also stimmt es, dass ihr so viel Gold geraubt habt, dass eure Wagen jetzt voll damit sind?«, warf Talia rasch ein, bevor Sumelis weitere Einzelheiten verlangen konnte. Talia musste nicht im Detail erfahren, was die Kimbern und ihre Verbündeten mit Verrätern machten. Ihre Vorstellungskraft reichte dafür vollkommen aus.

Atharic warf ihr einen amüsierten Blick zu. »Nein. Unsere Wagen sind voll mit Töpfen, Schüsseln, Decken, Zelten, Kleidung, Waffen und Werkzeugen – leider sehr unspektakulär. Natürlich sind auch einige sehr reich geworden: die Anführer der Kimbern und Boiorix. Der Rest hofft, es bei den Helvetiern zu werden.«

»Bis auf euch.«

»Bis auf uns.«

»Besitzt dein Stamm überhaupt genügend, um Wegezoll bezahlen zu können? Wie habt ihr euch euren Weg in den Norden vorgestellt?«

»Wenn wir das wenige, was wir jetzt noch an Gold, Salz und Schmuck haben, verlieren, werden wir als Bettler im Norden ankommen. Es würde nicht einmal reichen, um frisches Saatgut zu kaufen, und wer weiß, wie viel von unserem Vieh bis dahin noch lebt? Wir haben nicht viel mehr als unsere Wagen und unsere Kleider. Alles andere – alle Felle, aller Bernstein – ist fort.«

»Ist das der Grund, weshalb ihr durch unser Land zieht? Weshalb Caran euch helfen soll? Von den Norikern aus wäre die Route durch das boische Gebiet die Flüsse entlang nach Norden kürzer und einfacher gewesen.«

»Hast du die Geschichten gehört, die man sich über den boischen König erzählt?«

Talia nickte.

»Ich weiß nicht, wie viel davon wahr ist, aber was ich gehört habe, hat mir die Entscheidung leicht gemacht. Ich nehme lieber den Umweg durch das Gebiet der Vindeliker und über Alte-Stadt in Kauf, als uns in die Höhle des Bären zu führen.«

»Und weil ihr Hilfe braucht. Carans Hilfe.« Talia wusste selbst nicht, weshalb ihr das so wichtig war.
Atharic zog die Schultern nach oben. »Das stimmt.«
»Hast du es jemals bereut, damals gegangen zu sein?« Noch im selben Augenblick, in dem Talia die Frage stellte, hätte sie sich am liebsten auf die Zunge gebissen. Atharic sah sie ungerührt an.
»Nein«, sagte er.
Die Straße verengte sich, und Talia zügelte dankbar ihr Pferd, um Atharic und Sumelis den Vortritt zu lassen. Ihre Wangen brannten.
Sie ritten durch eine Niederung, die übersät war mit Schlaglöchern und Pfützen. Das Tempo war wieder langsamer geworden, und die Reiter wurden plötzlich von Mücken umschwärmt. Die Schweife der Pferde peitschten durch die Luft. Es stank nach verdorbenem Wasser und verwesenden Körpern. Aus einem Wasserloch ragte das Hinterbein eines Schweins heraus. Die Luft war schwer und drückend.
»Erzähl noch eine Geschichte!«, drängte Sumelis Atharic, während sie mit den Händen vor ihrem Gesicht wedelte, um Gestank und Mücken zu vertreiben. »Eine von Göttern und Riesen!«
Atharic lachte. Das Geräusch ärgerte Talia beinahe. Sie hatte im Grunde keine andere Antwort auf ihre übereilte Frage erwartet als die, die sie erhalten hatte – sie war nur wütend, weil sie überhaupt gefragt hatte. Was kümmerte es sie denn noch? Sie hatte schon lange mit dem, was zwischen ihr und Atharic gewesen war, abgeschlossen. Die Zeiten, in denen sie gehofft hatte, er würde zurückkommen und sie suchen, waren lange vorbei.
Vor sieben Jahren, bei den Zwillingen, auf ihrem kleinen Hof in den Bergen, hatte Talia ein neues Leben begonnen, für sich

und ihre Tochter. Sie hatte sich von der Vergangenheit abgewandt, eine Aufgabe gefunden, Liebe und Respekt. Eigentlich hätte es in den von Arbeit und Lernen erfüllten Tagen leicht sein sollen, Atharic und alles, was damals geschehen war, zu vergessen. Dennoch hatte es lange gedauert, bis Talia ihren Frieden gefunden hatte – zahllose, von Träumen erfüllte Nächte, in denen sie gefroren hatte und Sumelis nicht genug gewesen war, um sie zu wärmen. Manchmal, wenn die Dunkelheit am tiefsten war und es schien, als wäre die gesamte Welt stumm geworden, hatte sie geträumt, Atharic würde auf ihr liegen. Sein Gewicht drückte sie in die Decken, und sie strich mit den Fingerspitzen über seine Brust, doch dann verwandelte er sich plötzlich in Dago, und wenn sie erwachte, war der Schweiß auf ihrer Haut eiskalt.
In solchen Nächten war es schwer gewesen, Atharic nicht die Schuld an dem zu geben, was passiert war, auch wenn sie wusste, dass er keine Schuld trug. Aber Talia war allein gewesen, allein mit ihrem Hass auf Dago und einer Tochter, die ohne Vater aufwachsen würde. Sie hatte sich gewünscht, an Atharic denken zu können, ohne sich an jene letzte Nacht zu erinnern, an ihre Verzweiflung, den Stall und Dagos Körper, seine Hände, die ihre Brüste quetschten, seinen abgehackten Atem, der über ihr Gesicht strich. Alles, was Talia über Seelen gelernt hatte, alle Kontrolle, die sie täglich übte, um jene Ruhe in sich selbst zu finden, die sie benötigte, um die Macht zu beherrschen, schien nicht auszureichen, um diese Bilder für alle Zeit zu verbannen. Manchmal, in der Dunkelheit, wenn Sumelis' tiefer Atem ihr über die Schulter strich, fragte sie sich, was wohl geschehen musste, um die alte Talia zurückzubringen. Was war alles in jener Nacht, unter dem Gewicht von Dagos Körper getötet worden?
Talia war so tief in Gedanken versunken, dass sie zunächst nicht

merkte, dass das Heer stehengeblieben war. Erst als Sumelis ungeduldig ihren Namen wiederholte, blickte sie auf und blinzelte. »Was ist?«, fragte sie. »Weshalb haben wir angehalten?«
Sumelis stand fast auf dem Rücken ihres Ponys. Aufgeregt deutete sie nach vorne. »Atharics Stamm! Sieh nur! Großvater spricht mit ihnen!«
Talia reckte den Hals. Sumelis hatte recht: Die Frauen und Kinder, die die Straße blockierten, mussten der Rest von Atharics Rabenvolk sein. Talia konnte nur die vordersten Wagen erkennen, alle anderen waren hinter einer Kurve verborgen. Die Räder der Wagen schienen tausendfach repariert; die Planen waren fleckig und abgegriffen. Die Menschen, die auf den Kutschböcken saßen oder neben den Wagen standen, trugen einfache Kleider, die schon lange nicht mehr gewaschen worden waren. Viele hatten verhärmte und müde Gesichter, aber sie hielten die Köpfe stolz erhoben. Die Krieger hatten sich ein Stück abseits versammelt. Als Talia sah, wie wenige es waren, empfand sie zum ersten Mal Mitleid mit Atharic. Sie erinnerte sich noch genau daran, wie wichtig ihm die Verantwortung für seine Männer war.
Zusammen mit Atharic und Hari standen Caran und Segurion zwischen den Wagen und den ersten Reihen des Heeres. Ientus dagegen hielt ein paar Schritte Abstand. Er schien es nicht für nötig zu halten, an der Diskussion teilzunehmen. Er wirkte verkrampft, wie er da auf seinem Pferd saß, auf seine Hände starrte und sich geistesabwesend die Finger rieb.
Talia kümmerte sich nicht weiter um den Druiden und wandte ihre Aufmerksamkeit wieder den anderen Männern zu. Segurion sprach. Er unterstrich seine Worte mit ausholenden Gesten und versuchte nicht, seinen Ärger zu verbergen. Sumelis machte Anstalten, ihr Pony anzutreiben, doch Talia griff ihr schnell in die Zügel.

»Du bleibst, wo du bist, junge Herrin!«, befahl sie. »Du musst nicht überall dabei sein! Warte hier auf mich!« Talia drängte ihre Stute nach vorne. Sie lenkte sie an den Männern von Carans Leibgarde vorbei und umrundete die übrigen Herren. Sumelis' Murren verklang in ihrem Rücken.

Als Talia näher ritt, bemerkte sie, dass die nordischen Krieger keine Langwaffen trugen. Die runicatische Vorhut, die wachsam links und rechts neben dem kleinen Zug Aufstellung bezogen hatte, hatte ihnen lediglich erlaubt, ihre Messer zu behalten. Talia hatte keine Ahnung, wo ihre Waffen waren, aber sie bezweifelte, dass sie sie zurückbekommen würden, bevor sie das vindelikische Gebiet verließen.

»Es ist eine Schmach, einem Krieger seine Waffen abzunehmen!«, hörte Talia Atharic wie ein Echo auf ihre eigenen Gedanken. Er sah Caran an, doch es war Segurion, der antwortete.

»Deine Leute werden auf meinem Land lagern dürfen«, entgegnete er, und der verkniffene Zug um seinen Mund machte deutlich, was er von der ganzen Sache hielt. »Meine Pflicht ist es, unsere Höfe und Siedlungen zu schützen. Keiner meiner Bauern hätte Verständnis, wenn ich ihm einen Haufen bis an die Zähne bewaffnete Nordmänner vor die Nase setzen würde. Wir müssen zuerst an unsere eigene Sicherheit denken!«

Atharic zögerte. »Wo werdet Ihr sie hinbringen?«

»Östlich von Alkimoennis gibt es eine alte, unbenutzte Straße. Die Höfe in diesem Gebiet sind verlassen, seit es den neuen Weg gibt. Es ist ein guter Platz für euch.« So, wie Segurion es sagte, klang es wie eine Beleidigung. Hari runzelte die Stirn, aber Atharic legte ihm eine Hand auf den Oberarm und sagte rasch etwas in ihrer eigenen Sprache. Hari nickte grimmig.

»Du wirst uns natürlich weiterhin begleiten, Atharic«, fügte Segurion hinzu, »als unsere Geisel.«

»Solange meine Leute in Sicherheit sind.«
»Der Platz liegt am Nordufer des Danuius und damit weit genug von den Kimbern entfernt. Deine Leute werden sicherer sein als unsere. Abgesehen davon, ist es ihnen natürlich verboten, die Furt zu überqueren und das Lager, das wir ihnen zuweisen, zu verlassen.«
»Was ist mit Nahrung? Wir konnten kaum etwas mitnehmen, als wir aufbrachen, denn Getreide und Mehl sind beim gesamten Zug knapp. Wir haben nur unsere Pferde, ein paar Rinder, Schweine und Ziegen.«
»Catuen wird euch etwas schicken lassen«, warf Caran ein. »Dafür ist gesorgt. Ihr werdet weder jagen noch fischen müssen.«
»Wir wollen keine Bettler sein!«
»Die Informationen, die wir von dir erhalten haben, sind wertvoller als Gold, und die, die du uns noch geben wirst, werden es auch sein. Es ist ein ehrenhafter Tausch.«
Segurion wischte Carans Worte mit einer Handbewegung beiseite. Seine Stimme war nicht mehr als ein Knurren, als er sagte: »Sorg du nur dafür, dass du deinen Teil der Abmachung einhältst, Nordmann, dann werden wir es auch tun! Aber ich warne dich: Solltest du uns belügen, werden es deine Leute bitter bereuen!«
Hari tastete nach seinem Messer, als er hörte, wie Segurion seinen Bruder vor allen beleidigte, aber Atharic lachte nur.
»Weil ich ja so viel davon habe, mir sowohl die Kimbern wie auch euch Vindeliker zum Feind zu machen! Man hat mich schon oft einen Verräter genannt, aber noch nie einen Dummkopf! Es wundert mich nicht mehr, dass Ihr nichts über die Kimbern wisst, wenn Ihr alle, die Euch Auskunft geben können, nur beschimpft!«
»Wir müssen weiter!«, mahnte Caran, bevor sich der Streit verschärfen konnte. »Wir haben keine Zeit für so etwas!«

Atharic sah zu den Frauen und Kindern hinüber, die müde und ausgelaugt darauf warteten, dass es endlich weiterging. Talia beobachtete, wie es in ihm arbeitete
»Es wird schon alles gut gehen, Bruder!« Hari klang gezwungen munter. Er sprach mit einem Akzent, den Talia nicht einordnen konnte. Wahrscheinlich war es eine Mischung aus all jenen keltischen Dialekten und Sprachen, die er auf der langen Reise der Kimbern aufgeschnappt hatte. »Wir sind schließlich schon bis hierhin gekommen, nicht wahr?«
»Damit willst du mir wohl sagen, ich soll nicht weiter wie eine besorgte Wachtel um euch herumflattern?«
»Ja. Du bist auch so peinlich genug.«
Die beiden Brüder grinsten sich an. Talia merkte, dass sie ebenfalls lächelte. Atharic schlug Hari noch einmal auf die Schulter. »Wir sehen uns bald!« Er wendete sein Pferd, dann ritt er, ohne sich noch einmal umzublicken, zu seinem Platz unter Carans Gefolgsleuten zurück. Talia konnte ihre Verwunderung nicht ganz verbergen.
»Will er sich denn nicht einmal von seiner Familie verabschieden?«, fragte sie an niemanden Bestimmtes gewandt.
Es war Hari, der ihr antwortete: »Atharics Familie ist im Süden geblieben. Seine Frau hat ihn verlassen und einen tauriskischen Fürsten geheiratet. Die Kinder hat sie bei sich behalten.«
»Oh.« Mehr fiel Talia nicht ein. Sie starrte auf ihre Finger, die die Zügel ihres Pferdes fest umklammerten.
»Er hat vier Kinder«, fügte Hari hinzu. »Er wird sie nie wiedersehen.«
Talia antwortete nicht. Atharic lenkte sein Pferd neben Sumelis und wuschelte dem Mädchen durch die ungebändigten Haare. Talia spürte, wie sich tief in ihrem Inneren etwas zusammenzog.

Atharic merkte, noch bevor er Talias Schulter berührte, dass etwas nicht stimmte. Ihr Atem ging flach und stoßweise, und sie hatte die Decken im Schlaf von sich gestrampelt. Ihre Finger krallten sich in den Umhang, den sie als Kopfkissen benutzte, bis die Knöchel weiß hervortraten.

»Sie träumt schlecht!«, flüsterte Sumelis an seiner Seite. »Das tut sie manchmal, und dann flackert ihre Seele wie eine Kerze. Aber sie spricht nie darüber. Sie sagt, ich soll es vergessen.«

Atharic warf Sumelis einen scharfen Blick zu. Das Mädchen tat ihm leid. Er konnte sich noch gut daran erinnern, wie viel Kopfzerbrechen Talia ihre Gabe damals gemacht hatte, und Sumelis war so jung! Sie sollte solche Sachen nicht sehen, dachte er. Sumelis verdiente eine unbeschwerte Kindheit. Sie würde noch früh genug lernen, was Angst bedeutete – und Schmerz.

Atharic berührte Talias Schulter. Fast augenblicklich rollte sie herum, und ihre Hände schlossen sich fest um seinen Unterarm. Scharfe Nägel bohrten sich in sein Fleisch. Atharic verzog das Gesicht. »Wach auf!«, sagte er laut und legte eine Hand auf Talias Wange. »Es ist nur ein Traum!«

Talias Augenlider flatterten. Ihr Blick war verhangen, und einen Moment lang schien sie ihn nicht zu erkennen. Entsetzen lag auf ihren Zügen.

»Guten Morgen!«, sagte Atharic fröhlich.

Talia blinzelte. Sie bemerkte, dass sie Atharics Arm umklammert hielt, und ließ ihn schlagartig los. Rote Flecken krochen über ihre Wangen. Sie setzte sich auf.

Talias Finger hatten violette Halbmonde auf Atharics Unterarm hinterlassen. Geistesabwesend rieb er die in Mitleidenschaft gezogenen Stellen. »Es scheint ja gefährlich zu sein, in deiner Nähe zu sein, wenn du schlecht träumst. Wie viele Männer sind dir denn auf diese Art schon zum Opfer gefallen?«

Talia ignorierte ihn.
»Was ist los?«, fragte sie Sumelis. »Weshalb habt ihr mich geweckt?«
»Es ist schon lange nach Sonnenaufgang!«, erwiderte Sumelis vorwurfsvoll. »Wir haben darauf gewartet, dass du endlich aufwachst, aber du hast einfach immer weitergeschlafen. – Atharic will uns etwas zeigen!«, fügte sie hinzu.
»Tatsächlich?« Talia fuhr sich mit den Fingern durch die Haare und zog eine Grimasse, als sie auf undurchdringliches Gewirr stieß. Sie gähnte. »Gebt mir einen Augenblick!«
Als sie wenig später zum Vorschein kam, hatte sie die Haare hochgesteckt und eine schlichte dunkelrote Tunika übergeworfen. Ihre Beine steckten in langen Hosen; das Messer, das Aenovales ihr gegeben hatte, hing an ihrer Seite.
»Du siehst hübsch aus«, sagte Atharic.
Talia sah verblüfft an sich herunter. »Früher warst du anspruchsvoller!«, brummte sie. »Wahrscheinlich auch etwas, das mit dem Alter verschwindet.«
»Sie trägt Männerkleidung«, teilte Sumelis Atharic mit. »Das sieht man doch!«
»Aber sie sieht trotzdem wie eine Frau aus!«
Sumelis' verächtliches Schnauben ließ erkennen, dass sie Mütter grundsätzlich für geschlechtslos hielt. Talia stützte die Hände in die Hüften und zog eine Augenbraue in die Höhe. Atharic gab auf.
»Brechen wir auf!«, seufzte er. »Sonst sind die Kimbern am Ende fort und ihr habt sie nicht einmal zu Gesicht bekommen!«
Zwanzig Krieger von Carans Leibgarde schlossen sich ihnen an, als sie das Lager verließen. Sie ritten zügig nach Norden, folgten kleinen, von Unkraut überwucherten Wegen und überquerten sumpfige Wiesen. Es dauerte nicht lange, dann tauchte

das breite Band des Danuius vor ihnen auf. Sie ritten durch die offene Landschaft der Flussterrassen nach Westen, den Danuius immer zu ihrer Rechten. Es war ein kühler Tag, obwohl die Sonne schien, und die Wäldchen, an denen sie vorbeiritten, trugen ein buntes Herbstkleid. Die Seher hatten vorausgesagt, es würde einen späten, aber kalten Winter geben mit viel Regen zwischen dem Beginn des neuen Jahres und der Sonnenwende. Atharic hoffte, dass sie sich irrten.

Sie umrundeten eine Biegung, die der Fluss in die Landschaft geschnitten hatte, und drängten die Pferde durch ein versandetes Bachbett. Kurz darauf tauchte in der Ferne ein Lager auf.

»Unsere Nachhut«, erklärte einer von Carans Männern, als Talia nach den Feldzeichen fragte, die aus der Mitte des Lagers in die Höhe ragten. »Sie folgen dicht hinter den Kimbern und achten darauf, dass keine Plünderer zurückbleiben oder stromabwärts den Fluss überqueren. Die letzten Wagen der Kimbern sind heute früh an ihnen vorbeigezogen. Wir sind jetzt im Rücken des Zuges.«

»Die Straße führt nicht immer direkt am Danuius entlang«, fügte Atharic hinzu, »aber es gibt immer wieder Abschnitte, die nahe am Fluss liegen. Ich dachte, wir könnten die Furt hier überqueren, dem Nordufer folgen und später einen Blick vom anderen Ufer und aus sicherer Entfernung auf die Kimbern werfen. Caran ist einverstanden. Er wird uns mit seinen Kriegern ein Stück weiter westlich erwarten, wenn wir den Fluss wieder überquert haben.«

Talia musste lachen, als ihre Tochter in lautes Jubeln ausbrach. Sumelis hatte befürchtet, sie würde keinen einzigen Kimbern je sehen, nachdem Caran darauf bestanden hatte, dass sie und Talia immer hinter der südlichsten Verteidigungslinie und am hinteren Ende der endlos erscheinenden Wagenkette blieben.

Das keltische Heer begleitete die Kimbern nun schon seit zwei Nächten auf der ganzen Länge ihres Zugs. Wann immer sich einzelne Gruppen vom Zug lösten und Anstalten machten, Siedlungen oder Höfe im Hinterland der Straße zu überfallen, waren die vindelikischen Krieger zur Stelle und schlugen sie zurück. Es hatte zwar ein paar vereinzelte Scharmützel gegeben, doch etwas Ernsteres war bisher nicht passiert.
»Das wird ein anstrengender Ritt«, warnte Atharic. »Es ist eine weite Strecke, wir müssen schnell sein und wir werden vielleicht den Fluss bei Nacht überqueren müssen.«
Talia wusste, die Entscheidung lag bei ihr. Aber alles war besser, als einen weiteren langweiligen Tag damit zu verbringen, im Staub des Heers dahinzuziehen und darauf zu warten, dass irgendetwas passierte.
»Worauf warten wir dann!«
Wenig später erreichten sie die Furt. Ein Halbkreis aus Wagen blockierte den Übergang am Südufer, dahinter hatten sich die vindelikischen Verteidiger verschanzt. Sie hatten lange Lanzen zwischen den Speichen der Räder durchgeschoben, und die eisernen Spitzen ragten wie die Stacheln eines Igels aus der Wagenburg hervor. Schilde waren nebeneinander an den Längsseiten der Wagen aufgereiht und deckten die Bogenschützen. Am gegenüberliegenden Ufer machte Talia von einer Palisade umgebene Gebäude neben einem kleinen hölzernen Wachturm aus: eine Zollstation, von der aus die Straßen nach Norden und Nordosten abzweigten. Auch diese war immer noch schwer bewacht, selbst wenn sich nun, nachdem die Kimbern vorbeigezogen waren, die Tore wieder geöffnet hatten.
»Wartet!«, hielt der Kriegsführer, der die Kämpfer am Südufer des Flussübergangs befehligte, sie auf. »Ihr könnt nicht einfach in die Furt reiten, wir haben sie mit Spießen gespickt. Es ist jetzt nur noch ein schmaler Streifen begehbar; wenn man nicht

weiß, wo er ist, droht einem, gepfählt zu werden. Wir haben das für den Fall gemacht, dass die Kimbern es schaffen, unsere Wagenburg zu durchbrechen.«

»Haben sie es denn versucht?«, fragte Talia neugierig.

»Ein paar Jugendliche, gestern Nacht. Es war kein ernst zu nehmender Angriff. Jetzt scheint die Gefahr gebannt; es sieht nicht so aus, als würden sich die Kimbern für das interessieren, was hinter ihnen liegt. – Eine Schande, möchte ich behaupten, denn offensichtlich ist das Beste gerade erst angekommen!« Der Mann lächelte Talia an.

Atharic, der den Wortwechsel belauscht hatte, lehnte sich zu Talia hinüber. »Wie kommt es eigentlich, dass es keinen Mann an deiner Seite gibt?«, fragte er, als alle anderen außer Hörweite waren. »Die Männer in Alte-Stadt müssten doch selbst dann hinter dir herrennen, wenn du alt, fett und hässlich wärst. Immerhin bist du Carans Tochter!«

Talia biss sich auf die Lippen, um ihn nicht anzufauchen, dass ihn das nichts anginge. Es war eine harmlose und berechtigte Frage, und es sollte keinen Unterschied machen, ob sie von Atharic oder einem anderen kam.

»Wir sind erst kurz bevor du gekommen bist, nach Alte-Stadt zurückgekehrt«, erwiderte sie nach einer kurzen Pause. »Die meisten Leute haben noch gar nicht verinnerlicht, dass Caran jetzt plötzlich eine weitere Tochter hat. Außerdem möchte ich wetten, dass meine Gabe die meisten Männer abschrecken würde.«

»Wieso? Meinst du, die Leute haben Angst vor dir? Wie war das denn bei den Helvetiern?«

»Die Menschen waren dort, wo Sumelis und ich wohnten, sehr offen. Die Geschwister, bei denen wir lebten, besaßen dieselbe Gabe wie ich, wenn sie auch nicht so stark ausgeprägt war. Sie wurden von den Bewohnern der umliegenden Täler respektiert und nicht gefürchtet, und dasselbe galt für mich. Ihre Freundschaft und ihr Unterricht haben mir sehr geholfen.«

»Sie sind tot?«

»Eine Lawine hat sie getötet.«

»Das heißt, ihr werdet jetzt hierbleiben?«

»Ich denke schon.« Talia strich sich eine Haarsträhne aus der Stirn. »Wo sonst sollten wir hingehen?«

Kaltes Wasser spritzte auf, als sie ihre Pferde in den Fluss trieben. Talia beobachtete, wie Atharic Sumelis vorsichtshalber zu sich aufs Pferd nahm, und spürte einen Anflug von Dankbarkeit. Sumelis' Pony war zu klein, um sie sicher und trocken auf die andere Seite zu bringen, und die verborgenen Pfähle unter der grünbraunen Wasseroberfläche machten die Durchquerung des Flusses trotz des niedrigen Wasserstands gefährlich.

Atharic rückte Sumelis vor sich zurecht und schlang die Zügel des Ponys um sein Handgelenk, um es hinter sich herzuziehen.

»Es ist erstaunlich, wie sehr sie Caran ähnelt«, bemerkte Atharic, nachdem Sumelis auf der anderen Seite wieder auf ihr Pferd geklettert war. »Sie hat deine Haare, aber in ihren Gesichtszügen kann ich nur Caran entdecken.«

Talia hörte die unausgesprochene Frage in seinen Worten. Sie umklammerte die Zügel fester.

»Noch am selben Tag, an dem Caran seine Gefolgschaft über mich unterrichtete, kamen Gerüchte auf, die behaupteten, er wäre Sumelis' Vater und die ganze Geschichte, dass ich seine Tochter sei, wäre nur ein Trick, um das zu vertuschen«, sagte sie vorsichtig. »Allerdings war niemandem klar, weshalb Caran so ein Theater wegen einer Bastardtochter machen sollte, und deshalb haben sie meine Geschichte am Ende doch noch geglaubt.«

»Was hast du gesagt, wer der wahre Vater ist?«
»Ich habe gesagt, dass Sumelis' Vater uns verlassen hat und nicht zurückkommen würde.« Talia sah Atharic nicht an, während sie sprach. Ihr Gesicht zeigte keinerlei Ausdruck, regungslos starrte sie auf den Weg vor ihnen. Atharic ließ den angehaltenen Atem langsam entweichen. Beide wussten, er würde nicht noch einmal fragen.
Sie folgten der alten Straße nördlich des Flusses nach Westen. Sie ritten rasch und gönnten den Pferden und sich selbst nur wenige Pausen. Dennoch genoss Talia den Ritt und den Eindruck von Sorglosigkeit, den er erweckte. Sie hatte den Herbst und seine bunten Farben schon immer geliebt, und es war schön, den Pferden die Zügel einmal locker zu lassen, anstatt eingezwängt in den engen Reihen des Heeres dem Vordermann zu folgen. Daher war sie beinahe enttäuscht, als sie am späten Nachmittag die Kimbern sichteten.
»Beeindruckend, nicht wahr?«, fragte Atharic, während Talia und Sumelis mit offenen Mündern hinüber auf die andere Seite des Danuius' blickten. Dort, hinter dem gemächlich fließenden blauen Band, kroch der Zug der Kimbern wie eine gewaltige Schlange durch die Landschaft. Der Wind wehte von Norden und trug alle Geräusche von ihnen fort; so hörten sie weder das Muhen des Viehs, noch das Rufen der Menschen oder das Knarren der Wagen. Aber der Anblick allein war überwältigend genug.
Die Südstraße ließ genügend Platz, dass zwei Wagen nebeneinander fahren konnten. Großvieh und magere Ziegen waren an die Wagengestelle gebunden und trotteten ergeben hinter den Rädern her. Reiter flankierten jedes Wagenpaar zu beiden Seiten. Sie hielten ihre Schilde auf der vom Zug abgewandten Seite und beobachteten misstrauisch Atharics kleine Gruppe auf der anderen Flussseite. Neben den Pferden liefen leichter

bewaffnete Kämpfer zu Fuß. Eine zweite Reihe aus Kriegern begleitete die Wagen ein Stück oberhalb der Straße. Hinter diesen, auf den Anhöhen jenseits der Flussterrassen, kamen von Zeit zu Zeit weitere Reiter in Sicht – eine dünne Perlenschnur aus vindelikischen Kriegern, die dem Zug der Kimbern auf ganzer Länge folgten.

»Was ihr hier seht, ist das Ende des Zugs«, erklärte Atharic. »Die Spitze dürfte mittlerweile kurz vor Alte-Stadt stehen, also zwei Tagesmärsche entfernt. Diese Wagen hier gehören den armen Familien, die reicheren sind weiter vorne, um dem Staub und dem verdreckten Wasser zu entgehen und immer die frischesten Weiden für ihr Vieh und ihre Pferde zu haben. Normalerweise ist dieser Teil des Zugs nicht so gut bewacht wie jetzt, und es wundert mich auch, dass keine Kinder zu sehen sind. Meistens laufen sie neben den Wagen her.« Atharic kratzte sich nachdenklich die kurzen Bartstoppeln. »Womöglich hat es einen Zusammenstoß mit euren Kriegern gegeben.«

»Wie lange werden sie heute noch weiterziehen?«

»Nicht lange. Sie schlagen ihr Lager immer vor Einbruch der Dunkelheit auf. Aber wir sollten uns ebenfalls aufmachen! Nicht weit von hier gibt es eine kleine Fähranlegestelle. Caran wollte uns dort mit einer Eskorte erwarten. Wir müssen auf die andere Seite des Zugs, um zum Heer zurückzukommen, was nicht schwierig sein dürfte, da das Gebiet hier sumpfig ist und den Kimbern keinen guten Lagerplatz bietet. Wenn wir uns beeilen, schaffen wir es vielleicht noch, bevor es ganz dunkel ist.«

Doch Caran war nicht da, als sie schließlich müde und erschöpft am Südufer ankamen. Stattdessen warteten fünfhundert Krieger unter Aenovales' Führung auf sie. Talia musste nur einen Blick in das zerfurchte Gesicht des Schmieds werfen, um zu wissen, dass etwas passiert war.

»Es hat einen Angriff gegeben«, berichtete Aenovales. »Etwa zweitausend Kimbern haben unser Heer direkt angegriffen. Ihr Vorstoß hat den VersorgungsWagen gegolten.«

»Ihnen gehen die Vorräte aus.« Atharic nickte und trommelte mit den Fingern auf seinem Oberschenkel. »Sie haben kein Mehl und Getreide mehr. Sie haben nur noch ihr Vieh, und das werden sie nur im Notfall schlachten.«

»Es war nicht weiter schwierig, sie zurückzuschlagen. Wir haben sogar Gefangene gemacht, aber Caran ist trotzdem sehr besorgt. Wenn die Kimbern hungern, sind sie umso gefährlicher. Caran, Ientus und die anderen Herren warten jetzt darauf, dass die Kimbern einen Unterhändler schicken. Bis jetzt haben sie das jedoch noch nicht getan.«

»Es ist schon fast dunkel«, bemerkte Talia. »Heute werden sie bestimmt niemanden mehr schicken. Wie viele Gefangene habt ihr gemacht?«

»Ungefähr achtzig. Die meisten von ihnen sind verletzt, einige davon schwer. Viele werden den morgigen Tag nicht überleben.«

Talia kaute nachdenklich auf der Unterlippe. Sie musterte ihre Tochter, die im Licht der Fackeln bleich und geisterhaft wirkte, und fasste einen Beschluss.

»Sag Caran, dass Sumelis und ich den Gefangenen morgen einen Besuch abstatten werden!«

»Was versprichst du dir davon?«

Talia achtete nicht auf Carans Frage. Sie schob der Stute die Trense ins Maul und zog die Riemen straff. Die Stute reckte den Kopf. Neugierig tastete sie Talias Kleidung nach Leckereien ab. Talia fischte einen Apfel aus der Tasche und sah zu, wie er in dem weichen Maul verschwand.

»Lass wenigstens Sumelis hier!« Caran klang ehrlich verwirrt, und Talia stellte fest, dass ihr Vater es nicht gewohnt war, ignoriert zu werden.

»Du brauchst dein Pony nicht«, ließ sie Sumelis wissen. »Wir reiten zusammen.«

»Hast du überhaupt gehört, was ich gesagt habe?«

Talia verschränkte die Hände und half Sumelis beim Aufsteigen. Dann erst drehte sie sich zu Caran um. »Ja«, antwortete sie, »ich habe es gehört. Aber hast du nicht einmal gesagt, ein bisschen Ehrfurcht und Aberglaube könnten ganz hilfreich sein? Willst du deine Männer nicht daran erinnern, dass deine Tochter eine mächtige Zauberin ist?«

»Du bist keine Zauberin!«, warf Sumelis ein. »Zauberinnen können zaubern. Aber du kannst nicht zaubern. Also bist du auch keine Zauberin.« Zufrieden angesichts ihrer Logik strahlte sie Talia an.

»Danke, du bist eine große Hilfe!«

Caran zog Talia ein Stück beiseite, bis sie außer Hörweite des Mädchens waren. »Darum geht es mir nicht!«, sagte er. »Ich verstehe nur nicht, was du bei den Gefangenen willst? Wieso willst du unbedingt die sterbenden Kimbern besuchen? Hilf unseren Kriegern, unseren Verletzten!«

»Es geht mir ja gar nicht darum, sie zu heilen! Tatsächlich kann ich nicht viel mehr tun als das, wozu ein guter Heiler ebenfalls in der Lage ist. Ich kann einer Seele dabei helfen, ihren Körper zu heilen, aber ich kann keine Wunder vollbringen!«

»Bei mir hast du es gekonnt.«

»Das war etwas anderes. Wie du selber gesagt hast: Es gab ein Band zwischen uns, ein … etwas, was mich zu dir hingezogen hat! Ich habe damals meine eigene Seele riskiert, um deine in deinem Körper zu halten. Ich wusste weder, was ich tat, noch, was geschehen würde – oder könnte.« Talia sah, wie sich Caran bemühte zu verstehen, was sie ihm erklärte, doch dorthin, wohin Talias Gabe sie geführt hatte, konnte er nicht folgen. Umständlich verlagerte Caran das Gewicht auf sein gesundes Bein, eine Bewegung, die verriet, wie unbehaglich er sich bei diesem Thema fühlte. »Weshalb die Kimbern?«, beharrte er. »Weshalb willst du ihre Sterbenden besuchen?«

Talia senkte den Kopf. »Um Sumelis etwas zu zeigen.«

Diesmal verstand Caran sofort, worauf sie hinauswollte. »Um ihr zu zeigen, was Sterben bedeutet?«

»Ja.«

»Sie ist erst sieben Jahre alt!«

Talia verschränkte die Arme vor der Brust. »Sumelis muss lernen, was Sterben bedeutet«, wiederholte sie. »Sie muss lernen, eine Grenze zu ziehen und ihre Seele nicht an eine andere zu hängen, die nicht aufgehalten werden kann. Wenn dein Körper damals schwächer gewesen wäre, Caran, hätte dein Tod meine Seele mitgerissen. Ich wäre gestorben – oder Schlimmeres. Ich werde nicht zulassen, dass Sumelis das passiert!«

»Aber du warst eine erwachsene Frau! Sumelis dagegen ist ein Kind! Sie ist noch so jung!«

Talia kniff die Augen zusammen. Ein paar Schritte entfernt versuchte ihre Tochter der Stute das Rückwärtsgehen beizubringen. Ein konzentrierter Ausdruck lag auf den kindlichen Zügen, aber das Einzige, was sie erreichte, war, dass die Stute unruhig mit dem Schweif peitschte und zur Seite tänzelte.

»Erinnerst du dich, dass ich von Magus erzählt habe? Sumelis' Hund, der letzten Winter gestorben ist?«

Caran nickte.

»Magus war alt; ein magerer brauner Köter mit einem zerfetzten Ohr und viel zu großen Pfoten. Er ist uns zugelaufen, als Sumelis vier Jahre alt war. Seitdem waren sie unzertrennlich. Er hat Sumelis nie aus den Augen gelassen; sie haben sogar zusammen auf einem Lager geschlafen. Bis zu Magus' Tod waren sie keinen einzigen Tag getrennt. Sumelis hat ihn sehr geliebt. Kurz nach Jahresanfang begann Magus zu hinken. Er war schon die letzten Monate langsamer gelaufen, doch jetzt schleppte er sich nur noch von Sumelis' Lager zum Herd und an guten Tagen nach draußen, wo er sich neben der Tür niederließ. Manchmal versuchte er, Sumelis zu folgen, wenn sie aus dem Haus lief, aber seine Beine knickten nach wenigen Schritten ein. Sumelis verkraftete seine Schwäche nicht: Sie wurde immer bleicher, hatte dunkle Ringe unter den Augen und aß kaum. Ich dachte, es würde vorübergehen, dass sie, wenn Magus bald sterben würde, noch etwas trauern und sich dann bald erholen würde. Aber Magus starb nicht. Sumelis bekam eine Erkältung, dann Fieber. Sie mochte nicht einmal mehr trinken, und ihre Rippen stachen durch die Haut. Ich wusste, dass ihre Seele ihren Körper krank machte, doch ich konnte nichts tun. Sumelis wehrte mich ab. – Sie kann das, das Einzige, was ich dann noch sehe, ist eine schwarze Wand, da, wo eigentlich schimmerndes Blaugrün sein soll. Kurz darauf hörte sie auf, mit mir zu sprechen.«

Während sie sprach, spürte Talia wieder die Machtlosigkeit, die sie empfunden hatte, als ihre Tochter fiebernd vor ihr gelegen und die Decken von sich gestrampelt hatte. Die einzige Seele auf der ganzen Welt, die Talia nicht sehen konnte, der sie nicht helfen konnte, war die Seele ihrer Tochter – weil Sumelis stärker war als sie.

»Irgendwann begann Magus, Sumelis anzuknurren. Er war so schwach, dass er kaum stehen konnte, aber er zeigte ihr die Zähne, sobald sie versuchte, nach ihm zu greifen. Er zog sich vor ihr zurück, er drohte ihr, wenn sie ihm zu nahe kam, doch gleichzeitig presste er den Bauch auf den Boden und klemmte den Schwanz zwischen die Beine. Seine Augen flehten Sumelis an. Er flehte sie an, ihn loszulassen.«

Talia holte tief Luft. »Sumelis hat sich geweigert, Magus sterben zu lassen. Sie hat ihre Seele in seine gekrallt, wie ich es damals bei dir getan habe. Aber Magus' Körper war alt und schwach; er hatte keine Kraft mehr, um zu kämpfen und weiterzuleben. Er zog Sumelis mit sich, und so, wie seine Seele jeden Tag ein bisschen mehr verblasste, starb auch Sumelis' Körper.«

Caran hatte ebenfalls die Arme vor der Brust verschränkt. Er sah seine Enkelin, die noch immer versuchte, der Stute Kunststückchen beizubringen, an, als sähe er sie zum ersten Mal. »Wie hast du sie überzeugt, loszulassen?«

Talia erinnerte sich an jenen Abend, als wenn es gestern gewesen wäre.

Sie dachte daran, wie Trotz Sumelis' Gesichtszüge verzerrte, während Talia ihr zu erklären versuchte, weshalb sie Magus sterben lassen musste. Sie hörte ihr Schreien – heiser und ängstlich, ihr Schluchzen und fühlte die kleinen Fäuste gegen ihre Brust trommeln. Eine Flut von Tränen war Sumelis über die Wangen gelaufen, während Magus neben ihnen gelegen hatte, die braunen Augen voller Hoffnung auf Talia gerichtet. Er hatte es zugelassen, dass Sumelis ein letztes Mal die Arme um seinen Hals schlang und ihr Gesicht in seinem Fell vergrub. Sein Schwanz hatte sich vorsichtig von einer Seite auf die andere bewegt.

Am nächsten Morgen war er tot gewesen.

Caran schwieg eine Zeit lang, nachdem Talia geendet hatte. Talia wusste, sie hatte ihn erschüttert, doch es tat ihr nicht leid, die Geschichte erzählt zu haben. Sie war dankbar, dass es jemanden gab, mit dem sie die Last teilen konnte.

Schließlich sah Caran auf. »Also willst du Sumelis jetzt an den Tod gewöhnen. Das ist der Grund, weshalb du sie zu den gefangenen Kimbern mitnehmen willst, nicht wahr?«

»Ich will sie nicht an den Tod gewöhnen! Tod ist, was nachher kommt, wenn die Seele den Körper verlassen hat. Ich will Sumelis an das Sterben gewöhnen!«

Die Worte schienen einen Moment lang in der Luft zu hängen, sinnlos und falsch. Talia spürte, wie Scham ihren Nacken hinauf und zu ihren Wangen kroch. Caran dachte dasselbe.

»Ich weiß nicht, ob das der richtige Weg ist, Talia. Es wird immer anders sein, wenn jemand stirbt, der ihr wirklich etwas bedeutet.«

»Das weiß ich auch! Aber was soll ich denn sonst tun?«

»Wo bleibst du, Mama?«, rief Sumelis ungeduldig. Sie ignorierte die Stute, die die Ohren angelegt und den Kopf gedreht hatte, um ihre Reiterin drohend anzublicken. Das Pferd hatte eindeutig genug von dem Gezerre an den Zügeln. »Reiten wir endlich?«

Talia zögerte, doch diesmal hatte sie Glück: Die Krieger, die in ihrer Nähe standen, wichen zur Seite, um Ientus Platz zu machen, der zwischen den verstreuten Zelten von Carans Leibwache auftauchte und auf sie zusteuerte. Sein Erscheinen nahm Talia die Entscheidung ab. Zum ersten Mal war sie beinahe froh, den Hohedruiden zu sehen.

»Wohin wollt ihr?« Ientus' Stimme klang jovial, als er langsam näher kam. Er ging vorsichtig und hängte sich schwer in die Zügel seines Pferds. Er hatte sein Gewand im Gürtel gerafft, damit die aufgewühlte Erde nicht den Saum beschmutzte, aber es schien nicht der unebene und vom Regen der letzten Nacht aufgeweichte Boden zu sein, der ihm Schwierigkeiten bereitete. Caran und Talia tauschten einen Blick. »Wir wollten zu den Verwundeten. Talia möchte den Heilern helfen, und Sumelis hat noch nie Nordmänner aus der Nähe gesehen.«

»Das stimmt nicht!«, protestierte Sumelis. »Ich habe Atharic gesehen, Hari und ihren Stamm. Ich …«

»Sie ist neugierig, wie die Kimbern aussehen«, unterbrach Caran seine Enkelin eilig. »Sie denkt, es wären Riesen mit langen Zöpfen und Augen aus Eis.«

»Aber …«

Talia warf Sumelis einen warnenden Blick zu. Ihre Tochter verstummte. Ientus schien nichts zu bemerken. Sein Gesicht war verzerrt, und kleine Schweißtropfen perlten auf der hohen Stirn. Talia fragte sich, was mit ihm los war. Sie hatte Ientus noch niemals krank erlebt. Selbst seine Stimme war angestrengt, als er sagte: »Nun, in dem Fall könnt ihr euch den Weg sparen. Es sei denn, ihr wollt Leichen betrachten.«

Carans Kopf schoss in die Höhe. »Ihr habt sie getötet? Alle? Auch die Verwundeten?«

»Segurion gab den Befehl. Er hat alle bis auf einen köpfen lassen. Den letzten hat er mit den Köpfen der übrigen zum Zug zurückgeschickt. Er denkt wohl, es würde sie abschrecken.«

»Ist er von Sinnen? Warum reizen wir die Kimbern nicht noch ein bisschen mehr? Das wird die Sache sicherlich erleichtern!«

Carans Zorn prallte an Ientus ab. »Deshalb bin ich hier. Ich wollte Euch holen. Ein Bote der Kimbern ist eingetroffen. Er sagte, ihr Anführer, Boiorix, hätte ein Angebot für uns.« Seine halb zusammengekniffenen Augen glitten kurz über Talia und konzentrierten sich wieder auf Caran. »Ein sehr interessantes Angebot.«

»Was für ein Angebot?«

»Das werdet Ihr von dem Boten selbst erfahren.«

Abermals wechselten Talia und ihr Vater einen Blick, doch diesmal lag Erstaunen darin. »Ihr kommt selbst, nur um mir das zu sagen und um mich zu holen, Hohedruide? Warum habt Ihr nicht einfach jemanden geschickt? Vor allem, wenn es Euch offensichtlich nicht allzu gut geht?«

Ientus blinzelte angesichts von Carans Unverblümtheit, aber er antwortete, ohne zu zögern: »Weil Segurion denkt, ich hätte ihn zum Kriegsherrn über das Heer bestimmt. Das habe ich jedoch nicht getan! Es schadet nichts, wenn Segurion von Zeit zu Zeit daran erinnert wird, dass wir im Moment gemeinsam bestimmen – er, Ihr und ich. Dann wird er das nächste Mal nicht so schnell Gefangene köpfen lassen!«

»Schlagt Ihr mir etwa ein Bündnis vor, Ientus?«

Der Druide schnaubte verächtlich. »Natürlich nicht! Wir Geweihten stellen uns nicht auf die Seite einzelner Herren. Wir stehen einzig auf der Seite dessen, was wahr und richtig ist.«

»Was Ihr nicht sagt!«

»Ihr habt eine sorglose Zunge, Caran. Ihr solltet vorsichtiger sein!« Die Worte sollten harsch klingen, doch der Anblick von Ientus, der sich auf sein Pferd stützte und es mühsam wendete, nahm ihnen alle Schärfe. Es schien ihm selbst bewusst zu sein, denn mit einer Grimasse fuhr er fort: »Jedenfalls wartet der Bote. Er würde gerne noch heute mit unserer Antwort zu den Kimbern zurückreiten, also lasst Euch nicht zu viel Zeit!«

»Es ist entspannend, einmal nicht im Zentrum von Ientus' Zorn zu stehen«, bemerkte Talia, als der Hohedruide gegangen war. »Ungewohnt, aber entspannend.«

Caran legte den Kopf schräg. »Gewöhn dich lieber nicht daran! Ientus wartet nur darauf, dass du das Falsche tust.«

»Darauf wartet er doch bei allen. Erschreckend ist nur seine Ausdauer. Er kann einfach nicht zugeben, dass er verloren hat.«

Caran schüttelte langsam den Kopf. Er schien etwas sagen zu wollen, überlegte es sich jedoch anders. »Im Augenblick bereitet mir Segurion mehr Kopfzerbrechen als Ientus«, sagte er stattdessen. »Segurions Machtgier kennt keine Grenzen, und er wird von Tag zu Tag eigenmächtiger. Ich weiß nicht, was er plant.«

Talia bedeutete Sumelis, von der Stute zu steigen. Die Woge an

Erleichterung, die sie dabei überschwemmte, überraschte selbst sie. Beinahe fröhlich hakte sie sich bei ihrem Vater ein. Es gefiel ihr, wenn er sich mit ihr unterhielt, als wäre sie Catuen oder ein langjähriger Freund und Berater.

»Wenn wir hier nur herumstehen, werden wir das niemals erfahren. Lass uns hören, was dieser Bote will!«

Atharic wartete bereits, als Talia und Caran die Herberge erreichten. Er hatte seine Waffen abgelegt und musterte die lange Reihe von Waffen an der Wand. Die Schwerter waren mehr als drei Fuß lang mit stumpfen Enden, die von eng anliegenden Ortbändern begrenzt wurden. Lanzen mit kräftigen Mittelrippen und massiven Spitzen lehnten neben ihnen, aber es gab auch breite, verzierte Exemplare, die als Feldzeichen dienten. Talia versuchte, die einzelnen Abzeichen ihren Gefolgschaften und Herren zuzuordnen, doch es gelang ihr bei den wenigsten.

Es standen keine Wachen vor der Tür des Hauptgebäudes, von dessen mehrfach ausgebessertem Dach Rauch aufstieg, doch ein Stück weiter die Straße hinauf blockierte eine Gruppe Fußsoldaten den Weg. Hinter dem Gehöft standen weitere Kämpfer bereit und sicherten den Hof nach Süden hin ab. Das leuchtende Weiß ihrer Schilde ließ die heruntergekommenen Gebäude noch schmutziger wirken.

Caran und Atharic mussten sich bücken, um nicht mit den Köpfen an dem niedrigen Türstock anzustoßen. Im Inneren erwartete sie stickige Luft und der Geruch von schalem Bier. Ein Mann stand hinter einem fleckigen Holzbrett, das als Tresen diente. Er hatte einen Ziegenbart und ungekämmte Haare, in denen Stroh hing. Er strahlte über das ganze, wettergegerbte Gesicht, während er den mächtigen Herren und berühmten Kriegsführern, die sich auf den Bänken im Schankraum drängten, Bier und Met einschenkte. Sie achteten weder darauf, dass er ihnen zu wenig Wechselgeld gab, noch kümmerten sie die Essensreste und das feuchte Stroh, das an der Unterseite ihrer Schuhe kleben blieb. Ihre misstrauischen Blicke waren ganz auf den Kimbern konzentriert, der vor der Feuerstelle auf einem Schemel saß und an einem Entenschlegel kaute.

Ein schmales Stück Bank neben der Tür war der einzige freie Platz. Caran ließ sich nieder, und Talia setzte sich neben ihn. Atharic nahm an der anderen Seite Platz. Es war so eng, dass er sie berührte. Aus den Augenwinkeln nahm Talia wahr, dass Atharic den Kopf wandte, um sie anzusehen, doch sie blickte starr geradeaus. Unruhig knetete sie mit den Händen ihren verspannten Nacken.

Ob er den Boten kennt?, überlegte Talia, während alle darauf zu warten schienen, dass der Kimber endlich zu Ende gegessen hatte. Der Bote hatte nicht einmal mit der Wimper gezuckt, als sie hereingekommen waren. Entweder hatte er Atharic nicht erkannt oder er fand ihn einer Begrüßung nicht wert.

Es gibt kein Zurück mehr für ihn, wurde Talia auf einmal klar. *Spätestens jetzt kann er sich dem Zug nicht wieder anschließen, selbst wenn er es sich anders überlegen würde. Für sie ist er ein Verräter.*

Der Kimber begann zu sprechen. Er sprach langsam, mit vielen Wörtern, die Talia nicht kannte, dennoch benötigte sie keinen Übersetzer: Was der Mann wollte, war nicht schwer zu verstehen.

»Boiorix, oberster Kriegsführer und Herrscher über die Kimbern, sendet Euch seine Grüße. Er bat mich, seine Bewunderung für die Runicaten und ihre Fürsten zum Ausdruck zu bringen. Namen wie Caran, Bomarus und Segurion sind weit entlang des Danuius' bekannt. Selbst die fernen Skordisker sprechen mit Respekt und Anerkennung von der Tapferkeit und Ehre dieser Männer.« Der Bote machte eine kurze Pause, indem er mit den Zähnen das letzte Stück Fleisch vom Entenschlegel riss. Er kaute geräuschvoll, dann ließ er den Knochen zu Boden fallen.

»Boiorix, den viele bereits unseren König nennen, der die Römer bei Noreia besiegt hat, dessen Name allein die Noriker, Taurisker und Skordisker vor Angst und Ehrerbietung zittern lässt, entschuldigt sich, dass er nicht selbst diese Worte überbringen und Euch seiner Freundschaft versichern kann.«

Atharics Schnauben war so leise, dass nur Talia es hören konnte. Er verschränkte die Arme vor der Brust, und seine unter dem kurzen Hemd nackten Oberarme stießen gegen ihre Schultern. Es ärgerte Talia, dass es ihr plötzlich schwerer fiel, sich auf den Boten zu konzentrieren.

»Zwischen Rom und dem Nordmeer gibt es keinen Mann, der Boiorix an Stärke und Macht gleichkommt. Doch mein König und unser Volk kommen in Frieden zu den keltischen Stämmen, und in Frieden werden wir Euer Land auch wieder verlassen. Wir befinden uns nicht im Streit mit dem vindelikischen Volk. Das Einzige, was wir wollen, ist, dem Danuius folgen, bis wir die Helvetier erreichen.«

»Nennt Ihr das etwa Frieden, wenn Eure Krieger uns angreifen?«, brauste Segurion auf. »Wir haben ein paar tausend Eurer Kimbern geschlagen! Sie sind davongerannt wie feige Hasen und haben ihre Freunde und Brüder im Stich gelassen!«

Der Kimber starrte ihn ausdruckslos an. »Ich bin der Botschaft, die Ihr zu unseren Frauen und Kindern geschickt habt, auf dem Weg hierher begegnet. Meine Aufgabe wäre es gewesen, um die Freilassung dieser Gefangenen zu verhandeln. Das ist nun nicht mehr nötig.« Sein Blick strich kurz über Caran. Talia setzte sich aufrecht hin. Glaubte der Mann etwa, dass Caran den Befehl für die Hinrichtung gegeben hatte? Fast meinte sie, um Segurions Mundwinkel ein Lächeln spielen zu sehen, aber sie war sich dessen nicht sicher.

»Es ist Blut geflossen zwischen unseren Völkern, und das stimmt meinen König traurig. Wiedergutmachung muss geleistet werden, sonst werden die Geister der Erschlagenen auf ewig um unsere Feuer heulen und unsere Krieger in ihren Träumen verfolgen.«

»Was genau hat Euch zu uns geführt?«, fragte Caran ruhig und ignorierte damit die letzte Äußerung des Boten. »Boiorix hat heute Morgen noch nicht gewusst, dass die Gefangenen sterben würden. Er muss Euch also aus einem anderen Grund hergeschickt haben. Welcher ist das?«

Der Kimber betrachtete seine Fingernägel und ließ sich Zeit mit einer Antwort. »Boiorix ist ein mächtiger Mann, aber selbst er kann nicht hunderttausend Menschen befehlen, Hunger zu ertragen«, antwortete er schließlich. »Wir brauchen Nahrung für unsere Familien. Unsere Frauen hungern, und unsere Kinder weinen, weil sie nicht satt werden. Wir brauchen Getreide, Mehl, Fleisch, vielleicht Früchte. Wir werden auf Eurem Land jagen und in Euren Flüssen und Seen fischen, aber wir kommen weder als Bettler noch als Plünderer. Die vollen Mägen unserer Kinder gegen die Blutschuld, die Ihr uns schuldet, sind ein fairer Tausch.«

»Ihr müsst wahnsinnig sein, wenn Ihr denkt, wir würden Euren Zug versorgen!« Segurion hatte sich erhoben und den Oberkörper drohend nach vorne gebeugt. »Seid Ihr blind? Habt Ihr nicht gesehen, was wir mit Angreifern tun? Glaubt Ihr, wir würden uns genauso in die Hosen machen wie die Noriker?«

»Der Winter steht vor der Tür«, fiel Ientus besänftigend ein. Es war das erste Mal, dass er etwas sagte, seit er kurz nach Talia und Caran eingetreten war und sich schwerfällig auf dem Stuhl niedergelassen hatte, den ein Novize eilig herbeigeschleppt hatte. Nun hatte er die Beine ausgestreckt, eine Decke war über sie gebreitet und reichte bis zu seinen Knöcheln. »Ihr könnt nicht wirklich glauben, dass wir unser eigenes Volk gefährden, indem wir hunderttausend Fremde mit der Nahrung versorgen, die uns über den Winter bringen soll. Segurion hat recht: Ihr seid wie Angreifer und ohne unsere Erlaubnis in unser Land eingefallen. Wir schulden euch nichts, und das Einzige, das wir euch gewähren können, ist der freie Durchzug durch unser Gebiet. Sagt uns doch, wie Euer König uns versichern will, dass seine Absichten tatsächlich so ehrenhaft sind, wie er uns glauben machen will? Was will er uns anbieten für die Erlaubnis, unser Land durchqueren zu dürfen?«

»Boiorix bietet seine Hand, wo sein Wort genügen sollte.«

»Seine Hand?«

»Boiorix will Freundschaft, Bruderschaft mit den Stämmen der keltischen Welt. Er bietet Euch an, ihm eine hochgeborene Tochter Eures Volkes zu schicken, eine Frau aus einer der drei mächtigsten Familien der Runicaten, und er wird sie zu seiner Frau machen und das Band zwischen den Stämmen der Vindeliker und den Nordmännern so eng knüpfen, dass nichts uns mehr entzweien kann. Keiner seiner Männer, kein Kimber, würde das Volk seiner Königin angreifen oder ihm Schaden zufügen.«

Segurion schnaubte. »Boiorix hat bereits zwei Frauen, habe ich gehört. Eine davon soll eine norische Fürstentochter sein. Hat das die Noriker davor bewahrt, beraubt zu werden?«

»Die Frau, von der Ihr sprecht, ist vor wenigen Monaten im Kindbett gestorben. Boiorix war untröstlich.«

»Die Noriker wahrscheinlich auch.«

»Was wollt Ihr damit sagen?«

»Würdet Ihr uns für einen Moment alleine lassen und draußen warten?«, mischte sich Ientus ein, bevor es zum Streit zwischen dem Boten und Segurion kommen konnte. Die Bitte war höflich, duldete jedoch keinen Widerspruch. »Carans Tochter wird Euch Gesellschaft leisten. Es wird nicht lange dauern.«

Talia zögerte. Ihr Blick suchte Carans und sah ihn kaum wahrnehmbar nicken. Sie glaubte, eine vage Besorgnis auf seinen Zügen zu lesen, aber sie hoffte, dass sie sich irrte. In ihrem Rücken knarrte die Tür, als der Kimber Ientus' Aufforderung Folge leistete. Talia stand auf und verließ ebenfalls den Raum. Sie blinzelte im grellen Licht des Vormittags und beschattete mit der Hand die Augen. Der Unterhändler stand zwanzig Schritte entfernt. Er hatte sich einen Eimer Wasser aus dem Brunnen gezogen und gab seinem Pferd zu trinken. Sein kahler Schädel glänzte in der Sonne; einzig von der Mitte des Kopfes hing ein schmaler Zopf rotblonder Haare hinab. Ein mit einem Federbusch geschmückter Helm lag neben seinen übrigen Waffen auf dem Boden. Während Talia ihn noch neugierig musterte, drehte sich der Kimber um.

»Boiorix wird dich töten!«, sagte er.

Talia stockte der Atem. Einen Moment lang dachte sie, er hätte zu ihr gesprochen, doch dann hörte sie Schritte hinter sich. Atharic stand vor dem Haus und verschränkte die Arme vor der Brust. Die Bewegung ließ die Muskeln an seinen Oberarmen hervortreten.

»Boiorix kümmert es nicht mehr, was ich tue.«

»Du brichst den Eid, den du gegeben hast!«

»Das haben schon viele getan – Boiorix eingeschlossen.«

»Nennst du Boiorix etwa einen Verräter?«

»Er hat mich verraten, meine Männer, unser Volk. Er hat unsere Götter verraten. Ich wüsste keinen anderen Namen für ihn.«

Der Bote sah aus, als würde er am liebsten auf Atharic losgehen. »Du bist ein Feigling, Atharic!«, knurrte er. »Kein Wunder, dass sich deine Frau einen anderen gesucht hat! Einen, der noch seinen Schwanz hat!«

Talia hoffte, dass Caran und die anderen Herren sich beeilen würden. Sie wollte Segurion und Ientus nicht erklären müssen, weshalb ihre nordische Geisel den nordischen Unterhändler getötet hatte. Doch Talia hätte sich keine Sorgen machen müssen: Atharic ließ sich nicht provozieren. Seine Finger zuckten unmerklich, aber er schwieg.

Stumm standen sie eine Zeit lang vor dem Gebäude und warteten darauf, dass die Herren einen Beschluss fassten. Talia fragte sich, was zwischen Atharic und seiner Frau wohl vorgefallen war. Hatte sie ihn verlassen, weil er eine andere hatte? Aber es klang fast, als habe sie einen anderen Mann gefunden …

Wenn du mutig wärst, würdest du ihn einfach fragen.

Der Bote wandte sich wieder seinem Pferd zu und begann, dessen Hufe zu untersuchen. Talia stellte sich neben Atharic, der nahe genug an der Tür stand, um zu hören, was im Inneren gesprochen wurde, und flüsterte: »Was hast du gehört?«

Atharic antwortete ebenso leise: »Dein Vater meinte, die Herren sollten sich überlegen, ob sie den Kimbern nicht doch Vorräte abgeben können. Er fürchtet, dass die Kimbern hungern und dann werden sie mit Sicherheit angreifen. Segurion will dagegen nicht den Wolf nähren, der ihm die Zähne zeigt. Er meint, das Heer hätte den gestrigen Angriff mit Leichtigkeit abgewehrt und so würde es mit allen anderen ebenfalls sein. Die Mehrzahl der Herren hat sich seiner Meinung angeschlossen. Sie denken, dass Segurion recht hat, wenn er den Kimbern gegenüber Härte zeigt.«

»Das heißt, es wird Krieg geben?«

»Nein, nicht unbedingt.« Atharic streckte sich. »Ich glaube, jetzt diskutieren sie gerade Boiorix' Angebot, sich eine runicatische Frau zu nehmen.«

Talia versuchte etwas von dem Gemurmel hinter der Tür zu verstehen, doch im selben Augenblick donnerte ein Reitertrupp an der Herberge vorbei. Kurz darauf öffnete sich die Tür und Divico erschien im Eingang. »Ihr könnt wieder hineingehen!«, sagte er barsch zu dem Kimber. Er nickte Talia zu. »Ihr auch!«

Talia folgte Atharic und dem Boten zurück in die Herberge. Als sie eintrat, hörte sie gerade noch, wie Caran wütend etwas zu Ientus sagte und der Druide entgegnete: »Habt Ihr einen besseren Vorschlag? Nicht einmal Ihr könnt sie nach kaum zwei Monaten vermissen, oder etwa doch?«

Talia spürte, wie ihr schwindlig wurde. Alle drehten sich zu ihr um. Segurion musterte sie von oben bis unten, dann wandte er sich an den Boten. »Ihr sagtet, Euer König würde nur eine Frau aus den drei mächtigsten Familien unseres Volkes akzeptieren. Eine solche Frau steht vor Euch.«

Der Bote machte sich gar nicht erst die Mühe, Talia anzublicken. Er schien nicht überrascht. »Carans Tochter?«

Ientus nickte. Trotz der Schmerzen, die er offenkundig litt, lag ein leichtes Lächeln auf seinen Zügen. »Talia ist nicht mehr jung, aber fruchtbar. Boiorix hätte bestimmt große Freude an ihr.«

»Ist sie Carans älteste Tochter?«

»Ja, die Tochter seiner ersten Frau.«

»Boiorix würde sie zuerst sehen wollen.«

»Umso besser, dass sie hier bei uns ist.«

Talia starrte Caran ungläubig an. Warum tat er nichts? Warum stand er einfach nur schweigend da und ließ zu, dass die anderen Herren sie verkauften? Wie konnte er sie, nach alldem, was gewesen war, so verraten? Sie hatte geglaubt, er würde nicht zulassen, dass er sie noch einmal verlor.

Sie hatte gehofft, dass er sie irgendwann lieben würde.

»Welche anderen Möglichkeiten gibt es? Ihr spracht von einer zweiten Möglichkeit, einem anderen Mädchen …«, hakte der Bote nach.

»Meine Töchter sind alle verheiratet«, warf Segurion sofort ein, »ebenso die Tochter meiner Frau. Ich habe nur Enkel, und die

Enkelinnen meiner Frau wurden bereits als Babys versprochen oder verheiratet. Bomarus' Töchter sind entweder tot, hässlich oder unfruchtbar. Seine Schwestern sind zu alt, und ob er Enkelinnen hat …?«

Divico schüttelte den Kopf. »Mein Vater, Bomarus, hat eine Enkelin, meine Tochter, aber das Mädchen ist von bösen Geistern besessen. Manchmal fällt sie einfach zu Boden und zuckt, und ihre Augen sind ganz verdreht, und sie …«

Der Kimber winkte ab. »Was ist nun mit dieser zweiten Möglichkeit? Ist sie jünger als Talia?«

Ientus rieb sich über das Kinn. »Nun, fragt Caran nach ihr! Er hat noch eine weitere unverheiratete Tochter. Sie ist acht Jahre alt. Womöglich möchte er anstatt Talia lieber das jüngere Kind schicken? So oder so, ich bin sicher, es wäre Caran eine Ehre, seine Familie mit einem König zu vermählen – zum Wohle unserer beiden Völker!«

11. Kapitel

Mit eisigem Gesichtsausdruck ritt Talia an der Seite ihres Vaters. Sie hatte die Lippen fest zusammengepresst, und die fein geschwungenen schwarzen Augenbrauen waren leicht gerunzelt. Sie hielt die Zügel mit einer Hand, die andere hatte sie um ihren Bauch geschlungen.

»Geht es dir nicht gut?«, fragte Caran vorsichtig.

»Würdest du dich an meiner Stelle wohlfühlen?«

Caran seufzte. »Talia, was soll ich tun? Ich …«

»Ientus hat recht, nicht wahr? Es waren ja tatsächlich nicht einmal zwei Monate! Gefunden wie ein Pfeil auf einem Weg, den man kurz einsteckt, um ihn fortzuschießen, sobald man ihn gebrauchen kann! Ein Werkzeug, mehr nicht, oder? Schließlich bin ich jetzt die Tochter eines Herrn, und damit muss ich meine Pflichten meiner Sippe und meinem Volk gegenüber erfüllen! Mein Leben gehört nicht mehr mir, sondern dir!« Sie gab sich nicht die Mühe, die Verbitterung, die sie empfand, zu unterdrücken.

»Es ist ja zunächst nur ein Höflichkeitsbesuch! Was hätte ich denn tun sollen?« Caran deutete auf die sanft von einer Seite zur anderen schaukelnde Sänfte, in der Ientus' Träger den

Hohedruiden über die von abgebrannten Baumstümpfen und verkohltem Gras übersäte offene Landschaft der Anhöhe trugen. »Ientus und Segurion haben mir keine andere Wahl gelassen!«

»Es ist kein Höflichkeitsbesuch, sondern eine verdammte Sklavenschau!«, schnappte Talia. »Du lässt mich vorführen wie eine Kuh, die zum Verkauf steht! Und wofür? Damit d…«

»Du wirst nicht vor den Augen meiner Männer mit mir streiten, Talia!«

Talia zuckte zusammen. Carans Stimme war nur unmerklich lauter geworden, aber die Drohung in ihr erinnerte sie plötzlich daran, wer ihr Vater wirklich war. Caran zügelte sein Pferd und signalisierte seinen Männern, anzuhalten. Auf der anderen Seite der Anhöhe, dort wo sie zum Flusstal hin abfiel, wartete im Schatten einer Reihe alter Buchen die Abordnung der Kimbern. Sie hatten ein Zeltdach zwischen den Bäumen gespannt, unter dem Talia ein paar Männer mit Helmen und bis zum Boden reichenden Mänteln ausmachen konnte. Die Pferde, die von einem Dutzend voll bewaffneter Krieger bewacht wurden, hatten sie ein Stück abseits angepflockt. Zweihundert Schritte entfernt wartete eine kimbrische Reitereinheit mit Lanzen und locker gespannten Bögen in den Händen. Die Reiter behielten die näher kommenden Vindeliker argwöhnisch im Auge, während sie mit den federbesetzten Enden ihrer Pfeile spielten.

»Du kommst nicht mit?«

Caran schüttelte den Kopf. »Du wirst mit Ientus und Aenovales zu ihm gehen. Elf Krieger werden euch zu eurem Schutz begleiten, so war es abgemacht. Wir anderen werden hier warten.«

»Dann wirst du gar nicht mit Boiorix reden?«

»Nein, nicht heute. Sollte er jedoch …« Caran beendete den Satz nicht. Talia spürte, wie sich ein flaues Gefühl in ihrem Magen ausbreitete.

Samis ist die Tochter, die er wirklich liebt, dachte sie verzweifelt. *Er würde alles tun, um sie zu schützen, so, wie er alles tun würde, um sein Volk zu schützen.* Und sie stand irgendwo dazwischen.

»Komm schon, Mädchen!« Sie spürte Aenovales' große Hand auf ihrer Schulter. »Kopf hoch! Lass es uns hinter uns bringen!« Er trieb seinen Wallach an und zog sie mit sich, bevor Caran Gelegenheit hatte, noch etwas zu sagen. Talia streckte die Schultern und weigerte sich, sich noch einmal zu ihrem Vater umzudrehen. Während sie im Trab zu Ientus' Sänfte aufschlossen, ihre elf Begleiter in einem lockeren Halbkreis um sich herum, hörte Talia den Schmied leise an ihrer Seite hinzufügen: »Schade, dass du nicht hässlich und mit Pickeln übersät bist. Das würde Boiorix vielleicht überzeugen, dass Bomarus' Töchter und Schwestern die bessere Alternative wären!«

Talia lächelte schwach.

Eine dünne Wolkendecke hing über dem Land, eine helle Schicht, die blendete, sobald Talia den Blick vom Boden löste. Daher konnte sie die kimbrischen Krieger nicht mustern, während sie langsam näher ritten. Erst als sie absaßen und zu Fuß auf das blaugelbe Zeltdach mit den herabhängenden Fransen zugingen, konnte sie die Gesandtschaft, die sie erwartete, näher betrachten. Wieder einmal stellte Talia fest, dass die Nordmänner zwar überwiegend sehr groß waren, ansonsten jedoch kaum anders aussahen als die keltischen Männer: Viele waren blond, andere dunkelhaarig, und etliche hatten ihre Haare mit Kalkwasser behandelt und an der Stirn nach hinten gekämmt. Ein Krieger, der direkt vor dem Zeltdach stand und sie herablassend von oben bis unten musterte, hatte so rote Haare und einen so roten Bart, dass Talia ihn am liebsten angefasst hätte, um zu sehen, ob er echt war. Nicht einmal die Bewaffnung und Kleidung der Kimbern unterschied sich allzu sehr von der vindelikischer Männer.

»Wenn die Sprache nicht wäre, würde man sie überhaupt nicht als Nordmänner erkennen«, teilte Talia Aenovales ihre Überlegungen leise mit.
Der alte Schmied schüttelte den Kopf und wies mit dem Kinn auf die Krieger, die die Pferde ihrer Herren bewachten. »Das mag für ihre Anführer gelten, aber schau dir die einfachen Krieger an! Siehst du, wie manche von ihnen ihr Gesicht bemalt haben und wie der da hinten sein Haar in einem Knoten trägt? Das würde keiner unserer Krieger tun!«
Doch Talia hatte keine Zeit mehr, Aenovales' Blick zu folgen. Die Träger setzten Ientus' Sänfte vorsichtig neben den Stangen, die das Stoffdach trugen, ab. Einer der Träger war ein Novize, der eilig herbeihastete und Ientus half, sich aus dem mit Kissen und Fellen gepolsterten Holzgeflecht zu erheben. Es dauerte lange, bis der Druide endlich auf die Füße kam. Offenkundig schmerzten ihn die Bewegungen. Der Novize reichte ihm einen langen Stab, in den komplizierte Muster geschnitzt waren: Ranken, Wirbel und die Blätter von Eichen und Efeu. Eine Bronzescheibe war in das obere Ende des Stabs geklemmt und glänzte golden im gedämpfteren Licht, das durch die Buchen schimmerte.
Unter dem Zeltdach entstand Bewegung, kurz darauf trat der rothaarige Krieger beiseite. An seiner Stelle schob sich eine Gestalt in Talias Blickfeld, groß, mit breiten Schultern und einem gewaltigen Helm, der gekrönt war von einem roten Federbusch. Das Gesicht unter dem Helm blieb im Schatten, so dass Talia nur das kräftige, beinahe eckige Kinn mit seinem kurzen Bart erkennen konnte. Boiorix hatte seinen Mantel abgelegt und trug lediglich einen bronzenen Brustharnisch über einer Tunika, die bis knapp über seine Knie reichte. Goldene Ringe und Armbänder glänzten an seinen Händen, aber das war der einzige Schmuck, den der Kimbernführer sich erlaubt hatte.

Anscheinend, so überlegte Talia, hielt Boiorix den Besuch nicht für wert, sich dafür in repräsentativere Kleider zu hüllen. Allerdings war auch Caran der Meinung gewesen, dass Talia zum Treffen mit Boiorix nur ihre Reisekleider tragen sollte – sehr zum Missfallen der anderen Herren.

Boiorix knurrte etwas, und der Bote, der Ientus und Talia begleitet hatte, beeilte sich, sich zu verneigen und gleichzeitig zu nicken.

»Das ist sie, Herr«, sagte er in seiner seltsamen Mischung aus verschiedenen keltischen Dialekten und Sprachen, »die Frau, die die Fürsten der Runicaten Euch schicken. Sie ist eine Tochter aus gutem Haus, aus der Sippe Carans, Tancorix' Sohn, Herr von Alte-Stadt und Fürst über gewaltige Ländereien zwischen Licus, Danuius und Labara. Ihr Name ist Talia, und sie wird angeboten –«

Boiorix trat vor und bedeutete dem Mann mit einer knappen Bewegung zu schweigen. Sonnenstrahlen fielen auf sein Gesicht, als er den Kopf hob, dann richteten sich seine blassen Augen auf Talia. Überrascht schnappte sie nach Luft. Jetzt, endlich, erkannte Talia den Mann, der sich König der Kimbern nannte, und der Schock traf sie vollkommen unvorbereitet.

»Ich kenne sie!«, hörte sie Atharics Schwager, den sie einst, vor acht Jahren, als Vargas kennengelernt hatte und der sich nun Boiorix nannte, seinerseits sagen. Drohend beugte er sich vor. »Ich habe sie schon einmal gesehen. Ich vergesse niemals ein Gesicht …«

In einer langsamen, beinahe gemächlichen Bewegung hob Boiorix eine Hand und schlug sie seinem Boten über die Stirn. Der Mann taumelte nach hinten.

»Narr!«, zischte der Kimbernkönig. »Man hat dich hinters Licht geführt! Das ist keine Fürstentochter! Das ist eine Magd!«

»Das stimmt nicht!« Der Bote hielt sich die Schläfe, von der

Blut über seine linke Gesichtshälfte rann. Einer von Boiorix' Ringen hatte die Haut aufgeritzt, und der Mann blinzelte hektisch, um das Blut aus seinen Augen zu vertreiben. »Sie ist Carans Tochter, Herr! Das schwöre ich!«

»Dieser Schwur könnte dich deine Zunge kosten!«

Der Bote erbleichte. Seine kleinen Augen huschten verwirrt zu Talia, dann wieder zurück zu seinem König. Langsam schüttelte er den Kopf.

Der rothaarige Krieger an Boiorix' Seite legte eine Hand auf den Schwertknauf. »Soll ich sie töten, Herr?«, fragte er so leidenschaftslos, als spräche er über das Laub unter seinen Stiefeln. »Diese Beleidigung muss gesühnt werden.«

Talia spürte eine Bewegung hinter sich, als Aenovales und die elf Männer, die sie begleitet hatten, die Hände auf ihre Waffen legten.

Doch bevor Boiorix antworten konnte, schlug Ientus mit dem Ende seines Stabs auf den Boden. Die Bronzescheibe klirrte leise und sandte einen Lichtblitz über Boiorix' Gesicht.

»Talia ist tatsächlich Carans Tochter«, erklärte der Druide ruhig. Er schien nicht überrascht, dass Boiorix Talia kannte. Anscheinend hatte Atharic die vindelikischen Herren über den Aufstieg seines ehemaligen Schwagers unterrichtet. »Dafür stehe ich mit meinem Wort, Boiorix, egal, an was Ihr Euch zu erinnern meint! Talia ist Carans Kind, sein leibliches Kind!« Ientus' Stimme veränderte sich leicht, als er hinzufügte: »Talia ist siebenundzwanzig Jahre alt und fruchtbar. Ich habe mit Eurem Boten abgemacht, dass, solltet Ihr mit Talia Kinder bekommen, das erste Kind zu mir gebracht wird als Pfand für die Freundschaft der vindelikischen Geweihten!«

»Caran schickt mir seine Hurentochter?« Boiorix' Stimme war so laut, dass Talia sicher war, man würde sie über das ganze Land hören. Er schien dem Druiden nicht einmal bis zum Ende zu-

gehört zu haben. »Glaubt Caran, er könnte mich für dumm verkaufen?«
Ientus ließ sich nicht einschüchtern. »Nein, Ihr irrt Euch, Boiorix. Talia ist nicht Carans uneheliche Tochter. Sie ist die Tochter seiner ersten Frau, seine einzige erwachsene Erbin!«
»Sie ist eine Hure!« Boiorix spuckte vor Talias Füße. »Sie hat mit Atharic gelegen, diesem Hund! Wie könnt Ihr es wagen, mich so zu beleidigen, indem Ihr mir die Hure eines Verräters und Feiglings schickt?« Boiorix schlug mit der Faust auf seinen Oberschenkel. »Er ist bei Euch, nicht wahr? Er ist zu Euch gekrochen gekommen wie ein zahnloses altes Weib, das um Hilfe fleht, nicht wahr?«
Talia spürte, wie die Männer um sie herum sie neugierig anstarrten – die Kimbern, aber auch die elf Männer, die Caran ihnen als Begleitung mitgegeben hatte. Röte kroch ihren Hals empor. Ein Stechen zuckte durch ihre Brust, alt und vertraut, dennoch richtete sie sich hoch auf und reckte das Kinn vor. Welche Schmach sie ihr auch immer antun würden, sie würde ihnen nicht die Genugtuung geben, sie schwach zu sehen.
Boiorix' Worte hatten sogar Ientus aus der Bahn geworfen. Er starrte Talia an, als sähe er sie zum ersten Mal. Er machte den Mund auf, um etwas zu sagen, doch der Kimbernkönig kam ihm zuvor.
»Schafft mir die Hure aus den Augen!«, befahl er zischend. »Ich würde niemals mit einer Frau das Lager teilen, die für einen Hund die Beine gespreizt hat! Sagt Caran und Euren anderen Fürsten, ich kann auf ihre Frauen verzichten! Und richtet ihnen aus, ich werde mich nicht noch einmal so von ihnen beleidigen lassen!«
Als Talia wenig später über die Wiese zurück zu den wartenden Gefolgsmännern und ihrem Vater ritt, lag ein bedrückendes Schweigen über den elf Kriegern, die sie begleiteten, doch Talia

fühlte ihre Blicke wie Messerstiche in ihrem Rücken. Sogar Aenovales schwieg, auch wenn Talia nicht glaubte, dass er nicht gewusst hatte, was zwischen der Haushälterin und dem Söldnerführer damals geschehen war. Sie spürte, dass noch immer rote Flecken ihre Wangen und ihren Hals zierten, und trieb ihr Pferd in einen schnellen Trab.

Caran wartete, bis Talia neben ihm aufschloss, dann lehnte er sich vor. »Was hat er gesagt?«, fragte er gespannt.

Talias Finger krampften sich um das Leder der Zügel. »Deine Töchter werden dir beide erhalten bleiben, Vater«, sagte sie schneidend. »Boiorix wird auf eine vindelikische Ehefrau verzichten.«

Caran runzelte die Stirn, aber Talias scharfer Ton und kalte Miene überzeugten ihn, dass es besser war, vorerst keine weiteren Fragen zu stellen. Er hob die Schultern. »Das sind gute Nachrichten, nehme ich an.«

Talia erwiderte nichts.

Auf halbem Weg zurück zum Heer, am Rande eines umgepflügten Feldes, wartete Atharic auf sie. Sumelis saß auf ihrem Pony neben ihm und hüpfte aufgeregt auf und ab, bis Talia und Caran sie endlich erreicht hatten.

»Wie sieht der König aus?«, wollte sie wissen, kaum dass Talia in Hörweite war. »Ist sein Brustpanzer aus purem Gold, wie alle sagen? Und trägt er wirklich eine Kette aus Fingergliedern um den Hals?«

Talia ließ ihre Tochter nicht ausreden. »Reite mit deinem Großvater voran!«, befahl sie. Ihr stechender Blick bohrte sich in Atharics. Sumelis verstummte verwirrt, folgte jedoch gehorsam, als Caran ihr bedeutete, mit ihm und seinen Männern voranzureiten. Aenovales legte im Vorbeireiten Atharic kurz die Hand auf die Schulter und drückte sie. Talia wusste nicht, ob das Mitleid in seinem Blick Atharic galt oder ihr.

»Ich hätte dir sagen sollen, dass Vargas Boiorix ist«, begann Atharic, als die anderen ein Stück entfernt waren. »Es tut mir leid. Ich hatte vergessen, dass du ihm damals ebenfalls begegnet bist.«

»Du hast jedenfalls nicht vergessen, vor allen Kimbern damit zu prahlen, dass du mit Carans Tochter gelegen hast!«

Atharics blaue Augen verengten sich. »Damals warst du noch nicht Carans Tochter«, erinnerte er sie, »sondern nur seine Haushälterin. Wie hätte ich damit prahlen können?«

Talia widerstand nur mühsam dem Drang, ihm ins Gesicht zu schlagen. »Du hast dafür gesorgt, dass nicht nur das gesamte Heer der Kimbern über mich lachen wird, sondern auch alle Vindeliker, alle Herren, alle Gefolgsmänner meines Vaters! Weißt du, was das für mich bedeutet?« Ihr Pferd scheute unruhig, und sie riss grob an den Zügeln. »Hast du eine Ahnung, wie demütigend das Treffen für mich war? Boiorix vor allen, vor Ientus, vor Aenovales, vor unseren Kriegern sagen zu hören, dass ich eine Hure bin?«

Atharic streckte die Hände nach ihr aus und versuchte, sie am Arm zu fassen. »Ich wusste nicht«, begann er, und seine Finger strichen über ihr Handgelenk, »ich hätte nie gedacht, dass …«

»… dass es irgendwann einmal etwas bedeuten könnte?« Talia wartete seine Antwort nicht ab. Sie stieß Atharics Hände weg, dann presste sie ihrem Pferd die Fersen in die Flanken und stob davon.

Es war derselbe Traum, den sie häufig träumte. Sie wusste, was passieren würde und dass es ein Traum war, doch das änderte nichts an der Angst und der Verzweiflung, die sie empfand. Sie war keine Seherin! Woher sollte sie wissen, was der Traum ihr sagen wollte?

Doch vielleicht würde es diesmal anders sein. Vielleicht würde

sie diesmal mehr sehen, mehr verstehen, vielleicht würde sie Sumelis diesmal retten können!
Vielleicht.
Die vertrauten Bilder fluteten auf sie zu.
Dago stand auf einem Felsen über ihr, vor einem grauen Himmel und einer roten Sonne. Er lächelte – ein schläfriges Lächeln unter halb gesenkten Lidern. Das Grün seiner Iris war kaum zu erkennen, denn die Augen waren nur schmale Schlitze, die sich langsam zu weiten begannen, als er sein Hemd über den Kopf zog und die Hose abstreifte.
Talia stellte fest, dass sie sich nicht bewegen konnte. Ihre Füße steckten in der Erde, bis zu den Knien eingegraben wie Zaunpfähle. Zwei große Steine waren an ihre Handgelenke gebunden. Sie zogen ihre Arme hinunter, bis sie flach am Körper lagen. Talia stand da, hilflos wie das Schilf in einem See.
»Bieg dich, sonst wirst du brechen!«, sagte Dago und lachte. Er sprang vom Felsen herunter. Er war bis auf einen breiten, mit Einstichen verzierten Gürtel um seine Hüfte herum nackt. Der goldene Gürtelhaken zeigte die Umrisse einer Eule. Ihr gebogener Schnabel wies auf das Schwert, das an ledernen Riemen an Dagos Hüfte herabhing und beim Laufen gegen seinen Oberschenkel schlug. Als Dago näher kam, bemerkte Talia, dass die Eule an seinem Gürtel sie aus roten Augen anblickte. Ein Feuer schien hinter ihnen zu brennen, erst blaugrau, dann golden, dann plötzlich schwarz. Es war eine Botschaft, aber Talia verstand sie nicht. Sie hatte Angst. Schweiß rann über ihre Haut, obwohl es kalt war, und ihr ganzer Körper zitterte.
»Mama?«
Sie drehte sich um. Sumelis stand hinter ihr. Sie sah von Talia zu Dago und wieder zurück zu Talia. Verwirrung war auf ihr Gesicht geschrieben. Dagos Lächeln wurde immer breiter. Er ging an Talia vorbei und streifte dabei mit den Fingernägeln ihre

Brüste. Talia wollte sich nach ihm umdrehen – sie musste sehen, was er mit ihrer Tochter machte! –, aber plötzlich konnte sie nicht einmal mehr den Kopf wenden. Sie war gefesselt, eingefroren in Zeit und Raum, und sie wusste, sie hatte den Moment, in dem sie etwas hätte tun können, in dem sie ihre Tochter hätte retten können, verpasst. Die Eule hatte ihr zeigen wollen, was sie tun sollte, aber Talia hatte es nicht verstanden.
Hinter ihr begann Sumelis zu schreien.

»Wo ist deine Mutter?«
Sumelis schaute nicht auf. »Sie haben eine Gruppe von Kimbern beim Plündern erwischt. Es gibt Verletzte.«
»Was hat das mit Talia zu tun?«
»Einer von Großvaters Männern will sie sehen. Das ist oft so, wenn jemand stirbt. – Weshalb ist sie wütend auf dich?«
Atharic beobachtete, wie Sumelis' Hände die dünnen, biegsamen Zweige eines Haselnussstrauchs zu einem Korb flochten. Er war überrascht, wie geschickt sie dabei war. Eigentlich hätte er vermutet, dass sie für so etwas zu ungeduldig war, aber Sumelis schien völlig vertieft in ihre Arbeit.
Er ignorierte ihre Frage. »Der Mann ist also verletzt?«
»Ja.« Sumelis verzog mürrisch das Gesicht. »Sie hat mich nicht mitkommen lassen! Sie wollte zunächst, dass ich mitkomme, aber dann hat sie es sich anders überlegt!«
»Sie hatte bestimmt gute Gründe.«
»Das behauptet Großvater auch immer. Ihr sagt alle dasselbe!«
Atharic lächelte schwach. »Wo ist dein Großvater jetzt? Hat er Talia begleitet?«
»Nein, er war bei einer Besprechung mit Segurion, als der Bote kam. Mama ist alleine los. Sie darf das; nur ich werde ständig von allen überwacht!« Sumelis wies mit dem Kinn auf Aenovales, der ein Stück entfernt saß und die Riemen seines Wehr-

gehänges ausbesserte. Erneut schob sich ihre Unterlippe nach vorne.
Atharic achtete nicht auf ihren beleidigten Gesichtsausdruck. »Talia ist alleine los? Wie lange ist sie schon fort?«
»Weiß nicht.«
»Weißt du, wohin sie gegangen ist?«
»Den Weg da entlang. Der Mann hat gesagt, sie soll nach links gehen, wenn er sich gabelt.«
Atharic warf einen raschen Blick auf den schmalen Pfad, der sich entlang eines lichten Wäldchens nach Norden schlängelte. Er war von Schweinehufen, die man in den Wald zum Fressen getrieben hatte, breitgetreten worden, doch jetzt war es zwischen den Bäumen still und leer. Die Schweine hatte man wahrscheinlich schon vor Tagen mit dem Vieh zusammen nach Alte-Stadt in Sicherheit gebracht. Atharic wollte sich wieder abwenden, als eine Bewegung auf dem Weg seine Aufmerksamkeit erregte. Neugierig ging er ein paar Schritte näher. Ein Rotkehlchen saß auf einer Wurzel, das Gefieder aufgeplustert wie im tiefsten Winter. Es hatte den Kopf zur Seite geneigt und blickte aus glänzend schwarzen Augen zu ihm empor. Atharic machte einen weiteren Schritt nach vorne. Das Rotkehlchen flog auf, vollführte einen Haken knapp vor seinem Gesicht, dann schoss es den Weg entlang davon. Atharic blinzelte überrascht.
»War es einer von Carans Leibgarde, der Talia geholt hat?«, rief er über die Schulter zurück. Schritte ertönten hinter ihm, dann schob sich Aenovales neben ihn. »Nein, es war jemand, den ich nur vom Sehen kannte. Glaubst du, es stimmt was nicht?«
»Keine Ahnung. Wahrscheinlich ist es nichts.«
»Wirst du ihr nachgehen?«
»Nur, um sicherzugehen, ja.«
»Du bist eine Geisel, Atharic! Du darfst dich nicht alleine vom

Heer entfernen!« Die Stimme des Schmieds klang besorgt, auch wenn seine Sorge nicht Atharic galt. »Wenn du einen Moment wartest, gebe ich dir ein paar unserer Männer mit.«

»Nein, nicht nötig. Ich werde Talia bestimmt schnell einholen.« Atharic deutete auf die Vogelschleuder, die Aenovales am Gürtel trug. »Darf ich mir die ausleihen?«

Aenovales griff in seinen Gürtel. Vier Schnüre waren an einem Ende zusammengebunden und an den anderen um Steine geschlungen. Der Knoten in der Mitte lag leicht in Atharics Hand. Er versicherte sich, dass seine sonstigen Waffen – Schwert und Dolche – griffbereit waren, dann machte er sich auf den Weg.

Der Trampelpfad führte an einem Wäldchen vorbei und über eine alte Rodungsfläche mit Sträuchern und winzigen Bäumen, zwischen denen noch die verkohlten Überreste der alten Stümpfe standen. Nach einer Weile tauchten am Rande des Wegs die Ruinen eines abgebrannten Hofs auf. Keramikscherben und eine verrostete Klinge lagen halb vergraben in der festgetrampelten Erde neben dem verfallenen Zaun. Kurz hinter den Gebäuderesten gabelte sich der Weg. Am Ende der Abzweigung, die nach rechts führte, stand ein weiteres, erst vor kurzem errichtetes Gehöft. Ein Hund, der offenbar von den Bewohnern zurückgelassen worden war, bellte Atharic aus der Ferne an. Atharic wandte sich nach links.

Die Landschaft hier, kaum einen halben Tagesmarsch von Alte-Stadt entfernt, war offen, mit wenigen lichten Wäldchen wie dem, an dem Atharic gerade vorbeigekommen war, und übersät mit einzelnen, verstreut liegenden Höfen und kleinen Weilern. Dazwischen schob sich ein Mosaik aus Feldern, Weiden und strauchbewachsenen Brachflächen. Es wunderte Atharic keineswegs, dass eine Gruppe von Kimbern an den Verteidigern vorbeigeschlüpft war, um einen der reicheren Höfe zu überfallen. Wahrscheinlich hatten sie die Dunkelheit der Nacht für

sich genutzt und waren erst am Morgen von einer vindelikischen Patrouille entdeckt worden.
Der Weg verbreiterte sich, und niedrige Fahrspuren zeigten, dass er auch von Zeit zu Zeit von Wagen benutzt wurde. Ein weiteres Wäldchen tauchte vor Atharic auf. An seinem Rand lagen frische Pferdeäpfel zwischen den Fahrspuren. Atharic bückte sich, um zu fühlen, ob sie noch warm waren. Plötzlich hielt er inne. Vor ihm, über den Wipfeln der Bäume, kreisten Raben.

Am anderen Ende des Wäldchens trat Talia aus den Schatten der Bäume und auf eine nach Westen hin offene Lichtung. Ein Stück entfernt ragten die Gebäude eines Gehöfts empor. Pferde grasten zwischen kleineren Speicherbauten und einem halb offenen Stall, ansonsten war niemand zu sehen. Talia beschleunigte ihren Schritt. Hohes Gras streifte ihre Oberschenkel, als sie sich dem Hof näherte. Sie war froh, dass sie Sumelis zurückgelassen hatte. Wenn der Mann, der sie gerufen hatte, erwähnt hätte, dass der Hof so weit abseits vom Heer lag, hätte sie ein Pferd und ein paar von Carans Männern mitgenommen. Caran würde bestimmt nicht erfreut sein, wenn er erfuhr, dass seine Tochter alleine hier herumstreifte.
Aber wahrscheinlich wird er sowieso bis spät in die Nacht mit Segurion streiten. Ientus wird daneben stehen und darauf warten, dass einer von beiden einen Fehler macht. Sie sind wie Wölfe, die um das gleiche Rudel kämpfen.
Talia wusste, Caran hatte einen Boten nach Alte-Stadt geschickt mit der Aufforderung, Wagenladungen mit Getreide vorzubereiten. Doch die anderen Herren weigerten sich, es ihm gleichzutun. Wie Segurion glaubten sie, dass es falsch wäre, den Kimbern Nahrung zu überlassen. Sie hielten es für ein Zeichen von Schwäche. Die Kimbern würden glauben, die Vindeliker ge-

nauso erpressen zu können wie die Noriker, und dann würde es nicht bei Getreide und Mehl bleiben. Sie würden versuchen, sich alles zu nehmen.

Vielleicht noch acht Nächte. Wenn die Kimbern zügig weiterziehen, ist in acht Nächten alles vorbei. Dann wird unser Heer umdrehen, und wir werden alle nach Hause zurückkehren. Und Sumelis und ich werden uns ein neues Leben aufbauen. Talia wusste nur noch nicht genau, wie das aussehen sollte.

Ein Geräusch hinter ihr ließ sie herumwirbeln. Ein Mann war aus dem Wald getreten. Er hatte sich nicht die Mühe gemacht, leise aufzutreten. Trockene Äste hatten unter seinen Schritten geknackt. Jetzt stand er neben dichten Brombeersträuchern und beobachtete sie. Als Talia die langen blonden Zöpfe des Mannes, den Wieselkopf um seinen Hals und die blaue Farbe, die seine Wangen zierte, bemerkte, erbleichte sie. Kein vindelikischer Krieger sah so aus!

Talia stolperte einen Schritt zurück. Aus den Gebäuden des Gehöfts traten weitere vier Männer. Sie sahen nicht so fremdartig aus wie der Mann hinter ihr, und sie hatten auch nicht ihre Gesichter bemalt. Sie schienen nicht überrascht, Talia zu sehen, und einen Moment lang schöpfte sie Hoffnung, dass der Hof womöglich doch nicht verlassen war. Dann bellte der Mann am Waldrand einen gutturalen Befehl. Talia verstand kein Wort. Auf sein Kommando hin fächerten sich die anderen auf. Talia begann zu rennen.

Sie lief schräg auf das südliche Ende des Wäldchens zu, das sie eben noch durchquert hatte. Sie wusste nicht, wohin sie sonst hätte fliehen sollen als zurück in die Richtung, wo Carans Leibwache lagerte. Sie versuchte zu schreien, doch der Laut, der von ihren Lippen kam, trug nicht weit und verlor sich in der stillen Luft. Talia sprang über einen Graben, querte einen Streifen umgeackerter Erde und jagte über eine weitere Wiese.

Der Kimber, der hinter Talia aus dem Wald getreten war, fiel in Laufschritt, um ihr am Waldrand den Weg abzuschneiden. Sie hörte ihn lachen und den anderen Männern etwas zurufen.

Talia rannte, ohne sich umzublicken. Sie sah alles mit erschreckender Klarheit: die feinen Stängel der Gräser, die verzweigte Krone der alten Eiche am Ende des Wäldchens, die blonden Zöpfe des Kimbern, die bei jedem Schritt auf und ab hüpften, die Bewegung der kräftigen Muskeln seiner Waden unter den knielangen Hosen. Sie hörte das Keuchen der Männer hinter sich, ihr heiseres Lachen, während sie ihre Beute jagten. Talia wurde noch etwas schneller, aber der Boden war uneben und unter den hohen Gräsern konnte sie kaum erkennen, wohin sie trat. Sie strauchelte und kämpfte mit rudernden Armen um ihr Gleichgewicht. Kurz darauf prallte etwas von hinten gegen ihre Knie und riss sie zu Boden. Talia zog das Kinn an die Brust und rollte sich über die Schulter ab. Stolpernd kam sie auf die Beine, trat mit dem Fuß in eine Kuhle, knickte um und fiel abermals. Als sie sich diesmal wieder aufraffte, hatten die Kimbern sie eingekreist.

Kräftige Arme schlossen sich um Talias Oberkörper. Schreiend bäumte sie sich auf. Sie warf den Kopf in den Nacken und spürte, wie er gegen das Kinn des Mannes hinter ihr prallte. Der Mann grunzte. Einen Augenblick später traf sie ein Schlag an der Schläfe. Das Nächste, was sie fühlte, war kühles Gras an ihrer Wange und Blut, das über ihre linke Gesichtshälfte rann. Sie schnappte nach Luft und versuchte, die Schlieren vor ihren Augen zu vertreiben. Verzweifelt kämpfte sie gegen die Ohnmacht an. Einer der Männer zerrte sie grob auf die Füße und rief den anderen etwas zu. Gelächter folgte auf seine Bemerkung. Talia blinzelte.

Ich muss ihnen sagen, dass ich Carans Tochter bin! Dann werden sie es nicht wagen, mich zu töten! Ich bin als Geisel viel zu wertvoll! Ein

anderer Gedanke schob sich dazwischen: *Es war eine Falle. Jemand hat mich in eine Falle gelockt!*
Der Griff an ihren Handgelenken tat weh. Talia verlagerte ihr Gewicht. Der Kimber mit den blonden Zöpfen und der Gesichtsbemalung schien der Anführer zu sein. Er musterte Talia aus hellen Augen unter wimpernlosen Lidern. Die anderen schienen sich zu streiten, was sie mit Talia machen sollten. Der Mann, der sie hielt, versuchte, sie näher an sich heranzuziehen, aber Talia stemmte sich dagegen. Wut mischte sich unter die Angst, die ihr die Kehle zuschnürte. Sie spürte das Gewicht des Dolchs an ihrem Gürtel. Die Kimbern hatten ihn ihr nicht abgenommen, denn unter der langen Bluse, die bis zu Talias Oberschenkeln reichte, war er kaum zu erkennen. Doch der Anführer schien ihre Gedanken zu lesen. Er deutete auf Talias Hüfte und bellte einen Befehl. Einer seiner Männer trat vor und streckte die Hände nach ihr aus. Er führte die Bewegung nicht zu Ende. Etwas Verschwommenes schwirrte mit einem Surren an Talia vorbei, traf den Kopf des Mannes und riss ihn zur Seite.
Abgelenkt von seinem Kameraden, lockerte der Mann, der Talia festhielt, seinen Griff. Talia nutzte seine Unachtsamkeit und ließ sich fallen. Sie rollte zur Seite, zerrte ihren Dolch heraus und zog die Klinge quer über seine Kniekehlen. Die Beine des Mannes knickten ein. Brüllend fiel er der Länge nach zu Boden und über Talias Füße. Sie strampelte wild, um sich zu befreien. Der Mann hatte sich zusammengekrümmt und umklammerte seine blutüberströmten Unterschenkel. Talia gelang es endlich, ihre Beine unter ihm hervorzuziehen. Sie griff den Dolch mit beiden Händen, dann rammte sie ihrem Angreifer die Klinge in den Rücken.
Talia trat den schlaffen Körper von sich fort und stützte sich auf Hände und Knie. Keuchend rang sie nach Luft. Ein paar Schritte

von ihr entfernt hatten die übrigen Kimbern ihre Waffen gezogen. Der Mann, der von der Schleuder getroffen worden war, kam taumelnd auf die Füße. Blut lief über seine Schläfe; das linke Auge war ein dunkles Loch. Blind stolperte er nach vorne an seinen Kameraden vorbei. Er riss hektisch an seinem Schwertgriff und versuchte, die Waffe, die sich in den Riemen verheddert hatte, zu ziehen, doch vergebens: Atharic tötete ihn so beiläufig, als wäre er nicht mehr als das Gras, das sich unter seinen Sprüngen teilte.

Ohne einen Moment langsamer zu werden, überwand Atharic die Entfernung zu den restlichen drei Männern. Sein Schwert blitzte auf, glitt an der hastig hochgerissenen Klinge des einen Kimbern ab und beschrieb einen schimmernden Bogen nach unten. Der Mann taumelte nach hinten. Er ließ sein Schwert fallen und presste die Hände auf die klaffende Wunde, die sich quer über seinen Bauch zog. Atharic wechselte das Schwert in die linke Hand und führte einen einhändigen Hieb nach dem nächsten Kimbern. Mit der anderen Hand fuhr er in seinen Stiefelschaft, riss ein Messer hervor und stieß die Klinge in die Brust seines Gegners, noch während dieser damit beschäftigt war, den Schwertschlag abzuwehren.

Talia spürte plötzlich kühles, scharfes Eisen an ihrer Kehle. Sie erstarrte. Die raue Stimme des Anführers rief etwas neben ihrem Ohr.

Atharic richtete sich auf. Blut tropfte von der Schwertspitze auf das dunkelgrüne Gras. Er griff unter sein Hemd und zog einen kleinen, schmalen Dolch hervor. Mit zur Seite geneigtem Kopf wog er ihn in der Hand.

Der Druck an Talias Kehle verstärkte sich. Sie zuckte zusammen, als das Messer in die empfindliche Haut schnitt. Sie wollte die Augen schließen, doch sie konnte den Blick nicht von Atharic lösen, der einen weiteren Schritt nach vorne machte und die Spitze seines Schwertes senkte. Die Hand mit dem schmalen Dolch vollführte eine kleine elegante Bewegung.

Talia spürte das Zittern der Schneide an ihrem Hals. Ihr ganzer Körper versteifte sich, als sie auf den Schnitt wartete, das Gefühl von warmem Blut, das aus ihrer Kehle schoss und ihre Seele mit sich riss.

Das Messer, das gerade noch an Talias Schlagader gelegen hatte, fiel harmlos in ihren Schoß. Sie spürte eine Berührung an ihrer Wirbelsäule, dann stürzte der Kimber nach vorne. Seine blonden Zöpfe streiften im Fallen ihre Schulter.

Atharic wälzte den leblosen Körper mit dem Fuß herum. Er bückte sich und zog den Dolch aus dem zerstörten Gesicht des Kimbers. Nachdenklich betrachtete er die enggeflochtenen Zöpfe, die bemalten Wangen und den spärlichen Bart.

»Ich kenne ihn«, sagte er. »Wir haben nie miteinander gesprochen, aber das ist einer von Boiorix' Männern.« Er sah Talia an. »Das war eine Falle.«

Talia öffnete den Mund zu einer Antwort, aber sie brachte keinen Ton heraus. Ihr war schlecht, und ihre Knie zitterten so stark, dass sie sich kaum aufrecht halten konnte. Es war alles so schnell gegangen: Atharics Angriff, sein Schwert, der Kimber, dessen Eingeweide aus dem Schnitt in seinem Bauch quollen, die kalte Klinge auf ihrer Haut …

Talia schlang ihre Arme um sich und beobachtete stumm, wie Atharic von einer Leiche zur nächsten ging. Als er sich zu dem Mann, den Talia getötet hatte, hinabbückte und die Hand nach ihrem Dolch ausstreckte, hielt sie ihn zurück. »Lass ihn stecken!«, krächzte sie. »Ich will ihn nicht mehr.«

Atharics blaue Augen verloren etwas von ihrer Härte. Er ließ den Mann liegen und trat auf Talia zu. Vorsichtig berührte er die Platzwunde an ihrer Schläfe, knapp hinter dem Haaransatz. Talia zuckte zusammen.

»Es ist nichts!«, murmelte sie.
»Bist du dir sicher?«
Sie nickte krampfhaft.
»Wir müssen weg von hier!« Atharic stand noch immer dicht vor Talia, aber jetzt ging sein Blick über ihren Scheitel hinweg und suchte stattdessen die Umgebung ab. Eine Stelle an seinem Hals pulsierte kaum merklich. »Möglich, dass sich noch weitere Kimbern hier herumtreiben. Wenn es eine Falle war, wird auch bald jemand kommen, um zu sehen, ob sie erfolgreich war.«
Vindeliker. Atharic sprach es nicht aus, aber Talia wusste, was es bedeutete. *Mein Volk – meine Feinde.*
»Kannst du laufen?«
»Mir geht es gut!«
Atharics Stirnrunzeln verriet seine Zweifel, doch er sagte nichts. Er wischte sein Schwert an einem der Kleidungsstücke der toten Kimbern sauber, dann griff er nach Talias Arm. Ohne auf ihr ungeschicktes Stolpern zu achten, zerrte er sie mit sich zurück zum Wald.
Sie erreichten ohne Zwischenfälle die andere Seite des Wäldchens und die Weggabelung, wo sie nach links abgebogen waren. Sie betraten den Trampelpfad und folgten ihm schweigend. Ihre hastigen Schritte scheuchten einen Hasen auf, der aus dem Gebüsch neben dem Weg hervorschoss und im Unterholz verschwand. Der Anblick seiner panischen Sprünge weckte von Neuem Angst in Talia. Sie begann zu zittern und rückte unwillkürlich näher an Atharic heran. Sie warf einen Blick auf sein Profil mit den angespannten Kiefern und fragte sich, ob er überhaupt keine Furcht verspürte und ob er deswegen so gut darin war zu töten.
Schließlich erreichten sie die Ruinen des niedergebrannten Hofs. Atharic verschwendete keinen Blick auf die verkohlten Überreste der Gebäude, die langsam von wucherndem Gras

und Gebüsch zurückerobert wurden, aber Talia blieb stehen.
»Sind wir jetzt in Sicherheit?«, fragte sie.
»Ich denke schon. Carans Männer lagern gleich dort vorne, hinter dem Wald. Es ist nicht mehr weit. Wir müssten beinahe in Rufweite der Wachen sein.«
»Ich will nicht, dass Sumelis mich so sieht.« Talia deutete auf ihre blutüberströmte Hose und die schmale Wunde an ihrer Schläfe, wo die Faust sie getroffen hatte. Blut verklebte ihre Haare an der Stelle und zog ein dunkles Rinnsal über ihre Wange. »Sie wird ohnehin spüren, dass etwas passiert ist. Sie muss es nicht noch auf meiner Kleidung und meiner Haut sehen!«
Atharic zögerte. Er wollte Talia so schnell wie möglich zum Lager bringen, hinter die schwer bewaffneten Reihen von Carans Leibwache, aber sie hatte recht. Sie sah fürchterlich aus, und ihre Bewegungen waren fahrig und abgehackt. Es gab keinen Grund, weshalb Sumelis ihre Mutter in diesem Zustand sehen sollte.
»Vielleicht funktioniert der Brunnen noch!«, gab er nach. »Das Blut wird sich jedoch nicht so einfach aus dem Stoff waschen lassen. Blut kann hartnäckig sein.« Doch er sprach in die leere Luft; Talia war bereits auf dem Weg zu den verfallenen Gebäuden.
Sie hatten Glück: Der Brunnen war tatsächlich intakt und das Wasser unverdorben. Der alte Eimer, mit dem sie es hochzogen, leckte zwar und verlor die Hälfte seines Inhalts schon auf dem Weg nach oben, aber Talia war nicht wählerisch. Das Einzige, was sie wollte, war, die Erinnerung an die Kimbern und ihre Hände auf ihr so schnell wie möglich von ihrem Körper zu waschen.
Talia klatschte sich eine Handvoll Wasser ins Gesicht und zog eine Grimasse, als das kalte Nass auf die Wunde spritzte. Sie rieb sich das geronnene Blut von der linken Gesichtshälfte, dann

streifte sie ihre Hose ab und tauchte sie ein. Sie rubbelte den Stoff gegeneinander, bis sich das Wasser langsam rötlich färbte. Der Anblick jagte eine Welle aus Erleichterung und Entsetzen durch ihren Körper.

»Auf der Schulter hast du auch was.« Atharic deutete auf ein paar dunkle Flecken auf Talias Bluse, die sich vom rechten Schulterblatt bis zum Nacken zogen. Auf dem bunten Stoff waren sie kaum zu erkennen, dennoch schlüpfte Talia sofort aus dem Ärmel und besah sich die Stelle. Atharic nahm den Eimer und warf ihn abermals in den Brunnen. Er wartete, bis er voll war, dann zog er ihn nach oben. Auch er hatte sein Hemd abgelegt, es gewaschen und ausgewrungen. Die Muskeln unter der gebräunten Haut strafften und entspannten sich im gleichmäßigen Rhythmus, während er am Seil zog.

Als er sich umdrehte und den Eimer abstellte, hatte Talia ihre Bluse ausgezogen. Nackt stand sie vor ihm; die langen Beine traten unruhig von einem Fuß auf den anderen. Die kühle Luft überzog ihren Körper mit einer Gänsehaut. Talia bückte sich und wusch das Schulterteil der Bluse im Wasser. Atharics Blick wanderte über ihren Hintern, die Biegung ihres Rückens entlang bis zu den Brüsten, die vor ihm auf und ab wippten, während Talia den Stoff bearbeitete.

Talia musste seinen Blick gespürt haben, denn sie hörte auf, die Bluse zu waschen und sah ihn an. Ihre bernsteinfarbenen Augen zeigten noch immer den gehetzten Ausdruck, doch er wurde mit jedem weiteren Herzschlag schwächer. Stattdessen weiteten sich ihre Pupillen langsam, bis ihre Augen dunkel wurden. Sie erhob sich.

Atharics Fingerspitzen strichen über die Wölbung ihres Schlüsselbeins. Ein paar Wassertropfen perlten auf der hellen Haut und zerrannen bei seiner Berührung. Talias Brustwarzen waren größer und dunkler, als er sie in Erinnerung hatte; sie zogen sich vor seinen Augen zusammen und richteten sich auf. Atharic ließ die Hand sinken.

»Wir sollten gehen!«, sagte er heiser, aber sein Blick hing weiterhin an Talias Brüsten. Sein Glied drückte gegen die Verschnürung seiner Hose. Er trat einen Schritt zurück. Talia überraschte ihn, indem sie nach seiner Hüfte griff und ihn an sich heranzog. Ihre Brüste hoben und senkten sich im Takt mit ihren raschen Atemzügen und rieben warm über seine nasse Haut. Mit einem kleinen kehligen Laut vergrub sie ihr Gesicht an seinem Hals.

»Mach, dass ich es vergesse!«, murmelte sie.

Atharic schloss die Augen und rührte sich einen Moment lang nicht. »Du zitterst«, sagte er endlich rau, während er nach ihren Handgelenken griff und ihre Arme von seiner Mitte löste. Das Pochen in seinem Glied trieb ihn beinahe zum Wahnsinn.

»Das habe ich früher auch.«

»Aber nicht vor Angst.« Er löste sich von ihr. Er schaute sie kurz an, dann richtete er den Blick in die Ferne.

»Hör auf, daran zu denken, was sie mit dir tun wollten, Talia!«, sagte er leise. »Diese Geister sind es nicht wert, sie mit sich herumzuschleppen.«

Talia biss sich auf die Lippen. Sie bückte sich und riss ihre nassen Kleider an sich.

Schweigend sah Atharic ihr zu, wie sie sich hastig anzog. Ihre Wangen brannten vor Scham.

»Es ist ja nichts passiert«, sagte er schließlich.

Talia erwiderte nichts.

Caran reagierte, ohne zu zögern, als er die Nachricht hörte. Er rief seine Leibgarde – zweihundert Mann, die einen Eid geschworen hatten, ihn und seine Familie mit ihrem Leben zu beschützen und keine anderen Verpflichtungen kannten als diese.

Zwanzig schickte er nach Alte-Stadt, um Catuen und Samis zu schützen, weitere dreißig unterstellte er Atharics Befehl.

»Das wird Segurion gar nicht gefallen!«, bemerkte Atharic daraufhin. »Eine Geisel, die dreißig der besten Kämpfer befehligt?«

»Mit Segurion werde ich schon fertig! Sollte er mich daran hindern wollen, werde ich gewiss fragen, wie diese Kimbern eigentlich durch das Netz unserer Wachen und Patrouillen schlüpfen konnten. Es waren schließlich Segurions Männer, die heute die Aufgabe hatten, solche Überfälle zu verhindern!«

»Glaubst du wirklich, dass es Segurion war?« Talia hatte ihren Vater selten so wütend gesehen. »Weshalb sollte er mich töten wollen? Er kann doch nicht glauben, dass mein Tod dich dazu bringen würde, das Heer zu verlassen und den Oberbefehl in seine Hände zu legen?«

»Segurion ist mit Roueca verheiratet«, erinnerte Caran sie. »Und wie wir beide wissen, wäre es nicht das erste Mal, dass meine Schwester versucht, dich aus dem Weg zu räumen!«

»Aber sie muss doch wissen, dass du sie sofort verdächtigen würdest!«

»Und? Was kümmert sie das? Sie ist nicht hier, Beweise für damals gibt es nicht, und sollte ich sie trotzdem beschuldigen, würde ich mich nur lächerlich machen.« Caran hob die Schultern. Es war unmöglich zu sagen, ob es ihn schmerzte, so über seine eigene Schwester zu sprechen. »Aber wie auch immer: Das sind alles nur Mutmaßungen. Wir können nichts beweisen. Wir wissen ja nicht einmal, ob diese Falle nicht doch allein dir gegolten hat, Talia. Vielleicht hat das Ganze gar nichts mit mir zu tun oder damit, dass du meine Tochter bist. Eine Frau wie du, mit einer Gabe, um die sie die Druiden beneiden und wegen der alle anderen sie fürchten, hat Feinde, ganz gleichgültig, wer ihr Vater ist.«

»Was meinst du damit?«, fragte Talia misstrauisch. »Was genau meinst du mit, die Menschen fürchten mich, und ich hätte Feinde? Ientus hat aufgegeben, er …«

»Er hat nicht aufgegeben.«

»Was?«

Caran seufzte. »Ientus hat dem Rat von deinen Kräften erzählt. Er hat behauptet, dass du mich damals mit der Hilfe dunkler Mächte und gegen den Willen der Götter zurück ins Leben gerufen hast. Ientus hat seine Anklagen sehr geschickt formuliert, ohne Forderungen, beinahe nebenbei, und alles, was ich dagegen zu sagen versuchte, war ein Kampf gegen den Wind.«

»Du meinst, er hat Gift versprüht?«

Caran nickte.

»Wann war das?«

»Als das Heer aufbrach.«

»Und warum hast du mir das nicht schon früher erzählt?«

»Weil ich nicht wollte, dass du gleich wieder die Flucht ergreifst!«

Das brachte Talia zum Schweigen. Gedankenverloren stocherte sie mit den Fingerspitzen in dem Essen, das in einer Schüssel auf ihrem Schoß stand. Sie spürte, dass die beiden Männer sie nicht aus den Augen ließen.

Es gab eine Zeit, da hätte ich alles dafür gegeben, meinen Vater sagen zu hören, dass er mich bei sich haben will, dachte sie wehmütig und vergaß für einen Moment die Kimbern, ihre Hände auf ihrem Körper und die Wunde, die Atharics Zurückweisung so unvorhergesehen gerissen hatte.

»Was genau hat Ientus gesagt?«

Caran zögerte nicht mit seiner Antwort. »Dass du gefährlich bist. Dass du die Seelen anderer Menschen aus ihren Körpern locken kannst, sie verwandeln, verletzen, vielleicht für immer vernichten kannst. Er sagte, du hättest die Kräfte eines Druiden, aber sie wären dunkel, unkontrolliert und gefährlich.«

Trotz allem fühlte Talia sich versucht zu lachen. »Kein Druide, den ich kenne, verfügt über diese Macht! Sie reden immer nur und sprechen von Geheimnissen, die niemand außer ihnen wissen darf. Ich bin mir sicher, sie wissen weniger über Seelen als ich! Glaubt denn tatsächlich irgendeiner der Herren diesem alten Wichtigtuer?«
»Er ist der Hohedruide! Wem sonst sollten sie in solchen Dingen glauben? Am Anfang mögen etliche skeptisch gewesen sein, aber jetzt? Im Rat hat im Moment keiner ein gutes Wort für dich übrig, Talia. Hure oder Hexe – ein anderes Wort ist heute Abend nicht gefallen.«
Talia errötete und wünschte sich zum hundertsten Mal, Atharic wäre weit fort.
»Und du hast nichts dagegen getan?«, fragte sie aggressiv.
»Ich habe sowohl Divico als auch Segurion gedroht, ich würde sie zum Schwertkampf herausfordern, sollten sie das noch einmal sagen.« Ihr Vater grinste humorlos. »Danach hielten sie sich mit ihren Äußerungen zurück – leider!«
»Aber was hat Ientus davon, Talia in ein schlechtes Licht zu rücken?«, fragte Atharic. Er schien Talias Unbehagen überhaupt nicht zu bemerken. »Was hat er davon? Und warum tut er das jetzt erst?«
»Im Augenblick hat er nichts davon, aber Ientus setzt auf Zeit. Ich glaube auch nicht, dass es ihm um Talia geht. Er will Sumelis. Wenn er es schafft, den Rat davon zu überzeugen, dass Talia eine Gefahr ist, werden sie, sobald das alles hier vorüber ist, dafür stimmen, dass Sumelis in die Obhut der Druiden gegeben wird.«
»Könntet Ihr dem nicht widersprechen?«
»Wenn der Rat und die Druiden sich einig sind? Kaum. Nicht nach den Gesetzen unseres Volkes.«
»Das ist noch nicht alles.« Talia wartete, bis sich die Aufmerksamkeit der beiden Männer wieder auf sie richtete. »Ientus be-

hauptet, er hätte eine alte Seele, eine, die unzählige Male aus der Anderen Welt zurückgekehrt sei mit all den Erinnerungen an ihre früheren Leben.« Sie zuckte mit den Achseln. »Ich glaube, es ist eine Lüge. Er lässt mich nicht an sich heran, so dass ich ihn berühren kann, aber Sumelis hat seine Seele gesehen, und sie sagt, es sei nichts Besonderes in ihr.«

»Du meinst, Ientus belügt uns? Das ganze Volk, die Herren und seine eigene Druidenschaft?«

»Vielleicht hält er es nicht einmal für eine Lüge«, meinte Talia nachdenklich. »Ientus ist sehr überzeugt von sich. Mag sein, dass er es tatsächlich für die Wahrheit hält. Doch so oder so bin ich eine Gefahr für ihn. Sollten die Menschen sich hier dazu durchringen, mich zu respektieren, würden meine Worte Gewicht bekommen, und dann könnte ich zu einer Gefahr für ihn werden.«

»Wenn das stimmt, dann ist auch Sumelis eine Gefahr für ihn«, bemerkte Atharic ruhig.

»Ja, aber Ientus glaubt, ein Kind kontrollieren zu können.«

»Trotzdem sollte sie beschützt werden.«

»Das geschieht bereits«, warf Caran ein. »Sie ist gut bewacht, keine Angst!«

»Dann glaubt ihr also beide, dass Ientus hinter dem Angriff steckt?«

»Ja«, sagte Talia.

»Nein«, sagte ihr Vater. »Ich glaube nicht ernsthaft, dass er diesen Anschlag angezettelt hat, Talia«, fuhr Caran fort. »Der heutige Angriff war das Werk von jemandem, der will, dass ich meine einzige erwachsene Erbin verliere oder der mich unter Druck setzen will. Ientus mag intrigant sein, aber er würde niemals Mörder anheuern, um die Tochter eines Stadtherrn zu töten oder sie von einem feindlichen Volk entführen zu lassen. Ientus handelt in dem festen Glauben, das Beste für sein Volk zu tun,

so seltsam uns das auch oft erscheinen mag. Heimtückischer Mord und Verbrüderung mit dem Feind gehören sicherlich nicht dazu!«
Talia verzog das Gesicht, widersprach ihrem Vater jedoch nicht. Ihre Hände strichen unruhig über den Rand der glatten Schüssel, die sie in ihrem Schoß hielt. Ihr Blick wanderte zum wiederholten Mal an diesem Abend zu Atharic, und wieder wünschte sie sich, sie hätte den kleinen Berghof, auf dem sie und Sumelis gelebt hatten, niemals verlassen.
»Habt Ihr den Mann, der Talia fortgelockt hat, gefunden?«, fragte Atharic in die Stille hinein.
Caran nickte. »Das war nicht schwer. Er gehört zu der Gefolgschaft eines kleineren Landherrn im Süden, der mir verpflichtet ist. Er trug meine Farben neben den Farben seines Herrn.«
»Was hat er gesagt?«
»Nichts. Als wir ihn fanden, war er tot. Man hat ihm das Genick gebrochen. Es hieß, er sei vom Pferd gefallen. Natürlich hat niemand gesehen, wie es passiert ist.« Caran streckte sich. »Es ist auf jeden Fall besser, wenn Talia und Sumelis das Heer verlassen. Morgen früh, Atharic, wirst du die beiden nach Hause bringen! Mir ist es völlig gleichgültig, ob irgendeiner meint, du solltest weiter das Heer begleiten. Im Moment vertraue ich niemandem hier, und die wenigen, denen ich vertraue, brauche ich an meiner Seite. Damit bleibst nur du. Du wirst meine Familie beschützen, und meine Gefolgsleute haben strengen Befehl, dir aufs Wort zu gehorchen.«
»Euer Vertrauen ehrt mich.«
Caran wischte Atharics Worte mit einer Handbewegung weg. »Du hast meine Tochter gerettet und dabei dein Leben aufs Spiel gesetzt. Dafür stehe ich für immer in deiner Schuld. Du wirst dir heute ebenfalls Feinde geschafft haben, Atharic. Wer immer Talia töten wollte, wird dir nicht dankbar sein.«

Atharic grinste humorlos. »Meine Leute und ich haben ein ganzes Volk gerettet, ohne dass mir jemand dankbar ist. Man gewöhnt sich daran.«

»Wie wirst du dich schützen, Vater?« Talia rührte noch immer ohne Appetit in ihrem Essen. »Womöglich bist auch du in Gefahr! Sollte dich jemand töten wollen, hat er hier ausreichend Gelegenheiten.«

»Gelegenheiten hat es immer gegeben, und bis jetzt hat mich noch keine getötet. Mach dir keine Sorgen!«

»Das kannst du leicht sagen«, murmelte Talia, »du bist ja auch nicht diejenige, die Catuen morgen gegenübertreten muss.«

Atharic griff nach einem Stück Trockenfleisch und betrachtete es kritisch. »Wer auch immer hinter diesem Anschlag heute steckte, hat entweder gewusst, wo sich diese Kimbern aufhielten oder er hat dafür gesorgt, dass sie dort auf Talia warteten. Das wiederum würde womöglich bedeuten, dass er Kontakt zu Boiorix aufgenommen hat. Traut Ihr Segurion das zu?«

Caran rieb sich müde die Stirn. »Das ist es ja gerade!«, gab er zu. »Auch Boiorix wird Spione haben, oder? Er sollte wissen, dass ich von allen Herren derjenige bin, der am ehesten bereit ist, die Kimbern mit Nahrung zu versorgen, und dass Segurion derjenige ist, der sich am meisten dagegen sträubt!«

»Boiorix geht es nicht um Nahrung für sein Volk, ihm geht es nur um sich selbst. Wenn Frauen und Kinder hungern, damit er einen Vorteil gewinnt, ist ihm das egal.«

»Welchen Vorteil würde er haben?«

»Keltische Herren, die ihm einen Gefallen schulden?«, schlug Atharic vor. »Er ist zu einem Kimbern geworden, aber manchmal habe ich den Eindruck, Boiorix hätte sich lieber in einen Kelten verwandelt.«

»Er hasst dich, Atharic«, warf Talia leise ein und vergaß dabei

einen Moment lang, wütend auf ihn zu sein. »Er sagte, du wärst ein Feigling und Verräter!«
»Er ist nicht der Einzige.«
»Es wäre gut gewesen, wenn ihr einen der Kimbern am Leben gelassen hättet«, sagte Caran. »Dann hätten wir vielleicht ein paar Informationen aus ihm herausbekommen.«
»Natürlich, wieso auch nicht?« Talia brauste selten auf, doch diesmal konnte sie ihre Stimme nicht kontrollieren. »Das nächste Mal werde ich bestimmt darauf achten! Ich kann gleich noch ein bisschen spazieren gehen, wenn du möchtest! Vielleicht greifen mich ja wieder fünf Männer an und versuchen, mich zu töten! Ich werde sie dann nur bewusstlos schlagen!«
Caran verzog das Gesicht zu einem schiefen Grinsen. Entschuldigend breitete er die Arme aus. »Es tut mir leid, Talia. Ich weiß, ihr hattet keine andere Wahl. Wir sind alle müde. Vielleicht sollten wir uns schlafen legen, bevor wir uns gegenseitig an die Kehle gehen. Es war ein langer Tag.«
Besänftigt sank Talia zurück. Sie stellte die Schüssel, deren Inhalt sie kaum angerührt hatte, zur Seite und schlüpfte in ihre Schuhe. Caran legte ihr seinen Mantel um die Schultern. Dann strich er Talia kurz über den Kopf, wie er es sonst nur bei Samis tat. »Wir sehen uns morgen früh, bevor ihr losreitet«, sagte er leise. »Versuch, ein wenig zu schlafen!«
Talia schlug den Kragen hoch und schlang das weiche Leder enger um sich. »Gute Nacht!«
Atharic lächelte sie an. »Bis morgen früh!«
Sein Lächeln verfolgte Talia noch, als sie aus dem Zelt trat und sich drei von Carans Männern aus den Schatten neben dem Überdach lösten, um ihr zu folgen. Einer lief hinter ihr, die beiden anderen neben ihr. Ihre aufmerksamen Augen waren auf die Krieger gerichtet, an denen sie vorbeikamen. Talia wusste

ihre Wachsamkeit zu schätzen, doch sie glaubte nicht, dass ihr heute noch Gefahr drohte. Wer auch immer versucht hatte, sie zu töten, plante sorgfältig und vorausschauend und ließ sich bestimmt nicht zu einem unüberlegten Angriff unter aller Augen hinreißen.

Als Talia sich ihrem Lager unter dem ausladenden Blätterdach eines Ahornbaums näherte, entdeckte sie Sumelis. Ihre Tochter saß auf dem freien Platz zwischen zwei Feuern und spielte mit Würfeln. Ein paar Schritte entfernt standen ein paar von Carans Männern und behielten Sumelis sorgfältig im Auge. Es war ein trauriger Anblick, musste Talia sich eingestehen: zwei Lagerfeuer, die Dunkelheit außen herum, das einsame, bewachte Mädchen in der hell erleuchteten Mitte, das mit sich selber spielte. Das Bild entsprach nicht Talias Vorstellung davon, wie ihre Tochter aufwachsen sollte.

»Weshalb schläfst du noch nicht?« Talia ließ sich mit gekreuzten Beinen neben Sumelis nieder und griff nach den Würfeln. »Es ist schon spät.«

»Aenovales sagte, wir würden morgen wieder nach Alte-Stadt reiten.«

»Ja, das stimmt. Wir werden morgen in aller Früh aufbrechen. Aber Aenovales wird bei Großvater bleiben. Nur wir beide werden gehen und einige von Großvaters Kriegern.«

»Was ist mit Atharic?«

»Atharic wird mit uns kommen.«

Sumelis' Gesicht hellte sich sofort auf. »Das ist gut!«, rief sie. »Er hat versprochen, mir zu zeigen, wie man eine Schleuder wirft. Er sagt, ich hätte geschickte Hände. Er wird mit mir auf Vogeljagd gehen! – Ich mag ihn«, fügte sie etwas verspätet, aber dafür umso ernsthafter, hinzu.

»Wirklich?«

»Ja. Ich mag es, wie seine Seele leuchtet, wenn er mich ansieht.«

Sumelis lehnte sich verschwörerisch vor und flüsterte in Talias Ohr: »Er glaubt, er wäre mein Vater.«
Eine eisige Hand griff nach Talias Herz. Die Luft war auf einmal zäh und schien nicht in ihre Lungen fließen zu wollen. Es dauerte einige Augenblicke, bis Talia ihre Stimme wiederfand, und dann war sie nur ein heiseres Krächzen. »Hat Atharic das gesagt?«
»Nein, gesagt hat er nichts, aber ich weiß, dass er es denkt. Deshalb fängt seine Seele auch zu strahlen an, wenn er mich sieht.«
»Wirst du ihm sagen, dass er nicht dein Vater ist?« Talia bemühte sich um den gleichen unbekümmerten Tonfall wie Sumelis und versagte kläglich.
Sumelis schüttelte den Kopf. »Ich mag es, wenn seine Seele leuchtet«, sagte sie, als sei damit alles entschieden. »Es sieht schön aus.«

12. Kapitel

Düster starrte Caran auf seine Stiefelspitzen. Schlammklumpen klebten an dem verzierten Leder und überzogen das helle Braun mit dunklen Rändern. Nicht zum ersten Mal fragte er sich, ob er die richtige Entscheidung getroffen hatte, als er Atharic und Talia nach Alte-Stadt zurückgeschickt hatte. Zwar war der Nordmann einer der besten Krieger, die er kannte, und einer der wenigen, denen er im Augenblick noch vertrauen konnte, aber es waren auch nicht Atharics Qualitäten als Leibwächter, die ihm Sorge bereiteten.

Caran griff nach seinem Messer und begann lustlos, die Schlammkrusten von den Stiefeln zu kratzen. Der Lehm war getrocknet und blätterte in kleinen Plättchen ab, die auf den Boden fielen und zwischen den Gräsern verschwanden. Caran fragte sich, wie viele seiner Männer heute genauso zu Boden fallen würden, gefällt von scharfen Klingen und der legendären Raserei der Kimbern.

Vor vier Nächten waren die letzten Wagen an Alte-Stadt vorbeigezogen. Der Zug war der Mauer dabei so nahe gekommen, dass man das Rumpeln der Räder noch im Inneren der Stadt hören konnte. Frauen und Kinder waren auf den Rampen und

Wehrgängen gestanden und hatten mit offenen Mündern die gewaltige Masse an Menschen und Tieren bestaunt, die sich an der Stadt vorbeiwälzte. Es schien ewig zu dauern, bis der letzte Wagen endlich im Westen verschwand, doch danach hatte es nicht mehr lange gedauert, bis sich die Tore öffneten und jene, die hinter den Befestigungen Schutz gesucht hatten, mit ihrem Vieh nach draußen strömten, zurück zu ihren Höfen und Feldern. Noch am selben Abend hatte die Hälfte der Flüchtlinge Alte-Stadt verlassen. Erleichterung hatte ihre Gesichter gezeichnet, sie hatten gescherzt und gefeiert. Sie hatten Schwerter und Lanzen geopfert, sie verbogen und zum Heiligtum gebracht, doch kaum hatten die Menschen den Göttern gedankt, vergaßen sie auch schnell wieder die Angst, die sie nächtelang beherrscht hatte. Sie machten mit ihrem Leben dort weiter, wo die Kimbern sie unterbrochen hatten, und erwarteten voller Ungeduld die Rückkehr des Heeres.

Unser Land, unsere Familien sind in Sicherheit, dachte Caran. *Und bald sind wir es alle – wenn wir das hier überstehen.*

Das Heer hatte den Licus, die traditionelle Grenze des runicatischen Gebiets, am vorangegangenen Tag überschritten. Hier begann nun das Land der westlichen Teilstämme der Vindeliker, zu denen auch die Licater und Briganter im Süden zählten. Caran wusste nicht, welche Abmachungen diese Stämme mit Boiorix getroffen hatten, nur, dass sie wie die Runicaten Truppen aufgestellt hatten, um die Kimbern daran zu hindern, zu ihren Städten und Siedlungen vorzustoßen. Dieses Heer lagerte jedoch ein ganzes Stück weiter südlich und ließ einen großen Abschnitt der Straße am Danuius unbewacht. Es war die Vergeltung dafür, dass Caran vor Jahren seinen Einfluss weit über den Licus hinaus nach Westen ausgedehnt hatte. »Wenn es Eure Händler sind, die die Straße beherrschen, dann ist es auch Eure Aufgabe, sie zu schützen«, hatte ein licatischer Unterhändler lakonisch bemerkt, als Caran bei den Nachbarstämmen um Unterstützung gebeten hatte.

Das Heer hatte geplant, den Kimbern nur noch ein kurzes Stück weit zu folgen, bis sie den Licus zwei Tagereisen hinter sich gelassen hatten. Dann wollten sie den Zug den Licatern und Helvetiern überlassen. Von den Helvetiern hieß es, sie seien so reich an Gold, dass sie alle Kimbern als Söldner anstellen könnten, wenn sie wollten. Caran wusste, dass auch die keltischen Stämme westlich des Rhenos' schon lange nach Osten blickten, um von dort Kämpfer anzuheuern, und er hatte sich gefragt, ob sie nicht vielleicht mehr bekommen würden, als sie sich wünschten. Dann jedoch war der Morgen gekommen, und Caran hatte plötzlich andere Sorgen gehabt.

Als die Sonne an diesem Tag aufgegangen war, hatte das keltische Heer feststellen müssen, dass der letzte Teil des Kimbernzugs in der Nacht seine Wagen zu einer langgezogenen Kette aus Wagenburgen zusammengestellt hatte. Sie hatten die Wagen in inneren und äußeren Kreisen angeordnet, das Vieh hatten sie im Inneren zusammengetrieben. Krieger füllten den schmalen Raum zwischen den beiden Kreisen, während weitere Kämpfer sich auf den offenen Flächen neben den Wagenburgen versammelten.

Insgesamt über zwölftausend, schätzte Caran, *darunter mehr als die Hälfte ihrer gesamten Reiterei.*

Die Boten, die eilig nach Osten und Westen geritten waren, sobald das erste Morgenlicht enthüllt hatte, was die Kimbern in der Nacht vollbracht hatten, hatten einunddreißig Wagenburgen gezählt. Einige waren klein und langgezogen, doch wenn das Gelände es zuließ, waren sechzig und mehr Wagen zusammengestellt worden und bildeten nun, Deichsel an Deichsel, ein beeindruckendes Bollwerk. Neben jeder sammelte sich eine Reitereinheit.

Sie wissen, dass uns die Verstärkung aus Keiler-Wacht verlassen hat. Sie werden uns an so vielen Punkten angreifen, dass wir keine Chance haben, die Höfe im Hinterland zu verteidigen. Dabei konnten sie wahrscheinlich froh sein, dass sie es nicht mit dem gesamten Heer der Kimbern zu tun bekamen, überlegte Caran. Die vordere Hälfte des Zugs war ein bis zwei Tagesmärsche weiter und hatte die Grenze des runicatischen Gebiets bereits weit hinter sich gelassen.

Warum so spät?, überlegte Caran. *Warum greifen sie erst jetzt an? Dachten sie, wir würden dieses Land nicht mehr verteidigen, weil es auf der anderen Seite des Licus' liegt?* Aber die Kimbern mussten wissen, wie wertvoll die Weststraße für das runicatische Volk war. Die Höfe und Herbergen, die Zollstationen – sie alle waren eng mit Alte-Stadt und dem Handel verbunden. Schutzversprechen waren gegeben worden; das Beziehungsgeflecht zwischen einzelnen kleinen Siedlungen und Alte-Stadt war so eng, dass sich viele Bewohner jenseits des Licus' mehr auf Caran und die anderen Stadtherren verließen als auf ihre eigenen Gefolgsherren.

»Ihre Anführer sind gut«, bemerkte Aenovales, der in diesem Moment neben Caran trat. Sie standen auf einer winzigen Erhebung, von der sie einen guten Blick über die Wagenburgen bis hin zum Fluss hatten. Dennoch beugte sich Aenovales vor und kniff die Augen zusammen. Seine Sehkraft hatte in den letzten Jahren nachgelassen, aber er war der Letzte, der das zugeben würde. »Es war bestimmt nicht leicht, all diese Wagenburgen zu bauen, und das auch noch nachts! Sie sind besser organisiert, als wir dachten.«

»Vielleicht hatten sie Hilfe?«

»Du meinst, jemand hat ihnen verraten, wo sie gute Plätze für die Wagenburgen finden?«

»Ich weiß es nicht. Für eine Verzweiflungstat aus Hunger scheinen sie jedenfalls gut vorbereitet.«

»Vielleicht sind sie noch nicht verzweifelt. Vielleicht handeln sie lieber, bevor sie richtig verzweifelt werden.«

»Unsere Kundschafter sagen, die ärmeren Familien hätten tatsächlich kaum mehr Mehl und Getreide. Einige haben bereits angefangen, ihr Vieh zu schlachten. Für sie ist das kein Spiel.«

»Was sagen Ientus und Segurion?«

»Nichts. Die beiden bekommen die gleichen Informationen wie ich, aber sie ziehen es vor, sie zu ignorieren.« Im Stillen gab Caran zu, dass er Ientus damit womöglich Unrecht tat. Der Druide litt seit einiger Zeit stark unter den kühlen Herbstnächten und der Feuchtigkeit, die sie begleitete, und nahm kaum noch an den Treffen der Heerführer teil. Er hatte Schmerzen in den Gelenken und konnte sich morgens oft nicht rühren. Seine Finger waren steif und wie Klauen leicht gekrümmt. Helfer mussten ihm das Essen schneiden, und Caran hatte gehört, dass er sich nächtelang auf seinem Lager herumwarf, stöhnend und schlaflos, ohne dass der Weidenrindentee, den er zu sich nahm, Linderung brachte. Mittlerweile ließ sich der Hohedruide in einer Sänfte tragen.

Wenn ich gewusst hätte, dass Feuchtigkeit solche Auswirkungen auf ihn hat, hätte ich schon vor Jahren einen Wassergraben rund ums Heiligtum gezogen. Das hätte mir eine Menge Ärger erspart!

Caran schwang sich auf sein Pferd. Obwohl er kein Mitleid mit Ientus aufbringen konnte, wünschte er doch, dass sich der Hohedruide heute zumindest so weit erholte, dass er sich in seiner Sänfte zu ihnen tragen lassen konnte. Ientus sollte mit eigenen Augen sehen, was die Kimbern in der Nacht geschaffen hatten. Er musste die Gefahr sehen und dann musste er endgültig entscheiden, wer den Oberbefehl über das Heer erhalten sollte, ehe es zu spät war.

Der Gedanke ließ Caran sich Segurion zuwenden, der ein Stück entfernt stand. Er war nicht allein: Scota, Segurions

Kriegsführer, sprach beschwörend auf seinen Herrn ein. Scota trug keinen Helm, vielmehr hatte er die hellen Haare in Zöpfe geflochten und an den Enden mit Lederstreifen umwickelt.
»Was hältst du von ihm?« Aenovales deutete mit dem Kinn auf den drahtigen Kriegsführer. »Sein Ruf ist legendär! Er soll in Italien Söldnertruppen angeführt haben, bevor er nach Alkimoennis zurückkehrte. Man sagt, er würde nichts so sehr hassen wie Feiglinge. Männer, die sich zur Flucht wenden, soll er eigenhändig töten, ihre Leichen an Bäume nageln und in Brand stecken. Er soll noch keinen Kampf verloren haben.«
»Scota ist ein Mann, dem Töten Spaß macht. Töten und siegen – das ist alles, wofür er lebt. Er und Segurion passen gut zueinander.« Caran verstummte abrupt. Von Westen her ritt ein Kimber an den Wagenburgen und den Kriegern zwischen ihnen entlang. Er hielt bei jeder Einheit kurz an und sprach mit dem Mann an ihrer Spitze, bevor er weiter zur nächsten eilte.
»Sieh doch, dort! Was hat der Kerl vor?«
Scota hatte einem seiner Krieger ein Zeichen gegeben. Der Mann nickte gehorsam und lenkte sein Pferd in ein sumpfiges und von Büschen flankiertes Bachbett, das ihn vor den Blicken des Reiters verbarg. Als er in Pfeilschussweite zur Straße war, hielt er an. Er griff nach seinem Langbogen und legte einen Pfeil auf die Sehne.
Der Reiter löste sich von der Gruppe Kimbern, mit der er zuletzt gesprochen hatte, und drängte sein Pferd weiter. Er folgte dem Weg nach Osten, ohne Scotas Gefolgsmann zu bemerken, der hinter ein paar Büschen oberhalb der Straße verborgen stand. Der Kimber hatte keine Chance, dem Pfeil auszuweichen. Der Aufprall war so stark, dass er ihn vom Pferd und gegen eine junge Weide am Wegrand schleuderte. Regungslos blieb er liegen. Sein Pferd rannte ohne ihn weiter.
Ein Ruck ging durch die Kimbern. Jene, die den Anschlag be-

obachtet hatten, rissen ihre Waffen hervor. Ihr wütendes Brüllen alarmierte die weiter entfernten Einheiten und Wagenburgen. Wie eine Kette setzte es sich fort. Caran musste Anfang und Ende nicht sehen, um zu wissen, dass binnen kürzester Zeit überall der Angriff beginnen würde. Fluchend riss er sein Pferd herum.

»Wo willst du hin?«

Carans Gesicht war grimmig. »Zu Scota. Er soll sagen, wo er meine Männer haben will.«

»Aber Ientus hat seine Entscheidung noch nicht getroffen!«

»Die Entscheidung ist gerade für ihn getroffen worden! Jetzt kommt es nur noch darauf an, dass wir zusammenhalten. «

Doch Scota überraschte Caran.

»Euer Angebot ehrt Euch«, sagte der Kriegsführer und unterbrach dabei kurz den Hagel an Befehlen, der von seinen Lippen kam, »aber die Kimbern greifen auf einer so großen Länge an, dass wir nicht geschlossen darauf reagieren können. Divico wird sich um den Osten kümmern, ich mich um die Mitte. Reitet Ihr mit Euren Männern nach Westen und drängt sie zum Fluss zurück!«

»Was habt Ihr vor?«

»Sie einen hohen Preis bezahlen lassen! Die Kimbern sollen sehen, was es sie kostet, uns anzugreifen, dann werden sie es nicht noch einmal versuchen.«

»Ist das Euer ganzer Plan? Was ist mit den Höfen?«

Scota zuckte mit den Achseln, als wäre die ganze Angelegenheit nicht mehr als eine lästige Fliege, die es zu verjagen galt. »Die Kimbern werden so oder so bald genug zu essen haben. Die Pferde, die heute getötet werden, sollten für ein paar Nächte genügen. Hauptsache, ihnen wird klar, dass sie besser nicht zu gierig werden!«

Caran warf einen Blick auf Segurion, um zu sehen, wie dieser auf die letzte Bemerkung seines Kriegsführers reagierte, doch Segurion achtete nicht darauf. Er schien Scota überhaupt nicht zugehört zu haben, stattdessen wanderte sein Blick fort von den Kimbern nach Osten. Einen Moment lang glaubte Caran, ein Lächeln auf Segurions Zügen zu sehen, aber er war sicher, dass er sich irren musste.

Laute Rufe und eine Tür, die zugeschlagen wurde, weckten Talia. Ein Fluch ertönte, gefolgt von einem dumpfen Laut, wie wenn ein Mensch zu Boden fiel. Ein Hund fing zu bellen an. Das Gekläff hallte über Carans Hof und weckte die Pferde, deren unruhiges Wiehern durch die Wände gedämpft zum Haupthaus drang. Im Nebengebäude wurde ein Fenster aufgestoßen. Blasser Lichtschein erhellte den Platz zwischen den Gebäuden. Holzplanken knarrten unter eiligen Schritten.

Talia rollte herum und stellte fest, dass das Lager neben ihr leer war. Einen Moment lang fühlte sie Enttäuschung in sich aufwallen. Sie hatte geträumt, Atharic würde neben ihr liegen, sein Körper warm und fest auf den weichen Ziegenfellen, und sie müsste sich nur umdrehen und …

Talia setzte sich abrupt auf, während sie sich auf die Geräusche konzentrierte, die sie geweckt hatten. Die Decke rutschte von ihren Schultern und entblößte ihren Oberkörper. Sie blickte zum offenen Fenster, von dem kalter Wind ins Innere wehte. Verblassende Sterne schimmerten am Himmel und versprachen die nahende Morgendämmerung.

»Du kannst jetzt nicht …!« Das war die ärgerliche Stimme des Knechts, der neben dem Feuer in der Halle zu schlafen pflegte. Talia glaubte, das Reißen von Stoff zu hören. Abermals ertönte ein Fluch. Einen Augenblick später flog die Tür auf, und eine schlaksige Gestalt stürmte in die Kammer. Der Knecht stolperte hinter ihr her, eine Hand in den zerrissenen Mantel des Eindringlings gekrallt. »Verzeiht, Herrin! Er ließ sich nicht aufhalten! Ich habe ihm gesagt, dass Ihr schlaft und …«

»Schon gut!« Talia warf sich einen Umhang über die Schultern und schlüpfte aus dem Bett. Als sie wieder aufblickte, stand Atharic im Eingang zu ihrer Kammer, ein Messer in den Händen, barfuß und mit nacktem Oberkörper über seiner ungeschnürten Hose. Der Knecht schnaubte missbilligend, als er den Nordmann in Talias Kammer sah, aber Atharic beachtete ihn nicht. Langsam ließ er das Messer sinken.

»Herrin, sollte nicht besser …«

»Du kannst jetzt gehen!«

Der Knecht eilte hinaus.

»Was ist passiert?« Atharic trat auf Hari zu und griff nach dessen Arm. »Wieso bist du hier?«

Hari ließ sich auf das Lager fallen. Erst jetzt bemerkte Talia, dass seine Kleider zerrissen waren und dass sich Kletten und kleine Äste in den Riemen seiner Stiefel verfangen hatten. Haris sonst so sorgfältig frisierten Haare waren ein wirres Nest aus zerzausten Locken, die ihm tief in die Stirn fielen. Er war grau im Gesicht, und als er den Mund öffnete, kam ein seltsamer Laut heraus: halb Schluchzen, halb Brüllen. Talia erschauerte bei dem Geräusch.

Atharic ging vor seinem Bruder in die Hocke. Er schüttelte ihn sacht.

»Was ist passiert?«, drängte er. »Sag schon!«

Hari schluckte. Er blickte Atharic nicht an. Seine Augen waren auf den Boden des Korridors gerichtet, in dem Catuen gerade erschien. Sie war ebenfalls barfuß und hielt eine kleine Talglampe in den Händen.

»Haeva …« Hari hob die Finger vor sein Gesicht und betrachtete sie verwirrt. Talia sog scharf die Luft ein. Haris Hände waren mit verkrustetem Blut überzogen, doch es war offensichtlich nicht sein eigenes. Von den Handgelenken zog es sich die Unterarme hinauf, färbte das hellgrüne Hemd dunkel, mit einzelnen Flecken auf Brust und Oberarmen. Als Hari die Arme bewegte, blätterte ein wenig getrocknetes Blut auf die Decken.

Hari versuchte sich zu räuspern. »Sie alle … Haeva … Sie haben sie getötet! Wir hatten keine Chance! Sie kamen – ich meine, wir konnten sie nicht sehen! Wir hatten keine Wachen, keine Waffen, und sie waren so schnell! Plötzlich waren sie einfach da!« Hari brach ab. Er presste eine Faust vor den Mund, dann beugte er sich vor und verbarg das Gesicht zwischen den angezogenen Knien.

Atharic schüttelte Hari, bis er ihn ansah.

»Was?«, beharrte er. Tränen liefen über Haris Wangen. »Was ist geschehen?«

»Es war bei Einbruch der Dunkelheit!« Hari riss sich von Atharic los und sprang auf. Er machte zwei Schritte bis zur Wand, fuhr herum und kam wieder zwei Schritte zurück. Seine Handflächen waren fest gegeneinander gepresst. »Ich habe bei den Pferden Wache gehalten. Wir hatten sie westlich vom Lager auf eine Lichtung gebracht, wo sie frisches Gras und Wasser hatten. Ich konnte von dort aus hören, wie die Kinder lachten. Haeva war auf dem Weg zu mir; sie hielt einen Korb unter dem Arm und winkte mir zu. Sie hatte Pilze gesammelt, und ich sah, dass der Korb bis zum Rand hin gefüllt war.« Hari strich über das getrocknete Blut auf seinen Fingernägeln. Seine Stimme hatte sich einen Moment lang in der Erinnerung verloren. Er murmelte vor sich hin. Atharic wartete. Schließlich sprach Hari weiter:

»Plötzlich wurden die Pferde unruhig. Sie warfen die Köpfe in die Luft und liefen erregt umher. Ich wusste nicht, was los war. Haeva blieb stehen und drehte sich um. Dann zitterte die Erde, und ich hörte einen Schrei. Ich konnte nichts erkennen, denn das Lager war hinter Bäumen verborgen, aber Haeva stand auf dem Weg. Sie sah es! Sie warf ihren Korb fort und rannte auf mich zu. Ich stand nur da; ich konnte mich nicht bewegen! Dann tauchte der erste Reiter auf. Er wurde nicht einmal langsamer, als er an Haeva vorbeiritt, er hob nur seine Lanze und stach sie ihr in den Rücken. Sie stolperte nach vorne. Sie sah mich an, als sie fiel. Sie wusste, dass ich da war, in ihrer Nähe! Sie kroch auf mich zu. Weitere Reiter stürmten heran, und ich hörte unsere Leute schreien. Ich bin zu Haeva gerannt und habe sie fortgezogen, hinter einen umgestürzten Baum, wo sie uns nicht sehen konnten. Ich habe nicht hingeschaut, als die Reiter an uns vorbeiritten. Ich konnte es nicht! Haeva – ich musste mich um sie kümmern!«

Hari starrte noch immer auf seine Hände, die den Körper seiner Verlobten gehalten hatten, während sie starb. Er schluckte schwer. »Ich habe nicht hingeschaut«, wiederholte er, »ich habe nicht hingeschaut. Irgendwann habe ich keine Schreie mehr gehört.«

»Wie viele haben überlebt?« Atharics Gesicht schien einem Fremden zu gehören. Seine blauen Augen erschienen im Halbdunkel wie zwei kohlschwarze Löcher.

»Ich weiß es nicht! Ich bin nicht zurückgegangen! Einer der Jungen, der mit mir die Pferde bewacht hatte, kam und zog Haeva aus meinen Armen. Wir beschlossen, dass er zum Lager gehen und nach Überlebenden suchen und dass ich mir ein Pferd nehmen sollte. Ich bin hierhergeritten, so schnell ich konnte.«

Hari wischte sich mit dem Handrücken über die Augen. »Ich musste irgendetwas tun«, stammelte er. »Ich konnte doch nicht ewig dort sitzen und, und … Ich wollte nicht dortbleiben!«

»Wer war es?«

»Boier.« Haris Antwort war ein Flüstern. »Boier. Fünfzehntausend, zwanzigtausend, ich weiß es nicht. Sie sind auf dem Weg hierher.«

Talia lehnte sich mit dem Rücken gegen die Wand. Draußen hatte Catuen die Lampe fallen lassen. Klirrend zerschellte sie auf dem Boden und erlosch. Atharics Gesicht war mit einem Mal in Dunkelheit getaucht.

»Sie sind hinter dir?«

»Ja. Ich habe sie überholt. Sie sind langsam geritten, ihre Pferde waren müde. Sie müssen einen Gewaltritt hinter sich haben, aber sie werden bald hier sein.«

»Und du bist sicher, dass es Boier waren?«

»Ich habe ihre Stimmen gehört, wie sie gesprochen haben. Ich irre mich nicht!«

»Aber wie kann das möglich sein?« Catuen trat in die Kammer und sah zwischen Talia und den beiden Männern hin und her. Sie zitterte. »Ich meine, wie können sie …?«

»Irgendjemand hätte sie früher bemerken müssen!«, stimmte Talia Catuen zu. »Sie können nicht unser ganzes Land durchqueren, ohne von jemandem bemerkt zu werden! Selbst wenn sie ihre Pferde zu Tode jagten, hätten wir Nachricht bekommen müssen!«

»Vielleicht hatten sie Hilfe?«

»Wer sollte ihnen helfen?«

»Wenn Bauern oder Grenzposten einen Einfall der Boier bemerken, wen benachrichtigen sie dann?«

»Die nächstgelegenen Herren, aber selbst wenn sie schnell waren, jemand, ich meine, spätestens Segurion hätte …« Talias Stimme erstarb. Stille machte sich in der kleinen Kammer breit. Draußen hatte der Hund zu bellen aufgehört. Leises Scharren wies darauf hin, dass sich die Mägde und Knechte in der Halle versammelten. Dumpfe Schritte gingen unter Talias Fenster vorbei, als einige von Carans Kriegern zum Haupthaus kamen, um zu erfahren, was der ganze Lärm zu bedeuten hatte.

»Segurion«, wiederholte Atharic. »Er muss das lange geplant haben.«

Talia wollte widersprechen, aber ihr fiel auf einmal nichts mehr ein. Ihre Gedanken überschlugen sich, ein wirres Durcheinander, in dem sich einzelne Fäden zögernd zusammenfanden: die Boier, die den Weg entlang der alten Straße durch das Gebiet von Alkimoennis nahmen und über den Flussübergang, der von Segurions Leuten bewacht wurde; das Heer, das im Westen war und Alte-Stadt ohne Verteidiger zurückgelassen hatte; die Tatsache, dass keine Warnung sie erreicht hatte. Talia spürte, wie ihre Hände zu zittern begannen.

Catuen hatte sich neben Talia gegen die Wand fallen lassen und die Arme um den Oberkörper geschlungen. »Aber wieso sollte Segurion so etwas tun?«, fragte sie ungläubig. »Er ist ja nicht einmal in Alkimoennis! Er ist mit Caran beim Heer!«

»Er braucht auch gar nicht hier zu sein. Roueca ist in Alkimoennis. Sie wird dafür gesorgt haben, dass die Boier unbemerkt bis zur Furt gelangen konnten. Sie wird ihnen den Übergang ermöglichen und ihnen den Rücken freihalten.«

»Aber sie ist Carans Schwester! Sie ist eine von uns! Warum sollte sie das tun? Warum sollte Segurion so etwas tun?«

»Wegen Alte-Stadt«, murmelte Talia, bevor Atharic antworten konnte. Sie hielt den Kopf gesenkt und starrte auf ihre Zehen, die auf dem kalten Boden langsam auskühlten. »Segurion und Roueca wollen den Handel beherrschen und benutzen die Boier, um uns zu vernichten. Sie haben ein Abkommen geschlossen.«

Talia legte den Kopf zur Seite und lauschte, als wollte sie selber hören, wie ihre Worte klangen. Sie hatte unsicher geklungen, aber das Echo in ihren Gedanken gewann überraschend schnell

an Überzeugungskraft. »Sie haben das Heer absichtlich fortgelockt, nicht wahr? Sie haben nicht nur mit den Boiern ein Abkommen geschlossen, sondern auch mit den Kimbern!« Talia ballte die Fäuste. »Was ist mit Vater? Was passiert gerade?«
Atharic hob die Schultern. Aus den Augenwinkeln sah er, dass Haris Kopf in die Höhe geschossen war. Wut und Unglauben ersetzten die Verzweiflung auf seinen Zügen.
»Ich weiß es nicht«, sagte Atharic, »aber an Segurions Stelle hätte ich Vorkehrungen getroffen, dass Caran und das Heer nicht bereits auf dem Weg zurück sind. Segurion wird dafür sorgen, dass Caran abgelenkt ist und erst von den Boiern erfährt, wenn es zu spät ist.« Atharic zögerte kurz. Catuens Lippen bewegten sich, als wollten sie seine nächsten Worte vorwegnehmen. »Sobald Segurion hört, dass Alte-Stadt gefallen ist, wird er Caran aus dem Weg schaffen. Euch werden sie als Geiseln nehmen.«
»Das würden sie niemals wagen! Unsere Männer würden –«
»Würden was? Sobald Caran tot ist, die Boier die Stadt erobern und euch als Geiseln nehmen – wer sollte dann noch kämpfen? Wer sollte eure Männer anführen?«
Die ungeduldigen Stimmen jener, die sich im Haus versammelt hatten, waren lauter geworden, während Atharic sprach. Mittlerweile schien sich der gesamte Hof in der Halle zu drängen. Jemand hatte das Feuer angeschürt, und flackernde Lichtstrahlen huschten den Korridor entlang. Atharic drehte sich von dem Licht und den Stimmen fort und starrte durch das Fenster in die Nacht hinaus. Nur mühsam widerstand er dem Drang, nach draußen zu stürmen, sich ein Pferd zu nehmen und zu reiten, bis er sein Volk fand oder das, was noch von ihm übrig war.
Haris heisere Worte durchbrachen das Schweigen. »Bedeutet das, Segurion hat unsere Leute absichtlich auf diesem Platz

lagern lassen? Er hat gewusst, dass die Boier dort vorbeikommen würden?«

Atharic nickte, ohne sich umzudrehen. Talia konnte sein Gesicht nicht erkennen, aber die Sehnen an seinen Armen waren scharfe Grate unter der bloßen Haut. »Eine kleine Bestrafung, weil wir den Zug verlassen haben«, sagte er bitter. »Vielleicht war es Teil eines Abkommens, das Segurion mit Boiorix geschlossen hat: Boiorix sorgt dafür, dass das Heer und Caran abgelenkt sind, dafür bekommt er die Unterstützung eines keltischen Fürsten und die Rache an uns, die er Verräter nennt.« Atharic schlug mit der flachen Hand gegen die Wand. Putz bröckelte heraus und rieselte auf seine nackten Zehen. Leise Schritte näherten sich im Korridor, dann erschienen Sumelis und Samis am Eingang zur Kammer. Die beiden Mädchen blinzelten verschlafen und wollten wissen, wieso alle wach waren. Catuen nahm sie hastig in die Arme. Talia hörte nicht, was sie den beiden erzählte, denn sie selbst war neben Atharic getreten und berührte seinen Rücken. Die Muskeln unter ihren Fingern waren angespannt. Das sonst strahlende Blau seiner Seele hatte einen gräulichen Ton angenommen – eine kalte Farbe, die wie Nebel alles verbarg, was darunter brodeln mochte. Er starrte noch immer nach draußen.

Talia holte tief Luft. »Du musst gehen!«, sagte sie. »Reite zu deinen Leuten! Wir kommen schon zurecht!«

Atharic stieß einen Laut aus, der ein Lachen sein mochte. »Nein, ihr kommt nicht zurecht! Hast du nicht gehört, was Hari gesagt hat? Mehr als fünfzehntausend, zwanzigtausend Reiter! Ihr dagegen habt keine Verteidiger mehr! Eure Männer sind fort! Alle Kriegsführer sind fort!«

Atharic drehte sich zu Talia um. Sein Blick wanderte jedoch an ihr vorbei zu Sumelis, die ihre Hände in Catuens Rock gekrallt hatte und aufmerksam lauschte. Etwas in Atharics Zügen veränderte sich. Stumm beobachtete er, wie Catuen die beiden Kinder wieder ins Bett schickte. Catuen bemühte sich, ruhig zu klingen, um den Mädchen nicht noch mehr Angst einzujagen, aber ihre Knie zitterten unter dem langen Schlafgewand.

Catuen wartete, bis Samis und Sumelis außer Hörweite waren, dann richtete sie sich auf. In einem Ton, den Talia niemals zuvor bei ihr gehört hatte, zischte sie: »Wir müssen Caran warnen! Wir haben schon zu viel Zeit verschwendet! Ich schicke einige unserer Krieger!«

»Wartet!« Atharic sprang vor und hielt Catuen auf, bevor sie nach draußen stürmen konnte. »Ihr könnt es euch nicht leisten, die wenigen Krieger, die ihr habt, fortzuschicken! Ihr werdet jeden Mann brauchen!«

»Dann reite ich selbst!« Catuen schüttelte seine Hand ab. »Wenn Segurion Caran tötet, dann –«

»Ich kann reiten!« Haris Ausruf überraschte alle. Er sprang auf. »Bitte! Unsere Leute werden sich in den Wäldern verstecken. Selbst wenn wir zu ihnen durchkommen, können wir nichts tun! Wir können nicht kämpfen und mit den Verwundeten können wir auch nicht fliehen! Wir haben nur eine Chance: Caran muss Segurion und Roueca aufhalten!« Hari reckte seine blutverkrusteten Hände in die Höhe und seinem Bruder entgegen. »Bitte! Ich will hier nicht herumsitzen und daran denken müssen, was mit Haeva geschehen ist! Gebt mir etwas zu tun! Lasst mich reiten!«

Haris Stimme klang so verzweifelt, dass Talia für einen Augenblick ihre eigene Angst vergaß. Sie konnte spüren, wie seine Gefühle wie Wärme von ihm ausstrahlten, heiß und ungedämpft. Hari besaß nichts von der Kontrolle und schweigenden Härte seines älteren Bruders, und Talia war froh, dass Catuen Sumelis fortgeschickt hatte.

Atharic fühlte ebenfalls Haris Verzweiflung, aber er sah auch

den Hass in seinen Augen, den Wunsch, Segurion zu finden und zu töten. Atharic zögerte. Es erschien ihm nicht richtig, auch noch das letzte Mitglied seiner Familie fortzuschicken und in Gefahr zu bringen, während er selbst bei seinem Stamm sein und ihn beschützen sollte. Er war es leid, solche Entscheidungen zu treffen und zu beobachten, wie sie die Menschen, für die er die Verantwortung trug, ins Verderben rissen.
Schließlich gab Atharic nach. »Gut. Nimm dir einen von Carans Kriegern und Ersatzpferde, damit ihr wechseln könnt! Catuen wird euch ein Siegel mitgeben, damit ihr nicht an Carans Wachen hängen bleibt, wenn ihr das Heer erreicht. Sprecht mit niemand anderem als mit Caran!«
»Was wirst du tun?«
Abermals zögerte Atharic. Sein Blick wanderte ein letztes Mal zum Fenster. Fast konnte er die Fäden spüren, die ihn in unterschiedliche Richtungen zerrten, eine Puppe, die die Götter zu ihrer Unterhaltung geschaffen hatten.
»Caran hat mir den Befehl über seine Krieger übertragen. Ich habe gelobt, seine Familie zu beschützen.«
So, wie ich gelobt habe, mein Volk zu beschützen.
»Du bleibst?«, fragte Talia ungläubig.
Atharic war nicht sicher, ob das wirklich das war, was er tun sollte. Aber Hari hatte recht: Wenn Alte-Stadt fiel, würde niemand Roueca und Segurion aufhalten können. Sie würden das, was von Atharics Stamm noch übrig sein mochte, ohne zu zögern vernichten.
Und dann war da immer noch Talia.
Und Sumelis.
Atharic griff nach seinen Waffen.

Wasser stand in tiefen Pfützen auf der Wiese und spritzte unter den Hufen der kleinen, wendigen Pferde. In dem aufgeweich-

ten Boden sanken die Tiere bis zu den Fesseln ein, aber ihre Reiter drängten sie rücksichtslos vorwärts auf die nahe Baumreihe zu, in deren Richtung die keltischen Fußsoldaten flohen. Triumphierend senkten die Kimbern ihre Lanzen.
Auf Carans Zeichen hin löste sich die Flanke aus den Schatten eines weiteren kleinen Waldes und sprengte auf die Wiese, die die Kimbern gerade überquert hatten. Die Nordmänner bemerkten nicht, was hinter ihnen geschah, und trieben ihre Pferde johlend über den sumpfigen Boden. Die Flüchtenden rannten noch etwas schneller. Wenige Augenblicke später verschwanden sie zwischen den Bäumen am Rande der Lichtung. Als die Kimbern sahen, wie ihre Feinde zu entkommen drohten, benutzten sie die flachen Seiten der Schwerter, um ihre Pferde anzutreiben. Kurz darauf erreichten sie ebenfalls die erste Baumreihe. Hier, im Schutze eines alten, verfallenen und von Sträuchern bedeckten Walls, warteten Carans Krieger auf sie.
»Netter Köder!« Caran musste Aenovales nicht ansehen, um zu wissen, dass der alte Schmied breit grinste. »Ich hätte nicht gedacht, dass es so gut funktionieren würde.«
Caran hatte seine Streitmacht aufgeteilt: Die eine Hälfte kümmerte sich um die knapp zweitausend Kimbern, deren Reiterei ihnen gerade in die Falle gegangen war; die andere verfolgte einzelne Banden, die den Fluss überquert hatten und nun über die Handelsposten und Zollstationen am anderen Ufer herfielen. Boten berichteten, dass es Scota und Divico ein Stück weiter östlich gelungen war, große Truppenteile der Kimbern aufzuhalten und zurückzuwerfen, wenn auch etliche kleine Einheiten durch ihre Reihen geschlüpft waren und nun die Höfe zwischen Danuius und Licus heimsuchten. Um die Kimbern zum Zug zurückzulocken, hatte Scota befohlen, die Wagenburgen anzugreifen und in Brand zu stecken, aber Caran bezweifelte, dass der Plan funktionieren würde. Bestimmt hat-

ten die Kimbern die Häute, die das Flechtwerk ihrer Wagen bedeckten, mit Wasser bespritzt, und Bogenschützen würden Scotas Männer auf Abstand halten. Es war erschreckend, wie wenig vorbereitet sie wirklich auf so einen Angriff gewesen waren, überlegte Caran. Es schien, als hätten sie die vergangenen Wochen nichts anderes getan als zu streiten.

»Da kommt einer von Ientus' Schoßhunden.«

Caran beobachtete noch immer die kimbrischen Reiter, die gerade feststellten, dass sie in der Falle saßen, und einen Ausfall nach Westen versuchten. Ein Horn blies einen langen, rauen Ton; als Antwort gingen einhundert Bogenschützen in Stellung. Ihre Pfeile sausten durch die Luft und prasselten auf die Kimbern herab.

»Was, verdammt noch mal, will der Kerl hier?«

Ein Geweihter näherte sich den Überresten des alten Walls. Er war kein guter Reiter und hopste bei jedem Schritt des Pferdes wie ein Spielball auf und ab. Dreißig Leibwächter bildeten einen schützenden Ring um ihn. Caran verzog das Gesicht. »Als ob wir keine andere Verwendung für unsere Krieger hätten als eine Eskorte für einen aufgeblasenen Mistelsucher!«, brummte er.

Carans Leibgarde teilte sich, um den Heiler durchzulassen. Er drängte sein Pony bis dicht vor Carans Hengst, der schlecht gelaunt nach dem kleineren Pferd schnappte. Das Pony schreckte zurück, und die Bewegung schleuderte den Heiler fast zu Boden. Im letzten Augenblick gelang es ihm, die Hände in die Mähne zu krallen und sich festzuhalten.

»Caran«, begann er, während er sich wieder aufrichtete und dabei das Feixen von Carans Leibgarde ignorierte, »ich habe eine wichtige Botschaft von Ientus.«

»Tatsächlich? Ihr kommt zu einem ungünstigen Zeitpunkt, Geweihter. Wie Ihr seht, bin ich beschäftigt.« Mit einer ausholenden Handbewegung deutete Caran auf die Szene hinter sich.

Die Kimbern versuchten abermals einen Ausfall. Die keltischen Krieger begrüßten sie mit einem weiteren Pfeilhagel, aber sie stellten sich ihnen nicht in den Weg. Sie ließen sie vorbei, schossen eine weitere Salve in ihre Rücken, dann nahmen sie die Verfolgung auf. Der Rand des Wäldchens und die sumpfige Wiese, die sie hinter sich ließen, waren übersät mit Pferdeleichen und gefallenen Kimbern.

Caran betrachtete den Heiler, während dieser all das in sich aufnahm. Es war ein junger Mann, dessen Bart noch dünn war. Caran bezweifelte, dass er jemals an einer Schlacht teilgenommen hatte.

»Nicht weit von hier warten bereits die nächsten Kimbern darauf, dass wir uns um sie kümmern«, fuhr Caran fort. »Sie haben einen Herrenhof überrannt und sind dabei, ihre Beute zum Zug zurückzuschaffen. Ich kann meinen Männern keine Pause gönnen und genauso wenig kann ich hier stehen und plaudern!«

Die Schreie der sterbenden Männer schienen den Jungen beeindruckt zu haben. Der arrogante Ausdruck war von seinen Zügen verschwunden und einer leichten Blässe gewichen. Nichtsdestotrotz sprach er unbeirrt weiter: »Ientus ist sich all dessen natürlich bewusst, Herr. Dennoch bittet er Euch, mir einen Augenblick zu gönnen und dies von mir entgegenzunehmen.«

»Was ist das?« Misstrauisch betrachtete Caran das glänzende Stierhorn in den Händen des Heilers. Die Spitze war mit Gold überzogen, und Wirbel und Räder waren mit roter Farbe auf den hellen Schaft gemalt. An einem Loch im Hornansatz war eine goldene Kette befestigt, an deren anderem Ende ein Eichenzweig baumelte.

»Ientus wünscht, Euch damit mitzuteilen, dass er den Oberbefehl über das Heer in Eure Hände legt.«

»Er hat – was?« Caran lachte laut. Es war ein abgehackter, humorloser Laut, der selbst in seinen eigenen Ohren hohl klang. Der Heiler starrte ihn mit offenem Mund an und offenbarte dabei schief stehende Zähne. Er hatte Dankbarkeit und Genugtuung erwartet, nicht aber kaum verhohlenen Hohn.

»Ientus hat sich endlich dazu durchgerungen, mir den Oberbefehl zu geben?« Abermals breitete Caran die Arme aus und wies auf die Krieger, die sie umgaben, die gefallenen Kimbern und den Rauch, der nicht allzu weit entfernt in den Himmel stieg. »Wir sind mitten im Kampf! Wenn er diese Entscheidung vor drei Nächten getroffen hätte, hätte ich das hier vielleicht verhindern können!«

»Der Hohedruide bestimmt nicht darüber, welchen Zeitpunkt die Götter wählen, um ihm ihren Willen zu offenbaren.«

Caran starrte den Heiler ungläubig an. Er lachte nicht mehr. Stattdessen fuhr er zu Aenovales herum und deutete auf den Rauch in der Ferne. »Nimm dir tausend Mann und sieh nach, was dort los ist! Die restlichen Fußkämpfer sollen zum Zug zurückkehren und Scota bei den Angriffen auf die Wagen helfen!«

Caran beugte sich vor und riss dem Heiler das Stierhorn aus der Hand. »Wisst Ihr, wo Segurion ist?«

Verblüfft blickte der Mann von seinen plötzlich leeren Händen zu dem heiligen Horn, das Caran achtlos an einen seiner Gefolgsmänner weiterreichte. »Segurion wurde bereits unterrichtet«, stammelte er. »Sagt mir nur, was ich dem Hohedruiden von Euch ausrichten soll!«

»Nichts. Ientus kann warten. Macht Euch lieber an die Arbeit!«

»Welche Arbeit meint Ihr, Herr? Ientus hat mir lediglich aufgetragen, mit Eurer Antwort sofort zu ihm zurückzureiten.«

Caran verschränkte die Arme vor der Brust. »Ihr seid doch ein

Heiler, nicht wahr? Das hier ist eine Schlacht! Es gibt hier genug Arbeit für Euch!«

Bevor der Heiler weiterprotestieren konnte, wurde Caran von etwas anderem abgelenkt: Von Westen näherte sich abermals ein Reiter. Er hatte ein rotes Tuch an sein Schwert gebunden und hielt es hoch über den Kopf, während er sich durch die Reihen von Carans Leibwache drängte.

»Lasst ihn durch!«, befahl Caran den Wachen, die dem Boten den Weg verstellen wollten. »Und sagt den Männern, sie sollen sich bereitmachen! Unser Tag hat gerade erst begonnen!«

Der Bote berichtete, dass weitere zweitausend Kimbern eine Einheit von Scotas Truppen eingekreist hatten. Die Kimbern waren weit in der Überzahl, und obwohl sich die Vindeliker zwischen den Speicherbauten eines Gehöfts verschanzt hatten, fiel es ihnen zunehmend schwerer, die Kimbern auf Abstand zu halten.

»Ihr seid am nächsten, Caran«, endete der Bote. »Sobald die Kimbern geschlossen angreifen, werden unsere Leute nicht mehr lange durchhalten. Wir brauchen Eure Hilfe!«

Wenig später ritt Caran an der Spitze seiner Männer nach Osten. Er hatte den mit stilisierten Drachen verzierten Helm tief in die Stirn gezogen, und das Blech seines Brustpanzers schimmerte unter dem blauen Umhang, der von seinen Schultern über den Rücken des Pferdes bis zu den Hinterbeinen fiel. Die übrigen Herren, die sich Caran angeschlossen hatten, ritten nicht minder prächtig gekleidet an seiner Seite. Einige hatten Stierhörner oder Eberzähne an ihren Helmen befestigt, andere trugen Federbüsche. Sie sprachen über die Falle, die sie den Kimbern gerade gestellt hatten, und lobten die Tapferkeit ihrer Krieger.

Caran hörte schweigend zu. Er wusste, es tat den Männern gut, wenn sie die Prahlereien und Scherze ihrer Herren hörten. Es

war gerade erst Mittag, und niemand wusste, was der Tag noch bringen mochte.
Das flache Land, das sie durchquerten, lag in bunten Herbstfarben unter einer dünnen Wolkendecke, die immer wieder aufriss, um eine blasse Sonne freizugeben. Im Norden war leichter Wind aufgekommen. Er blies über die kargen Hänge der Alb hinunter zum Danuius und fuhr leise heulend in die Speichen und Ritzen der Wagen der Kimbern. Es war kaum zu glauben, dass in diesem Augenblick an etlichen Stellen, verborgen hinter kleinen Waldstücken, Schlachten tobten, Höfe überfallen wurden und das Blut von Menschen und Pferden die Erde tränkte.
Am Morgen hatte Caran einen Boten nach Alte-Stadt geschickt mit der Nachricht, dass sie in Kämpfe verwickelt worden waren. Er wusste, Catuen würde sich Sorgen machen, aber er selbst zog die Ehrlichkeit und Offenheit der Schlacht vor. Die letzten Tage hatte er keinen Schritt ohne seine Leibwache getan und er war es leid, sein Essen von Hunden vorkosten zu lassen. Dabei war Caran nach wie vor nicht sicher, ob der Angriff auf Talia überhaupt etwas mit ihm selbst zu tun hatte. Es gab viele, die Talia fürchteten und beneideten, und daher war es möglich, dass seine Tochter eigene Feinde hatte, die mächtig genug waren, ein solches Attentat zu planen.
»Es ist nicht mehr weit.« Die Worte holten Caran aus seinen düsteren Gedanken zurück in die Wirklichkeit mit ihren blutbefleckten Klingen und erschöpften Pferden. »Wir nähern uns jetzt von der Seite, wo die Speicher stehen und wo sich unsere Männer verschanzt haben. Seht Ihr die alten Grabhügel dort vorne? Dahinter schließen sich brachliegende Felder an mit dünnen Baumreihen dazwischen. Der Hof steht am anderen Ende.«
»Wäre es nicht besser, wir würden den Kimbern in den Rücken

fallen?«, fragte eine Stimme, die jede zweite Silbe so überdeutlich betonte, als hätte sie Angst, sie sonst zu verschlucken. Sie gehörte einem von Catuens Neffen, einem fünfzehnjährigen Jungen mit abstehenden Ohren und Sommersprossen auf den runden Wangen. Toutedo hatte den Platz seines Vaters eingenommen, als dieser vor wenigen Monaten gestorben war. Nun trug er nicht nur ein Kettenhemd, das ihm viel zu groß war, sondern hatte auch den Oberbefehl über Männer, die ihn seit seiner Kindheit als kränklichen Jungen kannten. Wo immer er war, konnte er ihr verächtliches Murmeln hören und ihren Spott, weil seine Beine unterschiedlich lang waren und seinen Gang in ein lächerliches Hüpfen verwandelten. »Hase«, nannten die Männer den Jungen. Dennoch gab er nicht auf. Er schluckte seine Angst vor den Kriegern und ihren Kränkungen herunter und fuhr stotternd fort: »Ich meine, dann wäre es doch bestimmt leichter für uns, sie zu besiegen!« Kaum hatte er die Worte über die Lippen gebracht, zog leuchtendes Rot seine Wangen hinauf. Selbst die Enden seiner abstehenden Ohren glühten. Caran lächelte ihn aufmunternd an.

»Das wäre es, Toutedo«, bestätigte er, »aber im Grunde wollen wir nur, dass die Kimbern zu ihrem Zug zurückkehren. Wir führen keinen richtigen Krieg, warum sollten wir also eine Schlacht Mann gegen Mann provozieren, deren Ausgang völlig ungewiss ist?«

Carans freundliche Worte ließen den Jungen mutiger werden. »Das heißt, Ihr wollt nur ihre Reihen durchbrechen und zu unseren Leuten vorstoßen? Das ist alles?«

»Das ist oft mehr als eine blutige Schlacht. Bleib einfach an meiner Seite, dann wirst du es schon sehen!«

Toutedos Gesicht leuchtete bei Carans Einladung. Einen Moment lang schlugen die verächtlichen Blicke seiner Gefolgschaft in Nachdenklichkeit um. Es war immer eine Ehre, an Carans

Seite in die Schlacht zu reiten, egal, ob sie einem Herrn oder einfachen Krieger zuteil wurde.
Sie umrundeten die kleine Gruppe von Grabhügeln, auf die der Bote hingewiesen hatte. Etliche Männer machten das Zeichen gegen böse Geister. Die kreisförmige Bewegung vor dem Oberkörper und das Tippen des Zeigefingers gegen die Brust sollten sie vor den herumirrenden Seelen des Alten Volkes, das in den Grabhügeln hauste, schützen. Sie alle kannten die Geschichten, die man sich abends am Herdfeuer erzählte: von heiligen Nächten, in denen kleine dunkle Körper aus der aufgehäuften Erde und den Steinpackungen darunter krochen und sich auf die Suche nach Lebenden machten, um sie zu sich zu locken in ihr Reich, in dem keine Sonne schien und die Zeit keine Rolle spielte.
»Die Kimbern sollten dankbar sein, dass wir sie vertreiben!«, rief Caran. Er hatte das abergläubische Murmeln, das sich unter den Kriegern ausbreitete, gehört. »Ohne uns würde das Kleine Volk die Kimbern mit etwas Schlimmeren als unseren Schwertern bekannt machen! Es heißt, die Finger ihrer Frauen bestünden aus Nägeln und das Fleisch zwischen ihren Schenkeln aus Eis! Aber vielleicht mögen die Nordmänner ihre Frauen ja auch so!«
Gelächter folgte auf seine Worte, und die düstere Stimmung hellte sich etwas auf. Kurz darauf erreichten sie eine Reihe niedriger Apfelbäume. Verrottetes Obst spritzte unter den Hufen, als die Reiter zwischen den Bäumen hindurchpreschten. Das bunte Laub glitzerte in der Sonne und dem Wind, der mit den Blättern spielte. Ein paar Krähen stiegen krächzend in den Himmel. Dicht über den Wipfeln glitten sie auf dunklen Schwingen dahin, und beobachteten aus schwarzen Augen, wie Carans Reiter auf der anderen Seite der Bäume durch die Reihen der überraschten Kimbern brachen.

Auf Carans Zeichen hin teilte sich das Heer. Die eine Hälfte ritt auf die Speicherbauten zu, zwischen denen Scotas eingeschlossene Krieger einen dichtgedrängten Kreis gebildet hatten. Lauter Jubel begrüßte sie. Die andere Hälfte folgte Caran und seiner Leibgarde. Sie ritten am Rande eines umgeackerten Feldes entlang und auf die Mitte der kimbrischen Einheiten zu, die sich am anderen Ende der verstreut liegenden Gebäude versammelt hatten. Ein Stalltor stand offen; Caran sah halb zerlegte Kühe und Schweine im Eingang liegen. Über ihnen, im Halbdunkel unter dem Dach, baumelten sechs Körper. Der Windzug, der durch die offene Stalltür ins Innere strich, fuhr in die Kleider und brachte die Leichen zum Schwingen. Ein Rock bauschte sich und offenbarte zwei helle Beine, von denen eines seinen Schuh verloren hatte. Das Spiel des Windes und der Schatten erweckte den Eindruck, als würden sich die Füße noch bewegen.
Caran hob eine Hand. Die Krieger hielten an. Rufe ertönten in den Reihen der Kimbern, dann schoben sich Bogenschützen nach vorne. Carans Leibgarde schloss sich eilig um ihn und die anderen Herren. Schwere, mit Eisen verstärkte Schilde hoben sich. Das bemalte Holz und die runden Schildbuckel bildeten einen undurchdringlichen Kranz, hinter dem Caran und seine Begleiter fast vollkommen verschwanden.
Nichts geschah. Einzig dumpfes Trappeln war zu hören, als die zweite Hälfte von Carans Kriegern ebenfalls in Stellung ging. Die Bogenschützen der Kimbern hatten Pfeile auf die Sehnen gelegt, diese aber nicht gespannt.
»Nehmt die Schilde runter! Ich kann nichts sehen!« Carans Stimme war leise, doch seine Leibwache gehorchte sofort und senkte die Schilde eine Handbreit. Carans Pferd war größer als alle anderen, daher konnte er ohne Schwierigkeiten beobachten, wie sich die Reihen der Kimbern teilten und eine Gruppe

schwer bewaffneter Reiter freigab. Sie ritten langsam und mit ausgebreiteten Händen, um zu zeigen, dass sie ihre Waffen nicht gezogen hatten. Ein Krieger an der Spitze hatte ein weißes Tuch auf eine Lanze gespießt und schwenkte es in gleichmäßigen Kreisen durch die Luft. Hinter ihm folgte ein Mann auf einem nachtschwarzen Pferd. Bronzene Zierscheiben und Stirnriemen schmückten das Zaumzeug, und aufgenähte Eberzähne glänzten auf der Decke, die über dem Rücken des Rappen lag. Der Reiter saß aufrecht. Eine Hand hielt locker die Zügel, die andere ruhte auf seinem Oberschenkel. Er trug weite Hosen mit blauen Streifen und den Brustharnisch eines römischen Offiziers. Ein Wolfschädel schmückte seinen Kopf. Das silbrige Fell mit den weit zurückgezogenen Lefzen war leicht gekräuselt; die gelben Zähne bleckten Caran drohend entgegen.

»Boiorix«, stellte Caran gerade laut genug fest, damit ihn seine Begleiter verstanden. »Das ist der Mann, der uns in letzter Zeit so viel Schwierigkeiten bereitet hat!«

»Seid Ihr sicher?« Der Herr, der sprach, war nicht der Einzige, der zu zweifeln schien. Keiner der Herren, die Caran begleiteten, hatte Boiorix vorher getroffen. »Bis jetzt hat er sich doch immer am Anfang des Zugs aufgehalten. Weshalb sollte er sich jetzt einem solchen Risiko aussetzen?«

Caran zuckte mit den Achseln. »Ich weiß nicht, weshalb er hier ist und nicht bei der vorderen Hälfte des Zugs«, gab er zu, »aber das ist er. Ihr wisst, dass ich ihn bereits einmal getroffen habe, früher, als er noch nicht Boiorix hieß. Damals war er ein Gast in meinem Haus. Glaubt mir, das ist er!«

»Aber was hat er vor?«

»Vielleicht hat er sich daran erinnert, dass er meine Gastfreundschaft nie vergolten hat. Vielleicht will er mich jetzt einladen und das Fleisch, das er erbeutet hat, mit mir teilen?«

Die Herren warfen sich unruhige Blicke zu. Sie waren nicht sicher, ob Caran scherzte.

»Jedenfalls sieht es so aus, als würde er mit uns sprechen wollen.«

»Dann sollten wir ihn nicht warten lassen!« Caran drängte sein Pferd vor. »Zwanzig Mann mit mir! Ihr anderen wartet hier!«

Schweigend schlossen sich die Männer Caran an.

Es war nicht schwer gewesen, Boiorix wiederzuerkennen, auch ohne Atharics und Talias Beschreibungen. Die enorme Größe mit den breiten Schultern und dem eckigen Gesicht, die weit auseinanderstehenden Augen unter den dichten, fast geraden Brauen waren noch genauso, wie Caran sie in Erinnerung hatte. Es schien, als seien die Jahre spurlos an Boiorix vorübergegangen. Die Linien um Augen und Mundwinkel, die ein Mann seines Alters haben sollte, fehlten, und die Haut war bis auf den sorgfältig gestutzten Bart glatt und faltenlos. Er schien niemals zu lachen, und als er schließlich sprach, bewegten sich seine Lippen kaum. Trotzdem waren die Worte deutlich zu verstehen.

»Caran, endlich treffe ich Euch«, begann Boiorix ohne Umschweife. Seine Stimme triefte vor Hohn. »Ich hatte schon seit Tagen vor, mit Euch zu sprechen, um Euch für das großzügige Angebot, Eure Tochter zu heiraten, zu danken. Leider musste ich ablehnen.«

»Ich bin sicher, Ihr seid ein sehr beschäftigter Mann, Boiorix«, erwiderte Caran ausdruckslos, »daher kann ich gut verstehen, dass Euch eine zweite Frau schnell zu viel werden würde. Das Alter macht manche Dinge schwieriger, nicht wahr?«

Der rothaarige Krieger an Boiorix' Seite bewegte sich unruhig. Einen Moment lang starrte der Anführer der Kimbern Caran nur an. Seine Kiefer mahlten, als er sich bemühte, seinen Zorn zu kontrollieren.

»Es sieht so aus, als träfen wir uns immer unter unerfreulichen Umständen«, sagte Boiorix schließlich. »Ich erinnere mich, dass auch das letzte Mal die Umstände nicht allzu gut waren. Die Nacht, in der ich unter Eurem Dach geschlafen habe, ist mir deutlich in Erinnerung geblieben, Caran.«

Caran zuckte nicht einmal bei der Beleidigung, obwohl es ihn überraschte, dass ihm Boiorix nach all den Jahren einen Vorwurf machte, dass er damals in Carans Haus von Dagos betäubendem Met getrunken hatte. »Ihr habt recht, Boiorix: Der Verrat meines Kriegsführers war ein schwerer Schlag für uns«, entgegnete er ruhig. »Er hat meiner Familie viel Leid beschert und meinen Gästen bedauerliches Ungemach. Ich wünschte, ich könnte die Vergangenheit ungeschehen machen, aber das ist allein den Göttern vorbehalten. Wir Menschen können nichts anderes tun, als weiterzumachen und die Vergangenheit hinter uns zu lassen.«

»Manchmal holt einen die Vergangenheit jedoch auch wieder ein. Meist dann, wenn man am wenigsten damit rechnet.« Boiorix blickte Caran unter gesenkten Lidern an. Die beiden Männer standen in der Mitte eines lockeren Kreises, der aus ihren Leibwächtern und Gefolgsherren gebildet wurde. Toutedo war Caran am nächsten. Sein Pferd hatte sich unruhig gedreht und das verzweifelte Zerren seines Reiters an den Zügeln ignoriert. Nun stand das Tier schräg zu Caran und fast auf gleicher Höhe mit Boiorix. Sein Maul stupste gegen den Hals von Carans Hengst, der drohend die Ohren anlegte. Mit hochrotem Kopf versuchte Toutedo, sein Pferd zum Rückzug zu bewegen, doch vergebens. Das Einzige, was er erreichte, war, dass die anderen Herren ihn mit verärgerten Blicken bedachten. Boiorix beachtete den Jungen dagegen nicht und sprach weiter, als würde er die Unruhe neben sich überhaupt nicht bemerken.

»Atharic, zum Beispiel: Wie ich gehört habe, hat mein ehemaliger Schwager Euch ja ebenfalls wiedergefunden. Noch ein Gesicht aus der Vergangenheit, das einfach nicht sterben mag.«

»Seid Ihr hier, um mit mir über Atharic zu sprechen?«

»Nein, ganz sicher nicht.« Boiorix betrachtete seine Fingernägel. »Dennoch könnt Ihr diesem Bastard einen Gruß von mir ausrichten! Sein Sohn hat uns vor ein paar Nächten eingeholt. Vierzehnjährige halten es nicht mehr bei ihren Müttern aus, nicht wahr? Es ist eine gewaltige Leistung, eine so riesige Entfernung zurückzulegen, über Flüsse und Berge und quer durch feindliche Völker, um zu seinem rechtmäßigen Herrscher zu gelangen. Der Junge ist einer meiner vielversprechendsten Gefolgsleute. Er kann einen Mann stolz machen!«

Boiorix' Stimme veränderte sich, und zum ersten Mal hörte Caran das kaum merkliche Lispeln in den gezischten Worten: »Richtet Atharic aus, dass sein Sohn seinen Namen verflucht! Der Junge schämt sich für seine Ahnen und nennt seinen Vater einen Feigling und Verräter! Es ist eine schwere Bürde, die Atharic seinem Sohn hinterlassen hat, und er sollte erfahren, dass sein Samen trotz allem einen Mann hervorgebracht hat, in dem Mut und Ehre stecken! Ich bin sicher, er wird diese Nachricht zu schätzen wissen!«

Caran wartete, bis Boiorix zu Ende gesprochen hatte. Er wusste, er würde diese Botschaft Atharic niemals ausrichten. Er würde sie vergessen, sobald er Boiorix den Rücken kehrte. Atharic glaubte, dass er seine Familie an einem Platz zurückgelassen hatte, an dem sie sicher war und es besser hatte als im Staub der Straßen. Caran war der Letzte, der ihm diesen Glauben nehmen würde.

»Verschwendet nicht meine Zeit, Boiorix!«, warnte Caran leise. »Es gibt noch ein paar Plünderer, die ich jagen muss!«

Während er noch sprach, beugte sich Caran vor, um seinem Hengst, der nach Toutedos Pferd geschnappt hatte, den Hals zu klopfen. Im selben Augenblick zischte etwas über Carans Oberkörper hinweg – an derselben Stelle vorbei, an der gerade noch sein Nacken gewesen war. Der Pfeil flog weiter und bohrte sich stattdessen in Toutedos Schläfe. Der Aufprall war so stark, dass er den Jungen ohne einen weiteren Laut zu Boden warf.

Boiorix' Pferd scheute. Abermals zischte es, als sechzig Schwerter aus ihren Scheiden schossen. Carans Gefolgsleute preschten nach vorne, bereit, sich auf den Kimbernkönig und seine Männer zu stürzen. Caran hielt sie zurück. Er war nicht einmal zusammengezuckt, als Toutedo neben ihm vom Pferd geschleudert worden war. Das einzige Anzeichen dafür, dass er den Pfeil überhaupt bemerkt hatte, waren seine fest zusammengepressten Lippen.

»Wartet!«, befahl er. Sein Blick suchte Boiorix, der inmitten seiner eigenen Leibwächter nach den Waffen gegriffen hatte. »Der Pfeil galt mir!«

Einen Moment lang begegneten sich die Augen der beiden Männer und verharrten. Um sie herum standen ihre Gefolgsleute mit hocherhobenen Waffen. Hinter Caran, auf der Seite der vindelikischen Krieger, ertönte wütendes Brüllen, gefolgt von donnernden Hufen und dem Surren weiterer Pfeile. Sie schossen in die andere Richtung davon, fort von Caran und Boiorix. Ein weiterer Schrei, der abrupt endete, zeigte, dass sie ihr Ziel gefunden hatten.

Plötzlich begann Boiorix zu lachen. Es war ein dumpfes, ungeübtes Geräusch und es verzerrte sein Gesicht zu einer höhnischen Grimasse. »Natürlich«, rief er. »Der Pfeil kam aus Euren eigenen Reihen! Wie interessant!«

Er befahl seinen Männern, die Waffen wegzustecken, dann trieb er ein letztes Mal sein Pferd nach vorne, bis es neben Caran zu stehen kam. Die Knie der beiden Männer berührten sich, als sich Boiorix vorbeugte und flüsterte: »Es sieht so aus, als sei es unsinnig, gegen Euch zu kämpfen, Caran! Ihr habt den Krieg bereits in Eurem Rücken. Ihr zieht Verräter an! Ich kann Euren Tod riechen, Caran, und er kommt nicht von vorne. – Was für ein unrühmliches Ende für einen großen Mann!«

Talia musste zugeben, dass sie Bomarus unterschätzt hatte. Der Mann mochte alt und krank sein, die schlaffe Haut über dem ausgemergelten Körper grau und kraftlos, die Stimme brüchig und kaum zu verstehen, aber sein Geist war ungebrochen. Wie eine tausendjährige Eiche, deren Stamm die Jahre zwar ausgehöhlt hatten, deren Seele jedoch kraftvoller leuchtete als je zuvor, saß er auf einem Stuhl, vier starke Knechte an seiner Seite, die ihn jederzeit dorthin trugen, wo er es wünschte. Sein ältester Enkel, ein rehäugiger Junge von zwölf Jahren, stand hinter Bomarus und wiederholte jeden noch so leisen, angestrengten Satz seines Großvaters mit klarer, selbstbewusster Stimme.
Der Junge würde einen guten Barden abgeben, dachte Talia, während sie beobachtete, wie erwachsene Männer und Frauen seinen Worten sofort Folge leisteten und dabei sorgfältig jeglichen Blickkontakt mit Bomarus' blutunterlaufenen Augen vermieden. Sie hatten Angst vor Bomarus, nicht vor dem Mann und seiner Macht die einst fast genauso groß wie Carans gewesen war, sondern vor der geheimnisvollen Krankheit, die sich in den zerstörten Zügen abzeichnete. »Ein Fluch!«, flüsterten viele hinter vorgehaltener Hand, sobald sie Bomarus sahen. Im Moment war Talia allerdings der Meinung, dass er alles andere als ein Fluch war. Bomarus war ein Segen für die Stadt, und sie konnten sicher sein, dass er nicht auch in den Angriff der Boier verwickelt war. Wie alle anderen konnte er nur verlieren, egal, wer letztlich die Stadt beherrschen würde – Roueca und Segurion oder die Boier. So groß der Gegensatz zwischen Caran und Bomarus gewesen sein mochte, eines hatten sie stets ge-

mein gehabt: Wie zwei alte Bären betrachteten beide Alte-Stadt als ihr Revier. Sie würden ihre Macht niemals freiwillig mit einem anderen teilen.
Die Sonne schien über den Himmel zu rasen, und mit jedem Augenblick, der verging, rückte das boische Heer näher. Dabei hatten Talia und Catuen keine Zeit verschwendet: Mit Sonnenaufgang hatte die ganze Stadt von der Gefahr gewusst. Die beiden Frauen hatten Boten an alle herrschenden Familien geschickt, Warnfeuer waren auf den Wachtürmen rund um die Stadt entzündet worden, Trompeten hatten die Bewohner geweckt. Noch während sich die frühen Sonnenstrahlen über die Stadtmauer kämpften, hatten sich dort die ersten Verteidiger eingefunden: Knechte und Mägde, alte Männer und Knaben, Kranke und Verrückte. Manche trugen die rostigen, abgenutzten Waffen, die ihre Väter und Männer zurückgelassen hatten, andere Äxte, Beile und Schlachtermesser. Das Heer hatte fast alle brauchbaren Waffen mit sich genommen sowie die meisten Pferde. Nun galoppierten alte Ponys über die von Unrat übersäten Straßen, während Kinder Bomarus' Befehle von einer Seite der Stadtmauer zur anderen trugen. Hunde rannten bellend neben den Boten her und schnappten nach den Fesseln der Pferde. Sie spürten die Panik, die sich über die Stadt gelegt hatte und hörten die Angst in den Stimmen ihrer Halter, die in aller Hast ihre wertvollsten Besitztümer in Abfallgruben und Gräben versteckten. Noch waren die Boier nicht in Sicht, doch die Kundschafter, die ausgeschickt worden waren, berichteten, dass das boische Heer den ganzen Morgen über auf halber Strecke zwischen Alte-Stadt und Alkimoennis gelagert hatte.
»Sie sind sich ihrer Sache sehr sicher«, hatte Atharic daraufhin bemerkt. Die gut zweihundert Krieger, die in Alte-Stadt geblieben waren, hatten sich vor der Tür des Versammlungshauses zögernd um ihn geschart, nachdem sie festgestellt hatten, dass

Carans Gefolgsleute dem Nordmann aufs Wort gehorchten. »Den Boiern ist es egal, ob wir uns auf ihren Angriff vorbereiten können, während sie ihre Pferde ausruhen lassen. Sie wissen, wie wenige Verteidiger wir haben. Ein paar rostige Waffen und Werkzeuge in den Händen von Frauen und Kindern werden sie nicht beeindrucken.«

Atharic hatte sich nicht darum gekümmert, wer seine Worte hören mochte, denn es war eine Feststellung, die eigentlich niemanden überraschen sollte. Dennoch waren die Frauen, die in seiner Nähe standen, blass geworden. Sie hatten keine Zeit gehabt, sich richtig anzukleiden, bevor sie zum Ratsgebäude geeilt waren – Ehefrauen, Schwestern und Mütter jener Herren, die eigentlich an ihrer Statt hier hätten stehen sollen. Etliche der Frauen hatten ihre ältesten Söhne an den Händen gehalten, Kinder, die noch zu jung waren, als dass sie mit dem Heer hätten mitziehen dürfen. Es gab auch ein paar alte Männer, die schon vor langer Zeit ihre Schwerter an ihre Söhne und Enkel weitergegeben hatten und nun die Tage damit verbrachten, vom Ruhm der Vergangenheit zu berichten. Sie hatten an ihren Zahnlücken gelutscht und sich lautstark gestritten, wie die Stadt verteidigt werden sollte. Talia und Catuen hatten versucht, die Menschen zur Ruhe zu bringen, doch kaum hatten sie den Mund geöffnet, um nach Ordnung zu rufen, wurden sie von den alten Männern unterbrochen. Mürrisch verlangten diese zu wissen, weshalb Atharic den wenigen Kriegern, die der Stadt geblieben waren, Befehle erteilte. Weshalb sollte Alte-Stadt auf einen Nordmann hören, einen Feind? Dann fragten sie, wer ihre Besitztümer schützen sollte, wenn sie ihre Knechte auf die Stadtmauer zum Kämpfen schickten. Sie sprachen von dem Gesindel auf den Straßen, von Dieben und Halsabschneidern und davon, dass sie sich nicht von Frauen sagen lassen würden, wie man eine Stadt verteidigte. Sie hatten schon gekämpft, als alle anderen in diesem Raum noch an den Brüsten ihrer Mütter saugten, und sie hätten zuerst benachrichtigt werden müssen, sobald man von den Boiern erfahren hatte. Wer außer ihnen sollte denn sonst den Befehl über die Stadt und ihre Verteidiger übernehmen?

Catuen versuchte, ihnen ins Wort zu fallen, die endlose Litanei, die zu nichts führte, zu beenden. Die Alten schoben sie jedoch nur achtlos beiseite und fuhren fort, sich abwechselnd zu streiten und von den glorreichen Taten ihrer Jugend zu prahlen.

Schließlich platzte Talia der Kragen.

»Wenn ihr glaubt, uns mit eurem Gewinsel zu helfen –« Unvollendet ließ sie den Satz in der Luft hängen, während sie darauf wartete, dass das Stimmengewirr erstarb. Sie breitete die Arme aus und streckte die Finger zur Decke empor, bis sich die Handflächen wie Schüsseln wölbten. Es war eine uralte Geste der Macht, das Abbild eines heiligen Kessels, in dem sich geheimnisvolle Kräfte sammelten, ein Ruf an die Götter, sie mit ihrer Stärke zu füllen. Es war ein Symbol, das einzig den Druiden vorbehalten war, und jene, die Talia am nächsten standen, stolperten hastig zurück und fort aus der Reichweite ihrer Hände.

»Wenn ihr nichts anderes vermögt, als hier zu stehen und Worte anstatt Waffen zu schwingen, dann mögen die Götter mein Zeuge sein, wenn ich sage: Hunde haben tapferere Seelen als ihr! Die Boier kommen mit jedem Atemzug, den ihr verschwendet, näher, und sie werden sich bestimmt nicht von dem Gerede nutzloser alter Männer aufhalten lassen!«

Talia bewegte die Finger, als würde sie unsichtbare Fäden zu sich ziehen. Ihre Stimme wurde tiefer und nahm den prophetischen Tonfall der Geweihten an. »Ich kann sehen, wie eure Seelen sich verstecken, wie sie sich biegen und winden und wie sie immer kleiner werden, kleiner und farblos vor Furcht.

Sie verbergen sich hinter Worten, um den Taten, die erwartet werden, zu entgehen. Mut und Ehre tropfen aus ihnen heraus wie aus Beeren, die man zwischen den Fingern zerdrückt!«

Die alten Männer hatten Talia angestarrt, als hätte sie sie geschlagen. Einige griffen sich an die Schläfen. Sie schienen zu fürchten, ihre Seelen würden aus ihnen herausspringen und unter Talias gekrümmten Fingern zerreißen. Andere malten Zeichen gegen das Böse in die Luft. In diesem Augenblick wurde Bomarus hereingetragen – ein kranker Mann, der nur von seinem Willen aufrecht gehalten wurde und seinem Stolz. Seine Augen waren unter den schlaffen, wimpernlosen Lidern rote Schlitze. Sie erinnerten an die eines Drachen, lauernd und immer ein wenig höhnisch. Ein heiseres Lachen stahl sich aus seiner Brust. Vielleicht lag es daran, dass Krankheit und Schmerzen Bomarus schon lange von aller Angst befreit hatten, aber womöglich schenkte er den Gerüchten, die Ientus über Talias dunkle Fähigkeiten zu streuen begonnen hatte, auch einfach keinen Glauben.

»Das ist genug!«, befahl Bomarus und drückte Talias Hände mit kalten Fingern nach unten. Es lag eine überraschende Kraft in der Bewegung, und Talia dachte nicht einen Moment lang daran, sich zu widersetzen. Bomarus zog sie näher zu sich heran, bis sein schlechter Atem über ihr Gesicht strich.

»Versager, allesamt Versager und Feiglinge!«, zischte er. Verachtung ließ seine Mundwinkel noch weiter nach unten sinken, während er auf die alten Männer deutete, die mit bleichen Gesichtern am Rande der Versammelten standen. »Wenn auch nur ein bisschen Ehre in ihren Knochen stecken würde, wären sie beim Heer und würden den Tod eines Kriegers suchen!« An dieser Stelle brach Bomarus' Stimme kurz, und Talia musste sich weiter vorbeugen, um das heisere Murmeln überhaupt verstehen zu können.

»Aber Ihr habt Eure Sache gut gemacht«, hörte sie zu ihrer Überraschung Carans alten Feind sagen. Dann, lauter und deutlicher, damit ihn jeder verstand, fuhr Bomarus fort: »Schickt diesen Nordmann zu mir herein – Atharic! Dieses eine Mal mag Euer verdammter Vater recht gehabt haben, als er ihm seine Krieger unterstellte!«

Bomarus riss alle Fäden an sich. Talia hatte nicht gedacht, dass er die Kraft dazu haben würde, sie hatte befürchtet, er würde bereits nach wenigen Augenblicken zusammensinken und ohnmächtig werden, so, wie es laut Catuen bei vielen Ratssitzungen der letzten Monate geschehen war.

Aber sie irrte sich. Unablässig flossen Anweisungen von Bomarus' trockenen Lippen und durch die geübten Stimmbänder seines Enkels mit den haselnussbraunen Augen. Es war, als würde die Bedrohung durch die Boier Bomarus Kraft geben, eine letzte Gelegenheit, sich selbst und allen zu beweisen, dass er noch immer der Mann war, als der er früher gefürchtet worden war.

Atharic und den fünfzig Gefolgsleuten, die Caran Atharics Befehl unterstellt hatte, übertrug Bomarus den Schutz des Osttors. Die restlichen Krieger, die noch immer vor dem Versammlungshaus standen, verteilte er über die anderen Tore und Mauerabschnitte. Den Herrinnen trug er auf, alle Knechte und Mägde zu bewaffnen, egal, was sie an Waffen fanden. Er befahl ihren Söhnen, mit anderen Kindern Steine zur Mauer und zu den Wachtürmen zu schaffen, Strohballen mit Öl zu tränken und Pech und Löschwasser zu besorgen. Als er seine Anweisungen beendet hatte, stoben die Menschen in alle Richtungen davon, um seine Befehle auszuführen. Das Chaos, das Talia befürchtet hatte, blieb aus.

Bomarus hat den Kampf gegen den Tod schon einmal gewonnen, dachte sie. *Er hat Gefallen daran gefunden, gegen das Unmögliche zu bestehen, und nun haben ihm die Götter eine weitere Chance gegeben.*

Nachdenklich trank Talia einen Schluck Wasser aus einem Eimer, der neben der hölzernen Brustwehr stand. Es war Mittag, und eine dünne Reihe aus Verteidigern, wie ärmlich sie auch immer bewaffnet und wie ungeschickt sie ihre Lanzen, Messer und Äxte auch halten mochten, hatten ihre Plätze auf der Stadtmauer eingenommen. Die meisten drängten sich im Norden und Osten, doch auch die anderen Abschnitte der mehr als dreißigtausend Fuß langen Mauer mussten bewacht werden. Nicht überall grenzten Sumpflöcher und Wassergräben an die Befestigung und bildeten einen natürlichen Schutz, und so wurde die Gewaltigkeit der Anlage zu ihrem größten Nachteil: Die Abstände zwischen den Verteidigern waren oft so groß, dass sie rufen mussten, um sich zu verständigen, und es gab niemanden, der die erschöpften Kämpfer ersetzen konnte, sollte sich der Angriff in die Länge ziehen.

»So wenige«, murmelte Talia. Sie sprach leise, damit Samis und Sumelis sie nicht hören konnten. Die beiden Mädchen standen ein Stück abseits und beobachteten, wie das Osttor geschlossen und mit gewaltigen Balken verriegelt wurde. Sie hielten sich gegenseitig an den Händen – zwei schmale, aufgeregte Kinder, neben denen Atharics Wachen wie waffenstarrende Türme aufragten. Talia hatte nicht gewollt, dass sie auf die Mauer kamen und das alles sahen; sie hätte es lieber gehabt, die Mädchen wären beim Hof geblieben, aber Atharic war anderer Meinung gewesen.

»Die Stadt benötigt alle Krieger auf der Mauer«, hatte er gesagt, »und gleichzeitig braucht ihr Schutz. Wer immer dir und deiner Familie schaden will, wird versuchen, die ganze Ablenkung auszunutzen. Es wäre besser, ihr bleibt alle zusammen.«

Den ganzen Vormittag über hatte Atharic die Verteidigung des

Tors und der angrenzenden Mauerabschnitte organisiert, als wäre er schon immer ein vindelikischer Kriegsführer gewesen. Er hatte lange mit Bomarus gesprochen, und welche Vorbehalte die keltischen Gefolgsleute gegen ihn auch gehabt haben mochten, schwanden mit jedem Befehl, den er erteilte. Die Krieger, die in Alte-Stadt geblieben waren, waren einfache Kämpfer, keine Anführer und sie waren froh über die erfahrene Hand, die sie führte, selbst wenn sie einem Nordmann gehörte. Zudem wussten sie, dass Caran Atharic vertraute, und sie hatten gelernt, Carans Urteil nicht in Frage zu stellen. Es gab nur wenige unter ihnen, die sich sträubten, Atharics Befehlen zu folgen. Sie wurden schnell von den anderen zum Schweigen gebracht.

Nun lehnte Atharic neben Talia an der Brustwehr und beobachtete die Kinder, die Eimer mit Wasser die Rampe hinauf- und zum Torhaus schleppten. Talia war die Einzige, die bemerkte, dass sein Blick durch die Kinder hindurch in die Ferne ging. Es drängte Atharic, sich auf sein Pferd zu schwingen und loszureiten, sich zu vergewissern, dass einige seiner Freunde und Verwandten überlebt hatten. Das Rabenvolk war seine Verantwortung, das, was von seinem Leben übriggeblieben war, und er hatte versprochen, es in die Heimat zurückzuführen. Jetzt kreisten Krähen über den Dächern von Alte-Stadt und krächzten Atharic zu, dass er ein Versager war, dass seine Stärke nicht genug war, um jene zu beschützen, die ihm anvertraut waren. Die Krähen wussten, welche Entscheidung er in der letzten Nacht getroffen hatte, und verhöhnten ihn deswegen. Sie flogen mit lachenden Stimmen über die Stadtmauer und warfen die Schatten ihrer Flügel auf Talia und Sumelis.

»So wenige«, wiederholte Talia, nachdem niemand auf ihre Bemerkung reagiert hatte. »Man könnte meinen, die ganze Welt hätte uns alleine gelassen.«

Diesmal drehte sich Atharic zu ihr um. Einen Moment lang blitzte Ärger in seinen Augen auf, doch kurz darauf entspannten sich seine Schultern wieder.

»Es könnten genug sein«, erwiderte er. In seinem Rücken fiel die Mauer fünfzehn Fuß tief ab. Ihr Kern war ein hölzernes, mit Geröll verfülltes Gerüst, vor das eine Mauer aus Kalksteinen geblendet war. Zur Stadtseite hin schloss sich eine über fünfundzwanzig Fuß breite Rampe aus aufgeschütteter Erde an. Atharic machte sich nicht die Mühe, wortreich auf die gewaltige Anlage hinzuweisen, sondern tippte lediglich mit den Fersen gegen die Umwehrung. »Die Boier haben weder Leitern noch Sturmdächer oder sonstiges Gerät dabei. Es braucht nicht viel, um die Stadt wirksam zu verteidigen, Talia.«

»Aber sie könnten das nötige Gerät bauen!«

»Das dauert. Außerdem haben sie hier nicht viel Auswahl an Holz.« Atharic wies auf die offene Landschaft, die sich auf der anderen Mauerseite erstreckte. Im weiten Umkreis breiteten sich Weiden und Felder aus. Die meisten Bäume waren schon lange gerodet worden, um Holz für den Bau der Stadtmauer und die Eisenherstellung zu gewinnen. Nur vereinzelt standen noch ein paar armselige Baumgruppen und niedriges Gebüsch. »Leitern allein würden sie bis zum Nachmittag beschäftigen.«

»Nachmittag.« Talia war nicht überzeugt. »Dann werden sie eben am Abend angreifen! Bis dahin wird Hari Caran gerade erst gefunden haben! Unsere Krieger werden niemals rechtzeitig hier sein!« Talia schluckte, bevor ihre Stimme umkippen konnte. Sie neigte nicht dazu, hysterisch zu werden, aber der Anblick von Kindern, die mit Schleudern bewaffnet neben Kriegern standen, denen sie nicht einmal bis zur Brust reichten, rannte Sturm gegen ihre Nerven. Sie widerstand dem Drang, zu Sumelis zu laufen und die Arme um sie zu schlingen, bis alles vorbei war.

»Es sollte nicht allzu schwierig sein, die Mauer bis zum Einbruch der Dunkelheit zu halten.« Atharics Stimme war ruhig und sachlich, er hätte genauso gut über die Ernte sprechen können. »Sollte es sich dann zeigen, dass wir die Stadt keinen weiteren Tag lang halten, können wir euch immer noch in der Nacht nach draußen schaffen und fliehen.«

»Fliehen?« Catuen war neben sie getreten und hatte nur die letzten Worte gehört. »Wir sollen fliehen? Aber würde das nicht bedeuten, die Stadt aufzugeben? Wie soll sie gehalten werden ohne Führung? Es würde Chaos ausbrechen, wenn die Leute sehen, dass wir die Stadt verlassen!«

»Wenn Ihr, wenn die Frauen und Kinder der mächtigsten Familien der Stadt in die Hände der Boier fallen, werden Caran und den anderen Herren die Hände gebunden sein. Sie könnten die Boier nicht mehr angreifen, ohne euer Leben zu riskieren! Die Boier – und dasselbe gilt für Segurion und Roueca – brauchen euch lebend, um die Stadt zu beherrschen! Nur so haben sie ein Druckmittel, das sie gegen eure Männer benutzen können. Ohne Geiseln wird ihr Plan nicht funktionieren.«

»Du glaubst, dass Roueca und Segurion uns am Leben lassen würden?«

Atharic neigte den Kopf zur Seite, während er überlegte, wie er auf die Frage antworten sollte. Schließlich zuckte er mit den Achseln. »Wir wissen, dass Segurion versuchen wird, Caran zu töten. Sie wollen bestimmt auch dich tot sehen, Talia, aber Catuen und die Mädchen werden sie als Geiseln am Leben lassen. Doch wir können nur vermuten, was sie mit den Boiern ausgehandelt haben und wie weit ihr Einfluss noch reichen wird, wenn die Boier die Stadt einnehmen.«

Eine Gänsehaut kroch über Talias Haut und stellte die Härchen in ihrem Nacken auf. Es war seltsam zu hören, wie Atharic von ihrem Tod sprach, kalt und leidenschaftslos, so als hätte er ihr nicht vor wenigen Nächten noch das Leben gerettet.

»Warum fliehen wir dann nicht gleich?«, fragte Catuen. »Wir könnten nach Westen reiten, zu Caran!«

»Und die Stadt aufgeben, ohne sie überhaupt verteidigt zu haben? Wir haben eine Chance, eine gute Chance sogar! Seht Euch diese Befestigung doch an! Es ist nicht so, als müssten die Boier nur hereinmarschieren. Außerdem vergesst nicht, wer ebenfalls beim Heer ist! Segurion wird bestimmt dafür sorgen, dass niemand von Alte-Stadt nach Westen durchkommt. Seine Kundschafter würden seinen Kriegern Nachricht bringen, und sie würden euch empfangen, noch bevor ihr Caran erreicht hättet.«

»Davon hast du nichts gesagt, als wir Hari losschickten!«, klagte Catuen ihn an. Sie hatte die Hände zu Fäusten geballt und sah aus, als würde sie am liebsten mit ihnen gegen Atharics Brust trommeln. Ihre Mundwinkel zitterten. »Vielleicht wird Caran gar nicht erfahren, was hier gerade passiert! Vielleicht wird er gar nicht wissen, in welcher Gefahr er schwebt, bis Segurion ihn tötet!«

»Hari ist ein guter Krieger! Er weiß, was er tut. Außerdem ist er ein Nordmann. Sobald er das Heer erreicht, kann er sich als Unterhändler der Kimbern ausgeben und verlangen, mit Caran zu sprechen, ohne dass Segurions Leute ahnen, woher er wirklich kommt. Weshalb sollte Segurion damit rechnen, dass wir jemanden zu Caran schicken, den seine Wachen für einen Kimbern halten müssen?«

Talia hörte nur mit halbem Ohr zu, wie Atharic versuchte, Catuen zu erklären, dass ihr Mann in diesem Augenblick wahrscheinlich sicherer war als sie. Talia bezweifelte ebenfalls, dass Hari das Vertrauen seines Bruders tatsächlich verdiente. Die wenigen Augenblicke, in denen sie Hari gesehen hatte, hatten nicht ausgereicht, um sie davon zu überzeugen, dass aus dem schüchternen Jungen von damals ein erwachsener Mann geworden war, ein Krieger und Anführer wie Atharic. Im Grunde sah sie ihn noch immer vor sich, wie er vor acht Jahren gewesen war: dürr, mit fransigem Haar, das ihm in die Stirn fiel, und einer Stimme, die weit davon entfernt war, wie ein Mann zu klingen. Talias Augen mochten sehen, dass ein Mann vor ihr stand, aber ihr Gedächtnis beharrte auf den Jungen, den sie einst gesundgepflegt hatte.

»Sie kommen!«

Der Ruf ließ Talia zusammenzucken. Sie blinzelte. Zunächst sah sie nichts außer den Wolken und ihren Schatten, die wie riesige Schiffe über die Landschaft glitten. Ein leichter Wind strich über Talias Wangen und den nackten Hals, verfing sich in dem schweren Stoff ihres dunkelblauen Kleids und heulte leise in den Ritzen der Umwehrung.

Talia griff nach Sumelis, die gerade versuchte, auf einen Eimer zu klettern, und hob sie hoch, bis sie zusammen über die Brustwehr blicken konnten.

Sie hörten das Heer, noch bevor sie es sahen, hörten das Dröhnen der Hufe auf der harten Erde, das in der Ferne erwachte, lauter wurde wie ein Donner, der sich über das Land schob und unter ihre Haut. Die Boier hatten die Pferde auf dem letzten Stück in Galopp gedrängt. Dicht über die Hälse der Tiere gebeugt, jagten sie nun die Straße entlang auf die Stadt zu. Fünf Reiter ritten in einer Reihe nebeneinander; die Schweife ihrer Pferde strichen dabei fast über die Mäuler der hinter ihnen Kommenden. Sie waren alle in dunkle Hosen und Mäntel gekleidet: grün, blau, braun, grau und schwarz. Ihre Waffen hoben sich hell dagegen ab – silbrig glitzerndes Eisen und mit magischen Zeichen bemalte Schilde. Die Gesichter der Reiter rasten an Talia vorbei, zu viele, um eines von ihnen festzuhalten.

Sie waren wie Regentropfen, die vorbeiprasselten, zahllos und ohne eigene Identität.
Talia sah mit blauer und weißer Farbe bemalte Haut, verzerrte Fratzen von Wieseln, Wölfen und Luchsen. Federbüsche, Stierhörner, Vogel- und Fledermausschwingen zierten die Helme der Anführer. Von der Sonne gebräunte Haut und lederumwickelte Arme reckten sich in drohenden Gesten der Stadt entgegen. Die rauen Rufe der Kriegshörner und wildes Gelächter begleiteten sie. Gesang erhob sich in den vordersten Reihen, und die nachfolgenden antworteten. Die schrille Melodie übertönte den Hufschlag, raste die Stadtmauer empor und brachte Entsetzen und Lähmung über die fassungslosen Verteidiger.
Die Boier teilten sich kurz vor dem Osttor. Die eine Hälfte strömte nach Norden, die andere nach Süden. Ein Mann ließ die Zügel fahren, stellte sich auf dem Rücken seines Pferdes auf und hob seine Tunika. Einen kurzen Moment lang streckte er der Stadt sein rot bemaltes Glied entgegen, bevor er sich wieder fallen ließ und lachend sein Pferd herumriss. Ein anderer ritt frontal auf die Mauer zu und schleuderte seine Lanze. Sie flog über die Umwehrung, vorbei an einem Knecht, der schreiend zur Seite stolperte, und fiel auf der anderen Seite ohne Schaden anzurichten zu Boden. Das helle Klappern, mit der die Waffe aufschlug, riss Talia endlich aus ihrer Erstarrung. Hastig trat sie einen Schritt zurück. Sie setzte Sumelis ab und stellte dankbar fest, dass die fünf Männer, die Atharic zu ihrem Schutz beordert hatte, einen wachsamen Kreis um sie, Catuen und die beiden Mädchen gebildet hatten. Atharic war bereits auf dem Weg zum Torhaus. Talia sah nur noch seinen Rücken und hörte unverständliche Fetzen der Befehle, die er rief, dann verschwand er aus ihrem Blick.
Die Boier zügelten ihre Pferde und wurden langsamer. Die letzten Reihen des Heers näherten sich der Stadtmauer, doch

anders als die ersten bogen sie nicht zur Seite ab, sondern ritten direkt auf das Osttor zu. Knapp außer Pfeilschussweite blieben sie stehen. Das Donnern der Hufe erstarb. Was zurückblieb, war ihr Echo in Talias Adern und das wilde Hämmern ihres Herzschlags.

Ein Blick auf ihre Stiefmutter zeigte Talia, dass Catuen ebenfalls zögernd aus der Erstarrung erwachte. Sie kaute auf ihrer Unterlippe, wie Talia es sonst zu tun pflegte. Ihre Wangen waren gerötet, und sie umklammerte Samis' Handgelenk so fest, dass es dem Mädchen wehtun musste. Die Finger der anderen Hand spielten mit einer Kette um ihren Hals. Bernsteinperlen und Goldplättchen waren auf ein schwarzes Band mit einem kleinen Rädchenamulett in der Mitte gereiht. Die Kette war Carans Geschenk gewesen in einer Welt, die plötzlich weit entfernt schien.

Sumelis hatte sich aus Talias Griff befreit und ihr Gesicht gegen eine schmale Öffnung in der Holzbrüstung gepresst. Sie stand auf den Zehenspitzen und verdrehte sich fast den Hals bei dem Versuch, so viel wie möglich von dem zu erkennen, was draußen vor sich ging. Ihre widerspenstigen Locken hatten sich aus den gelben Haarbändern gelöst und hingen nun wirr um ihre Schultern. Aufgeregt murmelte sie vor sich hin.

»Was passiert jetzt?«, flüsterte Catuen. Die Boier waren zum Stehen gekommen. Sie bildeten eine lange Reihe, ein Reiter neben dem anderen, Knie an Knie, die Pferde der Stadt zugewandt. Das Kriegsgeschrei war erstorben. Der Lärm des Ansturms war einer ruhelosen Stille gewichen, die auf der anderen Seite der Mauer, im Inneren der Stadt, endete. Hier weinten Kinder, Männer schrien Befehle, und Hunde bellten hysterisch. Talia wünschte, sie würden schweigen. Sie hatte mit einem Mal die irrationale Vorstellung, wenn alle schwiegen, würde nichts geschehen. Niemand würde sich bewegen, keine Pfeile würden

fliegen, niemand würde angreifen. Sie würden schweigen und warten, bis die Nacht kam und der nächste Tag, der Caran und die Krieger mit sich bringen würde.
In den hintersten Reihen der Boier entstand Bewegung. Ein riesiges Pferd schob sich an die Spitze, größer als alle Pferde, die Talia jemals gesehen hatte. Es war weiß wie Schnee mit dunklen Fesseln, um die breite Lederbänder geschlungen waren. Goldblech blitzte bei jedem Schritt auf. Es trug weder Decke noch Bauchgurt, und auf seinem bloßen Rücken saß ein ganz in Schwarz gekleideter Reiter.
Silberne Rankenmuster schmückten die Ärmel und den breiten Gürtel, an dem ein schmales Schwert befestigt war. Die dunklen Haare waren zurückgebunden. Keine einzige Strähne verbarg das Gesicht mit den ebenmäßigen Zügen, scharfgeschnittenen Umrissen und Augen wie reifes Gras. Die boischen Krieger machten ihm Platz, als er langsam vorüberritt. Es schien, als ob die Zeit keine Bedeutung mehr oder angehalten hätte, um den dunklen Reiter vorbeiziehen zu lassen, aus Talias Vergangenheit, durch ihre Träume hindurch und hinein in die Gegenwart.
Sumelis' Kopf flog herum – nur einen kurzen Augenblick, nachdem sich eine kalte Klaue um Talias Seele geschlossen hatte. Talias Knie gaben nach. Sie stolperte nach vorne und umklammerte die Brüstung mit beiden Händen. Sie dachte, sie hörte den Ruf einer Eule, aber es war nur ihr eigener Atem, der entwich, ihre eigene fremde Stimme, die einen langgezogenen, seltsamen Laut von sich gab. Ein scharfer Schmerz fuhr durch ihren Unterleib. Sie spürte, wie Sumelis' Hände nach ihr griffen.
»Wer ist das?«, fragte Sumelis jetzt endlich mit einem Hauch von Panik in der hellen Stimme. »Was ist los mit dir, Mama?« Und dann, drängender: »Wer ist dieser Mann?«

Ein weiterer stechender Schmerz schoss durch Talias Körper, doch diesmal waren es nur Catuens Nägel, die sich in das weiche Fleisch ihres Oberarms krallten. Um sie herum erhob sich leises Rascheln, das Wispern der anderen Verteidiger, die den Geist, der vor ihnen stand, nicht sofort erkannten.
»Der König der Boier«, flüsterten sie, und der Wind trug die Worte die Mauer entlang, hinunter in die Stadt und weiter durch die leeren Gassen und verriegelten Türen. Sie hallten von Dächern wider und den Lippen der Verteidiger, eine Mischung aus Aberglauben, Bewunderung und Furcht, die Talia zu verhöhnen schien.
»Mama?«
Talia dachte, sie würde laut sprechen. Ihre Gedanken schienen nur noch ein einziges Wort zu kennen, doch dieses schnitt scharf wie eine Klinge durch das, was ihr Leben die letzten Jahre gewesen war, und teilte es, um am Ende mit der Spitze auf Sumelis zu zeigen.
Dago.

13. Kapitel

Das Pferd brach zusammen, ohne einen Laut von sich zu geben. Der Reiter wurde nach vorne geschleudert, über den Kopf des Tiers hinweg an den Rand der eingetieften Fahrspur. Etwas zerbrach mit einem hellen Knacken. Der junge Vindeliker schrie auf. Hari zügelte seinen Wallach und sprang ab, noch bevor das Pferd völlig stillstand. Ein Blick auf das gestürzte Tier, die schweißbedeckten Flanken und den blutigen Schaum, der vom Maul auf die Straße tropfte, zeigte ihm, dass er hier nichts mehr tun konnte. Stattdessen rannte er weiter zu seinem Gefährten, der mit schmerzverzerrtem Gesicht am Straßenrand lag und das linke Bein umklammerte.

»Wie schlimm ist es?«

»Gebrochen.« Der junge Krieger presste das Wort zwischen zusammengebissenen Zähnen hervor. Der zerrissene Stoff seiner Hose färbte sich langsam dunkel; heller Knochen schimmerte darunter hindurch. »Kümmere dich nicht darum! Reite weiter!«

Hari vergewisserte sich, dass sein eigenes Pferd nur wenige Schritte entfernt stand, aber er hätte sich keine Sorgen machen müssen: Freiwillig würde das Tier keinen Schritt zu viel tun. Es war das dritte, das er an diesem Tag bis an den Rand der Erschöpfung trieb, und es schien dem Pferd nicht viel besser zu gehen als

dem anderen, das sterbend auf dem Weg lag. Es ließ den Kopf hängen, und seine braune Brust war dunkel vor Schweiß.
Seit es hell geworden war, waren Hari und sein Gefährte dreimal knapp mit dem Leben davongekommen: Das erste Mal, als sie sich von den sumpfigen kleinen Wegen, die das Land westlich von Alte-Stadt durchzogen, der Weststraße genähert hatten. Es war neblig gewesen, die Dämmerung noch nicht weit fortgeschritten. Sie hatten gerade angehalten, um ihre Pferde an einem Wasserloch trinken zu lassen, als sie Segurions Wachposten bemerkten. Im dichten Nebel war es jedoch nicht schwer gewesen, diese unbemerkt zu umgehen.
Das zweite Mal hatten sie ebenfalls Glück gehabt: Kurz nachdem sie die Pferde gewechselt hatten, waren ihnen drei Reiter mit Segurions Farben entgegengekommen. Hari und sein Begleiter hatten keine Chance gehabt, ihnen auszuweichen. Stattdessen hatten sie ihre Umhänge zurückgeworfen, unter denen sie Armbänder mit den Farben Rouecas trugen. Es war eine einfache List, aber sie funktionierte: Die Krieger hielten sie für Boten auf dem Weg zu ihrem Herrn und ließen die Waffen stecken, bis die beiden Fremden direkt neben ihnen standen. Als sie ihren Irrtum bemerkten, war es bereits zu spät.
Hari und sein Begleiter hatten die Leichen in einen Graben gezerrt, dann hatten sie die Straße eilig verlassen. Sie waren eine Zeit lang auf alten, schmaleren Wegen geritten, doch kurz bevor sie den Licus erreichten, waren sie wieder auf die Hauptstraße zurückgekehrt. Sie hatten den Fluss bei einer Zollstation überschritten, die von Carans Gefolgsleuten bewacht wurde. Die Wächter hatten sie sofort passieren lassen, als sie den Siegelring an Haris Hand erkannten, aber damit hatte ihr Glück dann auch geendet. Eine Kurve weiter hatte eine Einheit von Segurions Kriegern gelagert und ihnen befohlen, stehen zu bleiben und die Waffen abzulegen. Hari und sein Gefährte hat-

ten den Straßenposten durchbrechen können, aber Segurions Krieger hatten sofort die Verfolgung aufgenommen. Seitdem waren sie ihnen dicht auf den Fersen.

»Worauf wartest du noch? Hau ab!«

Der Boden unter Haris Sohlen bebte leise. Jeden Augenblick konnten die Verfolger in der Kurve hinter ihnen auftauchen. Mit fliegenden Fingern löste Hari die Fibeln, die den karierten Umhang an seinen Schultern befestigten. Es war ein keltisches Kleidungsstück, unter dem er eine mit Fellen verzierte Tunika seines Volkes trug. Er riss sich Rouecas Bänder von den Armen, dann griff er nach den Zügeln des Wallachs. Er zögerte.

Der junge Vindeliker schien zu wissen, was Hari dachte, denn er verzog das Gesicht zu einer freudlosen Grimasse. »Spar uns die Diskussion, Nordmann!«, befahl er heiser. »Verschwinde einfach! Ich werde sie ablenken!« Er robbte zu seinem toten Pferd, an dessen Seite ein langer Eschenholzbogen befestigt war. Die Bewegung jagte Wellen von Schmerz durch sein verletztes Bein, und er stöhnte vor Anstrengung. Schweißtropfen perlten auf seiner Stirn, nichtsdestotrotz legte er sich dicht an den Pferderücken und griff nach dem Köcher mit Pfeilen.

»Nun mach schon!«

Hari sprang auf und trieb den Wallach mit der flachen Seite seines Schwertes an. Er lenkte ihn von der Straße herunter und zwischen die Bäume des Waldes. Er sah sich nicht mehr um. Er wusste, dass er sich ehrlos verhielt, weil er seinen Begleiter zurückließ, aber im Grunde kümmerte es ihn nicht mehr. Alle Reue und alles Bedauern, die Hari jemals empfunden hatte, waren zusammen mit dem Blut der Frau, die er hatte heiraten wollen, in der feuchten Erde von Segurions Land versickert.

Sobald ich Caran gewarnt habe, werde ich Segurion töten!, dachte er wild. *Er soll so sterben, wie Haeva gestorben ist – mit einem Stich in den Rücken. Die Götter werden ihn für einen Feigling halten und glauben, er hätte sich zur Flucht gewandt, als die Klinge ihn tötete. Segurion wird niemals in den heiligen Hallen mit den Tapferen speisen! Er wird für alle Zeit verdammt sein!*

Äste peitschten ihm ins Gesicht, und Hari hob einen Arm, um sie abzuwehren. Holz knackte in seinem Rücken; ein Pferd wieherte. Vor ihm schimmerte Helligkeit durch die Bäume. Sie sprach vom Ende des Wäldchens und des Schutzes, den es bot. Hier, am Rande des Waldes und der Grenze von Schatten zu Licht, wurde das Unterholz dichter. Hari hielt an. Laub raschelte unter seinen Füßen, als er absprang und sein Pferd fort vom Weg hinter die hochgewachsenen Farne zerrte. Er ließ eine Spur hinter sich: niedergetrampelte Blätter, abgebrochene Stängel und Abdrücke in der weichen Erde, aber er war sicher, dass seine Verfolger es zu eilig hatten, um darauf zu achten. Hari drängte den Wallach dazu, sich hinzulegen, dann legte er sich über seinen Hals. Er drückte den Kopf des Tiers auf den Boden und umschloss mit der Hand das weiche Maul. Das Pferd widersetzte sich nicht. Vollkommen still lag es da, nur die Hufe zuckten unruhig.

Die Geräusche der Verfolger kamen näher. Hari hob den Kopf und blinzelte durch die Farne hindurch. Schon konnte er den ersten Reiter erkennen, einen kleinen Mann mit einer Lanze, die ihn hier, im dichten Wald, nur behinderte. Ihm folgten sechs weitere Krieger. Die Männer trugen schwere Mäntel aus verfilzter Wolle, obwohl es nicht kalt war, und eng anliegende Lederkappen. Keine Bänder schmückten ihre Arme, dennoch zweifelte Hari nicht einen Augenblick daran, dass sie ebenfalls zu Segurion gehörten.

Hari wartete, bis die Männer vorbeigeritten waren und es im Wald hinter ihnen wieder still wurde, dann erst stand er auf und zog sein widerstrebendes Pferd in die Höhe. Er kehrte zurück zum Pfad und ritt ein Stück in die Richtung, aus der er gekommen war, bevor er auf einen Wildwechsel einbog, der nach Süden führte. Er folgte ihm eine Weile am Rande des Wäldchens entlang und über eine sumpfige Wiese, auf der die Hufe des Wallachs schmatzende Geräusche machten. Schließlich wandte er sich wieder nach Westen. Sein Magen schmerzte und erinnerte ihn daran, dass er seit dem letzten Nachmittag nichts mehr gegessen hatte. Er hätte anhalten können, um von dem getrockneten Fleisch zu essen, das ihm Catuen in aller Hast in die Hände gedrückt hatte, doch er wusste, ihm rannte die Zeit davon. Er hatte keine andere Wahl, als auf die Weststraße zurückzukehren und das Versteckspiel mit Segurions Männern fortzuführen. Einen sicheren Weg auf den Nebenpfaden zu suchen, würde zu lange dauern, selbst wenn ihm das Land vertraut gewesen wäre. *Aber es kann nicht mehr weit sein!*, sagte er sich. *Das Ende des Zugs kann nicht viel weiter gekommen sein!*

Hari plante, sich als Boten der Kimbern auszugeben, sobald er das Heer erreichte. Man würde ihn zu Caran führen, und Hari würde ihm alles erzählen. Er würde Caran warnen, und danach würde er Segurion töten! Bei dem Gedanken ballte sich Haris Hand um das Leder der Zügel.

Er wusste nicht, woher der Pfeil kam. Er traf ihn in den Rücken. – *Wie Haeva,* dachte er. Er fiel vom Pferd und landete in einem Bett aus roten Blättern und grünen Moosen. Er spürte den Aufprall kaum. Ein dunkler Vorhang verengte sein Blickfeld, so dass er nicht mehr sah als die Spitzen der ausgetretenen Stiefel, die vor seinem Kopf stehenblieben.

»Das ist ja gar keiner aus Alte-Stadt!«, hörte er eine Stimme sagen, die selber keltisch sprach. »Es ist ein verdammter Kimber! Sieh dir das Schwert an, die Kleider und diese hässlichen Knöchel, die er um den Hals trägt! So was tragen nur nordische Hunde!«

»Was soll's?« Die zweite Stimme klang gelangweilt und weiter entfernt. »Jetzt gibt es eben einen Nordmann weniger!«

»Aber wir hätten wegen ihm nicht unseren Posten verlassen dürfen! Er ist unwichtig!« Die Stiefelspitze trat nach Haris Gesicht, glitt an der Schläfe ab und stieß gegen seine Schulter. Ein schrecklicher Schmerz fuhr durch Haris Körper. Die Dunkelheit vor seinen Augen wurde von Blitzen durchbrochen. Er stöhnte.
»Das Schwein lebt noch!«
»Dann lass ihn hier verrecken! Ihn findet keiner, und wenn, wär's auch egal. Lass uns zurückreiten!«
Die Stiefel entfernten sich. Kälte kroch durch den feuchten Boden in Haris Körper. Er war müde. Er wollte sich nicht bewegen! Benommen versuchte er, sich daran zu erinnern, weshalb er hier war. Weshalb lag er auf dem Boden? – Er hatte mit Haeva auf Moosen gelegen. Ihr Kopf hatte auf seiner Brust geruht, und sie hatte bunte Blätter in die Luft geworfen. Er sah, wie sie tanzten, während sie zu Boden fielen und auf ihre Kleider. Er hörte Haevas sprudelndes Lachen. Wieso war er alleine?
Etwas rann seinen Rücken hinab. Es war warm. Es fühlte sich beinahe gut an. Atharic hatte ihn als Kind mit kaltem Wasser geweckt, wenn er zu lange geschlafen hatte; das hatte sich anders angefühlt. Er hatte geflucht, und Atharic hatte gelacht.
Der Gedanke an seinen Bruder erinnerte ihn an etwas. Hari blinzelte. Er bewegte eine Hand und beobachtete, wie sich die Finger langsam öffneten. Geronnenes Blut hatte dunkle Halbmonde unter die Nägel gemalt.

Atharic betrachtete Talias Profil. Sie stand zwanzig Schritte entfernt, trotzdem bemerkte er die Blässe unter den dunklen Haarsträhnen, die ihre Züge einrahmten. Sie umklammerte Sumelis' Hand und hielt den Blick starr geradeaus gerichtet, über die Brustwehr hinweg auf den boischen König, der sein Pferd knapp außer Pfeilschussweite gezügelt hatte.
Es hatte Atharic ebenfalls einen Moment lang aus der Fassung

gebracht, als er den Mann, der an der Spitze der boischen Fürsten ritt, erkannt hatte. Dago war älter geworden, mit vereinzelten grauen Strähnen in den schwarzen Haaren und härteren, von Kämpfen gezeichneten Zügen. Alles Jungenhafte war aus seinem Gesicht verschwunden, der Mund eine strenge Linie über dem kantigen Kinn. Dennoch gab es keinen Zweifel. Carans ehemaliger Ziehsohn und Kriegsführer hatte geschafft, was niemand für möglich gehalten hatte: die Boier zu vereinen. Jetzt ritt er an der Spitze von zwanzigtausend Kriegern, die sich noch vor wenigen Jahren bis auf den Tod bekämpft hatten. Wahrscheinlich hatte es tatsächlich einen Geist gebraucht, um die feindlichen boischen Teilstämme zu vereinen, überlegte Atharic, einen Mann, der seinen Ehrgeiz über alles andere setzte.

Atharic konnte lediglich ahnen, wie sehr Dagos Anblick Talia und Catuen erschüttern musste. Sie hatten den Gerüchten geglaubt, die von seinem Tod erzählten, von seiner Ermordung in einem der unzähligen Stammeskämpfe der Boier. Dagos Verrat hatte Carans Familie damals schwer getroffen, selbst wenn Atharic nicht genau wusste, was in jener Nacht alles geschehen war. Er und die anderen Gäste waren am Morgen nach dem Fest aufgewacht, mit Kopfschmerzen und noch betäubt von dem Met, den sie getrunken hatten. Aenovales hatte ihnen mit knappen Worten von Dagos Verrat und seiner Flucht nach Osten berichtet und dass Caran Dago verfolgte. Dann hatte der Schmied die Nordmänner hastig verabschiedet. Atharic hatte versucht, mit Talia zu sprechen, doch sie hatte ihn nicht sehen wollen.

»Sie ist krank«, hatte die Köchin ihm beschieden, selber mit dunklen Ringen unter den sorgenvollen Augen. »Sie möchte niemanden sehen.«

Nun schien es abermals, als ob Talia ihn nicht sehen wollte. Atharic hatte seinen Posten kurz verlassen, um sich zu vergewissern, dass sie und Sumelis in Ordnung waren, aber Talias Blick war einfach durch ihn hindurchgegangen. Ihre Augen waren matt, mit einem abwesenden Ausdruck, in denen Atharic das Echo von etwas las, was er nicht verstand. Sumelis schien ebenfalls verwirrt, doch anders als ihre Mutter drückte sie ihre Besorgnis nicht mit Schweigen aus, sondern in einem atemlosen Wortschwall.

»Großvater hat gegen sie gekämpft!«, erzählte sie Atharic, nachdem sie ihm bereits ausführlich die Ausrüstung der Boier beschrieben hatte: das Zaumzeug mit den glänzenden Zierscheiben, die blitzenden Sporen und hässlichen, auf Lederkappen aufgenähten Fratzen, die etliche anstelle eines Helms trugen. Wäre Atharic blind gewesen, hätte er spätestens jetzt ein detailliertes Bild des boischen Heers vor Augen gehabt.

»Er hat sie bekämpft und besiegt! Aber das ist lange her. Großvater war damals noch jung. Das war, bevor er Catuen geheiratet hat. Hat er dir auch davon erzählt? Er hat die Boier auf ihrem eigenen Land besiegt und viele Wagenladungen Beute nach Hause gebracht! Wir werden sie auch besiegen, nicht wahr? Und wenn Großvater kommt, wird er sie alle töten!«

Atharic hatte sich dabei ertappt, wie er zu Sumelis' Worten zustimmend nickte, obwohl er ahnte, dass sie im Grunde überhaupt nicht auf ihn achtete. Während ihre Lippen sich unablässig bewegten, war ihr Blick immer wieder von Atharic zu den Boiern vor dem Tor geflackert. Sie war genauso fahl gewesen wie Talia, und Atharic fragte sich, was das Mädchen über Dago wohl gehört haben mochte. Aber vielleicht war es auch der Anblick der feindlichen Krieger, ihre schiere Masse und ihr furchterregendes Äußeres, die Sumelis so verwirrten, und nicht ihr geheimnisvoller König.

Mittlerweile bereute Atharic es, dass er Talia und Catuen davon überzeugt hatte, mit den Mädchen auf der Mauer zu bleiben.

Der Anblick Dagos schien etwas in ihnen verändert zu haben. Sie blickten über die Mauer und sahen einen Mann, der tot sein sollte, einen Geist, der sie einst beinahe vernichtet hätte. Es war, als würde Dagos Anblick alle Selbstsicherheit aus ihnen saugen und sie leer und zweifelnd zurücklassen. Der Einzige, den Dagos plötzliches Erscheinen nicht aus der Fassung zu bringen schien, war Bomarus.

»Er kommt aus der Dunkelheit!«, hatte Atharic ihn murmeln hören. »Er war tot geglaubt und ist zurückgekommen! Ha! Dago weiß nicht, dass er ebenfalls gegen einen Geist kämpft! Er glaubt, er sei der Einzige, dem die Götter ihre schwarze Gunst gewähren. Aber wir sind gleich!« Ein heiseres Lachen hatte die Worte begleitet. Dann bemerkte Bomarus, dass die Umstehenden ihn erschrocken anblickten. Sie fürchteten den Wahn in seinen Augen fast genauso wie das Heer vor den Toren. Bomarus hatte haltlos gekichert, bevor er in einem normalen Tonfall hinzugefügt hatte: »Dago kennt diese Stadt! Er kennt unsere Schwächen und unsere Stärken! Er kennt uns alle! Aber es wird ihm nichts nützen! Er hat einmal versagt – er wird wieder versagen!«

Den letzten Satz hatte er gerufen, so dass alle in der Nähe ihn hören konnten. Es waren diese Worte, die den Verteidigern schließlich wieder Mut gaben. Wie eine Zauberformel flogen sie von Mund zu Mund, von Ohr zu Ohr. »Er hat einmal versagt – er wird wieder versagen!«, wisperten die Bewohner der Stadt und beschworen die Götter, ihre Worte zu hören. Doch Talia und Sumelis schienen sie nicht zu erreichen. Nach wie vor standen sie abseits der anderen an der Brustwehr, und Entsetzen verzerrte ihre Gesichter.

Schließlich löste sich ein Reiter von Dagos Seite. Eine Lanze, deren Spitze in rotes Tuch gehüllt war, ragte hoch über seinem Kopf auf. Zwischen den Ecken der äußeren Torgasse hielt er an. Es klackte, als der Lanzenschuh auf einen Stein traf, und in der

Stille, die sich ausgebreitet hatte, trug das Geräusch überraschend weit.

Der Unterhändler schwenkte die Lanze in einem Bogen über seinen Kopf und rief: »Dago, König und Herrscher über alle Boier, will den Bewohnern von Alte-Stadt ein Angebot unterbreiten!«

Hektische Bewegungen entstanden oben auf der Mauer, als sich die Führer der Stadt versammelten. Bomarus' Knechte hatten ihn die Rampe hinaufgetragen, so dass sein Stuhl nun direkt neben der Brustwehr über der Torgasse stand. Die Herrinnen hatten sich in einem bunten Haufen um ihn geschart. Catuen hatte sich ihnen nicht angeschlossen. Sie war neben Talia getreten und hatte beide Hände auf Samis' Schultern gelegt. Ihr Blick flatterte kurz zu Atharic und wieder zurück zu dem Boten, der gelassen weitersprach.

»Dago fordert Euch auf, Eure Waffen niederzulegen, die Mauer zu räumen und die Tore zu öffnen! Niemand wird ohne Erlaubnis die Stadt verlassen. Die Familien der Fürsten sowie alle Krieger werden sich auf dem freien Platz vor dem Osttor versammeln. Alle anderen sollen in ihre Häuser zurückkehren! Die Druiden und Seher mögen sich im Heiligtum versammeln, bis Dago mit ihnen gesprochen hat.«

Der Boier sah zu den Männern hinüber, die Talia und Catuen schützend umgaben. Es war unmöglich, dass er die beiden Frauen hinter den breitschultrigen Kriegern erkennen konnte, dennoch richtete er die nächsten Worte in ihre Richtung.

»Sollte sich auch nur eine einzige Herrin dieser Stadt hier nicht eingefunden haben, wenn wir durch dieses Tor reiten, dann werden wir Eure Kinder töten – alle, vom Säugling bis zum Zwölfjährigen!«

Die Frauen um Bomarus herum sogen entsetzt die Luft ein. Einige warfen rasche Blicke auf die Umstehenden, wie um sich zu vergewissern, dass niemand fehlte. Talia rührte sich nicht. Catuens Schultern sanken dagegen herab, als hätte sich etwas bestätigt, was sie die ganze Zeit über vermutet hatte. Atharics Hände umfassten den Bogen fester. Er versuchte, die Entfernung zu Dago zu schätzen, obwohl er wusste, dass sein Pfeil niemals so weit fliegen würde.

»Wie viel Zeit haben wir, um uns zu entscheiden?«, verlangte Bomarus' Enkel zu wissen, nachdem sein Großvater ihm etwas zugeflüstert hatte. Der Boier wendete sein Pferd und begann, zu den langgestreckten Reihen des Heeres zurückzureiten.

»Keine!«, rief er über die Schultern. »Öffnet die Tore, und wir werden gnädig sein. Wartet, und wir werden jeden einzelnen Verteidiger auf Euren Mauern töten!«

Wenige Augenblicke später brannte die Stadt.

Es war Samis, die das Feuer zuerst bemerkte, vereinzelte dunkle Wolken, die vom Wind nach Osten und in Richtung Stadtmitte getragen wurden. Flammen schlugen über riedgedeckten Dächern zusammen, die man mit Öl getränkt haben musste, so schnell schossen die Brände in die Höhe. Noch während die Beobachter wie gelähmt auf die in den Himmel steigenden Rauchwolken starrten, erwachten weitere Flammennester auf angrenzenden Dächern zum Leben.

Atharic musste Bomarus' Befehl nicht erst abwarten. Es war das Viertel, in dem die großen Gehöfte lagen, das in Flammen stand. Die langgestreckten Lagerhallen enthielten einen Großteil des Reichtums der Stadt – feinste Keramik, Eisen, Bronzen, Amphoren, Glas, Pelze und kostbare Stoffe. Wer auch immer das Feuer gelegt hatte, hatte es im Herzen der Stadt gelegt.

Atharic befahl zwei Dutzend Krieger zu sich und eilte zu den bereitstehenden Pferden. Er hörte, wie Sumelis seinen Namen rief, aber er achtete nicht darauf. Stattdessen lenkte er sein Pferd auf die leergefegte Hauptstraße. Die Hufschläge dröhnten laut auf der festgetrampelten Erde, als sie an Schmieden, Töpfereien und kleinen Handwerksgeschäften vorbeigaloppierten. Die meisten Gebäude lagen still und verlassen da. Nur selten erschienen verängstigte Kinder, Frauen oder Alte in Türen und Torgängen, um den Kriegern nachzustarren. Noch hatten die wenigsten das Feuer bemerkt, aber das änderte sich bald, nachdem Atharic und die Krieger hinter dem Marktplatz nach Süden schwenkten. Hier flossen Hitze und beißender Rauch die Straßen entlang und drangen in Türen und Fenster. Mägde rannten mit Eimern bewaffnet zu den Brunnen und besprengten das Holz und Stroh der Gebäude mit Wasser. Zwei Langbauten direkt an der Straße brannten bereits lichterloh. Atharic legte einen Arm vor Mund und Nase und atmete durch den Stoff des Hemdes hindurch. Sein Pferd scheute und versuchte, zur Seite auszubrechen, aber Atharic trieb es erbarmungslos vorwärts, durch den Rauch und die Hitze hindurch. Seine Augen tränten, und als er die nächste Wegkreuzung erreichte, an der ein weiteres Haus in Flammen stand, hätte er beinahe die Orientierung verloren. Dann bemerkte er einen alten Mann, der auf einen Stock gestützt die Straße entlanghumpelte, ein rostiges Messer in den Händen. Der Alte keuchte so schwer, dass er lediglich mit seinem Stock die Straße hinab zum Südtor deuten und wild die Faust schütteln konnte.

Wenige Herzschläge später ließen sie das Viertel mit den brennenden Häusern hinter sich. Die Pferde beruhigten sich wieder; die Luft wurde klarer und frischer, denn der Wind trug den Rauch in die andere Richtung davon. Wasser spritzte, als sie an braunen Tümpeln vorbei über eine schlammige Wiese jagten. An ihrem anderen Ende lagen an einen Baumstumpf gelehnt zwei Körper: ein Mann, der eine Halsfessel um den Hals trug, und eine Frau. Tiefe Wunden in ihren Unterleibern zeugten von dem vergeblichen Versuch, die Angreifer aufzuhalten. Der

Sklave lebte noch. Er hatte den Kopf der Frau zu sich in den Schoß gezogen. Schwarzes Blut rann aus einer Stichwunde in seinem Bauch über ihre Schläfen und formte eine bizarre Maske auf dem erstarrten Antlitz. Die stumpfen Augen des Sklaven folgten Atharics Kriegern, als sie vorbeiritten.
Sie überquerten einen Steg und umrundeten einen halb zerfallenen Schuppen, an dem die rostigen Überreste mehrerer Achskappen lehnten. Ein Stück weiter die Straße hinauf sahen sie gerade noch eine Gruppe Männer um eine Kurve verschwinden. Einer der Männer bemerkte die Reiter in ihrem Rücken und rief seinen Begleitern eine Warnung zu. Sie fuhren herum, die Waffen drohend erhoben.
Atharic und seine Krieger waren über ihnen, bevor die Männer Zeit hatten, sich zu ordnen. Pferde wieherten schrill und gingen zu Boden, aufgespießt von Lanzen und Schwertern, doch ihr Schwung trieb sie weiter, und als sie fielen, begruben sie die Körper der Feinde unter sich. Atharics Schecke bäumte sich auf und trat wild mit den Hufen um sich. Eine Klinge glitt an den breiten Lederstreifen, die um seine Brust gewickelt waren, ab und ritzte stattdessen die Haut von Atharics Schienbein. Atharic sprang ab und prallte mit der Schulter gegen den Rücken eines Mannes. In einem Wirbel aus Armen, Beinen und Waffen gingen sie zu Boden. Atharic rollte herum, riss sein Schwert hoch und zog die Spitze quer über das Gesicht seines Gegners.
Ein Mann neben Atharic begann, mit schriller Stimme um Gnade zu flehen. Er sprach boisch anstatt des geschwungenen Dialekts der Vindeliker und schrie, dass er Goldschmied und dass das alles nicht seine Idee gewesen sei. Er habe sein halbes Leben in Alte-Stadt verbracht und sei nur mitgegangen, weil man ihm versprochen hatte, dass er keine …
Die Schreie endeten abrupt.
Atharic wich einer Lanzenspitze aus, schlug den Schaft mit der

flachen Hand beiseite und trat dem Angreifer die Beine unter dem Körper weg. Kalte Wut loderte in ihm auf, als er daran dachte, dass es Boier wie diese waren, die über seinen Stamm hergefallen waren. Der Gedanke wirbelte verschwommene Bilder auf, die Umrisse einer Lichtung an einem alten, unbenutzten Weg. Er sah, wie das Heer der Boier heranstürmte und wie jene, denen er Schutz versprochen hatte, auseinanderstoben, um den Lanzen und donnernden Hufen zu entgehen.

Zu spät, zu spät …

Atharics Blickfeld verengte sich, bis er nur noch seinen Gegner vor sich sah, dann den nächsten und den nächsten, eine Kette gesichtsloser Feinde, die unter seiner Klinge verschwanden. Er kämpfte, bis er plötzlich über einen Körper stolperte und der Länge nach zu Boden fiel. Als er wieder auf die Füße kam, überströmt von Schweiß, der das Hemd an seinen Körper klebte, war niemand mehr da, den es zu bekämpfen galt.

Atharic atmete tief durch. Aus der Wunde am Bein floss warme Flüssigkeit in seinen Stiefel. Er packte den nächsten von Carans Kriegern am Ärmel und fuhr ihn an: »Wie viele Boier leben hier in Alte-Stadt?«

Der Mann, dem ein Schlag fast das halbe Ohr abgerissen hatte, schüttelte den Kopf. »Vierhundert insgesamt?«, keuchte er. »Die meisten wohnen in der Nähe des Hafens. Doch es sind bestimmt nicht alle …«

»Fünfzig Verräter sind mehr als genug!«, unterbrach Atharic ihn barsch. »Nur: Wenn das hier dreißig waren – wo ist dann der Rest?«

Er konnte den Arm nicht bewegen. Wie ein nutzloser Schlauch hing er am Rest seines Körpers und prallte bei jedem Schritt gegen die bronzene Schwertscheide. Irgendwo am Rande seiner Wahrnehmung spürte er Schmerz. Er wusste nicht, wessen

Schmerz es war – seiner, Haevas oder der eines Fremden? Es schien nicht wichtig zu sein, denn ein anderer Schmerz brannte in ihm, der ihm zuflüsterte, sich hinzulegen und die Dunkelheit und das Vergessen zu begrüßen.

Haris Körper war seltsam gekrümmt, während er zwischen den Bäumen hindurchstolperte. Von Zeit zu Zeit blitzte zu seiner Rechten die Wiese auf, an deren anderem Ende das vindelikische Heer sein Lager aufschlug. Hari wusste, er machte zu viel Lärm. Gleich würden ihn die Wachen bemerken, und die lichten Baumreihen boten zu wenig Schutz, um sich zu verstecken. Wahrscheinlich würden sie ihn töten, ohne zu fragen, was er hier zu suchen hatte und ohne den Siegelring zu bemerken, der an seiner linken Hand unter all dem Blut und Schmutz goldbraun schimmerte. Der Bernstein in der Mitte des Rings trug das Abbild eines Pferdes mit gewundenem Schwanz. Caran hatte ihn und einen identischen zweiten vor Jahren von einem Römer als Gastgeschenk bekommen. Er hatte einen Ring für sich selbst behalten, den anderen hatte er seiner Frau gegeben. Es war ein mächtiges Siegel, das Glück versprach und die Gunst Eponas, der Schutzgöttin von Alte-Stadt.

Ein Ruf vor ihm ließ Hari erstarren. Ihm schwindelte und kurz wurde ihm schwarz vor Augen. Taumelnd versuchte er, nach dem Messer in seinem Gürtel zu greifen, aber seine Finger wollten ihm nicht mehr gehorchen. Ihm war kalt.

Haeva wird bereits warten, dachte er zusammenhanglos. *Sie hat bestimmt schon ein Feuer gemacht. Die Decken werden warm sein, wenn ich nach Hause komme. Ich muss nur noch das erledigen … das … Atharic sagte …*

Er stürzte auf die Knie. Die Stimmen kamen näher. Hari wollte die Hand mit dem Ring unter seinem Körper verbergen, aber Haeva beugte sich über ihn und zog sie wieder hervor. Hari fiel auf den Rücken und sah Haevas vertraute Silhouette

über sich aufragen. Ihre Umrisse schimmerten silbrig vor dem Blätterdach. Sie nahm seine Hand und legte sie über sein Gesicht. Haris Daumennagel kratzte über den Ring. Er versuchte, den Dreck fortzuwischen, bis das Bernsteinsiegel hell schimmerte, und einen Moment lang meinte er, über Talias Augen zu streichen. Dann spürte er, wie eine Hand – eine richtige Hand diesmal – nach seinem Arm griff. Er hörte Worte, aber er konnte sich nicht auf sie konzentrieren. Seine Lippen bewegten sich, doch kein Ton kam heraus. Eine glänzende Klinge näherte sich seinem Hals. Hari räusperte sich und versuchte es erneut.
»Caran …«
Der Griff um seinen Arm wurde fester.

Caran saß auf der Kante eines Versorgungswagens und blickte grimmig über die Reihen von Verletzten, die auf eilig aus Decken und schlanken Stämmen gebastelten Bahren herbeigetragen wurden. Heiler und Ärzte gingen zwischen ihnen hindurch und trennten die Schwerverletzten vom Rest. Bis jetzt war nur ein einziges Zelt errichtet worden, obwohl die Dämmerung kurz bevorstand. Es war Ientus' Zelt und es stand auf der einzigen kleinen Erhöhung weit und breit, so hoch wie möglich über der feuchten Wiese, auf der sich das Heer zu sammeln begann. Ientus hatte sich den ganzen Tag über nicht blicken lassen, und Caran fragte sich, ob sich der Hohedruide überhaupt noch bewegen konnte – nicht, dass es ihn noch gekümmert hätte. Nach Carans Zusammenstoß mit Boiorix hatten sich die Kimbern wie auf ein geheimes Zeichen hin zum Zug zurückgezogen und sofort damit begonnen, die Wagenburgen aufzulösen. Niemand zweifelte daran, dass sie bald weiterziehen würden. Der plötzliche Frieden war gespenstisch gewesen, so als hätte es den Tag mit seinen Kämpfen und Gefallenen nicht gegeben.

Sinnlos, dachte Caran müde, *unwirklich und sinnlos.*

Caran war nach dem Rückzug von Boiorix und seinen Kriegern sofort nach Osten geritten, um Scota und Divico zu unterstützen. Er war gerade rechtzeitig gekommen, um zu beobachten, wie sich die Kimbern auch hier zurückzogen. Sie hatten ihre Toten und Verletzten, das erbeutete Getreide und das Fleisch der toten Pferde auf ihre Wagen geladen und erweckten den Eindruck, als wollten sie ungeachtet der einbrechenden Dunkelheit noch am selben Abend weiterziehen. Mit einem Mal schienen sie es eilig zu haben, das vindelikische Land und sein Heer möglichst weit hinter sich zu lassen. So schnell wie der Krieg begonnen hatte, so schnell war er auch wieder vorbei, und die seltsame Ruhe, die sich seitdem über das Land gesenkt hatte, zerrte mehr an Carans Nerven als die Schlachten zuvor.

Die Sonne neigte sich langsam über die Wipfel der Bäume, und das Licht wurde wärmer und rötlicher. Caran konnte einen kleinen Abschnitt des Danuius' in der Ferne erkennen, ein tiefblaues Band, das in den Sonnenstrahlen glitzerte. Vor wenigen Augenblicken hatte sich hier der letzte Wagen der Kimbern nach Westen in Bewegung gesetzt.

»Wir haben mittlerweile Nachricht von allen Kriegsführern.« Aenovales trat neben seinen Herrn. Er rollte die Schultern, um die Steifheit aus den Muskeln zu vertreiben, und kratzte sich geistesabwesend im Schritt. »Sie wussten nicht, dass wir uns bereits so weit nach Osten bewegt haben und hier unser Lager aufschlagen. Es hat eine Zeit lang gedauert, bis sie uns gefunden haben.«

»Wie viele Tote?«

»Wir wissen es noch nicht genau. Vielleicht zweihundert. Wir sind glimpflich davongekommen.«

»Hast du herausgefunden, wo sich Segurion herumtreibt?«

Aenovales deutete nach Süden. Ein Bachbett schlängelte sich

dort an einem niedergebrannten Waldstück entlang. Dahinter sammelten sich Reiter. »Er will dich sprechen.«

»Das glaube ich gerne.«

»Mir gefällt das Ganze nicht! Dieser Tag – das hätte nicht sein dürfen! Man möchte glauben, jemand will einen Krieg provozieren, nur um dich zu töten!«

»Dass ich Feinde habe, ist nichts Neues.«

»Das heute war etwas Neues!«

»Was hast du über den Krieger erfahren, der auf mich geschossen hat?«

»Einer von unseren Männern. Seine Schwester ist die Zofe von Divicos Frau.«

Caran winkte ab. »Das muss nichts bedeuten.«

Aenovales' jüngster Enkel unterbrach sie, ehe der Schmied etwas erwidern konnte. Der Junge entschuldigte sich verlegen bei Caran, bevor er seinem Großvater leise ins Ohr flüsterte. Er hatte noch nicht ausgesprochen, da brauste Aenovales auch schon auf: »Was ist das denn schon wieder? Soll ich mich etwa um alles kümmern? Ihr könnt doch wohl selbst …«

Abermals flüsterte ihm der Junge etwas ins Ohr. Aenovales' Augen weiteten sich.

Caran erhob sich. »Ich gehe zu Segurion. Seine Männer haben heute die größten Verluste hinnehmen müssen – vielleicht lässt ihn das endlich vernünftiger sein!«

»Warte!« Aenovales kümmerte sich nicht darum, dass sein Enkel überrascht in die Höhe hüpfte, als sein Großvater seinem Herrn einen so harschen Befehl erteilte. Der Junge zog den Hals zwischen die Schultern und schielte unsicher zu Caran hinüber.

»Ich bin gleich wieder zurück, dann gehen wir zusammen! Nach dem, was heute geschehen ist, weiche ich so schnell nicht mehr von deiner Seite!«

Caran widersprach nicht. Er setzte sich wieder und beobachtete, wie Aenovales dem Jungen folgte. Der Schmied stapfte mit schwerfälligen Schritten über die Wiese und vorbei an einem Tümpel, bis er schließlich zwischen den Bäumen des angrenzenden Waldes verschwand. Caran verschränkte die Arme hinter dem Kopf. Jetzt, da er Helm und Brustpanzer abgelegt hatte, konnte er den getrockneten Schweiß auf seinem Hemd riechen. Die Muskeln in seinem Nacken schmerzten und versprachen Kopfschmerzen, aber Caran hatte andere Sorgen. Abermals fragte er sich, wer einen Krieg provozieren würde, nur um ihn zu töten.

Zwischen den Bäumen entstand Bewegung. Caran sprang auf, als Aenovales aus dem Wald hervorbrach. Drei Krieger folgten ihm, zwischen sich trugen sie einen schlaffen Körper. Aenovales winkte wild mit den Armen. Caran begann zu rennen. Auf halbem Weg über die Wiese trafen sie aufeinander. Die Krieger ließen ihre Last zu Boden sinken. Der Mann stöhnte und riss die verschleierten Augen auf.

Caran fiel auf die Knie. Er erkannte Hari sofort, trotz des Bluts und Schmutzes, die ihn wie eine zweite Haut bedeckten. Aenovales beugte sich vor und griff nach Haris Hand. Er drehte sie und hielt die Finger dicht vor Carans Augen. Das Bernsteinsiegel mit dem pferdeähnlichen Wesen blitzte im Licht der tiefstehenden Sonne auf.

»Was hat das zu bedeuten?«

Haris Blick war ziellos umhergeirrt, aber als er Carans Stimme hörte, wurde er plötzlich klar und heftete sich auf sein Gesicht. Ein krächzender Laut drang aus seiner Brust. Caran beugte sich vor und brachte sein Ohr dicht über Haris aufgesprungene Lippen.

Heiser begann Hari zu sprechen.

Als Atharic das nördliche Tor schließlich erreichte, waren die mächtigen Eisenteile herausgebrochen und achtlos beiseite geworfen worden. Boier strömten ins Innere, über die Leichen der Wächter hinweg und die Rampe hinauf, wo sie den Mauerabschnitt neben dem Tor besetzten. Von den Verteidigern war außer den toten Wachen nichts zu sehen. Der Weg in die Stadt hinein war offen.

Ein Pfeilhagel schlug Atharic und den Kriegern entgegen, als sie auf der Straße in Sichtweite gerieten. Atharic riss seinen Schild hoch und lenkte den Schecken mit den Knien zur Seite. Das Pferd, das direkt neben ihm war, strauchelte, als sein Reiter plötzlich hart an den Zügeln riss. Schrill wiehernd prallte es gegen einen Stapel Bretter am Straßenrand. Atharic wendete und jagte den Weg, den sie gekommen waren, zurück. Nur wenige Herzschläge später schlossen seine Männer zu ihm auf. Die Boier machten keine Anstalten, ihnen zu folgen. Ohne Hast und in erschreckender Ordnung sammelten sie sich hinter dem Tor, um auf weitere Befehle zu warten.

Als Atharic wenig später zum Osttor zurückkehrte, war die Nachricht bereits vorausgeeilt: Schon von Weitem hörte er Schluchzen, schreiende Kinder und Befehle, die ungehört verhallten. Krieger mit ausdruckslosen Gesichtern hielten ihre Waffen gesenkt, als hätten sie vergessen, was sie mit ihnen tun sollten. Knechte und Mägde, die gerade noch mit Äxten und Messern bewaffnet auf der Mauer gestanden waren, rannten die Straße entlang hinein in die Stadt zu ihren Häusern und Höfen, um hinter den vertrauten Wänden einen Schutz zu finden, den es nicht gab. Bomarus war grau im Gesicht. Ein Geweihter hatte sich über ihn gebeugt und flößte ihm etwas zu trinken ein, während sein Enkel wachsam danebenstand und jeden Handgriff aufmerksam verfolgte. Bomarus winkte schwach, als er Atharic bemerkte, doch dieser achtete nicht darauf. Er eilte an Bomarus

vorbei zur Umwehrung, wo Talia und Catuen standen und regungslos auf die andere Seite der Mauer starrten.
Noch ehe Atharic etwas sagen konnte, fuhr Catuen zu ihm herum. Ihr Mund war ein dünner Strich, und sie hielt die Hände auf Samis' Ohren gepresst, damit das Mädchen sie nicht hörte. »Wir können nicht fliehen!«, zischte sie. »Dagos Bote hat sich deutlich ausgedrückt! Wenn wir fliehen, wird er alle Kinder in der Stadt töten lassen!«
Atharic warf einen Blick über die Brustwehr. Die Boier hatten sich ein Stück zurückgezogen. Jetzt stand ein einzelner Reiter auf dem kahlen Platz zwischen ihnen und der Stadtmauer. Der dunkel gekleidete, sehnige Mann saß aufrecht auf dem großen Schimmel, die Hände locker auf die Oberschenkel gelegt. Die Entfernung war zu groß, als dass Atharic das leichte Lächeln hätte sehen können, das Dagos Mundwinkel umspielte, während er zu der Stadt hinübersah, aus der er vor acht Jahren geflohen war.
»Er sieht sehr selbstsicher aus.«
»Er hat gewonnen«, fuhr Catuen ihn an, »und er weiß es! Er hat uns, bis die Sonne hinter der Mauerkante verschwunden ist, Zeit gegeben, um das Osttor zu öffnen und alle Herrinnen zu ihm hinauszuschicken.« Gestenreich deutete Catuen nach unten. Die Schatten, die die Mauer warf, schienen über den freien Platz und auf Dago zuzurasen, während die Sonne auf der anderen Seite der Stadt versank. »Wir werden seine Geiseln sein, noch bevor er Alte-Stadt betritt!«
Atharic stellte fest, dass Talia anders als Catuen ihrer Tochter nicht die Ohren zuhielt. Sumelis' runde Augen blickten von einem Erwachsenen zum nächsten. Atharic war nicht sicher, ob sie begriff, wovon Catuen sprach.
»Ich könnte zumindest die Mädchen herausschaffen!«
»Dago weiß, dass es sie gibt.« Talias Stimme war leise. Es war das

erste Mal seit Dagos Erscheinen, dass sie sprach. »Er hat das alles zu lange und zu sorgfältig geplant, um nicht von ihnen zu wissen. Catuen hat recht: Wenn Samis und Sumelis nicht hier sind, wenn er die Stadt betritt, wird er alle anderen Kinder töten lassen. Dago blufft nicht!«

Talia ahnte Atharics Bewegung, noch bevor er nach ihr griff, um sie an sich zu ziehen. Hastig wandte sie sich ab. Seine Finger strichen über den blauen Stoff ihres Kleids und verharrten einen Moment lang unschlüssig in der Luft. Die Berührung durchbrach fast Talias sorgfältig aufgebaute Beherrschung. Am liebsten hätte sie Atharic angeschrien. Sie hatte ihre Entscheidung getroffen! Sie konnte jetzt nicht zulassen, dass etwas ihren Willen brach und sie schwächte.

Talia griff nach Sumelis' Hand. In ihrem Rücken hörte sie das Weinen der Frauen, als Bomarus ihnen befahl, sich auf der Rückseite der Torgasse zu versammeln. Sie hatten nur noch wenige Augenblicke, bis die Zeit, die Dago ihnen gesetzt hatte, abgelaufen war. Talia senkte den Blick auf ihre Tochter. Sumelis hatte den Kopf in den Nacken gelegt und sah zu ihr auf. In den dunklen Augen, die Caran so ähnlich waren, wechselten Vertrauen und Furcht einander ab. Talia wurde es eiskalt. Sie fragte sich, ob sie Sumelis nicht etwas Schlimmeres antat als alles, was Dago sich ausdenken mochte.

Er ist nicht ihr Vater! Sie hat ihre Wahl getroffen!

Sie wünschte nur, die höhnischen Stimmen in ihrem Kopf würden endlich schweigen.

»Wartet hier!«, befahl Talia, dann drehte sie sich um und ging mit Sumelis an der Hand die Rampe hinab. Sie kümmerte sich nicht um das, was Catuen und Atharic hinter ihr herriefen, und schüttelte die Hände, die sie aufhalten wollten, ab. Sie kam an Bomarus und den Herrinnen vorbei, die darauf warteten, dass das Tor sich öffnete und Bomarus sie nach draußen scheuchte, hinein in die gierigen Hände der Boier und ein ungewisses Schicksal. Eine Frau versuchte, davonzurennen, doch eine andere stellte sich ihr in den Weg und stieß sie zu Boden. Sie rief nach einem Seil, dann schlang sie die Enden um ihrer beider Handgelenke.

»Es sind unsere Kinder!«, schrie sie, während sie der Frau auf dem Boden einen Fußtritt gab. »Verstehst du das nicht?«

Die andere Herrin krümmte sich und stieß ein schrilles Heulen aus. In Talias Ohren klang es wie der Schrei eines Tiers, kurz bevor sich die Krallen der Eule in seinen Pelz schlugen. Fingernägel bohrten sich in die festgetrampelte Erde neben dem Tor und brachen. Blaues Feuer drückte gegen Talias Schläfen.

»Öffnet das Tor!«, befahl sie.

»Wir sind noch nicht so weit!« Der Torwächter versuchte, sie zurückzudrängen. »Es fehlen noch ein paar Herrinnen, und die Sonne ist noch nicht hinter der Mauer verschwunden! Wenn das Heer jetzt kommt …«

»Das Heer wird nicht kommen! Nicht heute, nicht diese Nacht. Öffne das Tor! Wir werden alleine hinausgehen.«

Der Mann zögerte noch immer. Eine schrille Stimme erhob sich hinter ihnen. »Lass sie doch! Soll sie gehen! Schließlich war es ihr Vater, der dieses Tier zuerst zu uns gebracht hat! Wenn Caran Dago damals nicht aufgenommen hätte, dann wäre es nie so weit gekommen! Ihre Familie führt sich auf wie Könige! Sollen sie dafür büßen, was sie über uns gebracht haben!«

Talia hielt den Blick unbeirrt auf den Torwächter gerichtet. »Lass uns hinaus!«, wiederholte sie leise.

Der Mann eilte an ihnen vorbei und öffnete die schweren Riegel. Talia und Sumelis betraten die Torgasse. Sie passierten die mächtigen Eichenpfosten, die das Torhaus trugen und den Wächter, der die Pforte hinter ihnen eilig wieder zuschlug. Links und rechts ragten die Mauern drei Manneslängen empor, stumme Zeugen der Niederlage der Stadt. Talia bemerkte Catuen und Atharic, die sich weit über die Brustwehr beugten und zu ihr hinabriefen. Sie hörte ihre Worte, aber sie vergaß sie, bevor sie sich einen Platz in ihrem Kopf suchen und dort einnisten konnten. Sie blickte auch nicht zu ihnen empor, denn ihre Augen wurden magisch von dem einsamen Reiter angezogen, der zweihundert Schritte entfernt auf seine Rache wartete. Acht Jahre waren zu kurz, um zu vergessen, stellte Talia fest – das hatten Dago und sie gemein.

Aber Dago hat keine Angst.

Sie ließen die Enden der äußeren Torgasse hinter sich und traten auf den freien Platz vor dem Tor. Dago richtete sich auf dem Rücken seines Pferdes auf, als er die Frau und das Kind sah, die auf ihn zukamen. Seine Hand wanderte kurz zum Schwertgriff, dann entspannten sich seine Schultern wieder. Talia hörte ihn lachen.

»Erinnerst du dich noch daran, was ich dir gesagt habe, als Magus starb?« Talia blieb stehen und zwang ihre Tochter, dasselbe zu tun. Sumelis schlang die Arme um die magere Brust und zog die Schultern in die Höhe. Unruhig trat sie von einem Fuß auf den anderen. Sie sah klein und zerbrechlich aus, und Talia erstickte beinahe an der unsichtbaren Schlinge, die sich um ihren Hals legte.

»Du hast gesagt, dass ich meine Seele niemals an jemanden hängen darf, der stirbt«, wiederholte Sumelis undeutlich das Versprechen, das sie ihrer Mutter damals gegeben hatte.

Talia nickte zufrieden. »Gut. Und jetzt möchte ich, dass du das vergisst!«

Sumelis starrte sie an. Ihre Unterlippe begann kaum merklich zu zittern.

»Was auch immer passiert«, fuhr Talia fort, »dir wird nichts geschehen. Ich werde das nicht zulassen! Verstehst du?«

Sumelis' Gesicht war so bleich, dass die Adern an den Schläfen bläulich schimmerten. In ihrem Rücken verschwand die Sonne hinter der Mauerkante. Wind frischte auf und bewegte das Laub, das er von niedrigen Sträuchern gerissen hatte. Die bunten Blätter knisterten unter den Schritten der beiden Frauen, als sie weitergingen.

Dago hatte sich nach vorne gebeugt und die Arme lässig auf die Oberschenkel gestützt. Sein Pferd legte die Ohren an, als Mutter und Tochter näher kamen, und tänzelte zurück. Dago trieb es mit einer leichten Berührung der Sporen wieder nach vorne. Einen Schritt von Talia entfernt blieb der Schimmel stehen.

Talia musste den Kopf in den Nacken legen, um Dago ins Gesicht blicken zu können. Die grünen Augen mit den dichten Wimpern waren so intensiv wie früher, stellte sie fest, der Mund unter dem kurzen Bart zu demselben spöttischen Lächeln verzogen. Die grauen Strähnen in seinem streng zurückgebundenen Haar betonten die klaren Linien von Wangen und Kinn, die härter waren als in Talias Erinnerung. Eine junge Narbe zog sich von seiner linken Augenbraue zur Schläfe.

»Talia!« Dago machte keinen Hehl aus der Genugtuung in seiner Stimme. »Du ahnst nicht, wie sehr es mich freut, dich hier zu sehen! Ich habe gehört, du hast dich doch noch dazu durchgerungen, Caran zu verraten, welche Schlange er damals in sein Haus geholt hat. Die verlorene Tochter ist zurückgekehrt.« Er lachte laut. »Und jetzt kehrt der verlorene Sohn zurück. Das macht die Familie vollständig, nicht wahr?«

»Du bist nicht Carans Sohn!«, schnappte Talia. »Du warst es nie!«

Dago legte den Kopf schief. Er schien noch immer belustigt. »Nein, du hast recht, nicht wirklich. Welchen Frevel hätte ich auch sonst begangen, als ich seiner Tochter die Schenkel auseinanderdrückte …«

Sumelis' Finger krampften sich fester um die ihrer Mutter. Dago schien es zu bemerken, denn sein Grinsen wuchs in die Breite, während er den Kopf zur Seite legte und das Mädchen musterte. Sumelis wandte sich ab und versteckte ihr Gesicht hinter dem weiten Stoff von Talias Ärmeln.

»Das ist also deine Tochter! Meine Spione haben mir von ihr berichtet.« Dagos grüne Augen verengten sich. »Sie soll Caran sehr ähnlich sehen, habe ich gehört. Zeig sie mir! Ich will wissen, was ...«

»Spar dir deine Spielchen!« Talia trat einen Schritt vor und verdeckte Sumelis mit ihrem Körper. Hass brachte ihre Stimme zum Beben. Sie konzentrierte sich auf ihn, auf die lodernde Wut in ihrem Inneren, die die Angst in Schach hielt, die Angst, was Dago mit ihr tun würde, wenn sie versagte, die Angst, was passieren würde, wenn sie es nicht tat.

»Ich bin nicht hier, um die wenige Zeit zu verschwenden, die du uns gegeben hast!«

Dago zuckte mit den Schultern. »Du bist hier, weil ich es so will! Wo sind die anderen?«

»Sie werden bald kommen. Einige Herrinnen sind in ihren Häusern geblieben, und wir brauchen mehr Zeit, um sie zu holen! Warte wenigstens bis zum Einbruch der Dämmerung! Bestimmt ist ...«

»Ihr habt genügend Zeit gehabt! Geh zurück und sag ihnen, ich will sie sofort hier draußen sehen! Alle, ohne Ausnahme! Und erinnere sie daran, dass ich sie kenne – jede verdammte herrschende Familie! Wenn sich irgendjemand versteckt, werdet ihr es alle bereuen!«

»Sie fürchten sich! Sie werden nicht auf mich hören!«

»Dann wird deine Tochter als Erste sterben!«

»Hör mir zu, Dago! Wir haben alle Angst!« Talia bemühte sich, ihre Stimme zu kontrollieren und vernünftig zu klingen. Sie

streckte die freie Hand aus. Schweiß lief ihren Nacken hinab.
»Es wird alles reibungslos ablaufen, wie du es wünscht, aber unsere Leute brauchen ein Zeichen, dass sie dir vertrauen können!«
»Euer Vertrauen schert mich nicht!«, zischte Dago. Sein gutaussehendes Gesicht verzerrte sich verächtlich, und er spuckte aus. Talia flehte still, dass er ihre Hand ergreifen würde. Sie musste seine Haut auf ihrer spüren! Unauffällig schob sie Sumelis ein Stück von sich fort, ohne jedoch ihre Hand einen Moment lang loszulassen.
»Ein Zeichen!«, wiederholte sie. »Du bist der König! Es gibt viele Arten, wie du uns beherrschen kannst. Eine Frau …«
»Du hattest deine Chance, Talia!«, knurrte Dago. »Du hast sie verspielt!«
»Nein, ich meinte nicht, dass ich d…«
»Du willst meine Mätresse sein?« Unvermittelt lehnte sich Dago vor und packte ihr Handgelenk. Grob zerrte er sie zu sich. Talia stolperte und taumelte gegen den festen Pferdekörper. Dagos Atem strich über ihr Gesicht.
»Glaubst du, das würde dich retten?«, fauchte er. »Du bist nichts! Acht Jahre lang habe ich auf diesen Moment gewartet, auf diese Stadt! Sie gehört mir! Ihr alle gehört mir! Sogar deine Tochter gehört mir!«
Talias Augen waren auf Dagos Finger gerichtet, die sich um ihr Handgelenk schlossen. Sie konnte seine gebräunte Haut auf ihrer hellen sehen, spürte die Wärme seines Körpers und das Blut, das durch seine Adern rauschte. Sie bog die Hand, bis sich ihre Finger in einer fast zärtlichen Berührung um Dagos Unterarm schlossen.
»Ich erinnere mich an diese acht Jahre«, sagte sie leise. Dann hob sie den Kopf und sah ihn an. Ihre Pupillen weiteten sich. Endlose Schwärze löschte das goldbraune Feuer ihrer Augen

aus. Dago erstarrte, aber es war zu spät. Talias Seele schoss aus ihr heraus, durch ihre miteinander verbundenen Hände hindurch und hinein in Dagos Körper. Wie ein scharf geworfener Stein, der auf einen anderen trifft, prallte der Blitz gegen Dagos Seele und schleuderte sie hinaus in den leeren Raum zwischen den Welten. Die Gewalt des Aufpralls trennte alle Fäden und ließ ihrer beider Körper hohl und seelenlos zurück.
In der Stille, die folgte, begann Sumelis zu schreien.

Atharic umklammerte das Holz der Umwehrung, bis die Knöchel weiß hervortraten. Ein Splitter bohrte sich in das weiche Fleisch seines Daumenansatzes, doch er bemerkte es nicht. Wind strich an seiner Wange entlang, fuhr in Talias Kleid und bewegte ihre langen, kastanienbraunen Haare. Atharic wusste nicht, was sie vorhatte, aber er hatte ihren Gesichtsausdruck gesehen, die Angst und etwas Dunkleres, Mächtigeres in ihren Zügen. Er kannte diese Mischung aus Furcht und Hass, hatte sie oft beobachtet bei jungen Kriegern, die noch nicht gelernt hatten, dass sich die stärksten Waffen immer auch gegen einen selbst richten konnten. Aber Talia wusste es.
Die Sonne versank hinter der Mauer, und das Licht veränderte sich. Schatten verschwanden, Farben verloren ihre Leuchtkraft, die Luft wurde kühler. Talia und Sumelis waren kurz stehen geblieben und wechselten ein paar Worte, dann gingen sie weiter. Kurz vor Dago blieben sie stehen.
Niemand auf der Mauer verstand, was Talia und Dago sprachen. Sie hielten den Atem an, als Talia ihre Hand ausstreckte und Dago sich plötzlich vorbeugte. Atharic beobachtete, wie er nach ihr griff und sie zu sich zerrte. Er sah, wie das weiße Pferd den Kopf hochwarf und Dago erstarrte. Seine Hand war noch immer eng mit Talias verschlungen. Trotz der Entfernung konnte Atharic den Augenblick erkennen, in dem Dago starb.

Talia brach zusammen. Sie sank auf die Knie und zog Dagos Körper mit sich hinab. Der blaue Stoff ihres Kleides breitete sich wie ein See um sie herum aus. Dichte Haarsträhnen fielen nach vorne und verbargen ihr Gesicht. Dago schlug schwer neben ihr auf. Erst jetzt lösten sich ihre Hände voneinander. Der Schimmel scheute zurück. Er bäumte sich auf, dann warf er sich herum und raste davon. Die langen Zügel flatterten hinter ihm her, dunkle Striemen in der silbernen Mähne. Das Donnern der Hufe auf der festen Erde waren die einzigen Geräusche weit und breit.

Langsam sank Talia zur Seite. Sumelis schrie auf und warf sich über Talias Körper. Ein gelbes Band löste sich aus ihren Haaren und flatterte davon, während sie ihre Seele hinaus in die Leere schleuderte, in der ihre Mutter verschwunden war. Ihre verzweifelten Schreie hallten von den Mauern wider und ließen das Blut in den Adern der fassungslosen Beobachter erstarren.

Atharic war beim Tor, noch bevor irgendein anderer reagieren konnte. Er stieß den Torwächter beiseite und riss die Riegel empor. Er zwang sich, langsam zu gehen, als er aus der Torgasse kam, und die Entfernung mit gemessenen Schritten zurückzulegen. Er konnte das abergläubische Murmeln hören, das sich unter den Boiern erhoben hatte. Ein paar Krieger versuchten, Dagos Pferd einzufangen, doch der Schimmel raste wie von Sinnen die Reihen des Heeres entlang und ließ niemanden nach seinen Zügeln greifen. Seine panische Angst färbte auf die anderen Pferde ab, und ein paar begannen, gegen die Zügel ihrer Reiter zu kämpfen und durchzugehen.

Atharic musste nur einen Blick auf Dagos weit aufgerissene, erstaunte Augen werfen, um sicher zu sein, dass der Boier tot war. Atharic kümmerte sich nicht weiter um ihn, sondern ging neben Sumelis in die Knie. Das Mädchen lag noch immer über dem leblosen Körper seiner Mutter. Es hatte aufgehört zu

schreien. Seine Lider waren gesenkt; Tränen quollen unter ihnen hervor und tropften auf Talias Gesicht.
Atharic beugte sich über Sumelis und legte eine Hand auf ihre Schulter. Sie hob den Kopf, aber ihr Blick ging durch ihn hindurch, als würde er etwas anderes in weiter Entfernung suchen. Ihre Züge waren genauso grau wie Talias. Atharic schob die Arme unter Talias Körper und zog sie an sich.
»Lass uns nach Hause gehen!«, sagte er zu Sumelis und stand, mit Talia in den Armen, auf. Ihre Haare fielen lang und weich neben seinem Körper herab. Sie war so leicht, dass er sie mit einer Hand hätte halten können. Sumelis umklammerte noch immer ihre Finger. Talias Nägel hatten blutige Spuren auf ihrem Handrücken hinterlassen.
»Warte!«, flüsterte sie. »Sie will …«
Atharic hielt inne. Schwacher Atem strich über seine Wange. Talia blickte ihn aus blutunterlaufenen Augen an. Ihre Lippen bewegten sich.
»Sie müssen sehen, dass sie lebt«, sagte Sumelis. »Lass sie los!«
»Aber …«
»Ich halte ihre Seele. Ihr kann jetzt nichts mehr passieren.«
Atharic starrte das schmale Mädchen, das ihm nicht einmal bis zur Brust reichte, ungläubig an. Sumelis wartete geduldig. Schließlich stellte Atharic Talia vorsichtig auf die Füße. Sie stöhnte, und er sah, dass sie sich schwer auf Sumelis' Arm stützte. Mit den eingefallenen Zügen und seltsam verhangenen Augen sahen sich Mutter und Tochter ähnlicher als jemals zuvor. Dann drehte Talia sich um. Sie blickte zu den endlosen Reihen des boischen Heeres hinüber und streckte die Hände nach ihnen aus.
Die Boier flohen.

14. Kapitel

Atharic stand auf der Lichtung und fühlte nichts als Leere. Die Leichenfeuer waren niedergebrannt und ließen lediglich graue Asche und die Erinnerung an Wärme zurück. Atharic war im Rauch gestanden; nun waren seine Augen trocken und gereizt. Der Gestank von brennenden Haaren und Fleisch war so intensiv gewesen, dass ihm noch immer übel war. Aber er hatte sich nicht abgewandt. Er hatte dagestanden und Rauch, Hitze und Gestank an sich vorbeiziehen lassen – eine lächerliche Bestrafung für sein Versagen.

Das Knistern der Flammen hatte die Totengesänge von der anderen Seite der Lichtung übertönt, wo die Überlebenden zusahen, wie ihre Frauen, Männer und Kinder verbrannten. Grobe Tongefäße hatten neben ihnen am Boden gestanden, bereit, die Asche aufzunehmen, bevor sie der Erde übergeben werden würde.

Eine Priesterin – die letzte, die dem Stamm geblieben war – war barfuß und in ein weißes Leinengewand gekleidet zwischen den Urnen umhergegangen und hatte die Deckel mit feinsten Wassertropfen besprüht. Es hieß, die Tropfen seien die Tränen ihres Urahns, der in einem Rabennest aufgewachsen war, und die zur Erde gefallen waren, als er seine Rabeneltern verließ und ein Mensch wurde.

Das Rabenvolk haben sie uns genannt. – Sind einhundertachtzig Menschen genug, um ein Volk zu sein?, fragte sich Atharic. Er hatte die Toten nicht gezählt. Es war leichter gewesen, die Lebenden zu zählen.

Eine Frau humpelte auf ihn zu. Mit achtundfünfzig Jahren war sie das älteste Mitglied des Stammes. Seit ihrem Aufbruch aus der Heimat hatte sie nicht nur ihren Ehemann begraben, sondern auch zwei Söhne, drei Enkelinnen und fünf Urenkel. Sie war Atharics Tante und so scharf wie der Feuerstein des Nordens.

»Wir wollen nicht in diesem Land bleiben!«, sagte sie und stach Atharic einen spitzen Finger gegen die Brust. »Unsere Toten sollen in der Heimat begraben werden, in der Erde, die uns gehörte! Du wirst uns zurückführen!«

»Der Winter naht. Im Mittelgebirge wird womöglich schon Schnee liegen, wenn wir es erreichen.«

»Dieser Mann – Caran – wird uns helfen. Er wird uns Pferde, starke Ochsen und die beste Ausrüstung geben. Wir hatten einen Handel, und er hat ihn gebrochen. Wegen ihm sind unsere Leute gestorben.«

»Caran ist genauso verraten worden wie wir. Aber *ich* hatte das Versprechen gegeben, euch sicher in die Heimat zurückzuführen, und habe es nicht gehalten. Ihr habt getan, was ich euch sagte – selbst als ich die falsche Wahl traf.«

Die Alte schüttelte den Kopf und schnalzte ungeduldig mit der Zunge. »Es ist immer gut zu wählen! Nur Feiglinge verstecken sich vor Entscheidungen! Ohne dich hätten wir niemals die Kraft gehabt, die Kimbern zu verlassen!«

»Viele würden noch leben.«

»Ein Leben ohne Ehre, ohne Identität! Wir hätten der Gier der

Kimbern gedient und wären vielleicht irgendwann den Strohtod eines fetten reichen Mannes gestorben!« Die Alte spuckte aus. Abermals stach sie ihren Zeigefinger in Atharics Brust. »Vier Tage, um unsere Toten zu ehren und zu warten, bis du mit Vorräten, Pferden und Decken zu uns zurückkehrst. Drei Tage, um die Wagen zu beladen und uns bereit zu machen für den Marsch. In sieben Tagen werden wir in die Heimat aufbrechen, und du wirst uns führen!«

Es war anders als damals vor acht Jahren, als Ientus die Menschen vor ihr gewarnt hatte. Damals hatte es eine vage Furcht gegeben, Gerüchte, Spekulationen und Aberglauben. Jetzt gab es nur noch Angst. Angst vor ihren Händen, ihrer Berührung, ihrer Nähe.

»Sogar ihr Blick soll töten können!«, hörte sie Menschen flüstern. »Sie ist keine von uns! Sie ist ein Wesen der Anderen Welt!«

Ein böses Wesen, eines, das mit einer bloßen Berührung töten kann, auch wenn es sie alle gerettet hat. Aber Dankbarkeit ist vergesslicher als Furcht.

Talia fühlte nur Müdigkeit, wenn sie über das nachdachte, was die Menschen über sie sagten. Sie wusste, was es bedeutete, aber sie hatte noch nicht die Kraft, sich Sorgen zu machen oder sich zu ärgern. Sie versuchte nur, Sumelis so gut es ging vor all der Ablehnung und Angst abzuschirmen. Die Bewohner von Alte-Stadt betrachteten das Mädchen mit derselben Furcht wie ihre Mutter und machten das Zeichen gegen den bösen Blick, wenn sie ihr begegneten. Selbst die Mägde und Knechte des Hofes und Carans Krieger schlugen einen weiten Bogen um sie. Sumelis war zu jung, um zu verstehen, weshalb, und es verwirrte und verunsicherte sie.

Aus Furcht wird Hass werden, dachte Talia und rieb sich die Schläfen. Noch immer schmerzte ihr Kopf – ein fernes Echo der

Qualen, die sie durchgestanden hatte, seit Sumelis ihre Seele mit einer Verzweiflung und Kraft, die selbst die Götter herauszufordern vermochte, zurück in ihren Körper gezerrt hatte. In der Nacht, die folgte, hatte Talia sich gewünscht, sie wäre tatsächlich gestorben. Flüssiges Feuer war durch ihren Schädel geflossen, Nadelstiche und Hitze verbunden in schreiendem Schmerz. Sie erinnerte sich, als sie jung gewesen war, hatte sie einmal beinahe die Hände verloren, weil sie in klirrender Kälte Getreide zu Mehl gerieben hatte. Vebromara hatte ihre Hände in lauwarmes Wasser getaucht, um das Leben in sie zurückzubringen, und Talia hatte unaufhörlich geschrien, als ihre halb erfrorenen Hände in das Wasser tauchten, das ihr kochend heiß erschien. Es war dasselbe Gefühl gewesen – nur hatte es diesmal im Inneren ihres Kopfes stattgefunden.

Caran und die Reiterei waren vor vier Nächten in einer Wolke aus Staub zurückgekehrt. Talia hatte ihr Kommen nicht gehört. Sie hatte im Bett gelegen, Sumelis an ihrer Seite, und hatte ihre eigenen Dämonen bekämpft. Sie hatte kaum mitbekommen, wie Caran zu ihr ins Zimmer gestürzt kam und sich über sie gebeugt hatte.

Ich muss ausgesehen haben wie der leibhaftige Tod. Wenn Talia jetzt in Catuens Spiegel aus Zinnbronze starrte, sah sie immer noch eine Fremde. Ihren roten Augen fiel es schwer, den Blick lange auf etwas zu konzentrieren, und ihre Fingerspitzen schienen nicht aufhören zu wollen zu zittern, sobald sie nach etwas griff. Jede Nacht wachte sie mit hämmernden Kopfschmerzen auf, um sich bis zum Morgengrauen schlaflos herumzuwälzen. Aber Talia wusste, das würde vorübergehen. Jede Nacht wurden die Schmerzen ein bisschen erträglicher und bald würden sie ganz vergehen.

»Willst du dich setzen?« Sumelis blickte ihre Mutter besorgt an. Sie war seit Dagos Tod keinen Moment lang von ihrer Seite gewichen. Wenn Talia darüber nachdachte, stellte sie fest, dass es sogar kaum einen Augenblick gegeben hatte, in dem Sumelis sie nicht irgendwie berührt hatte.

Als hätte sie Angst, ich könnte sonst verloren gehen. Wer ist jetzt die Mutter und wer das Kind?

Talia spürte eine Bewegung neben sich, als Atharic sich abrupt aufrichtete. Er war einen Kopf größer als sie und konnte über die Köpfe der Menschenmenge hinweg erkennen, was sich weiter vorne abspielte. Er ballte die Fäuste.

In einer langen Reihe, die nur um Talia und Sumelis herum Platz frei ließ, standen die Bewohner der Stadt entlang der Straße und beobachteten gespannt, wie sich die eichenen Flügel des Südtors öffneten. Schon am Vormittag hatte es sich in der Stadt herumgesprochen, dass der Rest des Heeres – die VersorgungsWagen, die Toten und Verletzten – Alte-Stadt am Nachmittag erreichen würden. An ihrer Spitze würden sie Segurion in Ketten vor sich hertreiben.

»Hat dein Vater entschieden, was er mit Roueca tun wird?« Atharics Stimme war leise. Es tröpfelte leicht, ein kaltes, unangenehmes Nieseln, das die Straße mit einer dünnen Schlammschicht überzog. Atharic kniff die Augen zusammen, um die Männer, die nun in der Torgasse erschienen, besser sehen zu können.

Überrascht von seiner Frage nickte Talia. Es war das erste Mal seit sie hier standen, dass er sprach. »Er wird sie in die Salzgruben schicken. Sie ist seine Schwester – er kann sein eigenes Blut nicht töten, aber er will auch nicht die Druiden über sie richten lassen. Roueca wird in den Minen wie alle anderen Verbrecher behandelt werden. Sie wird dort nicht lange überleben.«

Talia versuchte sich vorzustellen, wie Roueca mit einer Fackel durch die ewige Düsternis der Stollen kroch, die Hände rissig von der schweren Arbeit und dem Salz, aber es gelang ihr nicht. Sie konnte sich nicht einmal mehr genau an ihre Gesichtszüge erinnern, stellte sie fest. Carans Schwester war noch immer in Alkimoennis. Sie hatte versucht zu fliehen, doch ihr eigener Sohn hatte sie gefangen gesetzt. Talia verstand nur zu gut, warum: Indem er seine Mutter den Herren von Alte-Stadt auslieferte, hoffte er für sich selbst, Carans Rache zu entgehen.

Die nächsten Monate werden hässlich werden, dachte Talia. Überall waren Gerüchte aufgekommen, wer noch in den Verrat verwickelt gewesen sein mochte. Misstrauen war auf allen Gesichtern zu lesen, und niemand wusste, wie sich die Beziehungen zwischen Alkimoennis und Alte-Stadt in Zukunft entwickeln würden. Alkimoennis hatte jedenfalls allen Grund, besorgt zu sein. Carans Bestrafung der Verräter hatte nicht auf sich warten lassen. Noch am selben Tag, an dem er zurückgekehrt war, hatte er alle boischen Händler und Handwerker, die an dem Angriff auf die Tore beteiligt gewesen waren, ausfindig gemacht und hinrichten lassen. Die meisten von ihnen waren bereits auf der Flucht gewesen, aber Carans Krieger hatten sie ohne Schwierigkeiten gefunden und nach Alte-Stadt zurückgeschleift. Ihre Skelette würden schon bald in Gräben und Gruben verschwinden, ihre Waffen unbrauchbar gemacht und ihre Häuser zerstört. Alle anderen Boier, die in Alte-Stadt wohnten, mussten einen Eid vor den Göttern schwören, dass sie sich nicht an dem Verrat beteiligt hatten. Ihnen wurden sämtliche Waffen abgenommen, und ihre jüngsten Kinder wurden als Geiseln in die Haushalte vindelikischer Kaufleute und Herren gebracht.

Diese Stadt wird niemals wieder so sein wie früher. Talia blickte von Sumelis zu Atharic. *Keiner von uns.*

Ein Raunen ging durch die Menge. Von irgendwoher flog ein Stein und prallte gegen einen der Torflügel. Ein reiterloses Pferd war in der Torgasse erschienen, ein in Decken gewickeltes Bündel auf dem Rücken. Ein Krieger führte es, in den Händen hielt er ein blutbeflecktes Schwert.

Hinter dem Pferd stolperte ein erschöpfter Mann her. Seine Hände waren vor dem Körper zusammengebunden und mit einem vier Fuß langen Seil am Bauchgurt des Pferdes befestigt. Die rötlichen Haare und der gewaltige Schnurrbart waren verfilzt und dunkel vor Dreck und Nässe. Bei jedem Schritt des Pferdes flog Matsch auf und bespritzte die einst feinen Hosen und reich verzierten Stiefel.

Caran löste sich von seinem Platz unter den Herren der Stadt und ging die Straße entlang auf das Pferd und den Gefangenen zu. Er nahm dem Krieger Schwert und Zügel aus der Hand und durchschnitt mit einem raschen Hieb das Seil, das Segurion festband. Erschöpft stürzte Segurion auf die Knie. Caran ignorierte ihn. Stattdessen führte er das Pferd weiter, vorbei an der schweigenden Menge und den erstaunten Herren. Vor Atharic blieb er stehen.

Talia wollte Atharic berühren, doch sie wagte es nicht. Bestürzt sah sie zu, wie Caran vor Atharic das Haupt beugte und wie Atharic nach dem Bündel auf dem Pferderücken griff. Er schlug die Decken zurück, in die der Körper gewickelt war, dann hob er seinen Bruder herunter. Haris Körper wirkte unter dem knielangen blauen Hemd seltsam entspannt, fast als würde er schlafen.

Der Regen wurde stärker. Anstelle des leichten Nieselns fielen nun schwere Tropfen vom Himmel. Durch das sanfte Prasseln hindurch erhob sich ein anderer Laut, rhythmisch und hell: Die Krieger, die sich entlang der Straße eingefunden hatten, hatten begonnen, mit den Waffen gegen ihre Schilde zu schlagen.

»Sie ehren ihn«, bemerkte Caran ruhig. »Sie wissen, dass Hari mir das Leben gerettet hat, als er mich vor Segurion warnte. Wir alle werden die Erinnerung an seine Tapferkeit bewahren und unseren Kindern und Kindeskindern von ihm erzählen. Er war ein guter Mann.«

Atharic starrte auf Haris im Tode eingefallenes Antlitz. Jemand hatte die lockigen braunen Haare gekämmt und eine Kette aus Eicheln um seinen Hals gelegt. Er sah so jung aus! Atharics Finger strichen über die geschlossenen Augen.

»Er war der beste Bruder.«

Caran hielt Atharic das Schwert entgegen. Es war Haris Klinge, noch blutig von seinem letzten Kampf. Caran trat beiseite und deutete mit dem Kopf auf Segurion. »Er gehört dir. Tu mit ihm, was du willst!«

Die Menge um sie herum schnappte nach Luft. Talia konnte ihr entsetztes Getuschel hören: Caran legte das Schicksal eines der mächtigsten Herrn ihres Volkes in die Hände eines nordischen Wilden? Der Rat und die Druiden sollten die Strafe bestimmen!

Caran ignorierte das Wispern der Menge und verschränkte die Arme vor der Brust. Atharic schien einen Moment lang nachzudenken, dann nickte er. Er bückte sich und legte seinen Bruder vorsichtig ab. Als er sich wieder aufrichtete, schlossen sich seine Hände um Haris Schwert.

Der Krieger, der das Pferd geführt hatte, gab Segurion einen Tritt. Der ehemalige Herr von Alkimoennis stolperte auf die Füße und nach vorne. Seine Hände waren noch immer gefesselt; Kälte und Blutmangel hatten sie blau anlaufen lassen. Caran trat beiseite, als Segurion vor ihnen zum Stehen kam. Atharics Gesicht war ausdruckslos, Regentropfen liefen über seine Wangen und tropften auf die Klinge in seinen Händen. Segurion rang nach Luft, dann richtete er sich zu voller Höhe auf und hob das Kinn. Die Enden seines Schnurrbarts zitterten, aber Talia war nicht sicher, ob vor Angst oder vor Wut.

»Ich verlange, vor den Rat der Druiden gestellt zu werden!«,

zischte er. »Nur sie haben das Recht, über mich zu richten! Kein Herr darf mich verurteilen, ohne dass sie –«
Atharics Finger waren den Blutrillen entlang der Schwertklinge gefolgt, jetzt ließ er die Waffe unvermittelt fallen. Segurion sprang hastig zurück, bevor die Schneide seine Füße treffen konnte.
»Bringt mir vier Pferde!«, befahl Atharic. »Und Seile!«
Es schien einen Moment zu dauern, bis die Worte ihren Weg in Segurions Kopf fanden. Dann stieß er ein Brüllen aus: »Das könnt ihr nicht tun!«
»Tut, was Atharic befohlen hat!« Caran gab seiner Leibwache ein Zeichen. Eilig liefen ein paar Männer davon. Zu Segurion sagte Caran: »Atharic hat recht – ein Eidbrecher und Verräter hat den Tod durch das Schwert nicht verdient!«
»Was bedeutet das?« Sumelis' neugierige Stimme war direkt neben Talias Ohr. »Was will Atharic mit ihm tun?«
Stumm schüttelte Talia den Kopf. Atharic konnte Sumelis' Frage unmöglich gehört haben, trotzdem drehte er sich einen Moment später zu ihnen um.
»Bring sie fort!«, befahl er Talia. »Das hier soll sie nicht sehen!«
Vor ihnen teilte sich die Menge. Vier Pferde wurden herbeigeführt. Sie trugen Zuggeschirre, doch anstelle eines Pflugs waren Seile und Lederriemen an ihnen befestigt. Talia wirbelte herum. Sie zwang Sumelis, dasselbe zu tun, dann eilte sie mit ihr die Straße hinunter, fort vom Tor und dem, was gleich hier geschehen sollte. Sumelis sträubte sich.
»Ich will sehen, was passiert!«, jammerte sie und zerrte an Talias Hand. »Das ist gemein! Wieso darf ich nicht zusehen?«
Hinter ihnen begann Segurion zu schreien, als man die losen Enden der Seile um seine Fuß- und Handgelenke schlang. Talia hätte sich am liebsten die Ohren zugehalten. Sie griff nach Sumelis' Kopf und drehte ihn nach vorne, so dass sich das Mäd-

chen nicht mehr umsehen konnte. Sie spürte die Erregung der Menge, als sie zusammendrängte, näherrückte, um das grausame Spektakel besser beobachten zu können.
Talia beschleunigte ihren Schritt. Segurions Schreie wurden lauter und schriller.
Die Seile spannten sich.

Ientus' Anklagen hallten von den Wänden der hohen Halle wider. Sie füllten den Raum bis unter das sanft gewölbte Dach, in dem sich breite Fenster in alle vier Himmelsrichtungen öffneten. Licht flutete ins Innere und schimmerte auf verblichenen roten Kreisen, die Carans Vater einst eigenhändig auf den Fußboden gemalt hatte. Ein leichter Windzug bewegte die Haare und Kleider der versammelten Stadtherren.
»Caran, Ihr macht einen Fehler«, sagte Ientus, während sich seine Hände um einen Becher mit dampfender Flüssigkeit schlossen. Seit er wieder in den trockenen Räumen des Heiligtums schlief, hatte sein Körper sich erholt, doch seine Finger waren noch immer starr und hielten das Gefäß nur mit Mühe. »Wir alle haben gesehen, wozu Eure Tochter im Stande ist! Talia kann die Seelen anderer Menschen sehen, sie verwandeln, verletzen, sogar für immer vernichten, und Sumelis vermag dasselbe. Diese Fähigkeit ist gefährlich, und einzig die Druiden können die Wächter über diese Gabe sein. Wie könnt Ihr Euch, nach dem, was geschehen ist, noch immer weigern, sie und Sumelis zu uns zu schicken?«
»Ihr macht Euch lächerlich!«, knurrte Caran. »Ihr wisst genau, dass einzig Talias Gabe die Stadt gerettet hat! Ihr macht eine Heldin zu einer Verbrecherin!«
Ientus stellte den Becher ab und stand vorsichtig auf. Er trat in die Mitte der Kreise, und einen Moment lang schien sich sein Gesicht zu entspannen, als er den Schmerz in seinen Ge-

lenken vergaß. »Ihr versteht mich falsch, Caran. Wie alle anderen in diesem Raum bin ich dankbar dafür, was Talia getan hat und wie viel sie für uns alle und für diese Stadt riskiert hat. Doch ihre Gabe ist zu wertvoll, als dass sie weiter unkontrolliert verschwendet werden darf. Sie muss unter unsere Obhut gestellt werden, das hat der Rat der Geweihten beschlossen!«

»Aus Machtgier!«

»Aus Vorsicht und Vernunft.«

Caran machte sich keine Mühe, seine Wut zu verbergen. »Ihr fürchtet meine Tochter, weil Ihr Angst habt, sie würde entlarven, wie wenig Macht Ihr in Wirklichkeit besitzt, Druide! Dass Eure Seele nicht das ist, was Ihr behauptet!«

Ientus kniff die Augen zusammen. »Ich warne Euch, Caran«, sagte er leise. »Fordert mich nicht heraus! Talia und ihre Tochter sind gefährlich. Das habe ich immer gesagt. Diesmal hat ihre Kraft uns alle gerettet, doch was ist das nächste Mal? Wer weiß denn, wie viel Einfluss sie auf Euch und Eure Gedanken ausüben, Caran, ohne dass Ihr es merkt?«

Die Herren begannen, unruhig zu murmeln. Caran bemerkte es und verkniff sich eine harsche Erwiderung. Er ahnte, es hatte keinen Sinn, den Stadtherren zu erzählen, dass Ientus sie jahrelang getäuscht hatte und dass seine Seele nicht über die Erinnerungen an unzählige Leben verfügte, wie er behauptete. Talia mochte sie alle gerettet haben, aber Ientus war der Hohedruide. Ihm würden die Menschen glauben, nicht der fremden Hexe.

Caran warf Bomarus und Divico, die am anderen Ende der Halle saßen, einen kurzen Blick zu, doch die beiden schwiegen. Caran schüttelte verächtlich den Kopf, dann trat er neben Ientus in die auf den Boden gemalten Kreise. Langsam folgte er dem äußeren Kreis, der ihn an allen Herren vorbeiführte. Als er

die Runde vollendet hatte, griff er in seinen Gürtel und zog ein Messer heraus. Nachdenklich wog er es in den Händen, balancierte es aus und ließ seine Spitze auf Ientus zeigen.
»Ich könnte einen jeden von Euch töten«, sagte er gedankenverloren, »jetzt sofort, mit diesem Messer hier. Aber ich sehe keine Angst auf Euren Gesichtern! Weshalb nicht? Fürchtet Ihr nicht allein schon die Möglichkeit, die hinter dieser Klinge lauert? Warum bittet Ihr mich nicht, das Messer wieder fortzustecken?« Er blickte in die Gesichter, einige ausdruckslos, die meisten jedoch beschämt oder unbehaglich. Niemand antwortete.
»Meine Frau sagt, in Talias Nähe würde sie Kopfschmerzen bekommen!«
Die Männer wandten überrascht den Kopf. Ein Herr, der so jung war, dass er noch nicht einmal einen Bart trug, rutschte unruhig auf seinem Platz vor und zurück, als er sich plötzlich im Mittelpunkt der Aufmerksamkeit sah. Er erinnerte sich gerade noch rechtzeitig, dass er aufstehen musste, wenn er etwas sagen wollte, und sprang auf die Füße.
»Meine Frau hat Talia bei Segurions Hinrichtung gesehen! Sie stand dicht neben ihr, und plötzlich ist es meiner Frau so schwindlig geworden, dass sie sich setzen musste. Seitdem hat sie ihr Lager nicht mehr verlassen und wirre Träume gehabt!«
Carans Stimme klang leise und gefährlich, als er fragte: »Wendet Ihr Euch immer an den Rat, sobald Eure Frau Kopfschmerzen bekommt, Escingus?«
Der Junge wurde rot vor Zorn. Sein Blick flatterte kurz zu Ientus, dann wieder zurück. Er richtete sich steif auf. »Wir haben alle gehört, was Ientus gesagt hat, Caran. Die Druiden sind mit einer Bitte an Euch herangetreten. Ihr wollt sie nicht erfüllen, also fordere ich einen Beschluss – einen offiziellen Beschluss, wie es mein Recht als Mitglied dieses Rates ist!«

Ein kaltes Lächeln huschte über Ientus' Gesicht, als er sich nach vorne lehnte. Die Bewegung fing das Licht ein, das durch die offenen Fenster fiel, und ließ sein weißes Druidengewand hell aufleuchten. »Escingus hat recht! Dies ist eine Angelegenheit der Geweihten, aber da es sich um die Tochter und Enkelin eines Stadtherrn handelt, auch des Stadtrats. Wir werden einen gemeinsamen Beschluss fällen!«

Etliche Stadtherren nickten und zogen ihre Zeremoniendolche. Doch dann zögerten sie. Bomarus hatte eine Hand gehoben und bat um Stille.

»Caran hat recht«, sagte er mit seiner brüchigen Stimme. »Ihr macht aus einem Menschen, der uns nur Gutes getan hat, jemanden, der ein Verbrechen plant. Talia hat diese Stadt gerettet, und so, wie Ihr jetzt über sie sprecht, beweist es nur Eure eigene Feigheit und Undankbarkeit! Ich schäme mich für das, was ich gerade gehört habe, und ich schäme mich, diesem Rat anzugehören!«

Caran blickte überrascht auf. Er konnte sich nicht daran erinnern, dass Bomarus jemals zuvor im Rat auf seiner Seite gestanden hatte. Divico griff nach dem Arm seines Vaters und begann, hektisch in sein Ohr zu flüstern. Bomarus schüttelte ihn ab. Krächzend fuhr er fort: »Aber ich kann auch Ientus verstehen. Die Macht, die Carans Tochter und Enkelin besitzen, ist nichts, worüber Stadtherren zu urteilen vermögen, nicht einmal ihr Vater. Es ist eine wertvolle Fähigkeit, und zu unser aller Besten müssen wir mehr über sie lernen und sie in den Dienst unseres Volkes stellen. Dies, jedoch, ist die Aufgabe und Angelegenheit der Druiden, denn nur sie verfügen über das Geheime Wissen.«

Caran wartete. Er ahnte, was Bomarus vorschlagen wollte, und er wusste, er würde das niemals akzeptieren.

»Talia hat bewiesen, dass sie bereit ist, ihr Leben und ihre Seele für unser Volk zu geben. Von ihr droht uns keine Gefahr, und ich bin sicher, dass Caran das diesem Rat und den Druiden versichern wird. Was ihre Tochter, Sumelis, betrifft, schlage ich vor, dass sie in die Obhut der Druiden gegeben wird, auf dass sie sie ausbilden und unterrichten und von ihrer Gabe lernen können. Sie wird eine Novizin sein, und Ientus wird persönlich für sie verantwortlich sein.«

»Wenn Sumelis Novizin wird, verliert ihre Sippe alle Ansprüche auf sie«, warf Caran ein. »Sie würde gänzlich den Druiden und Ientus' Machtgier gehören!«

Bomarus zuckte mit den Achseln. »Und wenn? Was wollt Ihr unserem Hohedruiden unterstellen, Caran? Glaubt Ihr im Ernst, er würde Eurer Enkelin Schaden zufügen oder unserem Volk? Bedenkt die Ehre, die Eurer Enkelin zuteil werden soll! Wann hat jemals zuvor jemand von einem weiblichen Druiden, einer Druidin, gehört? Dieser Weg ist der beste für Sumelis, die Druiden und uns alle, daran gibt es keinen Zweifel!«

Bomarus hob die Stimme, noch bevor Caran abermals widersprechen konnte. »Soll dieser Vorschlag Gesetz werden?«

Einen Moment lang war es still. Dann begann der erste Stadtherr, mit seinem Zeremoniendolch auf den Boden zu schlagen. Das Geräusch hallte dumpf von den Wänden wider. Weitere Dolche gesellten sich hinzu, bis die gesamte Halle von der Zustimmung der Herren vibrierte.

Ientus sah Caran an und lächelte.

Talia wachte auf, als sich jemand neben sie setzte. Das Gewicht des Körpers bewegte die Felle und Decken, und Talia zog hastig die Knie an, um ihre Füße vor der kühlen Nachtluft in Sicherheit zu bringen. Das Licht der Lampe, die Caran auf eine Truhe neben dem Bett gestellt hatte, warf einen flackernden Schein über sein Gesicht.

Talia vergewisserte sich, dass Sumelis auf der anderen Seite des Lagers friedlich weiterschlief, dann setzte sie sich auf.
»Ich habe einer Magd gesagt, sie soll nachschauen, ob du schon wach bist«, murmelte Caran und strich eine Haarsträhne aus Talias Stirn. »Aber sie hat sich geweigert. Sie hatte Angst, deine Kammer auch nur zu betreten.«
Talia seufzte. Das vorsichtige Lächeln, das einen Moment lang ihre Mundwinkel nach oben gezogen hatte, erstarb. Sie schlug eine Decke um ihre Schultern. »Ich habe Dago getötet und ein ganzes Heer in die Flucht gejagt. Selbst ich habe Angst vor mir!«
Ihr Vater ging auf ihren Versuch zu scherzen nicht ein. »Es ist das Beste so, oder?«, fragte er, und es war das erste Mal, dass Talia ihn unsicher erlebte.
Sie nickte. »Ich kann so nicht leben.«
»Du weißt, dass ich nicht zulassen würde, dass Sumelis in Ientus' Fänge gerät!«
»Und dann? Soll ich stattdessen zulassen, dass du dir den Rat und die Druiden zu Feinden machst? Wie soll das enden? Sie sind ja schon wütend, weil du Atharic über Segurion hast urteilen lassen! Wie oft willst du noch das Gesetz brechen?«
»Die Krieger, das Volk, stehen hinter mir. Im Moment bin ich derjenige, den die Gefolgschaften als Führer achten, mehr noch als Bomarus! Das wissen auch die Herren, die gegen mich sind. Meine Macht ist größer als jemals zuvor!«
Talia legte den Kopf schief. »Du magst der mächtigste Mann aller Vindeliker sein, das ist wahr, aber wenn du dich gegen den Rat *und* die Geweihten stellst, wirst du dir unzählige Feinde schaffen! Wie lange willst du das durchhalten?«
Caran zuckte mit den Achseln. Er bezweifelte, dass die Herren es wegen eines kleinen Mädchens auf einen Machtkampf ankommen lassen würden, denn wenn er erst einmal damit be-

gann, sämtliche Münzstempel, die er kontrollierte, fortzuschließen und seine Schulden einzufordern, würden es viele Herren bald bereuen, dass sie im Rat für Bomarus' Vorschlag und gegen Caran gestimmt hatten. Escingus, der die Lügen über Talia im Rat erzählt hatte, würde morgen früh aufwachen und feststellen, dass seine Bronzegießer ohne das Zinn, das Carans Händler lieferten, nicht weiterarbeiten konnten. Wenig später würde das Gerücht aufkommen, dass Escingus die Versprechen, die er bei Verträgen gab, nicht einhielt und dass er es sehr eilig gehabt hatte, nach dem plötzlichen Tod seines Vaters vor einem halben Jahr dessen Körper zu verbrennen, noch bevor ihn irgendein anderer sehen konnte. Caran wettete, dass Escingus' Gefolgschaft sich daraufhin weigern würde, ihm länger zu folgen, und da die Familie seiner Frau Schulden bei Caran hatte …

Er streckte die Schultern. »Ich kann es lange durchhalten«, sagte er bestimmt.

Talia war nicht überzeugt. »Das mag für die Herren gelten, aber was ist mit den Geweihten? Wenn du dich ständig gegen sie und das Gesetz stellst, werden sie dich irgendwann von den heiligen Opfern ausschließen. Dann wirst du geächtet werden und alles verlieren. Die Druiden wollen Sumelis – nichts wird sie davon abbringen –, und das Gesetz ist auf ihrer Seite! Es gibt nichts, was du dagegen tun könntest!« Talia schüttelte den Kopf.

»Nein, ich habe meine Entscheidung getroffen«, fuhr sie mit fester Stimme fort. »So ist es für uns alle am besten.«

Caran griff nach ihrer Hand. Einen Moment lang strichen seine Finger über ihren Handrücken, sanft und zärtlich, und Talia vergaß, dass sie noch vor wenigen Monaten Fremde füreinander gewesen waren. Sie legte ihre Stirn gegen seine Schulter und sog tief seinen Geruch nach Essen und Leder ein.

»Auch Atharics Volk ist abergläubisch«, sagte Caran leise, und sie wusste nicht, ob er die nächsten Worte an sie richtete oder an sich selbst. »Aber sie fürchten nicht um ihre Seelen, wie wir es tun. Sie werden dich als eine mächtige Priesterin in Ehren halten, Talia, als Druidin! Und Sumelis könnte mit anderen Kindern aufwachsen.« Sein Lächeln wurde schelmisch. »Vielleicht sogar mit Geschwistern.«

Talia senkte den Kopf. »Das wird sich zeigen. Was hat Atharic gesagt, als du ihm sagtest, ich würde mich seinem Stamm anschließen wollen?«

Carans Grinsen wurde etwas breiter. »Er fragte, ob du dich seinem Stamm oder ihm anschließen wolltest.«

»Was hast du geantwortet?«

Caran beugte sich über Sumelis und schlug die Decke enger um das schlafende Mädchen, bevor er es in seine Arme zog und hochhob. Sumelis murmelte etwas, wachte aber nicht auf.

»Ich sagte ihm, das solle er selber herausfinden.« Er lachte, als er ihren Gesichtsausdruck sah, dann wies er mit dem Kopf zur Tür. »Wir sollten aufbrechen. Es ist besser, ihr seid fort, bevor Ientus kommt, um Sumelis zu holen.« Er hielt kurz inne. Seine Lippen strichen über Sumelis' Stirn, dann sah er Talia direkt in die Augen.

»Ihr werdet mir fehlen.«

Epilog

Talia saß unter dem ausladenden Ahorn am Rande der Straße und schaute zu, wie Atharic und Sumelis am Hang unter ihr über die Wiese tollten. Ein kleiner Hund rannte neben ihnen her und bellte wie verrückt, während er an Sumelis' Beinen hochsprang und spielerisch nach ihren Armen schnappte. Das laute Lachen ihrer Tochter füllte die Lichtung.

Talia stellte fest, dass auch sie lächelte. Die Sonne des späten Herbsttages fing sich in Atharics Haaren und ließ sie heller wirken, als sie eigentlich waren. Buntes Laub knisterte unter seinen Füßen, während er Sumelis über die Lichtung jagte. In ihrem Rücken hörte Talia die Geräusche des Lagers, das Brüllen der Ochsen, die vor die Wagen gespannt waren, das Knarzen der Deichseln und die Rufe der Menschen in ihrer fremden, rauen Sprache.

Talias Finger spielten mit dem Siegelring, den Caran ihr gegeben hatte. Gedankenverloren fuhr sie die Figur des Pferdekörpers in dem eingelassenen Bernstein nach.

Niemals hätte sie geglaubt, dass es so wehtun würde, Caran, Catuen und Samis zu verlassen.

Dann beobachtete sie, wie Atharic den Hang hinauf auf sie

zukam, und überlegte, dass sie auch andere Dinge nicht mehr für möglich gehalten hatte.

»Wir sind ganz nahe an der Druidenschule, in der du aufgewachsen bist«, sagte Atharic, während er sich neben ihr ins Gras fallen ließ. »Wusstest du das?«

Talia nickte. »Ich kenne die Gegend.«

»Du kannst es dir immer noch anders überlegen. Untertauchen, so wie Vebromara damals.«

»Nein, das wäre unmöglich. Ientus hat mich einmal gefunden und würde es wieder tun.« Sie starrte auf Atharics Hände, die einen langen Grashalm auszupften und ihn spielerisch zwischen den Fingern drehten. Als Talia einige Herzschläge später wieder aufschaute, begegnete sie Atharics jungenhaftem Lächeln.

»Und jetzt?«, rief er über die Schulter. »Was siehst du?«

Sumelis unterbrach ihr Spiel mit dem Hund und hob kurz den Kopf. »Ja«, rief sie zurück, »jetzt ist es ganz deutlich!«

»Was ist ganz deutlich?«, erkundigte sich Talia misstrauisch.

Atharic schlang einen Arm um ihre Taille und zog sie an sich. »Sumelis sagte, deine Seele würde zu funkeln beginnen, wenn du mich anschaust – manchmal zumindest«, schränkte er grinsend ein und hob ihr Kinn an, bis ihre Lippen direkt vor seinen waren. »Ich wollte nur wissen, ob das jetzt der Fall ist …«

Die wichtigsten Personen im Überblick

Talia – eine junge Vindelikerin, aufgewachsen bei Druiden
Sumelis – Talias Tochter
Vebromara – Talias Ziehmutter

Ientus – ein Druide

Caran – Talias Vater, Herr von Alte-Stadt
Catuen – Carans Frau
Samis – Carans und Catuens Tochter
Roueca – Carans Schwester
Dago – Carans Ziehsohn, Sohn eines boischen Fürsten
Segurion – Rouecas (späterer) Mann, Herr von Alkimoennis
Netacari – Talias Mutter, Carans erste Frau
Aenovales – ein Schmied und Gefolgsmann Carans

Atharic – nordischer Söldnerführer vom Stamm des Rabenvolks
Hari – Atharics Bruder
Vargas, später: Boiorix – Atharics Schwager und späterer König der Kimbern (historische Gestalt)
Walamer – Söldner, Freund und Gefolgsmann Atharics
Haeva – Haris Verlobte

Bomarus – ein Herr von Alte-Stadt
Luguaedon – ein Heiler
Moridic – Dagos Bruder
Vena – eine Magd Rouecas
Divico – Bomarus' Sohn
Scota – Segurions Kriegsführer

Die wichtigsten Orte und Flüsse

Alte-Stadt – das Oppidum von Manching

Alkimoennis – das Oppidum von Kelheim

Menosgada – das Oppidum auf dem Staffelberg, Hauptort der Hundewächter

Boiodurum – Stadt am Rande des vindelikischen Gebiets (Passau)

Keiler-Wacht – kleine vindelikische Stadt im Osten des vindelikischen Gebiets

Danuius – Donau

Licus – Lech

Alkimona – Altmühl

Rhenos – Rhein

Labara – Laaber

Narbonensis – die römische Provinz Gallia Narbonensis im heutigen Südfrankreich

Noreia – Ort einer großen Schlacht zwischen Kimbern und Römern 113 v. Chr. (Kärnten)

Die wichtigsten Volksstämme

Kelten

Boier – keltisches Volk im Osten (Böhmen)

Helvetier – keltisches Volk in Südwestdeutschland und der Schweiz

Hundewächter – nördlichster vindelikischer Teilstamm im Grenzgebiet zu den Boiern, am Rande der keltischen Welt

Licater, Briganter – Unterstämme der Vindeliker im Bereich Lech, Bodensee

Noriker – keltisches Volk in Südostdeutschland und Österreich

Runicaten – Unterstamm der Vindeliker, dessen Hauptort Manching war

Taurisker – keltisches Volk im Gebiet Kärnten, Steiermark

Vindeliker – keltisches Volk im heutigen Süddeutschland

Nordvölker (Germanen)

Kimbern, Ambronen und *Teutonen* – germanische Stämme in Norddeutschland

Rabenvolk – Atharics Stamm

Birgit Jaeckel

Der Fluch des Druiden

Roman

Im Auftrag seines Königs entführt der Nordmann die junge Sumelis. Sie besitzt die Gabe, Seelen zu sehen und zu retten, und sie soll den König von einem zerstörerischen Fluch befreien. Als ihr Entführer sich schwer verletzt, rettet ihn Sumelis, anstatt zu fliehen – so sehr ist sie fasziniert von der Dunkelheit, die seine Seele umgibt. Nando ist in ihrer Schuld, und doch muss er sie zu seinem König bringen ...

Wenn Sie wissen wollen,
wie es mit Sumelis und Nando weitergeht,
dann lesen Sie einfach weiter:

Leseprobe aus:

Birgit Jaeckel

Der Fluch des Druiden

Knaur

PROLOG

102 V. CHR.

Die von namenlosen Legionären festgetretene Erde der Straße hallte unter den Schritten des Mannes, der sie entlangwankte. Von Zeit zu Zeit streiften breite Schultern das gespannte Leder der Mannschaftsunterkünfte, welche die Straße säumten, doch der Mann, der sein Volk zum Sieg über die Römer geführt hatte, war zu berauscht, um es zu bemerken. Seine ganze Aufmerksamkeit war auf die Geräusche gerichtet, die über Graben, Wall und die Palisaden des Kastells hinweg an seine Ohren drangen: Gelächter, Lieder, das fröhliche Kreischen von Frauen und Kindern, Trinksprüche auf das siegreiche Heer und seinen König: die Sprache des Triumphes. Die Sprache, die Boiorix am besten von allen beherrschte.

Die Zelte, in denen vor zwei Nächten noch römische Soldaten geschlafen hatten, verschwammen am Rande seines Gesichtsfelds. Genauso würde schon bald ganz Italien vor seinen Augen verschwimmen, dachte er trunken. Wie eine Flutwelle würden seine nordischen Krieger über das Land hereinbrechen, allen Staub und römische Arroganz hinwegfegen und ernten, was die Woge übrig ließ: Blut und Wein im Überfluss, Reichtum und unsterblichen Ruhm, dazu das fruchtbare Land für sein Volk. Offen wie die Schenkel einer Hure lag es vor ihm.

Sinnlose Wortfetzen trieben mit dem Abendwind an Boiorix'

Ohr, Fragmente der Siegeschöre, die seine Männer über den heutigen Tag dichteten.
Immer wieder hörte er seinen Namen heraus, begleitet vom triumphierenden Hall der Trompeten. Die Lieder erzählten, wie Boiorix seine Krieger zum Sieg über den römischen Konsul Catulus und dessen Heer an dem Fluss, den die Römer Athesis nannten, geführt hatte. Er hatte ihr Lager gestürmt und in seiner Großmut erlaubt, dass die römischen Soldaten unbehelligt abzogen. Er wollte, dass sie ganz Italien erzählten, dass die Kimbern sie wie Fliegen hätten zerquetschen können – trotz ihrer strengen Heeresorganisation, ihres Kastells und des von Barden besungenen militärischen Geschicks ihrer in blitzende Muskelpanzer gehüllten Anführer. Sie sollten ihre Niederlage nach Rom tragen, Schande und Angst verbreiten, bis auch der letzte römische Bettler aus Furcht vor den heranstürmenden Nordmännern unter den Rock seiner Mutter kroch und sich zitternd selbst benässte.
Der Gedanke ließ Boiorix den Druck in seiner Blase spüren. Er blieb stehen, um an den Schnüren zu nesteln, die seine Hose hielten. Dabei stellte er fest, dass seine rechte Hand noch immer ein Trinkhorn umklammert hielt, in dessen Inneren es verführerisch schwappte. Er führte das Horn an die Lippen, und schwerer dunkler Wein rann durch seinen Schnurrbart, spritzte ihm ins Gesicht, tropfte kühl hinab auf seine Brust. Rülpsend schleuderte er das Horn von sich.
Boiorix wischte sich mit dem Handrücken über den Mund und blinzelte in die Dunkelheit, als er Stimmen hörte. Trotzdem dauerte es einige Herzschläge, bis sich sein Blick klärte und er die beiden Männer und das Mädchen unterscheiden konnte, die den Platz vor den Stabszelten überquerten und sich ihm langsam näherten. Aus den Augenwinkeln heraus erahnte er eine Bewegung hinter sich, ein geschmeidiger, schwarz ge-

kleideter Schatten, der hinter ihn trat, bereit, zu den Waffen zu greifen und seinen König zu verteidigen.

Auf diesen Jungen ist immer Verlass! Boiorix gestattete sich ein zufriedenes Schnauben, das sich unter seinem Schnurrbart verlor. Der Mann im Schatten hörte es dennoch. Weiße Zähne blitzten in einem stolzen Lächeln auf und verschwanden sofort wieder, als der Mann eine Verbeugung andeutete.

Boiorix richtete seine Aufmerksamkeit wieder auf die kleine Prozession mit den zwei Männern aus seiner Leibgarde. Heute Nachmittag, als er seine über die Wanderjahre hinweg angehäuften Kostbarkeiten in das mit luxuriösen Möbeln eingerichtete Zelt des römischen Feldherrn hatte schaffen lassen, hatte er diesen beiden Männern und einer Handvoll anderen die Bewachung seiner Beuteschätze anvertraut. Es gefiel ihm überhaupt nicht, sie jetzt wie unterwürfige Diener in Begleitung dieses Mädchens zu sehen.

»Was wird das?«, fragte er, und nichts in seiner Stimme verriet den Wein, der durch seine Adern rauschte. Mit einer abgehackten Geste deutete er auf die Trage, die die Männer zwischen sich trugen, und auf das von einem feinen Tuch verhüllte Gefäß auf ihr. Einer der Träger hatte eine Fackel angezündet; in ihrem Schein leuchtete reich verziertes, kühl schimmerndes Silber unter bestickter Seide.

»Es ist der Kessel, den die Skordisker Euch geschenkt haben.«

Es war das Mädchen, das ihm antwortete. Mit anmutigen Schritten, bei denen die Füße kaum den Boden zu berühren schienen, trat sie auf Boiorix zu. Sie reichte ihm nicht einmal bis zur Brust, und obwohl der schmale Körper unter dem leichten, fließenden Gewand noch kaum Brüste und Taille zeigte, war ihr Tonfall genauso herrisch wie der des Königs. Das Mädchen sprach den keltischen Dialekt der Tiguriner, die Sprache seines eigenen Volkes, und die Arroganz, mit der sie annahm,

dass der Anführer des Nordvolks ihr in derselben Sprache antworten würde, ärgerte Boiorix.
Das perlende Lachen des Mädchens verriet ihm, dass er seinen Gedanken laut ausgesprochen hatte. »Ich sehe, der Wein löst Eure Zunge, König der Kimbern. Oder ist es der Siegesrausch? Freut Euch nicht zu früh, denn dies war nur eine gewonnene Schlacht. Sollten Eure Freunde, die Teutonen und Ambronen, nicht ebenfalls über die Römer siegen, werdet Ihr den heutigen Tag womöglich noch verdammen, Boiorix. Wenn Ihr Euch plötzlich alleine findet in einem feindlichen Land, umgeben von römischen Legionen, die gierig darauf sind, ihre frühere Schmach wettzumachen.«
»Unsere Brüder werden gewinnen!«, stellte Boiorix gereizt klar. »Wahrscheinlich haben sie die Berge bereits überquert und die römischen Armeen, die sie aufhalten sollen, überwältigt. Wir werden uns schon bald wieder vereinigen!«
»Und wenn nicht?«
»Dann werden wir hier in Italien viel Platz haben.«
Das Mädchen legte den Kopf schief. Die Bewegung löste den Knoten, der ihr Haar gehalten hatte. In einer Kaskade aus Feuer flossen die roten Strähnen den Rücken hinab bis zu den schmalen Knöcheln. Die Männer, die hinter dem Mädchen standen und es beobachtet hatten, schnappten hörbar nach Luft. Einer von ihnen murmelte den Namen der Tigurinerin, eine für Boiorix unaussprechliche Folge halbgesungener Laute, doch womöglich war es auch ein Titel. Die einzigen Worte, die er erkannte und verstand, waren *Feuer* und *Schwan*.
Niemand hatte sich die Mühe gemacht, ihm das Mädchen vorzustellen, und ihre Anwesenheit erklärt. Nicht dass dieses Kind den König interessiert hätte; er verstand nur nicht, weshalb es seinen Onkel, einen der höchsten Druiden der Tiguriner, begleiten musste. Einmal, als das Mädchen erneut an einer

Besprechung mit den Druiden teilgenommen hatte, hatte Boiorix seinen Unmut über die Anwesenheit eines Kindes geäußert, doch die Tiguriner hatten ihn einfach ignoriert. Das Mädchen hatte gelächelt und geschwiegen, aber er hatte den überlegenen Spott in ihren keltischen Zügen erkannt. Am selben Abend hatte eine Priesterin aus Boiorix' eigenem Volk das Geheimnis gelüftet und ihm zugeraunt, warum das Mädchen niemals die Seite seines Onkels verließ: um mit ihm, in der Nacht, in der sie zur Frau wurde, ein Kind zu zeugen.

»Diese Inzucht beleidigt unsere Götter!«, hatte Rascil gezischt. »Wodan wird das nicht zulassen. Er wird Unglück über uns bringen, wenn wir dieser Lästerung tatenlos zusehen! Schickt die Druiden und das Mädchen fort!«

»Wenn wir die Berge hinter uns gelassen haben«, hatte er geantwortet. »Wenn Rom vor uns liegt und es einzig die schwachen Götter der Römer sind, die wir herausfordern, dann werde ich sie fortschicken.«

Vielleicht war dieser Zeitpunkt nun gekommen. Catulus floh mit seinen Legionen zum Padus und hatte den nördlichen Rand der Ebene bis zu den Bergen den Kimbern überlassen. Die Zeit – waren es siebzehn Jahre? Achtzehn? Er wusste es nicht mehr –, in der das Nordvolk auf der Suche nach Land und Beute in der keltischen Welt umhergezogen und auf die Unterstützung keltischer Stämme angewiesen gewesen war, war endgültig vorbei.

Während Boiorix den Gedanken noch abwägte, richtete er sich zu seiner vollen, beeindruckenden Höhe auf. Er überragte das Mädchen auf eine Weise, als wolle er sie mit einem Schritt unter seinen Füßen zermalmen. »Wo ist dein Onkel, Kind? Er hat das hier angeordnet, nicht wahr?«

»Die Kraftströme sind stark heute Nacht.« Das Mädchen senkte die Lider und deutete auf den verhüllten Kessel in ihrem

Rücken. »Mein Onkel möchte in die Zukunft sehen und in die Gegenwart. In diesem Kessel wird er das Wasser aus einem Quell mit dem Blut der heute Gestorbenen im heiligen Dreiwirbel vereinen. Wenn sich das Mondlicht auf dem Wasser bricht, wird es ihm Bilder zeigen von dem, was ist und was sein wird.«

»Dieser Kessel soll die Zukunft zeigen? Das denkst du dir aus!«

»Der Wert dieses Kessels übersteigt Eure Vorstellungskraft, Boiorix.«

»Tatsächlich? Demnach sollte ich wohl vermuten, dass ihr vorhabt, meine Schätze zu stehlen?«

Das Mädchen ließ sich von der Drohung nicht beeindrucken. »Ihr seid unwissend, Kimbernkönig. Unwissend und dumm, weil Ihr die Heiligkeit dieses Geschenks, das Euch irrtümlich gemacht wurde, nicht anerkennen wollt. «

»Des Geschenks?«

»Der Kessel.«

»Er gehört mir!«

»Das ist der Irrtum.«

»Wieso will dein Onkel ihn jetzt haben?«

»Er braucht ihn, um erkennen zu können, was unsere Angehörigen machen, unsere Krieger, die in den Bergen zurückgeblieben sind, um Euch zu schützen. Boten haben uns erreicht, die von Kämpfen mit den Stämmen berichten, in deren Gebiet wir um Euretwillen eingedrungen sind. Der Vater meines Onkels soll dabei schwer verletzt worden sein. Jetzt möchte mein Onkel wissen, ob er noch lebt.«

Boiorix spürte, wie es in seinen Fingern zuckte.

Er hasste dieses Gerede von Mächten, die er nicht verstand, und sosehr er die keltischen Völker auch respektierte, ja, manchmal sogar bewunderte, war doch über die Jahre hinweg sein

Misstrauen ihren oft wankelmütigen Absichten gegenüber gewachsen. Dabei hatte er selbst die Tiguriner, seine langjährigen keltischen Verbündeten auf dem Zug, der ihn durch die halbe bekannte Welt geführt hatte, um Hilfe gebeten, ihn bei der Überquerung des Gebirges nach Italien zu unterstützen und seinen Rücken zu decken.

Sie hatten getan, was er verlangte, mehr noch, sie hatten ihm ihre mächtigsten Druiden an die Seite gestellt, um sich gegen die bösen Mächte der Berge besser schützen zu können. »Eure nordischen Götter sind fremd in diesem Land«, hatten sie gesagt. »Unsere Druiden dagegen kennen das Land, die Berge, Stämme, Geister und Götter, die hier hausen. Ihr werdet sie brauchen, Herr.«

Ihre Worte hatten vernünftig geklungen, und so hatte Boiorix die Druidenabordnung als Berater und Beschützer an seiner Seite begrüßt und sie für ihre Dienste reich entlohnt. Die Ratgeber seines eigenen Volkes hatten diese Entscheidung nicht gutgeheißen. Das Nordvolk hatte seine eigenen mächtigen Priesterinnen, Heiler und Seher, wozu brauchten sie also die Druiden irgendeines keltischen Stammes?

Mittlerweile bedauerte Boiorix, dass er das Trinkhorn mit dem restlichen Wein fortgeschleudert hatte. Er hätte gut noch einen weiteren Schluck vertragen können.

»Stellt das verdammte Ding ab und dann verschwindet!«

Die Männer kamen seinem Befehl sofort nach. Beinahe wäre der wertvolle Kessel von der Trage gerutscht, als sie diese hastig absetzten, kehrtmachten und verschwanden. Der schweigende Schatten in Boiorix' Rücken unterdrückte ein verächtliches Lachen.

»Was ist, König der Kimbern?« Das Mädchen, das sich *Feuer-Schwan* nannte, stellte sich neben den Kessel und strich mit schmalen Fingern über den silbernen Rand. »Wollt Ihr dieses heilige Gefäß etwa eigenhändig für mich tragen? Welche Ehre!«

Ihr Spott trieb Boiorix die Hitze ins Gesicht. Er wusste, dass sie den unverdünnten Wein in seinem Atem und in seinen Kleidern roch, dass sie spürte, wie er durch seinen Kopf trieb und seine Wut anfachte. Und plötzlich wurde ihm klar, dass dieses Mädchen, dieses Kind, ihn verachtete.

»Nimm dich in Acht, Mädchen!«, knurrte er. »Niemand spricht in diesem Ton mit mir!«

»Das ist bedauerlich, denn es wäre besser für Euch, würdet Ihr lernen, Euch vor Dingen, die größer sind als Ihr, zu verneigen. Andernfalls wird Euch Euer Volk am Ende nur als Narr, der sich für einen Gott hielt, kennen.«

Ehe Boiorix sich besinnen konnte, trat er einen Schritt vor und schlug dem Mädchen ins Gesicht.

Feuer-Schwan taumelte zur Seite, ihre Arme griffen nach einem Halt, den es nicht gab, dann stürzte sie der Länge nach auf die Straße. Ihre roten Haare fielen in den Dreck, den Pferde zurückgelassen hatten, und Boiorix sah Blut, das ihr aus der Nase lief.

Feuer-Schwan hatte keinen Laut ausgestoßen. Ihre Fingerspitzen berührten ihr herzförmiges Gesicht und das klebrige Rot, das schwerfällig zu Boden tropfte. Sie starrte kurz darauf, dann rappelte sie sich auf Knie und Hände hoch, legte den Kopf in den Nacken, bis ihr Gesicht dem Mond zugewandt war, und schrie.

Es war ein langgezogener heulender Schrei, der als Fauchen begann und als unharmonisches Klagen endete. Boiorix zog unwillkürlich die Schultern in die Höhe, aber einen tiefen Atemzug später ließ er sie wieder fallen. Stattdessen griff er sich zwischen die Beine, öffnete die Hose und holte sein Glied heraus. Einen Moment lang weidete er sich an dem entsetzten

Blick des Mädchens, bevor er sich umdrehte, das Tuch vom Kessel zog und in hohem Bogen in dessen Inneres urinierte. In seinem Rücken hörte er Rufe, schnelle Schritte von Dutzenden Kriegern, die sich näherten, weil der Schrei des Mädchens sie herbeigerufen hatte. Doch Boiorix achtete nicht auf sie. Er entleerte seine Blase bis zum letzten Tropfen und nahm befriedigt den beißenden Geruch seines eigenen Urins wahr, der den Boden des silbernen Kessels mit seinen szenischen Darstellungen füllte.

Als Boiorix sich schließlich umdrehte, stand der oberste Druide der Tiguriner hinter ihm, eine Hand auf dem geneigten Kopf seiner Nichte, die andere in einer Geste erhoben, die das Zeichen gegen das Böse schlug.

»Was habt Ihr getan?« Der Druide legte einen Finger unter das Kinn des Mädchens und hob dessen Kopf an, damit Boiorix das bleiche Gesicht sehen konnte, das sich dort, wo sein Schlag es getroffen hatte, dunkel färbte. Blut lief in einem dünnen Rinnsal über *Feuer-Schwans* Oberlippe und Kinn und tränkte den Ärmel ihres Onkels. »Ihr habt Hand an jene gelegt, die die Heilige Hochzeit feiern soll! Die Jungfrau, die sich im Frühjahr mit dem gehörnten Gott vereinen wird!« Mit bebenden Nasenflügeln deutete der Druide auf den Kessel. »Derselbe Gott, dessen Abbild Ihr gerade entweiht habt! Wie könnt Ihr es wagen?«

Gegen seinen Willen flackerte Boiorix' Blick zum Kessel, dessen ihm zugewandte Innenseite eine Gestalt im Schneidersitz mit einer Art Geweih auf dem Kopf zeigte, einen Hirsch auf der einen und seltsam anmutende Tiere auf der anderen Seite. In der linken Hand hielt der Gott eine Schlange, in der rechten einen Halsring. Ein Tropfen Urin glitt das Silber entlang zwischen den Brauen des gehörnten Gottes nach unten. Für einen Moment verspürte Boiorix so etwas wie Furcht.

Unterdessen strömten immer mehr Menschen auf den Platz. Mit gierigen Augen starrten sie von ihrem König zu den Druiden der Tiguriner und warteten darauf, dass Boiorix die Fremden in ihre Schranken wies.

»Eine Entschuldigung«, flüsterte der Druide mit einem Kopfschütteln, das an Panik grenzte. Er sprach zu niemand direkt, vielmehr zu dem Kessel und den Götterbildnissen auf ihm. »Antworte mir, Cernunnos! Was soll geschehen? Vergeltung? Strafe? Aber wie kann ein einfacher Mensch diese Tat gutmachen? Welches Opfer muss er bringen?«

Vergeltung, Strafe, Entschuldigung: Die Vermessenheit, die in den Worten des Druiden mitschwang, zerriss auch den letzten Fetzen Geduld, den Boiorix in sich trug.

»Ich denke, es ist an der Zeit, dass Ihr uns verlasst!«, hörte der König der Kimbern sich selbst sagen und so das Murmeln des Druiden unterbrechen. Rascil, die Priesterin, nickte ihm anerkennend zu. Lauter und kräftiger fuhr Boiorix fort: »Kehrt zu Euren eigenen Leuten zurück, Druiden! Wir brauchen Euch hier nicht mehr, Eure Arbeit ist getan. Die Berge liegen hinter uns, der Sieg ist unser! Es gibt keinen Grund mehr für Euch, bei uns zu bleiben, und keinen für uns, Euren Rat noch länger zu suchen!«

Die Tiguriner sahen ihn mit einem Ausdruck an, als hofften sie, dass die fremde Sprache die Worte verfälscht und sie ihn falsch verstanden hatten. Nur das Mädchen, das noch immer zu Füßen seines Onkels kniete, zuckte nicht zusammen. Sie legte ihre Finger in die Handfläche des Oheims, dann hob sie den Kopf und blickte ihn an. Der Druide schloss die Augen. Er nickte kaum wahrnehmbar.

Feuer-Schwan lächelte.

Sie stand auf und entzog ihre Hand dem schützenden Griff des Onkels. Ihre Finger waren von ihrem eigenen Blut bedeckt, das noch immer aus der Nase tropfte und träge über ihre Lippen floss. Sie leckte die zähe Flüssigkeit fort, und als ihr Lächeln breiter wurde, entblößte es rot gefärbte, makellose Zähne.

»Verflucht soll Ihr sein, Boiorix, der Ihr Euch König nennt!« Ihr Rücken straffte sich, und mit einer kraftvollen Bewegung trat *Feuer-Schwan* auf Boiorix zu, der sich plötzlich nicht mehr bewegen konnte.

Hilflos sah er zu, wie sie die Hand ausstreckte und mit ihrem Blut ein Zeichen auf seine Stirn malte. Dann glitten ihre Finger tiefer, über sein Gesicht hinunter bis zum Hemdansatz, eine dunkle Spur auf seiner Haut hinter sich herziehend. Die Berührung ihrer Finger, ihres Lebenssaftes, schien sich in seinen Körper zu brennen, wie ein Mal geschaffen von glühendem Eisen.

Boiorix versuchte, höhnisch zu lachen, aber er brachte keinen einzigen Ton heraus. Gefangen in seinem erstarrten Körper, blieb ihm nichts anderes übrig, als zuzulassen, dass die Worte des Fluchs auf ihn herabhagelten.

»Verflucht sollt Ihr sein, für immer zu versagen! Ihr werdet Euren Sieg verschenken, und wenn er Euch verlassen hat und Euch hämisch aus der Dunkelheit heraus zuwinkt, wird selbst der wahre Tod Euch fliehen! Cernunnos sei mein Zeuge: An Euren Körper gebunden, soll Eure Seele sein, Narr, der Ihr Euch König nennt! Fesseln aus kaltem Feuer, Ketten, stärker als Eisen, geschaffen für die Ewigkeit, zu halten in allen Welten.«

Die kalte Hand *Feuer-Schwans* verharrte auf der Stelle, unter der Boiorix' Herz rasend schnell schlug. Dann, ohne Vorwarnung, bohrten sich ihre Fingernägel in sein Hemd, gebaren sichelförmige rote Zeichen wie aufsteigende Monde auf der pochenden Haut seiner Brust.

»Unter diesem Mond, im Angesicht des Gottes, den Ihr zu schänden wagtet, bestimme ich: Selbst wenn Ihr sterbt, König, soll Eure Seele

Euer vermoderndes Fleisch und Eure brechenden Knochen nicht verlassen! Hört Ihr, was wir Euch sagen? Versteht Ihr es? Ihr werdet in dieser Welt als Seele gebunden sein, die nicht leben und nicht sterben kann. Ihr werdet erleben, wie Euer Name in Vergessenheit gerät. Im Gedenken Eurer Kinder werdet Ihr gescheitert sein, für Euer Volk ein Niemand. Einzig Eure Feinde werden sich Eures Namens erinnern, aber sie werden ihn ohne Ehre auf den Lippen tragen, denn es wird der Name eines Besiegten sein!«